THE SONG OF ACHILLES

THE SONG OF
ACHILLES

아킬레우스의
노래

매들린 밀러 장편소설
이은선 옮김

이봄

차례

나의 어머니 매들린 여사와
너새니얼에게 바친다

1

나의 아버지는 왕이었고 왕의 자손이었다. 그는 우리 왕국 사람들이 대부분 그렇듯 키가 작았고 황소처럼 체구가 탄탄하며 어깨가 우람했다. 그가 열네 살인 나의 어머니와 결혼했을 때 여사제는 다산을 장담했다. 서로 잘 어울리는 배필이었다. 그녀가 외동딸이었기에 신부 아버지의 재산이 남편에게 상속될 예정이었다.

그는 결혼식 전날까지 그녀가 살짝 모자란 여자라는 걸 몰랐다. 그녀의 아버지가 결혼식 당일까지 딸의 얼굴을 철저하게 베일로 감추었기 때문인데 나의 아버지는 토를 달지 않았다. 못생겼다 한들 여자 노예도 있고 남자 시종도 있었다. 마침내 베일을 벗겼을 때 어머니는 웃었다고 한다. 그래서 사람들은 그녀가 모자란 여자라는 걸 알게 됐다. 세상에 웃는 신부는 없었다.

아들인 내가 태어나자 그는 그녀의 품에서 나를 낚아채 유모에게 넘겼다. 산파는 딱한 마음에 나 대신 베개를 어머니에게 안겨주었다. 어머니는 베개를 끌어안았다. 뭐가 달라졌는지도 모르는 눈치였다.

나는 금세 아버지의 기대를 무너뜨렸다. 나는 작고 가냘팠다. 빠르지 않았다. 튼튼하지 않았다. 노래도 못 불렀다. 나에 대한 최고의 칭찬이라면 병으로 골골대지 않는다는 점이었다. 또래 아이들이 감기에 걸리고 경련을 일으켜도 나는 끄떡없었다. 덕분에 아버지는 의구심만 생겼다. 내가 바뀌치기 당한 아이가 아닌가, 인간이 아닌 게 아닌가 하고 말이다. 그는 험상궂은 얼굴로 나를 관찰했다. 그의 시선을 느낀 나의 손이 떨렸다. 그 옆에서 어머니는 포도주를 질질 흘렸다.

내가 다섯 살이 됐을 때 아버지가 경기를 주관하는 차례가 된다. 멀리 테살리아와 스파르타에서까지 사내들이 모여들고 그들이 들고 온 금으로 우리 창고는 풍요로워진다. 백 명의 하인들이 이십 일 동안 경기장을 닦고 돌을 치운다. 아버지는 그의 세대를 통틀어 가장 훌륭한 경기를 주관하겠다는 의지를 불태운다.

나는 기름을 발라서 번들거리는 밤색 몸으로 태양이 내리쬐는 경기장에서 몸을 풀던 달리기 선수들을 가장 또렷하게 기억한다. 어깨가 넓은 유부남, 수염도 나지 않은 청년과 소년들이 근육으로 울퉁불퉁한 장딴지를 뽐내며 한데 섞여 있다.

도축된 황소가 흙먼지와 시커먼 청동 그릇 속으로 마지막 피를 흘린다. 녀석이 잠잠하게 눈을 감았으니 앞으로 열릴 경기의 조짐이 좋다.

우승자들에게 나누어줄 상품을 쌓아놓고 그 한가운데에 아버지와 내가 앉아 있는 연단 앞으로 달리기 선수들이 모인다. 포도주를 담는 황금 주발, 청동을 얇게 두드려서 만든 세발솥, 귀한 쇠촉이 달린 물푸레나무 창이 보인다. 하지만 진짜 상품은 내가 들고 있다. 칙칙한 초록색 이파리를 이제 막 따서 엮은 월계관이다. 나는 그 월계관을 윤기가 날 때까지 엄지손가락으로 문지른다. 아버지는 내키지 않아 하며 월계관을 내게 맡겼다. 그냥 들고 있기만 하면 되는 거라고 불안한 마음을 달래며.

가장 어린 소년들의 순서가 맨 처음이다. 그들은 모래밭에 발을 비비며 사제가 고개를 끄덕이기만을 기다린다. 다들 일차 급성장기라 막대 같은 뾰족한 뼈가 팽팽한 살갗 위로 튀어나왔다. 까만 봉두난발 속에 섞인 금발 하나가 내 눈에 들어온다. 나는 몸을 앞으로 숙여서 확인한다. 햇빛을 받아 꿀처럼 반짝이는 머리털 사이로 금빛이 반짝인다. 왕관이다.

그는 남들보다 키가 작고 남들과 다르게 젖살이 남아서 포동포동하다. 긴 머리는 뒤로 빗어서 가죽끈으로 묶었다. 그 머리가 까무잡잡한 맨살을 드러낸 등 위에서 이글거린다. 고개를 돌렸을 때 보니 표정은 어른처럼 진지하다.

사제가 땅을 치자 그가 자기보다 나이도 많고 체격도 좋은 소년들을 앞지른다. 날름거리는 혀처럼 불그스름한 뒤꿈치를 반짝이며 편안하게 달린다. 그가 우승을 한다.

아버지가 내 무릎에 놓여 있던 월계관을 집어서 그에게 씌우는 동안 나는 물끄러미 바라본다. 그의 머리색이 어찌나 밝은지 이파리가 까맣게 보일 지경이다. 그의 아버지 펠레우스가 자랑스러워하며 웃는 얼굴로 아들을 데리러 온다. 펠레우스의 왕국은 우리 왕국보다 작지만 일설에 따르면 아내가 여신이라 하고 백성들 사이에서 인기가 많다. 나의 아버지는 부러워하는 눈빛으로 지켜본다. 그의 아내는 백치이고 그의 아들은 너무 느려서 가장 어린 조에서도 뛰지 못한다. 그가 나를 돌아본다.

"아들은 저래야 하는 거다."

월계관이 없으니 손이 허전하다. 나는 펠레우스 왕이 자기 아들을 끌어안는 것을 바라본다. 아이가 월계관을 허공으로 던졌다가 다시 받는 것을 본다. 그는 웃고 있고 우승의 기쁨으로 얼굴이 환하게 빛난다.

이 밖에 그 무렵의 기억들은 단편적이다. 찡그린 얼굴로 왕좌에 앉아 있었던 아버지, 내가 좋아했던 정교한 말 장난감, 바닷가에서 에게 해 쪽을 바라보던 어머니. 이 마지막 기억 속에서 나는 어머니를 위해 퐁, 퐁, 퐁, 물수제비를 뜨고 있다. 그녀는 사방으로 흩어졌다가 다시 반들반들해지는 잔물결을 좋아하는 눈치다. 아니면 바다 자체를 좋아하는 것일 수도 있다. 그녀의 관자놀이에서 하얀색의 별 모양이 뼈처럼 희미하게 번뜩이는데 그녀의 아버지에게 칼자루로 맞았을 때 생긴 흉터다. 발을 묻은 모래 위로 그녀의 발가락이 삐죽 튀어나왔고 나는 그 발가락을 조심스럽게 피해가며 돌멩이를 찾는다. 하나를 주워서 물수제비에 소질이 있다는 데 뿌듯해하며 수면을 향해 던진다. 어머니에 얽힌 기억은 이것 하나뿐인데 어쩌나 아름다운지 내가 만든 거라고 거의 장담할 수 있을 정도다. 나의 아버지가 모자란 아들과 그보다 더 모자란 아내를 단둘이 바닷가로 내보냈을 리가 없지 않은가. 그리고 거기가 어디였을까? 어느 바닷가인지, 어느 해안선의 풍경인지 모르겠다. 그뒤로 너무나 많은 시간이 흘렀다.

2

나는 왕의 호출을 받았다. 끝이 안 보이는 알현실을 한참 동안 걷는 게 싫었던 기억이 난다. 나는 맨 앞으로 걸어가 돌 위로 무릎을 꿇었다. 긴 소식을 전하는 전령의 무릎을 생각해서 그곳을 깔개로 덮는 왕들도 있었다. 나의 아버지는 그러지 않는 쪽을 택했다.

"틴다레오스 왕의 딸이 드디어 결혼할 나이가 됐다는구나." 그가 말했다.

나도 아는 이름이었다. 틴다레오스는 아버지가 탐내는 비옥한 남쪽 지대에 넓은 영토를 보유한 스파르타의 왕이었다. 그의 딸 헬레네에 대해서도 들어서 알고 있는데 일대에서 가장 아름다운 여자라고 했다. 그녀의 어머니 레다는 백조로 변장한 신들의 왕 제우스와 통정한 사이였다. 그후로 구개월이 지났을 때 그녀의 뱃속에서 두 쌍의 쌍둥이가 태어났는데 클리타임네스트라와 카스토르는 인간인 남편의 자식이었고 헬레네와 폴리데우케스는 빛나는 신의 자손이었다. 하지만 신들은 형편없는 부모로 악명이 자자했으니 틴다레오스가 그들 모두를 거두어야 할 거라고들 했다.

나는 아버지가 전한 소식에 아무 대꾸도 하지 않았다. 그런 건 나에게 아무 의미가 없었다.

아버지가 헛기침을 하자 고요한 알현실이 쩌렁쩌렁하게 울렸다.

"그의 딸을 우리 식구로 맞아야 할 것이야. 가서 구혼의 뜻을 전해야 겠다." 알현실에 아무도 없었기에 내가 놀라서 내뱉은 숨소리는 아버지만 들었다. 하지만 나는 불편한 속내를 말로 표현할 만큼 어리석지는 않았다. 내가 무슨 말을 할지 아버지는 이미 알고 있었다. 나는 이제 아홉 살이고 볼품없고 장래성이 없으며 그런 데 관심이 없다는 것을 말이다.

우리는 선물과 여행 도중에 먹을 음식을 잔뜩 챙겨서 다음날 아침에 출발했다. 가장 근사한 갑옷으로 무장한 병사들이 우리를 호위했다. 여행의 별다른 기억은 없다. 아무 특징 없는 시골을 지나서 간 육로 여행이었다. 아버지가 대열의 선두에서 대신과 전령에게 새로운 명령을 내리면 그들은 말을 타고 사방으로 흩어졌다. 나는 가죽 고삐를 내려다보며 엄지손가락으로 털을 매만졌다. 여기서 나의 역할이 무엇인지 알 수가 없었다. 아버지의 많은 행동들이 그러했듯이 이번에도 이해할 수 없을 따름이었다. 당나귀가 몸을 흔들면 나는 그 정도로 사소한 분위기 전환에도 기뻐하며 같이 몸을 흔들었다.

우리가 틴다레오스의 성채에 맨 먼저 도착한 구혼자는 아니었다. 마구간들이 말과 노새로 가득했고 하인들로 정신없었다. 아버지는 우리에게 주어진 대접에 기분이 상한 눈치였다. 눈살을 찌푸리며 우리 방의 석조 화로를 손으로 쓰다듬는 것이 내 눈에 보였다. 나는 다리가 움직이는 말 장난감을 들고 왔다. 이쪽 발굽, 그다음에는 저쪽 발굽을 번갈아 들며 당나귀가 아니라 그걸 타고 왔다고 상상했다. 나를 딱하게 여긴 병사 하나가 주사위 몇 개를 빌려주었다. 나는 전부 육이 나올 때까지 바닥에 주사위를 던졌다.

드디어 어느 날, 목욕을 하고 머리를 빗으라는 아버지의 명령이 떨어졌다. 튜닉까지 갈아입으라고 하더니 다시 다른 튜닉으로 갈아입으라고 했다. 나는 고분고분 따랐지만 금색이 쉬인 자주색과 금색이 섞인 진홍색의 차이를 전혀 느낄 수 없었다. 둘 다 툭 튀어나온 내 무릎을 가리지 못했다. 까만 수염이 칼로 베인 듯 얼굴을 덮은 아버지는 위세 있고 엄해 보였다. 우리가 틴다레오스에게 전하려는 선물이 준비되어 있었다. 금을 얇게 두드려서 모양을 만들고 다나에 공주의 이야기를 새긴 주발이었다. 제우스가 황금색 비를 뿌리며 구애를 하자 그녀에게서 헤라클레스 다음가는 영웅이자 메두사를 살해한 페르세우스가 태어났다고 한다. 아버지가 내게 주발을 건네며 말했다. "우리 얼굴에 먹칠하지 마라."

대연회장이 보이기 전부터 수백 명의 음성이 돌벽에 부딪히는 소리, 포도주 잔과 갑옷이 쨍그랑거리는 소리가 들렸다. 그 소리를 죽이려고 하인들이 창문을 활짝 열고 부의 상징인 태피스트리를 벽마다 걸어놓았다. 나는 그렇게 많은 사내들이 실내에 모인 것을 본 적이 없었다. 평범한 사내들이 아니지. 나는 다시 고쳐 생각한다. 왕들이라고.

우리는 심의회 앞으로 불려가서 소가죽을 씌운 긴 의자에 앉았다. 하인들은 뒤편의 그림자 속으로 사라졌다. 아버지가 내 목깃 속으로 손가락을 쑤셔넣으며 꼼지락거리지 말라고 경고했다.

워낙 많은 왕자와 영웅과 왕들이 하나의 목표를 두고 싸우다보니 험악한 분위기가 흘렀지만 다들 문명사회를 흉내낼 줄 알았다. 청년들은 반짝이는 머릿결과 군살 없는 허리와 고급스럽게 염색한 의상을 과시하며 한 명씩 자기소개를 했다. 대다수가 신의 아들 아니면 손자였다. 전부 그들의 공적을 찬양한 노래를 한두 편 혹은 그 이상

보유하고 있었다. 틴다레오스는 그들을 한 명씩 차례대로 맞이하고 선물을 받아 방 한가운데에 쌓았다. 각자에게 구애할 기회를 주었다.

아버지보다 나이가 많은 사람은, 자기 차례가 됐을 때 필록테테스라고 이름을 밝힌 남자뿐이었다. "헤라클레스의 전우랍니다." 우리 옆에 앉은 남자가 나도 이해가 되는 경외심이 담긴 목소리로 속삭였다. 헤라클레스는 우리 영웅 가운데 으뜸이었고 필록테테스는 그와 가장 가까웠던 친구 중 하나이자 유일한 생존자였다. 그의 머리는 희끗희끗했고 온통 근육뿐인 두툼한 손가락은 궁사답게 근력이 대단했다. 과연 잠시 후에 그가 광을 낸 주목으로 만들고 손으로 잡는 부분에 사자 가죽을 씌운 활을 들어 보였다. 나는 그때까지 그보다 큰 활은 본 적이 없었다. "헤라클레스의 활입니다." 필록테테스가 밝혔다. "세상을 떠났을 때 내가 물려받았지요." 우리 세계에서 활은 겁쟁이들이나 쓰는 무기로 놀림을 받았다. 하지만 이 활에 대해서는 아무도 그럴 수 없었다. 시위를 당기는 데 들어갈 힘 앞에서 모두 겸손해졌다.

눈을 여자처럼 화장한 다음 남자가 자기 이름을 밝혔다. "크레테의 왕, 이도메네우스입니다." 그는 호리호리했고 일어서자 긴 머리가 허리에 닿았다. 그는 귀한 쇠로 만든 양날 도끼를 내놓았다. "우리 왕국의 상징입니다." 그의 몸놀림은 어머니가 좋아했던 무희들을 연상시켰다.

그다음은 아트레우스의 아들로, 곰처럼 몸집이 거대한 형 아가멤논 옆에 앉아 있는 메넬라오스였다. 메넬라오스의 머리는 불에 달군 청동처럼 선명한 빨간색이었다. 몸은 탄탄하고 다부진 근육질이었고 활력이 넘쳤다. 그가 내놓은 선물은 아름답게 염색한 고급 천이었다. "따님께서는 치장할 필요가 없겠지만 말입니다." 그는 웃는 얼굴로 덧붙였다. 참으로 그럴듯한 아첨이었다. 나도 그렇게 재치 있는 말을 할 수 있으면 얼마나 좋을까. 이중에서 스무 살이 안 되는 이는 나 하나뿐이었고 나는 신의 후손도 아니었다. 어쩌면 이 자리에 어울리는 사람은 펠레우스의 금발머리 아들일지 모른다는 생각이 들었다. 하지만 그의 아버지는 그를 보내지 않았다.

소개가 계속 이어졌고 그들의 이름이 내 머릿속에서 차츰차츰 지워져갔다. 나의 시선은 연단으로 향했다. 이제 보니 베일을 쓴 여자 셋이 틴다레오스 옆에 앉아 있었다. 나는 그 뒤에 감추어진 여인을 일견이라도 할 수 있다는 듯이 그들의 얼굴을 덮은 하얀 천을 빤히 쳐다보았다. 아버지가 그중 한 명을 내 아내로 맞고 싶어했다. 팔찌로 예쁘게 단장한 세 쌍의 손이 얌전하게 무릎 위에 놓여 있었다. 한 명이 나머지 둘보다 키가 컸다. 베일 아래로 삐져나온 까만 고수머리가 언뜻 보인 듯했다. 내가 기억하기로 헬레네는 머리색이 밝다고 했다. 따라서 그 여자는 헬레네가 아니었다. 나는 왕들이 하는 이야기에 더이상 귀를 기울이지 않았다.

"어서 오시죠, 메노이티오스." 아버지의 이름이 불리자 나는 화들짝 놀랐다. 틴다레오스가 우리를 쳐다보고 있었다. "왕비님이 돌아가셨다니 유감입니다."

"내 아내는 살아 있습니다, 틴다레오스. 이쪽은 당신의 딸과 결혼하고자 찾아온 나의 아들입니다." 나는 주변에서 뱅글뱅글 돌아가는 얼굴들에 현기증을 느끼며 정적 속에 무릎을 꿇었다.

"아드님은 아직 남자라 하기엔 어리군요." 틴다레오스의 음성이 멀게 느껴졌다. 나는 그 안에서 아무 감정도 감지하지 못했다.

"상관없지 않습니까. 남자로서의 면모라면 내가 우리 둘 몫으로 충분하니까요." 우리 세계의 사람들이 좋아하는 뻔뻔하고 허세 가득한 농담이었다. 하지만 웃는 사람이 아무도 없었다.

"그렇군요." 틴다레오스가 말했다.

돌바닥이 내 살갗을 파고들었지만 나는 꿈쩍하지 않았다. 무릎 꿇기라면 익숙했다. 아버지의 알현실에서 받은 훈련이 이보다 더 고마웠던 적은 없었다.

아버지가 정적 속에서 다시 말문을 열었다. "다들 청동과 포도주, 기름과 양모를 들고 왔더군요. 나는 금을 들고 왔는데 이건 내 재산에서 얼마 되지 않는 일부에 불과합니다." 내 손이 아름다운 주발에 새겨진 이야기의 주인공을 더듬었다. 쏟아지는 햇빛을 받으며 등장하는 제우스, 화들짝 놀란 공주, 그들의 야합.

"이렇게 귀한 선물을 주시다니 저희 부녀는 감사할 따름입니다. 당신께는 보잘것없는 것이라 해도 말이죠." 왕들이 웅성거렸다. 그 안에 담긴 모욕을 아버지는 알아차리지 못한 듯했다. 나는 얼굴이 화끈거렸다.

"나는 헬레네를 우리 왕궁의 왕비로 만들 참입니다. 내 아내는 아시다시피 백성을 다스릴 상태가 못 되니까요. 나의 재산은 이 청년들을 전부 합한 것보다 더 많고 나의 공적은 말로 설명할 필요가 없는 수준이지요."

"구혼자는 그대의 아들인 걸로 아는데요."

처음 듣는 목소리에 나는 고개를 들었다. 아직 자기소개를 하지 않은 남자였다. 마지막 차례였고 장작불 빛에 고수머리를 반짝이며 의자에 편안하게 앉아 있었다. 한쪽 다리에 삐죽삐죽한 흉터가 있었다. 까무잡잡한 갈색 피부를 발뒤꿈치에서 무릎까지 꿰맨 자국이 장딴지 근육을 감싸고 튜닉 속의 어두컴컴한 곳으로 사라졌다. 내가 보기에는 칼 같은 것에 아래에서 위로 베어서 깃털 모양의 흉터가 생긴 게 아닐까 싶었는데, 깃털이라니 잔인한 원인과는 대조적으로 부드러운 흔적이었다.

아버지는 노여워했다. "라에르테스의 아들이여, 그대에게 발언을 청한 기억이 없소만."

남자는 미소를 지었다. "청을 하신 적은 없습니다. 제가 끼어들었죠. 하지만 걱정하지 않으셔도 됩니다. 저는 이 문제에 관심이 없으니까요. 오로지 참관인으로서 얘기하는 겁니다." 단상의 미세한 움직임이 내 눈 안에 들어왔다. 베일을 쓴 여자 중 한 명이 살짝 몸을 움직였다.

"그게 무슨 소리인지 모르겠군." 아버지는 미간을 찌푸렸다. "헬레네에게 구혼을 하러 온 게 아니라면 뭔가? 바위와 염소밖에 없는 자기 왕국으로 돌아갈 것이지."

남자는 눈썹을 추켜세울 뿐 아무 말도 하지 않았다.

틴다레오스도 그냥 넘어갔다. "말씀하신 바처럼 아드님이 구혼자라면 아드님의 소개를 들어볼까요."

심지어 나라도 이제는 내가 말을 해야 할 차례임을 알았다. "저는 메노이티오스의 아들, 파트로클로스입니다." 내 음성은 고음이었고 한참 동안 쓰지 않아서 목을 긁는 듯한 소리가 났다. "저는 헬레네의 구혼자로 이 자리에 참석했습니다. 제 아버지는 왕이시고 왕의 자손입니다." 더 이상 할 말이 없었다. 아버지가 가르쳐준 적이 없었다. 틴다레오스가 나에게 자기소개를 청할 줄은 몰랐던 것이다. 나는 일어나 주발을 선물 더미 쪽으로 들고 가서 쓰러지지 않을 만한 곳에 두었다. 그런 다음 다시 내 자리로 걸어갔다. 몸을 부들부들 떨거나 발을 헛디뎌 넘어지는 꼴사나운 실수를 하지 않았고 바보 같은 말도 하지 않았다. 그런데도 수치심으로 얼굴이 화끈거렸다. 이들 눈에 내가 어떻게 보일지 알 수 있었다.

구혼자 행렬은 개의치 않고 다음 차례로 넘어갔다. 이번에 무릎을 꿇고 앉은 남자는 키가 아버지보다 절반은 더 컸고 떡 벌어진 체격을 자랑했다. 그의 뒤에서 하인 둘이 거대한 방패를 잡고 있었다. 발뒤꿈치에서 왕관에 이르기까지 그의 행색과 잘 어우러지는 방패였다. 평범한 남자는 그걸 들 수도 없을 터였다. 게다가 장신구도 아니었다. 긁히고 깨진 가장자리에 전투의 흔적이 남아 있었다. 거인은 텔라몬의 아들 아이아스라고 자기 이름을 댔다. 무뚝뚝하고 짧게 제우스의 후손임을 밝히며 자신의 엄청난 체구야말로 증조부의 총애가 아직까지 이어지고 있다는 증거라고 했다. 그의 선물은 낭창낭창한 나무를 아름답게 깎아서 만든 창이었다. 불에 벼린 촉이 횃불에 비쳐서 반짝였다.

마침내 흉터가 있는 남자의 차례가 되었다. "자, 라에르테스의 아들이여," 틴다레오스는 자리에서 몸을 움직여 그를 바라보았다. "관심 없는 참관인께서 이 절차를 놓고 무슨 하실 말씀이 있으신가요?"

남자는 뒤로 기대고 앉았다. "탈락자들이 그대에게 전쟁을 선포하는 사태를 무슨 수로 방지하실 생각인지 알고 싶습니다. 아니면 운이 좋은 헬레네의 남편에게 전쟁을 선포하는 사태라든가요. 서로 목을 물어뜯으려고 달려들 준비가 되어 있는 사내가 대여섯은 보입니다만."

"재미있어하는 말투로군요."

남자는 어깨를 으쓱했다. "저는 사내들의 어리석은 행동이 재미있거든요."

"라에르테스의 아들이 우리를 멸시하고 있소!" 거인 아이아스가 내 머리통만큼이나 큰 주먹을 불끈 쥐며 말했다.

"텔라몬의 아들이여, 그럴 리가요."

"그럼 뭡니까, 오디세우스? 어디 한번 속내를 들어봅시다." 틴다레오스의 음성이 내 귀에 날카롭게 들렸다.

오디세우스는 다시 어깨를 으쓱했다. "그대는 보물과 명성을 얻었겠지만 이건 위험한 도박입니다. 이자들은 모두 자격이 있고 그걸 알지요. 쉽게 물러서지 않을 겁니다."

"사석에서 모두 했던 얘기 아니오."

내 옆에 앉아 있던 아버지의 몸이 뻣뻣해졌다. 결탁. 그 알현실에서 아버지 말고도 여럿이 노여워하는 표정을 지었다.

"맞습니다. 하지만 이제 당신께 해결책을 제시하려고 합니다." 그는 빈손을 들어 보였다. "저는 선물을 들고 오지도 않았고 헬레네에게 구애할 생각도 없습니다. 저는 앞서 이야기가 나왔듯이 바위와 염소들의 왕이지요. 해결책을 알려드리면 그 대가로 제가 미리 말씀드린 상을 주셨으면 합니다."

"해결책을 알려주면 그 상을 내리겠소." 단상에서 또다시 미세한 움직임이 포착됐다. 한 여자가 다른 여자의 드레스를 손으로 잡아당겼다.

"그럼 알려드리지요. 저는 헬레네에게 선택을 맡겨야 한다고 생각합니다." 오디세우스가 말을 멈추자 반발의 웅성거림이 일었다. 여자는 그런 문제에 발언권이 없었던 것이다. "그럼 아무도 그대를 비난하지 않을 겁니다. 하지만 지금, 바로 이 순간 선택해야 합니다. 그래야 당신에게 자문을 얻었다거나 지시를 받았다는 얘기가 나오지 않을 테니까요. 그리고," 그는 손가락 하나를 들어 보였다. "그녀가 선택하기 전에 이 자리의 모든 남자가 맹세를 하는 거죠. 헬레네의 선택을 존중하고 그녀를 빼앗아가려는 남자가 있을 경우 그녀의 남편의 편에 서겠다고 말입니다."

사람들의 동요가 느껴졌다. 맹세라니. 게다가 여자 스스로 남편을 선택하는 파격적인 사안을 두고 맹세를 한다니. 남자들은 미심쩍어했다.

"잘 알겠소." 틴다레오스는 무슨 생각을 하는지 알 수 없는 표정으로 베일을 쓴 여자들을 돌아보았다. "헬레네, 이 제안을 받아들이겠느냐?"

나지막하고 사랑스러운 그녀의 목소리가 알현실의 구석구석에 전해졌다. "네." 그녀가 한 말은 그게 전부였지만 주변의 남자들 사이로 번지는 전율을 느낄 수 있었다. 아이인 내가 느낄 정도였으니 베일을 쓴 채로 한 공간을 흥분시키는 이 여성의 능력이 경이로웠다. 그녀의 살결은 금빛이고, 까만 두 눈은 우리 왕국에서 올리브와 교환하는 반질반질한 흑요석처럼 반짝인다고 했던 소문이 문득 생각났다. 그 순간만큼은 그녀가 알현실 한가운데 쌓인 모든 선물, 그 이상으로 값어치가 있었다. 우리 목숨만큼의 값어치가 있었다.

틴다레오스는 고개를 끄덕였다. "그럼 그렇게 하기로 합시다. 맹세를 하실 분들은 지금 하시지요."

몇몇 남자들이 반쯤 화가 난 음성으로 중얼거리는 소리가 들렸다.

하지만 아무도 자리를 박차고 나가지 않았다. 헬레네의 음성과 그녀가 숨을 쉴 때마다 가볍게 떨리는 베일이 우리를 사로잡았다.

잽싸게 호출된 사제가 하얀 염소를 제단으로 끌고 갔다. 황소의 목을 따면 피가 지저분하게 뿜어져나와서 돌바닥 위로 쏟아질 수 있기에 이 안에서는 염소가 황소보다 훌륭한 선택이었다. 제물은 금세 숨이 끊어졌고 사제는 시커먼 피를 사이프러스 장작불의 재와 섞었다. 그릇에서 나는 썩썩거리는 소리가 고요한 알현실 안에 요란하게 울려퍼졌다.

"그대가 맨 처음이오." 틴다레오스는 오디세우스를 가리켰다. 아홉 살짜리가 봐도 알맞은 선택이었다. 오디세우스는 이미 지나치게 똑똑한 면모를 드러낸 바 있었다. 아슬아슬한 우리의 동맹은 남들에 비해 너무 출중한 사람이 없어야만 유지될 수 있었다. 여기저기서 왕들이 선웃음을 지으며 만족스러워했다. 그가 자기가 쳐놓은 올가미에서 빠져나갈 수 없게 된 것이었다.

오디세우스는 입술을 비틀어 희미한 미소를 지었다. "어련하겠습니까. 영광이죠." 내가 보기에 그건 빈말이었다. 제물을 바치는 동안 그는 기억 속에서 지워지길 바라는 사람처럼 그늘 속으로 몸을 기울이고 있었다. 이제 그가 자리에서 일어나 제단으로 다가갔다.

"그런데 헬레네," 오디세우스는 사제를 향해 팔을 뻗다 말고 멈추었다. "나는 구혼자가 아니라 오로지 우정을 맹세했다는 점을 기억해주십시오. 나를 선택하면 절대 자신을 용서하지 못할 겁니다." 짓궂은 그의 말에 여기저기서 산발적으로 웃음이 터졌다. 우리 모두 알다시피 헬레네처럼 눈부신 여인이 척박한 이타케의 왕을 선택할 리 없었다.

사제가 한 명씩 난로 앞으로 불러서 쇠사슬만큼 구속력이 있는 피와 재를 우리 손목에 발랐다. 나는 맹세를 읊고 팔을 들어서 모두에게 보여주었다.

마지막 남자가 자기 자리로 돌아가자 틴다레오스가 일어섰다. "이제 선택하거라, 딸아."

"메넬라오스입니다." 그녀의 주저 없는 대답에 모두 깜짝 놀랐다. 다들 긴장과 머뭇거림을 예상했던 것이다. 나는 얼굴 가득 함박웃음을 지으며 자리에서 일어난 빨간 머리 남자를 돌아보았다. 그는 기쁨을 주체하지 못하고, 아무 말 없는 형의 등을 두드렸다. 여기저기서 노여워하고 실망하고 심지어 슬퍼했다. 하지만 칼을 뽑아드는 사람은 없었다. 모두의 손목에 피가 두툼하게 말라 있었다.

"좋습니다." 틴다레오스도 자리에서 일어났다. "아트레우스의 둘째 아들을 나의 가족으로 맞게 되어 기쁘게 생각하는 바이오. 듬직한 그대의 형이 내 딸 클리타임네스트라를 진작 아내로 맞았지만 그래도 그대에게 나의 헬레네를 넘기겠소." 그는 일어서라고 재촉하듯이 가장 키가 큰 여자에게 손짓했다. 하지만 그녀는 꿈적하지 않았다. 듣지 못한 모양이었다.

"세번째 아가씨는요?" 거인 아이아스 옆에 앉은 아담한 남자가 외쳤다. "그대의 조카 말입니다. 그 아가씨는 제가 차지해도 되겠습니까?"

남자들은 긴장감이 이런 식으로 풀린 데 기뻐하며 웃음을 터뜨렸다.

"한발 늦었소, 테우크로스." 오디세우스가 웃음소리 위로 말했다. "그녀는 나의 상대로 약속을 받았소."

나는 더이상 들을 기회가 없었다. 아버지가 내 어깨를 잡더니 씩 씩대며 의자에서 일으켜세웠다. "여기서 우리 볼일은 끝났다." 우리 는 그날 저녁에 곧장 집으로 출발했고 나는 짙은 실망감을 달래며 당 나귀에 올라탔다. 헬레네의 그 유명한 얼굴을 일별조차 하지 못했다.

아버지는 이 여행을 두 번 다시 언급하지 않았고 집에 도착하자 사건들은 내 기억 속에서 이상하게 왜곡됐다. 피와 맹세, 왕들로 가 득했던 알현실. 내가 직접 경험했다기보다 음유시인에게 들은 이야 기처럼 멀고 희미하게 느껴졌다. 내가 정말 그들 앞에서 무릎을 꿇었 던가? 나는 뭐라고 맹세를 했던가? 그때를 생각하는 것조차 우스꽝 스럽게 느껴졌다. 저녁식사를 할 무렵이면 아침의 꿈이 그렇게 되듯, 어리석고 있을 법하지 않은 일처럼 느껴졌다.

3

나는 벌판에 서 있었다. 내 손에는 선물로 받은 주사위 한 쌍이 쥐 어져 있었다. 아버지의 선물은 아니었다. 아버지는 그런 걸 생각할 수 있는 성격이 아니었다. 가끔 나를 못 알아볼 때도 있는 어머니의 선물도 아니었다. 누구한테 받았는지 기억이 나지 않았다. 왕국을 방 문한 왕이었던가? 아첨꾼 귀족이었던가?

상아를 깎고 오닉스를 박아서 만든 그 주사위를 엄지손가락으로 만져보니 반질반질했다. 늦여름이었고 나는 왕궁에서 달려나오느라 숨을 헐떡였다. 경기를 주관했던 그날 이후, 아버지는 교관을 불러 권투, 창검술, 원반던지기 등 모든 운동의 훈련을 맡겼다. 하지만 나는 그에게서 도망쳐 아찔하도록 가벼운 고독을 만끽했다. 몇 주 만에 처음으로 혼자 있는 시간이었다.

그때 한 남자아이가 나타났다. 이름은 클레소니모스, 왕궁을 자주 찾는 귀족의 아들이었다. 나보다 나이가 많고 몸집이 크며 보기 싫게 통통했다. 내 손안에서 반짝이는 주사위를 보자 그는 나를 음흉하게 바라보며 손을 내밀었다. "나 좀 보여주라."

"싫어." 나는 지저분하고 뚱뚱한 그의 손가락이 내 주사위에 닿게 하고 싶지 않았다. 그리고 아무리 몸집이 작아도 나는 왕자였다. 나에게는 그의 요구를 거부할 권리가 있었다. 하지만 귀족의 아들들은 나를 마음대로 주무르는 데 이골이 나 있었다. 나의 아버지가 개입하지 않는다는 것을 알기 때문이었다.

"보여줘." 그는 아직 나를 협박조차 하지 않았다. 나는 그게 싫었다. 나는 협박할 만한 상대여야 했다.

"싫어."

그는 한 발짝 앞으로 다가왔다. "달라니까."

"내 거야." 나는 새로 난 이를 드러내며 식탁 아래로 떨어진 부스러기를 두고 싸우는 개처럼 으르렁거렸다.

주사위를 집으려고 손을 내밀기에 그를 떠밀었다. 그는 비틀거렸고 나는 신이 났다. 내 주사위를 빼앗지 못하겠지.

"야!" 그는 화를 냈다. 나는 워낙 작았다. 거기다 모자란 아이라고 소문이 나 있었다. 여기서 물러나면 그에게는 망신스러운 일이 될 터였다. 그는 얼굴을 붉으락푸르락하며 나에게 다가왔다. 나는 나도 모르게 뒷걸음질을 쳤다.

그러자 그가 이죽거렸다. "겁쟁이."

"겁쟁이 아니야." 나는 언성이 높아졌고 얼굴이 화끈거렸다.

"니희 아버지는 네가 겁쟁이라고 생각해." 그는 맛을 음미하듯 신중하게 단어를 골랐다. "우리 아버지한테 그렇게 얘기하는 걸 들었어."

"그랬을 리 없어." 하지만 나는 아버지가 그랬을 거라는 걸 알았다.

그가 더 바짝 다가왔다. 주먹을 들었다. "내가 거짓말을 한다는 거야?" 그는 이제 나를 때릴 생각이었다. 구실을 기다리고 있을 따름이었다. 아버지가 어떤 식으로 말했을지 상상할 수 있었다. 겁쟁이. 나는 두 손을 그의 가슴에 대고 있는 힘껏 밀었다. 우리는 목초지와 밀밭의 나라였다. 넘어진들 다칠 리 없었다.

나는 지금 변명을 하고 있다. 우리는 바위의 나라이기도 했다.

그의 머리가 돌에 부딪치자 둔하게 쿵 소리가 났고 그의 눈은 놀라서 튀어나왔다. 주변의 땅이 피로 물들기 시작했다.

물끄러미 쳐다보는데 내가 무슨 짓을 저질렀나 하는 공포에 목구멍이 조여왔다. 나는 지금까지 인간의 죽음을 목격한 적이 없었다. 황소, 염소, 심지어 핏기 없이 헐떡이는 물고기를 본 적은 있었다. 인간의 시신도 그림이나 태피스트리에서, 아니면 접시에 새겨진 시커먼 형체로 본 적이 있었다. 하지만 이건 본 적이 없었다. 그 꾸르륵거리는 소리와 캑캑대며 허우적거리는 모습. 흘러나온 체액의 냄새. 나는 도망쳤다.

나는 나중에 울퉁불퉁한 올리브 나무 기슭에서 발견됐다. 창백한 얼굴로 내 토사물 한가운데에 축 늘어져 있었다. 주사위는 도망치는 와중에 잃어버려서 없었다. 아버지는 입술 사이로 누레져가는 이를 드러내고 성난 얼굴로 나를 내려다보았다. 그가 수신호를 보내자 하인들이 나를 들어서 안으로 옮겼다.

아이의 가족은 즉각적인 추방 아니면 사형을 요구했다. 그들은 막강한 집안이었고 그가 그 집안의 맏아들이었다. 제대로 된 보상만 따른다면 그들은 왕이 그들의 밭에 불을 지르거나 딸을 능욕해도 묵인했을지 모른다. 하지만 아들은 건드리면 안 되는 거였다. 이 일로 귀족들이 반란을 일으킬 수 있었다. 원칙을 모르는 사람은 없었다. 늘 코앞에서 도사리고 있는 무법천지를 피하기 위해 우리 모두 원칙을 고수했다. 피비린내 나는 복수. 하인들은 악령을 쫓는 부적을 만들었다.

아버지는 왕국을 유지하느라 안간힘을 쓰는 데 평생을 바쳤고, 후계자도 그렇고 후계자를 낳아줄 여자도 쉽게 구할 수 있는 마당에 나같은 아들 때문에 위험부담을 감수할 생각은 없었다. 그래서 그는 동의했다. 나를 외지로 추방해 다른 왕국에서 기르기로 한 것이었다. 내 몸무게만큼의 금을 주면 그쪽에서 성인이 될 때까지 나를 책임질 것이었다. 나는 부모도 없고 성도 없고 유산도 없는 신세로 지낼 것이었다. 우리 시대에는 그러느니 차라리 죽는 게 나았다. 하지만 아버지는 현실적인 사람이었다. 나를 죽여서 성대한 장례를 치르는 비용보다 내 몸무게만큼의 금값이 덜 들었다.

이렇게 해서 나는 열 살의 나이에 고아가 되었다. 이렇게 해서 나는 프티아로 건너가게 되었다.

보석처럼 조그만 나라 프티아는 오트리스 산등성이와 바다 사이로 난 북쪽의 구부정한 땅덩이에 있었고 일대에서 가장 작은 왕국이었다. 그곳을 다스리는 펠레우스 왕은 신들의 총애를 받았다. 그 자신이 신은 아니었지만 명석하고 용감하며 외모가 준수했고 신심이 모든 동년배를 능가했다. 우리의 신들은 그에 상응하는 보상으로 그에게 바다의 님프와 짝을 맺어주었다. 그것이 그들에게는 최고의 영예로 꼽혔다. 여신과 동침하고 그녀에게서 아들을 얻을 기회를 마다할 인간이 어디 있겠는가? 신의 피는 탁한 우리 혈통을 정화하고 먼지와 진흙으로 영웅을 빚었다. 그리고 이 여신은 그보다 더 엄청난 미래를 약속했다. 운명의 여신들이 그녀가 낳은 아들은 아비를 훨씬 능가할 거라고 예언했던 것이다. 이제 펠레우스는 대가 끊길 걱정이 없었다. 그런데 신들의 선물이 모두 그렇듯 여기에도 반전이 있었다. 여신 자신이 그 관계를 원치 않았다.

테티스가 능욕을 당한 이야기는 심지어 나조차도 들어서 알고 있었다. 신들은 그녀가 종종 앉아 있는 바닷가의 은밀한 곳으로 펠레우스를 데려갔다. 서곡으로 시간낭비 하지 말라고 경고했다. 그녀는 인간과의 결혼에 동의할 마음이 추호도 없었다.

그리고 그녀를 잡으면 어떤 일이 벌어질지 경고했다. 테티스는 그녀의 아버지이자 미꾸라지 같은 바다의 영감 프로테우스처럼 교활했고 자신의 피부를 천 가지 털과 깃털과 살갗으로 바꿀 수 있었다. 부리와 발톱과 이빨과 똬리와 따끔거리는 꼬리가 공격하겠지만 그래도 펠레우스는 그녀를 놓지 않아야 했다.

펠레우스는 워낙 독실하고 순종적이었기에 신들의 지시를 하나도 어김없이 따랐다. 그는 테티스가 회색 파도 속에서 말꼬리처럼 길고 까만 머리를 늘어뜨리고 등장하길 기다렸다. 그런 다음 그녀를 붙잡았고, 그녀가 아무리 격렬하게 저항해도 놓지 않았다. 둘 다 숨을 헐떡일 정도로 지치고 모래에 살갗이 쓸릴 때까지. 테티스가 펠레우스에게 안긴 상처에서 흐른 피가 그녀의 허벅지에 묻은 순결을 잃은 흔적과 섞였다. 저항은 더이상 의미가 없었다. 순결의 상실은 혼인서

약만큼 구속력이 있었다.

신들은 그녀에게서 인간인 남편과 적어도 일 년은 같이 지내겠다는 맹세를 억지로 받아냈고 그녀는 말없이 무반응으로 뚱하니 이 땅에서의 의무 기간을 채웠다. 이제는 그가 안아도 발버둥을 치거나 몸을 비틀며 반항하지 않았다. 오래된 생선처럼 축축하고 싸늘하게, 아무 말 없이 뻣뻣하게 누워 있었다. 적극적인 협조를 거부한 그녀의 자궁에서 태어난 아이는 딱 한 명이었다. 그녀는 형기가 끝나자마자 왕궁을 뛰쳐나가서 바다로 돌아갔다.

그녀는 오로지 아들이 보고 싶을 때만 돌아왔고 절대 오래 머물지 않았다. 나머지 시간에는 가정교사와 유모와, 펠레우스가 가장 신뢰하는 고문이었던 포이닉스가 아이를 돌봤다. 펠레우스는 신들의 선물을 한 번이라도 유감스럽게 여긴 적이 있었을까? 평범한 여자들은 펠레우스처럼 온화하고 웃는 인상의 남자와 결혼하면 행운으로 여겼을 것이다. 하지만 바다의 님프 테티스가 보기에 인간의 한계에서 벗어날 수 없는 그의 구질구질한 평범함은 그 무엇으로도 덮어지지 않았다.

이름을 알 수 없던 하인이 나를 왕궁 안으로 안내했다. 아마도 자기 이름을 밝히지 않았던 것 같다. 다스리는 나라가 소박하면 공간에도 제약이 따르는지 알현실이 우리 왕궁보다 작았다. 벽과 바닥에는 남부에서 보이는 것보다 색이 더 하얀 이 고장의 대리석이 깔려 있었다. 워낙 하얘서 내 발이 까매 보였다.

내 수중에는 아무것도 없었다. 몇 안 되는 소지품은 내 방으로 옮겨졌고, 아버지가 보낸 금붙이는 금고로 운반되는 중이었다. 금과 헤어질 때 나는 묘한 공포를 느꼈다. 여행하는 몇 주 동안 그것은 나의 동반자였고 그것을 통해 나의 가치를 상기할 수 있었다. 안장주머니 안에 뭐가 들었는지도 외우고 있었다. 굽에 무늬가 새겨진 포도주잔 다섯 개, 손잡이가 달린 묵직한 홀 한 개, 금박 목걸이 한 개, 장식용 새 조각상 두 개, 나무를 깎아서 만든 양쪽 끝에 도금을 한 리라 한 개. 나도 알다시피 마지막 선물은 속임수였다. 금으로 되어 있어야 할 공간을 저렴하고 흔하고 무거운 나무로 채웠다. 하지만 리라가 워낙 근사했기 때문에 아무도 이의를 제기하지 않았다. 내 어머니가 지참금으로 들고 온 물건이었다. 나는 여행 내내 안장주머니 안으로 손을 넣어서 반질반질한 나무를 쓰다듬곤 했다.

나는 알현실로 가서 무릎을 꿇고 감사 인사를 쏟아내게 되리라 짐작했다. 그런데 하인이 옆문 앞에서 갑자기 걸음을 멈추었다. 펠레우스 왕이 출타중이기 때문에 대신 그의 아들에게 인사해야 된다고 했다. 나는 불안해졌다. 당나귀를 타고 오는 동안 깍듯한 인사를 연습했건만 이건 대비하지 못한 상황이었다. 펠레우스의 아들이라. 그의 밝은색 머리 위에 씌워졌던 시커먼 월계관과 경기장을 달리는 동안 반짝였던 그의 분홍색 발바닥이 아직도 기억에 생생했다. 아들은 저래야 하는 거다.

그는 리라를 배에 얹고 쿠션이 깔린 널찍한 의자에 똑바로 누워 있었다. 리라를 한가롭게 뜯고 있었다. 내가 들어오는 소리를 듣지 못했거나 아니면 일부러 쳐다보지 않았다. 그때 나는 처음으로 이곳에서 나의 위치를 깨달았다. 이전까지만 해도 나는 도착하면 도착했다고 하인들이 알려주는 왕자였다. 이제는 무시해도 되는 존재였다.

내가 발을 질질 끌며 한 걸음 앞으로 다가가자 그가 나른하게 고개를 옆으로 돌려서 나를 바라보았다. 처음 만났던 오 년 전과 다르게 지금은 포동포동한 젖살이 다 빠졌다. 눈부신 외모와 짙은 초록색 눈, 여자아이처럼 고운 이목구비를 보니 서늘한 충격에 내 입이 떡 벌어졌다. 문득 그에 대한 반감이 불쑥 고개를 들었다. 나는 그동안 달라진 게 거의 없었고 딱히 훌륭해지지도 않았다.

그는 거의 감긴 눈을 한 채 하품을 했다. "이름이 뭐냐?"

그의 나라는 내 아버지의 나라의 절반 아니면 사분의 일 아니면 팔분의 일이고 나는 남자애를 죽여서 추방당했는데도 그는 내가 누군지 몰랐다. 나는 이를 갈며 대답을 하지 않았다.

그가 좀더 큰 소리로 다시 물었다. "이름이 뭐냐?"

처음에는 변명의 여지가 있었다. 그가 묻는 말을 못 들은 것일 수 있었으니. 하지만 이번은 아니었다.

"파트로클로스." 내가 태어났을 때 희망에 부푼 아버지가 분별없이 지어준 그 이름이 내 혓바닥 위에서 씁쓸하게 느껴졌다. '아버지의 영광'이라는 뜻이었다. 나는 그가 내 이름을 두고 농담을 하거나, 그런데 왜 이렇게 얼굴을 못 들게 되었느냐고 익살을 부리겠거니 생각했다. 하지만 그는 그러지 않았다. 지적 능력이 달려서 그랬을까.

그는 몸을 돌려서 나를 마주보았다. 금발 한 뭉치가 흘러내려 그의 눈을 반쯤 덮자 입으로 불어서 날렸다. "내 이름은 아킬레우스다."

나는 인사치레 삼아 턱을 살짝 들었다. 우리는 서로를 잠깐 동안 바라보았다. 잠시 후에 그가 눈을 깜빡이더니 고양이처럼 입을 크게 벌리며 다시 하품을 했다. "프티아에 온 것을 환영한다."

나는 왕궁에서 자랐기에 이제 그만 나가보라는 뜻에서 하는 말임을 알아들었다.

그날 오후에 알게 된 사실이지만 펠레우스에게 맡겨진 아이들이 나 말고 또 있었다. 욕심이 없는 이 왕에게는 버림받은 아들들이 많았다. 들리는 소문에 따르면 그 자신이 가출한 전적이 있다던데 그래서인지 추방당한 아이들에게 너그럽기로 유명했다. 서로 몸싸움을 벌이거나 누워서 빈둥거리는 남자아이로 버글거리는, 막사처럼 길쭉한 방에 깔린 돗짚자리가 내 침대였다. 하인이 내 소지품을 어디에 두었는지 알려주었다. 몇 명이 고개를 들고 쳐다보았다. 그중 하나가 확실하게 내 이름을 물었다. 나는 확실하게 이름을 알려주었다. 그들은 다시 하던 놀이로 관심을 돌렸다. 별 볼일 없는 녀석이라는 거였다. 나는 뻣뻣한 다리를 움직여 돗짚자리로 걸어갔고 저녁식사 시간을 기다렸다.

땅거미가 질 무렵 왕궁의 깊숙한 어딘가에서 울린 청동 종소리가 우리를 호출했다. 아이들은 놀이를 멈추고 밖으로 우르르 달려나갔다. 그 건물은 토끼 굴처럼 지어져서 구불구불한 복도와 느닷없이 등장하는 내실로 가득했다. 나는 혼자 뒤처지면 길을 잃을까봐 조바심을 내다 앞서가던 아이의 뒤꿈치에 걸려서 하마터면 넘어질 뻔했다.

식당은 왕궁의 전면에 있는 기다란 홀이었고 열린 창문 너머로 오트리스 산기슭이 보였다. 우리보다 몇 배 많은 인원을 수용할 수 있을 만큼 넓었다. 펠레우스는 연회를 열거나 손님을 대접하길 좋아하는 왕이었다. 우리는 오랜 세월 동안 접시에 부딪혀서 흠집이 난 식탁을 앞에 두고 참나무 의자에 앉았다. 음식은 소박하지만 풍성했다. 소금에 절인 생선, 허브 뿌린 치즈를 곁들인 두툼한 빵이었다. 염소도 그렇고 소도 그렇고 고기는 없었다. 그건 왕족들이 먹거나 향연 때나 먹는 거였다. 식당 저쪽에서 등잔불 빛을 받고 반짝이는 밝은색 머리카락이 보였다. 아킬레우스였다. 그가 한 말 또는 행동에 입을 활짝 벌리고 웃는 아이들과 함께 앉아 있었다. 왕자라면 저래야 하는 거지. 나는 손에 닿는 느낌이 까칠까칠하고 거친 곡물 빵을 물끄러미 내려다보았다.

저녁식사 이후에는 원하는 것을 할 수 있었다. 아이들 몇 명이 놀이를 하려고 구석으로 모였다. "너도 놀이 같이할래?" 한 명이 물었다. 머리카락이 아직까지 어린애처럼 곱실거리는 아이였다. 나보다 나이가 적었다.

"놀이?"

"주사위 놀이." 그는 손을 벌려서 뼈를 깎아 까만색 염료로 점점이 물들인 주사위를 보여주었다.

나는 움찔하며 뒷걸음질쳤다. "싫어." 너무 큰 소리로 대답해버렸다.

그는 놀라서 눈을 깜빡였다. "알았어." 그는 어깨를 으쓱하고 갔다.

그날 밤에 나는 죽은 아이의 꿈을 꾸었다. 머리가 바닥에 부딪치면서 달걀처럼 깨지는 꿈이었다. 나를 따라온 거야. 포도주처럼 까만 피가 번진다. 그는 눈을 뜨고 있고 입이 움찔거리려 한다. 나는 손으로 귀를 꼭 막는다. 죽은 사람의 목소리에는 산 사람을 미치게 만드는 힘이 있다고 했다. 말하는 걸 들으면 안 돼.

나는 공포 속에 눈을 떴다. 큰 소리로 비명을 지르지 않았기만을 바랄 따름이었다. 불빛이라고는 창밖으로 보이는 바늘구멍처럼 작은 별빛이 전부였다. 내 거친 숨소리가 정적을 갈랐고 갈대를 덮은 돗짚자리가 내 밑에서 가만히 바스락거리며 그 얇은 손가락 같은 것들이 내 등을 비볐다. 다른 아이들의 존재는 위안이 되지 못했다. 죽은 자는 목격자가 있더라도 아랑곳하지 않고 복수를 위해 찾아온다.

별의 위치가 바뀌었고 어디에선가 등장한 달이 살금살금 하늘 위에서 움직였다. 힘겹게 다시 눈을 감았지만 뼈처럼 얼굴이 하얀 그가 피를 뒤집어쓴 채 나를 계속 기다리고 있었다. 그럴 수밖에 없었다. 끝없이 이어지는 어두컴컴한 저세상으로 일찌감치 끌려가고 싶은 혼령은 없을 것이다. 추방으로 산 사람들의 노여움은 풀렸을지 몰라도 죽은 자를 달래지는 못했다.

일어나보니 눈이 뻑뻑했고 팔다리가 무겁고 감각이 없었다. 다른 아이들이 주변에서 와글거리며 아침식사를 앞두고 옷을 갈아입고 들뜬 마음으로 하루를 시작했다. 내가 이상한 녀석이라는 소문이 삽시간에 번졌고 나보다 어린 그 아이는 주사위 놀이가 됐건 뭐가 됐건 다시 내게 접근하지 않았다. 아침식사 때는 손으로 빵을 집어서 입에 넣으면 목구멍이 알아서 빵을 삼켰다. 내 몫의 우유가 따라졌다. 나는 우유를 마셨다.

이후에는 햇빛이 흐리게 비치는 훈련장으로 나가서 창술과 검술을 배웠다. 여기에서 나는 펠레우스가 친절을 베푸는 진짜 이유를 알았다. 빚을 진 우리를 잘 훈련시키면 나중에 훌륭한 군인이 될 수 있었다.

교관이 내게 창을 주고 굳은살이 박인 손으로 어떻게 잡으면 되는지 한번 가르쳐주고 나중에 다시 한번 가르쳐주었다. 내가 창을 던지자 참나무로 만든 표적의 가장자리를 스치고 지나갔다. 교관은 한숨을 쉬고 내게 창을 다시 한 자루 건넸다. 나는 다른 아이들을 눈으로 훑으며 펠레우스의 아들이 있는지 찾았다. 여기엔 없었다. 나는 작은 구멍이 뚫리고 갈라지고 그 상처에서 수액이 흘러나오는 참나무 표적을 다시 한번 조준했다. 그런 다음 창을 던졌다.

태양이 높이, 잠시 후에는 그보다 더 높이 떠올랐다. 갈증이 났고 화끈화끈하고 뜨거운 먼지 때문에 목이 따끔거렸다. 교관이 해산 명령을 내리자 대부분의 아이들은 그나마 산들바람이 부는 해변으로 달려갔다. 거기서 주사위 놀이와 달리기를 하고, 날카롭고 억양이 심한 북부 방언으로 우스갯소리를 지껄였다.

나는 눈이 무거웠고 오전에 받은 훈련 때문에 팔이 욱신거렸다. 잎이 우거진 올리브 나무 그늘에 앉아서 파도치는 바다를 내다보았다. 아무도 나에게 말을 걸지 않았다. 나는 아무렇지 않게 무시할 수 있는 아이였다. 사실상 우리 왕국에 있었을 때와 별반 다를 게 없었다.

다음날도 마찬가지로 오전에는 힘든 훈련을 하고 기나긴 오후를 혼자 보냈다. 밤마다 달은 점점 작아졌다. 나는 눈을 감아도 까만 눈꺼풀 위로 노랗고 둥그스름한 조각이 보일 때까지 달을 계속 쳐다보았다. 그러면 그 아이의 환영에서 벗어날 수 있을지 모른다고 생각했다. 달의 여신에게는 마법이, 죽은 자를 다스리는 능력이 있었다. 마음만 먹으면 꿈을 쫓아낼 수 있었다.

그건 내 헛된 바람이었다. 그 아이는 눈을 동그랗게 뜨고 머리는 깨진 모습으로 밤이면 밤마다 찾아왔다. 고개를 돌려서 구멍 사이로 흘러나온 물컹물컹한 뇌를 보여줄 때도 있었다. 내 쪽으로 손을 내밀 때도 있었다. 나는 공포로 컥컥거리며 일어나 날이 밝을 때까지 어둠을 응시했다.

4

아치형 연회장에서 맞이하는 식사시간이 나의 유일한 위안이었다. 거기 있으면 벽들이 나를 압박하는 느낌이 많이 사라졌고 마당에서 날리는 먼지 때문에 목이 막히지 않았다. 다들 입안 가득 뭔가를 넣고 있으니 끊임없는 웅성거림이 덜했다. 나는 음식을 앞에 두고 혼자 앉아서 다시 숨을 쉴 수 있었다.

아킬레우스를 볼 수 있는 건 그때뿐이었다. 그는 다른 시간에는 왕자답게 외따로 떨어져서 우리와는 전혀 상관없는 직무들로 가득한 일과를 보냈다. 하지만 식사시간만큼은 자리를 바꿔가며 우리와 함께했다. 넓은 연회장 안에서 그의 준수한 외모는 불꽃처럼 빛나고 활기차게 주변을 밝혀서 나도 모르게 시선을 빼앗겼다. 그의 입술은 도톰한 활 모양이었고 코는 귀공자다운 화살 모양이었다. 자리에 앉아 있을 때도 나처럼 팔다리를 아무렇게나 놓지 않고 조각가 앞에서 포즈를 취하기라도 하듯이 품위를 완벽하게 유지했다. 가장 주목할 만한 점은 남의 눈을 의식하지 않는 성격이었다. 그는 다른 잘생긴 아이들처럼 우쭐대거나 입을 삐죽거리지 않았다. 자기가 주변의 아이들에게 미치는 영향력을 정말로 모르는 눈치였다. 아이들이 혀를 내밀고 애정을 갈구하는 개처럼 그에게로 몰려드는데 어쩌면 그럴 수 있는지 나로서는 상상이 안 될 따름이었다.

나는 구석 자리에서 빵을 으스러뜨리며 이 모든 광경을 지켜보았다. 내 질투심은 날카롭기가 금세라도 불이 붙게 생긴 부싯돌과 같았다.

그가 평소보다 나와 가까이 앉은 적이 있었다. 고작 탁자 하나 사이였다. 그는 먼지를 뒤집어쓴 발을 판석에 대고 비비며 밥을 먹었다. 그의 발은 나처럼 갈라지고 굳은살이 박이지 않은 분홍색이었고 먼지를 뒤집어쓴 부분만 예쁜 갈색이었다. 왕자라 이거지. 나는 속으로 빈정거렸다.

내 말을 듣기라도 한 것처럼 그가 고개를 돌렸다. 잠깐 동안 우리의 시선이 만났고 충격이 나의 온몸을 관통했다. 나는 얼른 시선을 거두고 허겁지겁 빵을 먹었다. 뺨이 화끈거렸고 조만간 폭풍이라도 들이닥칠 듯이 살갗이 간지러웠다. 한참 만에 조심스럽게 눈을 들어보니 그는 다시 자기 탁자 쪽으로 고개를 돌려서 다른 아이들과 대화를 나누고 있었다.

이후로 나는 고개를 숙이고 시선을 언제든 돌릴 준비를 하고서 좀더 교활하게 그를 관찰했다. 하지만 그가 한 수 위였다. 저녁식사 때마다 적어도 한 번씩 고개를 돌려서, 무관심한 척 연기할 겨를도 없이 나의 덜미를 잡곤 했다. 우리의 시선이 만나는 일 초 아니면 그 절반의 순간이, 하루 동안 내가 아무 감정이나마 느끼는 유일한 시간이었다. 갑자기 울컥하는 위장, 나를 관통하는 분노. 나는 낚싯바늘을 응시하는 물고기와 같았다.

추방당하고 넷째 주로 접어들었을 때 연회장으로 들어가보니 내가 늘 앉는 탁자에 그가 앉아 있었다. 나와 같이 앉으려는 아이들이 거의 없었기에 어느덧 내 자리라고 생각하게 된 곳이었다. 그런데 그가 앉으니 서로 밀고 밀치는 아이들로 긴 의자가 북적거렸다. 나는 피할까, 화를 낼까 결정을 내리지 못하고 그 자리에 얼어붙었다. 싸움은 분노의 승리로 돌아갔다. 이 탁자는 내 것이었고 그가 아무리 많은 아이들을 대동한다 한들 나를 몰아낼 수는 없었다.

　나는 싸울 준비라도 하듯 어깨에 잔뜩 힘을 주고 마지막으로 남은 자리에 앉았다. 사방에서 아이들이 창과 해변에서 본 죽은 새와 봄맞이 달리기 경기를 놓고 어색하게 조잘거렸다. 나는 그들의 이야기를 듣지 않았다. 그의 존재가 신발 속으로 들어온 돌멩이와 같아서 모르는 체할 수가 없었다. 그의 피부는 갓 짠 올리브유와 같은 색깔이었고 광을 낸 나무처럼 반질거려서 딱지와 흉터로 뒤덮인 우리들과 달랐다.

　저녁식사가 끝나고 접시가 치워졌다. 중추날의 주황색 보름달이 식당 창문 너머로 땅거미가 져가는 하늘에 걸렸다. 그런데도 아킬레우스는 자리에서 일어나지 않았다. 그가 눈을 덮은 머리칼을 멍하니 쓸어넘겼다. 내가 여기서 몇 주를 지내는 동안 머리가 더 길었다. 그가 무화과가 담긴 그릇 쪽으로 손을 뻗어서 몇 개를 집었다.

　그는 손목을 퉁겨서 무화과를 하나, 둘, 셋 허공으로 던지더니 연한 껍질에 멍이 들지 않도록 아주 부드럽게 저글링을 했다. 무화과가 네 개, 다섯 개로 늘었다. 아이들은 함성을 지르며 박수를 쳤다. 하나 더, 하나 더!

　무화과가 움직이는 속도가 어찌나 빠른지 색이 흐릿하게 뭉개졌고 그의 손을 거치지 않고 저절로 공중제비를 넘는 것 같았다. 저글링은 천한 배우나 거지들이 보이는 묘기였지만 그는 그것을 다른 경지로 끌어올려 공중에서 살아 움직이는 그림을 그리는데, 어찌나 아름다운지 심지어 나조차도 관심 없는 척할 수 없을 정도였다.

　뱅글뱅글 돌아가는 무화과를 좇던 그의 시선이 흘끗 나에게로 향했다. 내가 시선을 돌릴 새도 없이 그가 나지막하지만 분명하게 말했다. "받아." 무화과 하나가 궤도에서 이탈해 우아한 아치를 그리며 나를 향해 날아왔다. 내 손바닥 위로 떨어진 무화과는 물렁하고 살짝 따뜻했다. 아이들의 환호성이 들렸다.

아킬레우스는 남은 무화과를 하나씩 받더니 광대처럼 호들갑스럽게 다시 탁자에 내려놓았다. 마지막 하나만 남겨서 베어 물자 까만 껍질이 벌어지며 분홍색 씨가 드러났다. 완전히 익은 무화과라 즙이 흘러내렸다. 나는 생각하고 말고 할 겨를도 없이 그가 내게 던진 무화과를 입으로 가져갔다. 무화과가 터지면서 오돌토돌한 달콤함이 입안을 가득 채웠다. 껍질의 솜털이 혀로 느껴졌다. 나도 예전에는 무화과를 좋아했었다.

그가 일어서자 아이들이 한목소리로 잘 가라고 인사했다. 나는 그가 나를 다시 쳐다볼지 모른다고 생각했다. 하지만 그는 몸을 돌려서 왕궁 저편에 있는 자기 방으로 사라져버렸다.

다음날 펠레우스가 환궁하자 나는 주목 장작불 때문에 매캐하고 매운 냄새가 나는 알현실로 불려갔다. 나는 정식으로 무릎을 꿇고 절을 하고 그 유명한 그의 인자한 미소를 접했다. "파트로클로스입니다." 그의 물음에 대답했다. 이제는 누구의 아들인지 밝히지 않고 내 이름만 얘기하는 데 거의 익숙해졌다. 펠레우스는 고개를 끄덕였다. 내 눈에는 허리도 굽고 늙어 보였지만 나이는 나의 아버지와 비슷해서 이제 겨우 오십이었다. 여신을 정복하거나 아킬레우스와 같은 아이를 낳을 사람처럼 보이지 않았다.

"너는 남의 귀한 아들을 죽였기 때문에 여기 있는 거다. 알겠느냐?"

어른들이 이렇게 잔인했다. 알겠느냐?

"네." 나는 대답했다. 더 많은 이야기를 할 수도 있었다. 꿈을 꾸는 바람에 눈이 침침하고 충혈됐다고, 비명을 삼키느라 목구멍이 아프다고, 밤새도록 잠 못 이루고 하늘 위에서 이동하는 별들만 바라보고 있다고.

"이곳에 온 것을 환영한다. 너는 그래도 훌륭한 남자로 성장할 수 있을지 모른다." 그가 위로랍시고 한 말이었다.

진원지가 그였는지 우리의 대화를 들은 하인이었는지 알 수 없지만, 그날 아이들은 마침내 내가 추방당한 이유를 알게 되었다. 진작부터 예상했어야 하는 사태였다. 그들의 쑥덕공론은 나도 익히 들은 바 있었다. 소문은 그들이 주고받는 유일한 화폐였다. 그래도 달라진 그들의 태도와, 나와 스쳐지나갈 때마다 그들이 짓는 공포와 매혹의 표정은 충격이었다. 나와 몸이 닿으면 가장 배짱이 좋은 아이라도 기도문을 중얼거렸다. 마가 낄지도 모르고, 쉭쉭거리는 복수의 화신들인 에리니에스는 대상을 가리지 않을 때가 많기 때문이었다. 아이들은 멀찌감치 거리를 두고서 홀린 듯한 표정으로 나를 쳐다보았다. 그들이 저 아이의 피를 마실까?

그들의 수군거림에 나는 목이 메었고 뭘 먹더라도 입안에서 모래처럼 까끌까끌했다. 나는 접시를 옆으로 치우고 어쩌다 한 번씩 지나가는 하인들 말고는 어느 누구도 마주칠 일이 없는 구석이나 빈방을 찾아다녔다. 안 그래도 좁았던 세상이 한층 좁아졌다. 바닥의 틈새와 돌벽에 새겨진 소용돌이무늬가 전부였다. 내가 손끝으로 더듬으면 그것들은 나지막이 거친 소리를 냈다.

"여기 있다고 들었어." 얼음이 녹은 개울처럼 맑은 목소리가 들렸다.

고개를 번쩍 들었다. 나는 창고로 들어가서 무릎을 가슴에 붙이고, 진하게 압착한 올리브유가 담긴 병 사이에 앉아 있었다. 햇빛을 받고 은빛으로 반짝이며 바다 위로 튀어오르는 물고기가 된 상상을 하고 있었다. 파도가 흩어지면서 주변 풍경이 암포라*와 곡식 자루로 되돌아갔다.

아킬레우스가 내 앞에 서 있었다. 심각한 표정을 짓고서 초록색 눈으로 나를 빤히 쳐다보고 있었다. 나는 죄책감으로 머리털이 곤두섰다. 그곳은 내가 있으면 안 되는 곳이었고 나도 그걸 알고 있었다.

"너를 찾아다니고 있었어." 그가 말했다. 아무 감정 없는 말투였다. 거기서 아무 단서도 얻을 수 없었다. "요즘 오전 훈련에 참석하지 않아서."

내 얼굴이 벌게졌다. 죄책감 뒤로 분노가 천천히, 무지근하게 솟아올랐다. 그에게는 나를 나무랄 권리가 있었지만 그래서 그가 싫었다.

"어떻게 알아? 그 자리에 있지도 않았으면서."

"교관이 알아차리고 아버지한테 얘기했어."

"그리고 너희 아버지가 너를 보냈군." 나는 그에게 고자질쟁이가 된 더러운 기분을 심어주고 싶었다.

"아니, 내 발로 찾아온 거야." 아킬레우스의 목소리는 침착했지만 턱에 아주 살짝 힘이 들어가는 것이 내 눈에 보였다. "두 분이 하는 얘기를 들었거든. 어디 아픈 건 아닌지 알아보러 온 거야."

---

* 고대 그리스나 로마 시대에 쓰던, 양쪽 손잡이가 달리고 목이 좁은 큰 항아리.

나는 아무 대꾸도 하지 않았다. 그는 나를 잠깐 유심히 들여다보았다.

"아버지가 너에게 벌을 내리려고 하셔." 그가 말했다.

우리 둘 다 그게 무슨 뜻인지 알고 있었다. 벌이라고 하면 체벌이었고 종종 공개적으로 거행됐다. 왕자라면 절대 채찍질을 당할 일이 없겠지만 나는 이제 왕자가 아니었다.

"어디 아픈 건 아니지?" 그가 물었다.

"응." 나는 멍하니 대답했다.

"그럼 핑계도 댈 수 없겠네."

"뭐라고?" 나는 두려움에 젖어 있었기에 그가 한 말을 제대로 이해하지 못했다.

"훈련을 빼먹은 핑계." 그는 짜증을 내지 않았다. "핑계가 있어야 벌을 면할 거 아냐. 뭐라고 할 생각이니?"

"글쎄."

"아무 말이라도 해야지."

그가 자꾸 몰아붙이자 분노가 확 일었다. "넌 왕자잖아." 나는 쏘아붙였다.

내 말을 듣고 그는 놀라워했다. 호기심 많은 새처럼 고개를 갸우뚱했다. "그래서?"

"그러니까 너희 아버지한테 내가 너랑 같이 있었다고 하면 될 거 아냐. 그럼 용서해주시겠지." 나는 짐짓 자신만만한 척 말했다. 내가 만약 다른 아이를 감싸고 나섰다면 괘씸죄로 아버지에게 채찍질을 당했을 것이다. 하지만 나와 아킬레우스는 달랐다.

그는 미간을 살짝 찌푸렸다. "나는 거짓말하는 거 좋아하지 않아."

다른 아이들에게 놀림을 받을 만큼 순진무구한 발언이었다. 속으로는 그렇게 생각하더라도 밖으로 내뱉지는 말아야 했다.

"그럼 너 수업 듣는 데에 나를 데리고 가든지." 내가 말했다. "거짓말이 아닌 게 될 수 있게."

그는 눈썹을 추켜세우더니 나를 유심히 들여다보았다. 그는 미동도 하지 않았다. 호흡과 맥박 말고는 모든 것이 멈춘, 인간의 능력으로는 불가능하리라고 여겨지는 정지 상태였다. 사냥꾼의 활 소리에 귀를 기울이는 사슴과도 같았다. 나는 숨을 참았다.

잠시 후 그의 얼굴이 어딘지 모르게 달라졌다. 결단을 내린 거였다.

"가자." 그가 말했다.

"어디로?" 나는 경계했다. 이제는 속임수를 쓰자고 했다는 벌을 받을 수 있었다.

"리라 수업 받으러. 네 말처럼 그러면 거짓말이 아닌 게 되잖아. 그런 다음 아버지한테 말씀드리자."

"지금?"

"응. 안 될 거 없잖아?" 그는 호기심 어린 눈빛으로 나를 쳐다보았다. 안 될 거 없잖아?

일어나서 그를 따라가는데 차가운 돌바닥에 하도 오래 앉아 있었더니 팔다리가 쑤셨다. 뭔지 모를 느낌으로 가슴이 떨렸다. 탈출, 위기, 희망이 한데 뒤엉킨 느낌이었다.

우리는 구불구불한 복도를 말없이 걸은 끝에 드디어 큼지막한 함과 걸상 몇 개밖에 없는 조그만 방에 도착했다. 아킬레우스가 그중 하나를 가리키기에 다가가보니 듬성듬성한 나무 틀 위로 팽팽하게 당긴 가죽이 씌워져 있었다. 악사용 의자였다. 음유시인들이 어쩌다 한 번씩 찾아와 내 아버지의 난롯가에서 연주했을 때나 본 적 있는 의자였다.

아킬레우스가 함을 열었다. 리라를 하나 꺼내서 나에게 건넸다.

"나는 못 해." 내가 말했다.

그의 이마에 주름이 잡혔다. "한 번도 연주해본 적 없어?"

이상하게도 그를 실망시키고 싶지 않았다. "아버지가 음악을 좋아하지 않았어."

"그래서? 너희 아버지는 지금 여기 없잖아."

나는 리라를 받았다. 느낌이 서늘하고 부드러웠다. 현을 손가락으로 쓰다듬자 제대로 된 음 비슷한 소리가 났다. 내가 그를 만난 첫날에 본 리라였다.

아킬레우스는 함 안으로 다시 허리를 숙이더니 다른 악기를 꺼내서 내 쪽으로 걸어왔다.

그는 악기를 무릎에 얹었다. 무늬를 새긴 나무가 황금색이었고 관리를 잘해서 반짝였다. 아버지가 내 몸값으로 보낸 어머니의 리라였다.

아킬레우스가 현을 한 줄 뜯었다. 따뜻하고 낭랑하며 달콤하리만치 깨끗한 음이 흘러나왔다. 어머니는 음유시인이 오면 항상 의자를 너무 바짝 당기고 다가가 앉아서 아버지가 인상을 쓰고 하인들이 수군거리게 만들었다. 음유시인의 손을 보는 동안 난로 불빛에 까맣게 번뜩이던 그녀의 두 눈이 문득 생각났다. 그녀의 표정은 갈증에 가까웠다.

아킬레우스가 다른 현을 뜯자 좀 전보다 낮은 음이 흘러나왔다.

그는 손을 뻗어서 줄감개를 잡고 돌렸다.

그건 우리 어머니의 리라야. 하마터면 이렇게 얘기할 뻔했다. 그 말이 내 입속에서 맴돌았고 하고 싶은 다른 말이 그 바로 뒤에서 버글거렸다. 그건 내 리라야. 하지만 나는 얘기하지 않았다. 그런 말을 한들 그가 뭐라고 하겠는가? 이제 그 리라는 그의 것이었다.

나는 목이 타서 침을 꿀꺽 삼켰다. "그거 멋지다."

"아버지가 주셨어." 그는 무심하게 말했다. 끓어오르는 나의 분노를 막은 게 딱 하나 있다면 리라를 워낙 조심스럽게 잡고 있는 그의 손가락이었다.

그는 알아차리지 못했다. "들어보고 싶으면 들어봐."

나무가 얼마나 반질반질할지 내 피부결만큼이나 잘 알고 있었다.

"아니야." 나는 찢어질 것 같은 가슴을 달래며 말했다. 이 녀석 앞에서 울지는 않을 테다.

그가 무슨 말인가를 하려고 했다. 하지만 그 순간 나이를 확실히 알 수 없는 중년의 선생이 들어왔다. 악사답게 손에 굳은살이 박였고 까만 호두나무를 깎아서 만든 자기 리라를 들고 있었다.

"이 아이는 누굽니까?" 그가 물었다. 목소리가 거칠고 우렁찼다. 악사이지 가수는 아니었다.

"파트로클로스예요." 아킬레우스가 말했다. "지금은 못 치지만 배울 거예요."

"그 악기로는 안 됩니다." 내가 들고 있던 리라를 낚아채려고 남자의 손이 위에서 날아왔다. 나는 본능적으로 손에 힘을 주었다. 어머니의 리라만큼 멋지지는 않았지만 그래도 훌륭한 악기였다. 순순히 내주고 싶지 않았다.

나는 굳이 그럴 필요가 없었다. 아킬레우스가 중간에 그의 손목을 잡았다. "아뇨, 원하면 악기를 써도 돼요."

남자는 붉으락푸르락했지만 더이상 아무 말도 하지 않았다. 아킬레우스가 손을 놓자 그는 뻣뻣하게 자리에 앉았다.

"시작하죠." 그가 말했다.

아킬레우스는 고개를 끄덕이고 리라 위로 고개를 숙였다. 나는 그가 왜 끼어들었는지 궁금해할 새가 없었다. 그의 손가락이 현을 건드리자 내 모든 상념이 사라졌다. 소리가 물처럼 맑고 달콤하고 레몬처럼 선명했다. 지금까지 내가 들은 음악과 전혀 달랐다. 불처럼 따뜻했고 반질반질한 상아처럼 질감과 무게가 있었다. 사람을 들뜨게 만드는 동시에 진정시켰다. 연주하는 동안 그의 머리카락 몇 가닥이 눈 위로 떨어졌다. 리라 현처럼 가늘고 반짝거렸다.

그는 연주를 멈추고 머리카락을 쓸어넘긴 뒤 나를 돌아보았다.

"이제 네 차례야."

나는 벅찬 가슴을 안고 고개를 저었다. 지금은 할 수 없었다. 내 연주 대신 그의 연주를 들을 수 있다면 평생이고 할 수 없었다. "네가 해." 내가 말했다.

아킬레우스가 다시 현에 집중하자 음악이 흘러나왔다. 이번에는 맑고 풍성한 고음을 곁들여서 노래까지 불렀다. 고개를 뒤로 살짝 젖히자 탄력 있고 새끼 사슴 가죽마냥 말랑말랑한 목젖이 보였다. 살짝 머금은 미소에 왼쪽 입꼬리가 올라갔다. 나도 모르게 몸이 앞으로 숙여졌다.

마침내 그의 노래가 멈추었을 때 내 가슴이 이상하게 공허하게 느껴졌다. 나는 그가 일어나서 리라를 넣고 함을 닫는 것을 지켜보았다. 그가 작별을 고하자 선생은 몸을 돌려서 나갔다. 나는 한참 뒤에야 정신을 차리고 그가 나를 기다리고 있음을 알아차릴 수 있었다.

"이제 우리 아버지를 뵈러 가자."

나는 말이 나오지 않을 것 같았기에 고개를 끄덕였고 그를 따라서 밖으로 나와 구불구불한 복도를 지나서 왕을 만나러 갔다.

5

아킬레우스는 청동 징이 박힌 문을 열고 펠레우스의 알현실에 들어가자마자 나를 저지했다. "여기서 기다려."

펠레우스는 알현실 저쪽 끝의 등받이가 높은 의자에 앉아 있었다. 전에 펠레우스와 함께 있는 모습을 본 적 있는 나이 많은 남자가, 둘이서 무슨 회의라도 하고 있었던 것처럼 그의 옆에 서 있었다. 난롯불 연기가 자욱했고 방안은 덥고 답답했다.

벽에는 진하게 염색한 태피스트리와 하인들이 광을 낸 오래된 무기들이 걸려 있었다. 아킬레우스는 태피스트리와 무기들을 지나서 아버지의 발치에 무릎을 꿇었다. "아버지, 용서를 구하려고 찾아왔습니다."

"그래?" 펠레우스는 한쪽 눈썹을 추켜세웠다. "무슨 일인지 말해보거라." 내가 서 있는 자리에서는 그가 차갑고 언짢아하는 표정을 짓고 있는 것처럼 보였다. 나는 문득 겁이 났다. 우리가 저들의 대화를 방해한 거였다. 아킬레우스는 심지어 문을 두드리지도 않았다.

"제가 훈련을 받아야 하는 파트로클로스를 데려갔습니다." 그의 입술을 거쳐서 흘러나온 내 이름이 이상하게 들렸다. 하마터면 못 알아들을 뻔했다.

왕은 미간을 찌푸렸다. "누구라고?"

"메노이티아데스 말입니다." 아킬레우스가 말했다. 메노이티오스의 아들이라는 뜻이었다.

"아." 펠레우스의 시선이 카펫을 따라, 가만히 서 있으려고 안간힘을 쓰는 나에게로 옮아왔다. "그래, 무술 교관이 채찍질을 하겠다는 아이 말이로구나."

"네. 하지만 그 아이의 잘못이 아닙니다. 제가 동무로 데려가고 싶다는 말씀을 깜빡하고 드리지 못했어요." 그가 쓴 단어는 테라폰 therapon*이었다. 피의 맹세와 사랑으로 왕자에게 충성을 맹세한 전우라는 뜻이었다. 전쟁터에 나가면 이들이 그의 의장병이었다. 평상시에는 그의 최측근이었다. 가장 높은 영예로서, 아이들이 펠레우스의 아들 주변을 맴돌며 과시해대는 이유도 그 때문이었다. 그에게 선택받고 싶어서였다.

펠레우스는 눈을 가늘게 떴다. "가까이 오거라, 파트로클로스."

발에 와닿는 카펫이 두툼했다. 나는 아킬레우스의 조금 뒤에서 무릎을 꿇었다. 나를 바라보는 왕의 시선을 느낄 수 있었다.

"오래전부터 아킬레우스 너에게 여러 동무를 권했지만 너는 번번이 거절했다. 그런데 이 아이를 선택한 이유가 무엇이냐?"

나도 하고 싶은 질문이었다. 나는 그렇게 대단한 왕자에게 줄 수

---

* 사적인 성격이 강한 수행원으로서 신분에서 그가 모시는 주인에 뒤지지 않는다. 일반적으로는 '시종'으로 번역된다.

있는 것이 아무것도 없었다. 그런데 그는 왜 나를 구제하러 나선 걸까? 펠레우스와 나는 그의 대답을 기다렸다.

"놀랍기 때문입니다."

나는 눈살을 찌푸리며 고개를 들었다. 그렇게 생각할 사람은 그 하나뿐이었다.

"놀랍다." 펠레우스는 그의 말을 따라 했다.

"네." 나는 추가 설명을 듣고 싶었지만 아킬레우스는 더이상 말이 없었다.

펠레우스는 코를 문지르며 생각에 잠겼다. "이 아이는 오점을 남기고 추방당한 아이다. 네 평판에 하등 도움이 될 게 없어."

"제게 도움 같은 건 필요 없습니다." 아킬레우스가 말했다. 거만하게 또는 으스대며 한 말이 아니었다. 그냥 솔직하게 한 말이었다.

그 점은 펠레우스도 인정했다. "그래도 네가 이런 아이를 고르면 다른 아이들이 시기할 텐데. 그들에게 뭐라고 얘기할 셈이냐?"

"아무 얘기도 하지 않을 겁니다." 그는 주저 없이 분명하게 딱 잘라서 말했다. "제가 뭘 할지 결정하는 건 그들의 일이 아니니까요."

펠레우스가 역정을 내지 않을까 두려운 마음에 내 맥박이 혈관을 쉴새없이 두드렸다. 하지만 그는 역정을 내지 않았다. 아버지와 아들은 서로 바라보았고 펠레우스의 입가에 재미있어하는 표정이 보일 락 말락 하게 떠올랐다.

"둘 다 일어나거라."

나는 현기증을 느끼며 일어났다.

"판결을 내리겠다. 아킬레우스, 너는 암피다마스에게 사과하고 파트로클로스도 그에게 사과하거라."

"알겠습니다, 아버지."

"이상이다." 그는 이제 그만 나가봐도 좋다는 뜻에서 그의 고문에게로 고개를 돌렸다.

다시 밖으로 나오자 아킬레우스는 무뚝뚝해졌다. "저녁식사 시간에 만나자." 그는 이렇게 말하더니 가려고 몸을 돌렸다.

한 시간 전이었다면 나는 그를 떨쳐내서 기뻐했을 것이다. 그런데 지금은 이상하게 가슴이 아팠다.

"어디 가는데?"

그는 걸음을 멈추었다. "훈련받으러."

"혼자?"

"응. 내가 싸우는 모습은 아무도 보지 못해." 그 말을 하는 데 이골이 난 투였다.

"왜?"

그는 뭔가를 고민하듯 나를 한참 동안 쳐다보았다. "어머니가 금했어. 예언 때문에."

"무슨 예언?" 예언이라니 처음 듣는 얘기였다.

"내가 우리 세대에서 가장 뛰어난 전사가 될 거라는 예언."

상상 놀이를 즐기는 어린애나 함직한 소리처럼 들렸다. 하지만 그는 자기 이름을 밝히듯 담담하게 말했다.

나는 그래서 네가 가장 뛰어난 전사냐고 묻고 싶었지만 그 대신 더듬더듬 물었다. "언제 내려진 예언인데?"

"내가 태어났을 때. 태어나기 직전에. 에일레이티이아가 와서 어머니에게 알렸어." 분만의 여신인 에일레이티이아는 반신반인의 출산을 몸소 주관한다고 알려져 있었다. 운에 맡길 수 없을 만큼 중요한 인물의 탄생을 말이다. 나는 잊고 있었다. 그의 어머니는 여신이다.

"다들 아는 사실이야?" 나는 너무 캐묻는 걸로 보이지 않도록 조심스럽게 물었다.

"아는 사람도 있고 모르는 사람도 있고. 아무튼 그래서 나 혼자 가는 거야." 하지만 그는 가지 않고 나를 지켜보았다. 기다리는 눈치였다.

"그럼 저녁식사 시간에 만나자." 나는 결국 이렇게 말했다.

그는 고개를 끄덕이고 떠났다.

내가 들어갔을 때 그는 이미 평소처럼 와자지껄한 아이들에게 둘러싸인 채 내 탁자에 자리잡고 앉아 있었다. 나는 그가 다른 데 앉아 있을 거라 생각하는 마음도 있었다. 내가 아침에 꿈을 꾼 거라고 말이다. 자리에 앉으면서 그의 눈을 흘끗, 거의 죄인처럼 쳐다보았다가 시선을 돌렸다. 얼굴이 화끈거리는 게 분명하게 느껴졌다. 음식을 집으려고 뻗은 손이 무겁고 어색하게 느껴졌다. 음식을 삼킬 때마다, 표정을 지을 때마다 의식이 됐다. 그날 저녁은 레몬과 허브를 뿌려서 구운 생선, 갓 만든 치즈와 빵으로 아주 푸짐했고 그는 배불리 먹었다. 다른 아이들은 나라는 존재에 무관심했다. 그들 눈에는 오래전부터 내가 보이지 않았다.

"파트로클로스." 남들은 내 이름을 부를 때 얼른 떨쳐버리고 싶어서 안달이라도 난 것처럼 뭉개버릴 때가 많은데 아킬레우스는 그러지 않았다. 오히려 한 음절씩 또박또박 발음했다. 파-트로-클로스. 저녁식사가 끝나갈 무렵이라 하인들이 그릇을 치우고 있었다. 나는 고개를 들었고 아이들은 입을 다물고 솔깃한 표정으로 쳐다보았다. 그가 우리를 이름으로 부르는 일이 거의 없었던 것이다.

"오늘밤에 내 방에서 같이 잘 거야." 그가 말했다. 너무 놀라서 내 입이 떡 벌어졌다. 하지만 옆에 다른 아이들이 있었고 나는 왕자의 체통을 지키도록 교육을 받았다.

"알았어." 내가 말했다.

"하인이 네 소지품을 옮길 거야."

빤히 쳐다보는 아이들이 무슨 생각을 하는지 귀에 들리는 듯했다. 왜 저 아이일까? 펠레우스의 말이 맞았다. 그는 아킬레우스에게 동무를 선택하라고 여러 차례 종용했다. 하지만 아킬레우스는 교육받은 대로 우리 모두에게 예의를 갖추긴 했지만 지금까지 어떤 아이에게도 특별한 관심을 보인 적이 없었다. 그런데 이제 와서 왜소하고 배은망덕하며 어쩌면 저주를 받았을지 모르는 가장 뜻밖의 후보를 학수고대했던 영예의 주인공으로 삼았다.

그가 나가려고 몸을 돌리자 나는 등뒤로 꽂히는 시선을 느끼는 한편 발을 헛디디지 않도록 애를 써가며 그를 따라나섰다. 그는 앞장서서 내가 머물렀던 방과 등받이가 높은 왕좌가 있는 정무실을 지났다. 모퉁이를 한번 더 돌자 지금까지 있는 줄도 몰랐던 공간이 나왔다. 물가 쪽을 향해 지은 별관이었다. 그가 횃불을 들고 지나가자 벽에 그려진 밝은 색상의 벽화들이 회색으로 뭉개졌다.

그의 방은 바다와 워낙 가까워서 소금 냄새가 났다. 벽화는 없고 포석과 폭신한 깔개 한 장뿐이었다. 가구는 소박했지만 외국산임을 알아볼 수 있는 까만 결이 있는 나무를 정교하게 깎아서 만들었다. 한쪽에 두툼한 침상이 있었다.

그가 침상을 가리켰다. "네 잠자리야."

"아." 고맙다는 인사는 알맞은 대답이 아닐 듯했다.

"피곤하니?" 그가 물었다.

"아니."

그는 내가 무슨 지혜로운 말이라도 한 것처럼 고개를 끄덕였다. "나도."

나도 덩달아 고개를 끄덕였다. 우리 둘 다 깍듯하게 예의를 갖추느라 새처럼 고개를 까닥거렸다. 정적이 흘렀다.

"저글링 하는 거 도와줄래?"

"어떻게 하는지 모르는데."

"몰라도 돼. 내가 가르쳐줄게."

나는 피곤하지 않다고 대답한 걸 후회했다. 그의 앞에서 우스운 꼴을 보이고 싶지 않았다. 하지만 그가 기대에 찬 표정을 짓고 있어서 거절하면 깍쟁이가 될 것 같았다.

"알았어."

"몇 개나 잡을 수 있어?"

"모르겠는데."

"손 좀 보자."

나는 손바닥을 내밀었다. 그는 자기 손바닥을 그 위에 얹었다. 나는 움찔하지 않으려고 애를 썼다. 그의 살갗은 부드러웠고 저녁을 먹은 뒤라 살짝 끈적끈적했다. 손가락들이 시작되는 두툼한 부분은 아주 따뜻했다.

"거의 비슷하네. 그럼 두 개로 시작하는 게 좋겠다. 이거 받아." 그는 무언극 배우가 쓰는 것과 같은 종류의 가죽 공을 여섯 개 집었다.

나는 군소리 없이 그중에서 두 개를 받았다.

"내가 달라고 하면 한 개씩 던져줘."

평소 같았으면 누군가가 나에게 이런 식으로 이래라저래라 하는데 짜증이 났을 것이다. 하지만 그가 말하면 웬지 몰라도 명령처럼 들리지 않았다. 그가 남은 네 개로 저글링을 하기 시작했다. "던져." 그가 말했다. 내가 그를 향해 공을 던지자 뱅글뱅글 돌아가는 대열 속으로 물 흐르듯 자연스럽게 합쳐졌다.

"하나 더." 그가 말했다. 나는 공을 하나 더 던졌고 그것 역시 그 속으로 합쳐졌다.

"잘하는데?" 그가 말했다.

나는 잽싸게 고개를 들었다. 놀리는 걸까? 하지만 그의 표정은 진지했다.

"받아." 저녁을 먹는 자리에서 무화과가 그랬던 것처럼 공 하나가 나를 향해 날아왔다.

별다른 재주가 필요 없는 역할이었지만 그래도 재미있었다. 매끄럽게 공을 던지고 받고 있다는 흡족함에 우리 둘 다 저도 모르게 미소를 지었다.

어느 정도 시간이 지났을 때 그가 하던 걸 접고 하품을 했다. "늦었네." 나는 창밖으로 높게 걸린 달을 보고 깜짝 놀랐다. 시간이 가는 줄도 몰랐던 것이다.

나는 침상에 앉아서 이불을 펴고, 주둥이가 넓은 단지에 담긴 물로 세수를 하고, 머리를 묶었던 가죽끈을 푸는 그의 모습을 바라보았다. 정적이 흐르자 다시 불안해졌다. 내가 왜 여기 있는 걸까?

아킬레우스가 횃불을 껐다. "잘 자." 그가 말했다.

"잘 자." 내 입안에서 이 말이 다른 나라 말처럼 낯설게 느껴졌다.

시간이 흘렀다. 조각처럼 완벽한 그의 얼굴이 희미하게 보였다. 입을 살짝 벌리고 한쪽 팔을 머리 위로 무심하게 뻗고 있었다. 잠을 자는 모습은 달라 보여서 아름답지만 달빛처럼 차갑게 느껴졌다. 생기가 다시 돌아오는 것을 볼 수 있게 그가 눈을 떠주었으면 좋겠다는 생각이 들었다.

나는 다음날 아침식사를 마친 뒤에 내 소지품이 돌아와 있겠거니 생각하며 공동 숙소를 다시 찾았다. 그런데 아니었고 내가 쓰던 침상은 시트가 벗겨져 있었다. 점심식사 후에, 창술 훈련을 받은 후에, 잠자리에 들기 직전에 다시 한번 확인했지만 내 자리는 계속 시트 없이 텅 비어 있었다. 전혀, 변함이 없었다. 나는 조심스럽게 그의 방으로 향했다. 하인이 내 앞을 가로막을지 모른다고 생각했는데 그런 일은 없었다.

그의 방문 앞에서 나는 머뭇거렸다. 그는 처음 만났을 때 그랬던 것처럼 한쪽 다리를 늘어뜨리고 방안에 느긋하게 누워 있었다.

"안녕." 그가 말했다. 그가 조금이라도 머뭇거리거나 놀랐다면 나는 그곳에 머무느니 공동 숙소로 돌아가 시트도 없는 갈대 더미 위에서 자는 편을 택했을 것이다. 그런데 그는 머뭇거리거나 놀라지 않았다. 말투는 편안했고 눈빛에서는 예리한 관심이 느껴졌다.

"안녕." 나는 대답하고 저편에 놓인 내 침상으로 가서 앉았다.

서서히 나는 익숙해져갔다. 이제는 그가 말을 걸어도 놀라지 않았고 비난이 쏟아지길 기다리지 않았다. 쫓겨날지 모른다고 마음의 준비를 하지도 않았다. 저녁식사가 끝나면 내 발길은 습관적으로 그의 방으로 향했고 내 몸을 누이는 침상을 내 것으로 여겼다.

밤에는 여전히 죽은 아이 꿈을 꾸었다. 하지만 공포로 식은땀을 흘리며 눈을 떠보면 창밖에서는 달빛이 수면을 밝게 비추었고 해변을 때리는 파도 소리가 들렸다. 그의 편안한 호흡과 잠에 취해 헝클어진 팔다리가 어슴푸레한 달빛에 비쳐 보였다. 그러면 나도 모르게 맥박이 느려졌다. 그는 움직이지 않을 때마저 생동감을 풍겨서 죽음과 유령들을 우습게 만들었다. 그래서 어느 정도 시간이 지나면 다시 잠을 청할 수 있었다. 그러고 난 다음부터는 꿈의 강도와 횟수가 줄었다.

알고 보니 그는 보기보다 근엄하지 않았다. 차분하고 평온한 겉모습 밑에 장난기 가득하고 보석처럼 다각도로 반짝이는 면모가 숨어 있었다. 자기에게 불리한 놀이를 하고, 눈을 감고서 이런저런 것들을 받고, 넘지 못할 높이의 침대나 의자를 뛰어넘겠다고 나서는 걸 좋아했다. 그가 미소를 지으면 눈가가 불 앞에 갖다댄 나뭇잎처럼 쭈글쭈글해졌다.

그 자신이 불꽃인 듯했다. 그렇게 반짝반짝 빛나고 시선을 끌었다. 자다 일어나서 머리는 산발이고 잠기운에 얼굴은 엉망진창일 때조차 매력이 넘쳤다. 가까이서 보면 그의 발은 거의 인간의 발이라고 할 수 없었다. 발가락이 시작되는 도톰한 부분은 완벽했고 힘줄은 리라 현처럼 은은하게 빛났다. 발바닥은 분홍색이지만 어디든 맨발로 다녔기 때문에 뒤꿈치는 하얗게 굳은살이 박였다. 그의 아버지는 백단과 석류 향이 나는 향유로 뒤꿈치를 문지르게 했다.

그는 잠이 들기 전까지 그날 하루 동안 있었던 일들을 이야기하기 시작했다. 나는 처음에는 듣기만 했지만 어느 정도 시간이 지나자 말문이 열렸다. 처음에는 왕궁에서 겪은 일들만 얘기하다가 그 이전의 사소한 일들도 하나둘씩 꺼냈다. 물수제비, 타고 놀았던 목마, 어머니가 지참금으로 들고 온 리라.

"너희 아버지가 네 편에 그걸 보내주셔서 다행이다." 그가 말했다.

이윽고 우리의 대화는 봉인이 해제됐다. 해변에서부터 저녁 메뉴, 다른 아이들에 이르기까지 얘깃거리가 얼마나 많은지 놀라울 정도였다.

나는 이제 그의 말 속에 숨겨진 조롱이나 가시를 찾지 않았다. 그가 하는 말은 액면 그대로였다. 그는 그렇게 말하지 않는 사람을 만나면 어리둥절해했다. 단순해서 그런 것 아니냐고 착각하는 사람도 있을지 모르겠다. 하지만 늘 정곡을 찌르는 점도 천재적인 자질이라고 할 수 있지 않을까?

어느 날 오후에 개인 훈련을 앞둔 그의 곁을 떠나려는데 그가 물었다. "같이 가지 않을래?" 살짝 힘이 들어간 목소리였다. 그럴 리가 없다는 걸 몰랐다면 초조해서 그런가보다고 생각할 수 있을 만한 목소리였다. 편안해졌던 우리 사이에 일순 긴장감이 돌았다.

"좋아." 내가 말했다.

늦은 오후의 조용한 시간이었다. 왕궁은 낮잠으로 더위를 식히는 중이었고 우리 둘만 남았다. 우리는 올리브 숲 사이로 구불구불 이어지는 가장 긴 길을 따라서 무기고로 향했다.

나는 그가 살짝 뭉툭하게 만든 훈련용 창과 칼을 고르는 동안 문앞에 서 있었다. 그런 다음 내 무기를 집으려고 손을 내밀었다가 멈칫했다.

"나도……" 그는 고개를 저었다. 아니라는 뜻이었다.

"나는 대전은 하지 않아." 그가 말했다.

나는 단단히 다져진 원형 모래판으로 그를 따라나섰다. "한 번도 한 적 없어?"

"응."

"그럼 무슨 수로……" 나는 한 손에 창을 들고 허리춤에 칼을 꽂고 한가운데로 가서 서는 그를 보며 말꼬리를 흐렸다.

"예언이 맞는 걸 무슨 수로 아느냐고? 나도 아마 모를걸?"

신의 자식들은 신성한 혈통이 발현되는 부분이 저마다 달랐다. 오르페우스는 나무조차 울게 만드는 목소리를 타고났고 헤라클레스는 손으로 등을 쳐서 사람을 죽일 수 있었다. 아킬레우스의 경이로운 능력은 속도였다. 그가 첫 단계 훈련을 시작하자 창이 어찌나 빠르게 움직이는지 빙글빙글 돌아서 앞으로 번뜩였다가 뒤집혀서 뒤에서 번뜩이는 식이었다. 창자루가 그의 손안에서 물 흐르듯 움직였고 짙은 회색의 창끝은 뱀의 혀처럼 꿈틀거렸다. 그의 발은 무용수처럼 바닥을 때리며 잠시도 가만있지 않았다.

그걸 지켜보는 내내 나는 움직일 수가 없었다. 거의 숨조차 쉴 수 없었다. 그의 얼굴은 힘이 들어서 일그러지기는커녕 평온하고 무표정했다. 움직임이 어찌나 정확한지 사방에서 달려드는 열 명, 스무 명의 적군이 눈에 보이는 듯했다. 그는 창으로 허공을 가르며 뛰어오르는 동시에 다른 손으로 칼집에서 칼을 꺼내들었다. 파도를 가르는 물고기처럼 부드럽게 창과 칼을 같이 휘둘렀다.

그가 문득 동작을 멈추었다. 평소보다 아주 살짝 커진 숨소리가 오후의 정적 속에서 내 귀에 전해졌다.

"누구한테 배웠어?" 나는 물었다. 달리 할말이 생각나지 않았다.

"아버지한테 조금."

조금이라니. 거의 섬뜩할 지경이었다.

"다른 사람은 없었고?"

"응."

나는 앞으로 다가갔다. "나랑 대전해보자."

그는 웃음소리 비슷한 소리를 냈다. "안 돼. 그건 절대 안 되지."

"나랑 대전해보자." 나는 최면에 걸린 기분이었다. 아버지에게 조금 배웠을 뿐이라니. 그럼 나머지는 뭔가? 신성한 혈통의 힘? 그는 고역스러운 인간의 난도질을 예술의 경지로 끌어올렸다. 그의 아버지가 남들 앞에서 대전을 하지 못하게 한 이유를 알 것 같았다. 세상에 이런 차원이 존재한다면 어떤 인간이 자신의 능력에 자부심을 느낄 수 있겠는가.

"싫어."

"내 도전을 받아줘."

"무기도 없잖아."

"가서 가져올게."

그는 무릎을 꿇고 흙바닥에 무기들을 내려놓았다. 그의 시선과 나의 시선이 만났다. "하지 않을 거야. 다시는 하자고 하지 마."

"또 그럴 거야. 네가 막을 수는 없어." 나는 반항하듯 앞으로 다가갔다. 갈급증이랄지 확신이랄지, 뭔가 뜨거운 게 내 안에서 이글거렸다. 나는 싸우고 말 것이다. 그는 허락할 수밖에 없을 것이다.

그의 얼굴이 일그러졌고 분노의 기미가 내 눈에 보인 듯했다. 나는 기뻤다. 적어도 내가 그를 자극할 수는 있다는 뜻이었다. 그러면 그는 나와 싸울 것이다. 위태로운 공기에 신경이 곤두섰다.

하지만 그는 흙바닥에 무기들을 버려둔 채 걸음을 옮겼다.

"돌아와." 나는 말했다. 잠시 후에 좀더 큰 소리로 외쳤다. "돌아와. 두려운 거냐?"

그는 여전히 등을 돌린 채 그 묘한 웃음소리 비슷한 소리를 다시 냈다. "아니, 두렵지 않아."

"두려워하는 게 좋을 텐데." 가벼운 농담처럼 던진 말이었는데 우리 둘 사이에 드리워진 그 고요한 공기 안에서는 그렇게 들리지 않았다. 그는 꼼짝하지 않고 미동도 없이 등으로 나를 응시했다.

나를 돌아보게 만들 테다. 나는 생각했다. 나는 다섯 걸음을 다가가서 그의 등을 들이받았다.

그는 비틀거리며 앞으로 쓰러졌고 나는 그에게 들러붙었다. 우리는 땅바닥에 부딪쳤고 그가 혹 하고 빠르게 숨을 내뱉는 소리가 들렸다. 하지만 내가 뭐라고 말할 겨를도 없이 그가 내 밑에서 몸을 비틀더니 내 손목을 움켜잡았다. 나는 내가 뭘 하려고 했는지도 모르는 채로 몸부림을 쳤다. 하지만 반항이라면 나도 소질이 있었다. "놔!" 나는 손목을 홱 잡아당겼다.

"안 돼." 그는 나를 잽싸게 자기 밑으로 돌려서 무릎으로 내 배를 눌렀다. 나는 숨을 헐떡였다. 화가 났지만 묘하게 흐뭇했다.

"너처럼 잘 싸우는 사람은 본 적이 없어." 내가 말했다. 인정이었거나 비난이었거나 아니면 둘 다였다.

"누가 싸우는 걸 본 적도 별로 없으면서."

부드러운 그의 말투에도 불구하고 나는 발끈했다. "무슨 뜻에서 한 말인지 알잖아."

그의 눈빛은 읽을 수가 없었다. 덜 익은 올리브가 우리 위에서 부드럽게 달그락거렸다.

"글쎄. 무슨 뜻에서 한 말인데?"

내가 심하게 몸을 비틀자 그가 손목을 놓아주었다. 우리는 일어나 앉았다. 먼지 범벅인 튜닉이 등에 들러붙었다.

"내 말은……" 나는 말을 하다 말고 멈추었다. 익히 잘 아는 격렬한 분노와 시기가 부싯돌처럼 되살아나서 내 말투에 날이 섰다. 하지만 신랄한 표현들은 내가 생각한 그 순간에 이미 소멸돼버렸다.

"너 같은 사람은 없다고." 나는 결국 이렇게 말했다.

그는 잠깐 동안 아무 말 없이 나를 쳐다보았다. "그래서?"

그의 말투를 접한 순간 남아 있던 마지막 분노마저 왠지 모르게 사라져버렸다. 예전 같았으면 신경이 쓰였을 것이다. 하지만 지금은 내가 뭐라고 그런 걸 시샘하겠는가?

내 생각을 읽기라도 한 듯 그가 미소를 짓자 얼굴이 태양처럼 환해졌다.

6

그 사건 이후 우리의 우정은 봄에 산을 타고 쏟아진 홍수처럼 갑작스럽게 꽃을 피웠다. 그전까지만 해도 나와 다른 아이들은 그의 일상이 왕자 교육과 통치술과 검술 훈련으로 가득 채워져 있을 줄 알았다. 하지만 나는 오래지 않아 진상을 파악했다. 그는 리라 수업과 훈

런을 제외하면 받는 교육이 없었다. 나와 둘이서 하루는 수영을 하고 다음날은 나무 타기를 해도 상관없었다. 우리는 달리기와 공중제비 놀이를 직접 만들어서 했다. 우리는 따뜻한 모래사장에 누워서 "내가 무슨 생각하는지 알아맞혀봐" 하고 말하곤 했다.

창밖으로 보았던 매.

앞니가 삐딱했던 아이.

저녁식사.

같이 수영이나 놀이나 대화를 하다보면 어떤 감정이 찾아왔다. 가슴속에서 점점 부풀어올라 나를 가득 채운다는 점에서는 거의 공포와 비슷했다. 순식간에 찾아온다는 점에서는 거의 눈물과 비슷했다. 하지만 공포나 눈물은 아니라서 그 둘이 무겁다면 이건 둥둥 떠다녔고, 그 둘이 칙칙하다면 이건 밝았다. 예전에도 만족감은 물수제비뜨기나 주사위 놀이나 몽상처럼 나 혼자 재미있는 일을 할 때 찰나처럼 맛본 적이 있었다. 하지만 그것은 뭔가가 있다는 데서 느낀 만족감이었다기보다 뭔가가 없다는 데서, 두려움을 벗어났다는 데서 느낀 만족감이었다. 일단 근처에 아버지나 다른 아이들이 없어야 했다. 배가 고프거나 피곤하거나 아프지도 않아야 했다.

이 감정은 달랐다. 나는 볼이 아프고 머리 가죽이 따끔거려서 이러다 떨어져나오는 게 아닐까 싶을 정도로 크게 웃었다. 혓바닥은 자유로움에 들떠서 내 통제 범위를 이탈했다. 나는 그에게 어쩌고저쩌고, 어쩌고저쩌고 늘어놓았다. 말이 너무 많은 건 아닌지 두려워할 필요가 없었다. 내가 너무 마른 건 아닌지, 너무 느린 건 아닌지 걱정할 필요도 없었다. 어쩌고저쩌고, 어쩌고저쩌고! 나는 그에게 물수제비뜨는 법을 가르쳐주었고 그는 내게 나무 깎는 법을 가르쳐주었다.

살갗에 스치는 바람에도 온몸의 모든 신경을 느낄 수 있었다.

그가 나의 어머니의 리라를 연주했고 나는 그것을 유심히 지켜보았다. 내가 연주할 차례가 되면 손가락이 현 위에서 꼬여버려서 선생님은 나를 포기했다. 하지만 나는 신경쓰지 않았다. "다시 연주해봐." 나는 그에게 말했다. 그러면 그는 어둠 속에서 손가락이 거의 안 보일 때까지 연주했다.

그 무렵부터 내가 어떤 식으로 달라졌는지 느낄 수 있었다. 나는 이제 같이 달리기를 하다 지거나 바위까지 헤엄치기 시합에서 지거나 창던지기나 물수제비뜨기에서 져도 신경쓰지 않았다. 그렇게 아름다운 인물에게 진 것을 어느 누가 부끄럽게 여기겠는가. 그가 이기는 것을, 그가 발바닥을 번뜩이며 모래사장을 박차는 것을, 어깨를 위아래로 들썩이며 소금물을 가르는 것을 구경하는 것만으로 충분했다. 그것으로 충분했다.

추방을 당하고 일 년여가 지나서 늦여름이 되었을 때 나는 드디어 어쩌다 남자아이를 죽이게 되었는지 그에게 털어놓았다. 우리는 조각보 같은 잎사귀로 뒤덮인 안마당의 참나무 가지에 앉아 있었다. 든든한 줄기에 등을 기대고 허공에 앉아 있었더니 왠지 모르게 말을 꺼내기가 더 쉬웠다. 그는 아무 말 없이 듣고 있다가 내 이야기가 끝나자 물었다.

"방어하려다가 그렇게 된 거라고 왜 얘기하지 않았어?"

나는 그때까지 생각하지도 못했던 부분을 물어보다니 그다웠다.

"글쎄."

"아니면 거짓말을 할 수도 있었잖아. 네가 봤을 때 이미 죽어 있었다고."

나는 그렇게 간단하게 해결할 수 있는 문제였다는 데 놀라 그를 빤히 쳐다보았다. 거짓말을 할 수도 있었다니. 그러고 나서 깨달음이 찾아왔다. 만약 거짓말을 했다면 여전히 왕자로 지내고 있었을 텐데. 나는 살인을 저질러서 추방을 당한 게 아니라 약지 못해서 추방을 당한 거였다. 이제는 아버지가 왜 그렇게 혐오스러워하는 눈빛을 지었는지 알 것 같았다. 전부 다 실토하다니 머저리 같은 아들 녀석. 내 이야기를 듣는 동안 그의 턱이 어떤 식으로 굳어졌는지 기억이 났다. 이 아이는 왕이 될 자격이 없어.

"너라면 거짓말을 하지 않았을 거잖아." 내가 말했다.

"그랬겠지." 그는 인정했다.

"그럼 어떻게 했을 거야?"

아킬레우스는 앉아 있던 나뭇가지를 손가락으로 톡톡 두드렸다. "글쎄. 상상이 안 가. 그 아이가 너한테 그런 식으로 말했다는 게." 그는 어깨를 으쓱했다. "누군가가 나한테서 뭘 뺏어가려고 한 적은 지금까지 한 번도 없었거든."

"한 번도?" 믿을 수가 없었다. 그런 협박 없이 살 수 있다니 가능한 일이란 말인가.

"응." 그는 잠깐 아무 말 없이 생각에 잠겼다. "글쎄." 그는 결국 했던 말을 반복했다. "화가 났을 것 같아." 그는 눈을 감고 나뭇가지에 머리를 기댔다. 초록색 참나무 이파리가 왕관처럼 그의 머리를 감쌌다.

이제 나는 펠레우스 왕을 자주 만났다. 우리는 가끔 심의회에 불려갔고 방문한 왕들과 저녁식사를 함께했다. 나는 식탁에서 아킬레우스 옆에 앉을 수 있었고 심지어 원하면 대화에도 동참할 수 있었다. 하지만 나는 원하지 않았다. 아무 말 없이 내 주변의 손님들을 지켜보는 것만으로 행복했다. 펠레우스는 나를 스코프스라고 부르기 시작했다. 눈이 커서 소쩍새를 닮았다고 그러는 거였다. 그는 이런 식으로 누구에게나 거침없이 애정 표현을 잘했다.

손님들이 가면 우리는 그와 함께 난롯가에 앉아서 그의 어린 시절 이야기를 들었다. 이제 나이가 들어서 희끗희끗하게 빛을 잃은 그는 한때 헤라클레스 옆에서 싸운 적이 있다고 했다. 내가 필록테테스를 본 적 있다고 하자 그는 미소를 지었다.

"그래, 헤라클레스에게 활을 물려받은 친구 말이로구나. 그 당시에는 창을 썼고 우리들 중에서 가장 용감했지." 그런 식으로 칭찬을 하다니 역시 그다웠다. 그의 국고가 각종 조약과 협정 선물로 그득하게 된 이유를 이제는 알 것 같았다. 뽐내기 좋아하고 큰소리치기 좋아하는 영웅들 사이에서 펠레우스만이 예외였다. 그는 겸손의 화신이었다. 우리가 그의 이야기를 듣는 동안 하인이 장작을 한 개, 또 한 개 넣었다. 그는 밤이 이슥해진 다음에야 우리를 침실로 돌려보냈다.

그가 어머니를 만나러 갈 때만큼은 내가 따라나서지 않았다. 그는 온 왕궁이 잠든 늦은 밤 아니면 새벽에 나가서 붉게 상기된 얼굴로 바다 냄새를 풍기며 돌아왔다. 내가 어땠느냐고 물으면 그는 이상하게 감정이 없는 말투로 술술 털어놓았다.

"늘 똑같아. 어머니는 내가 뭘 하고 있는지, 잘 지내는지 궁금해하셔. 인간들 사이에서 내가 어떤 식으로 소문이 났는지 얘기하시고. 마지막에는 자기랑 같이 가겠느냐고 묻고."

나는 그의 이야기에 넋을 잃었다. "어디로?"

"바닷속 동굴로." 바다의 님프들은 햇빛도 스미지 않을 만큼 깊은 그곳에서 살았다.

"갈 거야?"

그는 고개를 저었다. "아버지가 그러시는데 가면 안 된대. 멀쩡히 돌아온 인간을 본 적이 없다고."

나는 그가 고개를 돌린 틈을 타서 농부들이 악령을 물리칠 때 쓰는 성호를 그었다. 신들이시여, 액운을 막아주소서. 그런 얘기를 그렇게 아무렇지 않게 하다니 살짝 무서워졌다. 이야기들 속에서 신과 인간이 만나 행복하게 끝난 적은 없었다. 하지만 나는 그녀가 그의 어머니이고 그도 반신반인 아니냐며 불안한 마음을 달랬다.

어느 정도 시간이 지나자 그가 어머니를 만나고 오는 것도 경이로운 발놀림과 초인적으로 날렵한 그의 손가락처럼, 특이하기는 하지만 익숙한 일이 되었다. 그가 새벽에 창문을 넘어서 들어오는 소리가 들리면 나는 침상에 누운 채로 중얼거렸다. "잘 지내시지?"

그러면 그는 대답했다. "응, 잘 지내셔." 그러고는 "오늘은 물고기가 많더라" 아니면 "바닷물이 목욕물처럼 따뜻했어" 하고 덧붙였다. 그러고 나면 둘이서 다시 잠을 청했다.

두번째로 맞은 봄날의 어느 새벽, 그가 어머니를 만나고 평소보다 늦게 돌아왔다. 태양이 바다 위로 거의 고개를 내밀고 염소의 목에 매단 종들이 언덕 위에서 딸랑거리고 있었다.

"잘 지내시지?"

"잘 지내셔. 그리고 너를 만나고 싶어하셔."

나는 치밀어오르는 공포를 느꼈지만 꾹 참았다. "나도 만나야 한다고 생각해?" 나를 만나고 싶어하는 이유가 뭔지 전혀 알 수 없었다. 나도 알다시피 그녀는 인간을 질색하기로 유명했다.

그는 내 눈을 피했다. 주워온 돌멩이를 손가락으로 돌리고 또 돌리기만 했다. "나쁠 건 없지. 어머니는 내일밤에 보자고 하시던데." 이제 보니 명령이었음을 알 수 있었다. 신들은 요청하는 법이 없었다. 나는 그를 속속들이 파악하고 있었기에 그가 당혹스러워하고 있다는 것을 알아차릴 수 있었다. 그가 나에게 이런 식으로 뻣뻣하게 군 적은 처음이었다.

"내일밤?"

그는 고개를 끄덕였다.

우리는 서로 비밀이 없는 편이었지만 내가 느끼는 공포를 그의 앞에서 드러내고 싶지 않았다. "내가, 내가 선물을 준비해야 할까? 꿀을 넣은 포도주라도?" 우리는 축일이 찾아오면 제단에 꿀을 넣은 포도주를 뿌렸다. 그것이 가장 값비싼 제물 중 하나로 꼽혔다.

그는 고개를 저었다. "좋아하지 않으셔."

다음날 밤, 다들 잠이 들었을 때 나는 창밖으로 기어나왔다. 반달이 환하게 비추고 있어서 횃불이 없어도 바위를 넘어서 갈 수 있었다. 그가 말하길 밀물 속에 서 있으면 그녀가 올 거라고 했다. 말은 할 필요 없다며 나를 안심시켰다. 말을 하지 않아도 그녀는 알 테니까.

파도는 따뜻했고 모래투성이였다. 나는 디딤발을 이쪽에서 저쪽으로 바꾸어가며 파도를 뚫고 달리는 하얀색의 조그만 게떼를 구경했다. 그녀가 다가오면 철벅거리는 소리가 들릴지 모른다는 생각에 열심히 귀를 기울였다. 산들바람이 불어오자 나는 쾌적한 기분에 눈을 감았다. 감았던 눈을 떠보니 그녀가 내 앞에 서 있었다.

그녀는 나보다 키가 컸다. 내가 그때까지 만났던 그 어떤 여자보다도 더 컸다. 까만 머리는 풀어서 등뒤로 늘어뜨렸고 어둠 속에서도 빛나는 살결은 달빛을 흡수하기라도 한 것처럼 믿기지 않을 만큼 창백했다. 그녀가 워낙 가까이 있어서 짙은 밤색 꿀 냄새와 섞인 바다 냄새가 느껴졌다. 나는 숨을 쉬지 않았다. 감히 쉴 수가 없었다.

"네가 파트로클로스로구나." 나는 거칠고 귀에 거슬리는 그녀의 목소리를 듣고 움찔했다. 파도에 돌이 갈리는 소리가 아니라 낭랑한 종소리일 줄 알았던 것이다.

"네, 여신님."

혐오의 표정이 그녀의 얼굴을 뒤덮었다. 그녀의 눈은 인간과 달랐다. 가운데까지 까맣고 금가루가 박혀 있었다. 나는 차마 그 눈을 쳐다볼 수가 없었다.

"그 아이는 신이 될 것이다." 그녀가 말했다. 나는 뭐라고 대답하면 좋을지 알 수가 없었기에 아무 말도 하지 않았다. 그녀가 몸을 앞으로 숙이자 나를 건드릴지 모르겠다는 생각이 들었다. 하지만 당연히 그런 일은 없었다.

"알겠느냐?" 내 뺨에 닿는 그녀의 숨결이 느껴졌지만 전혀 따뜻하지 않고 심해처럼 냉기가 돌았다. 알겠느냐? 그는 그녀가 기다리는 걸 싫어한다고 했다.

"네."

그녀는 계속 몸을 숙인 채로 나를 내려다보았다. 그녀의 입술은 갈라놓은 제물의 배에 그어진 시뻘건 금과 같았다. 그 뒤에서 날카롭고 뼈처럼 하얀 이가 번뜩였다.

"좋다." 그러고 나서 그녀는 혼잣말처럼 무심하게 덧붙였다. "너는 금세 죽을 거다."

그녀가 몸을 돌려서 바닷속으로 뛰어들자 뒤로 잔물결 하나 남지 않았다.

나는 곧장 왕궁으로 돌아가지 않았다. 그럴 수가 없었다. 대신 올리브 숲으로 가서 배배 꼬인 줄기와 떨어진 열매 틈에 앉았다. 바다와 멀리 떨어진 곳이었다. 이제 짠내는 맡고 싶지 않았다.

너는 금세 죽을 거다. 그녀는 사실을 전달하듯 냉담하게 말했다. 그녀는 내가 그의 동무가 되는 것을 바라지 않았지만 나는 죽일 가치도 없는 인간이었다. 여신에게 몇십 년도 안 되는 인간의 목숨은 귀찮은 고민거리도 되지 못했다.

그리고 그녀는 그가 신이 되길 바랐다. 당연하지 않느냐는 듯이 거두절미하고 말했다. 신이라. 신이 된 그의 모습은 상상이 되지 않았다. 신들은 차갑고 소원하며 달처럼 멀게 느껴져서 그의 초롱초롱한 눈빛과 따뜻하고 장난기 넘치는 미소와는 극과 극이었다.

그녀는 야망을 품고 있었다. 아무리 신의 피가 섞였더라도 불멸의 존재로 만들기란 어려운 일이었다. 그래, 예전에 헤라클레스와 오르페우스와 오리온의 경우가 있긴 했다. 그들은 이제 별자리의 주인으로 하늘에 앉아서 신들과 함께 암브로시아*를 먹고 있었다. 하지만 그들은 이미 그전부터 제우스의 아들로서 가장 순수한 이코르**가

---

* 신들이 먹는 음식.
** 신들의 몸속에 혈액처럼 흐른다는 영액.

70

흐르는 강력한 혈통이었다. 테티스는 별 볼일 없는 신들 중에서도 별 볼일 없는 바다의 님프에 불과했다. 전해 내려오는 이야기에 따르면 이들이 힘을 발휘하기 위해서는 자기들보다 강력한 신들을 구슬리고 꼬드겨서 환심을 사야 한다고 했다. 그들 스스로 할 수 있는 일은 거의 없었다. 영생 말고는 말이다.

"무슨 생각해?" 나를 찾으러 나온 아킬레우스가 물었다. 고요한 숲속에서 그의 목소리가 쩌렁쩌렁 울렸지만 나는 놀라지 않았다. 그가 나를 찾으러 나오지 않을까 싶었다. 그래주었으면 했다.

"아무 생각 안 해." 내가 말했다. 거짓말이었다. 이런 식의 대답이 늘 그렇듯.

그는 흙이 묻은 맨발로 내 옆에 앉았다.

"너더러 금세 죽을 거라고 하셨어?"

나는 놀라서 그를 쳐다보았다.

"응." 내가 말했다.

"미안해." 그가 말했다.

바람에 우리 주변의 회색 나뭇잎들이 흔들렸고 어디에선가 툭 하고 올리브 떨어지는 소리가 나지막이 들렸다.

"네가 신이 되었으면 좋겠대." 내가 말했다.

"알아." 당혹감으로 그의 얼굴이 일그러지자 나도 모르게 마음이 가벼워졌다. 너무나 어린애 같고 인간적인 반응이었던 것이다. 어디에서나 부모가 문제였다.

하지만 궁금증이 아직 해결되지 않았다. 나는 대답을 듣기 전에는 아무것도 할 수가 없었다.

"너도……" 나는 말문이 막혀서 멈칫했다. 그러지 말자고 다짐했는데도 잘 되지 않았다. 그가 나를 찾으러 나오길 기다리는 동안 여기 앉아서 연습했는데도 잘 되지 않았다. "너도 신이 되고 싶어?"

어슴푸레한 달빛에 비친 그의 눈은 까맸다. 초록색 눈동자에 박힌 금가루가 보이지 않았다. "잘 모르겠어." 이윽고 그가 말했다. "그게 뭘 말하는지, 어떤 식으로 이루어지는 건지 모르겠거든." 그는 무릎을 끌어안고 있는 자기 손을 내려다보았다. "난 이곳을 떠나고 싶지 않아. 게다가 그런 일이 벌어진다면 언제일까? 올림포스? 조만간일까?"

나는 할말을 잃었다. 신들은 어떻게 만들어지는지 전혀 아는 바가 없었다. 나는 인간에 불과했다.

그는 이제 얼굴을 찡그리고 있었고 목소리는 더 커졌다. "그리고 정말 그런 곳이 있을까? 올림포스? 어머니도 어떻게 하면 되는지 몰라. 아는 척할 뿐이지. 어머니는 내가 아주 유명해지면……" 그는 말끝을 흐렸다.

적어도 이건 내가 말끝을 맺어줄 수 있었다. "그러면 신들이 자진해서 너를 데려갈 거라고 생각하시는구나."

그는 고개를 끄덕였다. 하지만 아직 내 질문에는 대답하지 않았다.

"아킬레우스."

그는 좌절감과 분노 어린 당혹감이 가득한 눈으로 나를 돌아보았다. 그는 이제 겨우 열두 살이었다.

"너도 신이 되고 싶어?" 이번에는 좀 전보다 쉬웠다.

"아직은 아니야." 그가 말했다.

긴장을 하고 있는 줄도 몰랐는데 좀 풀렸다. 아직은 그를 잃을 걱정이 없었다.

그는 한 손으로 턱을 받쳤다. 대리석 조각인 양 이목구비가 평소보다 더 고와 보였다. "하지만 영웅은 되고 싶어. 그건 될 수 있을 것 같아. 예언이 사실이라면. 전쟁이 벌어진다면. 우리 어머니 말로는 내가 심지어 헤라클레스보다 낫대."

나는 뭐라고 대꾸하면 좋을지 알 수가 없었다. 그게 어머니의 착각인지, 진짜인지도 알 수 없었다. 둘 중 어느 쪽이건 상관없었다. 아직은.

그는 잠깐 아무 말도 하지 않았다. 그러더니 문득 나를 돌아보았다. "너는 신이 되고 싶어?"

이끼와 올리브로 뒤덮인 그곳에서 그런 질문을 들었더니 우습게 느껴졌다. 나는 큰 소리로 웃었고 잠시 후에 그도 따라 웃었다.

"내가 그렇게 될 리는 없을 것 같은데." 내가 말했다.

나는 일어나서 그에게 손을 내밀었다. 그는 내 손을 잡고 몸을 일으켰다. 우리 둘 다 튜닉에 흙이 묻었고 내 발은 말라가는 소금기 때문에 살짝 따끔거렸다.

"주방에 무화과 있더라. 내가 봤어." 그가 말했다.

우리는 겨우 열두 살이었다. 고민하기에는 너무 어렸다.

"내가 너보다 더 많이 먹을 수 있어."

"내기할래?"

나는 웃음을 터뜨렸다. 우리는 달려갔다.

7

이듬해 여름에 우리는 열세 살이 되었다. 그가 먼저였고 내가 나중이었다. 몸도 점점 길어져서 관절이 욱신거리고 약해질 정도로 늘어났다. 펠레우스의 반짝이는 청동 거울에 비춰보면 내가 나를 못 알아볼 지경이었다. 껑충하고 수척하며 새 다리에 턱은 뾰족했다. 아킬레우스는 나보다 훨씬 더 커서 나를 내려다보는 느낌이었다. 결국에는 키가 비슷해졌지만 그가 먼저 엄청난 속도로 성장한 건 아마도 신의 피가 흐르기 때문이었을 것이다.

다른 아이들도 나이를 먹었다. 이제는 닫힌 문 뒤에서 주기적으로 신음 소리가 들렸고 날이 밝기 전에 침상으로 돌아가는 그림자가 보였다. 우리 세계에서는 남자들이 종종 수염이 다 자라기 전에 부인을 맞았다. 그랬으니 하녀하고는 얼마나 더 일찍부터 동침을 하겠는가? 그건 당연시되었다. 그런 전적 없이 첫날밤을 맞는 남자는 거의 없었다. 운이 없는 남자들이나 그랬다. 너무 허약해서 복종시키지 못하거나 너무 못생겨서 매력이 없거나 너무 가난해서 돈이 없는 남자들이나 그랬다.

귀족 집안에서 태어난 다수의 여자가 왕비의 시녀로 일하는 것이 왕궁의 관례였다. 하지만 펠레우스에게는 왕비가 없었으니 우리가 접하는 여자는 대부분 노예였다. 돈으로 사거나 전쟁터에서 끌려오거나 노예의 자손인 이들이었다. 그들은 낮에는 포도주를 따르고 바닥을 닦으며 주방을 지켰다. 밤이 되면 군인이나 위탁된 아이들, 다른 나라에서 방문한 왕 아니면 펠레우스의 시중을 들었다. 그로 인해 배가 불러오더라도 부끄러운 일로 간주되지 않았다. 그것은 수익이었다. 노예가 늘어난다는 뜻이었다. 그들의 관계가 반드시 폭력적이지는 않았다. 서로 만족하고 심지어 애정을 느끼는 경우도 있었다. 적어도 남자들은 그렇게 믿었다.

아킬레우스나 나는 쉽게, 너무나 쉽게 아무 노예하고 동침할 수 있었을 것이다. 열세 살이었으니 늦은 셈이었는데, 왕자들은 성욕이 엄청나기로 유명했으니 아킬레우스는 특히 그랬다. 하지만 우리는 위탁된 아이들이 계집애를 잡아서 자기들 무릎에 앉혀도, 저녁식사 후에 펠레우스가 가장 예쁜 계집애를 자기 방으로 호출해도 말없이 지켜보았다. 한번은 왕이 아들에게 그 계집애를 하사한 적도 있었다. 그는 쭈뼛거리며 대답했다. 오늘밤에는 피곤해서요. 나중에 우리 방으로 돌아가는 동안 그는 나의 시선을 피했다.

그렇다면 나는? 나는 아킬레우스가 아닌 남들하고 있을 때는 부끄럼을 탔고 말이 없었다. 계집애는커녕 다른 남자아이들하고도 거의 말을 섞지 않았다. 나는 왕자의 동무였으니 굳이 말을 꺼낼 필요도 없었을 것이다. 손짓이나 눈빛만으로 충분했을 것이다. 하지만 나는 그런 생각을 하지 못했다. 밤마다 내 안에서 요동하는 감정과 고분고분하게 눈을 내리깐 하녀들 사이에는 묘한 거리감이 느껴졌다. 나는 한 남자아이가 옷 위로 몸을 더듬는데 무미건조한 표정으로 포도주를 따르는 계집애를 본 적이 있었다. 그런 건 싫었다.

어느 날 우리가 펠레우스의 방에 밤늦게까지 머문 적이 있었다. 아킬레우스는 팔베개를 하고 바닥에 드러누웠다. 나는 좀더 예의를 갖추어서 의자에 앉았다. 오로지 펠레우스 때문에 그런 것만은 아니었다. 길쭉해진 팔다리를 대자로 뻗고 싶지 않았다.

나이 많은 왕의 눈은 반쯤 감겨 있었다. 그는 우리에게 이야기를 들려주고 있었다.

"멜레아그로스는 생전에 가장 훌륭한 동시에 가장 자존심이 강한 전사였다. 뭐든 최고를 고집했는데 백성의 사랑을 받았기에 자기 욕심대로 할 수 있었지."

나의 시선은 아킬레우스에게로 향했다. 손가락들이 허공에서 보일락 말락 꿈틀거리고 있었다. 새 노래를 만들 때 종종 나오는 동작이었다. 아마 아버지의 이야기를 들으며 멜레아그로스의 노래를 만드는 모양이었다.

"하지만 어느 날 칼리돈의 왕이 말했지. '우리가 왜 그렇게 많은 걸 멜레아그로스에게 바쳐야 하나? 칼리돈에는 다른 훌륭한 남자들도 있는데.'"

아킬레우스가 몸을 움직이자 튜닉의 가슴 부분이 꼭 맞게 당겨졌다. 그날 나는 어떤 하녀가 그녀의 친구에게 이렇게 속삭이는 것을 들었다. "왕자님이 저녁식사 자리에서 나를 쳐다보신 것 같지 않아?" 희망 어린 말투였다.

"멜레아그로스는 왕의 말을 듣고 격분했지."

그날 아침에 그는 내 침상으로 뛰어올라와서 내 코에 대고 자기 코를 눌렀다. "좋은 아침." 그가 말했다. 내 살갗으로 느껴지던 그의 체온이 기억났다.

"그는 말했다. '더 이상 당신을 위해 싸우지 않겠소.' 그러고는 집으로 돌아가 아내의 품안에서 위안을 얻었지."

누군가가 내 발을 당기는 게 느껴졌다. 아킬레우스가 바닥에서 나를 보며 씩 웃고 있었다.

"칼리돈에는 사나운 적국들이 있었는데 그들은 멜레아그로스가 더이상 칼리돈을 위해 싸우지 않을 거라는 소식을 듣고는……"

나는 약 올리듯 그를 향해 발을 살짝 내밀었다. 그의 손가락이 내 발목을 감쌌다.

"공격을 감행했다. 그러자 도시 칼리돈은 끔찍한 피해를 입었지."

아킬레우스가 발목을 홱 잡아당기자 내 몸이 의자에서 반쯤 미끄러져 나왔다. 나는 바닥으로 끌려가지 않으려고 나무틀을 붙잡았다.

"그래서 백성들은 멜레아그로스를 찾아가 도와달라고 간청했단다. 그러자…… 아킬레우스, 듣고 있는 게냐?"

"네, 아버지."

"그럴 리가. 지금 딱한 스코프스를 괴롭히고 있지 않느냐."

나는 괴로운 척했다. 하지만 사실은 좀 전까지 그가 잡고 있었던 발목이 이제는 시원하다는 느낌뿐이었다.

"어쩌면 오히려 잘된 일인지 모르겠다. 피곤하구나. 나머지 부분은 나중에 들려주마."

우리는 일어나서 왕에게 문안 인사를 건넸다. 하지만 우리가 몸을 돌리는 순간 그가 말했다. "아킬레우스, 주방에서 일하는 머리색이 밝은 계집아이를 찾아가보거라. 너를 만나고 싶어서 문 앞에서 서성인다고 들었다만."

그의 얼굴이 좀 전과 전혀 달라 보이는 이유가 난롯불 빛 때문이었는지 잘 알 수 없었다.

"나중에요, 아버지. 오늘은 피곤해서요."

펠레우스는 장난이었다는 듯이 빙그레 웃었다. "그 아이가 널 깨울지도 모르겠다만." 그는 손을 흔들었다.

우리 방으로 돌아가는 동안 종종걸음을 쳐야 그와 속도를 맞출 수 있었다. 우리는 말없이 세수를 했지만 나는 이라도 썩은 것처럼 속이 아렸다. 이대로 그냥 지나칠 수가 없었다.

"그 계집애 말이야…… 걔한테 마음 있어?"

아킬레우스가 방 저편에서 내 쪽으로 고개를 돌렸다. "왜? 너는 있어?"

"아냐, 아냐." 나는 얼굴을 붉혔다. "그런 뜻에서 물은 거 아니야." 이렇게 그의 속마음을 읽기 힘든 적은 맨 처음 만났을 때 이후로 처음이었다. "내 말은, 그 계집애하고……"

그는 나에게로 달려들어서 나를 침상 위로 쓰러뜨렸다. 그러고는 나를 내려다보며 말했다. "그 계집애 얘기라면 지긋지긋해."

목을 타고 올라온 화끈거림이 손가락으로 감싸듯 얼굴 위로 번졌다. 그의 머리칼이 내 위로 쏟아졌고 그의 체취 말고는 아무것도 느낄 수 없었다. 까칠까칠한 그의 입술과 내 입술의 간격이 털끝만큼 되는 듯했다.

그러고 나서 잠시 후, 그날 아침에 그랬던 것처럼 그는 내 곁을 떠났다. 방 저쪽에서 마지막 남은 물 한 잔을 붓는 소리가 들렸다. 그의 얼굴은 평온하고 침착했다.

"잘 자." 그가 말했다.

밤이 되어 침대에 누우면 여러 광경이 떠오른다. 처음에는 꿈처럼, 내 잠결을 슬금슬금 어루만지는 손길처럼 시작되고 그때부터 내 몸은 떨린다. 내가 눈을 떠도 목 위에서 어른거리는 난롯불 빛처럼 찾아와 움푹 들어간 좌골을 따라 아래로 점점 이동한다. 부드럽고 힘이 센 손이 나를 만지려고 다가온다. 나는 그 손을 안다. 그런데 여기서도, 감은 눈꺼풀 속 컴컴한 공간에서도 내가 원하는 게 뭔지 모르겠다. 나는 낮 동안 점점 산만해지고 가만히 있지 못한다. 하지만 아무리 왔다갔다 걷고 노래하고 달려도 그들을 막지 못한다. 그들은 계속 찾아오고 앞으로도 멈추지 않을 것이다.

여름 들어서 처음으로 날씨가 좋아진 그런 날이다. 우리는 점심을 먹은 뒤 떠내려온 나무의 비스듬한 부분에 등을 대고 바닷가에 누워 있다. 해는 중천에 떴고 우리를 감싸고 있는 공기는 따뜻하다. 내 옆에서 아킬레우스가 꼼지락거리자 뻗어나온 한쪽 발이 내 발에 닿는다. 서늘하고 모래에 벌겋게 쓸렸고 겨울 동안 왕궁 안에만 있어서 몰캉하다. 그는 예전에 연주한 적 있는 뭔지 모를 곡을 콧노래로 흥얼거린다.

나는 고개를 돌려서 그를 바라본다. 다른 아이들과 달리 얼굴에 얼룩이나 점 하나 없이 매끈하다. 그의 이목구비는 단호한 손길로 그린 작품이다. 삐딱하거나 엉성하거나 너무 큼지막한 구석이 하나도 없다. 아주 예리한 칼로 깎은 것처럼 전부 딱 떨어진다. 하지만 날카로운 인상을 풍기지는 않는다.

그가 고개를 돌리자 그를 쳐다보고 있었던 나와 시선이 마주친다. "왜?" 그가 묻는다.

"아무것도 아니야."

그의 체취가 느껴진다. 발에 바르는 석류기름과 백단기름. 짭짤하고 깨끗한 땀냄새. 히아신스를 헤치고 걸어오는 동안 우리 발목에 묻은 꽃향기. 내가 잠들 때 그리고 일어날 때마다 풍겨오는 고유의 체

79

취가 그 아래에서 느껴진다. 어떤 냄새인지는 말로 표현할 수 없다. 달콤하지만 그게 전부는 아니다. 진하지만 너무 진하지는 않다. 아몬드 냄새 비슷하지만 딱 들어맞지는 않는다. 가끔 둘이서 몸싸움을 벌이고 난 뒤에는 나한테서 그 냄새가 날 때도 있다.

그가 한 손을 딛고 몸을 일으킨다. 그가 움직이자 팔뚝의 근육이 볼록 솟았다가 사라진다. 그가 짙은 초록색 눈으로 내 눈을 들여다본다.

왠지 모르게 나의 맥박이 빨라진다. 그가 지금까지 나를 쳐다본 게 수천 번일 텐데 지금 이 눈빛은 다르다. 정체 모를 강렬함이 느껴진다. 내 입안이 바짝 마르고 침을 삼키자 소리가 들린다.

그는 나를 지켜본다. 뭔가를 기다리는 눈치다.

나는 미세하게 그의 쪽으로 몸을 움직인다. 꼭 폭포에서 뛰어내리는 듯한 기분이다. 그때까지만 해도 나는 뭘 할 생각인지 알지 못한다. 내가 몸을 기울이자 우리의 입술이 어색하게 맞닿는다. 부드럽고 둥글고 꽃가루가 잔뜩 묻은 꿀벌의 통통한 몸통 같은 느낌이다. 그의 입술 맛이 느껴진다. 뜨겁고 후식으로 먹은 꿀 때문에 달짝지근하다. 내 뱃속이 떨리고 따뜻한 희열 한 방울이 살갗 아래로 번진다. 한번 더.

내 욕망의 강도와 그 욕망이 꽃을 피우는 속도에 나는 충격을 받는다. 나는 움찔하며 얼른 몸을 뗀다. 오후 햇살로 둘러싸인 그의 얼굴과 반쯤 하다 만 입맞춤으로 살짝 벌어진 그의 입술을 볼 수 있는 시간이 한 순간, 딱 한 순간 주어진다. 그는 놀라서 눈을 휘둥그레 뜬다.

나는 경악한다. 내가 무슨 짓을 한 걸까? 하지만 사과할 시간이 없다. 그가 일어나서 뒷걸음질을 친다. 닫혀버려서 읽을 수 없고 소원해져버린 그의 얼굴이 내 입에서 나오려던 해명을 얼어붙게 만든다. 그는 몸을 돌리고 이 세상에서 가장 빠른 속도로 바닷가를 달려서 사라져버린다.

그가 없으니 옆구리가 시리다. 피부가 땅기고 얼굴은 화상이라도 입은 것처럼 벌겋게 화끈거린다.

신이시여. 나는 생각한다. 그가 나를 미워하지 않게 해주소서.

신을 불러내는 어리석은 짓은 하지 말았어야 하는 거였다.

정원에 난 오솔길을 향해 모퉁이를 돌았을 때 선명하고 칼날처럼 쨍한 모습으로 서 있는 그녀와 맞닥뜨렸다. 파란색 드레스가 물에 젖었는지 살갗에 들러붙어 있었다. 그녀는 까만 눈으로 내 눈을 똑바로 쳐다보며 싸늘하고 섬뜩하리만치 창백한 손을 내 쪽으로 뻗었다. 그녀가 나를 들어올리자 발이 서로 부딪쳤다.

"다 봤다." 그녀는 쇳소리로 나지막이 말했다. 파도가 바위에 부서지는 소리 같았다.

나는 아무 말도 할 수가 없었다. 그녀가 내 목을 움켜쥐고 있었다.

"그 아이는 떠날 거다." 그녀의 눈은 바닷물에 젖은 바위처럼 새까맣고 거칠었다. "진작 보냈어야 하는 건데. 따라갈 생각은 하지 마라."

숨을 쉴 수가 없었다. 하지만 나는 반항하지 않았다. 반항하면 안 된다는 것 정도는 알고 있었다. 그녀는 잠시 숨을 가다듬는 듯했고 나는 다른 말이 이어질 줄 알았다. 하지만 아니었다. 그녀는 손을 풀어서 축 늘어진 나를 땅바닥으로 떨어뜨렸다.

어머니의 바람. 이 일대에서는 거기에 별 의미를 두지 않는다. 하지만 그녀는 처음부터 끝까지 여신이었다.

내가 방으로 돌아갔을 때는 이미 어둠이 내린 뒤였다. 아킬레우스는 자기 침대에 앉아서 발을 쳐다보고 있었다. 내가 문 앞으로 다가 가자 그는 기대에 찬 눈빛으로 고개를 들었다. 나는 아무 말도 하지 않았다. 그의 어머니의 까만 눈동자와 바닷가를 쏜살같이 달리던 그 의 발꿈치가 여전히 눈앞에 선했다. 미안해, 실수였어. 그녀를 만나지 않았더라면 나는 아마 용기를 내서 그렇게 말했을 것이다.

나는 방안으로 들어가 내 침상에 앉았다. 그는 내 쪽을 흘끗 쳐다 보았다. 그는 평범한 아이들처럼 턱의 각도나 눈의 생김새 같은 데서 는 어머니를 닮은 구석이 없었다. 몸놀림과 반짝이는 피부는 뭔가 달 랐다. 여신의 아들. 나는 대체 어떤 일이 벌어질 거라고 생각했던가.

그에게서 풍기는 바다 냄새가 심지어 내가 앉아 있는 자리에까지 전해졌다.

"나는 내일 떠나." 그가 말했다. 거의 비난조였다.

"아." 나는 입안이 붓고 무감각해진 느낌, 퉁퉁 부풀어서 말을 할 수 없는 느낌이었다.

"케이론에게 수업을 받을 거야." 그는 말을 잠깐 멈추었다가 덧붙 였다. "헤라클레스를 가르친 선생님이야. 페르세우스도 가르쳤고."

아직은 아니야. 그는 내게 이렇게 말했었다. 하지만 그의 어머니의 선택은 달랐다.

그는 일어나서 튜닉을 벗었다. 무더운 한여름이었고 우리는 평소 알몸으로 잠을 청했다. 달빛이 매끈하게 근육이 잡힌 그의 복부를 비 추었다. 그곳을 덮은 옅은 갈색 털은 허리 아래로 내려갈수록 점점 짙어졌다. 나는 눈을 돌렸다.

그는 다음날 새벽에 일어나 옷을 입었다. 나는 깨어 있었다. 아예 자지 않았다. 나는 잠을 자는 척하면서 가느다랗게 실눈을 뜨고 그를 지켜보았다. 그는 가끔 내 쪽을 훔쳐보았다. 희부연한 어스름 속에서 그의 살갗은 회색으로 반질반질한 것이 마치 대리석 같았다. 그는 가방을 어깨에 짊어지고 문 앞에서 마지막으로 잠시 걸음을 멈추었다. 나는 잠결에 헝클어진 머리칼을 늘어뜨린 채 돌로 된 문틀 앞에 서 있었던 그의 모습을 기억한다. 나는 눈을 감았고 찰나의 순간이 지났다. 다시 눈을 떠보니 나 혼자였다.

8

아침을 먹을 무렵에는 그가 떠났다는 소식을 모르는 사람이 없었다. 그들의 흘끗거림과 수군거림이 식탁까지 나를 따라왔고 내가 음식을 집으려 손을 내미는 순간에도 떠날 줄 몰랐다. 빵이 돌덩이처럼 뱃속에 얹혀도 열심히 씹고 삼켰다. 왕궁을 멀리 벗어나고 싶었다. 바람을 쏘이고 싶었다.

나는 마른 흙을 밟으며 올리브 숲까지 걸어갔다. 이제 그가 없으니 다른 아이들과 한방을 써야 하는 걸까 싶었다. 그러거나 말거나 알아차릴 사람이나 있을까 싶었다. 알아차려주었으면 좋겠다는 생각이 들었다. 채찍질을 해주었으면 좋겠네. 이런 생각이 들었다.

바다 냄새가 느껴졌다. 내 머리칼, 옷, 땀으로 끈적끈적한 살갗 등 도처에서 느껴졌다. 심지어 나뭇잎과 흙으로 둘러싸인 여기 이 숲속에서마저 소금기를 머금은 기분 나쁜 썩은 내는 떠날 줄 몰랐다. 속이 잠깐 뒤틀려서 껍질로 뒤덮인 나무줄기에 몸을 기댔다. 거칠거칠한 나무껍질에 이마가 쓸리자 정신이 좀 들었다. 이 냄새를 없애야겠어.

나는 생각했다.

나는 마차 바퀴와 말발굽으로 반질반질하게 닦인 먼지투성이 왕
궁길이 나오는 북쪽으로 걸음을 옮겼다. 왕궁 앞마당을 조금 지난 곳
에서 길이 두 갈래로 나뉘었다. 한쪽 길은 풀밭과 바위와 야트막한
언덕이 나오는 남서쪽으로 이어졌다. 그쪽은 내가 삼 년 전에 오면서
지나친 길이었다. 다른 쪽 길은 오트리스 산과 그 너머의 펠리온 산*
을 향해 북쪽으로 구불구불 이어졌다. 나는 그 길을 눈으로 훑었다.
수목이 우거진 낮은 산들을 에두르다 그 사이로 사라졌다.

나를 왕궁으로 다시 돌려세우려고 작정이라도 한 것처럼 태양이
여름 하늘 위에서 뜨겁고 사납게 이글거렸다. 하지만 나는 미적거렸
다. 우리 세계의 산들이 아름답다는 얘기를 들은 적이 있었다. 배나
무와 사이프러스가 있고 갓 녹은 얼음물이 개울처럼 흐른다고 했다.
그곳에 가면 그늘이 있고 시원할 것이다. 다이아몬드처럼 쨍한 해변
과 반짝이는 바다에서 멀리 도망칠 수 있을 것이다.

떠나도 되잖아. 문득 떠오른 이 생각이 나를 사로잡았다. 내가 이
길로 나선 이유는 오로지 바다로부터 도망치기 위해서였다. 그런데
내 앞으로 길과 산들이 등장했다. 그리고 아킬레우스도. 생각의 속도
를 따라잡기라도 하려는 듯 가슴이 급속도로 오르락내리락했다. 내
것이라고 할 만한 물건은 튜닉 한 장, 샌들 한 짝 없었다. 전부 펠레우
스의 것이었다. 심지어 짐을 쌀 필요조차 없잖아.

마음에 걸리는 게 있다면 내실의 나무 함 속에 들어 있는 어머니
의 리라뿐이었다. 돌아가서 그걸 들고 와야 하나 싶어서 잠깐 망설

---

* 케이론이 살던 산.

여겼다. 하지만 이미 한낮이었다. 오후가 지나면 왕궁에서 내가 없어진 걸 알아차리고—나의 착각일 수도 있지만—나를 찾으러 사람을 보낼 것이다. 왕궁을 흘끗 돌아보니 아무도 없었다. 경비병들이 다른 데 있었다. 지금이야. 지금밖에 없어.

나는 달렸다. 열기로 달구어진 바닥에 닿을 때마다 따끔거리는 발을 느끼며 왕궁과 반대 방향으로 숲을 향해 달렸다. 달리면서, 다시 그를 만난다면 내 상념들은 마음속에 담아두겠다고 다짐했다. 그러지 않으면 어떤 대가를 치러야 하는지 이제는 깨달았다. 쑤시는 다리와 칼로 찌르는 듯한 흉통이 순수하고 기분 좋게 느껴졌다. 나는 달렸다.

내 몸을 타고 흘러내린 땀방울이 발치의 땅바닥으로 떨어졌다. 나는 점점 지저분해졌다. 먼지와 뜯긴 나뭇잎이 다리에 들러붙었다. 주변 세상이 욱신거리는 발과 눈앞의 흙길로 압축됐다.

마침내 한 시간이 지났을까, 두 시간이 지났을까? 나는 더이상 움직이지 못할 지경에 이르렀다. 괴로움에 허리를 숙이자 밝은 오후의 태양이 흔들리며 시커멓게 변했고 피가 쏠려서 귀가 먹먹했다. 이제 길 양쪽으로 나무가 우거졌고 펠레우스의 왕궁은 뒤로 멀찌감치 물러났다. 오른쪽으로 오트리스가 어른거렸고 바로 그 너머가 펠리온이었다. 나는 펠리온 산봉우리를 쳐다보며 얼마나 더 가면 될지 애써 넘겨짚어보았다. 만 걸음? 만 오천 걸음? 나는 걷기 시작했다.

몇 시간이 흘렀다. 근육이 풀려서 흐늘거렸고 다리가 뒤엉켰다. 태양은 정점을 한참 지나서 서쪽 하늘에 낮게 걸려 있었다. 앞으로 네 시간 또는 다섯 시간 있으면 날이 저물 텐데 봉우리는 가까워질 기미가 없었다. 문득 깨달음이 찾아왔다. 나는 해가 질 때까지 펠리온에 도착하지 못할 것이었다. 나에게는 식량도 없고 물도 없고 쉴 곳도 없었다. 발밑의 샌들과 몸에 걸친 땀으로 흠뻑 젖은 튜닉이 전부였다.

아킬레우스를 따라잡을 수 없다는 것을 이제는 확실하게 알 수 있었다. 그는 큰길에 말을 두고 몇 시간 전에 출발했고 지금쯤은 산비탈을 걸어서 올라가고 있을 것이었다. 솜씨 좋은 추적꾼이라면 길가의 숲을 살피며 구부러졌거나 뜯긴 고사리를 보고 그가 어느 길로 갔는지 파악할 수 있을 것이다. 하지만 나는 솜씨 좋은 추적꾼이 아니었고 길가의 관목은 전부 똑같아 보였다. 매미 소리, 새들의 카랑카랑한 울음소리, 거친 내 숨소리로 귀가 무지근하게 웅웅거렸다. 허기인지 절망인지 모를 것으로 배가 아팠다.

하지만 그게 다가 아니었다. 들릴락 말락 한 아주 희미한 소리가 내 귀에 들어왔다. 그 소리를 들은 순간 무더위에도 불구하고 내 몸이 싸늘하게 식었다. 내가 아는 소리였다. 누군가가 소리를 죽이고 살금살금 움직일 때 나는 소리였다. 아주 사소한 실수, 나뭇잎 한 장이 바스락거린 것에 불과했지만 그것으로 충분했다.

열심히 귀를 기울이는데 공포가 목젖을 눌렀다. 어디서 난 소리였을까? 나는 눈을 굴려서 양쪽 숲속을 살폈다. 꼼짝할 엄두조차 나지 않았다. 무슨 소리라도 냈다가는 산비탈에 요란하게 울려퍼질 것이었다. 달리는 동안 위험한 상황에 맞닥뜨릴지 모른다는 생각은 하지도 못했는데 이제는 공포로 이성이 마비됐다. 펠레우스가 보낸 병사들일까, 아니면 테티스가 직접 모래처럼 차갑고 하얀 손으로 내 목을 조르는 건 아닐까. 아니면 산적일 수도 있었다. 산적들이 길가에서 기다린다는 것은 나도 아는 사실이었고 그들에게 끌려가서 죽을 때까지 혹사당한 아이들의 이야기를 들은 기억이 났다. 나는 위치가 들통나지 않게 손마디가 하얘지도록 숨을 참고 움직임을 자제했다. 꽃을 피운 빽빽한 톱풀 덤불이 내 눈에 들어와 그 안에 숨으면 되겠다는 생각이 들었다. 지금이야. 가.

옆쪽 숲속에서 움직임이 느껴지자 나는 그쪽으로 고개를 홱 돌렸다. 너무 늦었다. 무언가가—누군가가—나를 뒤에서 때려 앞으로 고꾸라뜨렸다. 얼굴로 쿵 쓰러졌을 때 상대방은 이미 내 위에 올라탄 상태였다. 나는 눈을 감고 칼이 날아들길 기다렸다.

아무것도 없었다. 내 등을 누르고 있는 무릎과 정적 말고는 아무것도 없었다. 잠깐의 시간이 흘렀고 나는 무릎이 묵직하지 않다는 것을, 아프지 않게 살짝 올려놓았을 뿐이라는 것을 알아차렸다.

"파트로클로스." 파-트로-클로스.

나는 꼼짝하지 않았다.

상대방은 무릎을 들고 손을 뻗어서 나를 조심스럽게 뒤집었다. 아킬레우스가 나를 내려다보고 있었다.

"네가 따라와주길 바랐는데." 그가 말했다. 동시에 들이닥친 긴장감과 안도감으로 내 속이 울렁거렸다. 나는 그의 금발과 위로 올라간 입꼬리를 넋 놓고 바라보았다. 너무 짜릿한 환희에 감히 숨을 쉴 수가 없었다. 내가 그때 무슨 말을 하려고 했을까? 아마 미안하다는 말이었을 것이다. 어쩌면 그것 말고 또 있었을 것이다. 아무튼 나는 입을 열었다.

"아이가 다쳤느냐?"

우리 뒤에서 굵은 목소리가 들렸다. 아킬레우스가 고개를 돌렸다. 그에게 깔려 있는 내 위치에서는 남자가 타고 있는 말의 다리만 보였다. 밤색인데 발굽 위쪽은 먼지를 뒤집어써서 칙칙했다.

침착하고 신중한 목소리가 이어졌다. "아킬레우스 펠리데스, 네가 나를 찾아 산으로 올라오지 않은 이유가 이 때문이 아닌가 싶다만."

나는 무슨 뜻인지 이해하려고 열심히 머리를 굴렸다. 아킬레우스는 케이론에게 가지 않았다. 여기서 기다리고 있었다. 나를.

"안녕하십니까, 케이론 스승님. 그리고 용서해주십시오. 맞습니다. 그래서 아직 스승님을 찾아가지 않은 겁니다." 그는 왕자다운 말투를 쓰고 있었다.

"그렇구나."

나는 아킬레우스가 일어나주길 바랐다. 그에게 깔려 있으니 바보가 된 느낌이었다. 그리고 두려운 마음도 있었다. 남자의 목소리에서 노여움이 느껴지지는 않았지만 호의도 느껴지지 않았다. 또렷하고 진지하며 냉정했다.

"일어나거라." 그가 말했다.

아킬레우스는 천천히 일어섰다.

나는 공포로 목이 메지 않았더라면 비명을 질렀을 것이다. 하지만 비명이 아니라 목이 졸린 사람처럼 캑캑거리며 뒤로 주춤주춤 움직였다.

근육질로 이루어진 말의 다리가 끝나는 곳에서 마찬가지로 근육질인 남자의 상반신이 시작됐다. 나는 매끈매끈한 피부가 반짝이는 갈색 털로 변하는, 인간과 말이 합쳐지는 그 있을 수 없는 이음매를 빤히 쳐다보았다.

내 옆에서 아킬레우스가 고개를 숙였다. "켄타우로스 스승님. 늦어서 죄송합니다. 동무를 기다리느라 그랬습니다." 그는 깨끗한 튜닉이 흙바닥에 닿도록 무릎을 꿇었다. "부디 용서해주시기 바랍니다. 오래전부터 스승님의 가르침을 받을 날을 기다려왔습니다."

남자의―켄타우로스의―표정은 목소리만큼 진지했다. 이제 보니 까만 수염을 깔끔하게 다듬은 나이 지긋한 남자였다.

그는 잠깐 동안 아킬레우스를 물끄러미 쳐다보았다. "내 앞에서 무릎을 꿇을 것까지는 없다, 펠리데스. 예의를 갖추어줘서 고맙긴 하다만. 우리 둘을 기다리게 만든 이 동무는 누구냐?"

아킬레우스는 내 쪽을 돌아보며 손을 내밀었다. 나는 그 손을 잡고 비척비척 몸을 일으켰다.

"이 친구는 파트로클로스입니다."

정적이 흘렀고 내가 입을 열어야 할 차례임을 알 수 있었다.

"폐하." 나는 이렇게 말하고 고개를 숙였다.

"나는 폐하가 아니다, 파트로클로스 메노이티아데스."

아버지의 이름에 나는 고개를 번쩍 들었다.

"나는 켄타우로스이자 인간을 가르치는 교사다. 이름은 케이론이고."

나는 침을 삼키며 고개를 끄덕였다. 어떻게 내 본래 이름을 아느냐고 물어볼 엄두가 나지 않았다.

그는 나를 이리저리 살폈다. "기력이 다했구나. 둘 다 물과 음식이 필요하겠고. 펠리온에 있는 내 거처까지는 먼길이다. 너희들이 걸어서 갈 만한 곳이 아니야. 그러니 다른 방편을 마련해야겠다."

그가 몸을 돌리자 나는 그의 아래에서 움직이는 말의 다리를 빤히 쳐다보지 않으려고 애를 써야 했다.

"내 등에 타거라." 그가 말했다. "처음 만난 사람에게는 이런 제안을 하지 않는다만 예외도 있는 법이지." 그는 말을 하다 말고 멈추었다. "말타기는 배웠겠지?"

우리는 얼른 고개를 끄덕였다.

"유감스러운 일이로구나. 너희들이 배운 건 잊어라. 다리로 내 몸을 누르거나 차는 건 싫으니까. 앞사람이 내 허리를 잡고 뒷사람은 앞사람을 잡도록 해라. 떨어질 것 같으면 큰 소리로 말하고."

아킬레우스와 나는 얼른 눈짓을 주고받았다.

그가 앞으로 나섰다.

"어떻게……"

"내가 무릎을 꿇고 앉으마." 그는 다리를 접어서 흙바닥에 주저앉았다. 그의 등은 넓었고 땀으로 살짝 번들거렸다. "떨어지지 않게 내 팔을 잡아라." 그가 일러주었다. 아킬레우스는 그가 시킨 대로 팔을 잡고 한쪽 다리를 휙 넘겨서 올라가 앉았다.

이제 내 차례였다. 적어도 피부가 밤색 털로 바뀌는 앞자리가 아니라 다행이었다. 나는 케이론이 내민 팔을 붙잡았다. 그의 팔은 근육질로 두툼했고 말의 형상을 한 나머지 절반과는 색이 전혀 다른 까만색 털로 빽빽하게 뒤덮여 있었다. 나는 거의 거북할 정도로 다리를 벌리고 그의 널찍한 등에 앉았다.

케이론이 말했다. "이제 일어서겠다." 그는 부드럽게 움직였지만 그래도 나는 아킬레우스를 꼭 붙잡았다. 케이론은 키가 보통 말보다 절반은 더 커서 내 다리가 어찌나 높은 데서 대롱거리는지 아찔할 정도였다. 아킬레우스는 케이론의 몸통 위에 살짝 손을 올려놓고 있었다. "꼭 붙잡지 않으면 떨어질 거다." 케이론이 말했다.

아킬레우스의 가슴을 붙잡고 있느라 내 손은 땀 때문에 점점 축축해졌다. 하지만 단 한 순간이라도 힘을 풀 엄두가 나지 않았다. 케이론의 걸음걸이는 말보다 불규칙했고 땅바닥은 울퉁불퉁했다. 말의 털이 땀으로 번질거려서 위험한 수준으로 미끄러지기 십상이었다.

내 눈에는 길이 보이지 않았지만 우리는 케이론이 속도를 늦추는 법 없이 확실하게 발걸음을 내디딜 때마다 숲을 가르며 신속하게 산을 올라가고 있었다. 나는 덜커덕거리는 바람에 뒤꿈치로 그의 옆구리를 걷어차게 될 때마다 움찔했다.

케이론은 길을 가는 동안 특유의 침착한 목소리로 이런저런 것들을 가르쳐주었다.

저기가 오트리스 산이다.

보면 알겠지만 여기 이 북쪽의 사이프러스 숲이 더 빽빽하다.

프티아에 흐르는 아피다노스 강이 이 개울에서 시작되지.

아킬레우스는 몸을 돌려서 나를 쳐다보며 씩 웃었다.

우리는 점점 더 높이 올라갔고 케이론은 까만색의 큼지막한 꼬리를 흔들어 파리를 쫓았다.

케이론이 갑자기 걸음을 멈추자 내 몸이 앞으로 쏠려서 아킬레우스의 등과 부딪혔다. 울퉁불퉁하게 노출된 바위들이 반쯤 감싸고 있는, 일종의 덤불숲 비슷한 숲속의 조그만 공간이었다. 정상은 아니었지만 근처였고 머리 위에서 파란 하늘이 눈부시게 빛났다.

"다 왔다." 케이론이 무릎을 꿇고 앉았고 우리는 살짝 비틀거리며 그의 등에서 내려왔다.

우리 앞에 동굴이 있었다. 하지만 시커먼 돌이 아닌 옅은 색의 장미석영으로 만들어진 곳이라 동굴이라는 표현은 그 공간에 대한 모독이었다.

"들어가자." 케이론이 말했다. 우리는 그가 허리를 숙이지 않아도 될 만큼 높은 입구로 그를 따라 들어갔다. 벽이 석영으로 되어 있어서 보통의 동굴보다 안이 환하기는 했지만 그래도 어두컴컴했기 때문에 우리는 눈을 깜빡였다. 저쪽 끝에 보이는 조그만 샘물은 바위 안쪽으로 흘러들어가는 듯했다.

벽에는 뭔지 모를 물건들이 걸려 있었다. 이상하게 생긴 청동 도구들이었다. 머리 위 동굴 천장에는 별자리와 천체의 움직임이 점과 선으로 그려져 있었다. 나무를 깎아서 만든 선반에는 조그만 사기 단지가 수십 개 놓여 있는데 뚜껑에 비스듬한 기호들이 적혀 있었다. 한쪽 구석에 리라와 피리 같은 악기가, 그 옆에 연장과 솥이 걸려 있었다.

짐승의 가죽이 두툼하게 깔린 인간 한 명 크기의 침대는 아킬레우스의 몫이었다. 켄타우로스의 잠자리는 보이지 않았다. 어쩌면 그는 잠을 자지 않을지도 모르는 일이었다.

"이제 앉거라." 안은 쾌적하게 서늘해서 더위를 식히기에 완벽했다. 나는 감지덕지하며 케이론이 가리키는 방석에 앉았다. 그는 샘물로 가서 한 잔 가득 물을 떠다가 우리에게 가져다주었다. 물맛이 달콤하고 상쾌했다. 내가 물을 마시는 동안 케이론은 나를 내려다보았다. "내일이면 욱신거리고 피곤할 게다." 그가 말했다. "하지만 뭘 좀 먹어두면 낫지."

그는 동굴 안쪽의 조그만 모닥불 위에서 보글보글 끓고 있는 솥에서 채소와 고기를 큼지막하게 썰어 넣고 걸쭉하게 끓인 스튜를 국자로 떴다. 삐죽 튀어나온 바위 밑에 넣어둔 빨간색의 둥그스름한 산딸기도 있었다. 나는 내가 그렇게 배가 고팠었다는 데 놀라워하며 허겁지겁 먹었다. 나의 시선은 계속 아킬레우스에게로 향했고 공중에 뜬 듯 아찔한 안도감에 몸이 근질거렸다. 무사히 탈출했다.

나는 배짱이 생기자 벽에 걸린 청동 도구들을 가리키며 물었다. "저것들은 무엇입니까?"

케이론은 말 다리를 접고 우리 맞은편에 앉았다. "수술 도구다." 그가 말했다.

"수술이요?" 수술이라니 내가 모르는 용어였다.

"치료 말이다. 저지대의 나라들이 얼마나 미개한지 깜빡 잊고 있었구나." 그의 말투는 사실을 전달하듯 덤덤하고 차분했다. "가끔 팔이나 다리를 잘라야 할 때가 있거든. 저건 절단, 저건 봉합에 쓰이는 도구다. 팔이나 다리를 제거해야 나머지를 살릴 수 있을 때가 많아서." 그는 도구들을 쳐다보며 톱니 모양의 날카로운 날을 눈에 담는 내 얼굴을 바라보았다. "의술을 배우고 싶으냐?"

나는 얼굴을 붉혔다. "아는 게 아무것도 없는데요."

"그걸 물은 게 아닌데 엉뚱한 대답을 하는구나."

"죄송합니다, 케이론 스승님." 나는 그의 노여움을 사고 싶지 않았다. 나를 돌려보낼지 몰라.

"사과할 필요 없다. 대답만 하면 된다."

나는 살짝 말을 더듬었다. "네. 배우고 싶습니다. 쓸모가 있을 듯해서요. 그렇지 않은가요?"

"아주 쓸모가 있지." 케이론은 맞장구를 쳤다. 그러고는 우리의 대화를 가만히 듣고 있던 아킬레우스 쪽으로 고개를 돌렸다.

"너는 어떠냐, 펠리데스? 너도 의술이 쓸모가 있다고 생각하느냐?"

"그럼요." 아킬레우스가 말했다. "펠리데스라는 호칭은 거두어주십시오. 저는 그냥 아킬레우스로 스승님을 찾아온 겁니다."

케이론의 까만 눈이 뭔지 모를 표정으로 반짝였다. 재미있어한다고 말할 수 있을 법한 눈빛이었다.

"알았다. 또 어떤 걸 배우고 싶으냐?"

"저걸 배우고 싶습니다." 아킬레우스는 리라와 피리와 일곱 현의 키타라를 가리켰다. "스승님도 연주를 할 줄 아시는지요?"

케이론의 시선에는 흔들림이 없었다. "그렇다."

"저도 할 줄 압니다." 아킬레우스가 말했다. "스승님은 영 재주가 없었던 헤라클레스와 이아손도 가르치셨다고 들었는데요. 맞습니까?"

"그렇다."

나는 잠깐 꿈을 꾸는 듯한 기분을 느꼈다. 그는 헤라클레스와 이아손과 아는 사이였다. 그들이 어렸을 때부터 알고 지낸 사이였다.

"저도 스승님께 배우고 싶습니다."

근엄했던 케이론의 표정이 부드러워졌다. "네가 이곳으로 보내진 게 그 때문이 아니더냐. 내가 아는 걸 너에게 가르치도록 말이다."

늦은 오후의 햇살이 비추는 가운데 케이론은 동굴 주변의 산등성이 사이로 우리를 안내했다. 퓨마의 소굴이 어디인지, 천천히 흐르고 따뜻해서 수영을 할 수 있는 강이 어디 있는지 가르쳐주었다.

"원하면 목욕을 해도 좋다." 그가 나를 보며 말했다. 먼길을 오느라 내가 얼마나 땀과 흙먼지로 범벅이 되었는지 깜빡 잊고 있었다. 머리칼을 손으로 훑어보니 모래알이 만져졌다.

"저도 같이 하겠습니다." 아킬레우스가 말했다. 그가 튜닉을 벗었고 잠시 후에 나도 따라 옷을 벗었다. 수심이 깊은 곳은 차가웠지만 오싹할 정도는 아니었다. 케이론은 강둑에서 가르침을 계속 이어나갔다. "저것들이 미꾸라지다. 보이느냐? 그리고 농어도 있고. 저건 잉어, 좀더 남쪽으로 내려가면 못 보는 물고기다. 위로 들린 입술과 은색 배가 특징이지."

그의 목소리가 바위 위로 흐르는 강물 소리와 섞이면서 아킬레우스와 나 사이에 있었을지도 모르는 어색함을 해소시켰다. 흔들림 없고 차분하며 권위 넘치는 케이론의 표정에는, 지금 이 순간에 하는 놀이와 그날의 저녁식사 말고는 아무것도 존재하지 않았던 어린 시절로 우리를 되돌아가게 만드는 힘이 있었다. 그가 옆에 있으니 그날 바닷가에서 무슨 일이 있었는지도 잘 기억나지 않았다. 심지어 켄타우로스 특유의 몸집 덕분에 우리 몸이 더 작게 느껴졌다. 어쩌다 우리는 우리가 어른이 된 줄 알고 있었던 걸까?

우리는 상쾌하고 깨끗해진 몸으로 물에서 나와 마지막 남은 햇살을 쪼이며 머리를 흔들었다. 나는 강둑에 무릎을 꿇고 앉아서 먼지와 땀이 묻은 튜닉에 돌멩이를 대고 문질렀다. 튜닉이 마를 때까지 알몸으로 있어야 하겠지만 모든 것을 잊게 만드는 케이론의 능력 덕분에 아무렇지 않게 느껴졌다.

우리는 물기를 꼭 짠 튜닉을 어깨에 늘어뜨리고 케이론을 따라 동굴로 돌아갔다. 그는 가끔 걸음을 멈추고 산토끼와 뜸부기와 사슴의 흔적을 손으로 가리켰다. 나중에 그 녀석들을 사냥하고 추적하는 방법을 배울 거라고 했다. 우리는 열심히 질문해가며 귀담아들었다. 펠레우스의 궁전에서는 스승이라고 해봐야 음침한 리라 선생과 꾸벅

꾸벅 졸면서 이야기를 들려주는 펠레우스밖에 없었다. 우리는 숲이나 케이론이 말하는 다른 기술에 대해 아는 게 전혀 없었다. 동굴 벽에 걸려 있었던 치료용 약초와 도구들이 생각났다. 그는 수술이라는 용어를 썼다.

우리는 해가 거의 완전히 진 다음에야 동굴에 다시 도착했다. 케이론은 땔감을 모아서 동굴 입구의 공터에 불을 지피는 간단한 임무를 우리에게 맡겼다. 불이 지펴지자 우리는 점점 차가워져가는 공기를 데워주는 불길에 고마워하며 그 옆에서 빈둥거렸다. 일을 해서 무거워진 몸이 기분 좋게 피곤했고 발과 다리는 자연스럽게 꼬였다. 내일은 어디에 갈지 얘기를 나누기는 했지만 만족감에 느릿느릿 게으른 대화가 이어졌다. 저녁은 점심때 먹었던 스튜와 케이론이 청동 판을 불 위에 올려놓고 구운 얇은 빵이었다. 후식은 산딸기와 산에서 채집한 꿀이었다.

불길이 점점 잦아드는 가운데 나는 눈을 감고 반쯤 꿈나라로 떠났다. 따뜻했고 땅바닥은 이끼와 낙엽으로 폭신했다. 오늘 아침만 해도 내가 펠레우스의 궁전에서 눈을 떴다니 믿기지가 않았다. 이 조그만 공터와 은은하게 반짝이는 동굴의 벽들이 새하얀 궁전보다 훨씬 생생했다.

이때 케이론의 목소리가 나를 번쩍 깨웠다. "너희 어머니가 보낸 전갈이 있다, 아킬레우스."

나와 맞닿아 있던 아킬레우스의 팔이 긴장하는 게 느껴졌다. 나도 목에 힘이 들어갔다.

"그래요? 뭐라고 하셨는데요?" 그는 아무 감정 없는 목소리로 조심스럽게 물었다.

"메노이티오스에게 추방당한 아들이 따라오거든 접근을 차단하라고 하셨다."

나는 일어나 앉았다. 잠기운이 싹 가셨다.

아킬레우스의 목소리가 태평하게 어둠을 갈랐다. "이유는 밝히셨습니까?"

"아니."

나는 눈을 감았다. 최소한 바닷가에서 있었던 일로 케이론 앞에서 창피를 당할 일은 없었다. 하지만 그건 위안이라고 할 수도 없었다.

케이론은 말을 이었다. "어머니의 뜻을 너는 알고 있었을 거라고 생각한다만. 나는 기만당하는 것을 좋아하지 않는다."

화끈 달아오른 얼굴 때문에 어둠이 고맙게 느껴졌다. 케이론의 목소리가 좀 전보다 딱딱해진 것처럼 들렸다.

나는 갑자기 목이 마르고 깔깔하게 느껴져서 헛기침을 했다. "죄송합니다." 나도 모르게 이런 말이 튀어나왔다. "아킬레우스가 잘못한 게 아닙니다. 제가 제 발로 따라온 거예요. 아킬레우스는 제가 그럴 줄 몰랐고요. 저는……" 나는 말을 하다 말고 멈추었다. "어쩌면 아킬레우스의 어머니 모르게 따라올 수 있을 거라고 생각했어요."

"어리석은 생각을 했구나." 케이론의 얼굴은 어둠 속 깊이 묻혀 있었다.

"스승님……" 아킬레우스가 용감하게 입을 열었다.

케이론은 한 손을 들었다. "공교롭게도 전갈이 오늘 아침에 너희보다 먼저 도착했다. 그래서 너희의 어리석은 판단에도 불구하고 나는 속지 않았지."

"알고 계셨습니까?" 아킬레우스가 한 말이었다. 나라면 그렇게 대담하게 묻지 못했을 것이다. "그럼 그렇게 결정하신 겁니까? 어머님의 전갈을 무시하기로요?"

케이론의 말투에서 불쾌해하는 기미가 느껴졌다. "그녀는 여신이다, 아킬레우스. 게다가 너의 어머니고. 어머니의 바람을 하찮게 여기려는 참이냐?"

"저는 어머니를 존경합니다, 스승님. 하지만 이 문제에 있어서만큼은 어머니의 생각이 틀렸습니다." 그가 주먹을 어찌나 세게 쥐고 있는지 불빛이 그렇게 희미한데도 힘줄이 보일 정도였다.

"왜 틀렸다는 거냐, 펠리데스?"

어둠 너머로 그를 쳐다보는데 내 속이 울렁거렸다. 그가 뭐라고 말할지 알 수가 없었다.

"어머니는……" 그는 잠시 멈칫거렸고 나는 숨을 참았다. "그가 인간이기 때문에 걸맞은 동무가 아니라고 생각하십니다."

"너는 걸맞은 동무라고 생각하느냐?" 케이론이 물었다. 말투로는 그의 생각을 전혀 알 수 없었다.

"네."

나는 뺨이 붉어졌다. 아킬레우스는 턱을 내밀고 일말의 주저함도 없이 그렇게 대답했다.

"알겠다." 케이론은 나를 돌아보았다. "너는 어떠냐, 파트로클로스? 너는 스스로 자격이 있다고 생각하느냐?"

나는 침을 삼켰다. "자격이 있는지는 모르겠습니다. 하지만 여기에 계속 있고 싶습니다." 나는 말을 멈추고 다시 침을 삼켰다. "간청드립니다."

정적이 흘렀다. 잠시 후에 케이론이 말했다. "너희 둘을 여기로 데려왔을 때는 아직 어떻게 할지 결정을 하지 않은 상태였다. 테티스는 결점을 많이 꼬집는데 실제로 결점인 것도 있고 아닌 것도 있지."

그는 다시 속내를 읽을 수 없는 말투로 돌아갔다. 내 안에서 희망과 절망이 번갈아 교차했다.

"게다가 그녀는 아직 젊고 특유의 편견도 있다. 나는 그녀보다 나이가 많고 인간을 좀더 제대로 파악한다고 자부한다. 나는 파트로클로스를 너의 동무로 삼는 데 전혀 반대하지 않는다."

안도감에 폭풍이 훑고 지나가기라도 한 것처럼 속이 뻥 뚫리는 기분이 들었다.

"그녀는 달가워하지 않겠지만 나는 전에도 신의 분노를 극복한 경험이 있지." 그는 말을 멈추었다. "이제 늦었으니 그만 자거라."

"고맙습니다, 스승님." 아킬레우스가 진지한 목소리로 힘차게 말했다. 우리는 자리에서 일어났지만 나는 머뭇거렸다.

"저기 저는……" 나는 케이론을 향해 손가락을 실룩였다. 아킬레우스는 내 뜻을 알아차리고 먼저 동굴 안으로 들어갔다.

나는 고개를 돌려서 켄타우로스를 마주보았다. "만약 문제가 생길 것 같으면 제가 떠나겠습니다."

긴 정적이 흘렀다. 그가 내 말을 못 들었나 하는 생각마저 들었다. 마침내 그가 말했다. "오늘 네가 얻은 것을 그렇게 쉽게 포기할 생각은 마라."

그는 그 말을 끝으로 잘 자라는 인사를 했고 나는 아킬레우스가 있는 동굴로 향했다.

9

다음날 아침에 나는 케이론이 나지막이 아침을 준비하는 소리를 듣고 깼다. 깔고 누운 돗짚자리가 두툼했다. 덕분에 개운하게 단잠을 잘 수 있었다. 나는 기지개를 켜다가 내 옆에서 아직 잠을 자고 있던 아킬레우스와 팔다리가 부딪혀 살짝 놀랐다. 발그스름한 뺨으로 고른 숨을 쉬고 있는 그를 잠깐 지켜보았다. 살갗 바로 밑에서 뭔가가 쿡쿡거렸지만 동굴 저편에서 케이론이 한 손을 들어서 인사를 보내자 나도 수줍게 화답하는 새 잊어버렸다.

그날 우리는 식사를 마친 뒤에 케이론의 잡일을 거들었다. 쉽고 재미있었다. 산딸기를 줍고 저녁에 먹을 물고기를 잡고 메추라기용 올가미를 놓았다. 그렇게 표현해도 될지 모르겠지만 배움의 시작이었다. 케이론은 수업 시간을 정해놓기보다 기회가 있을 때마다 가르치기를 좋아했다. 산등성이에서 방목하는 염소들이 병에 걸리면 우리는 설사약을 조제해서 배탈을 달래는 법을 배웠고 염소들이 다시 건강해지면 진드기 퇴치용 습포제를 만드는 법을 배웠다. 내가 골짜기에서 넘어져 팔에 금이 가고 무릎이 까졌을 때는 부목 대는 법과 상처 소독하는 법, 감염 예방에 좋은 약초 고르는 법을 배웠다.

사냥에 나섰을 때 둥지에 있던 뜸부기를 실수로 날려버리고 나서는 소리 없이 움직이는 법과 어지러운 발자국을 읽는 법을 배웠다. 사냥감을 발견했을 때는 활이나 새총으로 얼른 숨통을 끊는 것이 가장 좋은 방법이었다.

목이 마른데 가죽부대에 물을 담아서 들고 나오지 않은 날이면 그가 어떤 식물의 뿌리에 수분이 많은지 가르쳐주었다. 마가목이 쓰러졌을 때는 껍질을 벗기고 사포질을 하고 남은 나무를 깎아서 뭔가를 만드는 목공을 배웠다. 나는 도낏자루를 만들었고 아킬레우스는 창자루를 만들었다. 케이론은 조만간 쇠를 벼려서 날을 만드는 법을 배우게 될 거라고 했다.

우리는 매일 저녁과 아침마다 걸쭉한 염소젖을 저어서 요구르트와 치즈를 만들고 생선 내장을 발라내는 등 식사 준비를 거들었다. 그전에는 왕자라는 신분상 하지 못했던 일들이라 얼마나 열심히 달려들었는지 모른다. 케이론이 시킨 대로 하면 우리 눈앞에서 버터가 만들어지고 불로 달군 바위 위에서 꿩알이 지글거리며 익는 광경을 놀라워하며 바라보았다.

한 달이 지났을 때 아침식사를 하는 자리에서 케이론이 또 뭘 배우고 싶으냐고 물었다. "저것들이요." 나는 벽에 걸린 도구들을 가리켰다. 그가 수술용이라고 했던 도구들이었다. 그는 하나씩 꺼내서 우리에게 보여주었다.

"조심해라. 날이 아주 날카로우니까. 그건 살이 썩어서 도려내야 할 때 쓰는 거다. 상처 주변의 살갗에 대고 누르면 쩍 하는 소리가 날 거다."

그러고 나서 우리에게 산등성이처럼 이어지는 상대방의 척추를 손으로 더듬게 하며 우리 몸의 뼈가 어디 있는지 알아보게 했다. 그는 피부 아래에 장기가 있는 곳들을 손가락으로 가리켰다.

"이중 아무 데라도 다치면 결국에는 목숨을 잃지. 하지만 가장 빨리 죽는 곳은 여기다." 그는 아킬레우스의 관자놀이에서 살짝 오목하게 들어간 지점을 손가락으로 톡톡 두드렸다. 아킬레우스의 목숨이 아슬아슬하게 보호받고 있는 곳을 그가 건드리자 내 몸에 한기가 일었다. 화제가 바뀌었을 때 얼마나 기뻤는지 모른다.

밤이면 동굴 앞의 푹신한 풀밭에 누워서 케이론이 별자리를 가리키며 들려주는 이야기를 들었다. 입 벌린 바다 괴물 앞에서 몸을 움츠린 안드로메다*와 그녀를 구하러 나선 페르세우스, 메두사의 잘린 목에서 태어나 날개를 높이 치켜든 불멸의 말 페가수스. 그는 헤라클레스와 그의 과업, 그리고 그의 이성을 마비시킨 광기에 대해서도 들려주었다. 광기에 사로잡혀 아내와 아이들을 알아보지 못하는 바람에 적인 줄 알고 죽여버렸던 것이다.

아킬레우스가 물었다. "어떻게 자기 부인을 못 알아보았을까요?"

"광기가 그런 것이다." 케이론이 말했다. 평소보다 목소리가 저음이었다. 그와 이 남자는 아는 사이였다는 게 문득 기억났다. 그의 아내하고도 아는 사이였을 것이다.

"하지만 어쩌다 광기에 들렸을까요?"

"신들이 그에게 벌을 내리려고 했으니까." 케이론이 대답했다.

아킬레우스는 짜증스럽게 고개를 저었다. "하지만 그 부인이 더 심한 벌을 받았는걸요. 불공평하잖아요."

"신들이 공평해야 한다는 법은 없다, 아킬레우스." 케이론이 말했다. "그리고 상대방은 떠나고 없는 땅에 남겨지는 것이 더 엄청난 슬픔일 수도 있지. 어떻게 생각하느냐?"

"그럴 수도 있겠네요." 아킬레우스도 시인했다.

• 안드로메다의 어머니인 카시오페이아가 포세이돈의 노여움을 사서 포세이돈이 바다 괴물을 풀어 사람들을 죽이자 아버지인 케페우스가 신탁에 따라 공주인 안드로메다를 바다에 제물로 바쳤다.

나는 듣기만 할 뿐 아무 말도 하지 않았다. 아킬레우스의 두 눈은 장작불 빛에 반짝였고 얼굴은 흔들리는 그림자 속에서 선명하게 도드라졌다. 나는 어둠 속이건 변장을 했건 그 얼굴을 알아볼 수 있을 거라고 속으로 중얼거렸다. 심지어 광기에 들렸더라도 알아볼 수 있을 것이었다.

"자," 케이론이 말했다. "내가 아스클레피오스의 전설에 대해서, 그가 어쩌다 의술의 비법을 알게 되었는지 얘기한 적이 있던가?"

얘기한 적은 있었지만 우리는 아폴론의 아들인 그 영웅이 어떤 식으로 뱀을 살렸는지 또 듣고 싶었다. 뱀은 감사의 뜻에서 자신이 속삭이는 약초의 비밀을 들을 수 있게 그의 귀를 핥았다고 했다.

"하지만 실제로 그에게 의술을 가르쳐준 사람은 스승님이셨잖습니까." 아킬레우스가 말했다.

"그렇지."

"뱀이 그 공을 다 가로채도 상관없으신가요?"

까만 수염 사이로 케이론의 치아가 보였다. 미소를 지은 것이었다. "그래, 아킬레우스, 상관없다."

잠시 후 아킬레우스가 리라를 뜯었고 케이론과 나는 그의 연주를 들었다. 어머니의 리라였다. 그가 여기까지 들고 온 것이었다.

"진작 알았으면 좋았을걸." 산에서 보낸 첫날에 그가 리라를 보여줬을 때 나는 이렇게 말했다. "그 리라랑 헤어지기 싫어서 하마터면 눌러앉을 뻔했는데."

그는 미소를 지었다. "이제 너를 어디든 따라다니게 만들 방법을 알았네."

펠리온의 산등성이 아래로 해가 저물었고 우리는 행복했다.

펠리온 산에서는 시간이 쏜살같이 지나갔다. 하루하루가 목가적으로 흘러갔다. 이제는 아침에 일어나보면 산 공기가 차가웠고 죽어가는 이파리 사이로 가느다란 햇살이 비친 다음에야 마지못한 듯 따뜻해졌다. 케이론은 우리에게 털옷을 주었고 온기가 빠져나가지 않도록 짐승 가죽을 동굴 입구에 걸었다. 낮 동안에 우리는 겨울을 대비해서 땔감을 줍거나 보관용 고기를 소금에 절였다. 케이론이 말하길 아직은 아니지만 동물들이 조만간 굴속으로 들어갈 거라고 했다. 아침이면 서리가 아로새겨진 나뭇잎을 보고 감탄했다. 노래나 이야기를 통해 눈의 존재는 알고 있었지만 직접 본 적은 처음이었다.

어느 날 아침에 일어나보니 케이론이 보이지 않았다. 평소에도 있었던 일이었다. 그는 종종 우리보다 먼저 일어나서 염소젖을 짜거나 아침에 먹을 과일을 따러 나갔다. 나는 아킬레우스를 깨우지 않고 동굴 밖으로 나가 공터에 앉아서 케이론을 기다렸다. 간밤에 모닥불을 피웠던 자리에 흰색의 차가운 재가 남았다. 나는 나뭇가지로 하릴없이 재를 휘저으며 숲속에서 나는 소리를 들었다. 덤불 속에서 메추라기가 재잘댔고 산비둘기가 구슬프게 울었다. 바람 때문인지, 조심성 없는 짐승이 밟았는지 풀이 바스락거리는 소리가 들렸다. 바로 땔감을 주워서 불을 지펴야겠다는 생각이 들었다.

이상한 느낌은 살갗이 따끔거리는 데서 시작됐다. 맨 처음 메추라기가 잠잠해졌고 산비둘기가 그 뒤를 이었다. 나뭇잎은 숨을 죽이고 산들바람은 멎고 어떤 짐승도 덤불 속에서 움직이지 않았다. 숨을 참은 것과 비슷한 느낌의 정적이었다. 매의 그림자 아래 있는 토끼 같은 정적이었다. 살갗을 두드리는 내 심장을 느낄 수 있었다.

나는 가끔 케이론이 물을 데운다든지 흥분한 짐승을 진정시키는 식으로 하찮은 요술, 신의 묘기를 부릴 때도 있지 않느냐며 불안한 마음을 달랬다.

"스승님?" 나는 큰 소리로 외쳤다. 내 목소리가 희미하게 흔들렸다. "케이론 스승님?"

"케이론이 아니다."

나는 고개를 돌렸다. 테티스가 하얀 피부와 까만 머리를 번개처럼 환히 빛내며 공터 끝머리에 서 있었다. 몸에 달라붙은 드레스가 생선 비늘처럼 어른거렸다. 내 숨이 목구멍에서 걸렸다.

"너는 여기 있으면 안 될 텐데." 그녀가 말했다. 삐죽빼죽한 바위에 선체가 긁히는 듯한 소리였다.

그녀가 앞으로 걸어오자 그녀에게 밟힌 풀들이 시드는 듯했다. 그녀는 바다의 님프였으니 육지의 생물은 그녀를 사랑하지 않았다.

"죄송합니다." 나는 더듬더듬 말했다. 내 목소리는 마른 낙엽처럼 목구멍에서 바스락거렸다.

"내가 경고했을 텐데." 그녀가 말했다. 그녀의 까만 눈이 내 안으로 스며들어서 숨을 쉬지 못하도록 목구멍을 채워버리는 듯했다. 나는 감히 비명을 지르고 싶어도 지를 수가 없었다.

내 뒤에서 무슨 소리가 들리는가 싶더니 케이론의 목소리가 우렁차게 정적을 갈랐다. "오셨군요, 테티스."

내 몸에 온기가 다시 돌아왔고 이제 숨을 쉴 수 있었다. 나는 그에게로 달려가다시피 했다. 하지만 그녀의 시선은 흔들림 없이 나에게로 향했다. 그녀는 마음만 먹었다면 나를 잡을 수 있었을 것이다.

"당신 때문에 이 아이가 겁을 먹고 있잖습니까." 케이론이 말했다.

"여기 있을 아이가 아닐 텐데요." 그녀가 말했다. 그녀의 입술은 방금 전에 흘러나온 피처럼 빨갰다.

케이론은 내 어깨 위로 결연하게 손을 얹었다. "파트로클로스. 동굴 안에 들어가 있거라. 나중에 얘기하자."

나는 비틀거리며 일어나서 그가 시킨 대로 했다.

"인간들과 더불어 지낸 세월이 너무 길었군요, 켄타우로스." 내 뒤로 짐승 가죽이 덮이기 전에 그녀가 이렇게 말하는 소리가 들렸다. 나는 동굴 벽에 맥없이 기대고 앉았다. 목에서 짭짤한 날생선 맛이 느껴졌다.

"아킬레우스." 내가 말했다.

그는 눈을 떴고 내가 다시 말문을 열기도 전에 내 옆으로 달려왔다.

"괜찮아?"

"너희 어머니가 오셨어."

그의 근육에 힘이 들어가는 것이 보였다.

"우리 어머니가 다치게 했어?"

나는 고개를 저었다. 그녀가 나를 해치고 싶어했을 거라는 말은 하지 않았다. 만약 케이론이 등장하지 않았다면 행동으로 옮겼을지 모른다는 말도 하지 않았다.

"내가 나가봐야겠다." 그가 말했다. 가죽들이 부스럭거리며 양옆으로 열렸다가 다시 닫혔다.

공터에서 어떤 대화가 오가는지 들리지 않았다. 언성을 낮추었든지 아니면 다른 데로 자리를 옮긴 모양이었다. 나는 단단히 다져진 땅바닥에 소용돌이를 그리며 기다렸다. 더이상 내 걱정은 되지 않았다. 케이론이 나를 옆에 두겠다고 마음을 먹은데다 그가 그녀보다 나이가 많았다. 신들이 아직 요람에 누워 있었을 때, 즉 그녀가 바다라는 자궁 속의 난자에 불과했을 때 케이론은 이미 완벽한 성인이었다. 하지만 꼬집어 말하기 어려운 다른 뭔가가 있었다. 그녀라는 존재로 인해 뭔가를 잃어버리거나 뭔가가 줄어들면 어쩌나 두려웠다.

그들은 거의 한낮이 되어서야 돌아왔다. 내 시선은 먼저 아킬레우스의 얼굴로 향해 그의 눈빛과 입술의 모양을 살폈다. 피곤한 기미 말고는 아무것도 보이지 않았다. 그는 내 옆의 돗짚자리로 몸을 던졌다. "배고프다." 그가 말했다.

"당연히 배가 고프겠지." 케이론이 말했다. "점심때가 훨씬 지났으니." 그는 커다란 몸집에도 불구하고 동굴 안을 편안하게 움직이며 벌써부터 음식을 장만하고 있었다.

아킬레우스는 나를 돌아보았다. "잘 끝났어. 그냥 나랑 얘기하고 싶어서 오신 거야. 나를 보시려고."

"아킬레우스와 얘기하러 또 오실 거다." 케이론이 말했다. 그러고는 내가 무슨 생각을 하는지 알기라도 하는 듯 덧붙였다. "당연한 거지. 어머니니까."

그전에 여신이잖아요. 나는 생각했다.

하지만 식사를 하는 동안 두려움이 가라앉았다. 그녀가 케이론에게 그날 바닷가에서 있었던 일을 얘기했을까봐 걱정하는 마음도 있었는데 그가 우리를 대하는 태도에는 변함이 없었고 아킬레우스도 여느 때와 똑같았다. 나는 편안한 마음까지는 못 되더라도 적어도 불안감은 떨치고 잠자리에 들었다.

케이론이 얘기했던 것처럼 그녀는 그날 이후로 자주 찾아왔다. 나는 그 소리가 들리면—정적이 장막처럼 펼쳐졌다—케이론의 곁과 동굴을 떠나지 않았다. 심각한 침범은 아니었고 나는 그녀에게 아무런 유감이 없다고 혼자 되뇌었다. 하지만 그녀가 다시 사라지면 늘 기뻤다.

겨울이 찾아왔고 강이 얼었다. 아킬레우스와 나는 미끄러져가며 그 위를 걸어보았다. 나중에는 구멍을 뚫어서 낚싯줄을 드리웠다. 우리가 먹을 수 있는 신선한 고기는 생선뿐이었다. 숲에는 쥐와 가끔 등장하는 담비밖에 없었다.

케이론의 예고대로 눈이 내렸다. 우리는 땅바닥에 누워서 눈송이를 맞으며 눈이 녹아 없어질 때까지 입김을 실어서 불었다. 케이론에게 받은 털옷 말고는 부츠도 망토도 없었기에 따뜻한 동굴이 감사했다. 심지어 케이론마저 곰 가죽을 꿰매서 만들었다는 허름한 윗도리를 걸쳤다.

우리는 첫눈이 내린 날부터 바위에 선을 그어가며 날짜를 셌다. "오십이 되면 얼었던 강에 금이 가기 시작할 거다." 케이론이 말했다. 오십번째 되던 날 아침, 나무가 쓰러지는 듯한 이상한 소리가 들렸다. 거의 이쪽 강둑에서 저쪽 강둑까지 얼어붙었던 표면에 금이 갔다. "이제 곧 봄이 찾아올 거다." 케이론이 말했다.

이내 풀이 다시 자라기 시작했고 꼬챙이처럼 비쩍 마른 다람쥐들이 굴에서 나왔다. 우리는 새로 단장한 봄기운 속에서 아침을 먹으며 다람쥐를 쫓아갔다. 그러던 어느 날 아침에 아킬레우스가 케이론에게 전투 기술을 가르쳐줄 수 있느냐고 물었다.

그때 그가 무슨 생각으로 그런 이야기를 꺼냈는지는 모르겠다. 겨울 동안 별다른 운동 없이 안에 갇혀 지내서 그랬을까, 아니면 그 전주에 찾아온 어머니 때문이었을까. 어쩌면 둘 다 아니었을 수도 있다.

전투 기술을 가르쳐주시겠습니까?

나 혼자만의 착각이었나 싶을 정도로 짧은 정적이 흐른 뒤 케이론이 대답했다. "배우고 싶다면 가르쳐주마."

그날 그는 산등성이 높은 곳에 있는 어느 공터로 우리를 데려갔다. 동굴 한쪽 구석에 있는 창고에서 꺼낸 창자루와 연습용 칼 두 자루를 들고 나갔다. 그는 우리가 아는 동작을 보여달라고 했다. 나는 프티아에서 배운 차단, 가격, 발놀림을 천천히 선보였다. 내 옆에서 어지럽게 동에 번쩍 서에 번쩍하는 아킬레우스의 팔과 다리가 언뜻 보였다. 케이론은 청동 띠가 둘린 지팡이를 들고 있다가 어쩌다 한 번씩 우리 사이로 찔러넣고 이리저리 움직이며 우리의 반응을 시험했다.

훈련이 한도 끝도 없이 계속되는 것처럼 느껴졌고 칼끝을 들어서 겨누느라 내 팔이 점점 욱신거렸다. 마침내 케이론이 그만하자고 했다. 우리는 가죽부대에 담아온 물을 꿀꺽꿀꺽 마시고 풀밭에 드러누웠다. 나는 가슴을 들썩이며 숨을 토했다. 아킬레우스는 멀쩡했다.

케이론은 아무 말 없이 우리 앞에 서 있었다.

"어떻습니까?" 아킬레우스가 열띤 목소리로 물었고, 나는 싸우는 그의 모습을 본 게 케이론이 네번째라는 사실을 떠올렸다.

나는 그가 뭐라고 대답할 거라고 생각했는지 모르겠다. 하지만 그가 이렇게 대답할 줄은 상상도 하지 못했다.

"더이상 가르칠 게 없구나. 너는 헤라클레스의 모든 기술과 그 이상을 알고 있다. 너는 네 세대, 그 이전의 모든 세대를 통틀어서 가장 위대한 전사다."

아킬레우스의 뺨이 살짝 붉게 물들었다. 당황스러워서 그런 건지 좋아서 그런 건지 아니면 양쪽 모두인지 알 길이 없었다.

"네 소문을 들은 사람들은 다들 네가 자기를 위해서 싸워주길 바랄 거다." 그는 말을 멈추었다가 다시 이었다. "그러면 너는 뭐라고 대답할 테냐?"

"모르겠습니다." 아킬레우스가 말했다.

"지금이야 그렇게 대답하고 넘어갈 수 있겠지. 하지만 나중에는 그걸로 부족할 거다." 케이론이 말했다.

그러자 정적이 흘렀고 나는 우리 주변에 감도는 긴장감을 느낄 수 있었다. 우리가 이곳으로 건너온 이래 처음으로 아킬레우스의 얼굴이 초췌하고 엄숙해 보였다.

"저는 어떻습니까?" 내가 물었다.

케이론의 까만 눈이 나에게로 옮겨왔다. "너는 전사로 이름을 날릴 일은 없을 거다. 내 말이 충격적으로 느껴지느냐?"

그의 말투는 담담했고 덕분에 아픔이 덜했다.

"아뇨." 나는 솔직하게 대답했다.

"그래도 쓸 만한 병사가 되지 못할 정도는 아니다. 전투 기술을 배우고 싶으냐?"

나는 흐리멍덩했던 남자아이의 눈과 땅바닥을 순식간에 적시던 피를 생각했다. 그의 세대를 통틀어 가장 훌륭한 전사라는 아킬레우스를 생각했다. 할 수만 있다면 나에게서 그를 앗아가려고 할 테티스를 생각했다.

"아뇨." 나는 대답했다.

그것으로 우리의 교련 수업은 끝이었다.

봄이 지나서 여름으로 접어들자 숲이 생생하고 울창해지고 사냥감과 열매도 풍성해졌다. 아킬레우스는 열네 살이 되었고 펠레우스가 보낸 전령들이 선물을 들고 왔다. 왕실을 상징하는 색상의 제복을 입고 있는 그들을 여기서 만나니 기분이 묘했다. 그들은 나와 아킬레우스와 무엇보다 케이론을 흘끗거렸다. 왕궁에서는 이야깃거리가 귀해서 그들은 돌아가면 왕 대접을 받을 것이었다. 그들이 빈 가방을 어깨에 짊어지고 사라지자 나는 기뻤다.

반가운 선물이었다. 리라 줄과 최고급 털실로 짠 튜닉이었다. 활도 있고 쇠촉이 달린 화살도 있었다. 우리는 조만간 저녁거리를 안겨 줄 뾰족한 화살촉을 손으로 만져보았다.

쓸모없는 선물도 있었다. 금으로 뻣뻣하게 무늬를 새긴 망토는 입으면 오십 걸음 밖에서도 번쩍거릴 테고 보석이 박힌 허리띠는 너무 무거워서 평상시에는 찰 수가 없었다. 왕자가 타는 말 위에 두르는, 두툼하게 수를 놓은 덮개도 있었다.

"내가 입으라고 보낸 건 아니겠지." 케이론은 한쪽 눈썹을 추켜세우며 말했다. 우리는 그걸 찢어서 습포와 붕대와 걸레로 썼다. 천이 까칠까칠해서 먼지와 음식 부스러기를 닦기에 제격이었다.

그날 오후에 우리는 동굴 앞 풀밭에 누웠다. "여기 온 지 거의 일 년이 지났네." 아킬레우스가 말했다. 시원한 바람이 살갗을 간질였다.

"그렇게 오래된 것 같지 않은데." 내가 대답했다. 오후의 파란 하늘을 쳐다보고 있었더니 졸음이 쏟아졌다.

"왕궁이 그리워?"

나는 그의 아버지가 보낸 선물, 하인들과 그들의 시선, 그들이 왕궁으로 돌아가면 번질 수군거림을 생각했다.

"아니." 내가 대답했다.

"나도." 그가 말했다. "그리울 줄 알았는데 그립지가 않네."

날이 지나고 달이 지나고 그렇게 이 년이 흘렀다.

10

때는 봄이었고 우리는 열다섯 살이었다. 겨울 얼음이 평소보다 늦게 녹았기 때문에 다시 햇볕이 내리쬐는 야외로 나갈 수 있는 게 기뻤다. 튜닉을 벗어던지자 산들바람에 피부가 따끔거렸다. 겨울 내내 이 정도로 속살을 드러낸 적이 없었다. 욕조 대용으로 쓴 움푹 파인 바위에서 잽싸게 목욕을 할 때 말고는 너무 추워서 털옷과 망토를 벗을 수가 없었다. 아킬레우스는 너무 오랫동안 갇혀 지내느라 뻣뻣해진 팔다리를 돌리며 몸을 풀었다. 우리는 오전 동안 헤엄을 치고 숲속에서 술래잡기를 했다. 기분 좋은 피로감이 오랜만에 즐겁게 쓰인 근육을 감쌌다.

나는 그를 지켜보았다. 펠리온 산에는 흔들리는 강물 말고는 거울이 없었기에 아킬레우스에게 생긴 변화를 통해 내 모습을 짐작할 수밖에 없었다. 그의 팔다리는 여전히 가늘었지만 이제는 움직일 때마다 근육이 울뚝불뚝했다. 얼굴도 단단해졌고 어깨도 예전보다 넓어졌다.

"너, 나이든 티가 난다." 내가 말했다.

그는 걸음을 멈추고 나를 돌아보았다. "그래?"

"응." 나는 고개를 끄덕였다. "나도 그래?"

"이쪽으로 와봐." 그가 말했다. 나는 일어나서 그에게로 다가갔다. 그는 나를 잠깐 빤히 들여다보았다. "그러네."

"얼마나?" 나는 궁금했다. "많이?"

"얼굴이 달라졌어." 그가 말했다.

"어디가?"

그는 오른손으로 내 턱을 잡더니 손끝으로 훑었다. "여기가. 얼굴이 전보다 넓어졌어." 나도 차이를 느낄 수 있을까 싶어서 손으로 만져보았지만 예전과 다름없는 뼈와 거죽일 따름이었다. 그는 내 손을 잡더니 쇄골 쪽으로 갖다 댔다. "여기도 넓어졌어." 그가 말했다. "그리고 여기도." 그는 내 목에서 조그맣게 튀어나온 부분을 손으로 살짝 건드렸다. 내가 침을 삼키자 그의 손끝이 따라서 움직이는 게 느껴졌다.

"또 어디?" 내가 물었다.

그는 내 가슴을 지나서 복부까지 이어지는 까만 솜털을 가리켰다. 그러다 그가 멈칫거리자 내 얼굴이 점점 벌게졌다.

"이제 됐어." 나는 의도했던 것보다 퉁명스러운 목소리로 말했다. 나는 다시 풀밭에 앉았고 그는 다시 몸을 풀었다. 나는 산들바람에 날리는 그의 머리칼을 바라보았다. 그의 황금빛 피부에 내려앉은 햇살을 바라보았다. 나는 상체를 뒤로 젖혀서 그 햇살이 내게도 내려앉게 했다.

잠시 후에 그는 몸풀기를 그치고 내 옆으로 와서 앉았다. 우리는 풀과 나무와 이제 막 자라나기 시작한 새싹을 바라보았다.

그는 무심한 듯 초연한 목소리로 말했다. "마음에 들 거야. 지금 달라진 네 모습이 말이야."

내 얼굴이 다시 벌게졌다. 하지만 우리는 더이상 아무 말도 하지 않았다.

우리는 이제 열여섯 살을 목전에 두고 있었다. 조만간 펠레우스가 보낸 전령들이 선물을 들고 올 것이었다. 조만간 산딸기가 익을 테고 빨갛게 익은 과일이 우리 손바닥 안으로 떨어질 법했다. 열여섯 살은 유년기의 마지막 해, 아버지에게 남자라고 인정받기 직전의 해였고 우리는 튜닉뿐 아니라 망토와 키톤*까지 챙겨 입게 될 터였다. 아킬레우스의 혼처가 정해질 테고 나도 원하면 아내를 얻을 수 있을 것이었다. 나는 흐리멍덩한 눈빛의 노예들을 다시 한번 떠올려보았다. 젖가슴과 엉덩이와 정사를 운운하는 다른 아이들의 대화를 드문드문 들었던 게 생각났다.

그 아이는 꼭 크림 같아. 그 정도로 부드러워.

그 아이의 허벅지가 너를 감싸면 자기 이름까지 잊어버리게 된다니까?

흥분한 아이들의 목소리는 날카로웠고 얼굴은 시뻘겠다. 하지만 그들이 얘기한 광경을 상상해보려고 하면 내 정신은 잡히지 않는 물고기처럼 슬그머니 빠져나가버렸다.

그 대신 다른 이미지들이 떠올랐다. 리라 위로 숙인 목, 장작불 빛에 반짝이는 머리칼, 힘줄이 꿈틀거리는 손. 둘이 하루종일 붙어 있었기에 나는 벗어날 도리가 없었다. 그가 발에 바르는 향유 냄새, 옷을 갈아입을 때 언뜻 보이는 속살. 나는 억지로 그에게서 시선을 거

---

* 한 장의 직사각형 천을 몸에 둘러 핀으로 고정시켜 입는 튜닉의 일종.

두며 해변에서 그날, 그의 눈빛이 얼마나 차가웠고 그가 어떤 식으로 자리를 피했는지 떠올렸다. 그리고 항상 그의 어머니를 떠올렸다.

나는 아킬레우스가 아직 잠에 취한 이른 새벽이나 창던지기 연습을 하는 오후에 혼자 돌아다니기 시작했다. 피리를 들고 다녔지만 그걸 부는 경우는 거의 없었다. 그 대신 알맞은 나무가 보이면 기대고 앉아서 산꼭대기에서 실려온 쨍한 사이프러스 향기를 맡곤 했다.

내 손은 나의 시선에서 벗어나기라도 하려는 듯 천천히 사타구니로 향했다. 그 물건은 수치스러웠고 그 물건에 동반된 상념들은 더 수치스러웠다. 하지만 그가 내 곁에 있는 장미석영 동굴보다는 거기서 상념들을 해결하는 편이 나았다.

그러고 난 다음에는 동굴로 돌아가기가 힘들 때도 있었다. "어디 다녀왔어?" 그가 물었다.

"그냥……" 나는 얼버무리며 애매하게 손으로 가리켰다.

그는 고개를 끄덕였다. 하지만 빨개진 내 뺨을 그도 보았음을 나는 알고 있었다.

여름이 점점 뜨거워지자 우리는 그늘이 드리워진 강으로 피서를 떠나 물장구를 치고 자맥질을 했다. 물살을 헤치고 걸으면 이끼로 덮인 차가운 돌멩이들이 밑에서 굴러다녔다. 우리가 소리를 지르면 놀란 물고기들이 진흙 속 구멍이나 좀더 조용한 상류 쪽으로 달아났다. 얼음이 녹아서 콸콸 흐르던 봄의 그 강물이 아니었다. 나는 똑바로 누워서 나른한 물살에 몸을 맡겼다. 내 배 위로 햇살이 내리쬐고 밑으로는 깊고 시원한 강물이 흐르는 그 느낌이 좋았다. 아킬레우스는 내 옆에서 둥둥 떠다니거나 느릿느릿한 물살을 거슬러서 헤엄을 쳤다.

그러다 싫증이 나면 우리는 낮게 드리워진 고리버들 가지를 잡고 물 밖으로 반쯤 몸을 내밀었다. 그러고는 서로 발차기를 하고 서로 다리를 걸고서 상대방을 떨어뜨리거나 그쪽 나뭇가지로 올라가려고 했다. 내가 충동적으로 가지를 잡았던 손을 놓고 그의 몸통을 끌어안았다. 그는 놀라서 으악 하고 비명을 질렀다. 우리는 그 상태로 웃으며 얼마 동안 몸싸움을 벌였다. 하지만 잠시 후에 쩍 하는 소리와 함께 그가 잡고 있던 나뭇가지가 부러지자 우리는 강물 속으로 처박혔다. 차가운 물이 사방에서 달려드는데도 우리는 미끈거리는 몸을 손으로 잡고서 계속 엎치락뒤치락했다.

수면 위로 고개를 내밀었을 때 우리는 씩씩대며 숨을 헐떡였다. 그가 나에게로 달려들어서 맑은 물속으로 빠뜨렸다. 우리는 엎치락뒤치락하다 고개를 내밀고 숨을 쉰 다음 다시 물속으로 들어갔다.

급기야 허파가 덴 듯이 화끈거리고 얼굴이 불타오르면 강가로 몸을 질질 끌고 나가서 사초와 늪지에서 자라는 잡초 속에 드러누웠다. 강가의 차가운 진흙 속으로 우리 발이 묻혔다. 그의 머리에서 물이 계속 줄줄 흘러내렸고 나는 물방울이 그의 팔과 가슴의 굴곡을 타고 흐르는 것을 바라보았다.

그의 열여섯번째 생일날, 나는 아침 일찍 일어났다. 케이론이 펠리온 산의 저쪽 비탈에 그해 들어 첫 무화과가 이제 막 여문 나무가 있다고 알려준 적이 있었다. 아킬레우스는 나무의 존재를 모른다고 했다. 나는 딱딱한 초록색 열매들이 부풀면서 색이 짙어지고 씨가 자라는 것을 며칠 동안 지켜보았다. 이제 그걸 따서 아침상에 내놓을 생각이었다.

내가 준비한 선물은 그뿐만이 아니었다. 잘 마른 물푸레나무 조각을 구해서 그동안 아무도 모르게 깎고 있었다. 거의 두 달 만에 형체가 드러났다. 노래를 부르는 듯 입을 살짝 벌리고 하늘을 바라보며 리라를 뜯는 소년의 모습이었다. 나는 이제 그걸 들고 동굴을 나섰다.

잘 익어서 묵직하게 매달려 있는 무화과를 만져보니 말랑말랑했다. 이틀만 지나면 너무 익어버릴 것이었다. 나는 나무를 깎아 만든 그릇에 무화과를 담고 조심스럽게 동굴로 들고 갔다.

아킬레우스는 케이론과 함께 공터에 앉아 있었고 펠레우스가 보낸 상자가 개봉하지 않은 상태로 그의 발치에 놓여 있었다. 무화과를 본 순간 그의 눈이 순식간에 회동그래졌다. 그가 일어나서 손을 내미는 바람에 나는 그릇을 미처 내려놓지도 못했다. 우리는 손과 뺨이 즙으로 끈적끈적해질 때까지 배불리 먹었다.

펠레우스가 보낸 상자에는 여느 때처럼 튜닉과 리라 현이 들어 있었고 이번에는 특별히 열여섯번째 생일을 맞아 뿔고둥 껍데기에서 얻은 자주색의 값비싼 염료로 염색한 망토도 들어 있었다. 왕자의 망토, 미래의 왕을 위한 망토였고 그는 좋아하는 눈치였다. 그에게 잘 어울릴 것 같았다. 금발과 대조되면서 자주색이 더 짙어 보일 것이다.

케이론도 선물을 준비했다. 산행용 지팡이와 벨트 나이프였다. 그리고 마지막으로 내가 목각상을 건넸다. 그는 칼자국을 손끝으로 더듬으며 목각상을 살폈다.

"너야." 나는 바보처럼 씩 웃으며 말했다.

그는 고개를 들었다. 좋아서 두 눈이 반짝였다.

"나도 알아." 그가 말했다.

그로부터 며칠 뒤 어느 저녁에 우리는 늦게까지 타다 남은 모닥불 옆에 앉아 있었다. 아킬레우스는 그날 오후 내내 보이지 않았다. 테티스가 찾아와서 평소보다 오랫동안 그를 붙잡아두었다. 그는 이제 나의 어머니의 리라를 연주하고 있었다. 음악은 우리 머리 위에서 반짝이는 별들처럼 잔잔하고 환했다.

내 옆에서 케이론이 접은 다리 위로 몸을 더 깊숙이 묻으며 하품을 하는 소리가 들렸다. 잠시 후에 리라 연주가 멈추었고 아킬레우스의 우렁찬 목소리가 어둠을 갈랐다. "피곤하십니까, 스승님?"

"그래, 피곤하구나."

"그럼 저희가 자리를 비켜드리겠습니다."

평소에는 그가 이런 식으로 냉큼 일어서거나 나를 대변해주거나 하지 않았지만 나도 피곤해서 왈가왈부하지 않았다. 그는 일어나서 케이론에게 인사를 올리고 동굴 쪽으로 몸을 돌렸다. 나는 기지개를 켜며 모닥불의 온기를 몇 분 더 쪼인 다음 뒤따라 들어갔다.

안으로 들어가보니 아킬레우스는 벌써 자리에 누워 있었고 샘물로 세수를 해서 얼굴이 축축했다. 나도 차가운 물을 이마에 끼얹어가며 얼굴을 씻었다.

그가 말했다. "오늘 어머니를 만나서 어땠냐고 안 물어보네?"

내가 말했다. "잘 지내시지?"

"잘 지내시지." 그는 늘 이렇게 대답했다. 내가 가끔 묻지 않고 넘어가는 이유도 그 때문이었다.

"다행이네." 나는 물을 한 움큼 떠서 얼굴에 묻힌 비누를 헹궜다. 올리브유로 만든 비누라 아직까지 기름 냄새가 희미하게 났다.

아킬레우스가 다시 말문을 열었다. "어머니는 우리가 여기 있으면 안 보인대."

나는 그 뒤로 그가 할 얘기가 더 있는 줄 몰랐다. "응?"

"어머니는 우리가 여기 있으면 안 보인대. 여기 펠리온 산에 있으면 말이야."

그의 말투에서 긴장한 기미가 느껴졌다. 나는 그를 돌아보았다. "그게 무슨 소리야?"

그는 천장을 빤히 쳐다보았다. "그러니까…… 내가 여쭈어봤거든. 우리가 여기서 어떻게 지내는지 보고 계시냐고." 그는 고음으로 얘기했다. "그랬더니 안 보인다고 하시더라."

동굴 안에 정적이 흘렀다. 천천히 물이 빠지는 소리만 들릴 따름이었다.

"아." 내가 말했다.

"너한테 알려주고 싶었어. 왜냐하면……" 그는 말을 하다 말고 멈추었다. "네가 알고 싶어할 것 같아서. 어머니는……" 그는 다시 머뭇거렸다. "내가 물어보니까 싫어하시더라."

"싫어하셨다고." 나는 고스란히 따라 했다. 그가 한 말이 머릿속에서 맴돌았고 현기증이 났다. 어머니는 우리가 안 보인대. 문득 정신을 차리고 보니 나는 수건을 턱 쪽으로 가져가다 말고 얼어붙은 듯이 수반 옆에 서 있었다. 나는 억지로 수건을 내려놓고 침대 쪽으로 걸음을 옮겼다. 희망과 공포로 정신을 차릴 수가 없었다.

이불을 젖히고 그의 체온으로 따뜻해진 침대에 누웠다. 그는 여전히 천장을 빤히 쳐다보고 있었다.

"너는…… 그 대답을 듣고 좋았어?" 나는 마침내 이렇게 물었다.

"응." 그가 대답했다.

우리는 긴장감이 흐르는, 그 살아 있는 침묵 속에 한동안 누워 있었다. 평소에는 밤마다 재미있는 이야기나 농담을 주고받았다. 그러다 싫증이 나면 천장에 그려진 별자리를 손으로 가리켰다. "오리온." 나는 그의 손가락이 움직이는 대로 따라가며 말했다. "플레이아데스."

하지만 오늘밤은 아니었다. 나는 눈을 감고 그가 잠이 든 것처럼 느껴질 때까지 한참 동안 기다렸다. 그런 다음 고개를 돌려서 그를 바라보았다.

그는 옆으로 누워서 나를 쳐다보고 있었다. 몸을 돌리는 소리를 듣지도 못했다. 하긴 나는 그가 움직이는 소리를 들은 적이 없지. 그는 미동조차 하지 않았다. 그만이 이룰 수 있는 정지 상태였다. 나는 숨을 쉬었고 우리 둘 사이에 베개처럼 길게 놓인 텅 빈 어둠을 느꼈다.

그가 앞으로 몸을 기울였다.

서로의 입술이 열렸고 그의 달콤한 입김이 내 안으로 쏟아져들어왔다. 나는 그의 입술이 부드럽다는 것 말고는 아무 생각도 할 수 없었고 움직일 때마다 흘러나오는 숨결을 마시는 것 말고는 아무것도 할 수 없었다. 그건 경이로운 느낌이었다.

그가 다시 자리를 피할지 모른다는 두려움에 내 몸이 떨렸다. 뭘 어쩌면 좋을지, 그는 뭘 원할지 알 수 없었다. 그의 목과 널찍한 가슴에 입을 맞추자 짠맛이 느껴졌다. 그는 나의 입술이 닿을 때마다 부풀어오르고 무르익는 듯했다. 그에게서 아몬드와 흙냄새가 풍겼다. 그는 나에게 몸을 꼭 붙이고 내 입술을 으스러지도록 눌렀다.

내가 여린 꽃잎처럼 보드라운 그곳을 손으로 감싸자 그는 얼어붙었다. 나는 아킬레우스의 황금빛 살결과 굴곡이 진 목과, 팔꿈치 안쪽을 알았다. 그가 기쁠 때 어떤 표정을 짓는지 알았다. 우리의 몸이 맞잡은 손처럼 겹쳐졌다.

담요가 내 몸에 돌돌 말려 있었다. 그가 담요를 홱 하니 벗겼다. 찬 공기가 갑작스럽게 와닿자 나는 몸서리를 쳤다. 천장에 그려진 별자리 아래로 그의 윤곽이 어렴풋이 보였다. 그의 어깨에 북극성이 앉아 있었다. 숨을 쉴 때마다 빠르게 오르락내리락하는 내 배 위로 그의 손이 움직였다. 고급 천을 매만지듯 부드럽게 쓰다듬자 내 엉덩이가 들썩였다. 나는 그를 와락 끌어안고 부들부들 떨고 또 떨었다. 그도 떨고 있었다. 몸을 떨며, 먼길을 빠르게 달려온 듯한 소리를 냈다.

내가 그의 이름을 불렀던 것 같다. 그의 이름이 나를 뚫고 지나갔다. 나는 바람이 불어와 소리를 내주길 기다리는 갈대 피리처럼 속이 비었다. 우리의 숨소리만 들릴 뿐 시간이 멈춘 듯했다.

내 손가락 사이로 그의 머리칼이 느껴졌다. 내 안에서 감정이 고조됐고 그의 손길이 닿는 곳마다 피가 끓었다. 그의 얼굴이 내 얼굴과 맞닿아 있는데도 나는 더욱 세게 그를 끌어안고 싶었다. 멈추지 마. 내가 말했다.

그는 멈추지 않았다. 감정이 고조되고 고조되다 내 입에서 거친 비명이 터져나왔고 날카로운 폭발에 내 몸이 활처럼 휘었다.

그걸로는 부족했다. 나는 그의 희열이 담긴 곳을 향해 손을 뻗었다. 그의 눈이 감겼다. 그가 좋아하는 리듬과 그의 거친 숨소리와 갈망을 느낄 수 있었다. 내 손은 점점 빨라지는 헐떡거림을 따라 쉴새 없이 움직였다. 그의 눈꺼풀은 새벽하늘 빛이었다. 그의 몸에서는 비를 맞은 흙냄새가 났다. 그의 입에서 뭐라는지 알 수 없는 외침이 터졌고 꼭 맞댄 몸을 통해 그에게서 뿜어져나오는 열기가 느껴졌다. 그가 몸서리를 쳤고 우리는 가만히 누웠다.

내가 흘린 땀과 축축해진 이불과 젖어서 미끈거리는 서로의 배가,

어스름이 내리듯 서서히 느껴졌다. 우리는 입맞춤으로 퉁퉁 붓고 멍이 들다시피 한 얼굴을 하고 서로에게서 떨어져나왔다. 태양 아래에서 익어가는 과일처럼 뜨겁고 달짝지근한 냄새가 동굴 안에서 풍겼다. 서로 시선이 만났지만 우리는 아무 말도 하지 않았다. 내 안에서 문득 예리한 공포가 일었다. 내 인생 최대의 위험이 닥친 순간이었기에 나는 그가 후회하지 않을까 두려워하며 긴장했다.

그가 "나는……" 하고 말문을 열었다가 멈추었다. 그가 무슨 말을 하려고 했는지 듣고 싶은 마음이 굴뚝같았다.

"너는 뭐?" 나는 물었다. 매도 먼저 맞는 게 낫다지 않은가.

"나는 생각도 못했어. 우리가 다시 이렇게……" 그는 한 마디, 한 마디 내뱉을 때마다 머뭇거렸고 나는 그런 그를 나무랄 수 없었다.

"나도 그랬어." 내가 말했다.

"후회해?" 그가 단숨에 물었다.

"아니." 내가 말했다.

"나도."

정적이 흘렀고 나는 축축해진 돗짚자리나 땀범벅인 내 몸이 더이상 신경쓰이지 않았다. 금색이 점점이 박힌 그의 초록색 눈은 흔들림이 없었다. 내 안에서 부풀어오른 확신에 목이 메었다. 절대 그의 곁을 떠나지 않을 테다. 그가 날 내치지 않는 한 영원히 이렇게 있을 테다.

그걸 말로 표현할 방법이 있었다면 말로 표현했을 것이다. 하지만 점점 커져만 가는 그 진실을 담을 수 있을 만큼 엄청난 단어가 없었다.

내 말을 듣기라도 한 것처럼 그가 내 손을 잡았다. 나는 쳐다볼 필요도 없었다. 가느다랗고 꽃잎 모양으로 혈관이 흐르며, 튼튼하고 빠르고 절대 틀리는 법이 없는 그의 손가락은 내 기억에 새겨져 있었다.

"파트로클로스." 그가 말했다. 전부터 그가 나보다 말주변이 좋았다.

다음날 아침에 눈을 떠보니 머리가 약간 어지러웠고 온기와 평온함에 온몸이 나른했다. 부드러웠던 첫 느낌 이후에 폭풍 같은 열정이 일었다. 그러다 우리는 속도를 늦추었고 꿈결 같은 밤이 오래도록 이어졌다. 이제 새벽녘의 꽃잎처럼 오므린 축축한 손을 내 배 위에 얹고 내 옆에서 부스럭거리는 그를 바라보고 있으려니 다시 불안해졌다. 내가 한 말과 행동, 내가 낸 소리들이 밀물처럼 떠올랐다. 마법이 깨진 건 아닐지, 동굴 입구 사이로 스며든 햇살로 모든 게 사라져버리는 건 아닐지 두려워졌다. 하지만 그때 깨어난 그가 잠결에 아침 인사를 중얼거리며 내 손을 잡았다. 우리는 아침 햇살이 동굴을 비추고 케이론이 부를 때까지 그렇게 누워 있었다.

우리는 아침을 먹고 강으로 달려가서 씻었다. 나는 그를 당당히 처다볼 수 있다는 기적을, 그의 팔다리 위에서 아롱거리는 햇살과 물 속으로 뛰어든 그의 둥그스름한 등을 감상할 수 있다는 기적을 만끽했다. 우리는 강둑에 누워서 서로의 몸을 구석구석 새롭게 탐색했다. 여기 그리고 여기 그리고 여기. 우리는 첫새벽을 맞이한 신과 같았고 희열에 눈이 멀어 서로 말고는 아무것도 보이지 않았다.

케이론은 변화를 감지했을지 몰라도 별다른 말이 없었다. 그래도 나는 계속 걱정이 됐다.

"스승님이 화를 내실까?"

우리는 산 북쪽의 올리브 숲에 있었다. 그곳에서 부는 샘물처럼 시원하고 깨끗한 바람이 가장 싱그러웠다.

"아닐 거야." 그는 내 쇄골 쪽으로 손을 뻗었다. 그는 내 쇄골선을 손끝으로 훑는 것을 좋아했다.

"하지만 내실 수도 있잖아. 지금쯤은 분명 눈치채셨을 텐데. 뭐라고 말씀드려야 하는 거 아닐까?"

내가 이런 이야기를 꺼낸 것은 이번이 처음이 아니었다. 우리는 전에도 여러 번 열심히 수군수군 의논한 적이 있었다.

"말씀드리고 싶으면 드려." 그는 전에 했던 말을 반복했다.

"너는 스승님이 화를 내지 않으실 거라고 생각해?"

그는 아무 말 없이 고민에 잠겼다. 나는 그의 그런 면이 좋았다. 내가 같은 질문을 수없이 반복해도 그는 처음 듣는 질문인 양 대답했다.

"글쎄." 그의 시선과 나의 시선이 만났다. "그게 무슨 상관이야? 어차피 나는 여기서 그만두지 않을 건데." 그의 목소리는 욕망으로 달구어져 있었다. 그에 화답이라도 하는 듯이 내 몸이 화끈거리는 게 느껴졌다.

"하지만 스승님이 너희 아버지에게 알릴 수도 있잖아. 너희 아버지는 화를 내실 텐데."

나는 거의 필사적으로 말했다. 조만간 내 몸이 너무 뜨끈해질 테고 그러면 더이상 아무 생각도 할 수 없기 때문이었다.

"그러면 뭐 어때?" 그가 이 비슷한 말을 처음 했을 때 나는 충격을 받았다. 아버지가 화를 내도 아킬레우스는 자기 마음대로 할 수 있다니, 나로서는 이해는커녕 상상조차 거의 안 되는 일이었다. 그의 이 말은 마약과도 같았다. 몇 번을 들어도 질리지 않았다.

"너희 어머니는 어쩌고?"

내가 두려워하는 삼인방이었다. 케이론, 펠레우스 그리고 테티스.

그는 어깨를 으쓱했다. "어머니가 뭘 어쩔 수 있겠어? 나를 납치하 겠니?"

나를 죽일 수도 있잖아, 나는 생각했다. 하지만 말로 표현하지는 않 았다. 그런 생각을 입 밖으로 내기에 산들바람은 너무 싱그러웠고 햇 볕은 너무 따스했다.

그는 나를 잠깐 뜯어보았다. "그분들이 화를 내실까봐 너는 신경 쓰여?"

그랬다. 케이론이 역정을 내면 나는 겁에 질릴 것이다. 못마땅한 기미를 보이는 사람들은 항상 내게 깊은 상처를 남겼다. 나는 아킬레 우스처럼 쉽게 떨쳐버리지 못했다. 하지만 그렇게 된다 하더라도 그 로 인해 우리가 갈라질 일은 없을 것이다. "아니." 나는 말했다.

"다행이다." 그가 말했다.

나는 손을 뻗어 그의 관자놀이를 덮은 터럭을 쓰다듬었다. 그는 눈을 감았다. 나는 태양을 향해 고개를 든 그의 얼굴을 바라보았다. 그는 이목구비가 워낙 오밀조밀해서 어떨 때는 나이에 비해 어려 보 였다. 입술이 빨갛고 도톰했다.

그는 눈을 떴다. "행복하게 살았던 영웅을 한 명만 대봐."

나는 곰곰이 생각했다. 헤라클레스는 미쳐서 자기 가족을 살해했 다. 테세우스는 신부와 아버지를 잃었다. 이아손의 자녀와 두번째 부 인은 그의 전처에게 살해당했다. 벨레로폰은 키마이라를 죽였지만 페가수스에서 떨어지는 바람에 불구가 되었다.

"없지?" 그는 이제 허리를 똑바로 펴고 앉아서 몸을 앞으로 숙였다.

"그러네."

"그럴 줄 알았어. 명예를 얻는 동시에 행복해질 수는 없거든." 그는 한쪽 눈썹을 추켜세웠다. "내가 비밀 하나 알려줄까?"

"뭔데?" 나는 그가 이런 식으로 나오는 게 좋았다.

"내가 최초가 될 거야." 그는 내 손바닥을 잡아서 자기 손바닥에 갖다 댔다. "맹세해."

"왜 내가?"

"너 때문에 그러려는 거니까. 맹세해."

"맹세합니다." 나는 발그레한 그의 뺨과 이글거리는 그의 눈빛에 취해서 이렇게 말했다.

"맹세합니다." 그는 내 말을 따라 했다.

우리는 그렇게 손을 대고 잠깐 동안 앉아 있었다. 그가 씩 웃었다.

"세상을 날로 삼킬 수 있을 것 같은 기분이다."

아래쪽 산비탈 어딘가에서 나팔 소리가 들렸다. 경고의 소리라도 되는 양 갑작스럽고 거칠었다. 내가 무슨 말을 하거나 움직이기도 전에 그가 벌떡 일어나서 허벅지의 칼집에 넣어둔 단검을 꺼내들었다. 사냥용 칼에 불과했지만 그의 손안에 있다면 그걸로 충분했다. 그는 부동의 전투 자세를 취하고 신에게 물려받은 모든 감각을 동원해서 귀를 기울였다.

나에게도 칼이 있었다. 나는 조용히 칼을 뽑으며 자리에서 일어났다. 그는 나와 나팔 소리가 들린 곳 사이에 서 있었다. 그에게로 다가가서 칼을 뽑아들고 곁에 서 있어야 하는 건지 판단이 서지 않았다. 하지만 결국에는 그러지 않기로 했다. 그것은 병사의 나팔 소리였고 케이론도 노골적으로 얘기했다시피 전투에 재능이 있는 쪽은 내가 아니라 그였다.

다시 나팔이 울렸다. 두 개의 발이 덤불을 바스락거리며 밟는 소리가 들렸다. 한 명이었다. 길을 잃었거나 위험에 처한 사람일 수도 있었다. 아킬레우스는 소리가 들린 쪽으로 한 걸음 다가갔다. 여기에 화답이라도 하는 듯 다시 나팔이 울렸다. 그러고 나서 우렁찬 고함소리가 산을 타고 올라왔다. "아킬레우스 왕자님!"

우리는 그 자리에 얼어붙었다.

"아킬레우스 왕자님! 왕자님을 뵈러 왔습니다!"

새들이 소란을 피해 나무에서 날아올랐다.

"너희 아버지가 보낸 사람인가봐." 내가 속삭였다. 왕실의 전령이 아니고서야 어디로 가면 우리를 만날 수 있는지 알 턱이 없었다.

아킬레우스는 고개를 끄덕였지만 이상하게 선뜻 대답하지 않았다. 그의 심장이 얼마나 심하게 두근거리고 있을지 짐작이 갔다. 방금 전까지 사람을 죽일 준비를 하고 있지 않았던가.

"여기다!" 나는 양손을 입가에 대고 고함을 질렀다. 바스락거리던 소리가 일순 멈추었다.

"어디요?"

"내 목소리를 따라올 수 있겠느냐?"

그는 내가 시킨 대로 했지만 솜씨가 영 마뜩잖았다. 어느 정도 시간이 지난 다음에야 공터로 찾아왔다. 얼굴은 긁혔고 튜닉 제복은 땀범벅이었다. 그는 씩씩대며 대충 무릎을 꿇었다. 아킬레우스는 칼을 내렸지만 계속 꽉 움켜쥐고 있었다.

"무슨 일이지?" 그는 냉랭한 목소리로 물었다.

"아버님의 호출입니다. 본국에서 긴급 사태가 벌어졌습니다."

나는 방금 전에 아킬레우스가 그랬던 것처럼 꼼짝 않고 서 있었다. 내가 꼼짝 않고 서 있으면 가지 않아도 될지 몰랐다.

"어떤 긴급 사태?" 아킬레우스가 물었다.

남자는 어찌어찌 정신을 차렸는지 자신의 대화 상대가 왕자라는 사실을 깨달았다.

"저하, 송구하오나 저도 잘은 모릅니다. 미케네에서 보낸 전령들이 펠레우스 폐하께 소식을 전했습니다. 폐하께서는 오늘 저녁에 백성들에게 연설을 하실 계획인데 그 자리에 왕자님도 참석했으면 하십니다. 아래에 말을 대기시켜놓았습니다."

잠깐 정적이 흘렀다. 나는 하마터면 아킬레우스가 가지 않겠다고 하는 건 아닐까 생각할 뻔했다. 하지만 그는 결국 말했다. "파트로클로스와 같이 짐을 챙겨야겠다."

케이론이 있는 동굴로 돌아가는 길에 아킬레우스와 나는 무슨 일일까 추측해보았다. 미케네는 머나먼 남쪽에 있었고 그 나라의 왕은 백성의 주인이라 자칭하길 좋아하는 아가멤논이었다. 일설에 따르면 그는 모든 왕국을 통틀어 가장 훌륭한 군대를 거느리고 있다고 했다.

"뭔지 몰라도 하루이틀이면 되겠지." 아킬레우스가 말했다. 나는 그의 말에 반색하며 고개를 끄덕였다. 며칠이면 끝나겠지.

케이론이 우리를 기다리고 있었다. "고함소리를 들었다." 그가 말했다. 아킬레우스와 나는 그를 속속들이 파악하고 있었기에 그의 목소리에 담긴 못마땅해하는 기미를 알아차렸다. 그의 산의 평화가 어지럽혀지는 것이 싫었던 것이다.

"아버님께서 저를 본국으로 호출하셨습니다." 아킬레우스가 말했다. "오늘 저녁에 일이 있어서요. 금방 돌아올 겁니다."

"알았다." 케이론이 말했다. 서 있는 그가 평소보다 커 보였다. 그의 칙칙한 발굽은 산뜻한 풀과 대조를 이루었고 밤색 옆구리는 햇빛에 반짝였다. 우리가 없으면 그가 외로워할지 궁금해졌다. 그가 다른 켄타우로스와 어울리는 일은 한 번도 본 적이 없었다. 우리가 한번 물어본 적이 있었는데 그는 딱딱하게 굳은 얼굴로 "미개한 것들이다"라고 했다.

우리는 소지품을 챙겼다. 나는 튜닉 몇 벌과 피리 말고는 들고 갈게 거의 없었다. 아킬레우스도 여기에 옷, 그가 만든 창촉, 내가 깎아준 목각상, 이렇게 몇 가지만 더 추가될 뿐이었다. 우리는 소지품을 가죽가방에 넣고 케이론에게 작별 인사를 하러 갔다. 늘 나보다 대담했던 아킬레우스는 말의 옆구리가 인간의 살로 변하는 지점을 팔로 끌어안았다. 내 뒤에서 기다리던 전령이 자세를 바꾸었다.

"아킬레우스," 케이론이 말했다. "내가 물었던 걸 기억하느냐? 다른 사람들이 네가 자기들을 위해 싸워주기를 바라면 어떻게 하겠느냐고."

"네." 아킬레우스가 대답했다.

"대답을 생각해야 한다." 케이론이 말했다. 나는 등골이 오싹해졌지만 거기에 대해서 생각할 겨를이 없었다. 케이론이 내 쪽으로 고개를 돌렸던 것이다.

"파트로클로스." 그가 말했다. 일종의 호출이었다. 내가 앞으로 걸어가자 그는 큼지막하고 햇볕처럼 따뜻한 손을 내 머리에 얹었다. 나는 말냄새와 땀냄새와 약초냄새와 숲냄새가 섞인 그 특유의 체취를 들이마셨다.

그의 목소리는 나지막했다. "이제는 예전처럼 뭐든 쉽게 포기하지 마라."

나는 뭐라고 대답하면 좋을지 알 수가 없었기에 "고맙습니다" 하고 답했다.

그는 언뜻 미소를 지었다. "잘 지내라." 그가 손을 거두자 내 머리에서 한기가 느껴졌다.

"금방 돌아오겠습니다." 아킬레우스가 했던 말을 반복했다.

비스듬히 비추는 오후의 햇살 속에서 케이론의 눈은 까맣게 보였다. "기다리마."

우리는 가방을 짊어지고 동굴 앞 공터를 떠났다. 해가 이미 중천을 지났고 전령은 조바심을 냈다. 우리는 얼른 산비탈을 내려가 대기하고 있던 말에 올라탔다. 하도 오랫동안 걸어만 다녔더니 안장이 어색하게 느껴졌고 불안했다. 말들이 말을 할지 모른다 싶었지만 물론 그건 나의 착각이었다. 장미석영 동굴이나 케이론을 볼 수 있었으면 좋겠다는 생각이 들었다. 하지만 거리가 너무 멀었다. 나는 고개를 돌려서 길을 마주보았고 프티아로 향했다.

11

마지막으로 남은 한 조각의 태양이 서쪽 지평선 위에서 이글거리고 있었을 때 우리는 궁터의 시작을 알리는 경계석을 지났다. 보초병들이 고함을 질렀고 이에 화답하는 나팔이 울렸다. 언덕 꼭대기에 오르자 왕궁이 눈앞에 펼쳐졌다. 그 뒤로 바다가 보였다.

그런데 왕궁 입구에 번개처럼 느닷없이 테티스가 서 있었다. 반짝이는 까만 머리가 하얀 대리석 궁전과 대조를 이루었다. 까만 드레스는 피멍 같은 자주색이 소용돌이치는 회색과 한데 어우러진, 요동치는 바다의 색이었다. 그녀의 근처 어딘가에 호위병들도 있고 펠레우스도 있었지만 내 눈에는 그들이 보이지 않았다. 그녀와, 굽은 칼날처럼 생긴 그녀의 턱만 보일 뿐이었다.

"너희 어머니다." 나는 아킬레우스에게 속삭였다. 그러자 그녀가 내 말을 듣기라도 한 것처럼 내 쪽을 쳐다보며 눈을 번뜩였다. 나는 침을 삼키고 용기를 내서 앞으로 나아갔다. 그녀는 나를 해치지 않을 거야. 스승님이 그랬잖아, 해치지 않을 거라고.

인간들 틈바구니에 서 있는 그녀의 모습은 낯설게 느껴졌다. 피부가 뼈처럼 창백한 쪽은 그녀인데도 옆에 있는 호위병들과 펠레우스가 오히려 빛이 바래고 파리해 보였다. 그녀는 유난히 큰 키로 하늘을 찌르며 그들과 멀찌감치 거리를 두고 서 있었다. 호위병들은 두려움과 경외감에 땅바닥만 쳐다보았다.

아킬레우스가 말에서 내렸고 나도 뒤따라 내렸다. 테티스가 그를 끌어안자 호위병들이 어쩔 줄 몰라 했다. 그들은 그녀의 피부가 어떤 느낌일지 궁금해했고 그걸 몰라도 된다는 데 감사해했다.

"내 뱃속에서 태어난 아들, 내 혈육 중의 혈육, 아킬레우스." 그녀가 말했다. 목소리가 크지도 않은데도 안마당 저쪽까지 전해졌다. "집에 돌아온 걸 환영한다."

"고맙습니다, 어머니." 아킬레우스가 말했다. 그는 자신의 아들임을 강조하려는 그녀의 의도를 알아차렸다. 우리 모두 마찬가지였다. 아들은 아버지에게 먼저 인사하는 것이 제대로 된 도리였다. 어머니는 두번째였다. 하지만 그녀는 여신이었다. 펠레우스는 입을 굳게 다물 뿐 아무 말도 하지 않았다.

그녀가 포옹을 풀자 그는 아버지에게 다가갔다. "환영한다, 아들아." 펠레우스가 말했다. 여신인 아내에 비해 목소리가 힘이 없게 들렸고 전보다 나이들어 보였다. 우리가 떠난 세월이 삼 년이었다.

"그리고 파트로클로스, 너도 환영한다."

모두의 시선이 나에게로 향했고 나는 가까스로 머리를 숙여 인사했다. 갈퀴처럼 나를 할퀴는 테티스의 시선이 느껴졌다. 들장미 덤불을 지나서 바다에 뛰어들기라도 한 것처럼 내 몸이 따끔거렸다. 고맙게도 이때 아킬레우스가 말을 꺼내주었다.

"무슨 일입니까, 아버지?"

펠레우스는 호위병들을 쳐다보았다. 추측과 소문이 곳곳에서 난무하고 있을 게 분명했다.

"아직 발표하지 않았는데 전부 모인 자리에서 공개할 생각이다. 너를 기다리고 있었다. 들어가서 시작하자꾸나."

우리는 그를 따라 왕궁 안으로 들어갔다. 나는 아킬레우스에게 말을 걸고 싶었지만 감히 그럴 수가 없었다. 테티스가 우리 바로 뒤에서 걸어오고 있었다. 하인들은 놀라서 숨을 토하며 그녀를 빙 돌아서 지나갔다. 여신. 돌바닥 위를 걸었지만 그녀의 발밑에서는 아무 소리도 나지 않았다.

대연회장은 탁자와 의자로 발 디딜 틈이 없었다. 하인들은 음식 접시나 포도주가 가득 담긴 그릇을 나르느라 정신이 없었다. 앞쪽에 연단이 있었다. 펠레우스가 아들과 부인을 옆에 두고 앉을 자리였다.

의자가 세 개였다. 내 뺨이 빨개졌다. 뭘 기대했던가.

준비하느라 요란한 와중에도 아킬레우스의 목소리는 쩌렁쩌렁 울렸다. "아버지, 파트로클로스의 자리가 안 보입니다." 내 뺨이 한층 더 빨개졌다.

"아킬레우스." 나는 속삭였다. 상관없어. 나는 이렇게 말하고 싶었다. 다른 사람들이랑 같이 앉으면 돼. 괜찮아. 하지만 그는 내 말을 못 들은 척했다.

"파트로클로스는 저의 둘도 없는 동무입니다. 제 옆자리에 앉아야죠." 테티스의 눈이 번뜩였다. 그 눈빛에 깃든 뜨거운 기운이 느껴졌다. 그녀의 입술은 안 된다는 뜻을 전하고 있었다.

"알았다." 펠레우스가 말했다. 그가 손짓하자 하인이 내 자리를 새롭게 마련했다. 고맙게도 탁자를 사이에 두고 테티스의 맞은편이었다. 나는 최대한 몸을 웅크리고 아킬레우스를 따라서 우리 자리로 걸어갔다.

"너희 어머니가 나를 미워하게 됐잖아." 내가 말했다.

"이미 미워하고 있어." 그는 언뜻 미소를 지으며 대답했다.

그래도 나는 계속 불안했다. "왜 오신 걸까?" 나는 속삭였다. 그녀를 바닷속 동굴에서 여기로 불러내다니 정말 중요한 일인 게 분명했다. 나를 혐오한다지만 그녀가 펠레우스를 보며 지은 표정에 비하면 아무것도 아니었다.

그는 고개를 저었다. "나도 모르겠어. 이상해. 두 분이 같이 있는 건 어렸을 때 보고 처음이야."

케이론이 헤어지면서 아킬레우스에게 했던 말이 생각났다. 대답을 생각해야 한다.

"스승님은 전쟁 소식일 거라고 생각하시던데."

아킬레우스는 얼굴을 찡그렸다. "하지만 미케네에서는 항상 전쟁이 끊이지 않았는걸. 우리까지 부른 이유를 모르겠어."

펠레우스가 자리에 앉자 의전관이 나팔을 짧게 세 번 불었다. 식사가 시작된다는 신호였다. 보통은 다들 훈련장에서 꾸물거리고 하던 일을 마무리짓느라 한자리에 모이려면 몇 분이 걸렸다. 하지만 이번만큼은 겨우내 얼었던 얼음을 깨뜨리는 홍수처럼 들이닥쳤다. 자리를 차지하느라 서로 밀치고 잡담을 나누는 사람들로 금세 식당이 가득찼다. 고조되는 흥분으로 그들의 목소리에 날이 서렸다. 누구도 하인에게 딱딱거리거나 먹이를 얻으러 다니는 개를 발로 차지 않았다. 그들은 미케네에서 온 남자와 그가 들고 온 소식 말고는 아무것에도 관심이 없었다.

테티스도 자리에 앉았다. 그녀의 앞에는 접시도 나이프도 없었다. 신들이 먹는 음식은 암브로시아와 넥타르, 우리가 바치는 번제와 제단 위에 뿌리는 포도주 약간이었다. 희한하게도 그녀는 밖에서 그랬던 것처럼 그렇게 눈에 띄거나 그렇게 강렬하게 느껴지지 않았다. 큼지막하고 평범한 가구가 그녀를 축소시킨 듯했다.

펠레우스가 자리에서 일어섰다. 저쪽 맨 끝자리까지 잠잠해졌다. 그가 잔을 들었다.

"아트레우스의 아들 아가멤논과 메넬라오스가 미케네에서 보낸 전갈을 받았다." 마지막까지 남았던 부스럭거림과 중얼거림이 완전히 멎었다. 심지어 하인들마저 동작을 멈추었다. 나는 숨을 참았다. 아킬레우스가 탁자 밑에서 자기 다리를 내 다리에 대고 눌렀다.

"범죄가 저질러졌다고 한다." 그는 앞으로 하려는 이야기의 무게를 가늠하려는 것처럼 다시 뜸을 들였다. "메넬라오스의 아내인 헬레네 왕비가 스파르타의 왕궁에서 납치당했다."

헬레네! 그 이름을 나지막이 속삭이는 소리가 들렸다. 결혼한 이후로 그녀의 미모를 둘러싼 소문은 점점 더 커졌다. 메넬라오스는 그녀가 머무는 궁궐의 벽을 두 겹의 바위로 두툼하게 쌓았다. 십 년 동안 훈련시킨 병사들로 그 벽을 지켰다. 그런데 이토록 주의를 기울였음에도 불구하고 그녀가 납치를 당했다. 누구의 소행이었을까?

"트로이아의 프리아모스 왕이 보낸 사절단이 찾아와 메넬라오스가 그들을 반가이 맞았다. 그 사절단의 수장이었던 프리아모스의 아들, 파리스 왕자가 원흉이다. 왕이 자는 동안 그가 스파르타의 왕비를 침실에서 데려갔다."

분노의 웅성거림이 일었다. 환대한 주인을 그런 식으로 모욕하는 것은 동방의 무리나 하는 짓이었다. 그들이 어떤 식으로 향수를 뚝뚝 흘리고 다니는지, 안온한 생활로 얼마나 썩었는지 모르는 사람이 없었다. 진정한 영웅이라면 무력으로 그녀를 당장 데려와야 할 것이었다.

"미케네의 아가멤논이 배를 타고 프리아모스의 왕국으로 건너가 그녀를 구출하자고 헬라스*의 사나이들에게 호소하고 있다. 트로이아는 부유한 나라이며 금세 함락될 거라고 한다. 전투에 참여한 자는 누구든 부와 명예를 누릴 것이다."

정곡을 찌르는 발언이었다. 우리 인간들은 부와 명예라면 사족을 쓰지 못했다.

---

* 그리스의 옛 이름.

"그들은 나에게 프티아군의 파병을 요청했고 나는 동의했다." 그는 중얼거림이 잦아들기를 기다렸다가 말을 덧붙였다. "하지만 원하지 않는 자는 파병하지 않을 것이다. 그리고 내가 직접 통솔하지도 않을 것이다."

"그럼 누가 통솔합니까?" 누군가가 큰 소리로 물었다.

"그건 아직 결정하지 않았다." 펠레우스가 말했다. 하지만 나는 그의 시선이 아들에게로 언뜻 향하는 것을 보았다.

안 돼. 나는 생각했다. 내 손이 의자 가장자리를 움켜쥐었다. 아직은 안 돼. 내 맞은편에 앉은 테티스의 표정은 차갑고 침착했고 눈빛은 냉정했다. 이런 사태가 벌어질 줄 알고 있었군, 나는 깨달았다. 그가 출정하길 바라는 거야. 케이론과 장미석영 동굴이 불가능하리만치 멀게 느껴졌다. 유치한 목가시처럼 느껴졌다. 문득 케이론이 했던 말의 무게가 느껴졌다. 세상은 아킬레우스가 전쟁을 위해 태어났다고 할 것이었다. 그의 손과 날랜 발이 오로지 그것을 위해, 트로이아의 막강한 벽을 부수기 위해 만들어졌다고 할 것이었다. 그를 트로이아군의 창이 난무하는 곳에 던져놓고 그의 하얀 손이 붉게 물드는 광경을 의기양양하게 지켜볼 것이었다.

펠레우스가 맨 앞 탁자에 앉아 있던 가장 오랜 친구 포이닉스를 가리켰다. "포이닉스 경이 참전을 희망하는 모든 이의 이름을 기록할 것이다."

여기저기서 일어나자 탁자가 소란스러워졌다. 하지만 펠레우스가 한 손을 들었다.

"하나가 더 있다." 그는 빽빽하게 적힌 글씨로 시커메진 리넨 조각을 들었다. "메넬라오스 왕과 정혼하기 전에 헬레네에게는 구혼자가 많았다. 그녀가 누구를 선택하든 구혼자들이 그녀를 보호하기로 맹세한 모양인데. 아가멤논과 메넬라오스가 그들에게 맹세를 지키라고, 그녀를 합법적인 남편에게 데려와달라고 종용하고 있다." 그는 리넨 조각을 사신에게 건넸다.

나는 빤히 쳐다보았다. 맹세. 화로와 하얀 염소가 쏟았던 피가 내 머릿속에 문득 떠올랐다. 우뚝한 남자들로 가득했던 호화로운 알현실도 생각났다.

사신이 명단을 들었다. 연회장이 옆으로 기우는 것처럼 느껴졌고 내 눈은 초점을 잃었다. 그가 명단을 읽기 시작했다.

안테노르.

에우리필로스.

마카온.

대부분 내가 들어본 이름이었다. 나뿐 아니라 모두들 그랬다. 그들은 이 시대의 영웅이자 왕이었다. 하지만 나에겐 단순히 그 정도에서 그치는 게 아니었다. 나는 연기가 자욱한 석실에서 그들을 직접 본 적이 있었다.

아가멤논. 까만색의 덥수룩한 수염이 생각났다. 실눈을 뜨고 주변을 예의 주시하던 음울한 분위기의 남자였다.

오디세우스. 나뭇진 같은 분홍색의 흉터가 허벅지를 감싸고 있었다.

아이아스. 그 방안의 어떤 남자와 견주어도 덩치가 두 배는 되었고 큼지막한 방패를 뒤에 거느리고 있었다.

필록테테스. 궁수.

메노이티아데스.

사신은 잠깐 멈추었고 여기저기서 중얼거리는 소리가 들렸다. 누구라고? 내가 추방당한 이래로 아버지는 전방에 나서지 않았다. 그의 명성은 사그라졌고 그의 이름은 잊혔다. 그리고 그를 아는 사람이라도 아들 이야기는 한 번도 들은 적이 없었다. 나는 정체가 드러날까 두려운 마음에 얼어붙은 듯 자리에 앉아 있었다. 이 전쟁을 피할 수 없겠구나.

사신은 헛기침을 했다.

이도메네우스.

디오메데스.

"너야? 너도 그 자리에 있었어?" 아킬레우스가 나를 돌아보고 있었다. 들릴락 말락 하게 나지막이 물었지만 그래도 들은 사람이 있을까봐 겁이 났다.

나는 고개를 끄덕였다. 목이 말라서 아무 말도 할 수가 없었다. 지금까지 아킬레우스가 위험하지 않을지, 어떻게 하면 그를 여기 붙잡아놓을 수 있을지, 그게 가능하기는 할지 그 걱정만 하고 있었다. 내 생각은 하지도 않았다.

"내 말 잘 들어. 그건 이제 네 이름이 아니야. 아무 말도 하지 마. 어떻게 하면 좋을지 생각해보자. 스승님에게 물어보자." 아킬레우스는 앞말이 끝나기가 무섭게 다음 말을 이어가며 그런 식으로 허겁지겁 얘기한 적이 없었다. 나는 다급해하는 그의 모습에서 조금이나마 정신을 차렸고 나를 바라보는 그의 눈빛에서 용기를 얻었다. 나는 다시 고개를 끄덕였다.

이름들이 계속 호명됐고 그와 함께 기억이 되살아났다. 단상에 세 여자가 앉아 있었고 그중 한 명이 헬레네였다. 쌓여 있던 보물과 눈살을 찌푸렸던 아버지. 내 무릎에 닿던 돌바닥. 나는 지금까지 그게 꿈인 줄 알았다. 그런데 아니었다.

　사신의 낭독이 끝나자 펠레우스는 해산을 명했다. 포이닉스에게 출정 의사를 밝히려는 사람들이 의자로 바닥을 긁으며 일제히 일어났다. 펠레우스는 우리를 돌아보았다. "따라오너라. 너희 둘에게 따로 할 이야기가 있다." 나는 테티스도 같이 가나 싶어서 그쪽으로 고개를 돌렸지만 그녀는 이미 사라지고 보이지 않았다.

　우리는 펠레우스의 벽난로 옆에 앉았다. 그는 아주 살짝 물을 탄 포도주를 권했다. 아킬레우스는 사양했다. 나는 잔을 받았지만 마시지는 않았다. 왕은 예전처럼 벽난로에서 가장 가까운 데 놓여 있는, 쿠션이 있고 등받이가 높은 의자에 앉았다. 그의 시선은 아킬레우스에게 머물렀다.

　"네가 병사들을 통솔하고 싶어하지 않을까 해서 부른 거다."

　그가 속내를 공개했다. 장작불에서 펑 하는 소리가 났다. 나무가 파릇파릇했다.

　아킬레우스는 아버지의 눈을 쳐다보았다. "케이론 스승님과의 수업이 덜 끝났는데요."

　"나는 물론이고 어느 영웅보다 더 오랫동안 펠리온에 머물러 있지 않았느냐."

　"그렇다고 아트레우스의 아들들이 아내를 빼앗길 때마다 제가 도우러 달려가야 하는 건 아니지 않습니까."

　나는 그 말을 듣고 펠레우스가 미소를 지을 줄 알았는데 아니었다. "메넬라오스도 아내를 빼앗기고 노여워하고 있겠지만 전령을 보낸 사람은 아가멤논이었다. 트로이아가 부국으로 점점 발전해가는 것을 몇 년 동안 지켜보았기에 이제 꺾을 때가 됐다고 생각하는 거겠지. 트로이아 함락은 가장 위대한 영웅들이 출정하기에 손색없는 위업이다. 그와 함께 항해를 하는 것만으로도 많은 영예를 누릴 것이야."

아킬레우스의 입가에 힘이 들어갔다. "앞으로 다른 전쟁도 있겠죠."

펠레우스는 고개를 끄덕이진 않았다. 하지만 그 말이 옳다고 인정하는 눈치였다. "그럼 파트로클로스는 어찌하느냐? 전장으로 소집되었는데."

"그는 이제 메노이티오스의 아들이 아닙니다. 그러니 맹세를 지킬 필요가 없습니다."

신실한 펠레우스는 한쪽 눈썹을 추켜세웠다. "그건 발뺌하는 게 아니냐."

"저는 그렇게 생각하지 않습니다." 아킬레우스는 턱을 들었다. "아버지에게 버림받았을 때 그 맹세도 무효가 된 겁니다."

"저는 출전하고 싶지 않습니다." 나는 나지막이 말했다.

펠레우스는 잠깐 동안 우리 둘을 빤히 쳐다보다 입을 열었다. "이런 문제를 내가 결정할 수는 없겠지. 너의 판단에 맡기마."

긴장이 살짝 풀리는 게 느껴졌다. 그가 내 정체를 폭로할 일은 없었다.

"아킬레우스, 아가멤논이 보낸 왕들이 너와 이야기를 나누고 싶다고 찾아오고 있다."

창밖에서 일정한 간격을 두고 모래사장에 부딪치는 바다의 속삭임이 들렸다. 짠 냄새도 났다.

"저더러 나가서 싸우자고 하겠죠." 아킬레우스가 말했다. 질문이 아니었다.

"그렇겠지."

"아버님은 제가 그들을 만나보길 바라시고요."

"그렇다."

다시 정적이 흘렀다. 잠시 후에 아킬레우스가 말했다. "그들이나 아버님의 명성에 먹칠하는 짓은 하지 않겠습니다. 그들의 논리를 들어보겠습니다. 하지만 이 자리에서 말씀드리건대 그들의 설득에 넘어가지는 않을 듯합니다."

펠레우스는 아들의 장담에 조금 놀라워했지만 못마땅하게 여기는 눈치는 아니었다. "그것 또한 내가 결정할 문제는 아니겠지." 그는 부드럽게 말했다.

장작불이 또다시 펑 소리를 내며 수액을 내뱉었다.

아킬레우스는 무릎을 꿇었고 펠레우스는 한 손을 그의 머리에 얹었다. 케이론의 그렇게 하는 모습을 하도 자주 보아서 그런지 그에 비하면 떨리는 핏줄로 얽혀 있는 펠레우스의 손이 시들시들해 보였다. 가끔은 그가 예전에는 전사였고 신들과 함께 걸었다는 사실을 기억하기 힘들 때도 있었다.

아킬레우스의 방은 우리가 없는 동안 간이침대만 치웠을 뿐 예전 그대로였다. 나는 간이침대가 없어서 기뻤다. 누가 한 침대를 쓰는 이유를 묻더라도 간단하게 변명할 수 있지 않겠는가. 우리는 서로를 향해 손을 내밀었고 나는 이 방안에서 묵묵히 그를 사랑하며 뜬눈으로 지새운 밤이 몇 날 며칠이었을까 생각했다.

잠시 후에 아킬레우스가 바짝 몸을 붙이며 졸음에 겨운 목소리로 마지막으로 속삭였다. "네가 꼭 나가야 한다면 나도 따라갈 거야."

우리는 잠이 들었다.

12

나는 눈꺼풀을 뜨겁게 달구는 태양에 눈을 떴다. 바다가 보이는 창문에서 불어들어오는 산들바람을 오른쪽 어깨가 직통으로 맞고 있어서 추웠다. 내 옆자리는 비었지만 베개에 그의 자국이 남아 있었고 시트에서는 우리 둘의 냄새가 났다.

그가 어머니를 만나러 가 있는 동안 나 혼자 방을 지킨 적이 워낙 많았기에 그가 없는 것이 낯설지는 않았다. 나는 눈을 감고 꼬리에 꼬리를 무는 꿈속으로 다시 빠져들었다. 시간이 지나자 뜨거운 햇볕이 창턱을 넘어서 들어왔다. 새들이 일어났고 하인들도, 심지어 다른 사람들도 일어났다. 바닷가와 훈련장에서 그들의 목소리가 들렸고 달그락거리고 쿵쾅거리며 허드렛일을 하는 소리도 들렸다. 나는 일어나서 앉았다. 그가 두고 간 샌들이 침대 옆에 뒤집힌 채 놓여 있었다. 종종 있는 일이었다. 그는 거의 어디든 맨발로 다녔다.

그는 아침을 먹으러 간 듯했다. 나는 자도록 그냥 두고 간 것이었다. 그가 돌아올 때까지 방안에 있고 싶은 마음도 있었지만 그건 겁쟁이 같은 짓이었다. 나에게는 그의 곁을 지킬 자격이 있었기에 하인들의 시선에도 꽁무니를 빼지 않을 작정이었다. 나는 튜닉을 걸치고 그를 찾으러 나섰다.

그는 하인들이 예전처럼 접시와 그릇을 치우느라 분주한 대연회장에 없었다. 자주색 태피스트리와 프티아의 선왕들에게 물려받은 무기들이 걸려 있는 펠레우스의 정무실에도 없었다. 예전에 리라를 연주했던 방에도 없었다. 한때 우리 악기가 담겨 있었던 함만 방 한가운데에 쓸쓸하게 놓여 있었다.

둘이서 같이 올라갔던 나무에도 없었다. 바닷가에도, 서서 어머니를 기다리던 비죽 튀어나온 바위에도 없었다. 사내들이 땀을 뻘뻘 흘리며 목검을 부딪치는 훈련장에도 없었다.

두말할 필요도 없겠지만 점점 부풀어오른 공포가 이성에 귀를 닫은 종잡을 수 없는 생명체로 변했다. 발걸음이 빨라졌다. 주방, 지하실, 향유와 포도주가 든 암포라가 있던 창고. 하지만 그 어디에서도 그를 찾을 수 없었다.

점심 무렵에 나는 펠레우스의 방으로 찾아갔다. 불안감이 얼마나 컸는지 알 수 있는 대목이었다. 나는 그때까지 그와 독대한 적이 한 번도 없었다. 내가 안으로 들어가려고 하자 밖을 지키던 호위병들이 막아섰다. 왕이 휴식중이라고 했다. 혼자 있는데 아무도 들여보내지 말라고 했다는 것이다.

"하지만 아킬레우스가……" 나는 비웃음을 살 만한 짓을 저지르거나 그들의 눈 속에서 반짝이는 호기심에 기름을 붓지 않으려고 침을 꿀꺽 삼켰다. "왕자가 안에 있지 않나?"

"혼자 계십니다." 한 호위병이 같은 말을 반복했다.

나는 어렸을 때부터 아킬레우스를 돌보았던 노령의 고문관 포이닉스를 찾아갔다. 왕궁 한가운데에 자리잡은 검소한 정방형의 집무실로 걸어가는데 두려움에 숨이 막힐 것 같았다. 그의 앞에 놓은 점

토판에는 트로이아를 상대로 참전을 맹세한 사람들이 남긴 V와 X자 자국이 나 있었다.

"아킬레우스 왕자가……" 나는 말을 하다 말고 멈추었다. 공포로 쉰 소리가 났다. "어디 있는지 찾을 수가 없어요."

그는 놀란 표정으로 고개를 들었다. 내가 들어오는 소리를 듣지 못한 것이었다. 그는 가는귀가 먹었고 내 시선과 마주친 그의 눈은 축축하고 백내장으로 불투명했다.

"펠레우스가 너에게 이야기를 하지 않은 모양이로구나." 그의 말투는 부드러웠다.

"네." 혀가 돌처럼 딱딱하게 느껴졌고 너무 커서 그걸 피해가며 말을 하기가 어려웠다.

"저런." 그가 다정하게 말했다. "어머니와 함께 있단다. 간밤에 자고 있을 때 그의 어머니가 데려갔지. 그길로 사라졌는데 어디 있는지 아무도 모른단다."

나중에 보니 내 손톱이 손바닥을 파고들어서 빨간 자국이 남았다. 어디 있는지 아무도 모른단다. 어쩌면 올림포스 산에 갔을 수도 있는데 그 산은 내가 절대 따라갈 수 없는 곳이었다. 아니면 아프리카 또는 인도에 갔을까. 내가 찾아볼 생각조차 하지 않을 만한 마을로 갔을까.

포이닉스가 다정하게 손을 잡고 나를 방까지 데려다주었다. 내 머릿속은 이 생각 저 생각으로 어지러웠다. 케이론에게 가서 조언을 구할까. 그의 이름을 부르며 들판을 돌아다닐까. 그녀가 분명 약을 먹이거나 그를 속였을 것이다. 그가 제 발로 따라나섰을 리는 없었다.

나는 빈방에 웅크리고 앉아서 상상해보았다. 냉기를 풍기며 새하얀 얼굴로, 잠에 취해 뜨끈뜨끈한 우리를 내려다보는 여신. 그를 안 아드는 순간 그의 살갗 속으로 파고드는 그녀의 손톱, 창문 너머로 들어온 달빛에 은빛으로 반짝이는 그녀의 목. 잠에 취했거나 주문에 걸려 그녀의 어깨 위로 축 늘어지는 그의 몸. 그녀는 병사가 시체를 옮기듯 그를 나에게서 데려간다. 그녀는 힘이 세다. 한 손이면 그가 떨어지지 않게 잡을 수 있다.

그를 데려간 이유는 궁금하지 않았다. 이유는 알았다. 기회가 생기자마자, 우리가 그 산에서 내려오자마자 우리 둘을 떼어놓고 싶었던 것이다. 어리석었던 우리 둘에게 화가 났다. 그녀는 당연히 이렇게 했을 것이었다. 나는 왜 우리가 안전할 거라고 생각했을까? 케이론이 여기에서까지 우리를 보호해준 적이 없었는데 그럴 거라고 생각했다니.

그녀는 그를 바닷속 동굴로 데려가서 인간을 향한 경멸을 가르칠 것이다. 신의 음식을 먹이고 그에게 흐르는 인간의 피를 태워버릴 것이다. 꽃병에 그려지고 노래로 불리며 트로이아를 상대로 싸우는 인물로 만들 것이다. 나는 까만 갑옷에 눈만 보이는 짙은 색 투구를 쓰고 청동 정강이받이로 발을 덮은 그의 모습을 그려보았다. 그는 양손에 창을 들고 서 있는데 나를 모른다.

시간이 접혀서 나를 에워싸고 나를 묻었다. 창밖에서는 달이 여러 형태를 거쳐 다시 보름달이 되었다. 나는 거의 잠도 자지 않고 잘먹지도 않았다. 슬픔이 닻처럼 나를 침대에 묶어놓았다. 결국 나에게 힘이 되어준 것은 케이론에 얽힌 따끔한 기억이었다. 이제는 예전처럼 뭐든 쉽게 포기하지 마라.

나는 펠레우스를 찾아갔다. 밝은 자주색으로 짠 양털 깔개에 무릎을 꿇었다. 그가 말을 꺼내려고 했지만 내가 더 빨랐다. 나는 한 손으로 그의 무릎을 감싸고 다른 손은 위로 뻗어서 그의 턱을 잡았다. 간청하는 자세였다. 지금까지 숱하게 보았지만 내가 직접 해본 적은 없는 자세였다. 나는 이제 그의 보호 아래에 있었다. 그는 신들이 정한 법칙에 따라서 나를 합당하게 대해야 했다.

"그가 어디 있는지 알려주십시오." 내가 말했다.

그는 꼼짝하지 않았다. 그의 심장이 가슴을 나지막이 두드리는 소리가 들렸다. 간청하는 자세가 이렇게 친밀할 줄은, 우리 둘의 몸이 이렇게 바짝 붙을 줄은 미처 몰랐다. 내 뺨에 닿은 그의 갈비뼈가 뾰족하게 느껴졌다. 그의 다리는 살결이 부드러웠고 나이를 먹어서 가늘었다.

"나도 모른다." 그의 말이 알현실을 울렸고 호위병들이 움찔거렸다. 내 등뒤로 그들의 시선이 느껴졌다. 프티아에서는 간청할 일이 거의 없었다. 펠레우스가 워낙 너그러운 왕이었기 때문에 그런 식의 필사적인 조치가 필요 없었다.

나는 턱을 잡고 그의 얼굴을 내 쪽으로 끌어당겼다. 그는 저항하지 않았다.

"못 믿겠습니다." 내가 말했다.

잠깐의 시간이 흘렀다.

"나가들 있거라." 그가 말했다. 호위병들에게 한 말이었다. 그들은 발을 질질 끌기는 했지만 그가 시키는 대로 했다. 우리 둘만 남았다.

그는 허리를 숙였다. 그러고는 내 귀에 대고 속삭였다. "스키로스."

그곳은 섬이었다. 아킬레우스.

자리에서 일어나는데 한참 동안 무릎을 꿇고 앉아 있기라도 했던 것처럼 무릎이 시큰거렸다. 어쩌면 진짜 그랬을 수도 있었다. 프티아의 왕들이 거쳐간 그 기다란 알현실에 단둘이 있는 동안 시간이 얼마나 흘렀는지 모르겠다. 그의 눈과 나의 눈이 이제 같은 높이에 있었지만 그는 내 시선을 피했다. 그가 내게 답한 이유는 그가 신실한 사람이기 때문이었고, 내가 탄원자로서 그에게 간청했기 때문이었고, 신들이 정한 법칙상 그러면 간청에 응해야 하기 때문이었다. 그에게는 달리 도리가 없었다. 우리 둘 사이에서 음산한 분위기가, 분노 비슷한 무거운 분위기가 흘렀다.

"돈이 필요하겠습니다." 내가 말했다. 어디서 그런 말이 나왔는지 모르겠다. 예전에는 어느 누구에게도 그런 말을 한 적이 없었다. 하지만 이제 나는 잃을 게 아무것도 없었다.

"포이닉스에게 얘기하거라. 그가 줄 것이다."

나는 보일락 말락 하게 고개를 숙였다. 원래는 그것으로 그치면 안 되는 거였다. 다시 한번 무릎을 꿇고 그의 값비싼 깔개에 이마를 비비며 고마워했어야 맞는 거였다. 하지만 나는 그러지 않았다. 펠레우스는 몸을 움직여 열린 창문 밖을 내다보았다. 둥근 곡선을 그리는 왕궁에 가려서 바다가 보이지 않았지만 우리 둘 다 멀리서 모래사장을 때리는 파도 소리를 들을 수 있었다.

"가거라." 그가 말했다. 그는 냉정하게 무시하는 투로 말하려고 했을 것이다. 기분이 상한 왕이 신하를 대하듯 말하려고 했을 것이다. 하지만 내 귀에는 피곤하게 들렸을 따름이었다.

나는 다시 한번 고개를 숙이고 나왔다.

포이닉스가 준 금화면 스키로스까지 두 번 왕복할 수도 있었다. 내가 금화를 건네자 선장은 빤히 쳐다보았다. 잽싸게 눈을 굴리며 얼마일지 가늠하고 그걸로 뭘 살 수 있을지 계산했다.

"배를 얻어 탈 수 있을까요?"

그는 나의 열띤 모습을 마뜩잖아했다. 그는 간절하게 배에 태워달라는 사람을 좋아하지 않았다. 딸린 식구 없이 서두른다는 것은 비밀스러운 범죄의 증거였다. 하지만 금화의 엄청난 유혹을 거부할 수 없었다. 그는 투덜거리며 마지못한 듯 승낙했고 나를 선실로 들여보냈다.

뱃길 여행은 한 번도 해본 적이 없었는데 얼마나 느린지 놀라울 정도였다. 그 배는 아래가 불룩한 상선이었고 섬들을 느릿느릿 돌며 본토에서 생산된 양털, 향유, 무늬가 새겨진 가구를 외딴 나라로 운반했다. 밤마다 다른 항구에 정박해 물항아리를 채우고 상품을 내렸다. 나는 낮 동안에는 뱃머리에 서서 까만 타르를 칠한 선체 뒤로 멀어져가는 파도를 바라보며 육지가 보이길 기다렸다. 다른 때 같았으면 그 모든 것에 넋을 잃었을 것이다. 용총줄, 돛대, 고물과 같은 배의 여러 부분의 명칭들. 바다의 색깔. 북북 문질러서 씻은 것처럼 깨끗한 바람의 냄새. 하지만 나는 거의 관심이 없었다. 내 앞 어딘가에서 등장할 조그만 섬과 거기서 찾고 싶은 금발의 소년 생각뿐이었다.

스키로스 만은 어쩌나 작은지 그 섬의 울퉁불퉁한 남쪽 가장자리를 돌아서 만에 거의 상륙을 앞둘 때까지 보이지 않았을 정도였다. 우리 배가 만의 품속으로 아슬아슬하게 들어가는 동안 선원들은 양옆으로 고개를 내밀고 숨을 참으며 스쳐지나가는 바위들을 지켜보왔다. 일단 안으로 진입하자 바다가 완전히 잠잠해지는 바람에 노를 저어서 가야 했다. 배를 대기가 쉽지 않았다. 바다를 누비는 선장의 생활이 부럽지 않았다.

"도착했소." 그가 뚱한 목소리로 말했다. 나는 이미 현문을 향해 걸어가고 있었다.

낭떠러지가 내 앞으로 우뚝 등장했다. 바위를 깎아 만든 계단이 구불구불 왕궁으로 이어지기에 그 길을 따라 올라갔다. 꼭대기에 다다르자 키 작은 나무와 염소들이 나왔고 절반은 돌, 절반은 나무로 만들어진 수수하고 칙칙한 왕궁이 보였다. 보이는 건물이 그거 하나뿐이었기에 망정이지 그렇지 않았다면 왕의 거처인 줄 몰랐을 것이다. 나는 입구로 다가가 안으로 들어갔다.

연회장은 좁고 어두침침했고 오래전에 먹은 저녁 냄새로 퀴퀴했다. 저쪽 끝에 놓인 두 개의 왕좌는 비어 있었다. 경비병 몇 명이 탁자에서 빈둥빈둥 주사위 놀이를 하고 있었다. 그들이 고개를 들었다.

"무슨 일입니까?" 한 경비병이 물었다.

"리코메데스 왕을 만나러 왔소." 내가 말했다. 내가 중요한 인물이라는 걸 알 수 있도록 턱을 들었다. 나는 가장 고급스러운 튜닉을 찾아서 입고 나왔다. 아킬레우스의 튜닉이었다.

"내가 가볼게." 다른 경비병이 동료들에게 말했다. 그는 달가닥거리며 주사위를 내려놓고 구부정하게 연회장을 빠져나갔다. 펠레우스였다면 그런 태도를 절대 용납하지 않았을 것이다. 그는 부하들을 제대로 대접하고 그 대가로 많은 것을 바랐다. 그 공간은 모든 것이 너덜너덜하고 칙칙했다.

남자가 다시 등장했다. "따라오시죠." 그가 말했다. 나는 그를 따라나섰고 심장이 두근거렸다. 뭐라고 말을 할지 오래전부터 생각해놓았다. 나는 준비가 되어 있었다.

"이쪽으로." 그는 열려 있는 문을 손짓하고 다시 주사위 놀이를 하러 돌아갔다.

나는 안으로 들어갔다. 꺼져가는 난로 앞에 젊은 여자가 앉아 있었다.

"나는 데이다메이아 공주예요." 그녀가 밝혔다. 목소리가 어찌나 명랑하고 어린애처럼 우렁찬지 칙칙했던 연회장과 놀랍도록 대조적이었다. 코끝은 들렸고 얼굴은 여우처럼 뾰족했다. 예쁜 얼굴이었고 그녀도 그걸 알고 있었다.

나는 예의를 갖춰서 머리를 숙였다. "공주의 아버님께 인정을 구하고자 하는 이방인입니다."

"나한테 구하면 안 되나요?" 그녀는 미소를 지으며 고개를 갸웃했다. 그녀는 놀라우리만치 아담했다. 일어서면 키가 내 가슴까지 올까 싶었다. "제 아버지는 연세가 많고 몸이 편찮으세요. 무슨 청을 하려는지 나한테 얘기하면 내가 답해줄게요." 그녀는 창문이 뒤에서 환히 빛나도록 용의주도하게 자세를 잡고 당당한 분위기를 풍겼다.

"제 친구를 찾고 있습니다."

"아," 그녀는 눈썹을 추켜세웠다. "친구분이 누군데요?"

"젊은 남자입니다." 나는 조심스럽게 대답했다.

"그렇군요. 젊은 남자라면 여기에 몇 명 있긴 해요." 그녀의 말투는 장난기가 다분했고 거만했다. 까만 머리칼은 굵직하니 곱슬곱슬하게 등 위로 쏟아졌다. 그녀는 고개를 살짝 젖혀서 머리칼을 흔들고 나를 보며 다시 미소를 지었다. "먼저 손님의 이름부터 들을까요?"

"케이로니데스입니다." 내가 말했다. 케이론의 아들이라는 뜻이었다.

그녀는 특이한 이름에 콧잔등을 찡그렸다.

"케이로니데스. 그리고요?"

"한 달 전쯤 이곳으로 건너온 친구를 찾고 있습니다. 프티아 출신이에요."

내가 상상한 것일지 몰라도 그녀의 눈에서 뭔가가 번뜩였다. "그 친구를 찾는 이유는 뭐죠?" 그녀가 물었다. 말투가 좀 전처럼 가볍지 않았다.

"전할 말이 있어서요." 그녀 대신 나이가 많고 몸이 불편하다는 왕과 만나고 싶은 마음이 굴뚝같았다. 그녀는 수은처럼 표정이 시시각각으로 달라졌다. 내 마음이 어수선해졌다.

"흠. 전할 말이라." 그녀는 예쁘게 칠한 손끝으로 턱을 톡톡 두드리며 교태가 담긴 미소를 지었다. "친구에게 전할 말이라. 그런 청년을 내가 아는지 모르는지 손님에게 얘기해야 하는 이유는 뭔가요?"

"당신은 힘있는 공주님이고 저는 일개 탄원자이기 때문이지요." 나는 무릎을 꿇었다.

그녀는 즐거워했다. "뭐, 내가 그런 청년을 알 수도 있고 모를 수도 있어요. 생각을 좀 해봐야겠네요. 저녁때까지 머물면서 내 결정을 기다려주세요. 운이 좋으면 내가 우리 궁의 아가씨들과 함께 춤을 보여줄 수도 있어요." 그녀는 갑자기 고개를 모로 꼬았다. "데이다메이아의 아가씨들 이야기는 들어봤죠?"

"죄송하지만 들어본 적이 없는데요."

그녀는 기분이 상한 듯 부루퉁한 표정을 지었다. "모든 왕들이 딸을 여기로 보내서 교육을 맡기는데. 당신 말고는 모르는 사람이 없는 일이에요."

나는 슬픈 표정을 지으며 고개를 숙였다. "제가 산속에서 지낸 터라 세상사를 잘 모릅니다."

그녀는 얼굴을 살짝 찡그렸다. 그러고 나서 문을 향해 손을 퉁겼다. "저녁때까지 기다려요, 케이로니데스."

나는 먼지가 날리는 마당에서 오후를 보냈다. 왕궁은 이 섬에서 지대가 가장 높고 파란 하늘을 머리에 이고 있어서 허름해도 전망이 좋았다. 나는 마당에 앉아서 리코메데스에 대해 들은 모든 정보를 애써 떠올려보았다. 소문에 따르면 그는 너그럽지만 유약하고 지략에 한계가 있는 왕이었다. 서쪽에서는 에우보이아, 동쪽에서는 이오니아가 오래전부터 그의 땅에 눈독을 들이고 있었다. 험난한 해안선이 관건이기는 하지만 조만간 둘 중 한 곳이 전쟁을 일으킬 것이었다. 여자가 다스리고 있다는 소문이 돌면 그 시기가 좀더 앞당겨질 수도 있었다.

해가 지자 나는 연회장으로 돌아갔다. 횃불이 켜졌지만 음산한 분위기만 한층 고조시키는 듯했다. 데이다메이아가 머리에 얹은 황금 왕관을 반짝이며 노인 한 명을 데리고 방안으로 들어왔다. 그는 등이 굽었고 털옷을 하도 치렁치렁하게 입고 있어서 어디에서부터 몸이 시작되는지 알 수 없을 정도였다. 그녀는 왕좌에 그를 앉히고 하인에게 거만하게 손짓했다. 나는 경비병과, 맡은 임무가 뭔지 불분명한 몇 명의 다른 남자들과 함께 뒤편에 서 있었다. 고문관일까? 아니면 친척일까? 그 방안의 다른 사람들처럼 그들도 몹시 지쳐 보였다. 뺨은 화사하고 머리칼에서는 윤기가 흐르는 데이다메이아만 신세가 남들과 달랐다.

하인 하나가 금이 간 의자와 탁자를 가리키길래 나는 자리에 앉았다. 왕과 공주는 우리 쪽으로 자리를 옮기지 않았다. 연회장 저쪽 끝에 놓인 왕좌를 지켰다. 푸짐한 음식이 등장했지만 내 시선은 계속 앞쪽으로 향했다. 나의 존재를 알려야 하는 건지 판단이 서지 않았다. 그녀가 나를 잊어버린 걸까?

하지만 잠시 후에 그녀가 자리에서 일어나 우리 탁자 쪽으로 고개를 돌렸다. "펠리온에서 오신 손님," 그녀가 큰 소리로 외쳤다. "이제는 데이다메이아의 아가씨들에 대해 들어본 적 없다고 하지 못할 거예요." 그녀는 팔찌를 낀 손을 다시 까딱였다. 머리칼을 천으로 감싸서 뒤로 묶은, 스물 몇 명쯤 되어 보이는 여자들이 서로 나지막이 속삭이며 등장했다. 그들이 선 한가운데 빈 공간이 이제 동그란 무대가 되었다. 남자 몇 명이 피리와 북을 꺼냈고 한 명은 리라를 꺼냈다. 데이다메이아는 나에게서 아무 반응도 기대하지 않는 눈치였고 심지어 내가 자기 말을 들었는지 관심조차 없어 보였다. 왕좌가 놓인 연단에서 내려와 여자들에게 다가가더니 그중 키가 큰 여자를 춤 상대로 삼았다.

음악이 시작됐다. 복잡한 스텝이 이어졌고 아가씨들은 우아하게 스텝을 밟았다. 나는 감탄사가 절로 나왔다. 그들이 원을 그리자 치맛자락이 소용돌이쳤고 팔목과 발목에 건 보석들이 흔들렸다. 그들은 기운이 넘치는 말처럼 고개를 뒤로 젖히고서 뱅글뱅글 돌았다.

두말하면 잔소리지만 데이다메이아가 가장 아름다웠다. 그녀는 허공에서 손목을 매력적으로 반짝여가며 황금 왕관과 풀어헤친 머리칼로 시선을 모았다. 그녀의 얼굴은 쾌감으로 발갛게 물들었고 내가 지켜보는 가운데 점점 더 밝게 빛났다. 그녀는 거의 추파를 던지는 수준으로 파트너를 보며 환하게 웃었다. 그녀를 피해서 홱 하니 시선을 떨구는가 하면 장난처럼 건드리려는 듯 바짝 다가갔다. 나는 호기심이 동해서 그녀와 춤을 추는 여자를 보려고 고개를 길게 뺐지만 하얀 드레스 군단에 가려서 보이지 않았다.

여음을 남기며 음악이 끝나자 무희들도 동작을 멈추었다. 데이다메이아는 모두를 한 줄로 세우고 앞으로 인도하여 우리의 박수갈채를 받았다. 그녀의 파트너는 고개를 숙이고 그녀의 옆에 섰다. 다른 무희들과 함께 한쪽 다리를 빼고 무릎을 굽혀서 인사하고 고개를 들었다.

나는 숨이 턱 막혀서 무슨 소리를 냈다. 들릴락 말락 한 소리였지만 그것으로 충분했다. 여자의 시선이 홀끗 내 쪽으로 향했다.

그러자 몇 가지 일들이 한꺼번에 벌어졌다. 아킬레우스―분명 아킬레우스였다―가 데이다메이아의 손을 놓고 기뻐하며 나에게 달려들자 나는 그 기세에 뒤로 넘어졌다. 데이다메이아는 "피라!" 하고 비명을 지르며 울음을 터뜨렸다. 딸의 이야기와 달리 그 정도로 심각하게 정신이 오락가락하지는 않았던 리코메데스가 자리에서 일어섰다.

"피라, 이게 어찌된 영문이냐?"

나는 그가 묻는 말이 거의 들리지 않았다. 서로 부둥켜안은 아킬레우스와 나는 안도감에 횡설수설했다.

"어머니가," 그가 속삭였다. "어머니가……"

"피라!" 리코메데스의 목소리가 딸의 요란한 흐느낌을 넘어서 연회장의 이쪽 끝까지 전달됐다. 나는 그가 아킬레우스를 부르고 있음을 뒤늦게 깨달았다. 피라. 빨간 머리라는 뜻이었다.

아킬레우스는 그의 말을 못 들은 척했다. 데이다메이아는 더 요란하게 울부짖었다. 왕은 놀랍게도 사리분별이 또렷한 눈빛으로 남자, 여자 할 것 없이 궁 안의 나머지 사람들을 훑어보았다. "나가거라." 그가 명령했다. 그들은 뒤를 흘끗거리며 마지못한 듯 그의 명령에 따랐다.

"자," 리코메데스가 앞으로 나서자 나는 처음으로 그의 얼굴을 볼 수 있었다. 살갗은 누렇고 희끗희끗한 수염은 지저분한 양털 같았다. 하지만 눈빛만큼은 충분히 날카로웠다. "이 남자는 누구냐, 피라?"

"아무도 아니에요!" 데이다메이아가 아킬레우스의 팔을 잡아당기며 말했다.

그와 동시에 아킬레우스는 태연하게 대답했다. "제 남편입니다."

나는 물고기처럼 떡 벌어지려는 입을 얼른 다물었다.

"아니에요! 거짓말이에요!" 데이다메이아가 날카롭게 외치자 서까래에 앉아서 쉬고 있던 새들마저 화들짝 놀랐다. 깃털 몇 개가 바닥으로 둥실둥실 떨어졌다. 그녀는 하고 싶은 말이 더 있었을지 몰라도 목놓아 우느라 제대로 말을 하지 못했다.

리코메데스는 남자 대 남자로서 도피처를 찾듯 나를 돌아보았다. "손님, 이 말이 사실입니까?"

아킬레우스가 내 손을 꽉 쥐었다.

"네." 내가 대답했다.

"아니에요!" 공주가 비명을 질렀다.

아킬레우스는 팔을 잡아당기는 그녀를 무시한 채 리코메데스 쪽으로 우아하게 고개를 숙였다. "남편이 데리러 왔으니 이제 폐하의 궁을 떠나겠습니다. 그동안 환대해주셔서 감사했습니다." 아킬레우스는 한쪽 다리를 뒤로 빼고 무릎을 굽혀서 인사했다. 나는 머리가 멍했지만 그걸 보고 제법 잘한다는 생각을 했다.

리코메데스는 손을 들어서 우리를 막았다. "먼저 너희 어머니와 상의를 해야겠다. 너를 나에게 맡긴 분이 너희 어머니시니. 어머니도 이 남편에 대해 알고 계시느냐?"

"아니에요!" 데이다메이아가 다시 외쳤다.

"애야!" 리코메데스가 딸의 버릇처럼 얼굴을 찡그리며 말했다. "웬 소란이냐. 피라를 놓아주어라."

그녀는 눈물 때문에 얼룩이 지고 퉁퉁 부은 얼굴로 씩씩거렸다. "싫어요!" 그녀는 아킬레우스를 돌아보았다. "당신은 거짓말을 하고 있어! 나를 배신하다니! 짐승! 아파테스!" 매정하다는 뜻이었다.

리코메데스는 얼어붙었다. 아킬레우스는 내 손을 꽉 잡았다. 우리 말에는 여성형과 남성형이 있다. 그녀가 쓴 말은 남자에게 쓰는 단어였다.

"방금 뭐라고 했느냐?" 리코메데스가 천천히 물었다.

데이다메이아는 안색이 창백해졌지만 반항적으로 턱을 들었고 목소리도 떨지 않았다.

"이이는 남자예요." 그녀는 이렇게 말하고 다시 덧붙였다. "우리는 결혼한 사이고요."

"뭐라고?" 리코메데스는 컥컥거렸다.

나는 아무 말도 할 수가 없었다. 아킬레우스의 손이 없었다면 정신을 차릴 수 없었을 것이다.

"이러지 마." 아킬레우스가 그녀에게 말했다. "부탁이야."

이 말이 그녀를 격분하게 만든 듯했다. "할 거야!" 그녀는 자기 아버지를 돌아보았다. "아버지는 바보예요! 나 혼자 알아차렸어요! 나는 알아차렸다고요!" 그녀는 강조하듯 자기 가슴을 때렸다. "이제 사람들한테 알릴 거예요. 아킬레우스라고!" 그녀는 튼튼한 석벽을 뚫고 신들에게 그의 이름을 외치기라도 하려는 듯 악을 썼다. "아킬레우스라고! 아킬레우스라고! 사람들한테 알릴 거예요!"

"그건 안 되지." 차갑고 칼처럼 예리한 이 세 마디가 공주의 비명 소리를 간단하게 갈랐다.

내가 아는 목소리인데. 나는 고개를 돌렸다.

문 앞에 테티스가 서 있었다. 그녀의 얼굴은 파르스름한 불꽃처럼 이글거렸다. 까만 눈은 살갗을 깊숙하게 베인 상처 같았고 예전의 그 어느 때보다 키가 우뚝했다. 머리칼은 늘 그렇듯 윤기가 흘렀고 드레스도 여전히 아름다웠지만, 보이지 않는 바람이 그녀를 감싸고 부는 것처럼 왠지 모르게 사나운 분위기를 풍겼다. 인간의 피를 마시러 온다는 복수의 여신 퓨리 같았다. 나는 머리 가죽이 떨어져나오려고 하는 듯한 기분이 들었다. 심지어 데이다메이아마저 입을 다물었다.

우리는 그녀를 쳐다보며 잠시 서 있었다. 이윽고 아킬레우스가 손을 위로 뻗어서 그의 머리칼을 덮고 있던 베일을 찢었다. 드레스의 목덜미를 잡고 앞면을 아래로 찢어서 가슴을 드러냈다. 벽난로 불빛이 그의 몸을 금빛으로 따뜻하게 물들였다.

"그만하세요, 어머니." 그가 말했다.

그녀의 얼굴에서 경련 비슷한 파장이 일었다. 그녀가 그를 때리는 건 아닌가 싶어서 겁이 났다. 하지만 그녀는 잠시도 가만히 있을 줄 모르는 까만 눈으로 그를 쳐다보기만 할 따름이었다.

이윽고 아킬레우스는 리코메데스 쪽으로 고개를 돌렸다. "어머니와 제가 폐하를 속인 것에 사과드립니다. 저는 펠레우스의 아들인 아킬레우스 왕자입니다. 어머니가 저를 전쟁터에 내보내고 싶지 않은 마음에 폐하에게 수양딸로 저를 맡긴 겁니다."

리코메데스는 침만 삼킬 뿐 아무 말도 하지 않았다.

"저희는 이제 가보겠습니다." 아킬레우스는 조심스럽게 말했다.

멍하니 있던 데이다메이아가 그 말에 정신을 차렸다. "안 돼요." 그녀는 다시 언성을 높였다. "그럴 수 없어요. 당신 어머니가 우리를 두고 하신 말씀이 있고 우리는 결혼한 사이예요. 당신은 내 남편이라고요."

리코메데스의 거친 숨소리가 방안을 크게 울렸다. 그의 시선은 오로지 테티스를 향했다. "사실입니까?" 그가 물었다.

"그렇다." 여신이 대답했다.

내 가슴속에서 무언가가 철렁 내려앉았다. 아킬레우스는 무슨 말을 하려는 것처럼 내 쪽으로 고개를 돌렸다. 하지만 그의 어머니가 선수를 쳤다.

"리코메데스 왕, 그대는 이제 우리와 얽힌 사이다. 그러니 아킬레우스를 계속 여기서 보호해주어야 할 것이야. 그의 정체에 대해서는 함구하고. 그 대가로 그대의 딸은 나중에 유명한 남편을 맞이할 수 있을 거다." 그녀의 시선은 데이다메이아의 위편 어딘가로 향했다가 다시 돌아왔다. 그녀가 덧붙였다. "그대의 딸도 고집을 꺾고 그러는 편이 나을 거다."

리코메데스는 주름살을 펴려는 듯이 목을 주물렀다. "나로서는 선택의 여지가 없잖습니까." 그가 말했다. "당신도 아시다시피."

"내가 만약 잠자코 있지 않으면요?" 데이다메이아는 얼굴이 벌겠다. "당신과 당신의 아들이 내 신세를 망쳐놓았잖아요. 당신이 시킨 대로 그와 동침하는 바람에 내 명예가 땅에 떨어졌잖아요. 그 대가로 그에 대한 권리를 정식으로 요구하겠어요."

그와 동침했다니.

"어리석은 계집이로구나." 테티스가 말했다. 한 단어, 한 단어가 도끼날처럼 날카롭고 예리했다. "가난하고 평범한 임시방편이었을 뿐. 너에게는 내 아들이 과분하지. 입다물고 있어라. 안 그러면 내가 입을 다물게 해줄 테니."

데이다메이아는 눈을 휘둥그레 뜨고 새하얗게 질린 입술로 뒷걸음질을 쳤다. 두 손을 부들부들 떨었다. 그녀는 한 손을 들어서 배에 얹더니 몸을 가누려는 듯이 옷을 움켜쥐었다. 왕궁 밖, 낭떠러지 너머에서 거대한 파도가 바위를 때리고 해안선에 부딪쳐 산산이 부서지는 소리가 들렸다.

"나는 아이를 가졌어요." 공주가 속삭였다.

그녀가 말했을 때 나는 아킬레우스를 쳐다보고 있었다. 그는 경악하는 표정을 지었다. 리코메데스는 신음 소리를 냈다.

나는 가슴이 텅 비고 달걀 껍질처럼 얇아진 것 같은 기분을 느꼈다. 그만. 내가 그 소리를 입 밖으로 꺼냈을 수도 있고 그냥 생각만 했을 수도 있다. 나는 아킬레우스의 손을 놓고 성큼성큼 문 쪽으로 걸어갔다. 테티스가 옆으로 비켜선 모양이었다. 그러지 않았더라면 그녀와 부딪혔을 것이다. 나는 혼자 어둠 속으로 발을 내디뎠다.

"기다려!" 아킬레우스가 외쳤다. 나를 따라잡는 데 예상외로 오래 걸린다고, 나는 무심하게 생각했다. 치맛자락이 다리에 얽힌 모양이지.

그는 내 옆으로 달려와서 내 팔을 잡았다.

"이거 놔." 내가 말했다.

"제발 기다려줘. 부탁이야. 내가 다 설명할게. 나도 그러고 싶지 않았어. 어머니가……" 그는 숨가빠하며 헐떡였다. 그렇게 심난해하는 그의 모습은 처음이었다.

"어머니가 그 아이를 내 방으로 데려왔어. 나더러 강요했어. 나도 그러고 싶지 않았는데. 어머니가, 어머니가……" 그는 말을 더듬었다. "어머니가 시키는 대로 하면 내가 어디 있는지 너한테 알려줄 거라고 하셨어."

데이다메이아는 무슨 생각으로 아가씨들을 불러서 내 앞에서 춤추게 했는지 궁금해졌다. 내가 그를 못 알아볼 거라고 생각한 걸까? 나는 살짝 스치는 감촉만으로도, 체취만으로도 그를 알아볼 수 있었다. 눈이 멀어도 그가 숨을 쉬는 소리와 땅을 밟는 소리를 듣고 알 수 있었다. 죽더라도 땅끝에서 그를 알아볼 수 있었다.

"파트로클로스." 그는 손으로 내 뺨을 감쌌다. "내 말 들려? 제발 무슨 말이라도 해봐."

그의 옆에 누운 그녀의 살결, 봉긋한 가슴, 둥그스름한 엉덩이가 자꾸만 그려졌다. 마른 땅을 쪼는 새처럼 빈손으로 하릴없이 허공을 움켜쥐며 그의 생각으로 가슴 아파했던 기나긴 날들이 떠올랐다.

"파트로클로스?"

"너는 허튼짓을 한 거야."

그는 공허한 내 목소리에 움찔했다. 하지만 내가 어떻게 공허하지 않을 수 있었겠는가.

"그게 무슨 소리야?"

"너희 어머니는 네가 어디 있는지 나한테 알려주지 않았어. 펠레우스 폐하가 알려주었지."

그의 얼굴에서 핏기가 가시며 창백해졌다. "어머니가 너한테 알려주지 않았다고?"

"응. 너는 정말 너희 어머니가 그럴 거라고 믿었어?" 의도했던 것보다 더 모진 말투가 튀어나왔다.

"응." 그는 속삭였다.

어쩌면 그렇게 순진하냐고 나무라자면 한도 끝도 없었다. 그는 남의 말을 너무 쉽게 믿었다. 살아오면서 두려워하거나 의심할 일이 거의 없었기 때문이었다. 그와의 우정이 싹트기 전에 그것 때문에 그를 증오하다시피 했는데 꺼져 있던 불씨가 내 안에서 되살아나서 불타오르려고 했다. 누구라도 테티스의 속셈을 알아차렸을 것이다. 그는 어쩌면 그렇게 어리석을 수 있었을까. 가시 돋친 말들이 입안에서 따끔거렸다.

그런데 그 말들을 내뱉으려 해도 내뱉을 수가 없었다. 그는 수치심으로 볼이 벌게졌고 눈 밑에 그늘이 졌다. 남을 잘 믿는 성격은 손이나 경이로운 발처럼 그를 이루는 일부였다. 그리고 나는 상처를 받긴 했지만 그런 성격이 사라져서 그가 남들처럼 불안과 두려움에 떨며 지내는 모습을 절대 보고 싶지 않았다.

그는 점괘를 살피는 사제처럼 나를 유심히 바라보며 표정을 읽고 또 읽고 있었다. 이마에 희미한 주름이 생긴 것을 보면 극도로 집중한 상태임을 알 수 있었다.

순간 얼어붙었던 아피다노스 강의 수면에 봄이 찾아올 때처럼 내 안에서 뭔가가 움직였다. 나는 그가 어떤 눈빛으로 데이다메이아를 바라보는지, 아니 어떤 눈빛으로 그녀를 바라보지 않는지 목격했다. 프티아에서 다른 아이들을 대할 때처럼 관심 없는 멍한 눈빛이었다. 그는 단 한 번도 그런 눈빛으로 나를 본 적이 없었다.

"용서해줘." 그가 다시 한번 말했다. "내가 원해서 한 게 아니었어. 네가 아니었잖아. 나는…… 나는 기분이 좋지도 않았어."

데이다메이아가 그의 이름을 외쳤을 때부터 속을 할퀴던 슬픔이 그 소리에 완전히 가라앉았다. 눈물이 날 것처럼 목이 메었다. "용서하고 말고 할 것도 없어." 내가 말했다.

잠시 후에 우리는 왕궁으로 돌아갔다. 연회장은 어두컴컴했고 장작은 다 타서 불씨만 남았다. 아킬레우스가 드레스를 최대한 수습했지만 허리까지 찢어진 건 어쩔 수 없었다. 그는 얼쩡거리는 경비병이 있을 경우에 대비해서 찢어진 부분을 단단히 여몄다.

어둠 속에서 들린 목소리에 우리는 화들짝 놀랐다.

"돌아왔구나." 달빛이 왕좌까지 닿지는 않았지만 두툼한 털옷을 입은 남자의 실루엣이 보였다. 목소리가 좀 전보다 더 낮고 굵게 느껴졌다.

"네." 아킬레우스가 말했다. 나는 그가 대답하기 전에 살짝 망설이는 기미를 느낄 수 있었다. 이렇게 금세 왕을 다시 마주하게 될 줄 몰랐던 것이다.

"자네 어머니는 떠나셨네. 어디로 가셨는지는 모르겠지만." 왕은 대답을 기다리기라도 하는 것처럼 하던 말을 멈추었다.

아킬레우스는 아무 대꾸도 하지 않았다.

"내 딸, 자네의 아내는 방에서 울고 있네. 자네가 찾아와주길 바라더군."

아킬레우스가 죄책감으로 움찔하는 것이 느껴졌다. 뻣뻣하기 그지없는 말투가 흘러나왔다. 익숙한 감정이 아니었던 것이다.

"그런 희망을 품다니 안타깝습니다."

"그렇지." 리코메데스가 말했다.

우리는 잠깐 아무 말 없이 서 있었다. 잠시 후에 리코메데스가 피곤한 듯 한숨을 쉬었다. "자네 친구에게 방을 하나 내주어야 하겠지?"

"그래도 실례가 되지 않겠습니까?" 아킬레우스가 조심스럽게 물었다.

리코메데스는 나지막이 웃음을 터뜨렸다. "천만에, 아킬레우스 왕자. 실례는 무슨." 다시 정적이 흘렀다. 왕이 잔을 들어 마시고 탁자에 다시 내려놓는 소리가 들렸다.

"아이는 자네 가문의 일원이 되어야 하네. 알겠나?" 그가 털옷을 두르고 꺼져가는 장작불을 옆에 둔 채 어둠 속에서 우리를 기다린 이유는 이 말을 하기 위해서였다.

"알겠습니다." 아킬레우스는 조용히 말했다.

"맹세할 수 있겠나?"

찰나의 정적이 흘렀다. 나는 늙은 왕이 가엾다는 생각이 들었다. 그래서 아킬레우스가 "맹세합니다" 하고 말했을 때 기뻤다.

늙은 왕은 한숨 비슷한 소리를 냈다. 하지만 다시 말문을 열었을 때 그의 입에서 흘러나온 것은 격식을 갖춘 인사였다. 왕으로 다시 돌아간 것이었다.

"두 사람 모두 편한 밤 되길."

우리는 허리를 숙여서 인사하고 그곳에서 나왔다.

아킬레우스는 왕궁 깊숙한 곳에서 만난 경비병에게 손님용 숙소로 안내해달라고 했다. 피리 소리 비슷한 고음의 여자 목소리로 말했다. 그를 위아래로 훑던 경비병의 시선이 찢어진 드레스와 산발한 머리 위에서 한참 머물렀다. 경비병이 나를 보며 활짝 웃었다.

"알겠습니다, 아씨." 경비병이 말했다.

이야기 속에서 신들은 마음만 먹으면 달의 움직임을 늦추어서 하룻밤을 며칠 밤으로 늘리는 능력이 있는 것으로 묘사된다. 그날 밤이 그런 밤이었고 시간이라는 샘물이 마를 줄 몰랐다. 우리는 헤어져 지낸 몇 주 동안 느낀 갈증을 해소하느라 과음을 했다. 하늘이 드디어 희끄무레하게 밝아오기 시작했을 무렵에야 나는 그가 연회장에서 리코메데스에게 했던 말을 떠올렸다. 데이다메이아의 임신과 그의 결혼과 우리의 재회의 와중에 잊고 있었던 말이었다.

"너희 어머니가 전쟁터에 나가지 못하게 너를 숨기려고 하셨단 말이야?"

그는 고개를 끄덕였다. "내가 트로이아로 출정하지 않길 바라셔."

"왜?" 나는 그녀가 그를 전쟁터에 내보내고 싶어하는 줄 알고 있었다.

"나도 모르겠어. 내가 너무 어리대. 아직은 안 된대."

"이것도 너희 어머니가……?" 나는 남은 드레스 자락을 가리키며 물었다.

"당연하지. 내가 이런 걸 자청했을 리 없잖아." 그는 얼굴을 찡그리며 여전히 예쁘장하게 곱실거리는 그의 머리칼을 잡아당겼다. 남들 같았으면 심한 수치심을 느꼈을 텐데 그에게는 짜증나는 대상일 따름이었다. 그는 조롱을 두려워하지 않았다. 그게 뭔지 몰랐다. "아무튼 원정대가 출정할 때까지 이러고 있으면 돼."

나는 혼란스러웠다.

"그러니까 나 때문이 아니었어? 너희 어머니가 너를 데려간 게 말이야."

"데이다메이아를 끌어들인 건 아마 너 때문이었을 거야." 그는 잠깐 자기 손을 물끄러미 쳐다보았다. "하지만 그것 말고는 다 전쟁 때문이야."

13

그뒤로 며칠이 조용히 흘러갔다. 우리는 방에서 식사를 하고 왕궁을 벗어나 한참 동안 섬을 탐험하고, 초라한 나무들이 드리운 그늘을 찾아다녔다. 조심해야 했다. 아킬레우스가 너무 날쌔게 움직이거나 너무 능숙하게 나무를 타거나 창을 쥐고 있다가 남의 눈에 띄면 큰일이었다. 하지만 우리 뒤를 따라오는 사람은 아무도 없었고 그가 안심하고 변장을 풀 수 있는 장소는 무궁무진했다.

섬 저편의 바닷가에 바위로 뒤덮이긴 했지만 우리 달리기 경기장보다 두 배나 넓은 버려진 땅이 있었다. 그걸 보았을 때 아킬레우스는 환호를 지르며 드레스를 벗어던졌다. 나는 평평한 땅이라도 되는 것처럼 해변을 날쌔게 질주하는 그의 모습을 바라보았다. "숫자 세줘." 그가 어깨 너머로 외쳤다. 나는 모래사장을 손끝으로 두드리며 시간을 쟀다.

"몇이야?" 그가 해변 저쪽 끝에서 큰 소리로 물었다.

"십삼." 나는 큰 소리로 알려주었다.

"지금은 몸 푸는 중이야." 그가 말했다.

그 다음번은 십일이었다. 마지막은 구였다. 그는 좋아서 상기된 얼굴을 하고 숨찬 기미도 없이 내 옆으로 와서 앉았다. 그는 여자로 지내는 동안 지루한 시간을 한참 견뎌야 했고 춤이 유일한 해방구였다는 이야기를 한 적이 있었다. 이제는 자유로워진 몸으로 남아도는 기운을 만끽하며 펠리온의 퓨마처럼 기지개를 켰다.

하지만 저녁이 되면 연회장으로 돌아가야 했다. 아킬레우스는 억지로 드레스를 입고 머리를 정돈했다. 첫날 저녁에 그랬던 것처럼 머리를 천으로 꽁꽁 싸맬 때도 많았다. 금발이 워낙 흔치 않기 때문에 지나가던 선원이나 상인들 눈에 띌 수 있었다. 그들이 하는 이야기가 눈치 빠른 사람의 귀에 들어가면…… 생각조차 하기 싫었다.

연회장 앞쪽, 왕좌 근처에 우리를 위한 탁자가 놓였다. 리코메데스, 데이다메이아, 아킬레우스 그리고 나, 이렇게 넷이 거기에 앉았다. 고문관 한두 명이 합석할 때도 있고 아닐 때도 있었다. 저녁식사는 대개 대화 없이 이어졌다. 소문을 잠재우고 아킬레우스가 내 아내이자 왕의 수양딸인 척 연극을 계속하기 위해 마련된 형식적인 자리였다. 데이다메이아는 자신을 쳐다봐주길 바라며 열심히 그를 흘끗거렸다. 하지만 그는 절대 눈길을 주지 않았다. 누가 들어도 여자 같은 목소리로 "안녕하세요" 하면서 자리에 앉고는 그만이었다. 누가 봐도 무관심하다는 것을 알 수 있을 정도라 그녀의 예쁜 얼굴이 수치심과 상처와 분노로 일그러졌다. 그녀는 아버지가 개입해주길 바라는지 줄곧 그쪽을 쳐다보았다. 하지만 리코메데스는 음식을 입에 넣기만 할 뿐 아무 말도 하지 않았다.

가끔 그녀를 쳐다보던 나와 그녀의 시선이 만날 때도 있었다. 그러면 그녀는 딱딱하게 굳은 얼굴로 눈을 가늘게 떴다. 내가 걸지도 모르는 주문을 막으려는 듯 대놓고 배에 손을 얹었다. 그녀는 내가 승리를 뽐내며 그녀를 비웃고 있다고 생각했을지 모른다. 내가 그녀를 싫어한다고 생각했을지 모른다. 그녀에게 좀더 다정하게 대해주면 안 되느냐고 그에게 부탁하려다 만 게 한두 번이 아니라는 걸 모르고서 그러는 거였다. 그렇게 처참하게 깔아뭉갤 필요는 없잖아. 그런 생각이 들었다. 하지만 그에게 부족한 것은 다정한 마음씨가 아니었다. 관심이었다. 그의 시선은 그녀가 그 자리에 있지도 않은 것처럼 그녀를 그대로 스쳐지나곤 했다.

한번은 그녀가 혹시나 하는 마음에 떨리는 목소리로 그에게 말을 건넨 적이 있었다.

"잘 지내고 있는 거지, 피라?"

그는 계속 우아하게 열심히 음식을 씹기만 했다. 우리는 저녁식사 후에 창을 들고 섬 저편으로 건너가서 달빛을 맞으며 고기를 잡기로 했다. 그는 빨리 가고 싶어서 안달이 났다. 내가 탁자 밑으로 그를 쿡쿡 찔러야 했다.

"왜요?" 그가 물었다.

"당신이 잘 지내는지 공주님이 궁금해하시잖아."

"아." 그는 그녀를 잠깐 쳐다보았다가 다시 내 쪽으로 시선을 돌렸다. "잘 지내고 있어요." 그가 말했다.

며칠이 지나자 아킬레우스는 해가 높이 뜨기 전에 창 연습을 하려고 꼬박꼬박 아침 일찍 일어났다. 멀찍한 숲속에 무기를 숨겨놓고 거기서 훈련을 하다가 왕궁으로 돌아가 여자 행세를 하곤 했다. 가끔은 그러고 난 뒤 스키로스의 삐죽빼죽한 바위에 다리를 대롱대롱 늘어뜨리고 앉아서 어머니를 만날 때도 있었다.

여느 때처럼 아킬레우스가 자리를 비운 어느 날 아침, 누군가가 요란하게 내 방문을 두드렸다.

"네?" 내가 외쳤다. 하지만 경비병들이 이미 들이닥쳤다. 그들은 창을 들고 차려 자세를 취하는 등, 전과 다르게 격식을 차렸다. 주사위를 쥐지 않은 그들의 모습이 낯설게 느껴졌다.

"같이 가주셔야겠습니다." 그중 한 명이 말했다.

"왜지?" 나는 이제 막 일어난 참이었고 잠에 취해서 아직까지 몽롱했다.

"공주님의 명입니다." 다른 경비병이 내 양팔을 잡고 문 쪽으로 끌어당겼다. 내가 더듬거리며 군소리를 하자 첫번째 경기병이 내 쪽으로 고개를 내밀고 내 눈을 똑바로 쳐다보았다. "조용히 가는 게 좋을 겁니다." 그는 엄지손가락을 들어서 연극배우처럼 협박조로 창끝을 훑었다.

그들이 나를 해칠 거라 생각하지는 않지만 끌려서 왕궁 복도를 지나고 싶은 마음은 없었다. "알겠소." 내가 말했다.

그들은 좁은 복도를 지나서 지금까지 한 번도 가본 적이 없는 곳으로 나를 안내했다. 꼬불꼬불한 복도를 사이에 두고 본채와 멀찍이 떨어진 그곳은 데이다메이아의 수양 자매들이 잠을 자고 생활하는,

좁은 방들이 벌집처럼 모여 있는 여자들의 처소였다. 문 뒤에서 웃음소리가 들렸고 베틀의 북이 쉭쉭거리며 끊임없이 왔다갔다하는 소리도 들렸다. 아킬레우스가 말하길 이곳에는 창문 너머로 햇빛이 비치지 않고 바람도 통하지 않는다고 했다. 그는 거의 두 달을 여기서 지냈다. 나로서는 상상이 안 되는 일이었다.

마침내 우리는 다른 방보다 고급스러운 나무로 만들어진 큼지막한 문 앞에 다다랐다. 경비병이 노크를 하고 문을 열더니 나를 안으로 떠밀었다. 내 뒤에서 문이 굳게 닫히는 소리가 들렸다.

데이다메이아가 가죽을 씌운 의자에 새침하게 앉아서 나를 쳐다보고 있었다. 옆에는 탁자가, 발치에는 등받이 없는 조그만 의자가 놓여 있었다. 가구는 그게 전부였다.

그녀가 사전에 계획한 일임을 알 수 있었다. 아킬레우스가 없다는 걸 알고 있었던 것이다.

앉을 만한 곳이 없었기에 그냥 서 있었다. 바닥에는 차가운 돌이 깔려 있었고 나는 맨발이었다. 좀더 작은 문이 하나 더 있었다. 침실 문인 것 같았다.

그녀는 새처럼 눈을 반짝이며, 자기를 쳐다보는 나를 바라보았다. 딱히 할말이 없었기에 나는 실없는 소리를 했다.

"나랑 얘기를 하고 싶었던 모양이로군요."

그녀는 경멸이 담긴 콧방귀를 뀌었다. "맞아요, 파트로클로스. 당신하고 얘기를 하고 싶었어요."

나는 기다렸지만 그녀는 아무 말도 하지 않고 손가락으로 의자 팔걸이를 두드리며 나를 뚫어져라 쳐다볼 따름이었다. 그녀의 옷차림은 평소보다 헐렁했다. 보통은 몸매가 드러나게 허리춤을 묶었는데 오늘은 아니었다. 머리는 풀어서 양쪽 관자놀이에 상아를 깎아 만든 빗을 꽂았다. 그녀는 고개를 갸우뚱하고 나를 보며 미소를 지었다.

"당신은 심지어 잘생기지도 않았는데 신기하단 말이죠. 상당히 평범한데."

그녀도 제 아버지처럼 대답을 기다리는 듯이 말을 중간에 끊는 버릇이 있었다. 내 얼굴이 벌게지는 게 느껴졌다. 무슨 말을 해야 할 텐데. 나는 헛기침을 했다.

그녀는 나를 노려보았다. "말을 해도 좋다고 허락하지 않았어요." 그녀는 내가 반항하려는 기미를 보이는지 파악하느라 내 눈을 잠깐 쳐다보다가 말을 이었다. "아무리 생각해도 신기하다고요. 이걸 좀 봐요." 그녀는 의자에서 일어나 빠른 걸음으로 나와의 간격을 좁혔다. "당신은 목이 짧잖아요. 가슴은 어린애처럼 얇고." 그녀는 무시하는 투로 나를 손가락질했다. "그리고 얼굴은." 그녀는 인상을 썼다. "흉측하고. 우리 자매들도 그렇다고 했어요. 심지어 아버지마저." 그녀의 빨갛고 예쁘장한 입술이 벌어지며 하얀 이가 드러났다. 나는 이렇게 가까이서 그녀를 대한 것이 처음이었다. 아칸서스 꽃 비슷하게 뭔가 달콤한 향기가 났다. 가까이서 보니 그녀의 머리칼은 단순히 까만색이 아니라 여러 색조의 짙은 밤색이 군데군데 섞여 있었다.

"자, 어떻게 생각해요?" 그녀는 허리춤에 손을 얹었다.

"말을 해도 좋다고 허락하지 않았잖습니까." 내가 말했다.

분노가 그녀의 얼굴을 스치고 지나갔다. "바보처럼 굴지 마요." 그녀는 나에게 쏘아붙였다.

"그런 게 아니라……"

그녀가 내 뺨을 때렸다. 손은 작은데 놀라우리만치 힘이 셌다. 내 고개가 옆으로 홱 하니 돌아갔다. 얼굴이 화끈거렸고 반지로 맞은 입술이 날카롭게 욱신거렸다. 나는 어렸을 때 이후로 이런 식으로 맞아본 적이 없었다. 남자아이들은 대개 뺨을 맞지 않지만 아버지가 경멸의 뜻을 담아서 뺨을 때리는 일은 있었다. 내 아버지가 그랬다. 나는 충격을 받았다. 무슨 말을 하면 좋을지 알았더라도 대꾸하지 못했을 것이다.

그녀는 맞받아칠 테면 해보라는 듯이 나를 향해 으르렁거렸다. 내가 맞대응하지 않자 의기양양하게 얼굴을 일그러뜨렸다. "겁쟁이. 얼굴만 못생긴 게 아니라 비겁하기까지 하군. 거기다 듣자 하니 반편이라고 하고. 이해가 안 돼! 도무지 그가 왜······" 그녀는 갑자기 말을 멈추더니 낚싯바늘에 걸리기라도 한 것처럼 입꼬리를 늘어뜨렸다. 나에게 등을 돌리고 아무 말도 하지 않았다. 시간이 흘렀다. 그녀가 우는 티를 내지 않으려고 숨을 천천히 들이마시는 소리가 들렸다. 나는 그 수법을 알았다. 나도 그런 적이 있었다.

"당신을 증오해." 그녀가 말했지만 목멘 목소리였고 기운이 하나도 없었다. 내 안에서 연민 비슷한 것이 차오르자 화끈거리던 뺨이 가라앉았다. 무관심이 얼마나 견디기 힘든지 기억이 났다.

그녀가 침을 삼키는 소리가 들리더니 눈물을 훔치려는지 얼굴 쪽으로 얼른 손을 들었다. "나는 내일 떠나요." 그녀가 말했다. "내가 떠나면 당신은 행복하겠죠. 아버지가 해산解産에 대비해서 일찌감치 칩거를 시작하래요. 결혼 소식이 알려지기도 전에 부른 배를 남들 앞에 보이면 망신이라고."

칩거. 이 단어를 말하는 그녀의 목소리에서 쓸쓸함이 느껴졌다. 리코메데스의 왕국 끝자락에 있는 어느 조그만 집일 것이다. 그곳에서는 친구들과 춤을 추거나 대화를 나눌 수 없을 것이다. 점점 불러오는 배를 안고 하인과 단둘이 지내야 할 것이다.

"미안합니다." 내가 말했다.

그녀는 아무 대답도 하지 않았다. 나는 하얀 옷 밑에서 가만가만 들썩이는 그녀의 등을 바라보았다. 나는 한 걸음 다가갔다가 멈추었다. 원래는 그녀의 머리를 쓰다듬으며 위로할 생각이었다. 하지만 나는 아무 위로도 되지 못할 것이었다. 내 손이 나의 옆구리로 다시 내려갔다.

우리는 숨소리로 방안을 채우며 얼마 동안 그렇게 서 있었다. 고개를 돌렸을 때 그녀의 얼굴은 울어서 빨개져 있었다.

"아킬레우스는 나를 쳐다보지도 않아요." 그녀의 목소리가 살짝 떨렸다. "내가 그의 아이를 가졌고 그의 아내인데도. 당신은…… 왜 그러는지 아나요?"

왜 비가 내리는지, 바다가 왜 계속 움직이는지 묻듯 어린애나 할 법한 질문이었다. 나는 사실 그렇지 않은데도 그녀보다 어른이 된 듯한 기분이 들었다.

"모릅니다." 나는 나지막이 말했다.

그녀의 얼굴이 일그러졌다. "거짓말. 당신 때문이잖아요. 당신은 그와 함께 배를 타고 떠날 테고 나는 여기 남겨지겠죠."

나는 혼자인 게 어떤 건지 알았다. 남의 행운이 막대처럼 나를 찌르는 기분이 어떤 건지 알았다. 하지만 나로서는 어쩔 도리가 없었다.

"이만 가볼게요." 나는 최대한 부드럽게 말했다.

"안 돼요!" 그녀는 얼른 내 앞을 가로막았다. 그러고는 말을 쏟아냈다. "못 가요. 가려고 하면 경비병을 부를 거예요. 불러서…… 당신이 날 겁탈했다고 할 거예요."

내 발목을 잡고 주저앉힌 것은 그녀를 향한 연민이었다. 그녀가 경비병을 부르고 그들이 그녀의 주장을 믿는다 한들 그들로서는 그녀를 도울 방법이 없었다. 나는 아킬레우스의 동무라 어느 누구도 건드릴 수 없었다.

내 감정이 표정으로 드러났는지 그녀는 뭐에 찔리기라도 한 것처럼 움찔하며 뒤로 물러섰고 다시 발끈했다.

"당신은 그이가 나랑 결혼했다고 하니까, 나랑 동침했다고 하니까 화를 냈죠. 질투했죠. 그럴 만도 했어요." 그녀는 다시 턱을 들었다. "딱 한 번 그런 게 아니었으니까."

두 번이었어. 나는 이미 아킬레우스에게 들었다. 그녀는 자기가 우리 둘 사이에 쐐기를 박을 만한 힘이 있는 줄 알았지만 그녀에게는 아무것도 없었다.

"미안합니다." 나는 다시 말했다. 달리 할말이 없었다. 그는 그녀를 사랑하지 않았다. 앞으로도 그럴 일은 없었다.

내 생각을 읽기라도 한 것처럼 그녀의 얼굴이 일그러졌다. 눈물이 바닥으로 방울방울 떨어져 회색 돌을 까맣게 물들였다.

"아버님을 불러드릴게요." 내가 말했다. "아니면 아가씨들이라도."

그녀는 나를 올려다보았다. "제발……" 그녀가 속삭였다. "제발 가지 마요."

그녀는 갓 태어난 생명체처럼 몸을 부들부들 떨었다. 지금까지 그녀는 큰 상처를 입은 적이 없었고 늘 누군가가 위로해주었다. 그런데 지금은 그녀의 슬픔이 담긴 이 방, 아무것도 걸려 있지 않은 벽과 의자 한 개밖에 없었다.

나는 내키지 않았지만 그녀에게 다가갔다. 그녀는 졸린 아이처럼 조그맣게 한숨을 쉬며 넙죽 내 품에 안겼다. 그녀의 눈물이 내 튜닉 안으로 스며들었다. 나는 잘록한 그녀의 허리를 잡고 따뜻하고 부드러운 그녀의 팔을 느꼈다. 어쩌면 그도 이런 식으로 그녀를 안았을 것이다. 하지만 아킬레우스하고는 거리가 먼 일처럼 느껴졌다. 칙칙하고 답답한 이 방과 그의 환한 모습은 어울리지 않았다. 그녀는 열이라도 나는 듯이 뜨끈한 얼굴을 내 가슴에 묻었다. 윤기가 흐르는 까만 머리가 나선 모양으로 엉킨 정수리와 그 밑의 하얀 두피 말고는 아무것도 보이지 않았다.

어느 정도 시간이 지나서 흐느낌이 잦아들자 그녀는 나를 바짝 끌어안았다. 그녀가 내 등을 쓰다듬고 온몸을 내게 바짝 붙이는 것이 느껴졌다. 처음에 나는 왜 그러는지 이해하지 못했다. 그러다 알아차렸다.

"이러지 마요." 나는 뒤로 물러서려고 했지만 그녀가 나를 너무 꽉 붙잡고 있었다.

"싫어요." 그녀의 눈빛이 어찌나 강렬한지 겁이 날 지경이었다.

"데이다메이아." 나는 펠레우스를 굴복시켰을 때 썼던 목소리를 애써 동원했다. "밖에 경비병들이 있잖아요. 이러면……"

하지만 이제 그녀는 침착하고 확고했다. "우릴 방해하지 않을 거예요."

나는 공포로 목이 말라서 침을 삼켰다. "아킬레우스가 나를 찾으러 나설 거예요."

그녀는 서글픈 미소를 지었다. "여기까지 찾아오지는 않을 거예요." 그녀는 내 손을 잡았다. "어서요." 그녀는 이렇게 말하면서 침실 문지방 너머로 나를 잡아당겼다.

내가 물었을 때 아킬레우스는 둘이서 같이 보낸 밤이 어땠는지 얘기해주었다. 어색해할 것도 없었다. 우리 둘 사이에는 못 할 말이 없었다. 그는 그녀의 몸이 어린애처럼 보드랍고 아담했다고 말했다. 그녀가 한밤중에 그의 어머니와 함께 찾아와서 그의 옆에 누웠다. 그는 혹시라도 그녀가 아파할까봐 겁이 났다. 금세 끝났고 둘 다 아무 말도 하지 않았다. 그는 그녀의 가랑이에서 풍겼던 묵직하고 진한 냄새와 축축한 느낌을 설명하려고 애를 쓰며 당황스러워했다. "미끈미끈했어." 그가 말했다. "향유처럼." 내가 좀더 캐묻자 그는 고개를 저었다. "사실 기억이 잘 안 나. 컴컴해서 안 보였거든. 얼른 끝내고 싶었어." 그는 내 뺨을 쓰다듬었다. "네가 보고 싶었고."

뒤에서 문이 닫혔고 수수한 방에 우리 둘뿐이었다. 벽에는 태피스트리가 걸려 있었고 바닥에는 양가죽이 두툼하게 깔려 있었다. 침대는 한줄기 산들바람이나마 맞으려고 창가에 붙여놓았다.

그녀는 머리 위로 드레스를 벗어서 바닥에 떨어뜨렸다.

"나 예뻐 보여요?" 그녀가 물었다.

간단하게 대답할 수 있는 질문이라 고마웠다. "네." 그녀의 몸은 작고 섬세했고 아이가 자라고 있는 배가 아주 살짝 나왔다. 나의 시선은 그때까지 한 번도 본 적 없었던 곳, 까만 털이 위로 살짝 퍼져나가는 복슬복슬한 부위로 향했다. 그녀는 나의 시선을 알아차렸다. 그녀가 내 손을 잡아서 타다 남은 불씨처럼 온기를 발산하는 그곳으로 이끌었다.

내 손끝에 닿는 미끌미끌한 피부는 따뜻하고 부드러웠고 어찌나 여린지 건드리면 찢어질까봐 겁이 났다. 내 다른 쪽 손은 위로 올라가 그녀의 뺨을 쓰다듬고 눈 밑의 매끄러운 살결을 더듬었다. 그녀의 눈빛은 섬뜩했다. 희망이나 쾌감은 없이 오로지 결의로 번뜩였다.

나는 하마터면 도망칠 뻔했다. 하지만 다른 남자에게서도 원하는 바를 충족하지 못하고 또 한번의 슬픔, 또 한번의 실망으로 그녀의 얼굴이 일그러지는 것을 볼 수가 없었다. 그래서 그녀가 조금 서툴게 나를 침대로 데려가 연한 살이 벌어지며 따뜻한 액이 천천히 새어나오는 곳으로 인도하는 대로 내 몸을 맡겼다. 저항이 느껴지자 나는 몸을 빼려고 했지만 그녀가 날카롭게 고개를 저었다. 그녀는 집중하느라 조그만 얼굴이 팽팽해졌고 아픔을 참는 듯 턱에 힘을 주었다. 마침내 그곳의 긴장이 풀리면서 벌어지자 우리 둘 다 마음을 놓을 수 있었다. 나는 틈새를 뚫고 따뜻한 그녀의 안으로 미끄러져 들어갔다.

내가 흥분하지 않았다고 말하지는 않겠다. 팽팽한 긴장감이 천천히 나를 타고 올라왔다. 아킬레우스와의 사이에서 느꼈던 날카롭고 분명한 욕망과는 전혀 다르게 졸음이 쏟아지는 묘한 느낌이었다. 그녀는 졸려서 반쯤 눈을 감은 나를 보고 상처를 받은 듯했다. 또 한번의 무심한 반응이로군. 그래서 나는 환희의 소리를 지르며 흥분한 듯 그녀의 말랑말랑하고 조그만 젖가슴을 내 가슴으로 납작하게 눌렀다.

그러자 그녀는 기뻐하며 점점 더 격렬하고 빠르게 나를 당겼다가 밀었고 달라진 내 숨소리에 의기양양하게 눈을 반짝였다. 내 안에서 파도가 서서히 일렁이는 가운데 가볍지만 단단한 그녀의 다리가 내 허리를 감싸고 나를 깊숙이 잡아당기자 내 입에서 비명이 터져나왔다.

끝난 뒤에 우리는 숨을 헐떡이며 나란히 누웠지만 서로의 몸에 손을 대지는 않았다. 그녀의 표정은 어둡고 서먹서먹했고 자세는 이상하게 뻣뻣했다. 나는 절정의 여파로 아직 정신이 없었지만 그녀에게로 손을 내밀었다. 그 정도는 해줄 수 있었다.

하지만 그녀는 몸을 빼며 경계하는 눈빛으로 자리에서 일어났다. 멍이 들기라도 한 것처럼 눈 밑이 새까맸다. 그녀가 몸을 돌리고 옷을 입자 하트 모양의 둥그스름한 엉덩이가 나무라듯 나를 노려보았다. 나는 그녀가 무엇을 원했는지 알 수 없었다. 나에게서 그걸 얻지 못했다는 것만 알 수 있을 따름이었다. 나는 일어나서 튜닉을 입었다. 그녀를 만지고 얼굴을 쓰다듬을 수도 있었지만 날카롭고 강렬한 그녀의 눈빛이 자기에게 가까이 오지 말라고 경고했다. 그녀가 문을 열었다. 나는 어쩔 도리 없이 문지방을 넘었다.

"잠깐만요." 그녀의 목소리는 까칠했다. 나는 고개를 돌렸다. "그이한테 작별 인사를 전해줘요." 그 말을 끝으로 그녀가 문을 닫자 짙은 어둠이 우리 둘 사이를 갈랐다.

아킬레우스를 다시 만났을 때 나는 그녀의 슬픔과 상처로부터 풀려나 즐거운 우리 둘 사이로 돌아왔다는 안도감에 그를 와락 끌어안았다.

시간이 흐르자 나는 그것이 실제로 있었던 일이 아니라고, 그에게서 들은 이야기와 지나치게 풍부한 상상력 때문에 생생한 꿈을 꾼 거라고 거의 확신하기에 이르렀다. 하지만 사실은 그렇지가 않았다.

14

데이다메이아는 내게 말했던 대로 다음날 아침에 떠났다. "공주는 이모의 집에 갔네." 리코메데스는 아침식사를 하는 자리에서 아무 감정 없는 목소리로 사람들에게 말했다. 궁금한 게 있을지언정 어느 누구도 감히 물어보지 못했다. 그녀는 아이가 태어날 때까지 모습을 감추었다가 아이의 아버지는 아킬레우스라고 밝힐 것이었다.

이제는 시간이 묘하게 더디게 흘러가는 느낌이었다. 아킬레우스와 나는 가능한 한 많은 시간을 왕궁 밖에서 보냈고, 다시 만났을 때 느꼈던 터질 듯한 기쁨은 이제 조바심으로 대체되었다. 우리는 이곳을 떠나 펠리온 아니면 프티아에서의 생활로 돌아가고 싶었다. 공주가 떠나자 남들의 이목에 신경이 쓰이고 죄책감이 느껴졌다. 우리를 대하는 왕궁 사람들의 눈빛이 점점 날카롭고 불편해졌다. 리코메데스는 우리를 볼 때마다 미간을 찌푸렸다.

그리고 전쟁 문제도 있었다. 사람들의 기억 속에서 지워진 이 머나먼 땅, 스키로스까지 소식이 전해졌다. 헬레네의 구혼자들이 맹세를 지켰고 아가멤논의 군대는 왕족의 혈통으로 넘쳐났다. 일설에 따르면 그가 지금껏 어느 누구도 하지 못했던 일을 해냈다고 했다. 다루기 힘든 여러 왕국을 하나의 기치 아래 통합한 것이다. 나는 그를 기억했다. 표정은 험상궂었고 곰처럼 털북숭이였다. 아홉 살의 내 눈에는 빨간 머리와 명랑한 목소리를 가진 그의 동생 메넬라오스가 더욱 인상적이었다. 하지만 아가멤논의 나이가 더 많고 그의 부대가 더 대규모였다. 따라서 그가 트로이아 원정대를 이끌 예정이었다.

때는 늦겨울 아침이었지만 그렇게 느껴지지 않았다. 워낙 남쪽이라 낙엽이 떨어지지 않았고 아침에 성에가 끼지도 않았다. 우리는 수평선이 내다보이는 바위틈에 틀어박혀서 지나가는 배나 회색으로 번뜩이는 돌고래의 등을 하릴없이 구경했다. 낭떠러지에서 던진 돌멩이가 암벽을 스치며 떨어지는 것도 구경했다. 낭떠러지가 워낙 높아서 돌멩이가 저 밑의 바위에 부딪혀 깨져도 소리가 들리지 않았다.

"너희 어머니의 리라가 있으면 좋을 텐데." 그가 말했다.

"그러게 말이야." 하지만 다른 모든 소지품과 함께 프티아에 두고 왔다. 우리는 현을 퉁기면 나는 달콤한 소리를 떠올리며 잠깐 동안 서로 아무 말도 하지 않았다.

그가 몸을 앞으로 숙였다. "저게 뭐지?"

나는 실눈을 떴다. 겨울이라 태양이 수평선 위로 기우는 각도가 달라져서 햇빛이 사방에서 내 눈을 찌르는 것처럼 느껴졌다.

"잘 모르겠네." 나는 바다가 하늘 속으로 사라지는 실안개를 열심히 쳐다보았다. 배인지, 태양이 수면에 부린 농간인지 모를 얼룩이 멀리서 보였다. "저게 배라면 새로운 소식을 들고 왔을 텐데." 뱃속에서 익히 아는 뒤틀림이 느껴졌다. 나는 배가 보일 때마다 맹세를 저버린 헬레네의 마지막 구혼자를 찾으러 왔다는 소식이 들리지 않을까 싶어서 두려웠다. 나는 그때 어렸다. 그래서 자신의 호출에 응하지 않은 자가 있음을 대대적으로 공표할 지휘관은 어디에도 없다는 생각을 하지 못했다.

"배야, 분명해." 아킬레우스가 말했다. 이제 얼룩이 가까워졌다. 분명 배 한 척이 아주 빠른 속도로 다가오고 있었다. 밝은 색상의 돛이 푸른빛이 도는 회색의 바다를 결연하게, 시시각각으로 빠져나오고 있었다.

"상선은 아니야." 아킬레우스가 말했다. 상선은 실용적이고 저렴한 흰색 돛만 썼다. 부자들이나 돈을 들여서 범포에 물을 들일 수 있었다. 아가멤논의 전령들은 진홍색과 자주색 돛을 달았다. 동방의 나라에서 슬쩍한 상징이었다. 이 배의 돛은 까만 소용돌이무늬가 있는 노란색이었다.

"네가 아는 무늬야?" 나는 물었다.

아킬레우스는 고개를 저었다.

우리는 배가 스키로스 만의 좁은 입구를 지나 모래사장에 닿는 것을 지켜보았다. 돌을 대충 깎아서 만든 닻이 배 밖으로 던져졌고 건널판자가 내려왔다. 갑판 위의 사람들은 너무 멀어서 까만 머리 말고는 잘 보이지 않았다.

우리가 돌아가야 할 시간이 지났다. 아킬레우스는 자리에서 일어나 바람에 흩날린 머리칼을 스카프 안으로 집어넣었다. 나는 분주하게 그의 드레스 주름을 펴고, 어깨 주변을 좀더 우아하게 매만지고, 허리띠와 레이스를 묶었다. 이제는 그런 옷을 입은 그의 모습이 더이상 어색하지 않았다. 준비가 끝나자 아킬레우스가 허리를 숙여서 입을 맞추었다. 내 입술에 닿는 그의 입술이 보드랍고 자극적이었다. 그는 내 눈빛을 보고 미소를 지었다. "이따 보자." 그는 약속하고 몸을 돌려서 왕궁으로 향하는 길을 걸었다. 여자들의 처소로 가서 전령이 갈 때까지 베틀과 드레스에 파묻혀 기다릴 예정이었다.

눈두덩 뒤에서 가느다란 선을 따라 머리가 지끈거리기 시작했다. 나는 덧문으로 한낮의 태양을 막아놓은 서늘하고 어둑어둑한 내 방으로 가서 잠을 청했다.

문을 두드리는 소리가 나를 깨웠다. 하인 아니면 리코메데스일 것이었다. 나는 눈을 감은 채로 외쳤다. "들어오세요."

"그러기엔 좀 늦은 시각이네만." 누군가가 대답했다. 떠내려온 나무처럼 건조하고 즐거워하는 말투였다. 나는 눈을 뜨고 일어나 앉았다. 어떤 남자가 열린 문 안쪽에 서 있었다. 건장한 근육질이고 아주 살짝 붉은 기가 도는 밤색 수염을 철학자처럼 바싹 자른 남자였다. 미소를 짓자 숱한 미소로 인해 생긴 주름살이 보였다. 그는 쉽게, 재빠르고 능숙하게 미소를 지을 수 있는 사람이었다. 거기엔 나의 기억을 자극하는 뭔가가 있었다.

"방해가 됐다면 미안하네." 노랫가락처럼 듣기 좋은 목소리였다.

"괜찮습니다." 나는 조심스럽게 말했다.

"얘기를 좀 나눴으면 하는데. 앉아도 되겠나?" 그는 널찍한 손바닥으로 의자를 가리켰다. 정중한 요청이었다. 나는 불안했지만 거절할 방법이 없었다.

내가 고개를 끄덕이자 그는 의자를 자기 쪽으로 끌어당겼다. 그의 손은 거칠고 굳은살이 박였다. 쟁기질을 한다 해도 어색하지 않을 손이었지만 그의 태도를 보면 귀족이었다. 나는 시간을 벌 요량으로 자리에서 일어나 덧문을 열었다. 몽롱한 잠기운을 떨치고 싶었다. 나더러 시간을 내달라는 이유가 뭔지 도무지 알 수가 없었다. 맹세를 지키라고 찾아온 게 아닌 이상 그럴 일이 없었다. 나는 고개를 돌려서 그를 마주보았다.

"누구십니까?" 내가 물었다.

남자는 웃음을 터뜨렸다. "좋은 질문이로군. 이런 식으로 쳐들어오다니 내가 너무 무례했네. 나는 아가멤논 대왕 휘하의 사령관일세. 섬들을 돌아다니며 자네처럼 장래가 촉망되는 젊은이에게"―내 쪽으로 고개를 끄덕이며 하는 말이었다—"군에 들어와 트로이아군과 맞서 싸우자고 얘기하고 있지. 전쟁 소식은 들었나?"

"들었습니다." 내가 말했다.

"다행이로군." 그는 웃으며 앞으로 발을 뻗었다. 희미해져가는 햇살이 그의 다리를 비추자 오른쪽 발목에서 무릎까지 갈색 종아리를 가르는 분홍색 흉터가 드러났다. 분홍색 흉터. 바다로 길게 추락할 길밖에 없는, 스키로스에서 가장 높은 낭떠러지 위에서 몸을 앞으로 기울이기라도 한 것처럼 심장이 철렁 내려앉았다. 그는 전에 비해 나이를 먹었고 몸집이 커졌고 기운이 가장 팔팔한 절정의 시기에 접어들었다. 오디세우스.

그가 뭐라고 했지만 내 귀에는 들리지 않았다. 내 기억은 틴다레오스의 알현실로 돌아가 아무것도 놓치지 않았던 그의 영민하고 까만 눈을 떠올렸다. 나는 그의 얼굴을 바라보았지만 살짝 어리둥절해하며 기다리는 표정만 보일 따름이었다. 대답을 기다리고 있구나. 나는 두려움을 애써 눌렀다.

"죄송합니다." 내가 말했다. "못 들었네요. 뭐라고 하셨죠?"

"관심이 있나? 군에 들어와 참전할 용의가 있나 말일세."

"저는 쓸모가 없을 겁니다. 훌륭한 병사가 못 돼요."

그의 입꼬리가 뒤틀렸다. "이것참 재미있는 일이로군…… 내가 찾아갈 때마다 다들 그렇게 말을 한단 말이지." 가벼운 말투였다. 나무라는 게 아니라 농담처럼 던진 말이었다. "이름이 어떻게 되나?"

나는 그처럼 아무렇지 않은 척 대답했다. "케이로니데스입니다."

"케이로니데스." 그는 내 대답을 따라 했다. 못 믿겠다는 표정을 지을 줄 알았는데 아니었다. 온몸의 긴장이 살짝 풀렸다. 그는 당연히 나를 알아보지 못했다. 나는 아홉 살 이후로 많이 달라졌다.

"아무튼 케이로니데스, 아가멤논이 약속한 바에 따르면 참전한 모든 이에게 황금과 영예가 주어질 거라네. 전투는 금세 끝날 걸세. 내년 가을이면 고국으로 돌아올 수 있어. 나는 여기 며칠 머물 예정이니 생각해보기 바라네." 그는 얘기가 끝났다는 뜻에서 손을 무릎에 얹고 자리에서 일어났다.

"이걸로 끝인가요?" 나는 저녁 내내 설득과 압력이 이어질 줄 알았다.

그는 거의 다정하다고 할 만한 웃음을 터뜨렸다. "그래, 이걸로 끝이라네. 저녁 먹는 자리에서 볼 수 있겠지?"

나는 고개를 끄덕였다. 그는 나가려고 하다가 걸음을 멈추었다. "그것참, 이상한 일이로군. 자네를 어디에서 본 듯한 기분이 계속 든단 말이지."

"글쎄요." 나는 얼른 말했다. "저는 생각이 안 나는데요."

그는 나를 잠깐 뚫어져라 쳐다보다가 어깨를 으쓱하며 포기했다. "다른 청년과 헷갈린 모양이로군. 이런 말도 있잖은가. 나이를 먹을수록 기억력은 줄어든다고." 그는 생각에 잠긴 얼굴로 수염을 긁었다. "아버님 존함이 어떻게 되시나? 내가 아는 분이 아닐까 싶은데."

"저는 유배된 몸입니다."

그는 딱하다는 표정을 지었다. "유감이로군. 원래 어디 출신인가?"

"해안 출신입니다."

"북쪽인가, 남쪽인가?"

"남쪽이요."

그는 침울하게 고개를 저었다. "북쪽 출신이 아니면 손에 장을 지지겠다고 할 뻔했는데. 예컨대 테살리아 근처. 아니면 프티아라든지. 그 나라 사람들처럼 모음을 둥글게 발음하거든."

나는 침을 삼켰다. 프티아에서는 다른 나라들에 비해 자음은 딱 딱하게, 모음은 입을 크게 벌리고 발음했다. 처음에는 듣기 싫었는데 아킬레우스의 말소리를 듣고 생각이 바뀌었다. 내가 얼마나 물들었는지 모르고 있었다.

"그건…… 미처 몰랐네요." 나는 중얼거렸다. 심장이 빠르게 두근 거렸다. 그가 나가주었으면 싶었다.

"나는 쓸데없는 정보를 너무 많이 알아 탈이지." 그는 특유의 열은 미소를 지으며 다시 즐거워했다. "참전할 마음이 생기면 날 찾아와 주기 바라네. 내가 만나볼 만한 다른 젊은이가 있으면 소개해줘도 좋고." 그의 뒤에서 문이 철컥 하고 닫혔다.

저녁식사 시간을 알리는 종이 울렸고 접시와 의자를 든 하인들이 복도를 바삐 오갔다. 연회장 안으로 들어가보니 나를 찾아왔던 남자가 이미 리코메데스와 또다른 남자와 함께 서 있었다.

"케이로니데스," 리코메데스가 날 보고 알은체했다. "이쪽은 이타 케를 다스리는 오디세우스일세."

"폐하가 있어서 다행이지 뭔가." 오디세우스가 말했다. "자네한테 내 이름조차 밝히지 않은 걸 뒤늦게 알았다네."

나는 알고 있었기 때문에 묻지 않았던 거고. 실수였지만 치명적인 실수는 아니었다. 나는 눈을 휘둥그레 떴다. "왕이십니까?" 나는 놀라서 공손하게 예의를 갖추는 척하며 무릎을 꿇었다.

"사실 그는 왕자에 불과하지." 누군가가 느릿느릿 말했다. "왕인 사람은 나일세." 나는 고개를 들었고 세번째 남자와 눈이 마주쳤다. 거의 노란색에 가까울 정도로 밝은 갈색이었고 예리했다. 짧고 까만 수염 때문에 비스듬하게 내려오는 얼굴 옆면이 도드라져 보였다.

"이쪽은 아르고스의 왕, 디오메데스 경." 리코메데스가 말했다. "오디세우스의 전우라네." 이름 말고는 아무것도 기억이 나지 않았지만 헬레네의 또다른 구혼자였다.

"폐하," 나는 허리를 숙여서 인사했다. 나를 알아보지 않을까 걱정할 필요는 없었다. 그는 이미 고개를 돌린 뒤였다.

"자," 리코메데스가 탁자를 가리켰다. "식사를 하실까요?"

리코메데스의 고문관 몇 명이 합류했고 나는 그들 속으로 묻힐 수 있어서 기뻤다. 오디세우스와 디오메데스는 왕과 이야기를 하느라 우리를 거의 신경쓰지 않았다.

"이타케는 어떻습니까?" 리코메데스가 정중히 물었다.

"별일 없습니다. 감사합니다." 오디세우스가 대답했다. "아내와 아들을 두고 왔는데 둘 다 건강합니다."

"이 친구의 부인에 대해서 물어보시죠." 디오메데스가 말했다. "부인 이야기 하는 걸 좋아하거든요. 이 친구가 부인을 어떻게 만났는지 아십니까? 그 얘길 가장 좋아합니다만." 그는 신경에 거슬리는 빈정거리는 말투를 감출 생각이 없었다. 내 주변 사람들은 먹던 걸 멈추고 지켜보았다.

리코메데스는 두 남자를 번갈아 쳐다보다 조심스럽게 물었다. "부인을 어떻게 만나셨습니까, 이타케의 왕자여?"

오디세우스는 팽팽한 긴장감을 느꼈을지 몰라도 티를 내지는 않았다. "물어봐주셔서 감사합니다. 틴다레오스가 헬레네의 남편감을 찾으러 나섰을 때 모든 왕국에서 구혼자들이 몰려들었지요. 폐하도 기억하실 겁니다."

"나는 이미 결혼한 몸이었습니다." 리코메데스가 말했다. "그래서 가지 않았지요."

"그러셨겠지요. 그리고 이 친구들은 너무 어렸을 테고요." 그는 내 쪽을 바라보며 미소를 지은 뒤 다시 왕을 쳐다보았다.

"요행히 구혼자들 중에서 제가 제일 먼저 도착했습니다. 왕이 가족과 식사를 하는 자리에 초대를 받았지요. 헬레네, 그녀의 언니인 클리타임네스트라, 그리고 사촌인 페넬로페와 함께요."

"초대를 받았다니." 디오메데스는 코웃음을 쳤다. "그들을 훔쳐보려고 고사리를 헤치고 기어간 걸 요즘은 그렇게 표현하나?"

"이타케의 왕자께서 그런 짓을 하셨을 리가요." 리코메데스는 미간을 찌푸렸다.

"유감스럽게도 그랬습니다. 믿어주신 건 감사합니다만." 그는 리코메데스를 보며 다정하게 미소를 지었다. "사실대로 말하자면, 페넬로페에게 들통이 났지요. 그녀는 한 시간도 넘게 저를 지켜보고 있다가 가시나무 덤불 속으로 들어가기 전에 말려야겠다고 생각했다 하더군요. 당연히 그 과정에서 난처한 상황이 벌어졌지만 틴다레오스가 결국 노여움을 풀고 자리를 내주었지요. 저녁을 먹는 동안 저는 페넬로페가 사촌보다 두 배는 영리하고 미모도 그 못지않다는 것을 깨달았습니다. 그래서……"

"미모가 헬레네 못지않았다고?" 디오메데스가 끼어들었다. "그래서 스무 살이 되도록 결혼을 하지 않았나?"

오디세우스의 목소리는 온화했다. "지금 설마 내가 부인을 다른 여자와 비교해가며 깎아내리길 바라는 건 아니겠지?"

디오메데스는 눈을 굴리며 의자에 기대고 앉아서 칼끝으로 다시 이를 쑤셨다.

오디세우스는 리코메데스를 돌아보았다. "그래서 대화를 나누던 와중에 페넬로페 양이 저를 마음에 들어한다는 사실이 분명해졌고……"

"자네 외모에 반한 건 아니었을 거야, 분명." 디오메네스가 짚고 넘어갔다.

"물론이지." 오디세우스도 동의했다. "그녀가 새 신부에게 결혼 선물로 뭘 건넬 생각이냐고 묻더군요. 저는 최고급 털가시나무로 만든 침대를 선물할 거라고 다소 당당하게 대답했지요. 하지만 그녀는 제 대답을 듣고 좋아하지 않았습니다. '침대는 죽어서 말라버린 나무가 아니라 살아 있는 파릇파릇한 나무로 만들어야죠.' 이렇게 말하면서요. '내가 그런 침대를 만들어오면 어쩌시렵니까?' 제가 물었죠. '내 아내가 되어주시겠습니까?' 그러자 그녀는……"

아르고스의 왕이 넌더리를 냈다. "자네의 침대 얘기만 들으면 지겨워서 죽을 것 같단 말이지."

"그럼 자네가 얘기를 꺼내지를 말든지."

"염병할, 내가 지겨워서 죽어버리기 전에 새로운 이야기를 개발하면 안 되겠나?"

리코메데스는 충격을 받은 얼굴이었다. 뒷방이나 훈련장이라면 모를까 공식 만찬 석상은 욕을 할 수 있는 자리가 아니었다. 하지만 오디세우스는 서글픈 표정으로 고개를 젓고 그만이었다. "정말이지 아르고스의 남자들은 해가 지날수록 점점 더 야만스러워지는군요.

리코메데스 폐하, 아르고스의 왕에게 문명사회의 면모를 살짝 보여 주면 어떨까요? 이 섬의 그 유명한 무희들을 일견했으면 합니다만."

리코메데스는 침을 삼켰다. "네," 그가 말했다. "내가 미처 생각을……" 그는 말을 멈추고 최대한 왕에 어울리는 목소리로 다시 말문을 열었다. "원하신다면요."

"보고 싶습니다." 이번에는 디오메데스였다.

"아." 리코메데스는 두 남자를 잽싸게 번갈아 쳐다보았다. 테티스가 손님들에게 그들을 보여주지 말라는 명령을 내렸지만 거부하면 의심을 살 일이었다. 그는 결정을 내리고 헛기침을 했다. "아, 그렇다면 그들을 부르도록 하지요." 그가 하인에게 휙 하니 손짓하자 하인이 밖으로 달려나갔다. 나는 불안해하는 표정이 들키지 않도록 접시에 시선을 고정했다.

호출에 놀란 아가씨들은 옷과 머리를 조금씩 매만지며 연회장으로 들어왔다. 아킬레우스도 머리를 꼼꼼하게 스카프로 덮고 시선을 얌전하게 내리깔고서 그 틈바구니에 서 있었다. 나는 걱정스러운 눈빛으로 오디세우스와 디오메데스를 쳐다보았지만 두 사람 모두 그를 흘끗 쳐다보지도 않았다.

아가씨들이 자리를 잡자 음악이 울렸다. 우리는 그들이 복잡한 스텝을 밟기 시작하는 것을 바라보았다. 아름답기는 했지만 데이다메이아가 없으니 전보다는 덜했다. 그녀의 솜씨가 가장 훌륭했던 것이다.

"어느 아가씨가 따님인가요?" 디오메데스가 물었다.

"딸아이는 저기 없습니다, 아르고스의 왕이여. 친척집에 놀러갔지요."

"아쉽군요." 디오메데스가 말했다. "저 아가씨이길 바랐는데 말이죠." 그는 아담하고 까무잡잡한 맨 끝자리의 아가씨를 가리켰다. 듣고 보니 데이다메이아와 닮은 구석이 있었고 빙그르르 휘날리는 드레스 자락 밑으로 살짝살짝 보이는 발목이 유난히 사랑스러웠다.

리코메데스는 헛기침을 했다. "결혼을 하셨는지요?"

디오메데스는 보일락 말락 하게 미소를 지었다. "하기는 했습니다." 그의 시선은 아가씨들에게서 떠날 줄 몰랐다.

춤이 끝나자 오디세우스가 자리에서 일어나 모든 이가 들을 수 있도록 언성을 높였다. "이런 공연을 보게 되어 진심으로 영광입니다. 아무나 볼 수 있는 스키로스의 춤이 아니잖습니까. 존경의 뜻에서 여러분과 여러분의 폐하께 드릴 선물을 준비했습니다."

신이 나서 웅성거리는 소리가 들렸다. 스키로스에서 사치품은 흔치 않았다. 그걸 살 수 있을 만큼 여유로운 사람이 없었다.

"참으로 인정이 넘치시는군요." 리코메데스는 진심으로 기뻐하며 얼굴을 붉혔다. 뜻밖의 호의였던 것이다. 오디세우스가 신호를 보내자 하인들이 궤짝을 들고 와서 내용물을 긴 탁자 위로 꺼냈다. 반짝이는 은과 윤기가 흐르는 유리와 보석이 보였다. 너나 할 것 없이 고개를 길게 빼고 구경했다.

"마음에 드는 걸 골라 가지시죠." 오디세우스가 말했다. 아가씨들은 잽싸게 탁자로 다가갔고 나는 번쩍거리는 장신구를 만지작거리는 그들의 모습을 바라보았다. 우아한 유리병에 담아서 밀랍으로 봉한 향수. 상아 손잡이를 단 거울. 금을 꼬아서 만든 팔찌. 자주색과 빨간색으로 짙게 염색한 리본. 그중에는 리코메데스와 그의 고문관들을 위해 준비한 게 아닐까 싶은 선물도 있었다. 가죽으로 엮은 방패,

나무를 깎아서 만든 칼자루, 은을 입혀서 야들야들한 새끼염소가죽 칼집에 넣은 칼. 리코메데스는 줄에 걸린 물고기처럼 칼에서 시선을 떼지 못했다. 오디세우스는 탁자 옆에 서서 넉넉한 미소를 지었다.

아킬레우스는 줄 뒤쪽에서 탁자를 따라 천천히 이동했다. 그러다 걸음을 멈추고 호리호리한 팔목에 대고 향수병을 톡톡 두드리거나 반질반질한 거울 손잡이를 쓰다듬었다. 은줄에 파란 돌이 박힌 귀걸이 앞에서 잠깐 꾸물거리기도 했다.

연회장 저쪽의 풍경이 내 눈에 들어왔다. 디오메데스가 그쪽으로 건너가 그의 하인 하나를 붙잡고 뭐라고 얘기하자 하인이 고개를 끄덕이고 양쪽으로 여닫는 큼지막한 문 밖으로 빠져나갔다. 뭔지 몰라도 중요한 일은 아닐 것이었다. 디오메데스는 비몽사몽간에 반쯤 감긴 눈으로 따분한 표정을 짓고 있었다.

나는 아킬레우스를 다시 돌아보았다. 그는 입을 모으고 귀걸이를 귀에 갖다 대서 이리저리 돌리며 아가씨 놀이를 하고 있었다. 재미가 있는지 입꼬리가 올라갔다. 연회장을 훑던 그의 시선이 내 얼굴 위에서 잠깐 머물렀다. 나는 속절없이 미소를 지었다.

잠시 후 요란한 나팔 소리가 들렸다. 밖에서 들리는 소리였고 한 음이 길게 이어지다 세 번 짧게 끊어졌다. 극도의 참사가 임박했음을 알리는 신호였다. 리코메데스가 벌떡 일어났고 경비병들은 휙 하니 출입문 쪽으로 고개를 돌렸다. 아가씨들이 비명을 지르며 서로 끌어안자 보석들이 바닥으로 떨어지면서 쨍그랑하고 유리 깨지는 소리가 났다.

한 아가씨만 예외였다. 아킬레우스는 마지막 나팔 소리가 끊기기도 전에 은을 입힌 칼을 한 자루 집어서 새끼염소가죽 칼집을 내동댕이쳤다. 탁자가 앞을 가로막자 눈 깜짝할 새 뛰어넘으며 다른 손으로 창을 집었다. 착지했을 때 그는 그 어떤 여자도, 그리고 그 어떤 남자도 따라올 수 없는 완벽한 자세로 무기를 들고 있었다. 그의 세대를 통틀어 가장 뛰어난 전사다웠다.

오디세우스와 디오메데스 쪽으로 얼른 시선을 돌려보니 경악스럽게도 그들은 미소를 짓고 있었다. "만나서 반갑네, 아킬레우스 왕자." 오디세우스가 말했다. "자네를 찾고 있었다네."

리코메데스의 왕궁 사람들이 오디세우스의 말뜻을 알아듣고 아킬레우스 쪽으로 시선을 돌려 빤히 쳐다보는 동안 나는 속수무책으로 가만히 서 있는 수밖에 없었다. 아킬레우스는 잠깐 동안 꼼짝하지 않았다. 그러다 천천히 무기를 거두었다.

"오디세우스 폐하." 그가 말했다. 그의 목소리는 놀라우리만치 침착했다. "디오메데스 폐하." 그는 다른 나라의 왕자를 만난 한 나라의 왕자답게 깍듯하게 고개를 숙였다. "이런 수고를 감수하셨다니 영광입니다." 권위 넘치고 조롱하는 기미도 살짝 느껴지는, 훌륭한 대응이었다. 이제는 그들이 그에게 망신을 주기가 어려워졌다.

"저와 대화를 나누고 싶으시겠지요? 잠깐만 기다리시면 그쪽으로 건너가겠습니다." 그는 칼과 창을 조심스럽게 탁자에 내려놓았다. 그런 다음 침착하게 스카프를 풀어서 벗었다. 풀어헤쳐진 머리칼이 잘 닦은 구리처럼 반짝였다. 리코메데스의 왕궁 사람들은 서로 나지막이 속삭이며 그에게서 눈을 떼지 못했다.

"이게 도움이 되려나?" 오디세우스가 어느 궤짝이나 상자에서 꺼낸 튜닉을 들고 있었다. 그가 튜닉을 던지자 아킬레우스가 받았다.

"고맙습니다." 아킬레우스가 말했다. 온 왕궁 사람들이 최면에 걸린 듯 지켜보는 가운데 그는 튜닉을 펼치고 허리춤까지 드레스를 내린 다음 옷을 갈아입었다.

오디세우스는 연회장 앞쪽으로 고개를 돌렸다. "리코메데스 폐하, 접견실을 빌릴 수 있을까요? 프티아의 왕자와 의논할 거리가 많거든요."

리코메데스의 얼굴은 얼어붙은 가면이었다. 테티스와, 그녀가 내릴 벌을 생각하고 있는 것이었다. 그는 아무 대답도 하지 않았다.

"리코메데스 폐하." 디오메데스의 목소리는 날카로웠고 사나운 바람 소리처럼 귀청을 찢었다.

"네." 리코메데스가 쉰 목소리로 말했다. 나는 그가 가여웠다. 우리 모두가 가여웠다. "네, 저쪽으로 가시면 됩니다." 그가 손으로 가리켰다.

오디세우스는 고개를 끄덕였다. "고맙습니다." 그는 아킬레우스가 따라올 거라고 믿어 의심치 않는 사람처럼 자신만만하게 문을 향해 걸어갔다.

"먼저 가시게." 디오메데스가 실실 웃으며 말했다. 아킬레우스는 머뭇거리며 나를 번개처럼 흘끗 쳐다보았다.

"아, 그렇지." 오디세우스가 어깨 너머로 말했다. "원하면 파트로클로스를 데려와도 좋네. 그와도 볼일이 있으니."

15

접견실에는 낡아빠진 태피스트리가 몇 장 걸려 있고 의자가 네 개 놓여 있었다. 나는 딱딱한 나무 등받이에 몸을 기대고 왕자답게 애써 꼿꼿하게 앉았다. 아킬레우스는 울컥해서 얼굴이 딱딱하게 굳었고 목이 벌겠다.

"속임수를 쓰다니." 그는 비난조로 말했다.

오디세우스는 동요하지 않았다. "자네가 영리하게 숨었으니 자네를 찾으려면 좀더 영리해야 하지 않겠나."

아킬레우스는 왕자답게 한쪽 눈썹을 거만하게 추켜세웠다. "네, 잘 찾으셨네요. 그래서 원하는 게 뭡니까?"

"같이 트로이아로 가주었으면 하네." 오디세우스가 말했다.

"가지 않겠다면요?"

"그럼 이걸 사방팔방으로 소문내는 수밖에." 아킬레우스가 버린 드레스를 디오메데스가 들어 보였다.

한 대 얻어맞기라도 한 것처럼 아킬레우스의 얼굴이 벌게졌다. 부득이하게 드레스를 입은 건 그렇다 쳐도 사방으로 소문이 나는 건 안 될 말씀이었다. 우리 세계에서는 여자처럼 구는 남자들이 가장 심한 욕을 먹었다. 목숨이 오락가락할 수 있는 사안이었다.

오디세우스가 그만하라는 듯이 손을 들었다. "전부 지체 높은 사람들인데 그런 방법을 동원하면 쓰나. 그보다 더 그럴듯한 이유를 제시하고 싶은데. 예컨대 명성은 어떤가. 우리를 위해 싸워준다면 엄청난 명성을 누릴 수 있을 텐데."

"다른 전쟁도 있겠죠."

"이런 전쟁은 없을 걸세." 디오메데스가 말했다. "전설로 기억되고 후손들이 노래할, 우리 인간 역사상 최고의 전쟁이 될 테니까. 그걸 모른다면 자네는 바보야."

"내 눈에는 오쟁이를 진 남편과 아가멤논의 탐욕밖에 안 보이는데요."

"그렇다면 자네는 장님이로군. 동쪽의 가장 강력한 도시를 상대로 이 세상에서 가장 아름다운 미인의 명예를 위해 싸우는 것보다 더 영웅에 걸맞은 행동이 어디 있겠나. 페르세우스도 이아손도 그렇게까지 했다고는 말하지 못할 걸세. 우리는 아라비아까지 이르는 아나톨리아*전역을 정복할 걸세. 앞으로 몇 세기 동안 전승될 이야기에 우리 이름을 새길 걸세."

"전쟁은 금세 끝날 거라고, 내년 가을이면 고국으로 돌아올 수 있다고 하신 걸로 기억하는데요." 나는 불쑥 끼어들었다. 거침없이 쏟아지는 그들의 말을 어떻게든 잘라야 했다.

"거짓말이었네." 오디세우스는 어깨를 으쓱했다. "얼마나 걸릴지 나도 모른다네. 자네가 있으면 더 빨리 끝나겠지만." 그는 아킬레우스를 쳐다보았다. 그의 까만 눈은 아무리 헤엄쳐도 벗어날 수 없는 물살과 같았다. "트로이아의 아들들은 전투 기술이 뛰어나기로 유명한데 그들을 죽이면 자네 이름은 별자리에 새겨질 걸세. 이번 전쟁을 놓치면 불멸의 존재가 될 수 있는 기회를 놓치는 거나 다름없다네. 그러면 무명으로 뒤에 남겠지. 잊힌 채 점점 더 나이를 먹겠고."

아킬레우스는 눈살을 찌푸렸다. "그건 아무도 모르는 일이죠."

"사실 나는 안다네." 그는 의자에 기대어 앉았다. "내가 요행히 신들이 아는 걸 몇 가지 알고 있거든." 그는 어떤 신이 저지른 장난이 떠오르기라도 한 것처럼 미소를 지었다. "이 신들이 자네를 둘러싼

---

* 오늘날 터키 영토에 해당하는 반도. 이전에는 소아시아라고 불렸다.

예언을 내게 알려주어도 괜찮겠다고 여겼지."

저질스러운 협박이 오디세우스의 유일한 무기가 아님을 진작 알아차렸어야 하는 거였다. 그의 별명은 꾀가 많은 남자라는 뜻의 폴리트로포스였다. 불안감이 내 안에서 재 가루처럼 일었다.

"무슨 예언이요?" 아킬레우스는 느릿느릿 물었다.

"트로이아에 가지 않으면 자네 안의 신성이 쓰이지 않은 채 시들어버릴 거라는군. 그러면 기껏해야 여기 이 나라의 리코메데스처럼 왕위를 물려받을 아들 하나 없이 사람들의 기억에서 지워진 섬에서 썩어가겠지. 스키로스는 조만간 인근 나라에 정복당할 걸세. 자네도 나 못지않게 잘 알고 있겠지만. 그들이 그를 죽이지는 않겠지. 죽일 필요가 뭐가 있겠나. 그들이 말랑말랑하게 만들어준 빵이나 먹으며 망령 난 노인 홀로 천수를 누리도록 한쪽 구석에 내버려두면 되는 것을. 그가 죽으면 사람들은 이렇게 묻겠지. 누가 죽었다고?"

그가 한 말들이 방안을 가득 메우자 공기가 점점 줄어서 숨을 쉴 수 없는 지경에 이르렀다. 그런 삶이라면 끔찍했다.

하지만 오디세우스의 말투는 가차없었다. "이제 사람들이 그를 아는 이유는 딱 하나, 그의 이야기가 자네의 이야기와 맞닿아 있기 때문이지. 트로이아에 가면, 자네에게 잔을 건넸다는 이유 하나만으로 불멸의 전설 속에 기록되는 사람이 생길 정도로 자네의 명성은 하늘을 찌를 걸세. 자네는……"

문이 벌컥 열리면서 파편이 사방으로 요란하게 튀었다. 테티스가 화염처럼 이글거리며 문 앞에 서 있었다. 그녀의 신성한 기운이 우리를 덮치자 눈이 화끈거리고 부서진 문가가 시커멓게 그을었다. 나는 뼈를 끌어당기고 나를 삼킬 듯이 피를 빨아들이는 그 기운을 느낄 수 있었다. 인간이라면 누구라도 그럴 수밖에 없듯 몸이 움츠러들었다.

문이 뜯기면서 튕겨나온 자잘한 부스러기들이 오디세우스의 까만 수염에 박혔다. 그는 자리에서 일어났다. "어서 오시죠, 테티스."

그녀가 먹잇감을 눈앞에 둔 뱀 같은 시선으로 그를 쳐다보자 그녀의 몸에서 빛이 났다. 열기인지 산들바람인지 모를 것으로 오디세우스 주변의 공기가 살짝 떨렸다. 디오메데스는 땅바닥에 엎드린 채 슬금슬금 피했다. 나는 폭발하는 장면을 보고 싶지 않아서 눈을 감았다.

정적이 이어지자 결국 나는 눈을 떴다. 오디세우스는 멀쩡하게 서 있었다. 테티스는 하얘질 정도로 세게 주먹을 쥐고 있었다. 이제는 그녀를 쳐다보아도 눈이 화끈거리지 않았다.

"회색 눈의 처녀가 늘 나에게 잘해주었지요." 오디세우스가 거의 사과하는 투로 말했다. "그녀는 내가 여기에 온 이유를 압니다. 나의 의도를 축복하고 보호해주고 있습니다."

내가 중간에 놓친 부분이라도 있는 것 같았다. 나는 맥락을 파악하느라 열심히 끙끙거렸다. 회색 눈의 처녀라면 전쟁과 전술의 여신이었다. 그녀는 영리한 머리를 그 무엇보다 높게 산다고 했다.

"아테나에게는 잃을 아이가 없으니까." 끼익하며 테티스의 목에서 튀어나온 낱말들이 허공에 걸렸다.

오디세우스는 아무 대꾸도 하지 않고 아킬레우스를 돌아보았다. "여쭤보게." 그가 말했다. "뭘 알고 계신지 자네 어머니께 여쭤봐."

아킬레우스가 침을 삼키는 소리가 고요한 방안을 크게 울렸다. 그는 어머니의 까만 눈을 쳐다보았다. "그가 한 말이 사실입니까?"

마지막 불꽃마저 사라지고 이제는 차가운 대리석만 남았다. "사실이다. 하지만 그게 다가 아니라 그가 밝히지 않은, 더 끔찍한 예언이 있지." 석상이 말을 하듯 음에 높낮이가 없었다. "트로이아에 가면 너는 절대 돌아오지 못한다. 거기서 요절하게 될 거야."

아킬레우스의 얼굴이 새하얘졌다. "확실한가요?"

믿기지 않는 얘기를 듣고 충격과 공포에 휩싸인 인간은 맨 먼저 이렇게 묻게 되어 있다. 나도 예외가 아닌 건가?

"확실하다."

만약 그때 그가 나를 쳐다보았다면 나는 무너졌을 것이다. 눈물을 흘리기 시작해서 절대 멈추지 못했을 것이다. 하지만 그의 시선은 어머니에게 붙박여 있었다. "그럼 저는 어찌해야 합니까?" 그가 속삭였다.

잔잔한 수면 같았던 그녀의 얼굴 위로 아주 미세한 물결이 일었다. "나에게 선택을 맡기지 마라." 그녀가 말했다. 그러고는 사라졌다.

우리가 두 사람에게 뭐라고 말했는지, 어떤 식으로 그 방에서 나왔는지, 어떤 식으로 우리 방으로 건너갔는지 기억이 나지 않는다. 그의 얼굴, 두 뺨을 팽팽하게 감싸고 있었던 살갗과 파리하게 칙칙해진 그의 이마는 기억이 난다. 평소에는 똑바르고 기품이 넘쳤던 어깨도 축 처진 것처럼 느껴졌다. 내 안에서 슬픔이 점점 차올라 숨이 막혔다. 그가 죽는다니. 생각만 해도 숨이 멎을 것 같았다. 아무것도 보이지 않는 시커먼 하늘을 뚫고 곤두박질치는 것 같았다.

절대 가면 안 돼. 마음 같아서는 그 말을 수천 번도 더 하고 싶었다. 하지만 그 대신 그의 손을 꽉 잡았다. 그의 손은 차갑고 미동조차 없었다.

"견딜 수 없을 것 같아." 마침내 그가 말했다. 공포를 잊으려는 듯 눈을 감고 있었다. 그의 죽음이 아니라 걸출한 능력을 잃고 점점 볼품없게 될 거라는 오디세우스의 악몽 같은 이야기를 두고 한 말이었다. 나는 그가 자신의 능력 안에서 느끼는 기쁨을, 금방이라도 폭발할 듯 맹렬히 타오르는 생기를 목격한 바 있었다. 기적적인 능력으로 눈부시게 빛나지 않아도 그를 아킬레우스라고 할 수 있을까. 명성을 날릴 운명이 아니라 해도 그를 아킬레우스라고 할 수 있을까.

"나는 상관없어." 내 입에서 이런저런 말들이 두서없이 쏟아져 나왔다. "네가 어떻게 되건 전혀 상관없어. 우리는 계속 함께 있을 거야."

"알아." 그는 가만히 대답했지만 나를 쳐다보지는 않았다.

그도 그건 알지만 그것만으로는 부족했다. 슬픔이 너무 커서 내 살갗을 찢고 나올 것 같았다. 그가 죽으면 날렵하고 아름답고 환하던 모든 것이 그와 함께 묻힐 것이다. 나는 말문을 떼려 했지만 한발 늦었다.

"가야겠어." 그가 말했다. "트로이아로 가야겠어."

장밋빛으로 빛나는 그의 입술, 흥분한 그의 초록색 눈동자. 그의 얼굴에는 주름살 하나 없었고 우글쭈글하거나 희끗희끗한 부분 하나 없이 모두 팽팽했다. 질투심 많은 죽음의 신이 그의 피를 마시면 다시 젊어질 만큼.

그는 흙처럼 짙은 눈빛으로 나를 바라보았다.

"같이 가줄래?" 그가 물었다.

그칠 줄 모르는 사랑과 비애의 아픔. 다른 생이었다면 나는 거절할 수 있었을지 모른다. 머리를 쥐어뜯고 비명을 지르며 그의 선택을 그 혼자 책임지게 할 수 있었을지 모른다. 하지만 이번 생에서는 아니었다. 그는 트로이아로 건너갈 테고 나는 심지어 저승까지 그를 따라갈 것이었다. "응." 나는 속삭였다. "그래."

그는 안도감에 환한 웃음을 지으며 나를 향해 손을 내밀었다. 나는 그가 나를 끌어안고 아무것도 우리 둘 사이에 들어오지 못할 만큼 머리끝에서 발끝까지 꼭 붙이도록 몸을 맡겼다.

흘러나온 눈물이 떨어졌다. 머리 위에서 성좌들이 맴을 돌았고 달은 궤적을 따라 피곤한 몸을 움직였다. 우리는 누워서 몇 시간이 지나도록 괴로워하며 잠을 설쳤다.

날이 밝자 그는 뻣뻣하게 몸을 일으켰다. "어머니한테 가서 말씀드려야겠어." 그는 안색이 창백했고 눈빛은 어두웠다. 벌써부터 나이가 들어 보였다. 내 안에서 공포가 고개를 들었다. 가지 마. 나는 그렇게 말하고 싶었다. 하지만 그는 튜닉을 입고 사라졌다.

나는 반듯하게 누워서 흘러가는 시간을 의식하지 않으려고 애를 썼다. 불과 어제까지만 해도 우리에게는 시간이 넘쳐났다. 그런데 이제는 시시각각으로 심장의 피가 한 방울씩 사라졌다.

방이 회색으로, 그다음에는 하얀색으로 바뀌었다. 그가 없으니 침대가 차갑고 너무 넓게 느껴졌다. 아무 소리도 들리지 않았고 정적에 겁이 났다. 꼭 무덤 같잖아. 나는 일어나서 사지를 주무르고 때려서 깨우며 점점 고조되는 히스테리를 잠재우려 했다. 그가 없으면 날마다 이럴 거야. 비명이라도 터질 것처럼 가슴이 미칠 듯이 조여왔다. 그가 없으면 날마다.

나는 생각을 차단하고 싶은 절박한 심정에 왕궁 밖으로 나섰다.

바다 위로 고개를 내민 스키로스의 거대한 절벽에 다다르자 타고 오르기 시작했다. 바람이 나를 때리고 물보라 때문에 미끄러웠지만 위험한 상황에서 긴장감을 느끼자 마음이 진정됐다. 예전 같으면 겁이 나서 시도하지 않았을 가장 아찔한 꼭대기를 향해 쏜살같이 올라갔다. 삐죽삐죽한 바위 파편 때문에 거의 피가 날 지경으로 손을 베었다. 발을 디딘 곳마다 발자국이 남았다. 평범하고 깔끔한 고통이라면 얼마든 환영이었다. 견디기가 하도 쉬워서 우스울 정도였다.

정상에 도착하자 돌멩이가 마구잡이로 쌓여 있는 낭떠러지 끝에 가서 섰다. 올라오는 동안 떠오른 격렬하고 무모한 생각이 하나 있었다.

"테티스!" 나는 바다를 마주보고, 덤벼드는 바람을 향해 외쳤다. "테티스!" 이제는 해가 중천에 떴다. 두 사람의 만남은 오래전에 끝났을 것이다. 나는 세번째로 숨을 들이마셨다.

"두 번 다시 내 이름을 부르지 마라."

나는 그녀를 마주보려고 몸을 휙 돌리다가 중심을 잃었다. 발밑에서 돌멩이가 와르르 무너졌고 바람이 나를 할퀴었다. 나는 노두露頭를 움켜쥐고 중심을 잡았다. 그리고 위를 올려다보았다.

그녀의 얼굴은 평소보다 하얀 것이, 겨울 들어 처음으로 언 얼음 같았다. 입술을 들어 이를 보이며 으르렁거렸다.

"어리석은 것." 그녀가 말했다. "내려가거라. 너의 바보 같은 죽음으로는 그를 살릴 수 없을 테니."

두렵지 않을 줄 알았는데 아니었다. 독기 어린 그녀의 표정을 대하자 몸이 움찔거렸다. 하지만 용기를 내서 물어야 할 것이 있었다. 그녀에게서 알아내야 할 것이 있었다. "그에게 살날이 얼마나 남았습니까?"

그녀는 물개가 짖는 것과 비슷한 소리를 냈다. 나는 어느 정도 시간이 지난 다음에야 그것이 웃음소리임을 알아차릴 수 있었다. "왜? 그날에 대비하려고? 아니면 막아보려 그러느냐?" 그녀의 얼굴 가득 경멸의 표정이 번졌다.

"네," 나는 대답했다. "할 수 있으면 해보려고 합니다."

다시 그 소리가 들렸다.

"부탁드립니다." 나는 무릎을 꿇었다. "제발 알려주십시오."

아마 내가 무릎을 꿇었기 때문이었을 것이다. 그 소리가 멈추었고 그녀는 나를 잠깐 뚫어져라 쳐다보았다. "헥토르가 먼저 죽을 것이다." 그녀가 말했다. "내가 알려줄 수 있는 것은 그게 전부다."

헥토르. "감사합니다." 나는 말했다.

그녀는 실눈을 뜨고 석탄 위로 물을 부을 때처럼 칙칙거리는 목소리로 말했다. "주제넘게 감사하다는 말을 입에 담지 마라. 나는 다른 이유에서 찾아온 거니까."

나는 기다렸다. 그녀의 얼굴은 쪼개진 뼈처럼 새하얬다.

"그 아이가 생각하는 것처럼 간단한 일은 아닐 것이다. 운명의 여신들이 명성을 약속하기는 했지만 어느 정도일지는 아무도 모르지. 명예를 조심스럽게 관리해야 할 것이야. 그 아이는 **남을 너무 잘 믿는** 다. 그리스의 인간들은"—그녀는 이 단어를 내뱉다시피 했다—"뼈를 두고 싸우는 개들과 같지. 쉽게 우위를 내주지 않을 것이야. 나는 내가 할 수 있는 일을 할 것이다. 그리고 너." 그녀는 나의 긴 팔과 뼈만 앙상한 다리를 눈으로 훑었다. "너는 그 아이의 이름에 먹칠하는 일이 없도록 해라. 알아들었느냐?"

알아들었느냐?

"네." 나는 대답했다. 정말로 알아들었다. 그의 명성은 그 대가로 내놓는 목숨만큼이나 값진 것이었다. 보일락 말락 한 공기의 숨결이 그녀의 치맛자락을 건드렸고, 나는 그녀가 바닷속 동굴로 사라지려는 참이라는 것을 알았다. 나는 왠지 모르게 대담해졌다.

"헥토르는 노련한 군인입니까?"

"최고의 전사다." 그녀는 대답했다. "내 아들 다음으로."

그녀는 낭떠러지가 사라져가는 오른편을 흘끗 쳐다보았다. "그 아이가 오는구나."

아킬레우스는 낭떠러지 꼭대기로 올라와서 내가 앉아 있는 자리로 다가왔다. 내 얼굴과 피가 묻은 살갗을 보았다. "네가 말하는 걸 들었어." 그가 말했다.

"너희 어머니랑 얘기했어." 내가 말했다.

그는 무릎을 꿇고 내 발을 자기 무릎에 올려놓았다. 상처에 박힌 돌조각을 조심스럽게 빼내고 흙과 석회 가루를 털었다. 자기 튜닉 단을 뜯어서 상처에 대고 꾹 눌러 지혈했다.

내 손이 그의 손을 덮었다. "헥토르를 죽이면 안 돼." 내가 말했다.

그는 금빛 머리칼로 둘러싸인 아름다운 얼굴을 들었다. "어머니한테 나머지 예언을 들었구나."

"응."

"그리고 내가 아니면 누구도 헥토르를 죽일 수 없다고 생각하고."

"응."

"그러면 운명의 여신들에게서 시간을 훔칠 수 있다고 생각하는 거지?"

"응."

"아." 음흉한 미소가 그의 얼굴 위로 번졌다. 그는 예전부터 반항을 좋아했다. "내가 그 사람을 왜 죽이겠어? 나한테 아무 짓도 하지 않았는데."

그때 나는 처음으로 희망 비슷한 것을 느꼈다.

우리는 그날 오후에 떠났다. 뭉그적거릴 이유가 없었다. 관습에 충실한 리코메데스는 작별 인사를 하러 찾아왔다. 우리 셋은 뻣뻣하게 한자리에 섰다. 오디세우스와 디오메데스는 먼저 배에 올랐다. 그들이 프티아까지 우리를 호위하면 그곳에서 아킬레우스가 부대를 소집할 예정이었다.

이 자리에서 처리해야 할 일이 한 가지 더 있었는데 나도 알다시피 아킬레우스는 내키지 않아 했다.

"리코메데스 폐하, 어머니가 폐하에게 전하라는 말씀이 있었습니다."

얼굴이 미진하게 떨렸지만 나이 많은 왕은 사위의 눈을 똑바로 쳐다보았다. "아이에 관련된 거겠군." 그가 말했다.

"맞습니다."

"어떻게 하고 싶다고 하시나?" 왕은 지친 목소리로 물었다.

"직접 키우겠다고 하십니다. 어머니 말로는……" 아킬레우스는 노인의 표정을 보고 말을 더듬는다. "아들일 거라고 합니다. 젖을 떼면 데려가겠다고 하시고요."

정적이 흘렀다. 잠시 후에 리코메데스는 눈을 감았다. 남편과 아이를 모두 잃게 된 그의 딸 생각을 하는 것이었다. "자네가 오지 않았으면 좋았을 것을." 그가 말했다.

"죄송합니다." 아킬레우스가 말했다.

"떠나주게." 노령의 왕은 속삭였다. 우리는 그의 말에 따랐다.

우리가 탄 배는 튼튼하게 만들어졌고 인력이 충분해서 속도가 빨랐다. 능숙해 보이는 수병들의 움직임은 신속했고, 새 밧줄은 윤기가 흘렀고, 돛대는 살아 있는 나무처럼 생기 넘쳐 보였다. 뱃머리에 단 아름다운 조각상은 내가 그때까지 본 작품 중에서 가장 정교했다. 키가 크고 머리와 눈이 까만 여자가 사색에 잠긴 듯 손을 앞으로 모아서 깍지를 끼고 있었다. 미인이기는 한데 수수한 미인이었다. 턱은 우아했고 위로 흩날린 머리칼에 가는 목선이 드러났다. 칠도 잘되어 있어서 어두운 부분과 환한 부분이 모두 완벽하게 표현됐다.

"내 아내를 보며 감탄하고 있군그래." 우리가 서 있는 난간으로 오디세우스가 다가와 근육질의 팔뚝에 몸을 기댔다. "처음에 그녀는 거부하면서 직공이 자기 근처에 오지도 못하게 했다네. 그래서 직공에게 몰래 쫓아다니게 했지. 정말이지 결과물이 잘 나온 것 같아."

사랑으로 맺어진 결혼이라니 동쪽에서 건너온 삼나무만큼이나 흔치 않은 일이었다. 하마터면 그가 좋아질 뻔했다. 하지만 나는 그동안 그의 미소를 너무 자주 보았다.

아킬레우스가 정중하게 물었다. "부인 성함이 어떻게 되십니까?"

"페넬로페라네." 그가 말했다.

"이 배는 새것인가요?" 내가 물었다. 그는 아내 얘기를 하고 싶을지 몰라도 나는 다른 얘기를 하고 싶었다.

"아주 새것이지. 마지막 한 장까지 이타케에서 가장 좋은 나무로 만들었네." 그는 말 옆구리를 때리듯 널찍한 손바닥으로 난간을 쳤다.

"또 새 배 자랑을 늘어놓는 건가?" 디오메데스가 끼어들었다. 뒤로 넘긴 머리를 가죽끈으로 묶어서 얼굴이 평소보다 뾰족해 보였다.

"그러네."

디오메데스는 바다에 침을 뱉었다.

"아르고스의 왕이 오늘따라 유난히 달변이로군. 그래." 오디세우스가 말했다.

아킬레우스는 나와 다르게 이들의 장난이 처음이었다. 그의 시선이 두 남자 사이를 왔다갔다했다. 그는 입꼬리를 들며 희미한 미소를 지었다.

"어이." 오디세우스가 말을 이었다. "자네가 보기에 그런 번뜩이는 재치는 그자의 골을 파먹은 자네 아버지한테서 물려받은 건가?"

"네?" 아킬레우스는 입을 떡 벌렸다.

"골을 파먹은 아르고스의 왕, 천하장사 티데우스 이야기를 모른단 말인가?"

"성함은 들어봤습니다. 하지만 골 이야기는……"

"접시에 그 장면을 그려넣을까 생각도 해봤지." 디오메데스가 말했다.

연회장에서 봤을 때는 디오메데스가 오디세우스의 수하인 줄 알았다. 그런데 두 사람 사이에서는 불꽃이 튀었고, 옥신각신할 때 풍기는 그 유쾌한 분위기는 서로 대등한 관계에서나 성립될 만한 것이었다. 기억을 더듬어보니 디오메데스도 아테나의 총애를 받는다는 소문이 있었다.

오디세우스는 인상을 찡그렸다. "당분간은 아르고스에서 저녁을 먹지 말라고 일깨워주기 바라네."

디오메데스는 웃음을 터뜨렸다. 듣기 좋은 웃음소리는 아니었다.

두 왕은 우리와 함께 난간 앞에서 대화를 이어가고 싶어했다. 때문에 둘이서 이런저런 이야기를 주고받았다. 예전에 떠났던 바다 여행, 전쟁, 오래전 시합에서 거둔 승리. 아킬레우스는 질문을 퍼부으며 열심히 귀를 기울였다.

"이건 어쩌다 생긴 거죠?" 그가 오디세우스의 다리에 난 흉터를 가리키며 한 말이었다.

"아," 오디세우스는 양손을 마주대고 비볐다. "그거야말로 흥미진진한 이야기지. 하지만 그전에 선장과 먼저 의논할 일이 있어서." 그는 무르익을 대로 익어서 수평선 위로 낮게 걸린 태양을 가리켰다. "조만간 정박할 곳을 찾아야 하니 말이지."

"내가 가서 얘기하겠네." 난간에 기대고 있던 디오메데스가 몸을 일으켰다. "그 이야기라면 구역질나는 침대 이야기 못지않게 여러 번 들었으니까."

"그래봐야 자네 손해지." 오디세우스는 그의 뒤통수에 대고 큰 소리로 외쳤다. "저 친구는 신경쓸 것 없어. 부인이 지옥을 지키는 개처럼 표독스럽거든. 그런 여자랑 살면 누구든 심성이 고약해질 수밖에. 반면에 내 아내는……"

"내가 맹세하는데." 배 저편에서 외치는 디오메데스의 목소리가 바람에 실려왔다. "그쯤에서 멈추지 않으면 배 밖으로 던져버릴 테니 트로이아까지 헤엄쳐서 갈 각오하시게."

"봤지?" 오디세우스는 고개를 저었다. "고약하다니까." 아킬레우스는 두 사람 모두를 재미있어하며 웃음을 터뜨렸다. 그의 정체가 탄로나고 이후에 벌어진 그 모든 사건에서 그들이 어떤 역할을 했는지 용서한 눈치였다.

"내가 무슨 얘기를 하고 있었더라?"

"흉터요." 아킬레우스가 얼른 대답했다.

"그렇지, 흉터. 내가 열세 살이었을 때……"

나는 열심히 귀기울이는 그의 모습을 지켜보았다. 그 아이는 남을 너무 잘 믿는다. 하지만 나는 날이면 날마다 그의 어깨를 지키고 앉아서 우울한 소리만 늘어놓는 까마귀가 될 생각은 없었다.

태양이 하늘 위에서 점점 나지막이 움직였고 우리는 야영을 하게 될 어두컴컴한 육지에 가까워졌다. 항구가 보이자 수병들이 해안가에 배를 댔다. 필요한 물품이 부려졌다. 식량과 침구와 왕자들이 쓸 천막이었다.

우리는 우리 몫으로 마련된 야영지 옆에 섰다. 조그만 모닥불과 대형 천막이 있었다. "다 괜찮은지 모르겠군." 오디세우스가 우리 곁으로 다가왔다.

"아주 좋습니다." 아킬레우스가 말했다. 그는 편안하고 솔직한 특유의 미소를 지었다. "고맙습니다."

오디세우스가 미소로 화답하자 하얀 이가 까만 수염과 대조를 이루었다. "다행이로군. 천막 하나면 충분하겠지? 둘이서 같이 쓰는 걸 좋아한다고 들었네. 방도 그렇고 침구도 그렇다고 하더군."

충격이 얼굴을 관통하면서 화끈 달아올랐다. 내 옆에서 아킬레우스가 숨을 삼키는 소리가 들렸다.

"왜 그러나. 부끄러워할 필요 없어. 남자아이들 사이에서는 흔한 일인걸." 그는 생각에 잠긴 표정으로 턱을 긁었다. "물론 자네 둘은 이제 아이라고 할 수 없겠지만. 지금 몇 살이지?"

"그건 사실이 아닙니다." 내가 말했다. 얼굴로 몰린 피 때문에 목소리가 후끈 달구어졌다. 해안가까지 쩌렁쩌렁 울려퍼졌다.

"사람들이 믿는 게 곧 사실이고 사람들은 자네들에 대해 그렇게 믿고 있어. 하지만 그들의 착각일 수도 있지. 소문이 신경쓰인다면 출정할 때 그걸 남겨두고 떠나면 될 것 아닌가."

아킬레우스는 잔뜩 힘이 들어간 화난 목소리로 말했다. "그건 그쪽에서 상관할 문제가 아닐 텐데요, 이타케의 왕자."

오디세우스는 손을 들었다. "내 말이 언짢았다면 사과하겠네. 나는 자기 전에 인사나 하고 불편한 게 없는지 살피러 왔을 뿐이야. 그럼 아킬레우스 왕자. 파트로클로스." 그는 목례를 하고 자기 천막으로 돌아갔다.

천막 안으로 들어간 우리 둘 사이에 정적이 흘렀다. 나는 언제면 이런 순간이 찾아올지 전부터 궁금했었다. 오디세우스도 얘기했던 것처럼 많은 남자아이들이 서로 애인처럼 지냈다. 하지만 나이가 들면 노예나 돈을 주고 산 아이가 아닌 한 더이상 그런 관계를 맺지 않았다. 사내들은 정복을 좋아했다. 그들은 정복당하는 사내를 믿지 않았다.

너는 그 아이의 이름에 먹칠하는 일이 없도록 해라. 여신은 그렇게 말했다. 이런 걸 염두에 두고 한 말이었을 것이다.

"어쩌면 그의 말이 맞을지 몰라." 내가 말했다.

아킬레우스는 미간을 찌푸리고 고개를 들었다. "진심으로 그렇게 생각하는 건 아니겠지?"

"내 말은……" 나는 손가락을 꼬았다. "계속 네 곁을 지킬게. 하지만 너무 티가 나지 않게 밖에서 자면 돼. 심의회에 꼭 참석하지 않아도 되고. 나는……"

"싫어. 프티아 사람들은 상관하지 않을 거야. 다른 사람들은 멋대로 지껄이라고 해. 나는 그래도 아리스토스 아카이오이일 테니까." 그리스의 으뜸이라는 뜻이었다.

"그것 때문에 너의 명성에 금이 갈 수 있어."

"갈 테면 가라지." 그는 고집스럽게 턱을 내밀었다. "그런 걸로 나의 명예가 흔들리도록 내버려둔다면 사람들이 멍청한 거야."

"하지만 오디세우스가……"

그는 봄을 맞은 나뭇잎처럼 푸른 눈으로 내 눈을 똑바로 쳐다보았다. "파트로클로스. 그들에게 양보할 만큼 했잖아. 이건 양보하지 않을 거야."

그 말을 듣고 나니 더이상 할말이 없었다.

다음날에는 남풍이 불었고 우리는 뱃머리에서 오디세우스를 만났다.

"이타케의 왕자여." 아킬레우스가 말했다. 그의 말투는 딱딱했다. 그 전날처럼 소년 같은 미소를 짓지 않았다. "아가멤논과 다른 왕들에 대해서 듣고 싶습니다. 내가 어떤 사람들과 손을 잡는지, 어떤 왕자들을 상대로 싸우는지 알고 싶어서요."

"잘 생각했네, 아킬레우스 왕자." 오디세우스는 변화를 감지했는지 몰라도 아무 말도 하지 않았다. 그는 커다랗게 부푼 돛 아래에 놓인 벤치로 우리를 데려갔다. "자, 어디에서부터 시작하면 좋을까?" 그는 멍한 얼굴로 다리에 난 흉터를 문질렀다. 대낮에 보았더니 민숭민숭하고 우글쭈글해서 한층 흉측했다. "먼저 메넬라오스, 우리는 그의 부인을 되찾으러 가는 걸세. 그는 헬레네에게 남편으로 선택받은 이후에—그 이야기는 파트로클로스한테 들으면 될 테고—스파르타의 왕이 되었지. 좋은 사람으로 정평이 나 있다네. 전투에서는 두려움을 모르는 사내이고 널리 사랑을 받고 있지. 여러 왕들이 그의 기치 아래 모인 것은 단지 맹세를 지켜야 한다는 이유에서 그런 게 아니야."

"여러 왕들이라니요?" 아킬레우스가 물었다.

오디세우스는 농부처럼 큼지막한 손으로 한 명씩 숫자를 셌다. "메리오네스, 이도메네우스, 필록테테스, 아이아스. 아이아스의 경우에는 아버지와 아들, 양쪽 모두지." 그중 한 명은 틴다레오스의 알현실에서 만난 기억이 났다. 방패를 지니고 온 거한이었다. 나머지는 모르는 사람들이었다.

"필로스의 나이 많은 네스토르 왕도 참전할 걸세." 나도 들어본 적 있는 이름이었다. 젊은 시절에 이아손과 함께 황금 양털을 찾으러 다닌 인물이었다. 이제는 참전할 나이가 한참 지났지만 여러 아들과 고문관을 대동했다.

아킬레우스는 험악한 눈빛으로 열띤 표정을 지었다. "그리고 트로이아에는요?"

"당연히 프리아모스지. 트로이아의 왕. 소문에 따르면 아들이 쉰 명인데 전부 칼을 손에 쥐고 자랐다고 하더군."

"쉰 명이요?"

"거기에 딸도 쉰 명. 신심이 깊어서 신들의 사랑을 많이 받는다고 하지. 아들들도 저마다 유명해. 아프로디테 여신의 총아이자 잘생긴 외모로 명성이 자자한 파리스. 심지어 이제 겨우 열 살이 된 막내까지 사납다고 하더군. 이름이 트로일로스였나? 신의 자손인 사촌도 그들 편으로 나설 거라고 하더군. 이름은 아이네이아스, 다름 아닌 아프로디테의 아들일세."

"헥토르는요?" 아킬레우스의 시선은 오디세우스를 떠날 줄 몰랐다.

"프리아모스의 장자이자 왕위 계승자이자 아폴론 신의 총아이지. 트로이아에서 가장 막강한 수비군이고."

"어떻게 생겼습니까?"

오디세우스는 어깨를 으쓱했다. "나도 몰라. 사람들 말로는 체구가 크다고 하지만 대부분의 영웅들이 그러니. 자네가 나보다 먼저 만날 테니 나중에 알려주게."

아킬레우스는 실눈을 떴다. "그런 말씀을 하시는 이유가 뭡니까?"

오디세우스는 얼굴을 찡그렸다. "디오메데스도 동의할 게 분명하지만 나는 괜찮은 무장이기는 해도 그 이상은 아니야. 내 재능은 다른 데 있지. 내가 전쟁터에서 헥토르를 만나면 살아 돌아와서 그에 대해 알려줄 수 없을 걸세. 하지만 자네라면 이야기가 달라지지. 자네는 그를 죽임으로써 가장 어마어마한 명성을 얻게 될 테니까."

내 몸이 싸늘하게 식었다.

"그럴지도 모르지만 그를 죽여야 하는 이유를 모르겠는데요." 아킬레우스는 차갑게 말했다. "나한테 아무 짓도 하지 않았잖습니까."

오디세우스는 농담을 들은 사람처럼 빙그레 웃었다. "펠리데스,

모든 군인이 개인적인 원한이 있는 사람만 죽이면 전쟁이라는 게 없어지겠지." 그는 한쪽 눈썹을 추켜세웠다. "하지만 그것도 괜찮은 발상이로군. 그런 세상에서는 어쩌면 자네가 아니라 내가 아리스토스 아카이오이가 될 걸세."

아킬레우스는 아무 대답도 하지 않았다. 배의 옆면으로 고개를 돌려 저 너머에서 이는 물결만 바라보았다. 햇살이 그의 뺨을 발그스름하게 물들였다. "아가멤논에 대해서는 아무 말씀도 하지 않으시네요."

"그래, 미케네의 강력한 왕." 오디세우스는 다시 의자에 몸을 기댔다. "아트레우스 가문의 자랑스러운 자손이지. 그의 증조부 탄탈로스는 제우스의 아들이었고. 그의 이야기라면 자네도 들어봤을 테지만."

영원한 고문을 당한 탄탈로스 이야기는 모르는 사람이 없었다. 신들은 그들의 능력을 무시한 그를 저승에서도 가장 깊은 구덩이에 처넣었다. 그러고는 손이 닿을락 말락 한 곳에 음식과 마실 거리를 두고 갈증과 허기에서 영원히 벗어나지 못하는 벌을 내렸다.

"이름은 들어봤습니다. 하지만 무슨 죄를 지었는지는 모릅니다." 아킬레우스가 말했다.

"흠. 탄탈로스의 시대에 우리 왕국들은 전부 크기가 같았고 왕들은 평화롭게 지냈지. 하지만 탄탈로스는 자기 몫에 만족하지 못하고 강제로 옆 나라의 땅을 빼앗기 시작했다네. 그의 땅이 두 배, 거기서 다시 두 배로 늘어나도 탄탈로스는 만족할 줄 몰랐지. 자신이 거둔 성공에 기고만장해지고 과거의 모든 인물을 뛰어넘었으니 그다음 차례로 신들을 노렸다네. 무기를 동원하지는 않았어. 신들과의 싸움에서는 어떤 인간도 이길 수가 없을 테니까. 하지만 계략이라면 다르지. 그는 신들은 모르는 게 없다고 정평이 나 있지만 그렇지 않다는 것을 증명해 보이고 싶었지.

그래서 그는 자기 아들 펠롭스를 불러서 아버지를 도와줄 수 있겠느냐고 물었다네. '물론이죠.' 펠롭스가 대답했지. 그의 아버지는 미소를 지으며 칼을 뽑아들었어. 단칼에 아들의 목을 깨끗하게 자르고 그 시신을 조심스럽게 몇 덩이로 나누어서 불 위에 올려놓았다네."

쇠꼬챙이로 죽은 아이의 살덩이를 꿰는 생각만 해도 속이 울렁거렸다.

"아이가 구워지자 탄탈로스는 올림포스에서 그의 아버지 제우스를 불렀지. '아버지! 제가 아버지와 아버지의 친척들을 위해 연회를 마련했습니다. 어서 오세요. 고기가 아직 연하고 따끈합니다.' 신들은 그런 연회를 워낙 좋아하기에 탄탈로스의 연회실로 얼른 달려갔다네. 하지만 도착해보니 평소에는 사랑스럽기 그지없었던 구운 고기 냄새에 숨이 막힐 지경이었지 뭔가. 무슨 일이 벌어졌는지 제우스는 당장 알아차렸지. 그는 탄탈로스의 다리를 잡아서 타르타로스*로 던졌고 거기서 그는 영원히 벌을 받게 되었다네."

하늘은 환하고 바람은 상쾌했지만 나는 오디세우스의 이야기에 취해서 사방에서 밀려드는 밤기운을 맞으며 마치 벽난로 앞에 앉아 있는 듯한 기분이 들었다.

"그런 다음 제우스는 아이의 시신을 다시 맞추어서 새 생명을 불어넣었지. 펠롭스는 어린아이에 불과했지만 미케네의 왕위에 올랐다네. 그는 남다르게 신심이 깊고 현명한 선왕이었지만 그의 재위 기

---

* 지옥 아래의 바닥이 없는 못.

간 동안 불행한 사건들이 많이 벌어졌다네. 혹자의 주장에 따르면 신들이 탄탈로스 가문에 폭력과 참사에서 벗어나지 못하는 저주를 내렸다고도 하지. 펠롭스의 아들, 아트레우스와 티에스테스는 할아버지에게서 야심을 물려받았고, 할아버지처럼 사악하고 피비린내 나는 죄를 저질렀다네. 아버지가 딸을 겁탈하는가 하면 아들을 구워서 먹고, 전부 격렬한 왕위 쟁탈전의 와중에 벌어진 일들이었지.

아가멤논과 메넬라오스의 대에 이르러서야 그들 덕분에 가문의 운명이 조금씩 달라졌다네. 내전의 시대는 끝나고 아가멤논의 반듯한 통치 아래 미케네는 번영을 누리고 있지. 그는 창술과 탄탄한 통솔력으로 유명하다네. 그를 사령관으로 두었으니 우리로서는 다행스러운 노릇이지."

나는 아킬레우스가 그의 이야기를 더이상 듣지 않는 줄 알았다. 그런데 그가 미간을 찌푸리며 고개를 돌렸다. "우리 모두 각자가 사령관 아닙니까?"

"물론이지." 오디세우스도 맞장구를 쳤다. "하지만 공동의 적을 상대로 싸울 거 아닌가. 한 전쟁터에 지휘관이 스물 몇 명이면 혼란스러워서 이길 수 있겠나." 그는 씩 웃었다. "우리 사이가 어떤지 자네도 알잖은가. 트로이아군 대신 서로를 죽이다 끝날 수도 있어. 이런 전쟁은 하나의 목적으로 똘똘 뭉쳐서 바늘로 천 번 찌르기보다 창으로 한 번 꽂아야 이길 수 있다네. 자네는 프티아군을, 나는 이타케군을 이끌겠지만 우리를 각자의 능력에 맞게 활용할 줄 아는 사람이 있어야지." 그는 아킬레우스를 향해 우아하게 손을 기울였다. "아무리 출중한 능력을 갖추었다 하더라도."

아킬레우스는 그의 칭찬을 못 들은 척했다. 저물어가는 태양이 그의 얼굴에 그늘을 드리웠다. 그의 눈빛은 건조하고 매정했다. "나는 자발적으로 나선 겁니다, 이타케의 왕자. 아가멤논의 충고는 듣겠지만 명령은 싫습니다. 이해해주셨으면 합니다."

오디세우스는 고개를 저었다. "신이시여 우리를 보살펴주소서. 아직 전투를 시작하지도 않았는데 벌써부터 명예를 걱정하다니."

"그게 아니라……"

오디세우스는 손사래를 쳤다. "아가멤논은 자네의 엄청난 가치를 인정하고 있네. 자네의 참전을 가장 먼저 희망한 사람도 그였으니까. 자네가 군에 합류하면 성대한 환영을 받을 걸세."

아킬레우스가 그걸 바라고 한 말은 아니었지만 거의 비슷했다. 망루에서 육지가 보인다는 외침이 들렸을 때 나는 반가웠다.

그날 저녁에 상을 물렸을 때 아킬레우스가 침대에 드러누우며 물었다. "우리가 만나게 될 이 사람들, 어떤 것 같아?"

"글쎄."

"다른 건 몰라도 디오메데스가 가서 좋다."

"나도." 그는 아르고스에서 오는 자기 군대를 기다리느라 에우보이아 북단에서 내렸다. "나는 그 사람들 못 믿겠어."

"어떤 사람들인지 조만간 알게 되겠지." 그가 말했다.

우리는 그 생각을 하며 잠깐 동안 아무 말도 하지 않았다. 밖에서 내리기 시작한 보슬비가 들릴락 말락 하게 천막 지붕을 때리는 소리가 들렸다.

"오디세우스 말로는 오늘밤에 폭풍이 들이닥칠 거라던데."

순식간에 왔다가 순식간에 사라지는 것이 에게 해의 폭풍이었다.

우리 배는 안전하게 정박했고 내일이면 다시 맑아질 것이었다.

아킬레우스는 나를 쳐다보고 있었다. "네 머리칼은 여기가 늘 삐죽 솟아 있어." 그는 내 귀 바로 뒷부분을 손으로 건드렸다. "내가 그걸 얼마나 좋아하는지 얘기한 적 없지?"

그의 손가락이 닿았던 부분의 머리칼이 곤두섰다. "응." 내가 말했다.

"얘기했어야 하는 건데." 그는 내 목이 브이자로 끝나는 지점으로 천천히 손을 내려서 맥을 부드럽게 쓸었다. "여기는? 여기는 어떻게 생각하는지 얘기한 적 있어?"

"아니." 내가 대답했다.

"그럼 여기는 얘기했겠지." 그의 손이 내 가슴 근육 위로 움직였다. 그의 손길이 닿자 피부가 달구어졌다. "여긴 얘기했지?"

"거긴 얘기했어." 말을 하는데 살짝 숨이 막혔다.

"그리고 여기는?" 그의 손은 내 둔부에 머물다 허벅지를 훑고 내려갔다. "여기는 얘기했어?"

"응."

"그리고 여기는? 여기는 당연히 내가 깜빡하지 않았겠지." 그는 고양이 같은 미소를 지었다. "깜빡하지 않았다고 얘기해줘."

"깜빡하지 않았어."

"여기도 있네." 그의 손은 이제 끊임없이 꼼지락거렸다. "여기에 대해서 얘기한 건 알아."

나는 눈을 감았다. "또 얘기해줘."

이후에 아킬레우스는 내 옆에서 잠이 든다. 오디세우스가 말한 폭풍이 들이닥치자 거친 천으로 덮인 천막 벽이 그 기세에 펄럭인다. 파도가 해변을 철썩철썩 아프게 때리며 나무라는 소리가 몇 번이고 반복된다. 그가 몸을 들썩이자 사향처럼 달콤한 그의 체취를 머금은 공기도 따라서 들썩인다. 나는 생각한다. 이걸 못 맡게 되는 거겠지. 나는 생각한다. 그러느니 차라리 죽어버리겠어. 나는 생각한다. 우리에게 시간이 얼마나 남았을까?

16

우리는 다음날 프티아에 도착했다. 태양은 정점에 걸렸고 아킬레우스와 나는 난간 쪽을 바라보며 서 있었다.

"저거 보여?"

"뭐?" 늘 그렇듯 그의 눈이 나보다 예리했다.

"바닷가. 평소하고 달라 보이는데?"

가까이 다가가 보니 이유를 알 수 있었다. 짜증 섞인 몸짓으로 서로 밀쳐가며 목을 길게 빼고 우리 쪽을 바라보는 사람들로 발 디딜 틈이 없었다. 그리고 소리. 처음에는 파도 소리 아니면 배가 파도를 가르면서 나는 굉음인 줄 알았다. 그런데 노가 움직일 때마다 소리가 점점 더 커졌고 마침내 우리는 그것이 사람들의 함성임을, 어떤 단어임을 알 수 있었다. 똑같은 단어가 몇 번이고 반복됐다. 아킬레우스 왕자! 아리스토스 아카이오이!

우리 배가 해안에 닿자 수백 개의 손이 만세를 불렀고 수백 개의 입이 환호성을 질렀다. 건널판자가 바위를 때리는 소리도, 수병들이 명령을 내리는 소리도 그 함성에 묻혔다. 우리는 놀라서 빤히 쳐다보았다.

우리의 인생이 달라진 것은 그 순간이었는지 모른다. 그전에 스키로스에서 지냈을 때나 그보다 더 이전에 펠리온에서 지냈을 때가 아니었다. 앞으로 어딜 가든 이런 장관이 언제나 그를 기다리고 있을 것임을 깨달은 바로 그 자리에서부터였다. 그는 전설이 되기로 결심했고 이것이 시작이었다. 그가 망설이자 나는 아무도 모르게 내 손으로 그의 손을 건드렸다. "가봐." 나는 그를 다그쳤다. "너를 기다리고 있잖아."

아킬레우스가 한쪽 팔을 들어서 인사하며 현문으로 발을 내딛자 군중들이 목이 쉬어라 고함을 질렀다. 나는 그들이 배로 달려들면 어쩌나 걱정이 됐지만 병사들이 그들을 밀치고 도열해 군중 사이로 길을 만들었다.

아킬레우스가 나를 돌아보며 뭐라고 말을 했다. 들리지 않았지만 뭐라고 했는지 알 수 있었다. 같이 가자. 나는 고개를 끄덕였고 우리는 걸음을 옮겼다. 양옆에서 병사들의 장벽 너머로 군중들이 쇄도했다. 그 길의 끝에서 펠레우스가 우리를 기다리고 있었다. 얼굴이 젖어 있었고 눈물을 닦을 생각조차 하지 않았다. 그는 아킬레우스를 한참 동안 끌어안은 다음에야 놓아주었다.

"우리의 왕자가 돌아왔다!" 그의 목소리는 내가 기억했던 것보다 굵었고 군중들의 소음을 넘어 저 끝까지 낭랑하게 울려퍼졌다. 그들은 왕이 하는 말을 듣기 위해 입을 다물었다. "나는 그대들 앞에서 내가 가장 사랑하는 아들, 이 나라의 유일한 후계자의 귀환을 환영하는 바이다. 그는 트로이아에서 그대들을 영광의 길로 이끌 것이다. 승리의 소식을 안고 귀환할 것이다."

눈부신 태양 아래 서 있는데도 내 몸이 차가워지는 것을 느낄 수 있었다. 그는 아예 귀환하지 못할 텐데. 하지만 펠레우스는 이 사실을 아직 몰랐다.

"그는 이제 성인이자 신의 아들이다. 아리스토스 아카이오이!"

지금은 그런 걸 생각할 겨를이 없었다. 병사들이 창으로 방패를 두드리고 있었다. 여자들은 괴성을 질렀다. 남자들은 고함을 질렀다. 나는 아킬레우스의 얼굴을 흘끗 쳐다보았다. 어리둥절하지만 싫지는 않은 기색이었다. 이제 보니 서 있는 자세가 전과 달랐다. 어깨를 뒤로 젖히고 다리에 단단히 힘을 주었다. 왠지 모르게 나이들고 심지어 키까지 커 보였다. 그가 아버지의 귀에 대고 뭐라고 말했지만 나에게 들리지는 않았다. 전차가 기다리고 있었다. 우리는 전차에 올라탔고 그 안에서 우리 뒤로 해변까지 길을 가득 메운 군중을 쳐다보았다.

왕궁 안으로 들어가자 수행원과 하인들이 우리를 에워싸고 분주히 오갔다. 우리는 잠깐 짬을 내서 손에 쥐여주는 대로 먹고 마셨다. 그런 다음 이천오백 명의 남자들이 기다리는 왕궁 안마당으로 나갔다. 우리가 등장하자 그들은 거북의 등딱지처럼 반짝이는 정방형의 방패를 들어 새로운 사령관을 맞이했다. 이 자리가 모든 것을 통틀어서 가장 낯설었다. 이제는 그가 그들의 새로운 지휘관이었다. 그는 그들의 이름과 갑옷과 사연을 모두 알아야 했다. 더이상 나만의 것이 아니구나.

그는 긴장했을지 몰라도 심지어 나조차 느낄 수 없었다. 나는 그가 인사하고 낭랑한 목소리로 그들의 자세를 좀더 꼿꼿하게 만드는 것을 바라보았다. 그들은 경이로운 왕자님을 속속들이 사랑하는 마음을 담아서 씩 웃었다. 반짝이는 머리, 치명적인 두 손, 날렵한 두 발. 그들은 태양을 바라보는 꽃처럼 그에게로 몸을 기울이고 그의 광채를 마셨다. 오디세우스가 말한 그대로였다. 그는 그들 모두를 영웅으로 만들기에 충분할 만큼 빛났다.

우리는 단둘이 있지 못했다. 늘 무슨 일인가에 아킬레우스가 동원됐다. 징집 서류와 숫자를 살피고, 보급 식량과 징수 목록을 검토해야 했다. 그의 아버지의 고문관인 포이닉스가 트로이아에 동행하기로 했지만 그래도 아킬레우스가 결정해야 할 문제가 수천 가지였다. 몇 명이나? 얼마나? 선장은 누구로? 그는 할 수 있는 일들을 처리한 뒤 "나머지는 전부 경험 많은 포이닉스에게 일임하겠다" 하고 선포했다. 내 뒤에서 노예 계집아이가 한숨을 쉬는 소리가 들렸다. 잘생긴데다 기품까지 넘치니 어쩔 것인가.

그는 내가 여기서 할 일이 없다는 걸 알았다. 그래서 나를 돌아볼 때마다 점점 더 미안해하는 표정을 지었다. 늘 서판을 내가 볼 수 있는 곳에 놓고 내 의견을 물었다. 하지만 나는 무기력하게 말도 없이 그의 뒤에 서서 그를 불편하게 만들었다.

심지어 그 자리에서도 나는 도망칠 방법이 없었다. 병사들이 허풍을 늘어놓고 훈련하고 창을 가는 소리가 모든 창문을 타고 끊임없이 들려왔다. 그들은 스스로를 미르미돈이라 불렀다. 개미 인간이라는 뜻의 미르미돈은 오래전부터 이어져 내려온 명예로운 별명인데 나는 여기에 대해서도 아킬레우스의 설명을 들어야 했다. 제우스가 개미를 변신시켜 최초의 프티아인을 만들었다는 전설이었다. 나는 그들이 줄을 지어서 즐겁게 행군하는 모습을 바라보았다. 어떤 약탈품과 승전보를 고향으로 들고 올지 상상하는 눈치였다. 우리에게는 그런 꿈이 없었다.

나는 점점 꽁무니를 빼기 시작했다. 수행원들이 그를 앞으로 안내하면 어디가 가렵다든지, 신발끈이 풀어졌다든지 하는 식으로 핑곗거리를 찾아 뒤에서 꾸물거렸다. 그들이 아랑곳하지 않고 바삐 모퉁이를 돌면 고맙게도 나는 문득 홀로 남겨졌다. 오래전에 길을 익혀둔 꼬불꼬불한 복도를 걸어가서 반가운 마음으로 우리가 쓰던 방을 찾았다. 나는 차가운 돌바닥에 누워서 눈을 감았다. 그의 최후가 어떤 식일지 상상을 멈출 수가 없었다. 창이나 칼에 맞을까, 전차에 부딪쳐서 박살이 날까. 그의 심장에서는 그칠 줄 모르고 피가 콸콸 쏟아져나오겠지.

둘째 주의 어느 날 밤, 둘이서 비몽사몽으로 누워 있었을 때 내가 물었다. "아버지한테는 뭐라 말씀드릴 거야? 예언에 대해서 말이야."

고요한 한밤중이라 내 목소리가 크게 들렸다. 그는 잠깐 동안 아무 말도 하지 않았다. 그러다 이렇게 대답했다. "말씀드리지 않을 거야."

"끝까지?"

그가 고개를 끄덕이자 어두컴컴한 형체가 보일락 말락 하게 움직였다. "아버지가 어쩔 방법이 없잖아. 상심만 하실 뿐이지."

"너희 어머니는? 어머니가 아버지한테 얘기하지 않을까?"

"아니," 그가 말했다. "스키로스를 떠나던 날, 어머니한테 여러 가지 다짐을 받았는데 그것도 그중 하나였어."

나는 미간을 찡그렸다. 처음 듣는 이야기였다. "다른 것들은 또 뭔데?"

그는 망설이는 기미를 보였다. 하지만 우리는 서로 거짓말을 하지 않았다. 그런 적이 한 번도 없었다. "너를 보호해달라고 했어." 그가 말했다. "나중에."

나는 바짝 마른 입으로 그를 빤히 쳐다보았다. "그랬더니 어머니가 뭐라고 하셨어?"

다시 정적이 흘렀다. 내가 수치심에 붉어진 그의 뺨을 조용히 상상하고 있었을 때 그가 대답했다. "싫다고 하셨어."

나중에 그가 잠이 든 뒤에도 나는 뜬눈으로 누워서 그가 한 말에 대해 생각했다. 그가 그런 부탁을 했다는 데 마음이 훈훈해졌다. 덕분에 그는 매 순간 불려다니는데 나는 그러지 않는 여기 이 왕궁에서 느낀 냉랭함이 어느 정도 해소되었다.

여신의 대답은 상관없었다. 나에게는 그녀가 필요 없었다. 나는 그가 떠난 뒤에도 목숨을 부지할 생각이 없었다.

여섯 주가 지났지만―군대를 조직하고 배를 갖추고 전쟁 동안 필요한 식량과 의복을 충당하는 데 여섯 주가 걸렸다―일 년, 어쩌면 이 년은 된 듯했다. 갇혀 지내는 세월은 항상 길게 느껴지기 마련이었다.

펠레우스는 아킬레우스가 최상의 조건을 갖추어야 한다고 주장했다. 그는 육천여 명이 입을 갑옷에 상당한 재산을 투자했다. 망치로 두드린 청동에 사자와 날아오르는 불사조를 새긴 흉갑, 금색 끈이 달린 뻣뻣한 가죽 정강이받이, 말총 깃털을 단 투구, 은으로 만든 칼, 수십 개의 창촉 그리고 가벼운 바퀴 두 개가 달린 전차. 전차와 함께

네 마리의 말이 딸려왔는데 그중 두 마리는 펠레우스가 결혼할 때 신들에게 받은 선물이었다. 이름은 황금빛이라는 뜻의 크산토스와 얼룩무늬라는 뜻의 발리오스였고, 마음껏 달리지 못하면 못 견뎌 하며 눈을 뒤집었다. 그가 함께 하사한 마부는 우리보다 나이는 어리지만 체구가 탄탄하고 고집이 센 말들을 다루는 데 재주가 있다고 했다. 그의 이름은 아우토메돈이었다.

마지막은 어린 물푸레나무의 껍질을 벗기고 회색 불꽃처럼 반짝일 때까지 광을 낸 장창이었다. 펠레우스 말로는 케이론이 맡긴 선물이라고 했다. 우리는 그 위로 고개를 숙이고 켄타우로스의 남은 흔적을 느끼기라도 하려는 듯 손끝으로 더듬었다. 아무리 솜씨가 좋은 케이론이라도 그 정도로 멋진 선물을 준비하려면 몇 주가 걸렸을 것이다. 거의 우리가 떠난 날부터 만들었을 것이다. 그는 아킬레우스의 운명을 알았거나 아니면 짐작이라도 했던 것일까? 장미색 동굴에 누워 있었을 때 언뜻 예언 비슷한 게 찾아왔을까? 어쩌면 그는 그냥 넘겨짚었을지 모른다. 음악과 의술 교육을 받은 아이들이 살생을 위해 잇따라 불려가는 씁쓸한 관행이 반복됐으니 말이다.

그래도 이 창은 씁쓸함이 아니라 사랑으로 빚어진 선물이었다. 모양새는 아킬레우스의 손에만 맞을 테고 무게는 그 정도의 힘을 갖춘 자에게만 적합했다. 끝은 뾰족하고 치명적이었지만 나무는 기름을 바른 가느다란 리라 버팀목처럼 미끈미끈했다.

마침내 우리가 떠날 날이 다가왔다. 우리 배는 심지어 오디세우스의 배보다 근사했다. 칼끝처럼 매끈하고 날렵해서 항해에 안성맞춤이었다. 식량과 보급품이 묵직하게 실려 있어서 물밑으로 깊숙이 가라앉았다.

게다가 그건 기함에 불과했다. 그 옆으로 마흔아홉 척이 나무의 도시를 이루며 프티아의 항구 앞 바다 위에서 가만가만 흔들렸다. 각양각색의 동물과 님프와 그 사이에서 태어난 피조물을 새긴 조각상이 뱃머리에서 환하게 빛났고 돛대는 시초의 나무처럼 우뚝했다. 배마다 새로 임명된 선장들이 전면에 차려 자세로 서서 기함으로 걸어 올라가는 우리를 향해 거수경례를 했다.

아킬레우스가 자주색 망토를 바닷바람에 펄럭이며 맨 먼저 올라 탔고, 새 망토를 입은 나는 포이닉스가 넘어지지 않게 그의 팔을 잡고 그 뒤를 따랐다. 사람들은 우리와, 줄을 지어 각자 배에 오르는 우리 병사들을 향해 환호성을 질렀다. 온 사방에서 마지막 약속을 외쳤다. 프리아모스의 부유한 도시에서 빼앗은 금과 영광을 안고 귀향하겠다고 외쳤다.

펠레우스는 해안가에서 한쪽 손을 들어 작별 인사를 했다. 아킬레우스는 다짐한 대로 그에게 예언에 대해 밝히지 않았고, 자기 몸속으로 그가 스며들게라도 할 것처럼 으스러져라 끌어안기만 했다. 나도 그의 가늘고 강단 있는 팔과 다리를 끌어안았다. 그러면서 생각했다. 아킬레우스가 나이들면 이런 느낌이겠지. 그러다 문득 기억했다. 그는 절대 나이들 일이 없었다.

송진 때문에 널빤지가 아직까지 끈적거렸다. 우리는 난간에 기대서 햇볕에 따뜻하게 데워진 나무를 배로 누르며 마지막으로 손을 흔들었다. 수병들이 하얗게 따개비가 들러붙은 정사각형 모양의 닻을 올리고 돛을 풀었다. 그런 다음 속눈썹처럼 배의 옆구리를 덮은 노 앞에 자리를 잡고 앉아서 구령이 시작되기를 기다렸다. 북이 울리기 시작하자 노가 위아래로 움직이며 우리를 트로이아로 안내했다.

17

하지만 먼저 거쳐야 할 곳이 아울리스였다. 손가락 모양으로 튀어나와 있는 아울리스는 해변이 넓어서 모든 선단이 동시에 정박할 수 있었다. 아가멤논은 출항하기 전에 그의 막강한 부대가 한자리에 모이길 바랐다. 아마 화가 난 그리스의 힘을 과시하기 위한 상징적인 처사였을 것이다.

닷새 동안 에우보이아 연안의 거친 파도를 헤치고 굽이치는 해협의 마지막 구간을 돌아나오자 아울리스가 보였다. 베일을 잡아당기기라도 한 것처럼 순식간에 등장했다. 각양각색의 전함이 해안선을 빼곡하게 채웠고 해변은 수천 명의 사람들로 이루어진, 움직이는 양탄자로 뒤덮였다. 그 너머로 캔버스 천막 지붕들이 지평선까지 이어지는데 왕이 묵는 막사에는 환한 색의 깃발이 꽂혀 있었다. 우리 수병들이 열심히 노를 저어서 복잡한 해안가의 마지막 남은 한 자리로 배를 움직였다. 우리 선단이 다 들어갈 만큼 넉넉한 자리였다. 오십개의 뱃고물에서 닻이 내려졌다.

뿔피리가 울렸다. 다른 전함을 타고 온 미르미돈들이 벌써부터 물살을 헤치며 육지를 향해 걸어가고 있었다. 그들은 이제 물가에 서서 하얀색 튜닉을 나부끼며 우리를 에워쌌다. 우리 눈에는 보이지 않은 신호가 떨어지자 이천오백 명이 한목소리로 왕자의 이름을 외치기 시작했다. 아ー킬ー레우스! 스파르타, 아르고스, 미케네, 그 밖에 여러 나라의 군사들이 고개를 돌렸다. 입에서 입으로 전해진 소식이 그들을 관통했다. 아킬레우스가 도착했다.

수병들이 건널판자를 내리는 동안 우리는 다른 나라의 왕과 병사들이 모여드는 것을 지켜보았다. 너무 멀어서 얼굴은 보이지 않았지만 종자들이 앞에 들고 있는 깃발을 알아볼 수 있었다. 노란색 깃발은 오디세우스, 파란색 깃발은 디오메데스였고, 자주색 바탕에 사자가 그려진 가장 화려하고 가장 큰 깃발은 아가멤논과 미케네의 상징이었다.

아킬레우스는 나를 쳐다보며 숨을 내쉬었다. 고함을 지르던 프티아의 군중은 여기에 비할 바도 아니었다. 하지만 그는 마음의 준비가 되었다. 가슴을 내밀고 초록색 눈을 강렬하게 반짝이는 것을 보면 알수 있었다. 그는 현문으로 다가가 꼭대기에 섰다. 미르미돈의 고함소리는 계속 이어졌고 이제 그들뿐만이 아니었다. 다른 군중들까지 합류했다. 가슴이 넓은 미르미돈 선장 하나가 입가에 손을 모으고 외쳤다. "펠레우스 왕과 테티스 여신의 아들 아킬레우스 왕자, 아리스토스 아카이오이!"

이에 화답하듯 분위기가 달라졌다. 구름을 가르고 아킬레우스 위로 쏟아진 밝은 햇살이 그의 머리와 등과 몸을 타고 흘러내리며 그를 황금빛으로 물들였다. 그는 갑자기 더 거대해졌고 먼길을 오느라 구김이 갔던 튜닉이 빳빳하게 펴져서 돛처럼 하얗고 깨끗하게 빛났다. 햇빛을 받은 그의 머리칼은 나부끼는 불꽃 같았다.

사람들이 헉 하고 숨을 토하는 소리가 들렸다. 새로운 환호성이 터졌다. 테티스로군. 나는 생각했다. 그녀일 수밖에 없었다. 그녀가 그의 안에 담긴 신성을 끄집어내 크림처럼 그의 온몸 구석구석을 덮고 있었다. 그녀의 아들이 비싼 대가를 치르고 손에 넣은 명성을 최대한 활용할 수 있도록 거들고 있었다.

그의 입꼬리를 장식한 미소가 내 눈에 들어왔다. 그는 대중의 흠모를 만끽하고 있었다. 나중에 내게 고백한 바에 따르면 그는 어떻게 된 영문인지 알지 못했다. 하지만 의구심을 품지 않았다. 그에게는 이것이 이상한 현상처럼 느껴지지 않았다.

군중들 한복판을 뚫고 왕들이 모여 있는 곳까지 일직선으로 길이 트여 있었다. 도착한 왕자마다 다른 나라 왕자들과 새로운 사령관에게 인사를 하게 되어 있는데 이제 아킬레우스의 차례였다. 그는 건널판자를 뚜벅뚜벅 걸어내려가서 서로 밀치느라 정신이 없는 사람들 사이를 지나 왕들과 어느 정도 거리를 두고 걸음을 멈추었다. 나는 몇 걸음 뒤에 있었다.

아가멤논이 우리를 기다리고 있었다. 그의 코는 독수리 부리처럼 날카로운 매부리코였고 눈은 탐욕스럽고 영리하게 번뜩였다. 넓고 탄탄한 가슴을 내밀고 두 발로 땅을 단단히 딛고 서 있었다. 노련해 보이는 한편으로 지쳐 보이기도 했다. 마흔 살로 알고 있었지만 그보다 나이가 많아 보였다. 상석인 그의 자리 오른편에는 오디세우스와 디오메데스가 서 있었다. 왼편에는 동생 메넬라오스가 있었다. 스파르타의 왕이자 이번 전쟁의 원인을 제공한 자였다. 틴다레오스의 알현실에서 보았던 새빨간 머리가 이제는 희끗희끗하게 세었다. 형처럼 그도 키가 크고 몸이 떡 벌어졌고 어깨가 황소처럼 단단했다. 그 집안 특유의 까만 눈과 매부리코가 그에 이르러서는 부드러워지고 온화해진 듯했다. 그의 얼굴은 팔자 주름이 있었고 형과 다르게 준수했다.

내가 확실하게 알아보지 못한 유일한 왕이 네스토르였다. 희끗희 끗한 수염이 턱을 듬성듬성 덮었고 얼굴은 세월에 패였지만 눈빛이 예리하게 빛나는 노인이었다. 일설에 따르면 그는 온 나라를 통틀어 가장 나이가 많고 수많은 추문과 전투와 정변에서 영리하게 살아남 았다고 했다. 점점 더 나이를 먹어가는 수십 명의 아들들을 실망시켜 가며, 닳을 대로 닳았지만 명성이 자자한 아랫도리로 새롭게 아들들 을 만들어가며, 필로스라는 모래의 땅을 고집스럽게 움켜쥐고 다스 리고 있었다. 그의 군대를 견실하게 통솔중인 두 아들이 다른 왕들과 어깨를 나란히 하고 앞쪽에 서 있었다. 네스토르는 흥분한 마음에 입 을 떡 벌리고 듬성듬성한 수염이 날리도록 숨을 헐떡이며 우리를 지 켜보았다. 그는 떠들썩한 분위기라면 사족을 못 쓰는 성격이었다.

아가멤논이 한 걸음 앞으로 나섰다. 그는 환영의 뜻에서 두 손을 벌리고 당당하게 서서, 상대방이 응당 고개를 숙여 절을 하고 충성의 서약을 하길 기다렸다. 아킬레우스가 무릎을 꿇고 그의 기대에 부응 할 차례였다.

하지만 그는 무릎을 꿇지 않았다. 대왕에게 인사를 건네거나 고개 를 숙이거나 선물을 건네지도 않았다. 당당하게 턱을 들고 그들 앞에 똑바로 서 있기만 했다.

아가멤논의 턱에 힘이 들어갔다. 팔을 벌리고 그렇게 서 있는 모 습이 얼마나 우스워 보이는지 그도 알았다. 오디세우스와 디오메데 스가 내 눈에 들어왔다. 그들은 눈빛으로 분명하게 의사를 전달하고 있었다. 불편한 정적이 우리 주변으로 번졌다. 사람들이 서로 흘끗흘 끗 쳐다보았다.

나는 등뒤로 돌린 손을 맞잡고 아킬레우스와 그가 벌이는 게임을 지켜보았다. 미케네의 왕을 쳐다보며 경고를 전하는 그의 얼굴은 돌로 깎은 듯했다. 나에게 명령을 내릴 생각은 하지 마십시오. 욕심을 부리다 끝낼 시점을 놓친 가수의 노래처럼 고통스럽고 숨막히는 정적이 이어졌다.

오디세우스가 나서려는 찰나 아킬레우스가 입을 열었다. "펠레우스의 아들, 신에게서 태어난 그리스 최고의 전사 아킬레우스입니다. 당신께 승리를 선사하고자 이렇게 왔습니다." 일순 놀라움의 정적이 흐른 뒤 다들 함성으로 그를 맞았다. 자부심이 우리의 생명이었다. 영웅들은 겸손한 법이 없었다.

아가멤논은 맥빠진 눈빛으로 변했다. 어느새 다가온 오디세우스가 옷이 쭈글쭈글해질 정도로 세게 아킬레우스의 어깨를 붙잡고 분위기를 수습하러 나섰다.

"만인의 왕 아가멤논이시여, 당신께 충성의 맹세를 하고자 아킬레우스 왕자를 데리고 왔습니다." 그는 표정으로 아킬레우스에게 경고했다. 아직 늦지 않았다고. 하지만 아킬레우스는 미소를 지으며 한 걸음 앞으로 걸어가 오디세우스의 손을 어깨에서 떨어뜨렸다.

"저는 당신의 대의에 도움을 드리고자 제 발로 찾아왔습니다." 그는 우렁차게 말했다. 그러고는 주변의 군중 쪽으로 고개를 돌렸다. "이렇게 많은 왕국의 고귀한 전사들과 함께 싸우게 돼서 영광입니다."

어마어마한 환호성이 몇 분 동안 길게 이어진 다음에야 잦아들었다. 마침내 아가멤논이 어렵게 습득해서 어렵게 갈고닦은 인내심을 발휘해 가슴속 저 깊은 곳에서 말을 꺼냈다.

"그야말로 전 세계에서 가장 뛰어난 대군을 제 휘하에 거느렸지요. 그 대열에 합류하게 된 것을 환영하는 바이오, 프티아의 젊은 왕자여." 그의 미소는 뚝 끊겼다. "이렇게 뒤늦게 합류하다니 유감스러울 따름이지만."

가시 돋친 말이었지만 아킬레우스는 뭐라고 대꾸할 겨를이 없었다. 아가멤논이 언성을 높여서 좌중 모두에게 이렇게 선포했다. "그리스의 용사들이여, 우리는 이미 너무 오래 지체했다. 내일 트로이아로 떠난다. 야영지로 돌아가서 준비를 하도록." 그는 이 말을 끝으로 결연하게 몸을 돌려 성큼성큼 해변을 걸어갔다.

오디세우스, 디오메데스, 네스토르, 메넬라오스와 아가멤논의 여러 최측근들은 각자의 전함으로 뿔뿔이 흩어졌다. 하지만 나머지는 그 자리에 남아서 새로운 영웅을 맞이했다. 테살리아의 에우리필로스, 필로스의 안틸로코스, 크레테의 메리오네스 그리고 의사 포달레이리오스였다. 그들은 영광을 위해 또는 서약에 의해 방방곡곡에서 이곳으로 모였다. 대다수가 몇 달 동안 여기서 나머지 부대가 합류하길 기다렸다. 그들은 아킬레우스를 음흉하게 쳐다보며, 그런 지루한 시간을 보냈으니 아무도 다칠 걱정 없는 재미난 볼거리라면 언제든 환영이라고 말했다. 특히 재미난 볼거리로 전락하는 자가……

"아킬레우스 왕자님," 포이닉스가 끼어들었다. "대화를 나누시는 도중에 방해해서 송구합니다. 막사를 짓고 있다는 말씀을 드리는 게 좋을 듯해서요." 못마땅한 나머지 그의 말투가 딱딱했다. 하지만 남들 앞에서 아킬레우스를 나무랄 수는 없었다.

"고맙소, 믿음직한 포이닉스." 아킬레우스가 말했다. "실례지만 이만……"

그들은 아, 물론이라고, 알겠다고 했다. 나중에 아니면 내일 찾아가겠다고 했다. 최고급 포도주를 들고 갈 테니 같이 마시자고 했다. 아킬레우스는 그들의 손을 맞잡고 꼭 그러자고 약속했다.

막사에서는 미르미돈 병사들이 짐과 식량, 장대와 천막을 들고 분주하게 우리 주변을 오갔다. 제복을 입은 사내가 다가와 고개를 숙였다. 메넬라오스가 보낸 전령이었다. 유감스럽게도 왕이 직접 찾아올 수가 없어서 그를 보내 환영 인사를 대신하는 거라고 했다. 아킬레우스와 나는 눈빛을 주고받았다. 영리한 외교술이었다. 우리가 그의 형과 우호적인 관계를 맺지 않았으니 메넬라오스가 직접 찾아올 수는 없었다. 하지만 그리스 최고의 전사에게 환영 인사는 필수였다. "줄타기를 잘하는 사람이네." 나는 아킬레우스에게 속삭였다.

"아내를 되찾고 싶으면 감히 내 심기를 건드릴 수 없는 거겠지." 그가 나에게 속삭였다.

주변을 한 바퀴 돌아보겠느냐고 전령이 물었다. 우리는 가장 왕자다운 태도로 그러자고, 좋다고 했다.

본부는 정신없는 난장판이자 아수라장이었다. 깃발, 줄에 넌 빨래, 천막의 벽, 바삐 오가는 수천 명의 사람들이 끊임없이 펄럭거렸다. 그 너머로 보이는 강에는 이들이 맨 처음 도착했을 때 표시한 수위표가 강둑보다 한두 뼘 위에 그어져 있었다. 그런가 하면 시장, 제단과 임시 연단을 갖춘 광장도 있었다. 마지막으로, 땅을 길게 파서 만든 변소는 사람들로 우글거렸다.

가는 곳마다 사람들의 시선이 우리를 따라다녔다. 나는 아킬레우스를 유심히 관찰하며 테티스가 또다시 그의 머리칼을 더 밝게, 그의 근육을 더 우람하게 만드는지 지켜보았다. 그녀가 그랬는지 몰라도 나는 알아차리지 못했다. 그에게서 풍긴 우아함은 오롯이 그의 것이었다. 단순하고 꾸밈없고 찬란한 그에게서 나온 것이었다. 그는 빤히 쳐다보는 사람들을 향해 손을 흔들었다. 지나가며 사람들에게 미소를 짓고 인사를 건넸다. 수염과 부러진 이와 못이 박인 손 뒤에서 속삭이는 소리가 들렸다. 아리스토스 아카이오이. 그는 오디세우스와 디오메데스가 장담한 그대로일까? 저 가느다란 팔다리로 트로이아군을 대적할 수 있을까? 열여섯 살짜리 소년이 정말 우리의 가장 위대한 전사일 수 있을까? 그리고 어딜 가든 의문을 제기하는 사람이 있으면 대답하는 사람도 있었다. 그들은 맞는다며 서로 고개를 끄덕였다. 맞아, 맞아.

18

나는 그날 밤, 헉 하고 숨을 내뱉으며 잠에서 깼다. 온몸이 땀으로 흠뻑 젖었고 천막이 숨막히도록 뜨끈했다. 내 옆에서 잠들어 있는 아킬레우스의 몸도 나처럼 축축했다.

나는 바닷바람을 쐬러 밖으로 나갔다. 하지만 밖도 공기가 무겁고 습했다. 이상하리만치 고요했다. 캔버스 천이 펄럭이는 소리, 풀린 마구가 덜거덕거리는 소리 하나 들리지 않았다. 심지어 물결이 해변을 때리길 멈추기라도 한 것처럼 바다마저 잠잠했다. 부서지는 파도 너머가 잘 닦은 청동 거울처럼 밋밋했다.

바람이 멎어서 그런 거였다. 그게 이상한 점이었다. 아주 희미한 물결의 속삭임도 없이 주변 공기가 꼼짝하지 않았다. 그때 이렇게 생각했던 기억이 난다. 계속 이러면 내일 출항하지 못하겠는데.

나는 시원한 바닷물에 고마워하며 세수를 하고 다시 아킬레우스의 곁으로 돌아가 이리저리 뒤척이며 선잠 속으로 빠져들었다.

다음날 아침도 똑같다. 땀범벅 속에 눈을 떠보니 피부가 바짝 말라서 오그라들었다. 나는 아우토메돈이 들고 온 물을 벌컥벌컥 들이켠다. 아킬레우스도 깨어나 흠뻑 젖은 이마를 손으로 훔친다. 그는 미간을 찌푸리며 밖으로 나갔다가 들어온다.

"바람 한 점 없어."

나는 고개를 끄덕인다.

"오늘 출발하지 못하겠네." 우리 수병들이 힘이 세기는 해도 하루종일 노를 젓기에는 역부족이다. 바람이 불어야 트로이아까지 갈 수 있다.

바람은 불지 않는다. 그날도 그날 밤에도 다음날에도. 아가멤논은 시장에 서서 또다시 출발을 연기한다고 공표할 수밖에 없다. 바람이 다시 불자마자 떠날 거라고 그는 약속한다.

하지만 바람은 다시 불지 않는다. 하루종일 무더위가 계속되고 불덩이에서 뿜어져나온 듯한 공기가 우리 허파를 태운다. 모래가 얼마나 펄펄 끓을 수 있는지, 담요가 얼마나 깔끄러울 수 있는지 예전에는 미처 몰랐다. 성질이 폭발하고 싸움이 터진다. 아킬레우스와 나는 하루종일 바다에서 일말의 위안을 찾는다.

날이 지나고 걱정을 하느라 우리 이마에 주름이 생긴다. 이 주 동안 바람이 불지 않다니 이상한 일인데 아가멤논은 아무 조치도 취하지 않는다. 마침내 아킬레우스가 말한다. "어머니한테 얘기해봐야겠어." 나는 그가 그녀를 부르는 동안 땀을 뻘뻘 흘리며 천막에서 기다린다. 돌아온 그가 말한다. "신들의 소행이래." 하지만 그의 어머니는 어느 신의 소행인지 밝히려 하지 않고 사실 밝힐 수도 없다.

우리는 아가멤논을 찾아간다. 그는 땀띠로 피부가 벌겋고 바람과 가만히 있지 못하는 그의 군대를 향해, 그에게 빌미를 제공하는 아무나를 향해 계속 분통을 터뜨리고 있다. 아킬레우스가 말한다. "제 어머니가 여신인 것은 아시죠."

아가멤논은 으르렁거리다시피 대답한다. 오디세우스가 진정하라는 뜻에서 그의 어깨에 손을 얹는다.

"어머니가 그러는데 이 날씨는 자연적인 현상이 아니라고 합니다. 신들이 보낸 메시지라고요."

아가멤논은 그 소리를 듣고 좋아하지 않는다. 오만상을 쓰며 우리를 내쫓는다.

한 달 동안 밤에는 열이 나서 잠을 설치고 낮에는 찜통같은 더위에 시달리느라 기진맥진해진다. 사람들의 표정이 분노로 가득하지만 더이상 싸움은 벌이지 않는다. 너무 더운 것이다. 다들 그늘에 누워서 서로 증오하기만 한다.

다시 한 달이 흐른다. 이러다 전부 이성을 잃고, 꼼짝 않는 공기의 무게에 눌려서 질식하겠다는 생각이 든다. 얼마나 더 계속될까? 끔찍하다. 이글거리며 우리를 옭아매는 하늘, 숨을 마실 때마다 들어오는 숨막히는 열기. 심지어 서로를 위해 개발한 백 가지 놀이를 하며 단둘이 천막에서 지내는 아킬레우스와 나마저 키질을 당해서 껍질이 다 벗겨진 듯한 기분이다. 언제면 끝이 날까?

마침내 전언이 도착한다. 아가멤논이 사제인 칼카스와 이야기를 나누었다고 한다. 우리는 그를 안다. 키가 작고 갈색 수염이 듬성듬성 난 남자다. 족제비처럼 뾰족한 얼굴은 못생겼고 말을 하기 전에 날름거리며 혀로 입술을 핥는 버릇이 있다. 하지만 가장 못생긴 곳은 파랗게 반짝이는 눈이다. 사람들은 그의 눈을 보면 움찔한다. 눈이 기이하게 생겼다. 태어나자마자 죽임을 당하지 않은 게 용하다.

칼카스 말로는 우리가 아르테미스 여신의 심기를 건드렸기 때문이라는데 자세한 내막은 밝히지 않는다. 그러면서 평소처럼 어마어마한 제물을 바치면 된다는 처방을 내린다. 우리는 고분고분 가축을 한자리에 모으고 포도주에 꿀을 섞는다. 다음번 병영 회의에서 아가멤논은 의식 거행을 돕기 위해 그의 딸을 불렀다고 선포한다. 그녀는 아르테미스를 섬기는 여사제인데 가장 어린 나이에 그런 자리에 오른 여자다. 그러니 화가 난 여신을 달랠 수 있을지 모른다.

얼마 후에 또다른 이야기가 들린다. 이 딸을 미케네에서 데리고 오는 이유는 단순히 의식을 치르기 위해서가 아니라 왕들 가운데 한 명과 결혼을 시키기 위해서라고 한다. 결혼은 신들이 좋아하는 상서로운 일이다. 어쩌면 이것도 도움이 될지 모른다.

아가멤논이 아킬레우스와 나를 그의 천막으로 부른다. 잠을 설친 사람답게 얼굴이 쭈글쭈글하고 퉁퉁 부었다. 코는 아직도 땀띠로 빨갛다. 변함없이 침착한 오디세우스가 그의 옆에 앉아 있다.

아가멤논이 헛기침을 한다. "아킬레우스 왕자. 한 가지 제안을 하고 싶어서 이렇게 불렀소. 왕자도 얘기를 들었겠지만……" 그는 말을 멈추고 다시 헛기침을 한다. "나에게는 이피게네이아라는 딸이 있소. 그 아이를 왕자의 아내로 맞아주었으면 하는데."

우리는 그를 빤히 쳐다본다. 아킬레우스가 입을 벌렸다가 다문다.

오디세우스가 말한다. "아가멤논이 자네에게 엄청난 영예를 하사하는 걸세, 프티아의 왕자."

아킬레우스는 전에 없이 칠칠찮게 말을 더듬는다. "네, 감사하게 생각합니다." 그의 시선은 오디세우스에게로 옮겨가고 나는 그가 무슨 생각을 하는지 깨닫는다. 데이다메이아는 어쩌고요? 오디세우스도 익히 알다시피 아킬레우스는 이미 결혼한 몸이다.

하지만 이타케의 왕은 아가멤논의 눈에 띄지 않게 살짝 고개를 끄덕인다. 스키로스의 공주는 없는 척하자는 것이다.

"저를 생각해주셨다니 영광입니다." 아킬레우스가 여전히 머뭇거리며 말한다. 그는 묻는 듯한 눈빛으로 나를 흘끗 쳐다본다.

오디세우스는 뭐 하나 놓치지 않는 사람답게 이 역시 포착한다. "안타깝게도 둘이 같이 밤을 보낼 수 있는 날이 딱 하루밖에 없다네. 그녀가 다시 떠나야 하거든. 물론 하룻밤 새 많은 일이 벌어질 수 있지만." 그는 미소를 짓는다. 나머지 셋은 아니다.

"훌륭한 결혼식이 될 거요." 아가멤논이 느릿느릿 말을 잇는다. "우리 가문으로서도 좋고 그리스군으로서도 좋은." 그는 우리 눈을 쳐다보지 않는다.

아킬레우스는 내 대답을 기다리고 있다. 내가 안 된다고 하면 그는 거절할 것이다. 질투심에 가슴이 아프지만 아련한 아픔이다. 겨우 하룻밤인걸. 나는 생각한다. 결혼하면 입지와 영향력이 커지고 아가멤논하고도 화해할 수 있을 거야. 별일 아닐 거야. 나는 오디세우스가 그랬듯이 살짝 고개를 끄덕인다.

아킬레우스는 손을 내민다. "알겠습니다, 아가멤논. 당신의 사위가 될 수 있어서 영광입니다."

아가멤논은 청년의 손을 잡는다. 나는 그의 눈을 쳐다본다. 차갑고 슬프다고 할 수 있는 눈빛이다. 나는 나중에 이 눈빛을 떠올릴 것이다.

그는 세번째로 헛기침을 한다. "이피게네이아는 착한 아이일세."

"여부가 있겠습니까." 아킬레우스가 말한다. "그녀를 아내로 맞게 되어 영광입니다."

아가멤논이 이제 그만 나가봐도 좋다는 뜻에서 고개를 끄덕이자 우리는 몸을 돌린다. 이피게네이아. 바위를 잽싸게, 활기 넘치게, 사랑스럽게 밟는 염소의 발굽 소리가 연상되는 경쾌한 이름이다.

며칠 뒤에 그녀가 근엄한 표정의 미케네인들을 호위병으로 거느리고 도착했다. 나이가 많아서 전투에 적합하지 않은 사람들이었다. 그녀를 실은 마차가 덜커덩거리며 우리 병영으로 돌길을 달려오자 병사들이 나와서 쳐다보았다. 대다수가 여자를 본 지 오래되었던 것이다. 그들은 잘록한 그녀의 목과 언뜻언뜻 보이는 발목과 얌전하게 예복 치맛자락을 매만지는 손을 실컷 감상했다. 그녀는 들뜬 마음에 갈색 눈을 반짝였다. 그리스 최고의 남자와 결혼하게 된 것이 아닌가.

결혼식은 임시로 마련된 시장에서 거행될 예정이었다. 네모반듯한 나무 연단 뒤로 한 칸 높게 제단을 설치했다. 마차가 북적거리는 인파를 뚫고 점점 다가왔다. 아가멤논이 오디세우스와 디오메데스를 양옆에 거느리고 단상에 서 있었다. 칼카스도 곁에 있었다. 아킬레우스는 신랑답게 연단 옆에서 기다렸다.

이피게네이아는 우아하게 마차에서 내려 나무 단상으로 올라갔다. 아직 열네 살도 안 된 어린 나이라 여사제로서의 몸가짐과 어린애 특유의 열띤 모습이 공존했다. 그녀는 아버지의 목을 감싸안고 그의 머리칼 사이로 손깍지를 꼈다. 그에게 뭐라고 속삭이며 웃음을 터뜨렸다. 그의 얼굴은 보이지 않았지만 그녀의 가녀린 어깨를 잡은 그의 손에 힘이 들어가는 듯했다.

오디세우스와 디오메데스가 싱글벙글 웃으며 앞으로 나와서 목례를 했다. 그녀는 우아하게 대응했지만 조바심을 냈다. 그녀의 시선은 이미 약속받은 남편을 찾고 있었다. 그녀는 금세 그를 찾았다. 금발이 눈에 들어온 것이다. 그녀는 자신의 눈에 맺힌 그를 보고 미소를 지었다.

시선을 느낀 아킬레우스는 그녀를 맞이하려고 앞으로 걸어나가서 연단 바로 옆에 섰다. 손만 내밀면 닿을 거리였고, 그가 파도에 깎인 조개껍데기처럼 곱고 가느다란 그녀의 손가락을 향해 손을 내밀려고 하는 것이 내 눈에 들어왔다.

그런데 그 순간 그녀가 비틀거렸다. 아킬레우스가 눈살을 찌푸렸던 기억이 난다. 그가 그녀를 잡으려고 몸을 날렸던 기억도 난다.

하지만 그녀는 넘어진 게 아니었다. 뒤편의 제단으로 끌려가는 거였다. 아무도 디오메데스가 움직이는 것을 보지 못했는데 이제 그의 큼지막한 손이 그녀의 가녀린 쇄골을 덮고 돌바닥에서 일어나지 못하게 누르고 있었다. 그녀는 깜짝 놀라서 저항은커녕 무슨 일인지도 알아차리지 못했다. 아가멤논이 허리춤에서 무언가를 휙 꺼냈다. 그가 그 물건을 휘두르자 햇빛을 받고 번뜩였다.

칼끝이 그녀의 목을 찌르자 제단 위로 뿜어져나온 피가 그녀의 드레스를 타고 흘러내렸다. 그녀는 컥컥거리며 말을 하려고 했지만 하지 못했다. 팔다리를 내저으며 몸부림을 쳤지만 디오메데스의 손이 그녀를 꼼짝 못하게 누르고 있었다. 그녀의 저항이 점점 약해지고 발 차기도 줄었다. 마침내 모든 움직임이 멎었다.

아가멤논의 손이 피로 번들거렸다. 그가 정적을 향해 말했다. "이 제 여신이 노여움을 풀었을 것이다."

어떤 일이 벌어질지 어느 누가 짐작이나 했을까. 죽음을 상징하는 짭짤한 쇳내가 사방에 진동했다. 인신공양은 오래전에 폐기된 혐오 스러운 관행이었다. 그것도 자기 딸을 바치다니. 우리는 충격을 받았 고 화가 났고 살벌한 분위기가 감돌았다.

그런데 미처 조치를 취하기도 전에 무언가가 우리 뺨을 건드렸다. 설마설마하며 머뭇거리는 순간 다시 건드렸다. 시원한 바다 냄새가 은은하게 풍겼다. 여기저기서 중얼거렸다. 바람이다. 바람이 다시 불 기 시작했다. 앙다물었던 입과 잔뜩 힘이 들어갔던 근육이 풀렸다. 여 신이 노여움을 풀었다.

아킬레우스는 연단 옆 그 자리에서 얼어붙은 듯 꼼짝하지 않았다. 내가 그의 팔을 잡고 인파를 헤치며 우리 천막으로 끌고 갔다. 그는 광인의 눈빛이었고 얼굴에는 그녀의 핏방울이 튀었다. 내가 물에 적 신 천으로 핏자국을 닦으려 하자 그가 내 손을 잡았다. "내가 막을 수 있었어." 그가 말했다. 안색은 몹시 창백했고 목소리는 쉬었다. "바로 옆에 있었는데. 내가 살릴 수 있었는데."

나는 고개를 저었다. "그럴 줄 몰랐잖아."

그는 양손에 얼굴을 묻고 아무 말도 하지 않았다. 나는 그를 품에 안고 신통치 못한 온갖 위로의 말을 속삭였다.

아가멤논은 피 묻은 손을 씻고 옷을 갈아입은 다음 전원을 시장으로 다시 호출했다. 그는 이 엄청난 대군이 계획한 유혈극을 아르테미스가 못마땅하게 여겼다고 했다. 그녀는 일종의 대가를 사전에 요구했다. 소로는 부족했다. 인간의 피는 인간의 피로 갚으라며 순결한 여사제를 요구했다. 총사령관의 큰딸이 가장 적합하겠다고 했다.

그는 이피게네이아도 알고 있었고 기꺼이 수락했노라고 말했다. 대부분의 사람들은 멀찌감치 있었기에 충격과 공포로 물든 그녀의 눈빛을 보지 못했다. 때문에 다행스럽게도 총사령관의 거짓말을 믿었다.

그날 밤, 어둠의 신들이 좋아하는 사이프러스로 그녀를 화장했다. 아가멤논은 그날을 기리는 뜻에서 포도주 백 통을 꺼냈다. 우리는 날이 밝는 대로 트로이아로 출항하기로 했다. 아킬레우스는 천막에서 내 무릎에 머리를 얹고 기진맥진 잠이 들었다. 나는 그의 이마를 쓰다듬으며 꿈결에 떨리는 얼굴을 바라보았다. 한쪽 구석에 피로 물든 신랑의 튜닉이 놓여 있었다. 그 옷과 그를 보자 가슴이 뜨겁고 답답해졌다. 그가 죽음을 목격한 것은 이번이 처음이었다. 나는 그의 머리를 바닥에 내려놓고 일어섰다.

밖에서 사람들이 노래를 부르고 고함을 지르며 점점 취해가고 있었다. 해변에서는 화장용 장작더미가 바람을 맞고 활활 타오르고 있었다. 나는 모닥불과 휘청거리는 병사들을 지나쳤다. 어디로 가면 되는지 알고 있었다.

경비병들이 그의 천막을 지키고 있었지만 다들 고꾸라져서 졸고 있었다. "누구쇼?" 한 명이 화들짝 놀라서 물었다. 나는 그를 그대로 지나쳐서 천막 덮개를 열어젖혔다.

오디세우스가 고개를 돌렸다. 그는 조그만 탁자 앞에 서서 지도를 손가락으로 짚고 있었다. 반쯤 먹다 만 저녁 접시가 지도 옆에 놓여 있었다.

"어서 오게, 파트로클로스. 괜찮아, 아는 친구야." 뒤에 덧붙인 말은 내 뒤에서 더듬더듬 사죄하는 경비병을 향해 한 말이었다. 그는 경비병이 나갈 때까지 기다렸다. "자네가 찾아올 줄 알고 있었지."

나는 경멸의 뜻에서 콧방귀를 뀌었다. "알았건 몰랐건 그렇게 얘기하시겠죠."

그는 보일 듯 말 듯 미소를 지었다. "원하면 앉게. 방금 전에 저녁 식사를 마친 참일세."

"당신은 그들이 그녀를 죽이도록 가만히 보고 있었어요." 나는 그를 향해 쏘아붙였다.

그는 의자 하나를 탁자 쪽으로 끌고 왔다. "어째서 자네는 내가 그들을 막을 수 있었을 거라고 생각하나?"

"당신 딸이었으면 막았겠죠." 내 눈에서 불똥이 튀기는 듯한 기분이었다. 나는 그를 태워버리고 싶었다.

"나는 딸이 없네만." 그는 빵을 한 조각 뜯어서 육즙에 적셔 먹었다.

"그럼 부인이라고 하죠. 그게 부인이었으면 어떻게 했겠어요?"

그는 나를 올려다보았다. "내가 뭐라고 대답해주길 바라는 건가? 그럼 그런 짓을 저지르지 않았을 거라고?"

"네."

"그럼 그런 짓을 저지르지 않았겠지. 하지만 그래서 아가멤논은 미케네의 왕이고 내가 다스리는 곳은 이타케에 불과한 건지도 모르지."

그는 너무 아무렇지 않게 대답했다. 그의 인내심에 나는 분노가 치밀었다.

"그녀의 죽음은 당신 책임이에요."

그는 입꼬리를 비틀었다. "나를 너무 과대평가하는군. 나는 고문관에 불과하네, 파트로클로스. 사령관이 아니야."

"우리한테 거짓말을 했죠."

"결혼식에 대해서? 그랬지. 그래야 클리타임네스트라가 딸을 보낼 테니까." 미케네에 있는 그녀의 어머니 말이로군. 온갖 궁금증이 고개를 들었지만 나는 그의 수법을 알았다. 그의 수법에 넘어가 분노를 잊고 딴 데 정신을 팔아선 안 됐다. 나는 그를 향해 손가락질을 했다.

"당신은 그의 이름에 먹칠을 했어요." 아킬레우스는 아직 여기까지 생각하지 못했다. 그 아이의 죽음을 슬퍼하느라 정신이 없었다. 하지만 나는 달랐다. 그들은 사기극으로 그의 명성에 오점을 남겼다.

오디세우스는 손사래를 쳤다. "사람들은 그가 사기극에 가담했다는 걸 이미 잊었어. 그 아이의 피가 쏟아진 순간 잊었다고."

"그렇게 생각하면 편하겠죠."

그는 포도주를 한 잔 따라서 마셨다. "자네는 화가 나 있고 그럴 만도 하지. 하지만 왜 나를 찾아온 건가? 나는 칼을 들지도, 그 아이를 잡고 있지도 않았는데."

"피가 튀었어요." 나는 으르렁거렸다. "그의 얼굴에, 온몸에. 입속까지. 그 때문에 그가 어떻게 됐는지 아십니까?"

"자기가 막지 못했다며 슬퍼했겠지."

"당연하죠." 나는 쏘아붙였다. "거의 아무 말도 하지 못했어요."

오디세우스는 어깨를 으쓱했다. "심성이 여리군. 물론 존경할 만한 부분이긴 하지. 만약 그의 죄책감을 더는 데 도움이 된다면 내가 디오메데스를 일부러 그 자리에 배치했다고 전해주게. 아킬레우스가 뒤늦게 눈치채도록 그랬다고 말일세."

나는 그를 향한 증오심에 사무쳐서 아무 말도 할 수가 없었다.

그가 의자에 앉은 채 몸을 앞으로 숙였다. "내가 충고 하나 해도 되겠나? 만약 자네가 그의 진정한 친구라면 그렇게 나약한 심성은 두고 가도록 도와주기 바라네. 사람들을 죽이러 트로이아에 가는 것이지, 그들을 구하러 가는 게 아니니 말일세." 그는 급류 같은 까만 눈으로 나를 똑바로 쳐다보았다. "그는 무기이자 살인마야. 그걸 잊지 말게. 창을 지팡이로 쓸 수는 있지만 그런다고 창의 본질이 달라지지는 않잖은가."

그의 말에 나는 숨이 막혀서 말을 더듬었다. "그는 그런 존재가 아니……"

"그런 존재가 맞는다네. 신들이 창조한 최고의 무기지. 이제 그도 그 사실을 깨달을 때가 되었고 자네도 마찬가지네. 내가 하는 다른 말은 무시하더라도 그것만은 명심하게. 내가 무슨 악의가 있어서 하는 말이 아니야."

나는 그를 당해낼 재간이 없었고 그의 말은 가시처럼 내게 박혀서 아무리 흔들어도 떨어질 줄 몰랐다.

"착각하시는 겁니다." 나는 말했다. 그는 아무 대꾸도 하지 않고, 말없이 몸을 돌려서 달아나는 내 모습을 바라보기만 할 따름이었다.

19

우리는 다음날 일찍 다른 함대와 함께 떠났다. 고물에서 바라본 아울리스 해변은 이상하게 헐벗은 느낌이었다. 우리가 지나간 흔적 이라고는 변소로 쓰였던 둥근 구멍과 그 아이를 화장하고 남은 하얀 잿더미뿐이었다. 나는 오늘 아침에 그를 깨우면서 그가 디오메데스 를 제때 볼 방법은 없었다고, 오디세우스가 한 말을 전했다. 그는 그 오랜 시간을 자고 일어났는데도 잠에 취한 눈으로 멍하니 내 이야기 를 들었다. 그러더니 말했다. "어쨌거나 죽었잖아."

이제 그는 내 뒤에서 갑판을 서성거렸다. 나는 이런저런 것들— 우리를 따라오는 돌고래, 비를 품은 수평선 위의 구름—을 가리켜 보였지만 그는 무기력하게 한 귀로 듣고 한 귀로 흘렸다. 나중에 보 니 혼자 보법을 연습하고 칼을 휘두르며 미간을 찌푸리고 있었다.

매일 밤 우리는 다른 항구에 입항했다. 우리 배는 날이면 날마다 물속에 잠겨서 긴 항해를 할 수 있도록 만들어지지 않았다. 우리가 만난 사람들은 우리 프티아군 아니면 디오메데스의 아르고스군뿐이 었다. 모든 섬마다 전군에 땅을 내줄 필요가 없도록 함대를 나누었기 때문이었다. 아르고스의 왕이 우리와 한 조가 된 것은 분명 우연의 일치가 아니었다. 우리가 달아날지 모른다고 생각하는 걸까? 나는 최 대한 그를 무시했고 그는 우리를 가만히 내버려두는 데 만족하는 눈 치였다.

섬들은 내 눈에 다 똑같아 보였다. 하얗게 바랜 까마득한 낭떠러 지, 석회질 손톱으로 우리 배 밑바닥을 긁는 자갈 깔린 해변. 올리브 와 사이프러스 옆에서 잡목이 어렵사리 자라고 있는 곳도 많았다. 아킬레우스는 이런 것들을 거의 알아차리지 못했다. 갑옷 위로 고개를 숙이고 불꽃처럼 환하게 반짝일 때까지 닦기만 했다.

칠 일째 되던 날, 우리는 헬레스폰트의 좁은 입구와 마주보는 립노스에 도착했다. 지금까지 거쳐온 대부분의 다른 섬보다 지대가 낮아서 수련으로 숨막히게 채워진 늪지와 고인 연못으로 가득했다. 우리는 병영에서 조금 떨어진 곳에 있는 작은 연못 옆에 앉았다. 벌레들이 그 위를 날아다녔고 불룩한 눈들이 수초 사이로 밖을 내다보았다. 트로이아 도착까지 이제 이틀밖에 안 남았다.

"그 남자애를 죽였을 때 어땠어?"

나는 고개를 들었다. 그는 눈 주변으로 머리칼을 늘어뜨리고 있어서 얼굴이 잘 보이지 않았다.

"어땠냐고?" 나는 물었다.

그는 수심을 재기라도 하려는 듯 연못을 빤히 쳐다보며 고개를 끄덕였다.

"어떤 모습이었냐고."

"말로 설명하기 힘든데." 불시의 질문이었다. 나는 눈을 감고 기억을 소환했다. "피가 금세 흘렀던 기억이 나. 얼마나 많이 나던지 믿기지 않을 정도였어. 머리가 박살나서 뇌가 살짝 보였어." 나는 지금까지도 치밀어오르는 구역질을 애써 가라앉혔다. "머리가 돌에 부딪쳤을 때 어떤 소리가 났는지 기억이 나."

"몸을 씰룩였어? 짐승들처럼?"

"그럴 때까지 보고 있지 않았어."

그는 잠깐 말이 없었다. "예전에 아버지가 그들을 짐승이라고 생각하라고 하신 적이 있어. 내가 죽이는 사람들 말이야."

나는 뭐라고 말을 하려다 입을 다물었다. 그는 수면만 열심히 쳐다볼 뿐 고개를 들지 않았다.

"그러지는 못할 것 같아." 그는 특유의 덤덤한 말투로 말했다.

오디세우스가 한 말이 내 몸을 옥죄고 내 혓바닥을 눌렀다. 다행이네. 나는 이렇게 말하고 싶었다. 하지만 내가 뭘 알겠는가? 전쟁으로 불멸을 쟁취해야 하는 사람은 내가 아니었다. 나는 침묵을 지켰다.

"계속 눈앞에 떠올라." 그가 나지막이 말했다. "그녀가 죽은 광경 말이야." 나도 마찬가지였다. 요란하게 튀는 핏방울, 충격과 고통으로 물든 그녀의 눈빛.

"늘 그런 식은 아닐 거야." 이렇게 말하는 내 목소리가 들렸다. "그녀는 아무 죄가 없는 어린애였잖아. 네가 싸우는 건 남자인데다, 네가 먼저 치지 않으면 너를 죽일 전사들일 테고."

그는 강렬한 눈빛으로 나를 돌아보았다.

"하지만 너는 그들이 너를 치더라도 싸우지 않을 거잖아. 싸움을 싫어하니까." 다른 사람이 한 말이었다면 모욕으로 간주됐을 것이다.

"난 능력이 안 돼서 그러는 거지." 내가 말했다.

"단지 그 때문만은 아니라고 봐." 그가 말했다.

그의 눈은 숲과 같은 초록색과 갈색이었고 어스름 속에서도 거기 섞인 금색이 보였다.

"어쩌면 그럴지도." 나는 마침내 이렇게 말했다.

"하지만 나를 용서해줄 거지?"

나는 손을 내밀어서 그의 손을 잡았다. "용서하고 말고 할 게 뭐 있어. 네가 어떻게 하든 나는 기분 상하지 않아." 불쑥 내뱉은 말이었지만 그래도 나는 모든 소신을 담았다.

그는 서로 맞잡은 우리 손을 잠깐 내려다보았다. 잠시 후 나에게서 떨어져나온 그의 손이 어찌나 순식간에 내 앞을 지나가는지 눈으로 쫓지 못할 정도였다. 그가 일어나자 젖은 밧줄처럼 길게 늘어진 무언가가 그의 손가락 사이에서 대롱거렸다. 나는 상황 파악을 하지 못하고 그것을 빤히 쳐다보았다.

"하이드로스야." 아킬레우스가 말했다. 물뱀이라는 말이었다. 회갈색이었고 납작한 머리는 옆으로 꺾여서 늘어졌다. 죽어가면서 아직까지 몸을 살짝 떨었다.

무력감이 나를 휩쓸고 지나갔다. 케이론은 우리에게 그 녀석들의 서식지와 색깔을 외우게 했다. 회밤색, 물가. 성미가 급함. 물리면 치명적.

"나는 심지어 보지도 못했는데." 나는 간신히 이렇게 말했다. 그가 녀석을 멀찌감치 던지자 앞이 뭉툭한 갈색 끈처럼 수초 사이로 떨어졌다. 그가 목을 부러뜨린 것이었다.

"너까지 볼 필요 없었어." 그가 말했다. "내가 봤잖아."

그는 그뒤로 기분이 풀렸는지 더이상 갑판을 서성이거나 멍하니 바다를 쳐다보지 않았다. 하지만 나도 알다시피 이피게네이아는 여전히 그를 괴롭히고 있었다. 우리 둘 모두를 괴롭히고 있었다. 그는 창 한 자루를 늘 들고 다니는 습관이 생겼다. 그 창을 허공으로 던졌다가 받는 연습을 몇 번이고 반복했다.

뿔뿔이 흩어졌던 함대가 다시 모이기 시작했다. 일부는 레스보스섬 남쪽으로 멀리 돌아왔다. 최단 경로를 선택한 다른 일부는 트로이아 북서쪽의 시게움 인근에서 이미 기다리고 있었다. 나머지 일부는 우리처럼 트라키아 해변을 따라 이동했다. 다시 한데 뭉친 우리 군은 트로이아의 넓은 해변을 코앞에 둔 테네도스에 집결했다. 이 배에서 저 배로 고함을 질러 아가멤논의 계획을 전달했다. 왕들이 전면에 서고 병사들이 그 뒤에서 산개한다는 계획이었다. 각자의 위치로 이동하려니 난장판이 벌어졌다. 충돌 사고가 세 건이었고 너 나 할 것 없이 다른 선체에 부딪쳐 노가 부러졌다.

마침내 우리는 디오메데스를 왼편에, 메리오네스를 오른편에 두고 자리를 잡았다. 북이 울렸고 전함들이 한 번씩 노를 저어가며 일렬로 전진했다. 아가멤논은 대열을 흐트러뜨리지 말고 한몸처럼 보조를 맞춰서 천천히 움직이라는 명령을 내렸다. 하지만 왕들은 남의 명령을 따르는 데 아직 익숙지 않았고 선봉으로 트로이아에 상륙하고 싶은 욕심이 있었다. 사령관들이 재촉하자 노를 젓는 수병들의 얼굴에서 땀이 폭포처럼 쏟아졌다.

우리는 포이닉스와 아우토메돈과 함께 뱃머리에 서서 점점 다가오는 해변을 바라보았다. 아킬레우스는 하릴없이 창을 던졌다가 다시 받았다. 수병들은 그의 손바닥이 나무에 부딪힐 때 나는 일정하고 반복적인 소리에 맞춰서 노를 저었다.

가까이 다가가자 트로이아 해변의 특징이 눈에 들어왔다. 키 큰 나무와 산들이 녹갈색의 흐릿한 땅을 박차고 솟아 있었다. 우리는 디오메데스를 근소하게 앞질렀고 메리오네스의 선발대와는 배 한 척의 차이가 났다.

"해변에 사람들이 있어." 아킬레우스가 말했다. 그는 실눈을 떴다. "무기를 들고 있고."

내가 뭐라고 대꾸하기도 전에 함대의 어디에선가 뿔피리가 울렸고 다른 뿔피리들이 화답했다. 경보였다. 희미한 함성 소리가 바람에 실려왔다. 트로이아를 기습 공격하는 줄 알았더니 그들은 우리가 오는 줄 알고 있었다. 우리를 기다리고 있었다.

속도를 늦추려고 전 함대의 수병들이 노를 물속으로 꽂았다. 전부 프리아모스 가문을 상징하는 짙은 자주색 옷을 입고 있는 것을 보니 해변을 지키는 사람들은 분명 병사였다. 전차 한 대가 모래 먼지를 일으키며 그들의 대열을 따라 달렸다. 전차에 탄 남자는 말총이 달린 투구를 썼고 탄탄한 몸의 윤곽선이 멀리서도 보였다. 몸집이 우람하기는 했지만 아이아스나 메넬라오스만큼은 아니었다. 그의 힘의 근원은 태도, 완벽하게 직각인 어깨, 하늘을 향해 일직선으로 곧게 뻗은 등이었다. 동방의 왕자들은 포도주와 계집질에 젖어서 구부정하게 다닌다더니 아니었다. 그는 신들이 지켜보고 있기라도 한 것처럼 움직였다. 어떤 동작이건 똑바르고 정확했다. 헥토르일 수밖에 없었다.

그가 전차에서 뛰어내려 자기 병사들을 향해 고함을 질렀다. 그러자 그들이 창을 치켜들고 화살을 시위에 메겼다. 아직은 거리가 멀어서 화살이 닿지 않겠지만 우리는 노를 꽂았음에도 불구하고 물살에 실려갔고 닻을 아직 풀지 않았다. 당황스러워하는 고함소리가 대열을 타고 번졌다. 아가멤논은 달리 명령을 내리지 않았다. 상륙하지 말고 현 위치를 지키라는 것이었다.

"거의 사정거리에 접근했는데." 아킬레우스가 말했다. 그는 불안해하지 않는 눈치였지만 주변에서 공포가 사방으로 번졌고 발로 갑판을 두드려대는 소리가 들렸다.

나는 점점 더 다가오는 해변을 빤히 쳐다보았다. 헥토르는 해변

뒤편의 다른 부대 쪽으로 사라졌다. 하지만 가죽 갑옷을 입고 투구를 써서 수염밖에 안 보이는 장교가 우리 앞에 등장했다. 그는 함대가 다가오자 활시위를 당겼다. 필록테테스의 활만큼 크지는 않았지만 거의 비슷했다. 그는 화살대 너머를 겨냥하며 첫번째 그리스군을 사살할 준비를 했다.

하지만 그는 기회를 잡지 못했다. 나는 아킬레우스의 움직임을 보지 못했지만 소리로 들었다. 허공을 가르는 소리와 그의 나지막한 탄성. 그의 손을 떠난 창이 우리 갑판과 해변 사이에 놓인 바다를 가르며 날았다. 단순히 형식적인 공격이었다. 어느 누가 창을 던지더라도 거리가 화살의 절반을 넘을 수 없었다. 한참 못 미쳐서 떨어질 게 분명했다.

그런데 아니었다. 까만 창촉이 궁수의 가슴을 뚫어 그를 뒤로 쓰러뜨렸다. 그의 손이 힘을 잃자 화살이 아무도 없는 허공을 향해 아무렇게나 날아갔다. 그는 모래 위로 쓰러졌고 일어서지 못했다.

주변 함선에서 그 광경을 본 병사들이 고함을 지르고 의기양양하게 뿔피리를 불었다. 소식이 그리스 함대 양쪽으로 삽시간에 퍼졌다. 신과 같은 프티아의 왕자가 첫 피를 터뜨렸다.

아킬레우스의 표정은 평화롭다고 할 수 있을 만큼 잠잠했다. 기적을 선보인 사람의 얼굴이 아니었다. 해변에서는 트로이아군이 무기를 흔들며 이상하고 거친 소리를 질러댔다. 한 무리의 사람들은 쓰러진 남자 주변으로 무릎을 꿇고 앉았다. 내 뒤에서 포이닉스가 아우토메돈에게 뭐라고 속삭이자 그가 저쪽으로 달려가는 소리가 들렸다. 잠시 후에 그가 창을 한 움큼 들고 왔다. 아킬레우스는 보지도 않고 하나를 집어서 던졌다. 대부분의 다른 사람들처럼 겨냥하거나 가늠하느라 멈칫하지 않았다. 어디로 날아갈지 그냥 알았다. 해변에서 또 한 명이 쓰러졌다.

이제 서로 가까워지자 화살이 양쪽에서 쏟아지기 시작했다. 대부분 물속으로 떨어졌고 나머지도 돛대 아니면 선체에 꽂혔다. 우리 측에서 몇 명이 비명을 질렀다. 또 몇 명은 쓰러졌다. 아킬레우스는 침착하게 아우토메돈에게서 방패를 받아들었다. "내 뒤에 서 있어." 그가 말했다. 나는 그가 시키는 대로 했다. 화살 하나가 근처로 날아오자 그가 방패로 쳤다. 그는 창을 하나 더 집었다.

병사들은 점점 이성을 잃었다. 그들이 과욕을 부려서 쏘고 던진 화살과 창들이 수면을 어지럽혔다. 우리 대열 어디에선가 필라카이의 왕자 프로테실라오스가 웃으며 타고 있던 뱃전에서 뛰어내리더니 해변을 향해 헤엄쳤다. 술에 취했던 걸까. 영광을 향한 욕망에 피가 끓었던 걸까. 프티아의 왕자를 이기고 싶었던 걸까. 헥토르가 던진 창이 빙그르르 날아와 그에게 꽂히자 주변의 파도가 붉게 물들었다. 그리스의 첫 전사자였다.

우리 병사들은 밧줄을 내리고 거대한 방패로 화살을 막아가며 해변으로 상륙하기 시작했다. 트로이아군이 결집력을 발휘했지만 해변에는 천연 방어물이 없었고 우리 병력이 더 많았다. 헥토르의 명령이 떨어지자 그들은 쓰러진 전우들을 수습하고 해변에서 후퇴했다. 하지만 그들이 하고 싶은 말은 분명히 전한 셈이었다. 쉽게 죽임을 당하지는 않을 거라고 말이다.

20

우리는 해변을 차지하고 첫 줄의 전함들을 모래 위로 끌어올렸다. 트로이아군의 차후 매복 공격에 대비해서 정찰병을 파견하고 보초를 세웠다. 날이 더웠지만 아무도 갑옷을 벗지 않았다.

전함들이 뒤에서 계속 항구로 쏟아져 들어오는 가운데 각 나라의 병영을 결정하는 제비뽑기가 순식간에 거행됐다. 프티아에 배당된 땅은 해변 저쪽 끝, 시장에서도 멀고 트로이아와 나머지 나라의 병영과도 먼 곳이었다. 나는 오디세우스를 흘끗 쳐다보았다. 제비뽑기를 한 사람이 그였다. 그의 표정은 늘 그렇듯 온화하고 속을 알 수 없었다.

"얼마나 멀리 가면 되나요?" 아킬레우스가 물었다. 그는 손차양을 하고 북쪽을 쳐다보고 있었다. 해변이 끝도 없이 이어지는 듯했다.

"모래사장이 끝나는 곳까지 가면 되네." 오디세우스가 말했다.

아킬레우스가 우리 함선을 향해 해변 쪽으로 손짓하자 미르미돈 장교들이 대열을 이탈해 따라왔다. 햇볕이 뜨겁게 내리쬐었다. 여기서 햇빛이 더 환하게 느껴지는 이유는 모래가 하얗기 때문이었을 것이다. 우리는 풀이 돋아난 언덕까지 걸어갔다. 초승달 모양의 언덕이 향후 우리 병영이 될 곳을 옆쪽과 뒤쪽에서 에워싸고 있었다. 꼭대기의 숲은 동쪽으로 반짝이는 강까지 이어졌다. 남쪽으로 고개를 돌리면 트로이아가 지평선 위의 얼룩처럼 보였다. 오디세우스가 일부러 고른 거라면 그에게 고마워해야 할 판국이었다. 파릇파릇하고 조용하고 그늘이 져 있어서 지금까지 거친 병영 가운데서 가장 좋았다.

우리는 미르미돈을 포이닉스에게 맡기고 본진으로 돌아갔다. 지나는 곳마다 똑같은 일을 하느라 부산스러웠다. 전함을 해변으로 끌어올리고 천막을 치고 보급품을 내렸다. 다들 눈코 뜰 새 없이 바쁘고 열의에 정신없이 취한 분위기였다. 드디어 도착했다는 것이었다.

가는 길에 아킬레우스의 유명한 사촌이자 살라미스 섬의 왕이며 키가 우뚝한 아이아스의 병영을 지났다. 우리는 아울리스에 정박했을 때 먼발치에서 그를 보기도 했고 소문도 들은 바 있었다. 그가 걸어가면 갑판에 금이 가고, 황소를 짊어진 채로 어디까지든 걸을 수 있다는 소문이었다. 그의 근육은 바위처럼 큼직했다.

"텔라몬의 아들이여." 아킬레우스가 말했다.

거인이 고개를 돌렸다. 그는 자기 앞에 서 있는, 누가 봐도 빤한 소년의 정체를 서서히 알아차렸다. 그는 실눈을 뜨고 뻣뻣하게 예의를 차렸다. "펠리데스." 그가 쉰 목소리로 말했다. 그는 짐을 내려놓고 올리브만한 굳은살이 박인 손을 내밀었다. 나는 아이아스가 조금 가여워졌다. 아킬레우스가 없었다면 그가 아리스토스 아카이오이가 됐을 것이었다.

우리는 다시 본진으로 돌아가 모래와 풀을 가르는 경계선 역할을 하는 언덕에 서서 드디어 도착한 종착지를 바라보았다. 트로이아. 그곳과 우리 사이에는 평평하고 광활한 목초지가 있었고 넓은 강물이 양옆을 느릿느릿 흘렀다. 이렇게 멀리 서 있는데도 쨍한 햇빛을 받고 희미하게 번뜩이는 석벽이 보였다. 놋쇠 경첩이 사람 키만하다는 그 유명한 스케안 성문이 반짝이는 것도 볼 수 있을까 싶었다.

나중에 나는 완벽한 정방형으로 예리하게 깎인 돌들이 완벽하게 서로 맞물려 있는, 아폴론 신의 작품이라고 하는 그 벽을 가까이서 보게 될 것이다. 그걸 보면서 무슨 수로 이 도시를 무너뜨릴 수 있을지

경탄할 것이다. 그 벽은 공성탑을 쓰자니 너무 높았고, 투석기를 쓰자니 너무 튼튼했고, 제정신이 박힌 사람이라면 그 가파르고 성스러우리만치 반질반질한 벽을 기어올라가려는 시도조차 할 수 없었다.

태양이 나지막이 걸리자 아가멤논은 첫 심의회를 소집했다. 큼지막한 천막을 설치하고 의자 몇 줄을 비뚤배뚤한 반원형으로 가득 배치했다. 아가멤논과 메넬라오스가 오디세우스와 디오메데스를 좌우로 거느리고 천막 앞쪽에 앉았다. 왕들이 들어와서 한 명씩 자리에 앉았다. 태어나면서부터 체득해온 위계질서에 의해 인지도가 떨어지는 왕들은 뒷자리에 앉고 앞줄은 좀더 유명한 동료에게 양보했다. 아킬레우스는 주저 없이 맨 앞줄에 앉았고 나에게 자기 뒷자리에 앉으라고 손짓했다. 나는 그의 말대로 했지만 누군가가 이의를 제기하며 나를 내보내라 하지 않을까 생각했다. 하지만 잠시 후에 아이아스가 서출인 이복동생 테우크로스와 함께 도착했고 이도메네우스는 종자와 마부를 데려왔다. 최고의 전사들은 하고 싶은 대로 해도 되는 모양이었다.

원성이 자자했던—허풍만 난무하고 무의미하며 끝이 없다고—아울리스 때와 다르게 이번 심의회에서는 변소, 식량 공급, 전략과 같은 실무적인 이야기만 오고갔다. 왕들은 공격하자는 쪽과 외교적으로 해결하자는 쪽으로 양분됐다. "먼저 문명인답게 접근해보아야 하지 않겠습니까?" 놀랍게도 메넬라오스가 가장 큰 목소리로 협상을 주장했다. "내가 기꺼이 가서 그들과 담판을 짓겠습니다." 그가 말했다. "내 일이니까요."

"그들을 설득해서 항복하게 할 작정이라면 우리가 뭐하러 여기까지 온 겁니까?" 디오메데스는 투덜거렸다. "집에서 가만히 있을 것을."

"우리는 야만인이 아니잖습니까." 메넬라오스가 고집을 부렸다. "어쩌면 저들도 말귀를 알아들을지 모릅니다."

"하지만 아닐 가능성이 크죠. 뭐하러 시간 낭비를 합니까?"

"친애하는 아르고스의 왕이여, 외교적인 노력을 기울이거나 말미를 두었다가 전쟁을 치르면 우리가 못된 악당처럼 보이지 않을 것 아닙니까." 오디세우스가 한 말이었다. "그러면 아나톨리아의 여러 도시들은 트로이아를 도우러 와야 할 의무감을 그다지 크게 느끼지 못하겠죠."

"그러면 그대는 그 작전에 찬성하는 거요, 이타케의 왕이여?"

오디세우스는 어깨를 으쓱했다. "전쟁을 시작하는 방법에는 여러 가지가 있지요. 나는 예나 지금이나 기습 공격이 전쟁을 시작하기에 가장 좋은 방법이라고 생각합니다. 외교적인 접근과 거의 비슷한 성과를 거두되 더 큰 이득을 누릴 수 있으니까요."

"옳소! 기습 공격이요!" 네스토르가 우악스럽게 외쳤다. "무엇보다 우리의 힘을 보여주어야 합니다!"

아가멤논은 턱을 문지르며 천막에 모인 왕들을 둘러보았다. "나는 네스토르와 오디세우스의 생각이 맞다고 봅니다. 먼저 기습 공격을 합시다. 그런 다음 사절단을 보내든지 하지요. 내일 출발합시다."

그는 더이상 지시를 내릴 필요가 없었다. 기습은 포위 공격의 전형적인 방식이었다. 도시가 아니라 그 도시에 곡물과 육류를 공급하는 주변 땅을 공격하는 것이었다. 반항하는 자는 죽이고 그러지 않은 자는 노예로 삼았다. 그들의 식량이 이제 내 것이 되고 그들의 딸과 아내들은 충성을 맹세하는 인질이 되었다. 도망친 사람들은 도시로 몸을 피할 것이다. 그러면 도시 곳곳의 인구가 금세 넘쳐나고 폭동이 벌어질 것이다. 질병이 창궐할 것이다. 결국에는 성문이 열리게 될 것이다. 우리에게 예의를 보이기 위해서가 아니라 어쩔 수 없어서 말이다.

나는 아킬레우스가 농민들을 죽여서 무슨 영광을 누리겠냐며 반대할지 모른다는 희망을 품었다. 하지만 그는 이것이 백번째 포위 공격이라도 되는 양, 평생 습격대만 지휘하며 살아온 양 고개만 끄덕일 따름이었다.

"마지막으로 한 가지, 공격을 하더라도 무질서는 원치 않습니다. 대열과 동행을 정해야 할 겁니다." 아가멤논은 불안한 사람처럼 의자에서 자세를 바꾸었다. 그럴 만도 했다. 우리 왕들은 다혈질이었고, 대열 선정을 통해 일차로 서열 배분이 이루어졌다. 그의 권위에 도전하는 자가 있다면 이 틈을 노릴 것이었다. 그 생각만 해도 부아가 치미는지 그의 목소리가 점점 커졌다. 이것이 종종 드러나는 그의 단점이었다. 입지가 흔들릴수록 그는 호감이 가지 않는 인물로 변했다.

"당연히 메넬라오스와 내가 중앙을 맡아야겠지요." 웅성웅성 불만을 제기하는 소리가 파도처럼 번졌지만 오디세우스가 그 위로 말했다.

"아주 현명한 선택입니다, 미케네의 왕이여. 그래야 전령들이 당신을 쉽게 찾을 수 있겠죠."

"바로 그거요." 아가멤논은 그게 진짜 이유라도 되는 양 힘차게 고개를 끄덕였다. "내 동생의 왼편은 프티아의 왕자가 맡게 될 거요. 그리고 내 오른편은 오디세우스. 양옆은 디오메데스와 아이아스." 적군이 그곳을 통해 측면 공격이나 돌파를 시도할 수 있기에 가장 위험한 자리였다. 따라서 무슨 일이 있어도 지켜야 하는 가장 중요한 자리, 가장 영예로운 자리였다.

"나머지는 제비뽑기로 결정하겠소." 웅성거림이 잦아들자 아가멤논은 자리에서 일어났다. "그럼 결정된 겁니다. 내일 출발합시다. 동틀 녘에 기습을 감행합니다."

해변을 걸어 우리 병영으로 가는 동안 해가 뉘엿뉘엿 졌다. 아킬레우스는 아주 만족스러워했다. 가장 중요한 자리를 거저 차지하게 되었으니 그럴 만도 했다. 저녁을 먹기에는 너무 이른 시각이었기에 우리 병영 바로 뒤편의 초록색 언덕으로 올라갔다. 숲 사이로 홀쭉한 땅이 불쑥 고개를 내민 그곳에 잠깐 서서 새 병영과 그 너머의 바다를 둘러보았다. 저물어가는 햇살이 그의 머리칼에 걸렸고 그의 얼굴은 상쾌하게 저녁을 머금었다.

선상에서 전투를 치른 이래 묻고 싶은 질문 하나가 내 안에서 이글거리고 있었지만 여태 물어볼 겨를이 없었다.

"그들을 짐승이라고 생각했어? 너희 아버지가 말씀하신 것처럼?"

그는 고개를 저었다. "아무 생각도 하지 않았어."

우리 머리 위에서 갈매기들이 요란하게 울며 맴을 돌았다. 나는 내일 첫번째 기습 공격 이후에 피로 물든 살인마로 변신할 그의 모습을 애써 상상해보았다.

"무서워?" 나는 물었다. 우리 뒤편 숲속에서 나이팅게일이 첫 울음을 울었다.

"아니." 그는 대답했다. "나는 이걸 위해서 태어났잖아."

다음날 아침, 트로이아의 파도가 해변을 때리는 소리가 나를 깨웠다. 아킬레우스는 아직 내 옆에서 꿈나라를 헤매고 있었기에 자게 내 버려두고 혼자 막사 밖으로 나갔다. 하늘은 어제처럼 구름 한 점 없었다. 밝은 태양이 눈을 찔렀고 바다는 거대한 빛의 조각들을 내뿜었다. 나는 앉아서 떨어지는 땀방울이 살갗을 찌르고 그 위로 고이는 것을 느꼈다.

기습 공격이 시작되는 시각까지 한 시간도 안 남았다. 나는 그 생각을 하며 잠이 들었고 그 생각을 하며 눈을 떴다. 나는 출정하지 않기로 이미 의논을 마친 상태였다. 대부분의 병사들이 그럴 예정이었다. 이것은 최고의 전사들에게 맨 첫번째 영광을 돌리기 위해 마련된 왕들의 기습 공격이었다. 오늘 그는 처음으로 진정한 살인을 경험하게 될 것이었다.

물론 어제 해변에서 쓰러뜨린 적군이 있기는 했다. 하지만 그때는 거리가 있어서 피가 보이지 않았다. 그들은 거의 어이없다 싶게 쓰러졌고 너무 멀어서 그들의 표정과 고통도 보이지 않았다.

벌써 옷을 갈아입은 아킬레우스가 천막에서 나왔다. 그는 내 옆에 앉아서 차려진 아침을 먹었다. 우리는 거의 아무 말도 하지 않았다.

내 심정을 그에게 말로 표현할 방법이 없었다. 우리는 피로 이루어진 세상, 그 피로 영광을 쟁취하는 세상에서 살고 있었다. 싸우지 않는 건 겁쟁이들뿐이었다. 왕자에게는 선택의 여지가 없었다. 전쟁에 나가서 승리하든지 전쟁에 나가서 죽든지, 둘 중 하나였다. 심지어 케이론마저도 창을 보내지 않았던가.

진작 일어난 포이닉스가 아킬레우스와 동행할 미르미돈을 물가에 정렬시키고 있었다. 그들은 첫 싸움을 앞두고 왕자의 목소리를 듣고 싶을 터였다. 아킬레우스가 일어섰고 나는 그들을 향해 성큼성큼 걸어가는 그를 바라보았다. 튜닉에 달린 청동 버클이 장작불 빛에 반짝였고 머리칼은 짙은 자주색 망토와 대조를 이루며 태양을 닮은 황금빛으로 반짝였다. 어찌나 영웅 같아 보이는지 어젯밤만 해도 포이닉스가 두고 간 치즈 접시를 사이에 두고 서로에게 올리브 씨를 뱉어 대는 장난을 쳤다는 사실이 거의 생각나지 않을 정도였다. 그가 올리브 덩어리가 달린 축축한 씨를 뱉어 내 귀에 안착하자 같이 고함을 질렀던 것도 기억이 나지 않았다.

그는 창을 들어서 바위처럼 또는 폭풍이 치는 바다처럼 시커먼 회색의 촉을 휘두르며 연설을 했다. 기를 써야 위엄이 서거나 거칠고 험한 몸짓 때문에 위엄이 잘 느껴지지 않는 다른 왕들이 딱하게 느껴졌다. 아킬레우스에게는 축복처럼 우아한 위엄이 풍겨나왔고 병사들은 사제를 대하듯 그를 우러러보았다.

연설이 끝나자 그는 나에게 작별 인사를 하러 왔다. 이제 다시 평소 모습으로 돌아왔고 여유롭다 싶을 만큼 느슨하게 창을 쥐고 있었다.

"갑옷 마저 입는 거 도와줄래?"

나는 고개를 끄덕이고 등불을 꺼뜨리듯 외부의 열기를 단단히 차단하는 묵직한 천 덮개를 지나서 시원한 막사 안으로 따라 들어갔다. 그가 손으로 가리키는 대로 허벅지와 팔과 배를 덮을 가죽과 쇠붙이를 건넸다. 그가 하나씩 끈을 조이자 뻣뻣한 가죽이 어젯밤까지 내 손끝으로 더듬었던 그의 보드라운 살 속으로 파고드는 것을 바라보았다. 단단한 버클을 풀고 싶어서, 그를 놓아주고 싶어서 내 손이 움찔거렸다. 하지만 나는 가만히 있었다. 병사들이 기다리고 있었다.

정수리에 말총이 달린 투구를 마지막으로 건네고, 그가 귀 위로 투구를 덮어쓰자 손가락만한 부분만 남고 얼굴이 전부 가려지는 것을 바라보았다. 청동으로 무장한 그가 땀과 가죽과 쇠붙이 냄새를 풍기며 내 쪽으로 몸을 숙였다. 나는 눈을 감고 유일하게 딱딱한 장비로 덮이지 않은 그의 입술이 내 입술에 닿는 것을 느꼈다. 그는 이윽고 막사를 나섰다.

그가 없으니 막사가 문득 훨씬 더 작고 답답하게 느껴졌고 벽에 걸린 짐승 가죽 냄새가 코를 찔렀다. 나는 침대에 누워서 그가 우렁차게 명령을 내리는 소리, 그 뒤로 이어지는 발소리와 말들의 콧바람 소리를 들었다. 마지막으로 그를 실은 전차의 바퀴가 삐걱거리는 소리가 들렸다. 적어도 그의 안위를 걱정할 필요는 없었다. 헥토르가 살아 있는 한 그는 죽을 수 없었다. 나는 눈을 감고 잠을 청했다.

나는 내 코를 집요하게 누르는 그의 코 때문에 잠에서 깨어나 거미줄 같은 꿈에서 벗어나려고 버둥거렸다. 코를 톡 쏘는 이상한 냄새가 풍겨나왔고, 일순간 나에게 들러붙어서 내 얼굴에 자기 얼굴을 대고 있는 이 생물에게 하마터면 욕지기를 느낄 뻔했다. 하지만 그가 바닥에 주저앉자 아킬레우스로 돌아갔다. 스며들었던 아침 햇살이 전부 빨려나오기라도 한 것처럼 짙은 색으로 변한 머리칼이 투구에 납작하게 눌린 채 얼굴과 귀에 축축하게 들러붙어 있었다.

온몸에 뒤집어쓴 핏자국이 아직 시커멓게 굳지 않고 생생했다. 맨 처음으로 내가 느낀 감정은 공포였다. 그가 부상을 당해서 피를 흘리며 죽어가는 게 아닌가 싶었던 것이다. "어딜 다쳤어?" 내가 물었다. 나의 시선은 피가 나는 데를 찾느라 그를 샅샅이 훑었다. 하지만 핏방울이 떨어지는 곳은 아무 데도 없었다. 잠에 취해 둔해졌던 내 머리가 서서히 사태를 파악해갔다. 그의 피가 아니었던 것이다.

"그들은 내 근처에 오지도 못했어." 그가 말했다. 놀라워하며 승리에 취한 목소리였다. "이렇게 간단할 줄 몰랐어. 아무것도 아니야. 너도 봤어야 하는 건데. 끝나고 나니까 다들 나를 보고 환호성을 지르더라." 그는 꿈을 꾸는 듯이 이야기했다. "백발백중이야. 너도 그 광경을 봤으면 좋았을 텐데."

"몇 명이나 맞혔는데?" 내가 물었다.

"열두 명."

파리스나 헬레네나 우리하고는 아무 관계도 없는 열두 명이었다.

"농부들이었어?" 그는 신랄한 내 목소리를 듣고 정신을 차린 듯했다.

"무기를 들고 있었어." 그는 얼른 말했다. "무기가 없었으면 죽이지 않았을 거야."

"내일은 몇 명이나 죽일 것 같아?" 내가 물었다.

그는 날이 선 내 목소리를 듣고 시선을 돌렸다. 괴로워하는 그의 표정이 나를 강타했고 나는 부끄러워졌다. 그를 용서하겠다던 약속은 어디로 가버렸단 말인가. 나는 그의 운명을 알았고 그래도 트로이아까지 따라오겠다고 선택했다. 차츰 양심의 가책이 느껴진다는 이유만으로 이제 와서 딴죽을 걸 수는 없었다.

"미안." 나는 그에게 어땠는지 하나도 남김없이 들려달라고 했다. 우리는 원래 뭐든 서로 얘기했다. 그는 맨 처음 던진 창이 어떤 남자의 움푹 꺼진 뺨을 뚫고 살점이 매달린 채 다른 쪽으로 튀어나왔다고 했다. 두번째 남자는 가슴을 맞고 쓰러졌는데 그가 창을 빼내려고 하자 갈비뼈에 걸려서 안 나오더라고 했다. 그들이 떠났을 때 그 마을에서는 끔찍한 흙냄새와 피냄새가 났고 파리들이 이미 내려앉았다고 했다.

나는 그냥 지어낸 이야기라고 상상하며 한마디도 놓치지 않고 열심히 들었다. 그가 이야기하는 상대가 적군이 아니라 항아리에 새겨진 시커먼 인물들이라고 상상하면서.

아가멤논은 보초병을 세워놓고 날마다 시시각각으로 트로이아를 감시했다. 우리는 전부 뭔가를 기다렸다. 그쪽에서 공격을 하건 사절단을 보내건 힘을 과시하길 기다렸다. 하지만 트로이아는 문을 굳게 걸어 잠갔고 기습 공격은 계속됐다. 나는 그가 돌아왔을 때 피곤에 절어 있지 않도록 낮 동안 자는 법을 터득했다. 그는 돌아오면 그들의 얼굴과 부상과 움직임에 대해서 하나도 남김없이 들려주고 싶어 했다. 그러면 나는 귀담아듣고 피로 물든 광경을 삭여서 후대에 전할 꽃병에 밋밋하고 평범한 그림으로 그려넣고 싶었다. 그런 식으로 그를 해방시켜서 다시 아킬레우스로 만들고 싶었다.

21

기습 공격이 끝나면 배분이 이루어졌다. 상을 내리고 전리품을 차지하는 것이 우리의 전통이었다. 죽은 병사에게서 벗긴 갑옷이나 미망인의 목에서 낚아챈 보석처럼 개별적으로 쟁취한 전리품은 각자의 몫이었다. 하지만 단지, 깔개, 꽃병과 같은 나머지 물품은 들고 와서 단상에 높이 쌓았다.

중요한 건 전리품의 값어치가 아니라 영예였다. 군대 내에서 서열에 따라 몫이 정해졌다. 대개 가장 뛰어난 전사가 맨 처음 할당을 받기 마련인데 아가멤논은 자신을 첫번째로, 아킬레우스를 두번째로 지목했다. 놀랍게도 아킬레우스는 어깨를 으쓱하고는 그만이었다. "내가 더 낫다는 걸 다들 알잖아. 이러면 아가멤논만 탐욕스럽게 보일 뿐이지." 물론 그의 말이 맞았다. 사람들이 아가멤논이 아니라 산더미 같은 보물을 들고 휘청거리는 우리에게 환호성을 보내자 기분이 더 짜릿했다. 아가멤논에게는 그의 미케네군만 박수를 쳤다.

아킬레우스 다음 차례는 아이아스였고, 그다음이 디오메데스와 메넬라오스, 그다음이 오디세우스 등등이었고 나중에 케브리오네스 차례에 이르렀을 때는 나무 투구와 이가 빠진 술잔밖에 남지 않았다. 하지만 그날 유독 뛰어난 활약을 보인 전사가 있으면 사령관이 제일 먼저 아주 특별한 선물을 하사하는 경우도 있었다. 따라서 케브리오네스도 희망이 없는 건 아니었다.

셋째 주로 접어들자 아가씨 한 명이 칼, 직조된 융단, 금붙이와 함께 단상에 등장했다. 피부는 짙은 갈색이고 까만 머리에는 윤기가 흐르는 미인이었다. 주먹으로 맞은 광대뼈에 멍이 점점 번져가고 있었다. 눈빛에도 멍이 들었는지 이집트산 콜[•]을 바른 것처럼 어두웠다. 입은 옷은 어깨가 찢겼고 핏자국이 묻었다. 손은 묶여 있었다.

병사들이 열띤 얼굴로 모여들었다. 그들은 그녀의 존재가 무엇을 뜻하는지 알았다. 아가멤논이 종군 민간인을, 아내와 성노예를 허락한다는 뜻이었다. 지금까지는 여자들을 벌판에서 겁탈한 뒤 두고 와

• 고대 이집트인들이 화장용으로 눈가에 바르던 가루.

야 했다. 막사로 장소를 옮기면 훨씬 편리할 터였다.

아가멤논이 단상에 올랐고 여자를 슬쩍 쳐다보며 입가에 살짝 미소를 머금었다. 그는 성욕이 왕성하기로 유명했다. 아트레우스의 집안은 모두 그랬다. 그때 내가 뭐에 씌었는지 모르겠지만 아킬레우스의 팔을 잡고 그의 귀에 대고 속삭였다.

"저 여자를 데려와."

그는 놀라서 눈을 휘둥그레 뜨고 나를 돌아보았다.

"저 여자를 상으로 달라고 해. 아가멤논이 차지하기 전에. 얼른."

그는 망설였지만 잠시뿐이었다.

"그리스의 전사들이여." 그는 피로 얼룩진 그날의 갑옷을 입은 채 앞으로 나섰다. "미케네의 대왕이시여."

아가멤논은 미간을 찌푸리고 그를 돌아보았다. "펠리데스인가?"

"포상으로 이 여자를 받고 싶습니다."

단상 뒤에서 오디세우스가 한쪽 눈썹을 추켜세웠다. 우리 주변에서 병사들이 웅성거렸다. 그가 그런 요청을 하다니 이례적이기는 했지만 말도 안 되는 처사는 아니었다. 다른 군대 같았으면 선택권이 그에게 가장 먼저 돌아갔을 것이었다. 짜증이 난 아가멤논이 눈을 번뜩였다. 여러 가지 생각이 스치는 게 표정으로 드러났다. 그는 아킬레우스를 좋아하지 않았지만 여기 이 자리에서 퉁명스러운 반응을 보일 필요는 없었다. 그녀가 미인이기는 했지만 다른 여자들도 있기 마련이었다.

"그대의 청을 받아들이겠소, 프티아의 왕자. 이 여자는 그대의 것이오."

군중들이 찬성하는 뜻에서 함성을 질렀다. 그들은 인심 좋은 사령관과 당당하고 기운 넘치는 영웅을 좋아했다.

그녀는 영민한 눈을 반짝이며 두 사람의 대화에 귀를 기울이고 있었다. 우리와 같이 가게 되었다는 사실을 알아차린 뒤에는 침을 삼키며 아킬레우스를 잽싸게 훑어보았다.

"나머지 전리품은 여기 있는 부하들에게 맡기겠습니다. 여자만 지금 데려가고요."

병사들이 흡족하다는 듯이 웃음을 터뜨리고 휘파람을 불었다. 여자는 매에게 걸린 토끼처럼 온몸을 보일락 말락 하게 부들부들 떨었다. "가자." 아킬레우스가 명령을 내렸다. 우리는 몸을 돌렸다. 그녀는 고개를 숙이고 따라왔다.

우리 병영으로 돌아가서 아킬레우스가 칼을 꺼내자 여자는 공포로 고개를 홱 하니 틀었다. 그는 아직 그날의 전투로 피투성이였다. 그가 습격한 곳이 그녀의 마을이었다.

"내가 할게." 내가 말했다. 그는 내게 칼을 건네고 당황한 표정을 지으며 뒤로 물러섰다.

"너를 풀어주려는 거야." 내가 말했다.

가까이서 보니 비옥한 흙색인 그녀의 눈이 얼마나 까만지, 그것이 아몬드 모양의 얼굴에 얼마나 큼지막하게 들어앉아 있는지 알 수 있었다. 그녀는 눈을 깜빡이며 칼날에서 내 쪽으로 시선을 옮겼다. 겁에 질려서 몸을 웅크리고 잽싸게 구석으로 뒷걸음질치던, 예전에 보았던 개들이 생각났다.

"아니, 아니." 나는 얼른 말했다. "너를 해칠 생각은 없어. 너를 풀어주려는 거야."

그녀는 공포에 질린 표정으로 우리를 쳐다보았다. 내가 무슨 말을 하고 있다고 생각하는지 오직 신들만이 아실 일이었다. 그녀는 아나톨리아의 시골 처녀였으니 지금까지 그리스어를 들어볼 일이 없었을 것이다. 나는 앞으로 다가가 안심하라는 뜻에서 그녀의 팔에 손을 얹었다. 그녀는 주먹이 날아올 거라고 예상한 사람처럼 움찔했다. 겁탈과 그보다 더 끔찍한 일이 벌어지지 않을까 두려워하는 눈빛이었다.

나는 견딜 수가 없었다. 생각나는 방법이 한 가지뿐이었다. 나는 아킬레우스 쪽으로 몸을 돌려서 그의 튜닉 앞자락을 잡았다. 그러고는 입을 맞추었다.

내가 손을 놓았을 때 그녀는 우리를 뚫어져라 쳐다보고 있었다. 쳐다보고 또 쳐다보고 있었다.

나는 그녀의 묶인 손과 칼을 차례로 손짓했다. "알겠지?"

그녀는 잠깐 머뭇거렸다. 그러다 잠시 후 천천히 손을 내밀었다.

아킬레우스는 포이닉스에게 천막을 하나 더 구하러 나갔다. 나는 옆쪽이 풀로 덮인 언덕으로 그녀를 데려가서 앉히고 멍이 든 얼굴에 댈 압박 붕대를 만들었다. 그녀는 눈을 내리깐 채 조심스럽게 붕대를 받았다. 나는 그녀의 다리를 가리켰다. 정강이를 따라 길게 난 상처가 찢어져서 입을 벌리고 있었다.

"내가 봐도 될까?" 나는 손짓하며 물었다. 그녀는 아무 대꾸도 하지 않았지만 상처를 소독하고 붕대로 꼭 묶는 동안 머뭇머뭇 내게 다리를 맡겼다. 그녀의 시선은 내 손이 가는 곳마다 따라다녔고 절대 나와 시선을 맞추지 않았다.

그런 다음 그녀를 새로 설치한 천막으로 데려갔다. 그녀는 천막을 보고 화들짝 놀랐고 불안해하며 들어가길 꺼렸다. 나는 덮개를 젖히고 먹을거리, 담요, 물병, 깨끗하게 빤 헌옷을 손으로 가리켰다. 그녀는 망설이며 안으로 들어갔고 나는 모든 것에 놀라서 눈을 휘둥그레 뜬 그녀를 그곳에 두고 왔다.

다음날, 아킬레우스는 또 기습 공격에 나섰다. 나는 병영을 돌아다니며 떠내려온 나무를 줍고 파도에 발을 담갔다. 그러는 내내 병영 한쪽 구석에 새로 설치한 천막을 의식했다. 아직 그녀는 코빼기도 보이지 않았다. 덮개가 트로이아처럼 굳게 닫혀 있었다. 그 앞으로 가서 불러보고 싶은 것을 몇 번이나 참았는지 모른다.

마침내 점심때쯤 그녀가 입구 밖으로 모습을 드러냈다. 덮개로 반쯤 몸을 가린 채 나를 쳐다보았다. 그러다 내 눈길을 알아차리고는 얼른 몸을 돌려서 자리를 뜨려고 했다.

"잠깐!" 내가 말했다.

그녀는 그 자리에서 얼어붙었다. 입고 있는 튜닉—내가 입던 거였다—이 무릎 아래까지 헐렁하게 늘어져서 아주 앳되어 보였다. 몇 살일까? 그것조차 알 수 없었다.

나는 그녀에게 다가갔다. "안녕." 그녀는 예의 휘둥그레 뜬 눈으로 나를 빤히 쳐다보았다. 머리를 뒤로 묶어서 우아하게 생긴 광대뼈가 드러났다. 정말 예뻤다.

"잘 잤어?" 왜 계속 말을 건네고 있는지 나도 모를 일이었다. 그러면 그녀를 위로할 수 있을지 모른다고 생각했던 것 같다. 말을 건네면 칭얼거리는 아기를 달랠 수 있다고 예전에 케이론에게 들은 적이 있었다.

"파트로클로스." 나는 나를 가리키며 말했다. 그녀는 나를 흘끗 쳐다보고 다시 시선을 돌렸다.

"파-트로-클로스." 나는 천천히 반복했다. 그녀는 아무 대꾸도 하지 않았고 옴짝달싹도 하지 않았다. 손으로 천막 덮개만 움켜쥐고 있을 따름이었다. 그걸 보고 나는 부끄러워졌다. 내가 그녀를 위협하고 있었던 것이다.

"갈게." 나는 고개를 숙이고 걸음을 옮겼다.

그녀가 뭐라고 말을 했지만 소리가 너무 작아서 들리지 않았다. 나는 걸음을 멈추었다.

"뭐라고?"

"브리세이스." 그녀가 다시 한번 말했다. 자기를 가리키며 한 말이었다.

"브리세이스?" 내가 물었다. 그녀는 수줍게 고개를 끄덕였다.

그게 시작이었다.

알고 보니 그녀는 그리스어를 조금 할 줄 알았다. 그리스군이 쳐들어온다는 소문이 들리자 아버지가 알고 있던 몇 마디를 가르쳐주었다. '자비'가 그 가운데 있었다. '네'와 '간청합니다'와 '원하시는 게 뭔가요?'도 있었다. 아버지가 딸에게 노예로 사는 법을 가르친 것이었다.

낮 동안에는 병영이 거의 텅 비다시피 했다. 우리는 바닷가에 앉아서 띄엄띄엄 이야기를 나누었다. 나는 먼저 그녀의 표정과 생각에 잠긴 듯 잔잔한 눈빛과 가린 손 뒤로 언뜻 지나가는 미소를 파악했다. 처음에는 대화를 많이 나눌 수 없었지만 그래도 상관없었다. 그녀와 나란히 앉아 있으면 평화로웠고 파도는 다정하게 우리 발을 쓰다듬었다. 그럴 때면 나의 어머니가 생각났지만 브리세이스의 눈은 어머니와 다르게 영민하게 반짝였다.

오후에는 그녀가 아직 이름을 모르는 것들을 하나씩 손으로 짚어가며 가끔 병영을 같이 돌아다녔다. 단어들이 금세 차곡차곡 쌓여서 꼼꼼한 무언극이 필요한 지경에 이르렀다. '저녁을 만들다', '악몽을 꾸다'. 내 촌극이 아무리 어설퍼도 브리세이스는 알아차렸고 고기 굽는 냄새가 느껴질 만큼 정확한 몸짓으로 바꿔서 표현했다. 나는 그녀의 기발한 재간에 자주 웃음을 터뜨렸고 그러면 그녀는 아무에게도 공개하지 않는 그녀만의 미소를 보여주었다.

기습 공격은 계속됐다. 아가멤논은 날마다 그날의 전리품을 쌓아놓은 단상에 올라가서 새로운 소식이 없다고 말했다. 새로운 소식이 없다는 말은 트로이아에서 아무 병사도, 아무 신호도, 아무 소리도 내보내지 않았다는 뜻이었다. 그들은 고집스럽게 지평선 위에서 버티며 우리를 기다리게 만들었다.

우리측 병사들은 다른 데서 위안을 얻었다. 브리세이스 이후로 거의 날마다 아가씨들이 한두 명씩 단상에 등장했다. 전부 뙤약볕 밑에서 힘들게 일을 하느라 손에는 못이 박이고 코는 탄 농촌 처녀들이었다. 아가멤논이 자기 몫을 차지했고 다른 왕들도 마찬가지였다. 이제는 어딜 가든 천막 사이에서 바구니를 엮고, 길고 쭈글쭈글한 옷—끌려온 날 입고 있었던 옷—에 양동이째 물을 붓는 그들을 볼 수 있었다. 그들은 과일과 치즈와 올리브와 썬 고기를 나르고 포도주를 잔에 따랐다. 모래밭에 앉아서 다리로 갑옷을 잡고 광을 냈다. 심지어 그중 몇몇은 습격 때 끌고 온 양의 털을 깎아서 잔뜩 뒤엉킨 털 뭉치로 실을 자았다.

밤이면 다른 방식으로 봉사가 이루어졌고 그들의 비명소리가 한쪽 구석에 자리잡은 우리 병영까지 들려오면 나는 움찔했다. 타버린 그들의 마을과 죽은 그들의 아버지를 생각하지 않으려고 애를 썼지만 쉽지 않았다. 습격의 흔적은 모든 처녀들의 얼굴에 찍혀 있었고, 그들이 나르는 양동이처럼 촉촉하게 출렁이는 눈에 큼지막한 슬픔의 얼룩이 담겨 있었다. 그리고 주먹 아니면 팔꿈치로 맞아 생긴 멍을 달고 다녔는데, 가끔은 완벽한 동그라미 모양을 하고 있었다―창자루로 이마나 관자놀이를 맞은 흔적이었다.

그들이 비틀거리며 병영으로 끌려가는 모습을 차마 볼 수가 없었다. 그래서 나는 아킬레우스에게 최대한 많이 데려와달라고 했고, 주변에서는 왕성한 성욕과 그칠 줄 모르는 호색 행위를 두고 그를 놀려댔다. "자네가 여자를 그렇게 밝히는지 미처 몰랐네그려." 디오메데스는 농담처럼 말했다.

아가씨를 새로 한 명 데려올 때마다 일단 브리세이스가 부드러운 아나톨리아 말로 위로를 건넸다. 그런 다음 목욕을 시키고 새 옷을 주고 다른 여자들이 있는 천막으로 데려갔다. 인원이 여덟, 열, 열한 명으로 늘어나자 모두를 수용할 수 있게 좀더 큼지막한 천막을 새로 설치했다. 대개는 포이닉스와 내가 그들과 소통했다. 아킬레우스는 멀찌감치 거리를 두었다. 그들이 그의 손에 형제와 애인과 아버지가 목숨을 잃는 광경을 목격했다는 것을 알기 때문이었다. 세상에는 용서할 수 없는 일도 있는 법이었다.

그들은 서서히 두려움에서 벗어났다. 같이 실을 잣고, 자기들 말로 대화를 나누고, 치즈나 물이나 양털처럼 우리에게 배운 도움이 될 만한 단어들을 서로 공유했다. 브리세이스만큼 눈치가 빠르지는 않았지만 그래도 아는 단어들을 대충 짜맞추면 우리와 충분히 대화가 가능했다.

내가 날마다 몇 시간씩 그들을 가르치면 어떻겠냐고 의견을 내놓은 사람은 브리세이스였다. 그런데 생각보다 수업이 어려웠다. 그들은 서로 흘끗흘끗 쳐다보며 나를 경계했다. 나의 갑작스러운 등장을 어떤 식으로 받아들이면 좋을지 몰라 하는 눈치였다. 이번에도 브리세이스가 나서서 그들의 두려움을 해소하고, 설명이나 명확한 몸짓을 덧붙여서 우리의 수업을 좀더 정교하게 꾸몄다. 이제 그녀의 그리스어는 상당히 훌륭했고 나는 그냥 그녀의 의견에 따를 때가 점점 더 많아졌다. 그녀는 나보다 훌륭하고 더 재미있는 선생님이었다. 그녀의 무언극에 우리 모두 웃음을 터뜨렸다. 졸린 눈을 하고 있는 도마뱀, 싸우는 두 마리의 개. 나는 늦게까지 한참 동안 그들 곁에 있다가 멀리서 전차가 삐걱거리고 청동 갑옷이 부딪히는 소리가 들리면 우리 막사로 돌아가서 나의 아킬레우스를 맞이했다.

그런 순간에는 전쟁이 아직 시작되지도 않았다는 사실을 쉽게 잊을 수 있었다.

22

아무리 대승을 거두더라도 기습 공격은 기습 공격일 뿐이었다. 전사자는 병사가 아니라 농부나 장사꾼처럼 막강한 도시를 먹여 살리는 시골이라는 방대한 그물 조직의 구성원들이었다. 심의회 때마다 아가멤논의 얼굴은 점점 딱딱하게 굳어갔고 병사들은 엉덩이를 들썩였다. 전쟁을 한다더니 언제 하는 거야?

조만간이라고, 오디세우스는 말했다. 피난민이 꾸준히 트로이아로 유입되고 있지 않느냐고 했다. 지금쯤 도시가 터지기 직전일 거라고. 굶주린 가족들이 왕궁으로 밀려들어가고 가설 천막이 길거리를 막고 있을 것이라고. 그는 시간문제라고 했다.

그의 예언이 조화를 부리기라도 한 듯 바로 다음날 아침, 협상을 요구하는 깃발이 트로이아의 담벼락 높이 걸렸다. 보초병이 해변으로 달려와 아가멤논에게 소식을 전했다. 프리아모스 왕이 사절단을 맞이하겠다는 것이었다.

회의 결과 메넬라오스와 오디세우스를 보내기로 결정이 내려졌다. 누가 봐도 빤한 선택이었다. 두 사람은 윤기가 흐르도록 털을 빗질하고 딸랑거리는 장신구를 매단 말을 타고 날이 밝자마자 위세당당하게 떠났다. 우리는 트로이아의 널찍한 평원을 지나 짙은 회색의 담벼락 너머로 사라지는 그들의 모습을 지켜보았다.

아킬레우스와 나는 궁금해하며 우리 막사에서 기다렸다. 두 사람이 헬레네를 만날 수 있을까? 파리스는 감히 그녀를 남편에게서 숨기지도 못하고 보여주지도 못할 터였다. 메넬라오스는 보란듯이 무기를 두고 갔다. 어쩌면 그도 자기 자신을 못 믿기 때문이었을 것이다.

"그녀가 왜 그를 선택했는지 알아?" 아킬레우스가 내게 물었다.

"메넬라오스를 왜 선택했는지? 아니." 나는 틴다레오스의 알현실에서 건강하고 유쾌하게 빛났던 그의 얼굴을 기억했다. 그는 잘생기기는 했지만 그 자리에서 가장 잘생긴 인물은 아니었다. 유력하기는 했지만 그보다 더 재산이 많고 훌륭한 업적을 쌓은 후보도 많았다. "엄청나게 많은 선물을 들고 갔거든. 그리고 언니가 이미 그의 형과 결혼했으니 그것도 한 가지 이유였겠지."

아킬레우스는 머리 뒤로 팔짱을 끼고 내가 한 말을 곰곰이 생각했다. "그녀가 제 발로 파리스를 따라나섰을까?"

"그랬다고 한들 메넬라오스에게 시인하지는 않겠지."

"흠." 그는 손가락으로 자기 가슴을 톡톡 두드리며 생각에 잠겼다. "하지만 제 발로 따라나섰을 거야. 메넬라오스의 왕궁은 요새 같거든. 그녀가 반항을 하거나 비명을 질렀다면 그 소리를 들은 사람이 있었을 거야. 그녀는 다른 건 둘째 치고 명예 때문에라도 그가 자기를 찾으러 올 줄 알았을 거야. 그리고 아가멤논이 이 기회를 놓치지 않고 서약을 들먹이리라는 것도."

"나라면 몰랐을 텐데."

"너는 메넬라오스의 부인이 아니니까."

"그러니까 그녀가 일부러 그랬다고 생각해? 전쟁을 일으키려고?" 나로서는 충격적인 발상이었다.

"그럴지도 몰라. 그녀는 우리 왕국들 사이에서 가장 아름다운 여인이었잖아. 지금은 온 세상에서 가장 아름다운 여인이 되었어." 그는 실력이 좋은 가수의 가성을 흉내냈다. "천 척의 전함이 그녀를 찾으러 바다를 건넜도다."

천 척은 아가멤논 휘하의 음유시인들이 쓰기 시작한 표현이었다. 천팔십육 척이라고 하면 운율이 안 맞기 때문이었다.

"진심으로 파리스를 사랑하게 됐을지도 모르지."

"심심했을 수도 있고. 스파르타에 십 년 동안 갇혀 있으면 나라도 도망치고 싶었겠다."

"아프로디테가 그녀를 도망치게 만들었을지도 모르지."

"두 사람이 그녀를 데리고 올지도."

우리는 그럴 가능성을 생각해보았다.

"내가 보기에는 그래도 아가멤논은 공격할 것 같아."

"내가 보기에도 그래. 이제는 그녀 이야기를 꺼내지도 않잖아."

"병사들한테 연설할 때만 빼고는."

우리는 잠깐 아무 말도 하지 않았다.

"너라면 후보자 중에 누굴 골랐을 것 같아?"

내가 팔꿈치로 찌르자 그는 웃음을 터뜨렸다.

그들은 해질녘에 빈손으로 돌아왔다. 오디세우스가 심의회에 보고하는 동안 메넬라오스는 잠자코 앉아 있었다. 프리아모스 왕은 그들을 따뜻하게 맞이했고 알현실에서 배불리 먹였다. 그런 다음 파리스와 헥토르를 양옆에, 나머지 마흔여덟 명의 아들을 뒤에 거느리고 그들 앞에 섰다. "우리는 그대들이 찾아온 이유를 압니다." 그가 말했다. "하지만 그녀가 돌아가길 원치 않는다며 우리에게 보호를 요청했소. 나는 지금껏 보호해달라는 여성을 한 번도 거부한 적이 없었고 앞으로도 그건 마찬가지일 거요."

"영리하군." 디오메데스가 말했다. "그런 식으로 비난을 피해가다니."

오디세우스가 말을 이었다. "그렇게 완고하게 나오면 더이상 할말이 없다고 전했습니다."

아가멤논은 자리에서 일어나 쩌렁쩌렁하게 울리는 목소리로 말했다. "정말로 더이상 할말이 없군. 우리는 외교적인 접근을 시도했지만 퇴짜를 맞았소. 이제 우리의 명예를 되찾을 길은 전쟁뿐이오. 내일 그대들은 누려 마땅한 영광을 쟁취할 거요. 마지막 한 명까지 남김없이."

그뒤로 연설이 계속 이어졌지만 나는 더이상 듣지 않았다. 마지막 한 명까지 남김없이. 공포가 엄습했다. 어떻게 이 생각을 못했을까? 나도 당연히 싸우러 나가야 하는 거였다. 여기는 전쟁터이고 모두가 제 역할을 해야 했다. 아리스토스 아카이오이의 가장 가까운 측근이라면 두말할 나위가 없었다.

그날 밤에 나는 거의 잠을 이루지 못했다. 우리 막사의 벽에 기대 세워져 있는 창들이 말도 안 되게 길게 느껴졌고, 창을 어떤 식으로 들고 어떤 식으로 피하면 되는지 배운 수업을 떠올리느라 머릿속이 복잡했다. 운명의 여신들은 나에 대해서 아무 말도 하지 않았다. 내가 언제까지 살 수 있을지 아무 말도 하지 않았다. 나는 겁에 질려서 아킬레우스를 깨웠다.

"내가 곁에 있어줄게." 그가 약속했다.

동이 트기 직전에 아킬레우스가 내 군장을 꾸리도록 도와주었다. 정강이받이를 차고 장갑을 끼고 가죽 흉갑을 입고 그 위에 청동 가슴받이를 걸쳤다. 걸을 때마다 턱에 부딪히고 팔에 거치적거리고 무거워서 보호해준다기보다는 방해한다는 느낌이었다. 그는 차차 익숙해질 거라고 했다. 나는 그의 말을 믿지 않았다. 아침 햇살이 내리쬐는 막사 밖으로 걸어나가는데 형의 옷을 빌려 입은 바보가 된 느낌이었다. 흥분한 미르미돈 병사들이 서로 밀쳐가며 기다리고 있었다. 우리는 대군이 한자리에 모여 있는 해변을 향해 다 같이 한참 동안 걸어갔다.

대군이 보이기 전에 소리가 먼저 들렸다. 허풍을 늘어놓고 덜거덕거리며 무기들끼리 부딪히고 뿔피리를 불어대는 소리였다. 이윽고 해변이 펼쳐졌고 깔끔한 정사각형 모양으로 대열을 이룬 웅긋쭝긋한 사람의 바다가 눈에 들어왔다. 각 대열마다 왕을 상징하는 깃발을 들고 있었다. 딱 한 자리가 비어 있었다. 아킬레우스와 그의 미르미돈을 위해 비워둔 가장 중요한 자리였다. 우리는 전면으로 행군해서 정렬했다. 아킬레우스가 맨 앞에 섰고 부대장들이 일렬로 내 양옆을 채웠다. 반짝반짝 당당하게 빛나는 프티아군이 우리 뒤로 줄줄이 이어졌다.

트로이아의 널찍한 평원이 우리 앞으로 펼쳐졌고 그 끝에 거대한 성문과 성탑이 있었다. 성문 아래에서는 넘실거리는 늪이 우리를 가로막았고 까만 머리와 반질반질한 방패들이 햇빛을 받고 번뜩였다. "내 뒤에 바짝 붙어 있어." 아킬레우스가 나를 돌아보며 말했다. 내가 고개를 끄덕이자 투구가 귀를 중심으로 흔들렸다. 두려움에 뱃속이 뒤틀렸고 공포의 잔이 금방이라도 쏟아질 듯 시시각각으로 출렁였다. 정강이받이가 발뼈를 파고들었다. 창이 팔을 짓눌렀다. 나팔이 울리자 심장이 벌렁거렸다. 지금이었다. 바로 지금이었다.

우리는 왱그랑댕그랑 요란한 소리를 내며 떼거리로 돌진했다. 이것이 우리가 싸우는 방식이었다. 전력 질주해서 한가운데서 적과 맞붙었다. 가속도만 제대로 붙으면 한방에 적의 대열을 뚫을 수 있었다.

영광에 눈이 멀고 트로이아군을 맨 먼저 죽이고 싶어서 안달이 난 몇몇이 나머지를 추월하자 우리 대오는 금세 무너졌다. 벌판을 중간쯤 지났을 무렵에는 더이상 대열을 맞추지 않았고 심지어 나라별로 달리지도 않았다. 미르미돈은 대부분 나를 지나쳐 구름떼처럼 왼쪽으로 사라졌고 나는 전투를 앞두고 긴 머리에 기름을 발라서 곱게 빗은, 메넬라오스 휘하의 스파르타군과 섞였다.

나는 갑옷을 절거덕거리며 달렸다. 숨이 가빴고 발을 디딜 때마다 땅이 흔들렸고 지축을 울리는 함성이 점점 더 커졌다. 아킬레우스는 보이지 않았다. 내 옆 사람도 보이지 않았다. 방패를 거머쥐고 달리는 것 말고는 아무것도 할 수가 없었다.

폭발음과 함께 최전선이 무너졌고 나뭇조각과 쇠붙이와 핏물이 사방으로 튀었다. 고통에 몸부림치는 사람들과 비명소리가 카리브디스*처럼 한 줄, 또 한 줄 주변을 집어삼켰다. 입을 뻐끔거리는 사람들이 보였지만 뭐라고 하는지 알 수가 없었다. 방패와 방패가 부딪치는 소리, 청동에 부딪친 나무가 산산조각나는 소리만 들렸다.

내 옆에서 한 스파르타군이 느닷없이 고꾸라졌다. 창이 가슴을 관통한 것이었다. 고개를 이리저리 돌리며 창을 던진 사람을 찾았지만 뒤엉킨 몸뚱이들 말고는 아무것도 보이지 않았다. 나는 눈을 감기고 짤막하게 기도라도 해주려고 스파르타군 옆에 무릎을 꿇었다가 그가 아직 살아서 숨을 쌕쌕거리며 공포에 젖은 눈빛으로 애원하는 것을 보고 하마터면 구역질을 할 뻔했다.

옆에서 천둥소리가 들리기에 화들짝 놀라서 고개를 돌려보니 아이아스가 거대한 방패를 곤봉처럼 휘둘러 적들의 얼굴과 몸통을 박

---

* 바다의 소용돌이를 의인화한 괴물.

살내고 있었다. 트로이아군의 전차가 바퀴를 삐걱거리며 그의 뒤를 쫓는데, 전차 옆으로 고개를 내민 소년은 개처럼 으르렁거리고 있었다. 오디세우스가 그 전차의 말을 붙잡으려고 내 옆을 요란하게 달려 지나갔다. 스파르타군은 내 손 위로 피를 콸콸 쏟으며 나를 잡고 놓지 않았다. 상처가 너무 깊어서 어쩔 도리가 없었다. 드디어 그의 눈에서 빛이 사그라졌을 때 멍한 안도감이 느껴졌다. 나는 흙먼지를 뒤집어쓴 손을 부들부들 떨며 그의 눈을 감겼다.

나는 휘청거리며 자리에서 일어났다. 평원이 내 앞에서 파도처럼 너울거리는 듯이 느껴졌다. 눈의 초점이 맞지 않았다. 동에 번쩍 서에 번쩍 정신이 없었고 태양과 갑옷과 살갗들이 번뜩였다.

어디에선가 느닷없이 아킬레우스가 등장했다. 피를 뒤집어쓰고서 숨을 헐떡이는데 얼굴은 벌겋게 달아올랐고 창은 손잡이 부분까지 붉게 물들었다. 그는 나를 보고 씩 웃더니 옹기종기 모여 있는 트로이아 병사들 사이로 뛰어들었다. 시신과 갑옷 조각과 창자루와 전차 바퀴들이 땅바닥 여기저기 흩뿌려져 있었지만 그는 단 한 번도 발이 걸려 휘청거리지 않았다. 이 전장에서, 소금기로 반질반질한 갑판처럼 멀미가 날 때까지 미친듯이 요동치지 않는 유일한 존재가 그였다.

나는 아무도 죽이지 않았고 죽이려는 시도조차 하지 않았다. 구역질나는 아수라장이 몇 시간이고 이어지고 오전이 끝나갈 무렵에는 햇빛 때문에 앞을 볼 수가 없었고, 창을 쥐고 있느라 손이 욱신거렸다. 위협하는 용도보다는 몸을 기대는 용도로 훨씬 더 많이 썼지만. 투구는 내 귀를 서서히 뭉개서 머릿속으로 파고들게 만드는 돌덩이였다.

한참을 달린 느낌이었는데 고개를 숙여보면 무도장이라도 만들려는 것처럼 제자리를 몇 번씩 맴돌며 좀 전의 마른 풀을 또다시 다지고 있었다. 끊임없는 공포에 기가 빨리고 기운이 빠졌지만, 왠지 몰라도 어느 누구도 침입하지 않고 그 무엇도 내 안위를 절대 위협하지 않는, 잔잔하고 묘한 빈 공간 속에 들어와 있는 기분이 들었다.

나는 아둔하고 혼란스러웠기 때문에 오후 중반이 되어서야 그것이 아킬레우스 덕분이었음을 알아차렸다. 그는 계속 나를 지켜보고 있다가 나라는 손쉬운 먹잇감을 발견한 적군이 눈을 휘둥그레 뜨는 순간을 불가사의하게 포착했다. 그러면 숨 돌릴 틈도 없이 그자를 쳐서 쓰러뜨렸다.

그는 땅바닥에 쓰러진 시신에서 창을 비틀어 꺼내 새로운 표적을 향해 끊임없이 던지는 경이로운 능력을 선보였다. 나는 그의 손목이 뒤틀리면서 하얀 속살이 드러나고, 피리처럼 생긴 뼈가 우아하게 앞으로 뻗어나가는 광경을 몇 번이고 반복해서 목격했다. 그러는 동안 내 창은 잊힌 채 바닥으로 축 늘어졌다. 추악한 죽음도, 나중에 내 몸과 머리칼에서 씻어낸 뇌수와 뼛조각들도 더이상 내 눈에 들어오지 않았다. 내 눈에 보인 것은 그의 아름다운 얼굴과 노래하는 팔과 다리, 이리 번쩍 저리 번쩍하는 발뿐이었다.

마침내 어스름이 내리자 해방된 우리는 부상자와 전사자들을 끌고 피곤한 몸을 절뚝이며 막사로 돌아갔다. 왕들은 훌륭한 전투를 치렀다며 서로 등을 두드렸다. 상서로운 출발이라고, 내일도 이렇게 하면 된다고 했다.

이것이 거듭 반복됐다. 하루의 전투가 일주일이 되고 한 달이 됐다. 두 달이 됐다.

희한한 전쟁이었다. 빼앗은 영토도 없고 잡아온 포로도 없었다. 오로지 명예를 놓고 남자 대 남자로 싸웠다. 시간이 흐르면서 서로 간에 리듬이 생겼다. 문명인답게 열흘 중 일곱 날을 싸우고 나머지 기간에는 향연을 벌이고 장례를 치렀다. 약탈도 기습 공격도 하지 않았다. 한때 낙승의 기대에 부풀었던 사령부는 길어진 교전에 점점 체념했다. 양쪽 군대가 워낙 호적수라 확연하게 우세한 쪽 없이 날이면 날마다 벌판에서 난전을 벌였다. 트로이아군을 돕고 명성을 드높일 생각으로 아나톨리아 전역에서 병사들이 집결한 덕분이기도 했다. 우리만 명예욕이 있는 게 아니었다.

아킬레우스는 빛을 발했다. 그는 들뜬 얼굴로 전쟁터에 나섰고 웃으며 싸웠다. 살인을 즐긴 건 아니었다. 그는 세상의 어떤 남자도 그의 적수가 되지 못한다는 사실을 금세 깨달았다. 둘이서, 셋이서 덤벼도 마찬가지였다. 그는 손쉬운 인명 학살을 좋아하지 않았기에 쓰러뜨린 인원수가 실력의 절반도 되지 않았다. 그의 심장을 뛰게 만든 것은 그를 향해 우르르 달려드는 적군을 향해 돌격하는 것이었다. 사방에서 날아드는 칼이 스무 자루는 되어야 비로소 싸움다운 싸움을 할 수 있었다. 그는 오랫동안 우리에 갇혀 있다가 드디어 달릴 수 있게 된 경주마처럼 자신의 능력을 뽐냈다. 흥분한 얼굴로 더할 나위 없이 우아하게 열 명, 열다섯 명, 스물다섯 명을 물리쳤다. 이것이야말로 내가 정말 잘할 수 있는 일이잖아.

나는 두려워했던 것과 다르게 자주 그를 따라나설 필요가 없었다. 전쟁이 길어질수록 모든 그리스인이 막사를 떨치고 나갈 필요가 줄었다. 나는 이 전쟁에 명예가 걸린 왕자가 아니었다. 복종의 의무가 있는 병사도 아니었고 없으면 아쉬운 영웅도 아니었다. 나는 지위도 서열도 없는 유배자였다. 아킬레우스가 나를 두고 가는 게 좋겠다고 결정하면 아무도 왈가왈부할 수 없었다.

내가 벌판으로 나가는 날은 일주일에 닷새에서 사흘로, 거기서 다시 하루로 줄었다. 그러다 아킬레우스가 부탁하는 날만으로 줄었다. 그런 날은 많지 않았다. 그는 대부분 혼자 나가서 전장을 휩쓸고 자기만을 위한 공연을 펼치는 데 만족했다. 하지만 어쩌다 한 번씩 외로움에 싫증이 나면 나더러 같이 나가달라고, 피와 땀으로 뻣뻣해진 가죽 갑옷을 입고 자기와 함께 시신을 밟고 넘자고 했다. 그가 펼치는 기적의 증인이 되어달라고 했다.

가끔 그의 모습을 지켜보고 있노라면 병사들이 진입하지 않는 사각형 모양의 땅이 눈에 들어올 때가 있었다. 아킬레우스의 주변이었다. 계속 빤히 쳐다보면 그의 주변이 점점 환해지다 마침내 그 안에 담긴 비밀을 마지못한 듯이 공개했다. 시체처럼 하얗고, 주변에서 열심히 뛰어다니는 남자들보다 키가 큰 여인. 유혈이 아무리 낭자해도 그녀의 옅은 회색 드레스에는 튀지 않았다. 그녀의 맨발은 땅을 건드리지도 않는 것처럼 보였다. 그녀는 아들을 돕지 않았다. 그럴 필요가 없었다. 커다랗고 까만 눈으로 나처럼 지켜보기만 할 따름이었다. 그녀의 표정은 읽을 수 없었다. 기쁜 표정이었을까, 슬픈 표정이었을까, 아니면 무표정이었을까.

고개를 돌린 그녀가 나를 발견했을 때만은 예외였다. 그럴 때면 그녀의 얼굴은 혐오감으로 일그러졌고 이를 드러내며 으르렁거렸다. 뱀처럼 쉿소리를 내며 사라졌다.

전장에서 그의 곁에 있으면 불안하지 않았고 멀미도 나지 않았다. 사지 일부분이나 관통된 부위나 청동 갑옷만 눈에 들어오는 것이 아니라 다른 병사들을 통째로 식별할 수 있었다. 심지어 전선에서 아킬레우스의 엄호라는 항구로 피신해 다른 왕들은 어디에 있는지 찾아보기까지 할 수 있었다. 가장 가까운 곳에는 창을 잘 쓰며, 대열을 맞춘 대규모 미케네군을 항상 앞세우는 아가멤논이 있었다. 그는 그렇게 안전한 거리에서 명령을 내리고 창을 던졌다. 그가 창던지기에 능한 것은 사실이었다. 스무 명의 목을 땄으니 그렇다고 볼 수밖에 없었다.

디오메데스는 총사령관과 다르게 겁이 없었다. 잔인한 야수처럼 으르렁거리고 잽싸게 무기를 휘두르며 달려들어서 살을 뚫는다기보다 찢었다. 그런 다음 늑대처럼 시신 위로 허리를 숙여서 금붙이와 쇠붙이를 떼어내 자기 전차에 던져넣고 이동했다.

오디세우스는 가벼운 방패를 들고 검게 탄 손으로 창을 낮게 쥐고 곰처럼 몸을 웅크린 적들을 상대했다. 번쩍이는 눈빛으로 상대방을 주시하며 불끈거리는 근육의 움직임을 보고 창이 어디서, 어떤 식으로 날아올지 파악했다. 그렇게 창을 피한 다음 상대방에게 달려들어서 작살로 물고기를 잡는 것처럼 가까이서 창을 꽂았다. 하루가 저물면 그의 갑옷은 늘 피로 흠뻑 젖어 있었다.

나는 트로이아군도 파악하기 시작했다. 파리스는 쏜살같이 달리는 전차에서 아무렇게나 화살을 날렸다. 그의 얼굴은 투구 때문에 끈으로 묶이고 눌렸어도 잔인하리만치 아름다웠다. 선이 아킬레우스의 손가락처럼 고왔다. 특유의 거만한 자세로 좁은 엉덩이를 전차 옆면에 걸쳐놓고 빨간색 망토를 사방으로 나부꼈다. 아프로디테의 총애를 받는 것도 무리는 아니었다. 그 자신이 아프로디테 못지않게 콧대가 높아 보였다.

저멀리서 이동하는 병사들 사이로 헥토르가 언뜻 보였다. 그는 늘 혼자였다. 다른 병사들이 할애한 공간 속에서 이상하게 단독으로 움직였다. 그는 유능하고 한결같았고 모든 움직임을 계산할 만큼 용의주도했다. 손은 큼지막하고 거칠었는데 가끔 우리 군이 철수하면 깨끗하게 기도를 하려고 피 묻은 손을 씻는 그의 모습을 볼 수 있었다. 형제와 사촌들이 신들 때문에 쓰러졌어도 여전히 신을 사랑하는 남자, 명예라는 부질없는 껍데기가 아니라 가족을 위해 치열하게 싸우는 남자였다. 그러다 트로이아군의 대열이 메워지면 그도 그 속으로 사라졌다.

나는 절대 그의 곁으로 접근하지 않았고 아킬레우스도 그의 모습이 언뜻 보이면 고개를 돌리고 다른 트로이아군을 상대하거나 다른 무리들에게로 이동했다. 나중에 아가멤논이 언제쯤 트로이아의 왕자와 겨룰 거냐고 물으면 그는 사람을 미치게 만드는 순진한 미소를 지으며 대답하곤 했다. "헥토르가 저한테 무슨 잘못을 한 것도 아니잖습니까?"

23

트로이아에 상륙하고 얼마 안 있어 연회가 열렸던 날, 아킬레우스가 새벽녘에 일어났다. "어디 가게?" 내가 물었다.

"어머니 만나러." 그는 대답하고, 내가 다시 뭐라고 말할 겨를도 없이 막사 덮개를 열고 나갔다.

그의 어머니. 나는 그녀가 여기까지 따라오지 않았길 바보처럼 바라는 마음이 없지 않았다. 슬퍼서 아니면 멀어서 따라오지 못했기를.
하지만 당연히 그럴 리 없었다. 아나톨리아 해변은 그리스 해변에 비
해 불편할 게 없었다. 그리고 슬플수록 더 한참 동안 그를 붙잡게 될
따름이었다. 그는 새벽에 나가서 해가 거의 중천에 뜬 다음에야 돌아
오곤 했다. 나는 불안한 마음에 서성이며 그를 기다렸다. 뭐 그렇게
길게 할 말이 있을까? 신들의 세계에 무슨 큰일이라도 벌어진 걸까.
나에게서 그를 데려오라는 명령이 하늘에서 떨어지기라도 했나.

　브리세이스가 종종 찾아와서 나와 함께 기다려주곤 했다. "숲이
있는 데까지 걸어갈까요?" 그녀가 물었다. 나지막하고 다정한 그녀
의 목소리만으로도, 그녀가 나를 위로하고 싶어한다는 사실만으로
도 근심을 잊을 수 있었다. 그리고 그녀와 함께 숲으로 떠나면 늘 마
음이 편안해졌다. 케이론이 그랬듯이 그녀도 숲의 모든 비밀을 아는
눈치였다. 버섯은 어디에 숨어 있는지, 토끼들은 굴을 어디에 파놓았
는지. 그녀는 심지어 갖가지 풀과 나무를 그곳 나라 말로는 뭐라고
부르는지까지 가르쳐주었다.

　수업이 끝나면 그가 돌아왔는지 살필 수 있도록 언덕마루에 앉아
서 병영을 내려다보았다. 이날은 그녀가 고수를 따서 조그만 바구니
에 담았다. 상큼하고 파릇파릇한 이파리 냄새가 우리 주변을 감쌌다.

　"조만간 돌아올 거예요." 그녀가 말했다. 그녀가 쓰는 단어들은 아
직 닳지 않아서 뻣뻣하고 딱 맞아 떨어지는 새 가죽 같았다. 내가 아
무 대꾸도 하지 않자 그녀는 "어디에 갔기에 이렇게 안 오는 거예
요?" 하고 물었다.

　그녀가 알면 안 될 것도 없었다. 그건 비밀도 아니었다.

　"그의 어머니가 여신이거든." 내가 말했다. "바다의 님프. 어머니

를 만나러 갔어."

놀라거나 무서워할 줄 알았더니 고개를 끄덕이고는 그만이었다.
"뭔가…… 다를 줄 알았어요. 움직임이……" 그녀는 말을 잠깐 멈추
었다. "움직임이 인간 같지 않거든요."

나는 미소를 지었다. "인간은 어떻게 움직이는데?"

"당신처럼요." 그녀가 말했다.

"어설프다는 거로군."

그녀는 그 단어의 뜻을 이해하지 못했다. 나는 그녀를 웃길 생각
에 몸으로 보여주었다. 하지만 그녀는 세차게 고개를 저었다. "아니
에요. 당신 그렇지 않아요. 그런 뜻에서 한 말 아니에요."

나는 그녀가 무슨 뜻에서 한 말인지 듣지 못했다. 바로 그때 아킬
레우스가 언덕마루로 올라왔던 것이다.

"여기 있을 줄 알았지." 그가 말했다. 브리세이스는 양해를 구하고
자기 천막으로 돌아갔다. 아킬레우스는 땅바닥에 철퍼덕 드러누워
서 손으로 머리를 받쳤다.

"배고파 죽겠다." 그가 말했다.

"이거 먹어." 나는 점심으로 먹고 남은 치즈를 주었다. 그는 넙죽
받아먹었다.

"어머니랑 무슨 얘기 했어?" 나는 불안해하며 물었다. 그녀와의
만남이 내게 금단의 영역은 아니었지만 늘 나와는 별개로 흘러가는
시간이었다.

그는 숨을 내뱉었다. 한숨은 아니었다. "나를 걱정하셔."

"왜?" 그녀가 그를 두고 마음을 졸였다니 신경이 곤두섰다. 그건
내가 할 일이었다.

"신들 분위기가 이상하대. 편을 나누어서 서로 싸우고 있대. 어머니는 신들이 내게 명예를 선물하겠다고 약속했지만 어느 정도인지는 얘기하지 않았다고 불안해하셔."

그건 내가 생각하지 못했던 새로운 걱정거리였다. 하지만 당연한 노릇이었다. 우리 이야기에는 등장인물이 많았다. 위대한 페르세우스 아니면 겸손한 펠레우스. 헤라클레스 아니면 잊히다시피 한 힐라스. 서사시 한 편을 통째로 독차지하는 사람이 있는가 하면 한 줄로 끝나는 사람도 있었다.

그는 일어나서 팔로 무릎을 감싸고 앉았다. "다른 사람이 헥토르를 죽일까봐 걱정이 되시나봐. 나보다 먼저 그럴까봐 말이야."

미처 생각하지 못한 새로운 공포였다. 아킬레우스의 목숨이 갑자기 예정보다 더 짧아질 수 있다니. "누가 그럴 거라고 생각하시는데?"

"몰라. 아이아스가 시도했다가 실패했지. 디오메데스도 그랬고. 그 둘이 나 다음이잖아. 다른 사람은 생각이 안 나."

"메넬라오스는?"

아킬레우스는 고개를 저었다. "절대 아니야. 용감하고 힘이 세기는 하지만 그게 다거든. 헥토르를 만나면 바위에 부딪힌 물처럼 부서질 거야. 그러니까 나 아니면 아무도 없어."

"너는 안 죽일 거잖아." 나는 애원하는 투로 들리지 않게 애를 썼다.

"응." 그는 잠시 말이 없었다. "하지만 보여. 그래서 이상해. 꿈을 꾸는 것처럼. 내가 창을 던지고 그가 쓰러지는 게 보이거든. 나는 시신 쪽으로 다가가서 내려다보며 서 있어."

내 가슴속에서 공포가 일었다. 나는 숨을 들이마셔서 공포를 떨쳤다. "그런 다음에는 어떻게 되는데?"

"그게 가장 이상한 부분이야. 그의 피를 내려다보면서 내가 죽을 날이 다가오고 있다는 생각을 하거든. 하지만 꿈속에서 나는 아랑곳 하지 않아. 가장 크게 느껴지는 감정이 뭔가 하면 안도감이야."

"그게 예언일 수도 있다고 생각해?"

그 질문에 그는 겸연쩍어진 듯했다. 그는 고개를 저었다. "아니. 아무것도 아니라고 생각해. 몽상이라고."

나도 애써 그처럼 가벼운 말투로 이야기했다. "네 생각이 맞을 거야. 어쨌거나 헥토르는 너한테 아무 잘못도 하지 않았잖아."

그는 내가 바라던 대로 미소를 지었다. "응." 그가 말했다. "그러니까 말이야."

나는 아킬레우스가 없는 긴 시간 동안 병영을 벗어나 함께 시간을 보낼 상대나 일거리를 찾기 시작했다. 테티스가 들려준 소식 때문에 심란했다. 신들끼리 서로 다투고 있고 아킬레우스의 어마어마한 명성에 위기가 닥쳤다니. 어떻게 하면 좋을지 알 수가 없었고 온갖 질문들이 머릿속을 맴돌아서 미칠 것만 같았다. 뭔가 실용적이고 현실적인 일거리로 머리를 식혀야 했다. 한 병사가 하얀 군의 천막을 가리켰다. "할 일을 찾으신다면 저기는 늘 일손이 달리던데요." 케이론의 침착한 손길과 장미석영 벽에 걸려 있던 도구들이 생각났다. 나는 안으로 들어갔다.

천막 안은 어두침침했고, 탁하고 달짝지근한 공기에서는 사향 냄새가 풍겼고, 피비린내가 코를 찔렀다. 사각턱에 수염을 기르고, 일하기 편하게 웃통을 벗고 낡은 튜닉을 무심하게 허리에 동여맨 의사 마카온이 한쪽 구석에 서 있었다. 그는 실내에서 보내는 시간이 많은데도 불구하고 대부분의 그리스인보다 까무잡잡했고, 눈을 찌르지 않도록 머리칼도 손질하기 편하게 짧게 쳤다. 부상병의 다리 위로 허리를 숙이고 살 속에 묻힌 화살촉을 손끝으로 열심히 찾고 있었다. 천막 저편에서는 그의 동생 포달레이리오스가 이제 막 갑옷을 입었다. 그는 마카온에게 무뚝뚝하게 한마디 던지고 나를 지나서 밖으로 나갔다. 널리 알려진 사실이지만 그는 양쪽 모두에서 활약을 보이기는 해도 군의 천막보다 전장을 더 좋아했다.

마카온은 고개를 들지도 않고 말했다. "그렇게 한참 동안 서 있을 수 있는 걸 보면 부상이 심하지 않은 모양이로군."

"네," 내가 말했다. "제가 여길 찾아온 이유는……" 화살촉이 마카온의 손끝에서 떨어졌고 병사가 안도하며 신음을 토하자 나는 말을 멈추었다.

"이유는?" 그의 말투는 사무적이기는 해도 퉁명스럽지는 않았다.

"일손이 필요하신가요?"

그는 그렇다는 뜻이 아닐까 싶은 소리를 냈다. "여기 앉아서 약병 좀 들고 있어주게." 그는 나를 쳐다보지도 않고 말했다. 나는 바닥에 널려 있는 조그만 약병들을 고분고분 한데 모았다. 약초가 들어서 덜거덕거리는 것도 있고 연고가 들어서 무거운 것도 있었다. 나는 킁킁거리며 기억을 더듬었다. 마늘과 꿀을 섞은 연고는 감염 예방, 양귀비는 진정 작용 그리고 서양톱풀은 혈액 응고 효과가 있었다. 수십 개의 약초를 접하자 켄타우로스의 침착했던 손길과 장미색 동굴의 달콤하고 파릇파릇했던 향기가 떠올랐다.

나는 필요한 약병을 내밀고 그의 능수능란한 솜씨를 구경했다. 진정제를 살짝 집어서 환자가 냄새를 맡고 조금씩 먹을 수 있도록 윗입술에 얹고, 감염이 되지 않도록 연고를 듬뿍 바른 다음 붕대로 막고 감싸고 덮었다. 마카온은 향기가 나는 크림 같은 밀랍을 부상병의 다리에 마지막으로 한 겹 바른 뒤 피곤한 눈을 들어 나를 올려다보았다. "파트로클로스 맞지? 케이론에게 수업을 들었다고? 반갑네."

천막 밖에서 누군가가 크게 고함을 지르고 고통에 울부짖는 소리가 들렸다. 그는 턱으로 그쪽을 가리켰다. "또 한 명 데려왔군그래. 자네가 맡아주게."

네스토르의 병사들이 전우를 들어서 천막 구석의 빈자리로 옮겼다. 끝에 미늘이 달린 화살에 오른쪽 어깨를 관통당한 부상자였다. 얼굴은 땀 버캐로 덮였고 비명을 지르지 않으려고 하도 심하게 깨무는 바람에 아랫입술이 거의 두 동강이 났다. 나지막이 숨을 터뜨리며 헐떡였고 공포에 질린 눈을 굴리며 부들부들 떨었다. 나는 마카온을 부르고 싶은 충동을 누르며—그는 울부짖기 시작한 다른 부상병을 치료하느라 정신이 없었다—천으로 그의 얼굴을 닦았다.

어깨에서 가장 두툼한 부분을 관통한 화살이 섬뜩한 바늘처럼 반은 안에 박히고 반은 밖으로 나와 있었다. 살이 더 찢기거나 가시가 남아서 곪는 걸 막으려면 깃을 부러뜨려서 화살을 뽑아내야 했다.

나는 케이론에게 배운 대로 얼른 마취제를 건넸다. 양귀비와 버드나무 껍질을 섞어 환자에게 먹이면 머리가 멍해지고 고통에 무뎌졌다. 스스로 잔을 들고 있지 못했기에 기도가 막히지 않도록 그의 머리를 들어서 감싸안고 그의 땀과 버캐와 피가 내 튜닉 속으로 스미는 것을 느끼며 잔을 입에 대주었다.

나는 든든해 보이려고, 내가 느끼는 공포를 드러내지 않으려고 애를 썼다. 그는 나보다 나이가 기껏해야 한두 살 많아 보였다. 아버지를 맹목적으로 따르는 네스토르의 귀여운 아들, 안틸로코스였다. "괜찮을 거야." 나는 몇 번이고 이 말을 반복했다. 내게 한 말인지, 그에게 한 말인지 알 수 없었다.

문제는 화살대였다. 보통은 의사가 한쪽 끝을 부러뜨려서 화살을 뽑았다. 그런데 이번에는 뚫고 나온 부분이 길지 않아서 부러뜨리려고 했다가는 살이 더 찢길 상황이었다. 그대로 내버려둘 수도 없고 깃이 달린 쪽을 통과시킬 수도 없고. 어떻게 해야 할까?

그를 데려온 병사 하나가 내 뒤쪽 입구 앞에 서서 꼼지락거리고 있었다. 나는 어깨 너머로 그에게 신호했다.

"얼른 칼을. 가장 날카로운 걸로." 딱딱하고 권위적인 내 목소리와 그것이 유발한 신속한 복종에 나도 놀랐다. 그는 제대로 연마한 고기용 단도를 들고 왔다. 말라붙은 핏자국이 아직까지 녹처럼 남아 있었다. 그는 튜닉으로 핏자국을 닦고 내게 칼을 건넸다.

이제 부상병의 얼굴에서 긴장이 풀렸고 혀가 입안에서 축 늘어졌다. 나는 그의 위로 고개를 숙이고 화살대를 잡아서 내 축축한 손바닥으로 깃을 으스러뜨렸다. 그런 다음 다른 쪽 손으로 부상병의 어깨를 헤집지 않도록 최대한 살살 나무를 켜고 잘라서 한 번에 한 조각씩 떼어냈다. 부상병은 마취제에 취해서 코를 쿵쿵대며 중얼거렸다.

나는 나무를 켜고 부러뜨리고 또 켰다. 허리가 아팠고 자세를 좀 더 편하게 바꾸지 않고 그의 머리를 무릎 위에 올려놓은 채 일을 시작한 내가 저주스러웠다. 마침내 깃이 달린 활 끝이 부러지고 칼로 금세 잘라낼 수 있는 긴 조각 하나만 남았다. 드디어.

이제 그 못지않게 어려운 일이 남았다. 화살대를 어깨 저편으로 꺼내야 했다. 기발한 생각이 퍼뜩 떠오르자 나는 감염 예방용 연고를 집어서 표면을 매끄럽게 만들고 염증도 방지할 수 있길 바라며 조심스럽게 나무에 발랐다. 그런 다음 조금씩 화살을 움직였다. 몇 시간처럼 느껴지는 시간이 지났을 때 조각만 남은 한쪽 끝이 피에 흠뻑 젖은 채 밖으로 나왔다. 나는 마지막 기지를 발휘해서 삼각건 비슷한 모양으로 상처를 감싸고 묶었다.

나중에 포달레이리오스가 말하길 그런 각도에서 그렇게 천천히 나무를 깎다니 정신이 나간 짓이었다고 했다. 힘을 줘서 홱 비틀면 끝이 부러졌을 거라고 했다. 상처가 벌어지고 파편이 안에 남겠지만 어쩔 도리가 없는 거였고 다른 부상병들이 기다리고 있었다. 하지만 마카온은 감염도 없이, 통증도 거의 없이 어깨가 제대로 아문 것을 보고 화살에 맞은 부상병이 또다시 들어오면 나를 불러서 기대하는 눈빛으로 쳐다보며 예리한 칼을 쥐여주었다.

이상한 시절이었다. 아킬레우스의 죽음에 대한 두려움이 우리 위에 드리워진 먹구름처럼 한시도 떠날 줄 모르는 가운데, 신들 사이에서 전쟁이 벌어졌다는 수군거림이 점점 커졌다. 하지만 심지어 나조차도 두려움으로 모든 순간을 채울 수는 없었다. 폭포 옆에 사는 사람들의 귀에는 그 소리가 더이상 들리지 않는다는 말도 있지 않은가. 그런 식으로 나도 그의 운명이라는 쏟아지는 물줄기 옆에서 사는 법을 터득했다. 며칠이 지나도 그는 살아 있었다. 몇 달이 지나자 나는 그의 죽음이라는 낭떠러지를 한 번도 살피지 않고도 하루를 보낼 수 있게 되었다. 일 년, 그리고 이 년, 기적적인 시간이 흘러갔다.

다른 사람들도 그 비슷하게 누그러지는 기분을 느끼는 듯했다. 우리 병영에서는 가족 비슷한 관계가 형성돼서 저녁식사 때마다 모닥불 앞으로 옹기종기 모여들었다. 달이 뜨고 까만 하늘 위에서 별들이 반짝이면 아킬레우스와 나, 포이닉스 영감 그리고 여자들—처음에는 브리세이스뿐이었는데 이제는 따뜻한 보살핌에 안심하고 고개를 까딱이며 인사하는 얼굴들이 제법 늘었다—까지 모두 그곳으로 나왔다. 그리고 우리 중에서 가장 어린, 이제 겨우 열일곱 살밖에 안 된 아우토메돈도 있었다. 그는 말수가 없는 청년이었고 아킬레우스와 나는 그가 아킬레우스의 까다로운 말들을 몰고 화려하게 전장을 누비는 법을 터득하면서 힘과 재주가 점점 자라는 것을 지켜봐왔다.

아킬레우스와 나는 우리 모닥불 앞에서 어색하게 어른 행세를 하며 고기를 나눠주고 포도주를 따라주며 즐거워했다. 불이 잦아들면 얼굴에 묻은 육즙을 닦으며 포이닉스에게 이야기를 들려달라고 아우성쳤다. 그는 의자에 앉아 몸을 앞으로 숙이며 요구에 응했다. 장작불 빛에 비친 그의 얼굴선은 예언자가 파악해야 하는 신탁이라도 담긴 것처럼 의미심장하게 느껴졌다.

브리세이스도 기묘하고 꿈같은 이야기들을 들려주었다. 마법 이야기, 주술에 걸린 신과 생각지도 못하고 그들을 발견한 인간들 이야기, 그리고 반인반수인 희한한 신들 이야기를 들려주었다. 도시에서 떠받드는 최고신이 아니라 시골 신들의 이야기였다. 그녀가 억양이 없는 나지막한 목소리로 전하는 이런 이야기들은 환상적이었다. 가끔 그녀가 키클롭스*나 킁킁거리며 숨어 있는 인간을 찾는 사자 흉내를 내면 재미있기도 했다.

나중에 단둘이 남으면 아킬레우스는 리라를 뜯으며 목청 높여 이

* 고대 그리스 신화에 나오는 외눈박이 거인.

야기의 일부분을 재연했다. 그렇게 아름다운 이야기들이 어떻게 노래로 만들어지는지 그걸 보면 금세 알 수 있었다. 그리고 그가 그녀를 눈여겨보았다는 것을, 그가 없을 때 내가 왜 그녀와 시간을 보내는지 이해했다는 것을 느낄 수 있어서 기뻤다. 그녀는 이제 우리 사람이라는 생각이 들었다. 죽을 때까지 우리 구성원이라는 생각이 들었다.

여느 때와 같이 저녁 시간을 보내던 어느 날, 아킬레우스가 그녀에게 헥토르에 대해서 아는 게 있느냐고 물었다.

그녀는 손을 딛고 몸을 뒤로 기대서 팔꿈치 안쪽을 발그스름하게 익히고 있었다. 그런데 그가 말을 건네자 조금 놀라서 똑바로 일어나 앉았다. 그는 그녀에게 직접 말을 거는 일이 거의 없었고 그녀도 마찬가지였다. 마을에서 벌어졌던 사건의 잔상이 남아 있기 때문이었을 것이다.

"잘은 몰라요." 그녀가 말했다. "헥토르도 그렇고 프리아모스 집안의 어느 누구도 직접 본 적이 없어요."

"하지만 이런저런 소문을 들었을 것 아냐." 이제는 아킬레우스가 몸을 앞으로 내밀고 앉았다.

"조금요. 그의 부인에 대해서 더 많이 알아요."

"뭐든 좋아." 아킬레우스가 말했다.

그녀는 고개를 끄덕이고 이야기를 시작하기 전에 종종 그러듯 나지막이 헛기침을 했다. "부인의 이름은 안드로마케이고, 킬리키아를 다스리는 에에티온 왕의 외동딸이에요. 헥토르는 세상 무엇보다 부인을 사랑한다 하고요.

그는 공물을 바치러 그녀의 아버지가 다스리는 왕국을 찾아갔을 때 그녀를 처음 보았대요. 그녀가 그를 맞이하고 그날 저녁에 열린 연회에서 접대를 했대요. 그날 밤 헥토르가 그녀의 아버지에게 딸을 달라고 했고요."

"얼굴이 아주 아리따웠나 보군."

"사람들 말로는 예쁘긴 한데 헥토르가 그보다 더 예쁜 여자를 만날 수 없을 정도는 아니랬어요. 마음씨가 비단결 같고 착하기로 유명해요. 종종 먹을거리와 옷을 가져다주기 때문에 백성들 사이에서 인기가 많고요. 임신을 했는데 아이가 어떻게 됐는지는 들은 게 없어요."

"킬리키아가 어디 있는 나라야?" 내가 물었다.

"남쪽으로 바닷가를 따라가다보면 나와요. 말을 타고 가면 그리 멀지 않아요."

"레스보스 근처야." 아킬레우스가 말했다. 브리세이스는 고개를 끄덕였다.

나중에 우리 둘만 남았을 때 그가 말했다. "우리는 킬리키아를 습격한 적이 있어. 알고 있었어?"

"아니."

그는 고개를 끄덕였다. "그 에에티온이라는 사람, 기억나. 아들이 여덟 명이었어. 그 여덟 명이 우리를 막아보려고 했지."

잠잠한 그의 목소리로 결과를 짐작할 수 있었다.

"네가 그들을 죽였구나." 일가족이 몰살당한 것이었다.

나는 애써 감추려고 했지만 그는 내 표정을 읽었다. 하지만 그는 내게 거짓말을 한 적이 한 번도 없었다.

"응."

나는 그가 날마다 사람을 죽인다는 것을 알았다. 그는 그들의 피를 뒤집어쓴 채 돌아와서 저녁을 먹기 전에 그 흔적을 씻었다. 하지만 지금처럼 그 사실에 내가 압도당하는 순간들이 있었다. 지난 몇 년 동안 그로 인해 흘렸던 눈물을 생각하면 그랬다. 그리고 이제는 안드로마케도 그럴 테고 헥토르는 그 때문에 비탄에 잠겼다. 그는 살갗의 온기를 느낄 수 있을 만큼 가까이에 있었지만 그때만큼은 세상 반대편에 앉아 있는 것처럼 느껴졌다. 창 때문에 굳은살이 박였지만 그래도 여전히 고운 그의 두 손이 무릎 위에 얹혀 있었다. 그렇게 부드럽고 그렇게 끔찍한 손은 여태껏 없었다.

　머리 위 별들은 베일에 가려졌다. 묵직한 공기가 느껴졌다. 오늘 밤에는 폭풍이 불 것이다. 비가 퍼부어서 틈새가 터질 때까지 땅을 흠뻑 적실 것이다. 산꼭대기에서 쏟아져 내리는 동안 점점 가속도가 붙어서 앞을 가로막는 것들을 죄다 쓸어버릴 것이다. 동물이건 집이건 사람이건.

　그가 그런 홍수로구나, 나는 생각했다.

　그의 목소리가 생각에 잠긴 나의 정적을 깼다. "아들 한 명은 살려뒀어." 그가 말했다. "여덟번째 아들은. 대가 끊이지 않게."

　그런 사소한 마음씀씀이가 은총처럼 느껴지다니 희한한 일이었다. 하지만 그 정도로 배려하는 전사가 어디 있겠는가? 일가족을 몰살하면 자랑거리가 될 수 있었다. 내가 한 가문의 이름을 이 세상에서 지워버릴 수 있을 만큼 막강한 사람이라는 사실을 입증하는 영예로운 행위가 될 수 있었다. 목숨을 부지한 이 아들은 아이들을 낳을 것이다. 아이들에게 가문의 이름을 부여하고 가족들의 이야기를 들려줄 것이다. 그들은 세상을 떠났어도 기억 속에 보존될 것이다.

"반가운 이야기네." 나는 가슴이 벅찼다.

장작이 재로 덮여서 점점 하얘졌다. "이상해." 그가 말했다. "나는 전부터 헥토르가 나한테 무슨 잘못을 한 것도 아니잖냐고 했잖아. 그런데 그는 이제 나를 두고 똑같은 말을 할 수 없게 됐어."

24

몇 년이 지나자 아이아스 휘하의 병사 하나가 전쟁이 너무 길어졌다고 투덜거리기 시작했다. 처음에는 모두들 그를 무시했다. 그는 생김새가 흉측했고 무뢰한으로 악명이 자자했다. 하지만 그의 넋두리가 점점 길어졌다. 그는 말했다. 사 년이나 지났는데 내세울 게 아무것도 없지 않느냐고. 보물이 어디 있나? 그 여자는 어디 있나? 언제쯤 돌아갈 수 있을까? 그는 아이아스에게 머리를 맞아도 입을 다물 줄 몰랐다. 저들이 우리를 어떤 식으로 대하는지 봤지?

그의 불평불만이 서서히 이 병영에서 저 병영으로 번져갔다. 유난히 비가 많이 내려서 싸우기에 우울한 시기였다. 부상자가 속출했고 발진, 진흙 속에서 삔 발목, 감염도 마찬가지였다. 쇠파리떼가 병영 여기저기에 어찌나 빽빽하게 자리를 잡았는지 연기구름처럼 보일 정도였다.

병사들은 뚱한 표정으로 몸을 긁으며 아고라 주변을 서성였다. 처음에는 삼삼오오 모여서 나지막이 속삭이기만 했다. 그러다 단초를 제공한 병사가 합류하자 그들의 목소리가 점점 커졌다.

사 년이야!

그 여자가 저 안에 있는지 없는지 우리가 알 게 뭐야! 그 여자 본 사람 있어?

트로이아는 절대 항복하지 않을 거야.

싸움을 중단해야 해.

소문을 들은 아가멤논은 그들을 태형에 처했다. 다음날 인원은 두 배로 늘어났다. 미케네군도 적지 않았다.

아가멤논은 무장 병력을 보내 그들을 해산시켰다. 병사들은 슬금 슬금 도망쳤다가 병력이 사라지면 되돌아왔다. 아가멤논은 밀집 장창보병대를 한 부대 보내서 아고라를 하루종일 지키는 방식으로 대응했다. 하지만 뙤약볕을 맞으며 파리떼가 가장 많은 곳을 지켜야 했으니 그들로서는 가혹한 임무였다. 하루가 저물 때쯤이면 보병대는 이탈자들로 너덜너덜해졌고 폭도들 숫자는 더 늘어났다.

아가멤논은 첩자를 풀어서 불평분자를 색출하고 잡아다가 매질을 했다. 다음날 날이 밝자 수백 명이 출정을 거부했다. 일부는 아프다는 핑계를 댔고 다른 일부는 아예 핑계조차 대지 않았다. 소문이 번지자 환자들이 갑자기 늘었다. 그들은 칼과 방패를 단상에 던져 무더기로 쌓고 아고라를 봉쇄했다. 아가멤논이 무력으로 뚫으려 했지만 그들은 서로 팔짱을 끼고 꿈쩍하지 않았다.

자기 아고라에 들어가지 못하는 상황이 되자 아가멤논의 얼굴이 점점 더 시뻘게졌다. 단단한 나무에 쇠 띠를 두른 홀을 쥐고 있던 손마디가 하얗게 질렸다. 앞에 서 있던 병사가 그의 발치에 침을 뱉자 아가멤논은 홀을 들어서 그의 머리를 내리쳤다. 빡 하고 뼈에 금이 가는 소리가 모든 이의 귀에 꽂혔다. 병사는 쓰러졌다.

아가멤논은 그를 그렇게 세게 때릴 생각이 없었을 것이다. 그는 그 자리에서 얼어붙은 채 발치에 쓰러져 꼼짝 않는 병사를 빤히 쳐다보았다. 다른 병사가 무릎을 꿇고 앉아서 그를 뒤집었다. 강타당한 충격으로 두개골 절반이 함몰되었다. 날카로운 속삭임을 타고 그 소식이 병사들 사이로 산불처럼 번졌다. 여럿이 칼을 꺼내들었다. 아킬레우스가 내 옆에서 뭐라고 중얼거리는 소리가 들리더니 사라졌다.

아가멤논은 자기가 저지른 실수를 점점 실감하는 표정이었다. 그는 무모하게도 호위대와 동행하지 않았다. 그는 이제 포위당했다. 누가 도와주고 싶어도 도와줄 수가 없는 상황이었다. 나는 곧 그가 죽는 걸 보겠구나 하는 생각에 숨을 참았다.

"그리스 병사들이여!"

사람들이 놀란 얼굴로 고함소리가 들린 방향으로 고개를 돌렸다. 아킬레우스가 단상 높이 쌓인 방패들 꼭대기에 서 있었다. 아름답고 강인하며 진지한 표정이 어느 모로 보나 투사의 면모였다.

"다들 분노하고 있구나." 그가 말했다.

이 말이 그들의 관심을 사로잡았다. 그들은 분노한 상태였다. 병사들이 그런 감정을 느낄 수도 있겠다고 사령관이 몸소 인정하다니 드문 일이었다.

"그대들의 불만사항을 이야기해보아라." 그가 말했다.

"돌아가고 싶습니다!" 군중 뒤편에서 누군가가 외쳤다. "이건 가망 없는 전쟁입니다!"

"사령관이 우리에게 거짓말을 했어요!"

여기저기서 동의하며 웅성거리는 소리가 점점 더 커졌다.

"사 년이잖습니까!" 이 마지막 외침이 가장 성난 목소리였다. 나는 그들을 나무랄 수 없었다. 나에게 사 년은 남아돌아가는 시간, 비참

한 운명의 손아귀에서 빼앗은 시간이었다. 하지만 그들에게는 도둑 맞은 인생이었다. 아이들과 아내에게서, 가족과 고향에게서.

"그대들에게는 그런 의구심을 품을 권리가 있다." 아킬레우스가 말했다. "속았다는 생각이 들겠지. 승리를 약속받았는데 말이다."

"그렇습니다!"

나는 분노로 딱딱하게 굳은 아가멤논의 얼굴을 흘끗 훔쳐보았다. 하지만 그는 인파 속에 갇혀 있어서 조용히 빠져나오거나 연설을 할 방법이 없었다.

"대답해보아라." 아킬레우스가 말했다. "그대들은 아리스토스 아카이오이가 가망 없는 전쟁에 뛰어들 거라고 생각하는가?"

병사들은 대답을 하지 않았다.

"그런가?"

"아닙니다." 누군가가 말했다.

아킬레우스는 심각한 표정으로 고개를 끄덕였다. "그렇다. 나는 그럴 리 없다고 어느 앞에서든 맹세할 수 있다. 내가 이 자리에 있는 이유는 우리가 승리할 거라고 믿기 때문이다. 나는 끝까지 여기 남을 것이다."

"사령관님이야 그래도 상관없겠죠." 다른 누군가가 말했다. "하지만 돌아가고 싶은 사람들은 어쩝니까?"

아가멤논이 대답을 하려고 입을 열었다. 그가 뭐라고 할 생각이었을지 짐작할 수 있었다. 누구도 이탈할 수 없다! 탈영병은 처단할 것이다! 하지만 다행히 아킬레우스가 한발 빨랐다.

"돌아가고 싶으면 언제든 돌아가도 좋다."

"정말입니까?" 그는 의심스러워했다.

"물론이다." 그는 잠깐 말을 멈추고 가장 솔직하고 다정한 미소를 지어 보였다. "하지만 트로이아를 함락했을 때 네 몫의 보물은 내가 갖도록 하겠다."

팽팽했던 긴장감이 풀리는 게 느껴졌고 몇몇이 농담을 알아듣고 웃는 소리가 들렸다. 아킬레우스 왕자는 쟁취할 보물을 운운했고 탐욕이 있는 곳에서 희망이 싹텄다.

아킬레우스는 그들의 변화를 알아차렸다. "전장으로 나서야 할 시간이 지났다. 트로이아군들은 이제 곧 우리가 겁을 먹었다고 생각할 것이다." 그는 번쩍이는 칼을 뽑아서 허공으로 높이 치켜들었다. "누가 그들에게 본때를 보여줄 테냐?"

동의의 함성이 일었고 여기저기서 갑옷을 다시 입고 창을 집느라 땡그랑거렸다. 그들은 죽은 남자를 들어서 다른 데로 옮겼다. 전부터 골칫덩어리였다고 다들 입을 모았다. 아킬레우스는 단상에서 뛰어내렸고 깍듯하게 인사를 하며 아가멤논의 옆을 지나쳤다. 미케네의 왕은 아무 말도 하지 않았다. 하지만 그의 시선은 그뒤로도 오랫동안 아킬레우스를 좇았다.

폭동을 방불케 하는 사태가 벌어지자 오디세우스는 정신없이 바쁜 일을 만들어 추후의 민심 교란을 차단하는 작전을 고안했다. 모든 병영 주변에 거대한 말뚝 울타리를 치자고 한 것이다. 그는 저 너머의 평원에서 우리 천막과 전함을 공격하지 못하도록 배 수십 척 길이의 울타리를 치고 싶어했다. 그 아래로는 구덩이를 파서 대못을 박자고 했다.

아가멤논이 이 계획을 발표했을 때 나는 병사들이 그의 속셈을 알아차릴 거라고 믿어 의심치 않았다. 몇 년의 전쟁을 치르는 동안 어떤 증원군이 들이닥치건 우리 병영과 전함은 한 번도 위험에 처한 적이 없었다. 어느 누가 아킬레우스를 무사히 통과할 수 있겠는가.

하지만 디오메데스가 앞으로 나서 그 계획을 칭찬했고, 야간 습격을 당하고 전함이 불에 탈 수도 있다며 병사들에게 겁을 주었다. 마지막 협박이 특히 효과 만점이었다. 전함이 없으면 우리는 집으로 돌아갈 수 없었다. 연설이 끝났을 무렵 병사들은 눈을 반짝이며 열띤 반응을 보였다. 그들이 도끼와 수평기를 들고 기꺼이 숲으로 떠나자 오디세우스는 애초에 분쟁을 일으킨 병사—이름이 테르시테스였다—를 찾아가 정신을 잃을 때까지 조용히 팼다.

이로써 트로이아에서의 폭동은 끝이 났다.

담 쌓기라는 공동 작업 때문인지, 격한 분위기가 다른 방향으로 해소됐기 때문인지 몰라도 그뒤로 변화가 생겼다. 가장 지위가 낮은 보병에서부터 대장에 이르기까지 모두들 트로이아를 집처럼 생각하게 되었다. 침략지가 주둔지가 되었다. 그전까지만 해도 우리는 하이에나처럼 농경지와 마을을 약탈하며 살았다. 그런데 이제는 방벽뿐 아니라 도시에 필요한 이런저런 시설을 건설하기 시작했다. 대장간, 인근 농가에서 훔쳐온 가축을 기를 우리, 심지어 도예 작업실까지 만들었다. 이 작업실에서 풋내기 장인들이 고향에서 들고 온 사기 용품들을 열심히 땜질했다. 대부분 험한 병영 생활로 인해 금이 가거나 깨진 것이었다. 이제 우리가 쓰는 물건들은 죄다 임시로 만들었거나 슬쩍했거나 최소한 두 가지 이상의 다른 용도로 쓰이던 것들이었다. 왕들이 입는 갑옷만 멀쩡해서 잘 닦은 휘장이 깨끗하게 반짝였다.

병사들도 수십 개의 다른 부대라기보다 한 동포가 되었다. 아울리스에서 출발했을 때만 해도 크레테인, 키프로스인, 아르고스인이었지만 지금은 단순히 그리스인이었다. 트로이아라는 상이한 존재로 인해 하나의 운명 공동체가 되어 음식과 여자와 옷과 전쟁담을 공유하다보니 서로간의 차이가 희미해졌다. 그리스를 통일하겠다던 아가멤논의 호언장담이 결국 헛소리가 아니었던 셈이다. 심지어 이런 동지애는 몇 년이 지난 뒤에도 남아 서로 치열하게 다투던 나라들끼리도 동류의식을 느낄 터였다. 트로이아 전쟁을 함께 치른 나라들은 이후 한 세대 동안은 전쟁을 벌일 일이 없을 것이다.

심지어 나조차도 예외는 아니었다. 이 시기—마카온의 천막에서 보내는 시간이 점점 늘고 아킬레우스를 따라 전쟁터로 나가는 시간이 점점 줄던 육칠 년 동안—에 나도 다른 사람들과 친해지게 되었다. 으스러진 발가락이 됐건 내성 발톱이 됐건 누구든 결국에는 그 천막 신세를 지게 되어 있었다. 아우토메돈도 끔찍한 종기가 생겨서 피가 나자 손으로 가리고 찾아온 적이 있었다. 여자 노예에게 홀딱 빠진 이들은 배가 산만해진 그들을 데리고 왔다. 우리는 비명 속에서 꾸준히 아이를 받았고 점점 자라나는 아이들의 상처를 치료해주었다.

사병들만 그런 게 아니었다. 어느 정도 시간이 지나자 나는 왕들에 대해서도 속속들이 알게 되었다. 네스토르는 하루가 저물면 꿀을 넣어서 따뜻하게 데운 목에 좋은 시럽을 달라고 했다. 메넬라오스는 두통 때문에 아편제를 먹었다. 아이아스는 속이 쓰리다고 했다. 철석같이 나를 믿는 그들을 보면, 기대에 찬 표정으로 나를 보며 위안을 찾는 그들을 보면 가슴이 뭉클했다. 그들이 회의석상에서 아무리 까다롭게 굴어도 나는 그들을 점점 좋아하게 됐다.

나는 그리스 진영에서 신임과 명성을 쌓았다. 손이 빠르고 아프지 않게 치료하는 걸로 유명해서 여기저기서 찾았다. 포달레이리오스는 천막에서 당직을 서는 날이 점점 줄었다. 마카온이 자리를 비우면 내가 그곳을 지켰다.

같이 병영을 지날 때 큰 소리로 그들에게 인사하는 나를 보고 아킬레우스는 놀라워했다. 기쁘게도 그들은 손을 들어서 화답하며 잘 아문 흉터를 가리켰다.

그들이 사라지면 아킬레우스는 고개를 저었다. "네가 저 사람들을 그렇게 잘 기억하는 줄 몰랐어. 내 눈에는 다들 똑같아 보이는데."

그러면 나는 웃으며 그들을 다시 가리켰다. "저 친구는 디오메데스의 전차를 모는 스테넬로스야. 그리고 저 친구는 포다르케스. 저 친구의 형이 우리측의 첫번째 전사자였는데 기억해?"

"하도 많아서." 그는 이렇게 말했다. "저 친구들이 나를 기억하는 쪽이 훨씬 간단하지."

아가씨들이 한 명씩 조용히 미르미돈 병사의 애인을 거쳐 아내로 발전하면서 우리 모닥불 주변에 모이는 인원이 점점 줄어들었다. 그들은 자기들만의 모닥불이 있었으니 우리 모닥불이 필요 없었다. 기뻤다. 병영에서 들리는 웃음소리, 밤이면 기꺼워서 시끄러워진 목소리, 심지어 점점 불러오는 배마저—미르미돈들은 좋아서 입이 찢어졌다—우리는 모두 환영했다. 그들이 느끼는 행복은 우리가 느끼는 행복의 가장자리를 금색 실로 빙 둘러 장식한 무늬와도 같았다.

어느 정도 시간이 지나자 브리세이스만 남았다. 그녀는 미모가 워낙 빼어나서 많은 미르미돈이 따라다녔지만 애인을 만들지 않았다. 그 대신 눈물 흘리는 사람들에게 달콤한 군것질거리와 미약과 수건을 건네는 이모 같은 존재가 되어갔다. 트로이아에서 보낸 밤을 생각하면 이런 그림이 떠오른다. 나란히 앉은 아킬레우스와 나, 미소를 짓고 있는 포이닉스, 말을 더듬으며 우스운 이야기의 핵심 대목을 전하는 아우토메돈, 그리고 속을 알 수 없는 눈빛으로 걸핏하면 까르르 웃어대는 브리세이스.

새벽이 되기 전에 눈을 떴을 때 가을 녘의 첫 차가운 기운이 느껴졌다. 처음으로 수확한 열매를 아폴론 신에게 바치는 축제가 있는 날이었다. 내 옆에서 온기를 풍기는 아킬레우스는 잠에 취해서 알몸이 축 늘어졌다. 막사 안이 어두컴컴했지만 단단한 턱도 그렇고 둥그스름한 눈도 그렇고 그의 이목구비는 알아볼 수 있었다. 나는 그를 깨워서 그 눈을 뜨는 것을 보고 싶었다. 수천 번 보았지만 아무리 보아도 질리지 않았다.

나는 그의 가슴을 부드럽게 쓰다듬으며 근육을 어루만졌다. 우리는 하얀 천막과 전쟁터에서 보낸 시간들 덕분에 둘 다 건장하게 자랐다. 내 모습을 보고 나는 가끔 충격을 받곤 했다. 훨씬 호리호리하기는 하지만 아버지만큼 어깨가 떡 벌어진 남자가 되었으니 말이다.

그가 내 손길 밑에서 부르르 떨자 내 안에서 욕구가 이는 게 느껴졌다. 나는 그를 머리끝에서 발끝까지 볼 수 있게 이불을 젖혔다. 허리를 숙여서 그의 입술에 살짝 입을 맞추고 복부까지 훑고 내려갔다.

새벽빛이 막사 덮개 사이로 살금살금 들어왔다. 막사 안이 환해졌다. 나는 그가 잠에서 깨어 나를 알아차린 순간을 목격했다. 서로의 팔과 다리가 포개지는데 그전까지 수없이 반복했던 몸짓이지만 아직도 질리지 않았다.

잠시 후에 우리는 일어나서 아침을 먹었다. 환기를 하려고 젖힌 막사 덮개가 축축해진 우리 몸 위로 기분 좋게 펄럭였다. 허드렛일을 처리하느라 이리저리 오가는 미르미돈이 입구 너머로 보였다. 수영을 하려고 바다로 달려가는 아우토메돈도 보였다. 여름 동안 햇볕을 받고 따뜻해져서 우리를 유혹하는 바다도 보였다. 나는 평소처럼 그의 무릎에 손을 올려놓고 있었다.

그녀는 입구로 들어오지 않았다. 방금 전까지만 해도 아무도 없었던 막사 한복판에 그냥 서 있었다. 나는 헉 하고 숨을 토하며 그의 무릎에 얹었던 손을 얼른 치웠다. 그러면서도 그것이 어리석은 짓이라는 건 알았다. 그녀는 여신이었다. 원하면 언제든 우리를 볼 수 있었다.

"어머니." 그가 인사를 건넸다.

"경고를 받았다." 그녀는 올빼미가 뼈를 깨물듯 한 단어씩 딱딱 끊어서 말했다. 막사 안이 어두침침했지만 테티스의 피부는 차갑고 환하게 이글거렸다. 그녀의 얼굴에 새겨진 주름과 어른거리는 드레스에 잡힌 주름이 하나도 빠짐없이 전부 보였다. 내가 그녀를 이렇게 가까이서 본 것은 스키로스 이후로 오랜만이었다. 나는 그동안 변했다. 기운이 세지고 덩치가 커지고 깎지 않으면 수염이 자랐다. 하지만 그녀는 똑같았다. 당연한 얘기지만.

"아폴론이 화가 나서 그리스군에 반격할 방법을 찾고 있다는구나. 오늘 그에게 제물을 바칠 생각이냐?"

"네." 아킬레우스가 말했다. 우리는 충실하게 제물의 목을 따고 비계를 굽는 등 항상 의식을 직접 주관했다.

"반드시 바쳐야 한다." 그녀가 말했다. 그녀의 시선은 아킬레우스에게 고정되어 있었다. 나는 보이지도 않는 듯했다. "헤카톰베*라야 한다." 양이나 소의 머리 백 개는 가장 엄청난 제물이었다. 가장 부유하고 권세가 있는 사람들만이 그 정도로 과도한 신심의 표현을 감당할 수 있었다. "남들은 어떻게 하든 너는 그래야 한다. 신들끼리 편이 나뉘었으니 너는 그들의 노여움을 사면 안 된다."

백 마리를 잡으려면 거의 하루종일 걸릴 테고 그러고 나면 우리 병영에서는 일주일 동안 도살장 같은 냄새가 진동할 터였다. 하지만 아킬레우스는 고개를 끄덕이며 약속했다. "알겠습니다."

그녀의 입술이 굳게 닫히자 베인 상처의 가장자리에 생기는 빨간 두 선처럼 보였다.

"한 가지 더 있다." 그녀가 말했다.

내 쪽은 쳐다보지 않았는데도 무서웠다. 그녀가 등장하면 어디든 온갖 흉조와 성난 신과 천 가지의 엄청난 위기가 함께 들이닥쳤다.

"뭡니까?"

그녀가 머뭇거리자 공포가 내 목젖을 눌렀다. 여신도 머뭇거리게 만들 만한 일이 뭔가 싶어서 진심으로 겁이 났다.

"예언을 들었다." 그녀가 말했다. "미르미돈 최고의 전사가 이 년 안으로 죽을 거라는 예언을."

아킬레우스의 표정은 변함이 없었다. 조금도 변함이 없었다. "그

• 고대 그리스에서 백 마리의 제물을 신에게 바치는 제사를 뜻한다.

거야 알고 있었던 사실 아닙니까."

그녀는 퉁명스럽게 고개를 저었다. "아니. 예언에 따르면 너는 그때까지 살아 있을 거라고 한다."

아킬레우스는 미간을 찌푸렸다. "그게 무슨 뜻일까요?"

"나도 모르겠구나." 그녀가 말했다. 그녀의 눈이 어마어마하게 큼지막해졌다. 그를 그녀의 안으로 빨아들이기라도 할 것처럼 까만 동자가 열렸다. "농간이 아닐까 싶다만." 운명의 여신들은 마지막 조각이 맞아떨어질 때까지 알쏭달쏭 알 수 없는 수수께끼를 좋아했다. 그러다 마지막 조각이 맞아떨어지고 나면 운명의 정체가 쓰라리도록 분명해졌다.

"긴장을 늦추지 마라." 그녀가 말했다. "조심해야 한다."

"알겠습니다." 그가 말했다.

그녀는 내가 그 자리에 있는 줄도 모르는 눈치를 보이다 나를 보더니 스멀스멀 올라오는 악취를 맡기라도 한 것처럼 콧잔등을 찡그렸다. 그녀는 다시 그에게로 시선을 돌렸다. "저 아이는 너에게 걸맞지 않아." 그녀가 말했다. "처음부터 그랬다."

"그 부분에 대해서는 어머니와 저의 생각이 다르죠." 아킬레우스가 대답했다. 지금까지 수없이 반복한 듯한 말투였다. 어쩌면 정말 그랬을지 모른다.

그녀는 나지막이 콧방귀를 뀌고 사라졌다. 아킬레우스는 나를 돌아보았다. "어머니가 불안해하시네."

"그러게." 나는 목젖을 누르던 공포를 없애려고 헛기침을 했다.

"미르미돈 최고의 전사가 누굴까? 나 말고 말이야."

나는 부대장들을 한 명씩 떠올려보았다. 전장에서 아킬레우스의 소중한 오른팔이 된 아우토메돈이 생각났다. 하지만 그를 최고라고 볼 수는 없었다.

"모르겠네." 내가 말했다.

"우리 아버지일까?" 그가 물었다.

헤라클로스와 페르세우스와 겨루었던, 고국 프티아의 펠레우스. 앞으로는 아닐지 몰라도 그의 세대에서는 신심이 깊고 용감한 전설이었다. "그럴지도 모르지." 나는 인정했다.

우리는 잠깐 동안 아무 말도 하지 않았다. 잠시 후에 그가 말했다. "조만간 알게 되겠지."

"너는 아니잖아." 내가 말했다. "어쨌든 그건 다행이다."

그날 오후에 우리는 그의 어머니가 시킨 대로 제물을 바쳤다. 미르미돈이 제단 위에 장작불을 높이 쌓았고 내가 피 담는 그릇을 들고 있는 동안 아킬레우스가 한 마리, 두 마리 목을 따고 또 땄다. 기름진 허벅살을 보리, 석류와 함께 태우고 숯 위로 최고급 포도주를 부었다. 아폴론이 화가 났다. 그녀는 이렇게 말했다. 화살로 인간의 심장을 태양빛만큼 빠르게 멈출 수 있는, 우리의 가장 강력한 신들 중 하나. 나는 신심이 깊기로 정평이 나 있진 않았지만 그날은 펠레우스와 견주어도 뒤지지 않을 만큼 열심히 아폴론을 찬양했다. 그리고 미르미돈 최고의 전사가 누구인지 몰라도 그를 위한 기도도 올렸다.

브리세이스가 의술을 가르쳐달라며 대신 이 지역에서 자라는 약초에 대해 알려주겠다고 했다. 마카온의 비상약품이 점점 줄어가고 있었으니 반드시 알아두어야 할 정보였다. 나는 좋다고 했고, 그녀와 함께 숲속에서 갓난아이의 귀처럼 여리고 보드라운 버섯을 찾느라 나지막이 드리워진 가지들을 헤집고, 썩어가는 통나무 밑으로 손을 집어넣으며 자주 즐거운 날들을 보냈다.

가끔 자기 손이 우연히 내 손을 스치면 그녀는 나를 올려다보며 미소를 지었고 그럴 때면 귀와 머리에서 진주 같은 물방울이 떨어졌다. 긴 치맛자락을 무릎 근처에서 동여매 튼튼하고 든든한 발목이 드러났다.

그러던 어느 날 점심을 먹으려고 일손을 멈추었을 때였다. 우리는 천으로 싸가지고 온 빵과 치즈, 말린 육포를 배불리 먹고 개울물을 손으로 떠서 마셨다. 봄이었고 아나톨리아의 비옥하고 풍요로운 풍경이 우리를 감싸고 있었다. 삼 주 동안 대지는 제 몸을 온갖 색상으로 칠하고, 모든 싹을 틔우고, 모든 꽃잎을 폭동 일으키듯 펼쳤다. 그러다 왈칵 쏟아낸 흥분이 소진되자 차분하게 여름맞이에 착수했다. 내가 가장 좋아하는 계절이었다.

나는 이런 날이 올 줄 알았어야 했다. 그걸 몰랐다니 바보라고 할 사람도 있겠다. 나는 그녀에게 이야기를 들려주었고―케이론에 얽힌 이야기였던 것 같다―그녀는 우리가 앉아 있는 흙처럼 까만 눈으로 열심히 듣고 있었다. 내 이야기가 끝났지만 그녀는 아무 말도 하지 않았다. 전혀 이상할 게 없는 일이었다. 그녀는 종종 그렇게 아무 말도 하지 않았다. 우리는 무슨 음모라도 꾸미는 것처럼 머리를 모으고 바짝 붙어서 앉아 있었다. 그녀가 먹은 과일 향이 내 코끝을 간질였다. 그녀가 다른 여자들을 위해 압착한 장미 기름 향도 손가락에 남아서 내 코끝을 간질였다. 그녀는 나에게 정말 소중한 존재라는 생각이 들었다. 진지한 표정과 영민한 눈빛. 나는 나무에 오르고, 비쩍 마른 팔다리를 휘날리며 달리는 그녀의 어렸을 적 모습을 그려보았다. 내가 그때 그녀를 알았더라면, 그녀가 나와 함께 우리 왕궁에서 같이 살았더라면, 나의 어머니와 함께 물수제비를 떴더라면 얼마나 좋았을까 하는 생각이 들었다. 내 기억의 가장자리에서 어른거리는 그녀의 모습이 그려지는 듯했다.

바로 그때 그녀의 입술이 내 입술에 닿았다. 나는 너무 놀라서 움찔하지도 못했다. 그녀의 입술은 부드러웠고 살짝 망설임이 느껴졌다. 눈은 다정하게 감겨져 있었다. 내 입술이 습관적으로, 저절로 열렸다. 그 채로 찰나의 순간이 흘렀다. 우리는 땅바닥에 앉아 있었고 산들바람에 꽃향기가 실려왔다. 잠시 후에 그녀가 시선을 내리깐 채 뒤로 물러나서 심판을 기다렸다. 심장이 두근거리는 소리가 귀를 울렸지만 아킬레우스와 있을 때하고는 달랐다. 놀라움에, 나 때문에 그녀가 상처를 입으면 어떻게 하나 걱정스러운 마음에 더 가까웠다. 나는 그녀의 손 위로 내 손을 올려놓았다.

그녀는 그 순간 알아차렸다. 그녀의 손을 잡은 내 손길에서, 그녀를 바라보는 내 눈빛에서 느꼈다. "미안해요." 그녀가 속삭였다.

나는 고개를 저었지만 더이상 무슨 말을 하면 좋을지 생각이 나지 않았다.

그녀는 접은 날개처럼 어깨를 들었다. "당신이 그분을 사랑하는 거 알아요." 그녀는 한 마디, 한 마디 꺼낼 때마다 머뭇거려가며 이렇게 말했다. "알아요. 하지만 그런 생각이 들어서요…… 아내도 있고 애인도 있는 남자들도 있지 않느냐고."

그녀의 얼굴이 너무 조그맣고 슬퍼 보여서 나는 무슨 말이라도 해야만 할 것 같았다.

"브리세이스." 내가 말했다. "만약 내가 결혼할 생각이 있으면 너를 택할 거야."

"그런데 결혼할 생각이 없군요."

"응." 나는 최대한 다정하게 말했다.

그녀는 고개를 끄덕이고 다시 시선을 떨어뜨렸다. 그녀의 느린 숨소리와 가슴이 살짝 떨리는 소리가 들렸다.

"미안해." 내가 말했다.

"아이도 낳고 싶지 않아요?" 그녀가 물었다.

그 질문을 듣고 나는 깜짝 놀랐다. 내 또래들은 대부분 아이를 몇 명씩 낳았지만 그래도 나는 내가 여전히 어리게 느껴졌다.

"난 좋은 부모가 되지 못할 것 같아서." 내가 말했다.

"그럴 리가요." 그녀가 말했다.

"글쎄," 내가 말했다. "너는 낳고 싶니?"

나는 지나가는 말처럼 물었지만 그녀는 정곡을 찔렸는지 머뭇거렸다. "어쩌면요." 그녀가 말했다. 그 순간 나는 그녀의 본심을 뒤늦게 알아차렸다. 나의 무심함에 당황스러워서 얼굴이 화끈거렸다. 부끄럽기도 했다. 나는 무슨 말이라도 하려고 입을 열었다. 아마 고맙다는 말이었을 것이다.

하지만 그녀는 벌써 일어나서 옷을 털고 있었다. "이제 갈까요?"

나도 일어나서 그녀를 따라나서는 수밖에 없었다.

그날 밤까지 계속 생각이 났다. 브리세이스와 나의 아이라니. 휘청거리는 다리와 까만 머리와 엄마를 닮아서 커다란 눈이 그려졌다. 난롯가에 앉아 있는 브리세이스와 나, 내가 깎은 나무 조각을 가지고 노는 아이의 모습이 그려졌다. 하지만 그 광경에서는 공허감이, 가슴

아픈 부재가 느껴졌다. 아킬레우스는 어디 있을까? 죽었을까? 아니면 애초부터 존재하지 않았을까? 그런 삶은 살 수가 없었다. 하지만 브리세이스가 나더러 그렇게 살아달라고 한 건 아니잖아. 그녀는 자기 자신과 아이와 아킬레우스까지 전부 가질 수 있다고 했다.

나는 몸을 돌려서 아킬레우스를 마주보았다. "아이를 낳아야겠다는 생각해본 적 있어?" 내가 물었다.

그는 눈을 감고 있었지만 잠이 들지는 않았다. "이미 낳았잖아." 그가 대답했다.

나는 그 사실을 떠올릴 때마다 매번 소스라치게 놀랐다. 데이다메이아가 낳은 그의 아이. 테티스가 알려준 바에 따르면 아들이고 이름은 네오프톨레모스라고 했다. 새로운 전쟁이라는 뜻이었다. 새빨간 머리 때문에 별명이 피로스였다. 그 아이를 생각하면 심란했다. 아킬레우스의 일부분이 이 세상을 돌아다니고 있다는 것 아닌가. "너를 닮았대?" 예전에 한번 내가 물어본 적이 있었다. 그때 아킬레우스는 어깨를 으쓱했다. "안 물어봤어."

"만나보고 싶어?"

아킬레우스는 고개를 저었다. "우리 어머니가 키우는 게 제일 좋아. 어머니랑 있는 게 더 나을 거야."

나는 생각이 달랐지만 지금은 왈가왈부할 때가 아니었다. 나는 그가 나더러 아이를 낳고 싶으냐고 물어봐주길 기다렸다. 하지만 그는 묻지 않았고 숨소리가 점점 차분해졌다. 그는 항상 나보다 먼저 잠이 들었다.

"아킬레우스?"

"으응?"

"브리세이스 좋아해?"

그는 눈을 감은 채 미간을 찌푸렸다. "좋아하냐고?"

"같이 있으면 좋으냐고." 내가 말했다. "무슨 뜻인지 알잖아."

그는 의외로 눈을 번쩍 떴다. "그게 아이를 낳는 거랑 무슨 상관인데?"

"아무 상관도 없지." 하지만 나는 빤한 거짓말을 하고 있었다.

"브리세이스가 아이를 낳고 싶대?"

"어쩌면." 내가 말했다.

"나랑?" 그가 물었다.

"그건 아니야." 내가 말했다.

"다행이네." 그는 다시 눈을 스르르 감으며 말했다. 얼마간의 시간이 흘렀고 나는 그가 잠이 들었을 거라고 확신했다. 그런데 그가 이렇게 말했다. "너랑이지. 너랑 아이를 갖고 싶은 거지."

나의 침묵이 대답을 대신했다. 그가 일어나서 앉자 덮었던 담요가 가슴에서 떨어졌다. "지금 임신했어?" 그가 물었다.

여태껏 들어본 적 없었던 긴장한 말투였다.

"아니." 내가 말했다.

그는 내 눈을 똑바로 쳐다보며 눈빛을 이리저리 살폈다.

"너는 그러고 싶어?" 그가 물었다. 그의 얼굴에서 힘들어하는 표정이 느껴졌다. 질투심은 그에게 낯선 감정, 이질적인 감정이었다. 그는 상처를 받았는데 그걸 어떤 식으로 표현하면 좋을지 몰라 하고 있었다. 그런 이야기를 꺼낸 내가 문득 잔인하게 느껴졌다.

"아니," 내가 말했다. "아닌 것 같아. 아니야."

"낳고 싶으면 낳아도 돼." 그는 한 마디, 한 마디 조심스럽게 꺼냈다. 공평해지고 싶은 것이었다.

나는 까만 머리의 아이를 다시 생각했다. 아킬레우스를 생각했다.

"이제는 괜찮아." 내가 말했다.

안도하는 그의 표정이 나를 달콤하게 채웠다.

그뒤로 얼마 동안 묘한 분위기가 흘렀다. 브리세이스는 나를 피하고 싶었겠지만 나는 평소처럼 그녀를 찾았고 같이 산책을 나섰다. 우리는 병영에 떠도는 소문과 의술에 대해서 이야기를 나누었다. 그녀는 더이상 결혼을 운운하지 않았고 나도 아이들 이야기를 꺼내지 않도록 조심했다. 나를 바라보는 그녀의 눈빛은 여전히 아련했다. 나는 최선을 다해서 그 눈빛에 화답했다.

25

구 년째로 접어든 어느 날, 아가씨 하나가 단상으로 올라왔다. 얼굴 옆면에 포도주라도 쏟은 듯 뺨을 중심으로 멍이 번져 있었다. 머리에서는 리본이 펄럭였다. 신을 모시는 종복임을 알리는 제례용 리본이었다. 사제의 딸이라고 누군가가 말하는 소리가 들렸다. 아킬레우스와 나는 눈빛을 주고받았다.

그녀는 공포에 질려 있었음에도 아름다웠다. 얼굴은 동그란데 큼지막한 눈은 적갈색이었고, 연한 밤색 머리칼이 귀를 살짝 덮었고, 앳된 나이답게 호리호리했다. 우리가 지켜보는 가운데 그녀의 두 눈 가득 그렁그렁 맺혀 있던 눈물이 뺨을 타고 턱으로 흘러내려 바닥으로 떨어졌다. 그녀는 눈물을 닦지 않았다. 등뒤로 손이 묶여 있었다.

사람들이 모이자 그녀는 눈을 들어 하늘을 바라보며 말없이 기도를 드렸다. 내가 아킬레우스의 옆구리를 찌르자 그는 고개를 끄덕였다. 하지만 그가 그녀를 요구하기 전에 아가멤논이 앞으로 나왔다. 둥그스름하고 가냘픈 그녀의 어깨에 손을 얹었다. "이 아이는 크리세이스다." 그가 말했다. "내가 차지하겠다." 그는 그녀를 단상에서 끌어내 자기 막사로 우악스럽게 데려갔다. 사제 칼카스가 눈살을 찌푸리며 이의를 제기하려는 듯이 입술을 달싹였다. 하지만 그는 입을 다물었고 오디세우스가 전리품 배분을 마무리지었다.

그로부터 한 달도 안 됐을 때 아가씨의 아버지가 금이 박힌 나무 지팡이에 화환을 엮어서 들고 왔다. 아나톨리아의 사제풍으로 수염을 길게 길렀고 머리는 풀었지만 지팡이와 잘 어울리는 리본 조각으로 여기저기를 장식했다. 입은 옷에는 빨간색과 금색의 테두리가 둘러졌고 옷감이 흐물흐물해서 다리 주변으로 펄럭이고 나부꼈다. 큼지막한 나무상자를 힘겹게 든 부사제들이 말없이 그의 뒤를 따랐다. 그들이 비틀거려도 그는 아랑곳하지 않고 성큼성큼 해변을 걸었다.

몇 명 안 되는 이들의 행렬은 아이아스와 디오메데스와 네스토르의 막사—아고라에서 가장 가까웠다—를 지나 단상으로 올라갔다. 아킬레우스와 내가 소식을 듣고 달려가 동작이 굼뜬 병사들을 헤집고 앞으로 나갔을 무렵, 그는 이미 지팡이를 단단히 짚고 단상에 서 있었다. 아가멤논과 메넬라오스가 단상에 올라 그에게 다가갔지만 그는 알은체하지 않고 그의 보물과 아랫사람들이 들고 온 큼지막한 상자들 앞에 당당하게 서 있을 따름이었다. 아가멤논은 그의 거만한 태도에 도끼눈을 떴지만 아무 말도 하지 않았다.

삽시간에 번진 소문을 듣고 사방팔방에서 제법 많은 수의 병사들이 모여들자 그는 왕이고 평민이고 할 것 없이 이쪽 끝에서 저쪽 끝까지 훑어보았다. 마침내 그의 시선이 머문 곳은 그의 앞에 서 있는 아트레우스의 쌍둥이 아들이었다.

그는 기도를 선창할 때 쓰는 우렁차고 근엄한 목소리로 말문을 열었다. 크리세스라며 자기 이름을 대더니 지팡이를 들며, 아폴론을 섬기는 대사제라고 신분을 밝혔다. 그런 다음 금과 보석과 청동이 햇빛을 받고 반짝이도록 열어놓은 상자들을 가리켰다.

"어쩐 일로 우리를 찾아왔는지 이것으로는 설명이 되지 않소, 크리세스 사제." 메넬라오스의 말투는 침착했지만 살짝 짜증난 투였다. 트로이아인은 그리스 왕들이 쓰는 단상에 올라가서 연설을 하지 않는 법이었다.

"몸값을 치르고 내 딸 크리세이스를 데려가려고 왔소." 그가 말했다. "그리스군이 신전에서 부도덕하게 데려간 아이요. 호리호리하고 어리고 머리에 리본을 달고 있소."

그리스인들은 중얼거렸다. 몸값을 치르고 포로를 데리러 온 사람들은 무릎을 꿇고 애원하지, 왕이 법정에서 형을 선고하듯 하지 않았다. 하지만 그는 대사제라 신 말고는 어느 누구에게도 허리를 숙인 적이 없을 테니 용납할 수 있는 부분이었다. 그는 금으로 여자의 몸값의 두 배에 해당하는 두둑한 몸값을 제시했고 사제의 호의는 무시할 게 아니었다. 부도덕하게, 라는 단어가 뽑아든 칼처럼 예리하기는 했지만 틀린 말은 아니었다. 심지어 디오메데스와 오디세우스마저 고개를 끄덕이고 있었다. 메넬라오스는 무슨 말을 하려는 것처럼 숨을 쉬었다.

하지만 아가멤논이 곰처럼 가슴을 내밀고 분노로 근육을 불끈거리며 앞으로 나섰다.

"이 나라에서는 간청을 그런 식으로 하시나? 이 자리에서 죽이지 않는 걸 다행으로 여기시오. 나는 이 군의 총사령관이오." 그는 쏘아붙였다. "당신이 무슨 권리로 내 병사들 앞에서 연설을 늘어놓는 거요? 내 대답은 이거요. 싫소. 몸값은 필요 없소. 그녀는 내 전리품이고 나는 그녀를 포기할 생각이 없소이다. 이런 쓰레기들은 물론이고 뭘 가지고 오든 마찬가지요." 그는 대사제의 목 앞에 대고 주먹을 불끈 쥐었다. "당장 떠나시오. 그리고 내 진영에서 다시는 만나지 맙시다, 사제. 그때는 화환으로 아무리 치장해도 당신 목숨을 부지하지 못할 테니까."

크리세스는 입을 꾹 다물었다. 두려워서 그런 건지, 대꾸를 하고 싶은데 참느라 그런 건지 알 수 없었다. 눈빛은 매섭게 이글거렸다. 그는 아무 말 없이 홱 하니 몸을 돌려 단상에서 내려오더니 해변 쪽으로 성큼성큼 다시 걸음을 옮겼다. 부사제들이 땡그랑거리는 보물 상자를 들고 그의 뒤를 따랐다.

아가멤논이 떠나고 주변에서 병사들이 요란하게 입방아를 찧는 와중에도 나는 모욕을 당한 사제의 멀어져가는 뒷모습을 지켜보았다. 해변 저 끝에 있었던 병사들 말로는 그가 고함을 지르며 하늘을 향해 지팡이를 흔들었다고 했다.

그날 밤부터 역병이 뱀처럼 아무 말 없이 잽싸게 혀를 날름거리며 우리 진영을 슬금슬금 돌아다니기 시작했다.

다음날 아침에 일어나보니 노새들이 울타리 옆으로 축 늘어져서 노란 거품을 물고 눈을 뒤집은 채 숨을 헐떡이고 있었다. 정오 무렵부터는 개들이 불그스름하게 더께가 진 혀를 내밀고 낑낑거리며 허공을 향해 덥석거렸다. 늦은 오후로 저물자 가축들 모두 이미 죽었거나, 땅바닥에 피를 토하고 몸서리를 치며 죽어갔다.

마카온과 나와 아킬레우스는 녀석들이 쓰러지자마자 체액으로 흠뻑 젖은 몸뚱이와 덜거덕거리는 뼈를 불구덩이에 던졌다. 그날 밤 우리 병영으로 돌아간 다음에는 꺼끌꺼끌한 바다 소금으로 온몸을 벅벅 문지르고 숲속의 깨끗한 개울물로 씻었다. 트로이아를 구불구불 흐르는 넓은 시모이스 강이나 스카만드로스 강은 피했다. 다른 이들의 목욕물과 식수로 쓰이기 때문이었다.

나중에 잠자리에 들었을 때 우리는 나지막이 의견을 주고받으며 숨소리가 거칠어지지는 않았는지, 목에 가래가 끼지는 않았는지 열심히 귀를 기울였다. 하지만 케이론에게 배운 치료법을 기도문처럼 계속해서 중얼거리는 우리 목소리만 들릴 따름이었다.

이튿날 아침이 되자 이번에는 인간의 차례였다. 수십 명의 환자들이 축축하게 젖어서 툭 튀어나온 눈을 하고 벌린 입술 사이로 새빨간 피를 줄줄 흘리며 서 있는 그 자리에서 바로 쓰러졌다. 창이나 화살에 맞은 것처럼 갑자기 고꾸라지는 사람들을 옮기러 마카온과 아킬레우스와 포달레이리오스와 나, 결국에는 브리세이스까지 달려가야 했다.

진영 가장자리에 환자들의 벌판이 생겼다. 열 명, 스무 명, 쉰 명이 덜덜 떨며 물을 달라고 외쳤고, 몸안에서 불이 난다며 옷을 찢었다.

막판에 이르면 살갗이 찢어져서 낡은 담요에 뚫린 구멍처럼 벌어졌고, 그 사이로 고름과 걸쭉한 피가 흘렀다. 마침내 격렬한 몸서리가 멎으면 그들은 피가 엉긴 시커먼 배설물을 마지막으로 쏟아내고 그 웅덩이 속으로 쓰러졌다.

아킬레우스와 나는 장작을 쌓고 또 쌓으며 구할 수 있는 나무를 전부 태웠다. 결국에는 존엄성과 필요한 의식을 모두 포기하고 시신을 몇 구씩 한꺼번에 불구덩이로 던지는 수밖에 없었다. 심지어 그들의 살과 뼈가 한데 뒤엉켜서 녹는 것을 지켜보고 있을 시간조차 없었다.

급기야 다른 왕들까지 가세했다. 맨 처음으로 메넬라오스가 나섰고 그다음으로 나선 아이아스는 한 방에 나무를 쓰러뜨려서 땔감을 조달했다. 그러는 동안 디오메데스는 천막 속에 누워서 고열로 부들부들 떨며 구토하는 환자들을 색출하러 다녔다. 아직 무덤으로 보내고 싶지 않은 친구들이 환자를 숨겨놓고 있었던 것이다. 아가멤논은 막사에서 꿈쩍하지 않았다.

하루가 지나고 또 하루가 지나자 모든 부대마다, 모든 왕마다 수십 명의 병사를 잃었다. 아킬레우스와 내가 수도 없이 눈을 감기면서 느낀 사실이지만 희한하게도 죽은 자들 가운데 왕은 없었다. 미천한 귀족이나 보병들뿐이었다. 여자도 없었다. 사람들이 벼락같이 날아온 화살처럼 역병에 맞은 가슴을 움켜쥐고 외마디 비명을 지르며 쓰러질 때마다 우리는 점점 더 의심하는 눈빛으로 서로를 쳐다보았다.

고름을 뒤집어쓴 얼굴로 시신들을 화장하기 시작한 지 구 일째 되던 날 밤이었다. 우리는 기진맥진한 몸으로 막사에 서서 숨을 헐떡이며 입었던 튜닉을 벗어서 태우려고 내팽개쳤다. 우리의 의혹이 수천 가지 증거를 통해 입증됐다시피 이건 자연적으로 발생한 역병이 아니었다. 슬금슬금 마구잡이로 번지는 그런 병이 아니었다. 아울리스에서 바람이 불지 않았던 일처럼 갑작스러운 천재지변이었다. 신의 심기를 건드린 것이었다.

우리는 크리세스와, 신성을 모독하고 전쟁의 원칙과 정당한 포로 교환을 무시한 아가멤논에게 응당 분노했던 그의 모습을 기억했다. 그리고 그가 어느 신을 섬겼는지도 기억했다. 그는 빛과 의술과 역병의 신을 섬겼다.

달이 높게 뜨자 아킬레우스는 슬그머니 막사를 빠져나갔다. 그는 잠시 후에 바다 냄새를 풍기며 돌아왔다.

"뭐라서?" 내가 침대에서 일어나 앉으며 물었다.

"우리 짐작이 맞대."

역병이 시작된 지 열흘째 되던 날 우리는 미르미돈을 뒤에 거느리고 해변을 지나서 아고라로 향했다. 아킬레우스가 단상에 올라가 멀리까지 목소리가 들리도록 손을 입에 갖다 댔다. 이글거리는 장작불과 흐느끼는 여자들과 죽어가는 환자들의 신음 소리 너머로 모든 그리스군은 아고라로 집합하라고 외쳤다.

사람들이 겁에 질린 얼굴로 눈부신 태양에 눈을 깜빡이며 비틀비틀 천천히 앞으로 걸어왔다. 그들은 안색이 창백했고 쫓기는 듯한 인상을 풍겼다. 물속으로 가라앉은 돌멩이처럼 가슴에 박혀서 수면 위로 잔물결이 번지듯 썩은 기운을 퍼뜨리는 역병이라는 화살을 두려워하고 있었다. 아킬레우스는 갑옷을 입고 허리춤에 칼을 차고 선명한 청동 위로 물을 쏟은 듯이 머리칼을 반짝이며, 그를 향해 다가오는 사람들을 바라보았다. 총사령관이 아니라도 회의를 소집할 수 있었지만 트로이아에서 지낸 십 년 동안 그런 일은 한 번도 없었다.

미케네군을 거느리고 등장한 아가멤논이 인파를 헤치고 단상에 올라왔다. "뭔가?" 그가 따져 물었다.

아킬레우스는 깍듯하게 인사했다. "역병에 대해 이야기하려고 사람들을 모았습니다. 이들 앞에서 연설을 해도 되겠습니까?"

수치심에서 비롯된 분노로 아가멤논의 어깨가 수그러들었다. 이런 회의는 그가 진작 소집했어야 하는 것이었고 그도 그 사실을 알고 있었다. 가뜩이나 지켜보는 눈들도 있는 마당에 이제 와서 왜 이러느냐고 아킬레우스를 나무랄 수는 없었다. 그 둘의 차이가 이보다 더 선명하게 부각된 적은 없었다. 아킬레우스는 화장용 장작불과 뺨이 움푹 꺼진 사람들에게 둘러싸인 지금 같은 상황에서도 여유롭고 침착하고 편안했다. 반면에 아가멤논은 구두쇠의 주먹처럼 잔뜩 힘이 들어간 얼굴로 우리를 내려다보았다.

아킬레우스는 왕과 평민 양쪽이 모두 모일 때까지 기다렸다. 그런 다음 앞으로 한 발짝 나서며 미소를 지었다. "제왕이시여." 그가 말했다. "그리스의 여러 왕국을 다스리는 군주들이시여, 역병으로 동포가 죽어간다면 무슨 수로 전쟁을 치를 수 있겠습니까? 이제는 우리가 어쩌다 신의 노여움을 샀는지 알아보아야 할 때가 되고도 남았습니다."

속삭임과 웅성거림이 삽시간에 번졌다. 그들도 신을 의심하고 있었다. 어마어마하게 나쁜 일과 좋은 일은 전부 신들의 소관이지 않았던가. 하지만 이렇게 아킬레우스가 대놓고 이야기를 하니 마음이 놓였다. 어머니가 여신이니 그가 어련히 알아서 하지 않겠는가 말이다.

아가멤논은 이를 드러내고 으르렁거렸다. 그는 아킬레우스를 밀어서 떨어뜨리기라도 할 것처럼 옆에 바짝 붙어 서 있었다. 아킬레우스는 그런 줄 모르는 눈치였다. "우리 가운데 신과 가까운 사제가 한명 있지 않습니까. 그의 이야기를 들어보아야 하지 않겠습니까?"

희망에 찬 목소리로 맞장구를 치는 소리가 물결처럼 번졌다. 아가멤논이 자기 손목을 잡고 버클이 달린 장갑을 서서히 조이자 끼익하는 쇳소리가 들렸다.

아킬레우스가 그를 돌아보았다. "아가멤논 사령관께서 그러자고 하지 않으셨던가요."

아가멤논은 실눈을 떴다. 그는 아량을 믿지 않았다. 그 어떤 것도 믿지 않았다. 그는 아킬레우스를 빤히 쳐다보며 어떤 함정이 기다리고 있는지 파악하려 들었다. 그러더니 결국 뻔뻔하게 말했다. "음, 그렇지." 그는 거느리고 온 미케네군을 향해 대충 손짓했다. "칼카스를 데려오너라."

그들이 군중 속에 묻혀 있던 사제를 앞으로 끌고 왔다. 그는 듬성듬성한 수염을 길렀고 덥수룩한 머리는 시큼한 땀냄새로 진동해서 그 어느 때보다 모습이 흉측했다. 그는 말을 꺼내기 전에 혀로 튼 입술을 축이는 버릇이 있었다.

"고매하신 대왕님 그리고 아킬레우스 왕자님, 두 분께 불시에 불려나올 줄은 몰랐습니다. 제 생각을 말씀드리자면⋯⋯" 그는 묘하게 생긴 파란 눈으로 두 남자를 번갈아서 휙휙 쳐다보았다. "에, 그러니까, 이렇게 많은 사람들 앞에서 이야기를 하라는 분부를 받을 줄은 몰랐습니다." 그의 말투는 동굴에서 탈출한 족제비처럼 유들유들하고 약삭빨랐다.

"이야기해보거라." 아가멤논이 명령했다.

칼카스는 어쩔 줄 몰라 하는 눈치였다. 혀로 입술을 핥고 핥고 또 핥기만 했다.

아킬레우스가 분명한 목소리로 그를 재촉했다. "제물을 확실히 바쳤나? 기도는 했는가?"

"무, 물론입니다. 하지만……" 사제의 목소리가 떨렸다. "제 이야기를 듣고 여기 계신 어떤 분이 화를 내실 수도 있습니다. 권세 있고 모욕을 쉽게 용서하지 않는 분이요."

아킬레우스는 손을 내밀어 움찔하는 사제의 구중중한 어깨를 다정하게 잡았다. "칼카스, 우리는 죽어가고 있네. 그런 걸 두려워할 때가 아니야. 우리 가운데 어느 누가 자네 말에 꼬투리를 잡겠나. 나는 그럴 수 없어. 자네가 나를 원흉으로 지목하더라도. 자네들은 어떤가?" 그는 자기 앞에 모여 있는 남자들을 쳐다보았다. 그들은 고개를 저었다.

"봤지? 제정신이 박힌 사람이라면 사제를 해칠 리가 있겠나."

아가멤논의 목이 뱃줄처럼 뻣뻣해졌다. 나는 문득 혼자 서 있는 그의 모습이 얼마나 낯선지 느낄 수 있었다. 그의 동생이나 오디세우스 아니면 디오메데스가 늘 그의 곁을 지켰다. 그런데 그들은 지금 다른 왕자들과 함께 옆으로 물러나서 기다리고 있었다.

칼카스는 헛기침을 했다. "점괘에 따르면 화가 난 신은 아폴론 신입니다." 아폴론. 여름 밀밭을 가르는 바람처럼 그 이름이 모인 사람들을 휩쓸고 지나갔다.

칼카스는 아가멤논을 흘끗 쳐다보고 다시 아킬레우스에게로 시선을 돌렸다. 그는 침을 삼켰다. "점괘를 보면 충실한 종복이 그런 대접을 받은 데 기분이 상하신 듯합니다. 크리세스 말입니다."

아가멤논의 어깨가 딱딱하게 굳었다.

칼카스는 더듬거리며 말을 이었다. "그의 노여움을 풀려면 몸값을 받지 않고 크리세이스라는 아가씨를 돌려보내고, 아가멤논 대왕께서 기도와 제물을 바쳐야 합니다." 그는 숨이 찬 사람처럼 마지막 구절을 꿀꺽 삼키며 말을 멈추었다.

충격으로 아가멤논의 얼굴이 붉으락푸르락해졌다. 세상에서 가장 오만하거나 가장 어리석은 사람이라면 모를까, 그렇지 않은 이상 그의 잘못임을 모를 수가 없었을 텐데 그는 몰랐던 눈치였다. 어찌나 깊은 정적이 흐르는지 우리 발치의 모래알들끼리 서로 부딪히는 소리가 들리는 것처럼 느껴질 정도였다.

"고맙네, 칼카스." 아가멤논이 허공을 쪼갤 듯한 목소리로 말했다. "늘 좋은 소식을 들려줘서 고맙네. 지난번에는 내 딸이었지. 자네가 여신의 심기를 건드렸으니 그 아이를 죽여야 한다고 했잖은가. 그런데 이제는 나의 대군 앞에서 내게 망신을 주려는 건가."

그는 분노로 일그러진 얼굴로 병사들을 향해 휙 하니 몸을 돌렸다. "내가 너희들의 사령관이 아니더냐? 내가 너희를 먹이고 입히고 영광을 누릴 수 있게 해주고 있지 않느냐? 이 군에서 미케네군이 가장 많지 않더냐? 그 아이는 전리품으로 주어진 내 것이니 절대 포기하지 않을 것이다. 너희들은 내가 누구인지 잊었느냐?"

그는 병사들이 아닙니다! 아닙니다! 하고 함성을 질러주길 바라는 듯이 잠깐 말을 멈추었지만 아무도 그러지 않았다.

"아가멤논 왕이여." 아킬레우스가 앞으로 나섰다. 느긋하고, 재미있어한다고 표현할 수도 있을 법한 말투였다. "당신이 이 대군의 사령관이라는 사실을 잊은 사람은 없을 겁니다. 하지만 저희도 나름대로 한 나라의 왕 아니면 왕자, 아니면 한 집안의 가장이라는 걸 당신께서는 잊으신 모양이로군요. 우리는 동맹이지 노예가 아닙니다." 몇몇 사람들이 고개를 끄덕였다. 속으로 끄덕인 사람은 더 많았을 것이다.

"우리가 죽게 생겼는데 진작 몸값을 받고 풀어주었어야 하는 계집애를 놓치기 싫다고 투덜거리시다니요. 어찌 당신으로 인해 죽은 목숨과 당신으로 인해 시작된 역병에 대해서는 아무 말씀도 하지 않으십니까."

아가멤논은 분노로 퍼렇게 질린 얼굴을 하고 뭔지 모를 소리를 냈다. 아킬레우스는 한쪽 손을 들었다.

"당신을 모욕할 생각은 없습니다. 역병을 끝내고 싶을 따름이죠. 그 아가씨를 아버지에게 돌려보내면 됩니다."

아가멤논은 분노로 뺨이 일그러졌다. "과연 알겠군, 아킬레우스. 바다의 님프의 아들이니 어딜 가든 상전 노릇을 할 권리가 있다고 생각하는 건가? 사람들 사이에서 자기 위치를 터득하는 방법은 배우지 못했군그래."

아킬레우스는 대꾸를 하려고 입을 달싹였다.

"아무 말도 하지 말게." 아가멤논이 채찍처럼 말로 후려쳤다. "한마디만 더 했다가는 후회하게 될 테니."

"과연 제가 후회하게 될까요?" 아킬레우스의 표정은 극도로 침착했다. 그의 목소리는 잠잠했지만 뭐라고 말하는지 또렷하게 알아들을 수 있었다. "고매하신 왕이시여, 당신이 저에게 그런 말을 할 수 있는 형편은 아니라고 생각합니다만."

"나를 협박하는 건가?" 아가멤논은 고함을 질렀다. "너희들, 이자가 나를 협박하는 것을 들었느냐?"

"협박이 아닙니다. 제가 없으면 당신의 군대가 뭐가 되겠습니까?"

아가멤논의 얼굴이 표독하게 일그러졌다. "자네는 늘 자기 자신을 너무 과대평가하더군." 그는 빈정거렸다. "자네를 거기서 찾았을 때 어머니의 치마폭에 숨어 있도록 내버려뒀어야 하는 건데. 아니지, 자네 치마폭에 숨어 있도록."

병사들은 무슨 소리인지 몰라서 미간을 찌푸리며 서로 수군거렸다.

아킬레우스는 양손을 허리춤에 두고 주먹을 쥐고 있었다. 간신히 평정심을 유지하는 중이었다. "다른 데로 관심을 돌리려고 하시는군요. 내가 이 회의를 소집하지 않았다면 병사들이 죽어나가도록 언제까지 내버려둘 생각이었습니까? 어디 대답해보시지요."

아가멤논은 이미 고래고래 소리를 지르고 있었다. "이 용감한 전사들은 아울리스에 도착했을 때 내 앞에 무릎을 꿇고 충성을 맹세했다. 자네만 빼고 모두 다. 우리가 자네의 교만을 너무 오랫동안 방치한 모양이로군. 이제 자네가 충성의 맹세를 할 때가 되고도 남았는데 말이지." 그는 아킬레우스가 한 말을 따라 했다.

"나는 당신에게 어떤 맹세도 할 필요가 없습니다. 어느 누구에게도요." 아킬레우스는 싸늘한 목소리로 이렇게 말하며 업신여기는 표정으로 턱을 들었다. "나는 내 발로 여기까지 찾아왔고 당신은 그걸 다행스럽게 여기셔야 하지 않겠습니까. 무릎을 꿇어야 할 사람은 내가 아닙니다."

이번에는 말이 지나쳤다. 내 주변에서 사람들이 꿈틀거리는 게 느껴졌다. 아가멤논은 물고기를 향해 달려드는 새처럼 이 기회를 놓치지 않았다. "이자의 거만한 대꾸를 들었느냐?" 그는 아킬레우스 쪽으로 고개를 돌렸다. "무릎을 꿇지 않겠다?"

아킬레우스의 표정은 바위 같았다. "꿇지 않을 겁니다."

"그렇다면 우리 군을 배신하는 셈이니 그에 준하는 처벌을 받을 것이다. 순종과 굴복을 맹세할 때까지 자네의 전리품은 인질 삼아 내가 맡는다. 그 아이부터 시작할까? 이름이 브리세이스던가? 나더러 돌려주라는 아이를 대신해서 그 아이로 속죄하면 되겠군."

나는 숨이 턱 막혔다.

"그 아이는 내 것입니다." 아킬레우스가 말했다. 고기를 써는 칼처럼 말 한 마디, 한 마디가 날카로웠다. "모든 그리스군이 나에게 준 거란 말입니다. 그 아이는 데려가지 못합니다. 데려가려고 했다가는 목숨을 잃을 줄 아십시오. 명심하시는 게 좋을 겁니다, 왕이시여. 다치기 전에요."

아가멤논은 대답을 망설이지 않았다. 수많은 사람들이 보는 앞에서 물러설 수는 없었다. 절대 그럴 수는 없었다.

"나는 자네가 두렵지 않아. 그 아이는 내가 차지하겠네." 그는 미케네군 쪽으로 고개를 돌렸다. "그 아이를 데려오너라."

내 주변에서 왕들이 놀란 표정을 지었다. 브리세이스는 전리품이자 아킬레우스의 명예의 상징이었다. 그녀를 데려간다면 아가멤논은 아킬레우스의 진가를 전적으로 부인하는 셈이었다. 여기저기서 중얼거리는 소리가 들렸고 나는 사람들이 항의해주길 바랐다. 하지만 아무도 입을 벙긋하지 않았다.

아가멤논은 고개를 돌리는 바람에 아킬레우스의 손이 칼로 향하는 것을 보지 못했다. 나는 숨이 멎었다. 나는 그가 아가멤논의 비겁

한 심장을 한 방에 찌를 수 있다는 것을 알았다. 그는 고뇌하는 표정을 지었다. 그가 참은 이유를 나는 지금도 모르겠다. 어쩌면 죽음보다 더한 처벌을 원했기 때문이었을 것이다.

"아가멤논." 그가 말했다. 그 거친 목소리에 내 몸이 움찔거렸다. 왕이 고개를 돌리자 아킬레우스는 한 손가락으로 그의 가슴을 찔렀다. 총사령관은 놀라서 자기도 모르게 헉 하는 소리를 내뱉었다. "오늘의 그 발언으로 인해 당신과 당신의 부하들은 죽음을 맞이할 거요. 내가 더이상 당신을 위해 싸우지 않을 테니까. 내가 없으면 당신의 군대는 무너질 거요. 당신은 헥토르의 손에 갈려서 뼛가루와 핏물이 든 먼지로 변할 테고 나는 그 광경을 웃으며 지켜볼 거요. 당신이 나를 찾아와서 울부짖으며 자비를 구하더라도 나는 들은 척도 하지 않을 거요. 아가멤논, 당신이 이 자리에서 저지른 짓 때문에 저들은 전부 목숨을 잃을 거요."

그는 탁 소리를 내며 아가멤논의 발치에 큼지막한 침을 뱉었다. 잠시 후에 그가 앞을 지나서 옆을 스치고 지나가자 나는 현기증을 달래며 그를 따라 몸을 돌렸다. 내 뒤에서 수백 명의 미르미돈이 인파를 뚫고 막사가 있는 곳으로 요란하게 이동하는 것이 느껴졌다.

그는 뚜벅뚜벅 걸어서 금세 해변에 다다랐다. 안에 불이라도 지핀 것처럼 분노로 그의 몸이 이글거렸다. 근육이 어찌나 팽팽한지 건드리면 활시위처럼 끊어지는 건 아닐까 두려웠다. 그는 우리 병영에 다다를 때까지 한 번도 걸음을 멈추지 않았다. 고개를 돌려서 병사들에게 얘기를 건네지도 않았다. 그가 우리 막사 입구를 이중으로 가린 덮개를 잡아서 휙 하니 젖히고 안으로 들어가자 덮개가 찢어져버렸다.

나는 그의 입술이 그렇게 보기 흉할 정도로 뒤틀린 것을 본 적이 없었다. 눈빛은 사납기 그지없었다. "죽여버릴 거야." 그는 맹세했다. "죽여버리고 말겠어." 그가 창을 집어서 두 동강을 내자 나무가 퍽 하고 부러졌다. 파편들이 바닥으로 떨어졌다.

"그 자리에서 죽일 수 있었는데." 그가 말했다. "죽였어야 했는데. 어떻게 감히 나한테." 그가 물단지를 옆으로 내동댕이치자 의자에 부딪쳐서 산산조각이 났다. "겁쟁이들! 그들이 입술을 깨물면서 감히 아무 말도 못 하는 거 봤지? 그가 그들의 전리품까지 다 빼앗았으면 좋겠군. 그것까지 하나씩 삼켜버렸으면 좋겠어."

밖에서 누군가가 조심스럽게 불렀다. "아킬레우스 왕자님."

"들어오너라." 아킬레우스는 으르렁거렸다.

아우토메돈은 숨을 헐떡이며 더듬더듬 말을 늘어놓았다. "방해해서 죄송합니다. 포이닉스께서 저에게 남아서 어떻게 됐는지 잘 듣고 왕자님께 전하라고 하셔서요."

"그런데?" 아킬레우스가 따져 물었다.

아우토메돈은 움찔했다. "아가멤논이 모두에게 헥토르가 아직 살아 있는 이유가 뭐냐고 물었습니다. 그러면서 왕자님은 필요 없다고 했습니다. 어쩌면 왕자님은…… 말만 번드르르한 걸지 모른다면서요." 아킬레우스의 손에서 창이 또 한 자루 작살났다. 아우토메돈은 침을 꿀꺽 삼켰다. "브리세이스를 데리러 오고 있습니다."

아킬레우스는 나를 등지고 있었다. 그래서 그의 표정을 볼 수가 없었다. "나가 있어라." 그가 전차 마부에게 말했다. 아우토메돈이 뒷걸음쳐 나가자 우리 둘만 남았다.

브리세이스를 데리러 오고 있다니. 나는 주먹을 불끈 쥐고 일어났다. 두 발로 땅을 뚫고 반대편 세상으로 나갈 수 있을 것처럼 기운이 솟고 굳은 의지가 생겼다.

"무슨 조치를 취해야지." 내가 말했다. "숨기면 되겠다. 숲이나 아니면……"

"대가를 치를 거야." 아킬레우스가 말했다. 격하게 의기양양한 목소리였다. "데려가게 내버려둬. 제 무덤을 파는 꼴이니까."

"그게 무슨 소리야?"

"어머니하고 얘기해야겠다." 그는 밖으로 나가려고 했다.

나는 그의 팔을 잡았다. "시간이 없어. 네가 돌아올 때쯤이면 그녀는 끌려가고 없을 거야. 지금 무슨 조치를 취해야 해!"

그는 고개를 돌렸다. 눈빛이 이상했다. 커다랗고 시커먼 동공이 얼굴을 삼키고서 먼 곳을 바라보는 듯했다. "지금 무슨 소리하는 거야?"

나는 그를 빤히 쳐다보았다. "브리세이스."

그도 나를 빤히 쳐다보았다. 그의 눈을 스쳐지나가는 감정의 변화를 나는 읽을 수 없었다. "그녀를 위해서 나는 할 수 있는 게 아무것도 없어." 마침내 그가 말했다. "아가멤논이 이 길을 선택했으면 결과를 감당해야지."

돌을 매달고 깊은 바닷속으로 빠진 듯한 기분이 들었다.

"브리세이스를 데려가도록 내버려두진 않을 거지?"

그는 고개를 돌렸다. 내 시선을 피했다. "그가 선택한 거야. 그러면 어떻게 되는지 나는 이미 이야기했고."

"그자가 브리세이스한테 무슨 짓을 할지 너도 알잖아."

"그가 선택한 거야." 그는 같은 말을 반복했다. "내 명예를 짓밟겠다고? 나를 처벌하겠다고? 마음대로 하라고 해." 안에서 타오르는 불길로 그의 두 눈이 이글거렸다.

"그녀를 돕지 않을 거야?"

"내가 할 수 있는 게 아무것도 없다니까." 그는 딱 잘라서 말했다.

술에 취하기라도 한 것처럼 세상이 기우뚱 기울었다. 나는 아무 말도, 아무 생각도 할 수 없었다. 그에게 이렇게 화가 나본 적이 없었기에 어떻게 하면 좋을지 알 수가 없었다.

"그녀는 이제 우리 사람이야. 그런데 어떻게 데려가도록 그냥 내버려둘 수 있어? 네 명예는 어디로 간 거야? 그자가 그녀를 더럽히도록 어떻게 그냥 내버려둘 수 있어?"

이때 문득 깨달음이 나를 찾아왔다. 구역질이 났다. 나는 막사 입구 쪽으로 몸을 돌렸다.

"어디 가려고?" 그가 물었다.

나는 거칠고 사나운 목소리로 대답했다. "브리세이스에게 알려줘야지. 네가 어떤 선택을 했는지 그녀도 알 권리가 있잖아."

나는 그녀의 천막 앞에 서 있다. 갈색의 짐승 가죽들이 걸려 있고 멀찌감치 떨어져 있는 조그만 천막이다. "브리세이스." 내가 부르는 소리가 들린다.

"들어오세요!" 그녀는 반가워하며 따뜻한 목소리로 대답한다. 역병이 도는 동안에는 시간이 없어서 필요 이상으로 대화를 나눈 적이 없었다.

안으로 들어가보니 그녀는 막자사발과 막자를 무릎 위에 얹어놓고 등받이 없는 의자에 앉아 있다. 육두구 냄새가 코를 찌른다. 그녀는 미소를 짓고 있다.

가슴이 찢어질 듯이 아프다. 무슨 수로 그녀에게 이 소식을 전할 수 있을까?

"내가······" 나는 말을 꺼냈다가 멈춘다. 그녀는 내 얼굴을 보고 미소를 거둔다. 얼른 일어나서 내 옆으로 다가온다.

"왜 그래요?" 그녀는 서늘한 손목을 내 이마에 댄다. "아파요? 아킬레우스 왕자님도 괜찮은 거죠?" 부끄러워서 속이 메슥거린다. 하지만 자기 연민에 빠질 여력이 없다. 그들이 오고 있지 않은가.

"안 좋은 일이 생겼어." 내가 말한다. 입안에서 혀가 꼬인다. 말이 제대로 나오지 않는다. "아킬레우스가 오늘 나가서 사람들한테 얘기를 했거든. 아폴론이 역병을 내린 거였어."

"우리도 그렇게 생각했잖아요." 그녀는 안심하라는 듯이 내 손 위에 자기 손을 얹고 고개를 끄덕인다. 나는 가까스로 말을 잇는다.

"아가멤논은 생각이 달라서······ 화를 냈어. 그와 아킬레우스가 한 판 붙었지. 그가 아킬레우스에게 벌을 내리려고 해."

"벌을 내린다고요? 어떻게요?"

이제 그녀는 심상치 않은 내 눈빛을 알아차린다. 그녀의 얼굴이 고요하고 차분해진다. "뭔데요?"

"그가 사람을 보내려고 해. 너를 데려가려고."

그녀는 감추려고 하지만 불길처럼 솟구친 공포의 표정을 나는 알아차린다. 그녀는 내 손을 움켜쥔다. "그럼 어떻게 되는데요?"

수치심이 내 모든 신경을 갉아먹고 있다. 악몽 같다. 깨어나서 안도의 한숨을 내쉴 수 있길 매 순간 바라고 또 바란다. 하지만 깨어날 리 없다. 이것은 현실이다. 그는 도와주지 않을 것이다.

"그가……" 나는 더이상 아무 말도 하지 못한다.

그것으로 충분하다. 그녀는 알아차린다. 그녀는 지난 구 일 동안 힘든 일을 하느라 트고 까칠해진 오른손으로 치맛자락을 움켜쥔다. 나는 그녀를 다시 데려올 거라고, 그러면 아무 일 없을 거라고 위로랍시고 더듬더듬 늘어놓는다. 하지만 전부 거짓말이다. 아가멤논의 막사로 가면 그녀에게 무슨 일이 벌어질지 우리 둘 다 알고 있다. 아킬레우스도 알면서 그녀를 보내고 있다.

천재지변과 대재앙이 내 머릿속을 온통 수놓는다. 지진이 나고 화산이 폭발하고 홍수가 터졌으면 좋겠다. 그 정도는 되어야 내 분노와 슬픔을 담을 수 있을 듯하다. 세상이 달걀을 담은 사발처럼 뒤집혀 내 발치에서 으스러졌으면 좋겠다.

밖에서 나팔 소리가 들린다. 그녀는 손을 들어 뺨 위로 흐르는 눈물을 닦는다. "가요." 그녀가 속삭인다. "얼른요."

26

두 남자가 아가멤논 진영의 상징인 밝은 자주색 바탕에 전령의 징표가 찍힌 옷을 입고 저멀리서 해변을 걸어오고 있다. 나도 아는 자들이다. 아가멤논의 수석 전령이자 최측근이며 사리 분별이 명확하기로 정평이 난 탈티비오스와 에우리바테스다. 증오심으로 목이 멘다. 그들이 죽어버렸으면 좋겠다.

이제 가까워진 그들은 위협적으로 갑옷을 덜거덕거리며 노려보는 미르미돈 보초병들을 지난다. 그 정도면 아킬레우스가 흥분하더라도 충분히 도망칠 수 있겠다 싶은지 우리로부터 열 발자국 앞에서 걸음을 멈춘다. 나는 끔찍한 광경을 마음껏 상상한다. 아킬레우스가 달려들어 목을 따자 그들이 사냥꾼의 손에 잡힌 죽은 토끼처럼 축 늘어지는 광경을 상상한다.

그들은 눈을 내리깔고 체중을 이쪽 발에 실었다 저쪽 발에 실으며 더듬더듬 인사말을 늘어놓는다. "그녀를 넘겨받으러 왔습니다."

아킬레우스가 대답한다. 말투가 싸늘하고 매몰찬데 분노를 누르고 숨기고 있어 억지스럽다. 그가 품위와 너그러움이 무엇인지 과시하고 있다는 것을 나도 알지만 그 차분한 말투에 내 어금니가 앙다물어진다. 그는 이런 이미지를 마음에 들어한다. 부당한 취급을 당했지만 전리품을 빼앗겨도 태연하게 받아들이며 온 진영이 보는 앞에서 희생하는 청년. 내 이름이 들리고 나를 쳐다보는 그들이 내 눈에 들어온다. 내가 가서 브리세이스를 데려와야 하는 것이다.

그녀는 나를 기다리고 있다. 빈손이다. 아무 소지품도 들고 가지 않는다. "미안해." 나는 속삭인다. 그녀는 괜찮다고 말하지 않는다. 괜찮지 않기 때문이다. 그녀가 몸을 앞으로 내밀자 따뜻하고 달콤한 그녀의 숨결이 느껴진다. 그녀의 입술이 내 입술을 스치고 지나간다. 이윽고 그녀는 나를 지나서 멀어진다.

탈티비오스가 한쪽을, 에우리바테스가 다른 쪽을 잡는다. 그들의 손가락이 거칠게 그녀의 팔을 파고든다. 그들은 얼른 우리와 헤어지고 싶어서 그녀를 앞으로 끌고 간다. 그녀는 싫어도 걸어야 한다. 그러지 않으면 넘어질 것이다. 그녀가 고개를 돌려서 우리를 쳐다보자 나는 간절한 희망이 담긴 그녀의 눈빛에 억장이 무너진다. 나는 아킬레우스를 쳐다보며 시선을 들라고, 생각을 바꾸라고 주문을 건다. 내

주문은 먹히지 않는다.

그들은 이제 우리 병영을 벗어나 빠르게 움직이고 있다. 어느 정도 시간이 지나자 모래사장 위에서 먹고, 걷고, 서로 사이가 틀어진 왕들을 놓고 열심히 수군대는 다른 어둑어둑한 형체들과 그들을 거의 구분할 수 없는 정도가 된다. 분노가 산불처럼 나를 휩쓸고 지나간다.

"어떻게 브리세이스를 데려가도록 내버려둘 수가 있어?" 나는 어금니를 앙다물고 묻는다.

그의 표정은 멍하고 황량해서 다른 나라 말인 양 해석할 수가 없다. "어머니하고 얘기해야겠어."

"그럼 가." 나는 으르렁거린다.

나는 떠나는 그를 바라본다. 속이 타서 재만 남았다. 손톱에 파인 손바닥이 쓰리다. 나는 이 남자를 모른다는 생각이 든다. 그는 내가 본 적도 없는 사람이다. 그를 향한 나의 분노는 피처럼 뜨겁다. 나는 그를 절대 용서하지 않을 것이다. 우리 막사를 갈기갈기 찢고 리라를 부수고 스스로 배를 찔러서 피를 흘리며 죽어가는 내 모습을 상상해본다. 상심과 후회로 일그러진 그의 얼굴을 보고 싶다. 내가 아는 소년에게 씌워진 차가운 석조 가면을 깨부수고 싶다. 그는 무슨 일이 벌어질지 알면서 그녀를 아가멤논에게 넘겼다.

이제 그는 내가 속수무책으로 고분고분 여기서 그를 기다릴 거라고 생각한다. 나는 그녀를 무사히 지켜주는 조건으로 아가멤논에게 내줄 게 아무것도 없다. 그에게 뇌물을 바칠 수도 없고 간청할 수도 없다. 미케네의 왕은 이 승리의 순간을 너무 오랫동안 기다렸다. 그녀를 놓아주지 않을 것이다. 뼈다귀를 지키는 늑대가 생각난다. 펠리온 산에는 배가 너무 고프면 인간을 사냥하고도 남을 그런 늑대들이 살았다. "그런 늑대가 너희를 따라오거든 너희보다 더 좋아할 만한 것을 주어야 한다." 케이론은 그렇게 말했다.

아가멤논이 브리세이스보다 더 좋아할 만한 것은 하나밖에 없다. 나는 허리춤에서 칼을 꺼낸다. 피를 좋아해본 적이 없지만 지금은 달리 방법이 없다.

호위병들은 뒤늦게 나를 발견해도 너무 놀라서 무기를 들지 못한다. 한 명은 정신을 차리고 나를 붙잡지만 내가 손톱으로 팔뚝을 찌르자 손을 놓는다. 다들 충격으로 어안이 벙벙하고 바보 같은 표정이다. 나는 아킬레우스의 애완용 토끼가 아니던가. 내가 전사였다면 그들이 싸우려 들 테지만 나는 전사가 아니다. 그들이 나를 막아야겠다고 생각할 무렵, 나는 막사 안으로 들어가 있다.

맨 먼저 브리세이스가 보인다. 손이 묶인 채로 구석에 웅크리고 있다. 아가멤논은 입구를 등지고 서서 그녀에게 뭐라고 말을 하고 있다.

요란한 소리가 들리자 그가 인상을 쓰며 고개를 돌린다. 하지만 나를 보더니 의기양양하게 얼굴을 빛낸다. 내가 빌러 왔다고 생각하는 것이다. 아킬레우스의 칙사로 자비를 구하러 왔다고. 아니면 쥐뿔도 없는 게 노발대발해서 그를 웃길 거라고.

내가 칼을 들자 아가멤논이 눈을 휘둥그레 뜬다. 허리춤에 찬 칼쪽으로 손을 움직이며 호위병을 부르려고 입을 벌린다. 그는 호위병을 부를 겨를도 없다. 내가 칼로 내 왼쪽 손목을 긋기 때문이다. 살갗이 화끈거리기는 하지만 깊게 베이지는 않았다. 다시 긋자 이번에는 혈관이 제대로 걸려들었다. 폐쇄된 공간에서 피가 뿜어져나온다. 브

리세이스가 경악하는 소리가 들린다. 아가멤논의 얼굴에 핏방울이
튀었다.

"맹세컨대 제가 하려는 이야기는 거짓이 아닙니다." 내가 말한다.
"제 피에 대고 맹세합니다."

아가멤논은 깜짝 놀란다. 피와 맹세라는 단어에 멈칫한다. 그는
원래 미신을 잘 믿는 성격이다.

"흠," 그는 애써 위신을 차리며 퉁명스럽게 말한다. "무슨 이야기
인지 어디 한번 해보거라."

나는 손목에서 흐르는 피가 느껴지지만 막으려고 하지 않는다.

"폐하는 지금 아주 위험한 상황입니다." 내가 말한다.

그는 비웃음을 흘린다. "지금 나를 협박하는 거냐? 협박을 하라고
그가 너를 보낸 거냐?"

"아니요. 저는 그가 보내서 온 게 아닙니다."

그는 실눈을 뜨고, 머릿속으로 그림 조각을 맞추는 표정을 짓는
다. "분명 그의 허락을 받고 왔을 텐데."

"아닙니다." 내가 말한다.

그는 이제 내 말을 들으려고 한다.

"그는 폐하가 그녀를 어떻게 하려는지 압니다." 내가 말한다.

우리 대화에 열심히 귀를 기울이는 브리세이스가 곁눈으로 보이
지만 감히 그녀를 똑바로 쳐다볼 수가 없다. 손목이 둔하게 욱신거리
고 따뜻한 피가 주먹 안에 가득찼다가 흐르는 게 느껴진다. 나는 칼
을 떨어뜨리고, 심장에서 서서히 피가 빠져나가는 속도를 늦추기 위
해 엄지손가락을 혈관에 대고 누른다.

"그런데?"

"그가 왜 그녀를 데려가는 걸 막지 않았는지 궁금하지 않으십니까?" 나는 업신여기는 투로 묻는다. "폐하의 부하와 군대 전체를 죽일 수도 있었는데 말입니다. 그가 능력이 안 돼서 폐하를 제어하지 못했다고 생각하시는 건 아니겠죠?"

아가멤논의 얼굴이 시뻘게진다. 하지만 나는 그에게 말할 기회를 주지 않는다.

"그는 폐하가 그녀를 데려가도록 내버려두었습니다. 폐하가 그녀와 잠자리를 할 테고 그러면 그길로 몰락이라는 것을 알기 때문이죠. 그녀는 정당한 공헌을 통해 획득한 그의 소유입니다. 그녀를 범하면 전군의 남자들이 당신께 등을 돌릴 테고 신들도 마찬가지일 겁니다."

내가 천천히 신중하게 말을 잇자 한 단어, 한 단어가 화살처럼 표적에 제대로 꽂힌다. 그가 자존심과 욕망에 눈이 어두워서 보지 못했을 뿐 내가 한 말은 사실이다. 아가멤논의 수중으로 넘어가더라도 그녀는 여전히 아킬레우스의 전리품이다. 그녀를 범하는 것은 곧 아킬레우스를 범하는 것이고 그것은 그를 모욕하는 가장 치명적인 행위다. 아킬레우스가 그것을 이유로 그를 죽일 수도 있고 메넬라오스도 부당하다고 말하지 못할 것이다.

"그녀를 데려간 것이 폐하의 능력의 한계입니다. 사람들이 그걸 용납한 이유는 그가 너무 오만하게 나왔기 때문인데 그 이상은 용납하지 않을 겁니다." 우리는 왕에게 복종하지만 그것도 납득이 될 때에 한해서다. 아리스토스 아카이오이의 자존심에 금이 간다면 우리의 자존심도 마찬가지가 된다. 그런 왕은 오래도록 왕위를 지키지 못할 것이다.

아가멤논은 거기까지 생각을 하지 못했다. 깨달음이 파도처럼 밀려와 그를 흠뻑 적신다. 그는 다급한 목소리로 말한다. "내 고문관들은 그런 얘기를 하지 않던데."

"폐하의 의도를 몰라서 그런 거겠죠. 아니면 다른 꿍꿍이속이 있든지요." 나는 잠깐 말을 멈추고 그에게 생각할 여유를 준다. "폐하가 몰락하면 지휘권이 누구에게로 넘어갑니까?"

그는 대답을 안다. 오디세우스와 디오메데스에게 공동으로 넘어가고 메넬라오스는 허수아비가 된다. 그는 마침내 내가 들고 온 선물의 규모를 깨닫는다. 그가 바보였다면 이 자리에 오르지 못했을 것이다.

"그를 배신하고 내게 경고하러 온 거로군."

맞는 말이다. 아킬레우스가 아가멤논에게 칼을 쥐여주었는데 내가 그의 손을 붙잡았다. 그의 말이 견딜 수 없이 쓰리다. "그렇습니다."

"어째서지?" 그가 묻는다.

"왜냐하면 그가 틀렸으니까요." 내가 말한다. 모래와 소금을 삼키기라도 한 듯 목구멍이 쓰리고 따갑다.

아가멤논은 나를 빤히 쳐다본다. 나는 정직하고 마음씨가 따뜻하다고 알려져 있다. 나를 믿지 않을 이유가 없다. 그는 미소를 짓는다. "잘했다." 그가 말했다. "진정한 주인에게 충심을 보여주는구나." 그는 이 사실을 음미하고 머릿속에 담느라 잠깐 하던 말을 멈춘다. "그는 네가 무슨 짓을 저질렀는지 아느냐?"

"아직 모릅니다." 내가 대답한다.

"아." 그는 눈을 반쯤 감고 상상에 잠긴다. 나는 의기양양한 표정이 번개처럼 다시금 그의 얼굴을 스치고 지나가는 것을 바라본다. 그는 고통의 전문가다. 가장 소중하게 아끼던 사람이 가장 싫어하는 적의 편으로 붙는 배신을 당하는 것만큼 아킬레우스에게 더한 괴로움을 안길 일은 없을 것이다.

"맹세하건대 그가 찾아와서 용서해달라고 무릎을 꿇으면 그녀를 풀어줄 것이다. 그의 명예에 걸림돌이 되는 것은 내가 아니라 그의 자존심이다. 가서 그렇게 일러라."

나는 대답하지 않는다. 일어나서 브리세이스에게 걸어간다. 그녀를 묶고 있는 밧줄을 자른다. 그녀는 눈을 휘둥그레 뜨고 있다. 내가 얼마나 희생을 했는지 알기 때문이다. "손목이……" 그녀는 속삭인다. 나는 아무 대답도 할 수가 없다. 머릿속에서 성공의 기쁨과 절망감이 뒤엉켜 있다. 막사의 모래가 내 피로 벌겋다.

"그녀를 잘 챙겨주십시오." 내가 말한다.

나는 몸을 돌려서 막사를 나선다. 그녀는 이제 괜찮을 거라고 속으로 중얼거린다. 그는 내가 준 선물의 가장 기름진 부분을 만끽하고 있다. 나는 튜닉을 길게 찢어서 손목을 동여맨다. 머리가 어질어질하지만 피를 흘려서 그런 건지 좀 전에 저지른 일 때문인지 잘 모르겠다. 나는 천천히 해변을 되짚어서 한참 동안 걷는다.

돌아가보니 그가 막사 앞에 서 있다. 바다에 무릎을 꿇고 앉아 있었는지 튜닉이 축축하다. 표정을 단단히 단속하고 있지만 피곤한 기색이 엿보인다. 나와 똑같다.

"어디 갔었어?"

"본진에." 나는 아직 그에게 얘기할 준비가 되지 않았다. "어머니는 어떠셔?"

"잘 지내셔. 피가 나잖아?"

붕대가 흠뻑 젖었다.

340

"나도 알아." 내가 말한다.

"어디 좀 보자." 나는 순순히 그를 따라서 막사 안으로 들어간다. 그는 내 팔을 잡고 천조각을 푼다. 물을 들고 와서 상처를 깨끗하게 씻고 으깬 서양톱풀과 꿀을 얹는다.

"칼에 베인 거야?" 그가 묻는다.

"응."

우리는 폭풍이 다가오고 있음을 안다. 그걸 최대한 뒤로 늦추는 중이다. 그는 깨끗한 붕대로 상처를 동여맨다. 물을 섞은 포도주와 함께 먹을거리도 들고 온다. 그의 표정을 보니 내 얼굴이 아파 보이고 창백하다는 것을 알겠다.

"누구 때문에 다쳤는지 얘기해줄 거야?"

나는 너라고 말하는 내 모습을 상상해본다. 하지만 그보다 더 유치할 수는 없는 짓이다.

"내가 그런 거야."

"왜?"

"맹세를 하느라." 더이상 기다릴 수가 없다. 나는 그의 얼굴을 똑바로 쳐다본다. "아가멤논을 찾아갔어. 가서 네 계획을 알려줬어."

"내 계획?" 그는 무심한 듯 무미건조한 말투로 되묻는다.

"그가 브리세이스를 겁탈하도록 내버려두었다가 복수를 할지 모른다고." 입 밖으로 말을 꺼내고 나니 생각했던 것보다 더 큰 충격이 느껴진다.

그는 일어나서 내가 그의 얼굴을 보지 못하도록 몸을 반쯤 돌린다. 나는 표정 대신 뻣뻣한 어깨와 힘이 들어간 목을 통해 그의 속마음을 파악한다.

"그러니까 그에게 경고를 한 거네?"

"응."

"그가 만약 그러면 내가 그를 죽일 수도 있다는 거, 너도 알지?" 여전히 무미건조한 말투다. "아니면 추방할 수도 있겠지. 사령관 자리에서 끌어내리고. 그러면 사람들은 나를 신처럼 떠받들 테고."

"알아."

위험한 정적이 흐른다. 나는 그가 나에게 달려들 때까지 계속 기다린다. 소리를 지르거나 때릴 때까지 계속 기다린다. 마침내 그가 고개를 돌려서 나를 마주본다.

"내 명예 대신 그녀의 안전을 선택했군. 네 선택에 만족해?"

"친구를 배신하는 건 명예롭지 못한 행동이야."

"듣기 불편하네." 그가 말한다. "네가 배신을 운운하다니."

이 말에서 느껴지는 고통은 거의 감당할 수 없을 정도다. 나는 애써 브리세이스를 떠올린다. "달리 방법이 없었어."

"너는 그녀를 선택했어." 그가 말한다. "나 대신."

"네 자존심 대신 선택한 거야." 내가 쓴 단어는 휴브리스^{hubris}다. 하늘을 찌를 정도의 오만함, 신들처럼 추악하기 그지없는 잔인한 행동과 이글거리는 분노를 표현할 때 쓰는 단어다.

그는 주먹을 불끈 쥔다. 어쩌면 이제 주먹이 날아올지 모른다.

"내게 명성은 목숨과도 같아." 그가 말한다. 숨소리가 거칠다. "내가 가진 건 그게 전부야. 나는 앞으로 오래 살지도 못하잖아. 사람들의 기억에 남는 것이 내가 바랄 수 있는 전부라고." 그는 침을 꿀걱 삼킨다. "너도 알잖아. 그런데도 아가멤논이 그걸 짓밟도록 내버려둘 거야? 나한테서 그걸 앗아가도록 도울 거야?"

"아니." 내가 말한다. "하지만 나는 그 사람에 걸맞은 추억을 갖고 싶어. 나는 네가 잔인했던 걸로 기억에 남는 폭군이 아니라 너다운 사람이 되었으면 해. 아가멤논에게는 다른 방법으로 대가를 치르게 할 수 있을 거야. 그 방법을 찾자. 내가 도울게, 맹세해. 하지만 이건 아니야. 오늘 네가 저지른 그런 짓으로는 어떤 명성도 누릴 수 없어."

그는 다시 고개를 저편으로 돌리고 입을 다문다. 나는 아무 말도 하지 않는 그의 등을 물끄러미 바라본다. 그의 튜닉에 잡힌 주름과 말라가는 소금과 그의 살갗에 들러붙은 모래알을 하나도 남김없이 기억에 담는다.

마침내 그가 말을 꺼낸다. 졌다는 듯이 지친 목소리다. 나에게 화를 내는 방법을 자기도 모르는 것이다. 우리는 불이 붙지 않는 축축한 나무와도 같다.

"그럼 된 거야? 그녀는 이제 안전한 거야? 그럴 테지. 그렇지 않았다면 네가 돌아오지 않았을 테니까."

"응. 이제 안전해."

그는 피곤한 한숨 소리를 낸다. "네가 나보다 낫다."

희망의 싹이 보인다. 우리는 상처를 주고받았지만 치명적이지는 않았다. 브리세이스는 다치지 않을 테고 아킬레우스는 지금 이대로의 모습으로 사람들의 기억 속에 남을 테고 내 손목은 나을 것이다. 이후에도 또 이런 순간이 찾아올 테고 그 이후에도 또 그럴 것이다.

"아니야." 나는 일어나서 그에게 다가간다. 따뜻한 그의 몸에 손을 얹는다. "그렇지 않아. 너는 오늘 정신을 잃었을 뿐이야. 그랬다가 이제 다시 정신을 차린 거야."

그가 길게 숨을 내쉬자 어깨가 올라갔다가 내려온다. "내가 또 무슨 짓을 했는지 다 듣기 전에는 그런 소리 하지 마."

27

막사 깔개에 돌멩이가 세 개 놓여 있다. 우리 발에 채였거나 저절로 굴러들어온 것들이다. 나는 그걸 집는다. 뭔가 잡고 있을 게 필요하다.

말을 하는 동안 그의 얼굴에서 피곤한 기색이 점점 가신다. "……나는 더이상 그를 위해 싸우지 않을 거야. 호시탐탐 내가 누려 마땅한 영광을 가로챌 궁리만 하잖아. 나를 어둠과 의혹 속으로 몰아넣으려 하고. 다른 남자가 자기보다 더 빛나는 걸 못 견디는 거지. 하지만 깨닫게 될 거야. 아리스토스 아카이오이가 없으면 그의 군대가 어느 정도인지 내가 보여줄 테니까."

나는 아무 말도 하지 않는다. 그의 안에서 점점 치밀어오르는 노여움이 내 눈에 보인다. 몸을 피할 데 없는 곳에서 다가오는 폭풍을 바라보는 듯한 느낌이다.

"지켜주는 내가 없으면 그리스군은 무너질 거야. 그는 애걸복걸하거나 죽을 수밖에 없겠지."

그가 어떤 표정으로 어머니를 만나러 나갔는지 기억이 난다. 사납고 흥분했고 화강암처럼 딱딱했다. 그녀의 앞에 무릎을 꿇고 앉아서 분노로 흐느끼며 울퉁불퉁한 바위를 주먹으로 때리는 모습이 그려진다. 모욕을 당했다고 그는 그녀에게 얘기한다. 망신을 당했다고. 영원히 지지 않을 명성이 무너졌다고.

그녀는 물개처럼 탄력이 있는 길고 하얀 목을 손가락으로 멍하니 당기며 듣다가 고개를 끄덕인다. 복수와 분노로 점철된 좋은 방법이, 신의 묘수가 떠오른다. 그녀가 알려주자 그의 흐느낌이 멈춘다.

"그분이 그렇게 해주실까요?" 아킬레우스가 놀라워하며 묻는다. 머리에는 구름 화환을 두르고 손으로 벼락을 쥔 신들의 왕 제우스를 두고 하는 말이다.

"해줄 거다." 테티스가 말한다. "나한테 진 빚이 있으니까."

균형 유지의 대가인 제우스는 저울을 놓을 것이다. 닻과 닻줄이 발치를 간질이고 돛대와 뱃머리가 등뒤에서 갈라질 때까지 바다로 밀려나도록 그리스군을 지고, 지고, 또 지게 만들 것이다. 그러면 그들은 누구에게 애걸복걸해야 하는지 알게 될 것이다.

테티스가 허리를 숙여서 아들에게 입을 맞추자 뺨에 불가사리 모양의 빨간 자국이 남는다. 그녀는 이내 몸을 돌려서 바닥으로 가라앉는 돌멩이처럼 물속으로 미끄러져 들어간다.

내가 들고 있던 돌멩이들을 바닥으로 떨어뜨리자 아무렇게나 떨어진 건지 아니면 어떤 의미가 담겨 있는지, 일종의 예언일지 아니면 우연의 일치일지 모를 형체를 이룬다. 케이론이 있었다면 그걸 보고 우리의 앞날을 예견할 수 있었을 것이다. 하지만 그는 여기 없다.

"그가 애걸복걸하지 않으면 어떻게 되는데?" 내가 묻는다.

"그러면 그는 죽을 거야. 모두 다 죽을 거야. 나는 그가 애걸복걸하지 않는 한 전투에 나서지 않을 거거든." 그는 내가 나무랄 것에 대비해서 턱을 내민다.

나는 고단하다. 칼로 벤 팔뚝이 욱신거리고 더러운 땀으로 온몸이 뒤덮인 느낌이다. 나는 아무 대꾸도 하지 않는다.

"내가 한 말 들었어?"

"들었어." 내가 말한다. "그리스군이 죽을 거라고."

예전에 케이론은 국가야말로 인간의 가장 어리석은 발명품이라고 한 적이 있었다. "어느 나라 출신이건 인간으로서의 가치는 동등하지 않느냐."

"하지만 그자가 제 친구라면요?" 아킬레우스가 두 발을 차서 장미석영 동굴에 얹으며 물었다. "제 형제라면요? 그래도 이방인과 동등하게 대우해야 합니까?"

"철학자들끼리 논쟁을 벌이는 질문을 하고 있구나." 그가 말했다. "너에게는 그자가 더 소중할지 모르지. 하지만 그 이방인도 누군가의 친구이자 형제다. 그러니 누구의 목숨이 더 중요하겠느냐?"

우리는 아무 말도 하지 않았다. 열네 살이었기에 그런 문제가 너무 어렵게 느껴졌다. 지금 우리는 스물일곱 살인데도 여전히 어렵게 느껴진다.

시인들의 표현을 빌리자면 그는 내 영혼의 반쪽이다. 그는 조만간 죽을 테고 그러면 남는 것은 그의 명성뿐이다. 그것이 그의 자식이자 가장 소중한 일면이다. 그걸 가지고 그를 나무랄 수 있을까? 나는 브리세이스를 살렸다. 내가 그들 모두를 살릴 수는 없다.

케이론에게 뭐라고 대답하면 될지 이제는 알겠다. 거기에는 정답이 없다고. 어느 쪽을 선택하든 틀리게 되어 있다고.

그날 저녁에 나는 아가멤논의 병영을 다시 찾아간다. 걸어가는데 호기심과 동정 어린 시선들이 느껴진다. 아킬레우스가 따라오는지 내 뒤를 확인한다. 그는 없다.

내가 어디에 갈 작정인지 알렸을 때 그는 다시 어둠 속으로 들어간 듯해 보였다. "그녀에게 미안하다고 전해줘." 그는 시선을 떨어뜨리고 말했다. 나는 아무 대꾸도 하지 않았다. 이제 더 확실하게 복수할 방법을 찾았으니 미안해진 걸까? 아가멤논뿐 아니라 배은망덕한 그리스군 전체를 쓰러뜨릴 방법을 찾았으니? 나는 너무 깊게 생각하지 않는다. 그가 미안해하고 있으니 그걸로 된 거다.

"들어오세요." 그녀가 낯선 목소리로 말한다. 그녀는 금실로 꿰맨 드레스를 입고 청금석 목걸이를 하고 있다. 손목에는 무늬를 새긴 은 팔찌를 꼈다. 그녀가 일어나자 갑옷을 입고 있기라도 한 것처럼 땡그랑 소리가 난다.

어색해하는 그녀의 기색이 느껴진다. 하지만 내 뒤에서 보일락 말락 하게 벌어져 있던 덮개를 젖히고 들어온 아가멤논 때문에 우리는 아무 대화도 나누지 못한다.

"내가 얼마나 잘 챙기고 있는지 보이지 않나?" 그가 말한다. "내가 아킬레우스를 얼마나 높이 사는지 온 진영이 알게 될 걸세. 그가 사과를 하기만 하면 나도 응당의 예를 표할 작정이라네. 그렇게 젊은 친구가 그렇게 오만방자하다니 참으로 안타까운 일이지만."

우쭐대는 그의 표정에 부아가 치민다. 하지만 뭘 기대할 수 있겠는가. 내가 자초한 일이다. 그의 명예 대신 그녀의 안전을 선택했지. "온 병사들이 자랑스러워할 겁니다, 폐하." 내가 말한다.

"아킬레우스에게 가서 전하거라." 아가멤논은 말을 잇는다. "내가 그녀를 얼마나 잘 챙기고 있는지 말이다. 언제든 그녀를 만나러 와도 좋다." 그는 기분 나쁜 미소를 짓고는 일어나서 우리를 쳐다본다. 자리를 비켜줄 생각이 없는 것이다.

나는 브리세이스를 돌아본다. 몇 마디 배워놓은 그녀의 모국어를 지금 쓰기로 한다.

"정말 괜찮은 거야?"

"네." 그녀는 억양이 심한 아나톨리아어로 대답한다. "언제까지 이러고 있어야 해요?"

"나도 몰라." 내가 대답한다. 정말로 모른다. 얼마나 열을 가해야 쇠가 구부러질 만큼 말랑말랑해질까? 나는 허리를 숙여서 그녀의 뺨에 살짝 입을 맞춘다. "곧 다시 만나러 올게." 나는 그리스어로 말한다.

그녀는 고개를 끄덕인다.

아가멤논은 떠나는 나를 눈으로 좇는다. 그가 묻는 소리가 들린다. "그가 뭐라고 했느냐?"

그녀가 대답하는 소리가 들린다. "드레스가 예쁘다고 했습니다."

다음 날 아침, 다른 왕들은 모두 군대를 이끌고 트로이아군과 싸우러 나간다. 프티아군만 따라나서지 않는다. 아킬레우스와 나는 아침 상을 받아놓고 한참 동안 늑장을 부린다. 안 될 것도 없다. 달리 할 일이 없다. 원하면 하루종일 수영을 하거나 체커를 하거나 말을 타도 된다. 펠리온을 떠난 이래 그토록 철저하게 여가를 즐긴 적이 없다.

그런데 여가처럼 느껴지지 않는다. 급강하하기 전에 자세를 취하는 독수리처럼 숨을 참고 있는 듯한 느낌이다. 어깨에서 힘이 빠지고 텅 빈 바닷가를 자꾸만 쳐다보게 된다. 우리는 신들의 조치를 기다리고 있다.

기다림은 길지 않다.

28

그날 저녁에 포이닉스가 절름거리며 바닷가를 걸어와서 결투 소식을 알린다. 아침에 양측 군이 한자리에 집결하자 파리스가 황금빛 갑옷을 번뜩이며 보아란듯이 트로이아군의 전열을 따라 걸었다. 그는 한차례 결투를 벌여서 이긴 쪽이 헬레네를 차지하기로 하자고 제안했다. 그리스군은 동의하는 뜻에서 함성을 질렀다. 그날 바로 떠나고 싶지 않은 사람이 어디 있겠는가? 헬레네를 건 한 판의 승부로 사태를 완전히 해결하고 싶지 않은 사람이 어디 있겠는가? 게다가 화려하고 가냘프며 미혼의 처녀처럼 골반이 좁은 파리스는 손쉬운 상대처럼 보였다. 포이닉스가 말하길, 메넬라오스가 앞으로 나서자 실추됐던 명예와 아리따운 아내를 한 방에 되찾을 수 있는 기회에 응원의 함성이 일었다.

창으로 시작된 결투는 이내 칼로 바뀐다. 파리스는 메넬라오스가 생각했던 것보다 훨씬 잽싸다. 전사는 아니지만 발이 빠르다. 마침내 트로이아의 왕자가 발을 헛디디자 메넬라오스가 기다란 말총이 달린 그의 투구 깃 장식을 잡아서 땅바닥으로 끌어내린다. 파리스는 하릴없이 발길질을 하며 목을 조이는 턱끈을 잡으려고 허우적거린다. 그런데 이때 메넬라오스의 손에서 투구가 풀려나고 파리스가 사라진다. 트로이아의 왕자가 대자로 뻗었던 자리에는 흙먼지뿐이다. 병사들은 실눈을 뜨고 속삭인다. 어디 간 거야? 메넬라오스도 그들처럼 실눈을 뜨고 살피느라 트로이아군의 전열에서 누군가가 아이벡스* 뿔 활로

---

* 길게 굽은 뿔이 달린 산악 지방의 염소.

쏜 화살을 보지 못한다. 화살은 가죽 갑옷을 뚫고 그의 배에 꽂힌다.

그의 다리 위로 쏟아진 피가 발치에 고인다. 외상에 불과하지만 그리스군은 아직 그걸 모른다. 배신에 격분한 그들은 고함을 지르며 트로이아군의 전열을 향해 달려든다. 유혈이 낭자한 난투극이 시작된다.

"그런데 파리스는 어떻게 된 겁니까?" 내가 묻는다.

포이닉스는 고개를 젓는다. "나도 모르겠네."

양측은 나팔이 다시 울릴 때까지 오후 내내 전투를 치렀다. 재차 결투를 벌여서 사라진 파리스와 날아간 화살에 얽힌 불명예를 바로잡겠다며 다시금 휴전을 제안한 사람은 헥토르였다. 감히 대적하겠다는 사람이 있으면 누구라도 좋다면서 동생을 대신해서 그가 나섰다. 포이닉스의 말에 따르면 다시 메넬라오스가 나서려고 했겠지만 아가멤논이 말렸다. 자기 동생이 트로이아에서 가장 강력한 상대와 싸우다 목숨을 잃는 광경을 보고 싶지 않았던 것이다.

그리스군은 누가 헥토르와 대적할지 제비뽑기를 한다. 투구가 흔들리고 제비가 튕겨나오기 전까지 그리스 전열에 흘렀을 긴장감과 침묵이 상상이 된다. 오디세우스가 허리를 숙여서 흙바닥에 떨어진 제비를 줍는다. 아이아스. 그들은 다 같이 안도한다. 트로이아의 왕자와 싸워서 이길 가능성이 있는 사람은 그밖에 없다. 그러니까 오늘 전장에 나선 그리스군 중에서는 말이다.

이렇게 해서 아이아스와 헥토르는 서로 돌을 던지고 창으로 방패를 부수며 밤이 내리고 전령들이 중단하라고 외칠 때까지 결투를 벌인다. 희한하리만치 세련된 분위기다. 양측은 평화롭게 작별을 고하고 헥토르와 아이아스는 대등한 상대로서 악수를 한다. 병사들은 아킬레우스가 있었다면 그렇게 끝나지 않았을 거라고 수군거린다.

소식을 전한 포이닉스는 피곤한 몸을 일으키고 아우토메돈의 팔에 기댄 채 절뚝거리며 자기 천막으로 돌아간다. 아킬레우스는 나를 돌아본다. 가쁜 숨을 몰아쉬고 있고 흥분한 나머지 귀 끝이 벌게졌다. 그는 내 손을 잡고 의기양양한 목소리로 그날 있었던 일들에 대해 떠든다. 그의 이름이 어떤 식으로 모든 이의 입에 오르내렸는지, 키클롭스처럼 거대한 그의 부재의 여파가 어떤 식으로 병사들 사이를 묵직하게 움직이고 있는지. 흥분감이 마른풀을 가르는 불길처럼 그의 안에서 너울댄다. 그는 난생처음으로 살인을 꿈꾼다. 빛나는 일격, 헥토르의 심장을 관통하는 피할 수 없는 그의 창. 그의 이야기를 듣고 나는 소름이 돋는다.

"알겠지?" 그가 말한다. "이제 시작이야!"

내 안에서 뭔가가 깨지고 있는 듯한 기분을 외면할 도리가 없다.

다음날 새벽에 나팔이 울린다. 일어나서 언덕 꼭대기에 올라가보니 기병대가 동쪽에서 트로이아를 향해 가고 있다. 커다란 말들이 경전차를 매달고 남다른 속도로 달리고 있다. 선두에 아이아스보다 더 몸집이 거대한 남자가 앉아 있다. 스파르타인처럼 길게 기른 까만 머리에 기름을 발라서 뒤로 넘겼다. 말 머리 모양의 깃발을 들고 있다.

포이닉스가 어느덧 우리 곁에 서 있다. "리키아군입니다." 그들은 아나톨리아에 사는 트로이아의 오랜 동맹이다. 그들이 왜 아직까지 참전하지 않는지 다들 궁금해하고 있었다. 그런데 지금, 제우스에게 직접 호출이라도 받은 것처럼 그들이 등장했다.

"저 사람은 누굽니까?" 아킬레우스가 그들의 대장인 거인을 가리키며 묻는다.

"사르페돈. 제우스의 아들입니다." 달려오느라 땀으로 번들거리는 남자의 어깨 위에서 햇빛이 반짝인다. 피부는 짙은 황금색이다.

문이 열리고 트로이아군이 동맹군을 맞이하러 쏟아져나온다. 헥토르와 사르페돈은 서로 손을 맞잡은 뒤 각자의 군대를 이끌고 벌판으로 향한다. 리키아군의 무기는 희한하다. 톱니가 달린 투창과 거대한 낚싯바늘처럼 생긴 물건으로 살갗을 찢는다. 그날 하루종일 그들의 함성과 지축을 울리는 기병대의 발굽 소리가 들린다. 부상을 당한 그리스군이 끊임없이 마카온의 천막으로 후송된다.

우리 병영에서 유일하게 모욕을 당하지 않은 포이닉스가 저녁 심의회에 참석한다. 돌아온 그가 아킬레우스를 노려본다. "이도메네우스가 부상을 당했고 리키아군이 왼쪽 측면을 뚫었답니다. 사르페돈과 헥토르가 우리를 양쪽에서 으스러뜨릴 거라고 하는군요."

아킬레우스는 못마땅해하는 포이닉스의 말투를 알아차리지 못한다. 의기양양한 얼굴로 나를 돌아본다. "들었어?"

"들었어." 내가 말한다.

하루가 지나고 또 하루가 지난다. 이런저런 소문들이 쇠파리 떼처럼 잔뜩 날아든다. 아킬레우스가 없으니 기세등등해진 트로이아군이 대담하게 돌진중이라고 한다. 회의 때는 우리 왕들이 야간 급습, 염탐, 기습 등 필사적인 전략을 두고 미친듯이 언쟁을 벌인다고 한다. 게다가 전장에서는 헥토르가 이글거리는 산불처럼 그리스군 전열을 누비니 전사자 숫자가 날마다 늘어난다. 급기야 공포에 질린 연락병들이 퇴각 명령과 왕들이 부상당했다는 소식을 전한다.

아킬레우스는 이런 소문들을 만지작거리며 이리 돌리고 저리 돌린다. "이제 얼마 남지 않았어." 그가 말한다.

밤새도록 화장용 장작더미가 이글거리고 기름에 전 연기가 달을 가린다. 나는 그들 모두 내가 아는 사람이라는 생각을, 내가 알았던 사람이라는 생각을 애써 지운다.

아킬레우스가 리라를 뜯고 있을 때 그들이 도착한다. 도합 세 명이다. 포이닉스가 앞장을 섰고 오디세우스와 아이아스가 뒤를 따른다.

나는 그들이 찾아왔을 때 아킬레우스 옆에 앉아 있다. 저쪽에서는 아우토메돈이 저녁으로 먹을 고기를 썰고 있다. 아킬레우스는 맑고 달콤한 목소리로 노래를 부르느라 고개를 들고 있다. 나는 똑바로 일어나 앉으며 그의 발에 올려놓았던 손을 치운다.

다가온 삼인조는 장작불 저쪽에 서서 아킬레우스의 노래가 끝나길 기다린다. 그는 리라를 내려놓고 일어선다.

"어서 오십시오. 저녁 같이 드실 거죠?" 그는 그들과 따뜻하게 손을 맞잡고 뻣뻣한 그들과 다르게 미소를 짓는다.

나는 그들이 찾아온 이유를 안다. "저녁이 어떻게 돼가고 있는지 봐야겠네." 중얼거리며 나가는데 내 등에 꽂히는 오디세우스의 시선이 느껴진다.

양고기가 화로 석쇠 위에서 육즙을 흘리며 지글지글 익어간다. 나는 마치 친구처럼 장작불을 두고 둘러앉은 그들을 연기 사이로 쳐다본다. 말소리는 들리지 않지만 아킬레우스는 엄숙한 표정을 지은 그들과 다르게, 그들의 표정을 못 본 척하며 여전히 미소를 짓고 있다. 잠시 후에 그가 부르자 더이상 발뺌할 구실이 없다. 나는 고분고분하게 접시를 들고 가서 그의 옆자리에 앉는다.

그는 전투와 투구를 주제로 두서없는 잡담을 늘어놓고 있다. 말을 하면서 음식을 대접하는데 호들갑을 떨면서 모두에게 두번째 접시를, 아이아스에게는 세번째 접시를 권한다. 그들은 저녁을 먹으며 잠자코 그의 이야기를 듣는다. 식사가 끝나자 그들은 입을 닦고 접시를 치운다. 모두들 이제 때가 됐음을 아는 눈치다. 두말하면 잔소리지만 오디세우스가 말문을 연다.

그는 먼저 심상한 투로 이런저런 단어들을 우리 무릎 위에 하나씩 떨어뜨린다. 사실상 목록이다. 발이 빠른 말 열두 필, 청동으로 만든 세발솥 일곱 개, 아리따운 아가씨 일곱 명, 금괴 열 개, 가마솥 스무 개, 거기다 주발, 술잔, 갑옷에 이어 마침내 마지막 보석이 우리 앞에 펼쳐진다—브리세이스의 귀환이다. 그는 미소를 짓고 손바닥을 펼쳐 보이며 아무것도 모르는 사람처럼 어깨를 으쓱한다. 스키로스에서, 아울리스에서 그리고 여기 이 트로이아에서 익히 보았던 모습이다.

잠시 후에 첫번째 목록만큼이나 긴 두번째 목록이 이어진다. 그리스의 전사자 명단이다. 오디세우스가 여백 없이 빽빽이 적힌 명판을 꺼내고 또 꺼내자 아킬레우스의 턱에 점점 더 힘이 들어간다. 아이아스는 방패와 창에서 튄 파편으로 딱지가 앉은 자기 손을 내려다본다.

그러고 나서 오디세우스는 우리가 아직 모르는 소식을 들려준다. 우리 군이 해가 질 때까지 탈환하지 못해 트로이아군에게 넘어간 벌판에서 그들이 진을 치고 있는데 우리 방벽에서 천 걸음도 안 된다는 소식이다. 증거를 원한다면 우리 병영 바로 옆 언덕에서 그들의 횃불이 보일 것이다. 그들은 새벽녘에 공격을 감행할 것이다.

한참 동안 정적이 흐른 뒤에 아킬레우스가 입을 연다. "싫습니다."

그는 선물과 자책을 사양한다. 그의 명예는 한밤중에 장작불을 사이에 두고 둘러앉은 몇 명의 사절단에 의해 회복될 수 있을 만큼 하찮은 것이 아니다. 그의 명예는 전군 앞에서, 모두가 지켜보는 가운데 짓밟혔다.

이타케의 왕은 그들 사이에 놓인 장작불을 들쑤신다.

"알다시피 그녀는 무사하다네. 브리세이스 말일세. 아가멤논이 어디서 그런 자제심을 발휘했는지 모를 일이지만 그녀를 털끝 하나 건드리지 않고 잘 챙겼어. 자네가 마음만 먹으면 언제든 그녀와 자네의 명예를 되찾을 수 있어."

"마치 내가 내 손으로 명예를 버린 것처럼 말씀하시는군요." 아킬레우스는 갓 담은 포도주처럼 톡 쏘는 투로 말한다. "그런 식으로 포장하실 작정입니까? 공은 그런 이야기로 파리들을 잡아다 바치는 아가멤논의 거미입니까?"

"아주 시적인 비유로군." 오디세우스가 말한다. "하지만 내일은 음유시인의 노래가 되지 않을 걸세. 내일이면 트로이아군이 방벽을 뚫고 들어와서 전함을 태울 테니까. 그런데도 자네는 아무것도 하지 않고 수수방관할 생각인가?"

"그야 아가멤논에게 달렸지요. 그가 내게 저지른 잘못을 바로잡으면 트로이아군을 페르시아까지도 쫓아낼 수 있습니다."

"이보게." 오디세우스가 묻는다. "헥토르가 아직 살아 있는 이유가 뭔가?" 그는 한쪽 손을 든다. "대답을 들으려는 게 아니라 모든 사람들이 궁금해하는 것을 물었을 뿐일세. 지난 십 년 동안 자네는 그를 천 번도 넘게 죽일 수 있었어. 그런데 죽이지 않았단 말이지. 그럼 누구라도 궁금해지지 않겠나?"

말투로 미루어 짐작하건대 그는 궁금해하지 않는다. 예언에 대해 아는 것이다. 그와 함께 온 사람이 대화의 속뜻을 이해하지 못할 아이아스뿐이라 다행이다.

"덕분에 자네 목숨이 십 년 연장됐으니 나로서는 기쁘게 생각하네. 하지만 다른 사람들은……" 그의 입술이 실룩인다. "다른 사람들은 자네가 여유를 부리는 동안 기다려야만 했지. 아킬레우스, 자네가 우리를 여기에 붙잡아놓고 있어. 자네에게는 선택권이 주어졌고 선택을 하지 않았나. 이제 자네가 선택한 대로 살아야지."

우리는 그를 빤히 쳐다본다. 하지만 그의 이야기는 아직 끝나지 않았다.

"자네는 지금까지 운명의 행로를 잘 막아왔지. 하지만 영원히 그럴 수는 없잖은가. 신들이 그러도록 내버려두지 않을 테니." 그는 자신이 한 말을 우리가 한마디도 놓치지 않고 들을 수 있도록 잠깐 하던 이야기를 멈춘다. "자네가 원하건 원치 않건 운명의 실타래는 술술 이어질 걸세. 친구로서 충고하는데 자네 방식대로 그걸 집어서 자네가 원하는 속도로 굴러가게 만드는 편이 낫지 않겠나?"

"지금 그러고 있습니다."

"알았네." 오디세우스는 말한다. "내가 하고 싶은 말은 이것으로 끝일세."

아킬레우스는 자리에서 일어난다. "그럼 이제 가실 때가 됐군요."

"아직은 아닙니다." 포이닉스가 말한다. "저도 드릴 말씀이 있습니다." 아킬레우스는 자존심과 노인에 대한 존경심 사이에서 갈등하며 천천히 자리에 앉는다. 포이닉스가 말문을 연다.

"아킬레우스 왕자님이 아직 어린아이였을 때 아버님께서는 저에게 왕자님을 맡기셨습니다. 어머님이 이미 오래전에 사라지셨고 왕자님을 돌볼 이가 저 하나뿐이라 고기도 잘라드리고 직접 가르려드리기도 하였지요. 이제 왕자님은 어른이 되셨지만 저는 지금도 왕자님을 보살피고, 창과 칼과 어리석은 판단으로부터 지켜드리려고 애를 쓰고 있습니다."

아킬레우스 쪽으로 시선을 돌려보니 긴장한 얼굴로 경계하고 있다. 나는 그가 무엇을 두려워하는지 안다. 이 상냥한 노인에게 이용당할까봐, 그의 구슬림에 넘어가서 뭔가를 포기하게 될까봐 두려워하고 있다. 어쩌면 갑작스럽게 의구심이 일었을지도 모를 일이다. 포이닉스마저 이들과 같은 생각이라면 그가 틀렸을지도 모른다는 의구심 말이다.

노인은 꼬리에 꼬리를 물고 이어지는 그런 생각들을 막기라도 하려는 것처럼 한쪽 손을 든다. "왕자님이 무엇을 하든 저는 늘 그랬던 것처럼 왕자님의 편에 설 겁니다. 하지만 왕자님이 항로를 결정하기 전에 들으셔야 할 이야기가 하나 있습니다."

그는 아킬레우스에게 반박할 틈을 주지 않는다. "왕자님의 아버님의 아버님 시대에 멜레아그로스라는 젊은 영웅이 있었는데 한번은 그가 살던 칼리돈이 쿠레테스라는 사나운 부족에게 포위를 당했습니다."

나도 아는 이야기인 것 같다. 오래전에 펠레우스에게 들은 이야기인데 그때 아킬레우스는 그림자 속에 몸을 감추고 나를 보며 씩 웃었다. 그 당시에는 그의 손에 피가 묻지 않았고 그의 머리 위로 사형 선고가 내려지지 않았다. 다른 생애였다.

"처음에는 멜레아그로스의 전투 능력에 밀려서 쿠레테스가 고전을 면치 못했죠." 포이닉스는 말을 잇는다. "그러던 어느 날, 그의 도시 사람들이 그를 모욕하고 명예에 살짝 흠집을 내자 멜레아그로스는 도시를 위해 더이상 싸우지 않겠다고 선언했습니다. 사람들이 선물을 바치고 사과를 해도 꿈쩍하지 않았죠. 자기 방으로 들어가서 아내인 클레오파트라 옆에 누워서 위로를 받았습니다."

포이닉스는 그녀의 이름을 말하면서 내 쪽을 흘끗 쳐다본다.

"이윽고 도시가 무너지고 친구들이 죽어가자 클레오파트라는 더이상 견딜 수 없는 지경에 이르렀습니다. 그래서 남편을 찾아가 다시 싸워달라고 애원했죠. 그는 세상 그 무엇보다 그녀를 사랑했기에 알았노라고 했고 대승을 거두었습니다. 하지만 그가 도시 사람들을 구했을 때는 이미 엎질러진 물이었습니다. 그의 자존심 때문에 잃은 목숨이 너무 많았던 거죠. 그래서 그들은 그에게 고마워하지도 않았고 선물도 하지 않았습니다. 더 일찍 나서주지 않았다고 증오할 따름이었죠."

정적이 흐르는 가운데, 그렇게 긴 이야기를 하느라 기운을 소진한 포이닉스의 숨소리가 들린다. 나는 감히 말을 하지도 꿈쩍하지도 못한다. 표정으로 빤히 드러난 내 생각을 누군가가 알아차리지 않을까 싶어서 두려운 마음뿐이다. 멜레아그로스가 다시 전쟁터로 나간 것은 명예를 위해서도, 그의 친구들이나 승리나 복수나 심지어 그의 목숨을 위해서도 아니었다. 눈물로 범벅이 된 얼굴을 하고 그의 앞에 무릎 꿇은 클레오파트라 때문이었다. 이 지점에서 포이닉스가 간교를 부렸다. 클레오파트라, 파트로클로스. 그녀의 이름은 앞뒤만 바뀌었을 뿐, 내 이름과 쓰인 글자가 같다.

아킬레우스는 그걸 알아차렸을지 몰라도 표정으로 드러내지 않는다. 노인을 생각해서 다정한 말투로 말을 하긴 하지만 여전히 거부한다. 아가멤논이 내게서 앗아간 명예를 돌려주기 전에는 싫습니다. 천막 안이 어둡긴 해도 오디세우스가 놀란 표정이 아니라는 것쯤은 알수 있다. 유감스럽다는 듯이 손을 벌리며 다른 이들에게 보고하는 그의 목소리가 들리는 듯하다. 최선을 다했습니다만. 아킬레우스가 승낙한다면 다들 쌍수 들고 환영할 일이었다. 포상과 사과에도 불구하고 그가 거부한다면 정신이 나갔거나 몹시 화가 났거나 얼토당토않게 자존심만 세서 그런 걸로 비쳐질 것이다. 멜레아그로스처럼 그도 미움을 살 것이다.

겁이 나서, 얼른 그의 앞에 무릎을 꿇고 애원하고 싶어서 가슴이 조여온다. 하지만 나는 그러지 않는다. 포이닉스처럼 나의 운명도 이미 공표가 되고 결정이 됐기 때문이다. 나는 이제 더이상 항로를 조언하지 않는다. 아킬레우스에게 타륜을 맡긴 채 어둠과 그 너머로 단순히 실려갈 따름이다.

아이아스는 오디세우스처럼 평정심을 발휘하지 못한다. 잔뜩 화가 난 얼굴로 노려본다. 그도 큰맘을 먹고 자신의 지위를 강등해가며 여기까지 찾아온 길이다. 아킬레우스가 전장에 나서지 않으면 그가 아리스토스 아카이오이이지 않은가.

그들이 떠나자 나는 일어나서 포이닉스에게 팔을 내민다. 오늘밤에는 피곤한 기색이 내 눈에도 보일 지경이고 걸음걸이가 느리다. 한숨을 쉬며 노구를 침상에 눕히는 그와 헤어져 막사로 돌아가보니 아킬레우스는 이미 잠이 들어 있다.

실망스럽다. 한 침대에 나란히 누워서 대화라도 나눌 수 있길, 저녁을 먹으면서 본 아킬레우스의 모습이 그의 전부가 아니라고 다시

금 확인할 수 있길 바랐건만. 하지만 나는 그를 깨우지 않는다. 꿈속을 헤매는 그를 두고 슬그머니 막사를 빠져나간다.

나는 조그만 천막의 그림자가 드리워진 모래밭 위에 쭈그리고 앉는다.

"브리세이스?" 나지막이 그녀의 이름을 부른다.

정적이 흐르다 이렇게 묻는 소리가 들린다. "파트로클로스?"

"응."

그녀가 천막 한쪽 구석을 들추고 나를 얼른 안으로 잡아당긴다. 겁에 질려서 얼굴이 창백하다. "여기 있으면 너무 위험해요. 아가멤논이 화가 머리끝까지 났거든요. 당신을 보면 죽일 거예요." 그녀는 나지막한 목소리로 다급하게 쏟아낸다.

"아킬레우스가 사절단을 거부해서?" 나도 나지막이 묻는다.

그녀는 고개를 끄덕이고 천막 안의 조그만 등불을 잽싸게 끈다. "아가멤논이 자주 와서 나를 들여다봐요. 여기 있으면 위험해요." 어두컴컴해서 걱정스러워하는 그녀의 표정은 보이지 않지만 목소리로 충분히 느껴진다. "가요."

"금방 갈게. 할 얘기가 있어서 왔어."

"그럼 숨어서 해요. 그가 불쑥불쑥 찾아오거든요."

"어디에?" 천막은 작고 침상, 베개, 담요, 옷 몇 벌 말고는 아무것도 없다.

"침상이요."

그녀는 내 주변으로 쿠션을 포개고 담요를 쌓는다. 내 옆에 누워서 이불로 우리 둘을 덮는다. 익숙하고 따스한 그녀의 체취가 나를 감싼다. 나는 그녀의 귀에 입을 대고 숨을 쉬듯이 조용히 말을 한다. "오디세우스가 그러는데 내일 트로이아군이 방벽을 허물고 우리 진영으로 들이닥칠 거래. 너를 숨길 곳을 찾아야 해. 미르미돈 틈이나 숲속에."

그녀가 고개를 젓자 내 뺨에 닿은 그녀의 뺨이 움직이는 게 느껴진다. "안 돼요. 그가 거기부터 찾아볼 거예요. 그러면 더 골치만 아파져요. 여기 있어도 괜찮을 거예요."

"하지만 트로이아군이 여길 점령하면 어쩌려고?"

"되도록 헥토르의 사촌인 아이네이아스한테 항복할게요. 신심이 깊기로 유명하고 그의 아버지가 한동안 우리 마을 근처에서 양을 치며 살았거든요. 안 되면 헥토르나 프리아모스의 다른 아들을 찾을게요."

나는 고개를 젓는다. "너무 위험해. 네 정체를 드러내면 안 돼."

"그들이 날 해치지는 않을 거예요. 따지고 보면 나도 한편이잖아요."

문득 내가 바보가 된 듯한 기분이 든다. 그녀에게 트로이아군은 침략군이 아니라 해방군이다. "그렇지." 나는 얼른 말한다. "그럼 너는 자유의 몸이 되는 거야. 그럼 네……"

"브리세이스!" 천막 덮개가 왁 하니 열리며 아가멤논이 들어온다.

"네?" 그녀는 나를 덮어놓은 담요가 들썩이지 않도록 조심스럽게 일어나서 앉는다.

"지금 얘기를 나누고 있지 않았나?"

"기도를 하고 있었습니다, 폐하."

"누워서?"

두툼한 양모 담요 사이로 이글거리는 횃불이 보인다. 우리 바로 옆에 서 있기라도 한 것처럼 그의 목소리가 쩌렁쩌렁 울린다. 나는 꼼짝하지 않는다. 내가 여기서 붙잡히면 그녀는 벌을 받을 것이다.

"어머니한테 그렇게 배웠는데요, 폐하. 그러면 안 됩니까?"

"아직도 제대로 모르다니. 소신小ⵯ들이 가르쳐주지 않더냐?"

"네, 폐하."

"오늘밤에 너를 돌려주겠다고 했는데 그가 싫다고 했다." 듣기 싫게 빈정거리는 그의 말투가 느껴진다. "그가 계속 싫다고 하면 너를 내 노예로 삼아야 할지도 모르겠다."

나는 주먹을 쥔다. 하지만 브리세이스는 "알겠습니다, 폐하" 하고는 그만이다.

덮개가 내려오는 소리가 들리고 불빛이 사라진다. 나는 브리세이스가 이불 속으로 돌아올 때까지 움직이지도 숨을 쉬지도 않는다.

"네가 여기 있으면 안 되겠어." 내가 말한다.

"괜찮아요. 그냥 협박하는 거예요. 겁먹은 내 얼굴을 보고 싶어서."

덤덤한 그녀의 말투에 소름이 끼친다. 어떻게 아가멤논이 끊임없이 곁눈질하는 이 외로운 천막에, 쇠고랑처럼 두툼한 팔찌를 차고 있는 그녀를 두고 갈 수 있을까? 하지만 내가 떠나지 않으면 그녀가 더 큰 위험에 처한다.

"가야겠다." 내가 말한다.

"잠깐만요." 그녀가 내 팔을 건드린다. "사람들이……" 그녀는 머뭇거린다. "아킬레우스한테 화가 났어요. 아킬레우스 때문에 피해가 컸다고. 아가멤논이 자기 부하들을 풀어서 그런 이야기를 하도록 부추기고 있어요. 다들 역병은 거의 잊었어요. 그가 전쟁터를 외면할수

362

록 사람들은 점점 더 그를 미워하게 될 거예요." 포이닉스의 이야기가 현실로 이루어지는 것이야말로 내가 가장 두려워하는 미래다. "싸우지 않겠대요?"

"아가멤논이 사과하지 않는 이상."

그녀는 입술을 깨문다. "트로이아군도 마찬가지예요. 그들이 그보다 더 두려워하거나 미워하는 존재는 없어요. 내일 그럴 수만 있다면 그를 죽이고 그와 가까운 사람들을 전부 죽일 거예요. 당신도 조심해야 해요."

"아킬레우스가 나를 지켜줄 거야."

"나도 알아요." 그녀가 말한다. "살아 있는 동안에는 그렇겠죠. 하지만 천하의 아킬레우스라도 헥토르와 사르페돈을 동시에 상대할 수 있겠어요?" 그녀는 다시 머뭇거린다. "진영이 함락되면 당신이 내 남편이라고 할게요. 그러면 조금 도움이 될지 몰라요. 그래도 당신이 그에게 어떤 존재였는지 정체를 밝히면 안 돼요. 그랬다가는 사형을 당할 테니까." 그녀는 내 팔을 꽉 잡는다. "약속해요."

"브리세이스," 내가 말한다. "그가 죽으면 나도 곧 죽을 거야."

그녀는 내 손을 자기 뺨에 갖다 댄다. "그럼 다른 약속을 해줘요." 그녀가 말한다. "무슨 일이 있더라도 나 없이는 트로이아를 떠나지 않겠다고. 알아요, 당신의 마음은……" 그녀는 말끝을 흐린다. "여기 남느니 차라리 당신의 여동생으로 살겠어요."

"그거야 약속하고 말고 할 일도 아니지." 내가 말한다. "너도 같이 가고 싶다면 널 두고 떠나지는 않을 거야. 전쟁이 내일 끝나서 너를 두 번 다시 볼 수 없다고 생각하니 얼마나 가슴이 아팠는지 몰라."

그녀는 미소가 목에 걸린 표정을 짓는다. "기뻐요." 나는 내가 트로이아를 떠나는 날이 오지 않을 것 같다는 말은 하지 않는다.

나를 그녀를 꼭 끌어안는다. 그녀는 내 가슴 위에 고개를 묻는다. 우리는 잠깐 동안 아가멤논이나 위험한 상황이나 죽어가는 그리스 군을 떠올리지 않는다. 그 순간만큼은 내 배 위에 놓인 그녀의 조막만한 손과 쓰다듬는 내 손길에 와닿는 그녀의 보드라운 뺨만 있을 뿐이다. 그녀의 손이 내 배와 어찌나 딱 맞는지 신기할 따름이다. 라벤더 향이 풍기는 부드러운 그녀의 머리칼에 이렇듯 쉽게 내 입술을 갖다 댈 수 있다니 신기할 따름이다. 그녀는 가볍게 한숨을 쉬며 더 바짝 내게 기댄다. 그녀의 달콤한 품속에서 펼쳐지는 내 인생이 그려지는 듯하다. 나는 그녀와 결혼을 하고 우리는 아이를 낳을 것이다.

내가 아킬레우스를 아예 몰랐더라면 그랬을지 모른다.

"이제 그만 가야겠다." 내가 말한다.

그녀는 담요를 내려서 나를 놓아준다. 손으로 내 얼굴을 감싼다. "내일 조심해요." 그녀가 말한다. "당신은 최고의 남자, 최고의 미르미돈이에요." 그녀는 내가 아무 반박도 하지 못하게 손가락을 내 입술 위에 얹는다. "이번 한 번만큼은 아무 말도 하지 마요." 잠시 후에 그녀는 천막 구석으로 나를 데려가서 밑으로 빠져나가도록 도와준다. 내가 마지막으로 느낀 것은 작별 인사차 내 손을 꼭 잡은 그녀의 손이다.

그날 밤에 나는 아킬레우스 옆에 눕는다. 그의 얼굴은 천진난만하다. 잠에 취해서 매끈하고 귀여운 어린애 같다. 나는 그 얼굴을 보는 것을 좋아한다. 진지하고 정직하며 장난기 가득하지만 악의는 없는 이 얼굴이 그의 참모습이다. 그는 아가멤논과 오디세우스의 교활한 말장난과 그들의 거짓말과 권력 게임 속에서 허우적거리고 있다. 그들이 그를 농락하고 말뚝에 묶어놓고 미끼로 유인하고 있다. 나는 그의 보드라운 이마를 어루만진다. 할 수만 있다면 내가 그를 풀어줄 것이다. 그가 허락만 한다면.

29

우리는 고함소리와 천둥소리, 파란 하늘을 가르며 터지는 벼락소리에 잠에서 깬다. 비는 내리지 않고, 탁탁 소리가 나는 건조한 잿빛 허공에 거인이 손뼉이라도 친 것처럼 톱니 모양의 금이 가 있다. 우리는 막사 입구로 달려가 밖을 내다본다. 코를 톡 쏘는 시커먼 연기가 번개에 탄 흙냄새를 싣고 우리를 향해 해변 위에서 움직이고 있다. 공격이 시작됐고 약속을 지킨 제우스가 트로이아의 진군을 하늘에서 응원하는 것이다. 지축을 두드리는 진동이 느껴진다. 거대한 사르페돈이 이끄는 전차 부대가 진격중일 것이다.

아킬레우스는 침착한 표정으로 내 손을 잡는다. 트로이아군이 그리스 진영의 방벽을 위협한 것은, 평원을 넘어서까지 쳐들어온 것은 지난 십 년 동안 처음 있는 일이다. 방벽이 함락되면 그들은 전함에 불을 지를 것이다. 고향으로 돌아갈 수 있는 유일한 수단, 우리가 피난민이 아니라 군대임을 알리는 유일한 상징을 태울 것이다. 아킬레우스와 그의 어머니가 요청한 순간이다. 그가 없으니 절망적인 상황에 몰린 궤멸 직전의 그리스군. 문득 입증된, 반박의 여지가 없는 그의 진가. 하지만 언제면 충분해질까? 언제면 그가 개입할 것인가?

"절대 개입 안 해." 내가 묻자 그는 이렇게 대답한다. "아가멤논이 용서를 구하거나 헥토르가 직접 내 병영으로 들어와서 내가 소중하게 여기는 것들을 위협하면 모를까. 그러기 전에는 개입하지 않겠다고 맹세했어."

"아가멤논이 죽으면?"

"그의 시신을 내 앞으로 들고 오면 나가서 싸울 거야." 그의 표정은 준엄한 신상神像처럼 단단히 새겨져 변함이 없다.

"사람들이 널 미워할 텐데 두렵지 않아?"

"아가멤논을 미워해야지. 그의 자존심 때문에 죽게 된 건데."

너의 자존심도야. 하지만 나는 그의 표정, 험상궂고 무모한 그의 눈빛이 무엇을 의미하는지 안다. 그는 굴복하지 않을 것이다. 그는 굴복하는 법을 모른다. 나와 십팔 년을 함께 지내는 동안 그는 한 번도 물러서거나 진 적이 없었다. 만약 그가 그럴 수밖에 없는 상황에 몰리면 어떻게 될까? 그의 앞날이, 나의 앞날이, 우리 모두의 앞날이 걱정스럽다.

우리는 옷을 갈아입고 식사를 한다. 아킬레우스는 의연하게 앞으로의 일을 이야기한다. 내일 수영을 할까, 끈적끈적한 사이프러스 줄기를 타고 올라가볼까, 아니면 지금도 햇볕으로 달구어진 모래가 품고 있는 바다거북 알이 부화하는 광경을 구경할까 묻는다. 하지만 내 귀에 그의 말은 들리지 않고 잿빛이 스민 하늘, 시체처럼 차갑고 창백해진 모래사장, 저멀리서 비명을 지르며 죽어가는 내가 아는 사람들에게로 자꾸만 생각이 닿는다. 오늘이 저물 때쯤이면 전사자가 몇 명이나 더 늘어날까?

나는 바다를 내다보는 그를 쳐다본다. 테티스가 숨을 참고 있기라도 한 것처럼 바다가 이상하게 잔잔하다. 그의 눈동자는 까맣고, 잔뜩 찌푸린 아침 날씨 때문에 커져 있다. 머리카락이 불길처럼 이마를 핥는다.

"저게 누구지?" 그가 갑자기 묻는다. 바닷가 저멀리서 누군가가 들것에 실려서 하얀 천막으로 옮겨지고 있다. 중요한 인물이다. 사람들이 그를 에워싸고 있다.

나는 몸을 움직이고 머리를 식힐 수 있는 기회를 놓치지 않는다. "내가 가서 보고 올게."

멀찌감치 떨어진 우리 병영 밖으로 나서자 전투 소리가 점점 더 크게 들린다. 참호의 말뚝에 꽂힌 군마들의 귀청을 찢을 듯한 울음소리, 사령관들의 필사적인 고함소리, 쇠와 쇠가 쨍그랑하고 부딪치는 소리.

포달레이리오스가 나를 어깨로 밀치고 지나가서 하얀 천막으로 들어간다. 천막 안은 약초와 피, 공포와 땀의 냄새로 자욱하다. 네스토르가 내 어깨를 꽉 쥐고 오른편에서 나를 올려다보자 튜닉 사이로 한기가 든다. 그가 날카롭게 외친다. "우리가 졌다네! 방벽이 무너지고 있어!"

돗짚자리에 누워서 헐떡이는 마카온이 그의 뒤로 보이는데 우둘투둘한 화살에 찔린 다리에서 흘러나온 피가 웅덩이처럼 고여 있다. 포달레이리오스가 그의 위로 고개를 숙이고 벌써부터 처치를 하고 있다.

마카온이 나를 본다. "파트로클로스." 그가 숨을 살짝 내뱉으며 내 이름을 부른다.

나는 그에게 다가간다. "괜찮으시겠습니까?"

"아직은 모르겠어. 내 생각에는⋯⋯" 그는 말끝을 흐리며 눈을 질끈 감는다.

"그에게 말 걸지 마시오." 포달레이리오스가 쏘아붙인다. 그의 손은 형이 흘린 피로 덮여 있다.

네스토르가 비통한 소식을 끊임없이 늘어놓는다. 방벽이 갈라지고 전함들이 위험하고 부상을 당한 왕들이 한두 명이 아니라고 한다. 디오메데스, 아가멤논, 오디세우스도 구겨진 튜닉처럼 진영 주변에 널브러져 있다.

마카온이 눈을 뜬다. "자네가 아킬레우스에게 얘기해주면 안 되겠나?" 그가 쉰 목소리로 묻는다. "부탁하네. 우리 모두를 위해서."

"그래! 프티아가 나서지 않으면 우리가 지게 생겼네!" 네스토르의 손가락이 내 살 속을 파고들고 공포에 질린 그의 입에서 뿜어져나온 물보라로 내 얼굴이 젖는다.

나는 눈을 감는다. 포이닉스의 이야기, 클레오파트라 앞에 무릎 꿇고 눈물로 그녀의 손과 발을 적시는 칼리돈 사람들의 모습이 떠오른다. 내 상상 속에서 그녀는 그들을 쳐다보지 않고, 쏟아지는 눈물을 닦을 천이라도 되는 양 손만 내주고 있다. 남편인 멜레아그로스를 바라보며 답을 구하는데 굳게 다물어진 그의 입술을 보면 뭐라고 대답해야 하는지 알 수 있다. "안 됩니다."

나는 내게 매달린 노인의 손아귀를 뿌리친다. 재처럼 온 사방에 내려앉은 공포의 시큼한 냄새에서 벗어나고 싶은 절박한 마음뿐이다. 나는 고통으로 일그러진 마카온의 얼굴과 나에게로 손을 내민 노인을 외면한 채 도망치듯 천막을 빠져나온다.

밖으로 나서자 전함의 선체가 갈라지듯, 거대한 나무가 바닥으로 쓰러지듯 쩍 하고 금이 가는 섬뜩한 소리가 들린다. 방벽이로군. 승리와 공포의 외침이 잇따른다.

주변이 온통 쓰러진 전우를 운반하는 사람들, 임시방편으로 만든 목발을 짚고 절뚝거리거나 부러진 팔다리를 끌며 모래사장을 기어가는 사람들 천지다. 내가 아는 사람들이다. 내가 연고를 발라서 낫게 해준 상처의 흉터로 가슴이 뒤덮인 사람들이다. 내 손으로 살갗에 박힌 쇠와 청동을 제거하고 피를 닦아준 사람들이다. 나에게 치료를 받는 동안 농담을 하거나 감사 인사를 건네거나 얼굴을 찡그렸던 사람들이다. 이제 그들이 흘린 피와 부러진 뼈로 다시 곤죽이 됐다. 그로 인해. 나로 인해.

내 앞에서 어떤 젊은이가 화살이 관통한 다리를 딛고 비틀거리며 일어서려 한다. 테살리아의 왕자 에우리필로스다.

나는 그의 어깨를 팔로 받쳐서 천막으로 옮긴다. 그는 통증으로 정신을 반쯤 잃었지만 나를 알아본다. "파트로클로스." 그가 용케 말한다.

나는 그의 앞에 무릎을 꿇고 앉아서 두 손으로 그의 다리를 감쌌다. "에우리필로스, 말을 할 수 있겠어요?"

"빌어먹을 파리스." 그가 말한다. "내 다리." 살이 통통 붓고 찢겼다. 나는 단검을 꺼내서 치료하기 시작한다.

그는 이를 악문다. "트로이아군과 아킬레우스, 둘 중에 누가 더 미운지 모를 지경이네. 사르페돈이 맨손으로 방벽을 허물어뜨렸어. 아이아스가 최대한 막으려고 했는데. 저들이 들이닥쳤어." 그는 숨을 헐떡이며 말한다. "우리 진영으로."

그의 말에 깃든 공포의 기미에 가슴이 조여오고 나는 도망치고 싶은 충동을 꾹 참는다. 목전의 일에 애써 집중한다. 그의 다리에 박힌 화살촉을 꺼내고 상처를 동여매는 데 집중한다.

"서둘러줘." 그는 혀가 풀렸다. "돌아가야 해. 저들이 전함에 불을 지를 거야."

"다시 나서면 안 돼요." 내가 말한다. "피를 너무 많이 흘렸어요."

"안 돼." 그가 말한다. 하지만 고개가 뒤로 꺾인다. 정신을 잃기 직전이다. 그는 신들의 뜻에 따라 생사가 결정될 것이다. 나는 최선을 다했다. 나는 숨을 쉬고 밖으로 나간다.

트로이아군이 횃불로 전함 두 척에 불을 질러서 긴 손가락처럼 생긴 돛대가 타고 있다. 트로이아군과 선체 사이에 낀 병사들이 결사적으로 비명을 지르며 불을 끄려고 갑판 위로 뛰어올라가고 있다. 아가멤논의 배의 이물에서 다리를 대자로 벌리고 서서 하늘을 등지고 거대한 그림자를 드리운 아이아스 말고는 누가 누군지 모르겠다. 그는 불길은 아랑곳하지 않고, 먹이를 본 물고기떼처럼 몰려든 트로이아군의 손을 창으로 찌르고 있다.

내가 얼어붙은 듯이 서서 지켜보는 가운데 난전 위로 불쑥 등장한 손 하나가 뾰족한 뱃머리를 잡는다. 그 뒤를 이어서 듬직하고 튼튼하고 시커먼 팔과 머리, 어깨가 떡 벌어진 몸통이 바글거리는 군중을 뚫고 돌고래처럼 허공을 가른다. 이윽고 까무잡잡한 헥토르의 전신이 텅 빈 바다와 하늘을 배경으로 허공과 땅 사이에 혼자 대롱대롱 매달려서 꿈틀거린다. 매끈한 얼굴은 평화롭고 기도를 드리는 사람처럼, 신을 찾는 사람처럼 시선은 위를 향한다. 울퉁불퉁한 어깨 근육을 꿈틀거려가며 그렇게 잠깐 매달려 있는 동안 갑옷이 어깨 위로 올라가서 신전의 처마 돌림띠 같은 골반이 드러난다. 그가 다른 손에 들고 있던 이글거리는 횃불을 전함의 나무 갑판으로 던진다.

횃불은 오래돼서 썩어가는 밧줄과 쓰러진 돛 사이로 정확하게 날아간다. 당장 옮겨붙은 불길이 밧줄을 타고 미끄러지듯 움직이며 그 아래에 있던 나무에 불을 옮긴다. 헥토르는 미소를 짓는다. 왜 아니겠는가? 그가 이기고 있지 않은가.

아이아스는 좌절감에 고함을 지른다. 또다른 전함에 불이 붙었고, 겁에 질린 병사들은 까맣게 탄 갑판 위에서 펄쩍펄쩍 뛰고 있고, 헥토르는 사정권 밖으로 스르르 빠져나가서 저 아래 군중 속으로 사라져버렸다. 오로지 아이아스의 능력 덕분에 전열이 무너지지 않고 버티고 있다.

그런데 그때 햇빛을 받고 생선 비늘처럼 은빛으로 번쩍이는 창 한 자루가 저 아래에서 날아온다. 눈 깜빡하는 새 지나갈 정도로 속도가 워낙 빠른데 갑자기 아이아스의 허벅지에 붉은색 꽃이 핀다. 나는 마카온의 천막에서 워낙 오랫동안 일을 해왔기에 창이 근육을 관통했음을 알 수 있다. 그의 무릎이 잠깐 흔들리며 서서히 꺾인다. 그가 쓰러진다.

30

아킬레우스는 입안에서 피맛이 나도록 헐레벌떡 달려오는 나를 지켜보았다. 나는 가슴을 들썩이며 목이 찢어지도록 울었다. 이제 그는 미움을 받을 것이다. 어느 누구도 그의 명성이나 정직한 성격이나 아름다운 외모를 기억해주지 않을 것이다. 황금빛으로 빛났던 그의 모든 것이 한줌의 재로 스러질 것이다.

"무슨 일이야?" 그가 물었다. 걱정하는 표정으로 미간을 잔뜩 찌푸리고 있었다. 정말 모르는 걸까?

"사람들이 죽어가고 있어." 나는 간신히 내뱉었다. "모두 다. 트로이아군이 진영 안으로 쳐들어와서 전함에 불을 지르고 있어. 아이아스까지 부상을 당해서 너 말고는 그들을 구할 사람이 아무도 없어."

내 이야기를 듣는 동안 그의 표정이 싸늘하게 굳었다. "그들이 죽어가고 있다 한들 아가멤논의 잘못이지. 내 명예를 짓밟으면 어떻게 될지 얘기했잖아."

"어젯밤에 그가……"

그는 헛기침 소리를 냈다. "그는 아무것도 한 게 없어. 세발솥 몇 개, 갑옷 몇 벌 줬을 뿐이지. 자기가 한 모욕을 바로잡지도 않았고 잘못을 인정하지도 않았잖아. 내가 그를, 그의 군대를, 그의 목숨을 몇 번이나 구해줬는데." 그는 울분을 참지 못하고 쉰 목소리로 말했다. "오디세우스는 그의 신발을 핥을지 몰라도, 디오메데스와 나머지도 그럴지 몰라도 나는 아니야."

"아가멤논은 망신살이 뻗쳤어." 나는 어린애처럼 그에게 매달렸다. "나는 알아. 그리고 다른 사람들도 전부 알아. 그를 용서해야 해. 네가 말한 대로 그는 자기 무덤을 파게 될 거야. 하지만 그의 잘못을 그들의 책임으로 몰지 마. 미친 그자 때문에 그들을 죽게 내버려두지는 마. 그들은 너를 사랑하고 존경해왔잖아."

"나를 존경했다고? 아가멤논과 맞붙었을 때 내 편을 든 사람이 한 명도 없었어. 나를 대변한 사람이 한 명도 없었잖아." 어쩌나 말투가 모질기 그지없는지 충격적이었다. "그들은 가만히 서서 그가 나를 모욕하도록 보고만 있었어. 그의 말이 옳은 것처럼! 그들을 위해 십 년 동안 고생한 내게 보답하기는커녕 나를 버렸다고." 그의 눈빛은 험악하고 냉담해졌다. "그들이 선택한 거야. 나는 그들을 위해서 눈물을 흘리지 않겠어."

해변에서 돛대가 우지끈 넘어가는 소리가 들렸다. 연기가 좀 전보다 더 자욱해졌다. 더 많은 전함들이 불길에 휩싸였다. 더 많은 전사자가 속출했다. 사람들은 그를 욕하며 저승에서도 가장 컴컴한 구덩이로 떨어지라고 저주를 퍼붓고 있을 것이다.

"그들이 바보 같은 짓을 하긴 했지, 맞아. 그래도 우리 동포잖아!"

"우리 동포는 미르미돈이야. 나머지는 자기들끼리 살길을 찾으라고 해." 그는 자리를 피하려고 했지만 내가 붙잡았다.

"너는 지금 자멸의 길로 가고 있어. 너는 이번 일로 사랑이 아니라 미움을 받고 저주를 받을 거야. 부탁할게, 네가 만약……"

"파트로클로스." 내 이름을 부르는 그의 말투가 평소와 다르게 모질었다. "나는 나서지 않아. 두 번 다시 묻지 마."

나는 하늘을 찌르는 창처럼 꼿꼿한 그를 빤히 쳐다보았다. 그를 말로 설득할 방법을 찾을 수가 없었다. 어쩌면 방법이 없는 것일 수도 있었다. 잿빛 모래, 잿빛 하늘 그리고 바짝 말라서 터진 나의 입술. 모든 것의 종말처럼 느껴졌다. 그는 싸우지 않을 것이다. 사람들이 죽을 테고 그의 명성도 그와 함께 사라질 것이다. 사정없이, 가차없이. 그럼에도 불구하고 나는 그를 누그러뜨릴 만한 무기가 없을지 내 머릿속을 구석구석 필사적으로 뒤졌다.

나는 무릎을 꿇고 그의 두 손을 내 얼굴에 갖다 댔다. 멈출 줄 모르는 눈물이 시커먼 바위 위로 쏟아지는 물처럼 내 뺨을 타고 흘러내렸다. "그럼 나를 위해 나서줘." 나는 말했다. "나를 위해 그들을 살려줘. 내가 어떤 부탁을 하고 있는지 알아. 그래도 부탁할게. 나를 위해 나서줘."

그는 나를 내려다보았고 나는 내 말이 그에게 미친 영향을, 갈등하는 그의 눈빛을 느낄 수 있었다. 그는 침을 삼켰다.

"다른 건 뭐든 좋아." 그가 말했다. "뭐든. 하지만 이건 안 돼. 이건 못 해."

나는 돌처럼 굳은 그의 아름다운 얼굴을 바라보며 절망했다. "네가 나를 사랑한다면······"

"안 돼!" 그의 얼굴이 긴장감으로 뻣뻣하게 굳었다. "못 한다고! 지금 물러서면 아가멤논이 언제든 내킬 때마다 나를 모욕할 수 있어. 왕들도, 병사들도 나를 우러러보지 않을 테고!" 그는 한참을 달린 사람처럼 씩씩거렸다. "내가 그들 모두 죽기를 바란다고 생각해? 그래도 못 해. 못 한다고! 이것만큼은 그에게 빼앗길 수 없어!"

"그럼 다른 부탁을 할게. 미르미돈이라도 보내줘. 너 대신 나를 보내줘. 내가 네 갑옷을 입고 미르미돈을 지휘할게. 그럼 다들 내가 너인 줄 알 거야." 이 말에 우리 둘 다 놀라서 움찔했다. 내가 한 말이 아니라 신이 직접 내뱉은 말이 나를 거쳐서 나온 것처럼 느껴졌다. 그럼에도 불구하고 나는 물에 빠진 사람처럼 붙잡고 늘어졌다. "어때? 그럼 너는 맹세를 지키면서 그리스군을 살릴 수 있잖아."

그는 나를 빤히 쳐다보았다. "하지만 너는 싸울 줄 모르잖아." 그가 말했다.

"싸울 필요도 없을 거야! 저들이 너를 워낙 무서워하니까 내가 등장하기만 하면 달아날 거야."

"안 돼." 그가 말했다. "너무 위험해."

"부탁할게." 나는 그를 움켜잡았다. "위험하지 않아. 괜찮을 거야. 그들 근처에는 가지도 않을게. 아우토메돈과 다른 미르미돈이 내 곁에 있을 거 아냐. 네가 싸울 수 없으면 싸울 수 없는 거지. 하지만 이런 식으로나마 그들을 살려주자. 허락해줘. 다른 건 뭐든 좋다고 했잖아."

"하지만……"

나는 그에게 대꾸할 겨를을 주지 않았다. "생각해봐! 아가멤논은 네가 여전히 그를 거역한다는 걸 알겠지만 사람들은 너를 좋아할 거 아냐. 이보다 더 큰 영광이 어디 있겠어. 너의 환영幻影이 아가멤논의 모든 군사를 합한 것보다 더 강력하다는 걸 입증하게 될 텐데."

그는 귀를 기울이고 들었다.

"네 창이 아니라 너의 위대한 이름이 그들을 살리는 거야. 그럼 그들은 아가멤논의 유약함에 코웃음을 치겠지. 모르겠어?"

그의 눈을 들여다보니 내키지 않아 하는 기색이 조금씩 사라지고 있었다. 그는 그의 갑옷을 보고 도망쳐서 아가멤논의 측면을 공격하는 트로이아군을 상상하고 있었다. 고마워서 그의 발치에 엎드리는 사람들을 상상하고 있었다.

그는 한쪽 손을 들었다. "맹세해." 그가 말했다. "나가더라도 싸우지는 않겠다고. 아우토메돈과 함께 전차에서 내리지 않고 미르미돈을 앞세우겠다고."

"알았어." 나는 그의 손을 꼭 잡았다. "당연하지. 내가 미쳤어? 그들을 겁주려는 것뿐이야." 나는 온몸이 땀으로 흠뻑 젖었고 현기증이 났다. 그의 자존심과 울분으로 이루어진 끝없는 통로를 뚫고 나온 것이다. 나는 그들을 살릴 것이다. 그 자신으로부터 그를 살릴 것이다.

"허락해주는 거지?"

그는 초록색 눈으로 내 눈을 살피며 잠시 망설였다. 그러다 천천히 고개를 끄덕였다.

아킬레우스가 무릎을 꿇고 갑옷을 입혀주는데 손놀림이 어찌나 날렵한지 따라갈 수가 없었다. 끈들이 빠르게 당겨지고 조여지는 것만 느낄 수 있을 따름이었다. 그는 조금씩 나를 조립했다. 청동 흉갑과 정강이받이를 바짝 조이고 가죽 속치마를 입혔다. 그러는 동안 나지막하고 일정한 목소리로 빠르게 지시를 내렸다. 싸우면 안 되고, 아우토메돈이나 다른 미르미돈 곁을 떠나서도 안 된다고 했다. 전차에서 내려서도 안 되고 위험한 조짐이 보이면 당장 도망쳐야 했다. 트로이아군을 트로이아로 몰아내는 건 괜찮지만 거기서 그들과 싸우는 건 금물이었다. 그리고 가장 중요하게는 궁수들이 자리를 잡고 앉아서 가까이 다가오는 그리스군을 겨냥할 준비를 하고 있는 트로이아의 성벽 근처에는 얼씬도 하지 말아야 했다.

"예전하고는 다를 거야." 그가 말했다. "내가 거기 있을 때하고는 말이야."

"나도 알아." 나는 어깨를 움직여보았다. 갑옷이 딱딱하고 무겁고 뻣뻣했다. "꼭 다프네*가 된 기분이다." 나는 월계수 껍질로 몸이 뒤덮인 그녀의 이야기를 꺼냈다. 그는 웃지도 않고 끝이 반질반질하게 번뜩거리는 창 두 자루만 건넸다. 창을 받아들자 피가 귀로 몰렸다.

---

* 아폴론의 구애를 거절하고 도망치다가 월계수로 변한 나무 요정.

그가 다시 충고를 건넸지만 내 귀에는 들리지 않았다. 조바심 난 내 심장이 뛰는 소리만 들릴 뿐이었다. "서둘러줘." 내가 이렇게 말한 기억이 난다.

마지막으로 투구로 내 까만 머리를 덮었다. 그는 광이 나는 청동 거울을 내 쪽으로 돌렸다. 나는 내 손만큼 잘 아는 갑옷을 입은 내 모습과 투구에 달린 깃 장식, 허리춤에서 대롱거리는 은빛 칼, 금을 두드려서 만든 어깨띠를 들여다보았다. 모두 다 오해의 소지가 없었고 누구라도 한눈에 알아볼 수 있었다. 그보다 크고 까만 내 눈만 내 것처럼 느껴졌다. 그가 내게 입을 맞추자 부드럽고 따뜻한 숨결이 내 입속으로 감미롭게 들어왔다. 이윽고 그가 내 손을 잡았고 우리는 미르미돈들이 있는 밖으로 나갔다.

갑옷을 입고 정렬한 그들의 모습이 문득 무시무시하게 느껴졌고 줄줄이 이어지는 쇠붙이들이 매미 날개처럼 번뜩였다. 아킬레우스가 이미 말 세 마리를 매어놓은 전차로 나를 데려갔고―전차에서 내리지 마, 창을 던지지 마―내가 진짜로 싸우려고 들면 정체가 탄로날 거라고 그가 걱정하고 있음을 알 수 있었다. "아무 일 없을 거야." 나는 그에게 말했다. 그러고는 등을 돌려서 전차에 오르고 창을 제대로 쥐고 자세를 잡았다.

그는 연기가 나는 전함의 갑판과 하늘 위로 떼 지어 날아가는 시커먼 재 가루와 선체를 두고 몸싸움을 벌이는 병사들의 물결을 어깨 너머로 손짓하며, 내 뒤에서 미르미돈에게 잠깐 연설을 했다. "그를 무사히 데려와라." 그가 말했다. 그들은 고개를 끄덕이며 알았다는 뜻에서 창으로 방패를 두드렸다. 아우토메돈이 내 앞으로 나서 고삐를 잡았다. 전차가 필요한 이유를 모르는 사람은 없었다. 해변을 그냥 달려가면 사람들이 내 걸음걸이를 보고 그로 착각할 리 만무했다.

마부의 존재를 느낀 말들이 힝힝거리며 콧김을 내뿜었다. 바퀴가 살짝 흔들리자 나는 휘청거렸고 창들이 덜거덕거렸다. "창으로 균형을 잡아." 그가 말했다. "그럼 더 편할 거야." 모두가 기다리는 가운데 나는 어색하게 창 한 자루를 왼손으로 옮겼다. 그러는 와중에 투구를 쳐서 투구가 삐딱해지자 손을 올려서 제대로 썼다.

"아무 일 없을 거야." 나는 그에게 말했다. 사실상 나 자신에게 한 말이었다.

"준비되셨습니까?" 아우토메돈이 물었다.

나는 쓸쓸하게 전차 옆에 서 있는 아킬레우스를 마지막으로 쳐다 보았다. 내가 손을 내밀자 그가 내 손을 잡았다. "조심해." 그가 말했다.

"알았어."

할말이 많았지만 이번만큼은 우리 둘 다 참았다. 오늘밤과 내일 그리고 그 이후에도 얘기할 시간은 많았다. 그가 내 손을 놓았다.

나는 아우토메돈에게로 고개를 돌렸다. "준비됐다." 나는 그에게 말했다. 전차가 움직이기 시작했고 아우토메돈은 파도가 부서지는 혼잡한 모래사장 쪽으로 방향을 틀었다. 모래사장에 도착하자 느낌으로 알 수 있었다. 바퀴가 빠르게 돌았고 승차감이 좋아졌다. 우리는 전함들이 있는 쪽을 향해 속도를 높였다. 깃 장식을 때리는 바람이 느껴졌고 말총이 뒤로 나부끼고 있음을 알 수 있었다. 나는 창을 들었다.

내가 맨 처음 보이도록 아우토메돈은 납작하게 웅크리고 앉았다. 돌아가는 바퀴 주변으로 모래가 튀었고 미르미돈들은 덜거덕거리며 우리를 쫓아왔다. 숨이 슬슬 가빠졌고 나는 손가락이 아플 때까지 창자루를 움켜쥐었다. 우리는 아무도 없는 이도메네우스와 디오메데스의 병영을 지나서 해변의 곡선 구간을 돌았다. 마침내 한 무리의 병사들이 보이기 시작했다. 그들의 얼굴은 흐릿하게 스쳐지나갔지만 알아보고 기쁨의 고함을 지르는 소리가 들렸다. "아킬레우스! 아킬레우스다!" 홍수처럼 격렬하게 밀려드는 안도감이 느껴졌다. 효과가 있어.

이제 이백 걸음 앞에서 나를 향해 달려드는 전함과 병사들이 보이는데 전차 바퀴 소리와 모래사장을 한몸처럼 달리는 미르미돈의 발소리를 듣고 사람들이 고개를 돌렸다. 나는 심호흡을 하고 내 몸을 옥죄는 나의―그의―갑옷 안에서 어깨를 폈다. 그런 다음 고개를 뒤로 젖히고 창을 치켜들고 두 발로 전차 양면을 단단히 딛고 어딘가에 부딪쳐서 내동댕이쳐질 일이 없길 바라며 내 온몸이 흔들릴 만큼 격렬한 광란의 함성을 질렀다. 수천 명의 트로이아군과 그리스군이 충격과 환희에 찬 눈빛으로 나를 돌아보았다. 우리는 요란한 소리와 함께 그들 속으로 뛰어들었다.

내가 저 깊은 곳에서 용솟음친 그의 이름을 다시 한번 외치자 공세에 시달리던 그리스 병사들이 짐승 같은 희망의 울부짖음으로 화답했다. 고맙게도 공포를 느낀 트로이아 병사들이 서로 앞다투어 뒷걸음질치며 내 앞에서 흩어졌다. 나는 의기양양하게 으르렁거렸다. 도주하는 그들을 보자 피가 끓고 짜릿한 기쁨이 느껴졌다. 하지만 트로이아군은 용감한 병사들이라 모두 다 도망친 건 아니었다. 나는 협박조로 창을 들어 보였다.

나를 감싼 갑옷 때문이었을까. 그를 지켜본 수년의 세월 때문이었을까. 내 어깨가 예전처럼 어색하게 흔들리지 않았다. 전보다 높고 탄탄했고 완벽한 균형을 뽐냈다. 내가 앞뒤 따질 겨를도 없이 창을 던지자 길게 나선을 그리며 한 트로이아 병사의 가슴을 향해 똑바로 날아갔다. 그의 몸이 뒤로 쿵 하고 쓰러졌고 그가 이도메네우스의 전함을 향해 흔들고 있던 횃불이 손에서 빠져나와 모래사장 위에서 펄럭거렸다. 피를 흘렸더라도, 두개골이 깨져서 뇌가 드러났더라도 나는 보지 못했다. 죽었군, 하고 생각할 따름이었다.

아우토메돈이 입을 우물거리며 눈을 휘둥그레 떴다. 아킬레우스 왕자님이 싸우지 말라고 하셨잖아요, 그렇게 말하는 것 같았다. 하지만 나는 이미 남은 창을 손으로 집어들었다. 할 수 있어. 말들이 다시 방향을 홱 틀었고 우리 앞을 막고 있던 병사들이 뿔뿔이 흩어졌다. 완벽하게 균형을 잡은 느낌, 세상이 준비를 갖추고 기다리는 듯한 느낌이 다시금 나를 찾아왔다. 트로이아군이 한 명 시야에 들어오자 나는 엄지손가락을 후려치는 나무를 느끼며 창을 던졌다. 그는 허벅지를 관통당하고 쓰러졌다. 뼈가 으스러졌을 것이다. 두 명. 내 주변의 모든 남자들이 아킬레우스의 이름을 외쳤다.

나는 아우토메돈의 어깨를 잡았다. "창 한 자루 더." 그는 잠깐 망설이다 내가 덜컹거리는 전차 옆으로 시신에 꽂힌 창을 뽑을 수 있도록 고삐를 당겨서 속도를 늦추었다. 창자루가 내 손안으로 달려드는 것처럼 느껴졌다. 내 눈은 벌써부터 다음 목표물을 찾고 있었다.

그리스군이 반격을 시작했다. 메넬라오스가 내 옆에서 한 명을 처치했고 네스토르의 아들 하나는 행운을 빌듯이 자기 창으로 내 전차 옆면을 두드리고 나서 어떤 트로이아 왕자의 머리를 향해 창을 던졌다. 절박해진 트로이아군은 앞다투어 전차를 향해 달리며 총퇴각을 감행했다. 헥토르도 그들과 함께 달리면서 명령을 내렸다. 그는 전차에 오르자 병사들을 이끌고 방벽을 빠져나가서 참호를 건너는 좁은 둑길을 지나 그 너머의 평원으로 향했다.

"가자! 저들을 추격해!"

아우토메돈은 전혀 내키지 않는 얼굴이었지만 그래도 순순히 말머리를 돌려서 추격에 나섰다. 나는 여기저기 꽂혀 있는 창들을 수거해—시신 몇 구는 거의 끌고 가다시피 한 다음에야 창을 뺄 수 있었다—방벽 문을 꽉 막고 있는 트로이아군의 전차 부대를 추격했다. 화가 나서 뚱해 있다가 불사조처럼 다시 등장한 아킬레우스를 겁에 질린 눈빛으로 미친듯이 돌아보는 마부들이 내 눈에 들어왔다.

말들이 전부 헥토르의 말처럼 날렵하지는 않았고 허둥대던 전차들이 대거 참호로 처박히는 바람에 달려서 도망치는 마부도 많았다. 우리는 그들을 추격했다. 아킬레우스의 준마들은 네 다리를 허공으로 뻗으며 달렸다. 트로이아군을 그들의 도시로 몰아냈으니 나는 거기서 멈출 수도 있었다. 하지만 정렬한 그리스군이 뒤에서 내 이름을 외쳤다. 그의 이름을 외쳤다. 나는 멈추지 않았다.

내가 손으로 가리키자 아우토메돈이 아치를 그리며 말들을 한데 모아서 채찍질로 전진 명령을 내렸다. 우리는 도주하는 트로이아군을 앞지른 다음 빙 돌아서 그들을 맞이했다. 나는 창을 조준하고 또 조준해서 배와 목과 허파와 심장을 갈랐다. 내가 버클과 청동 갑옷을 이리저리 번뜩이며 가차없이 정확하게 살을 찢으면 삐죽빼죽하게 터진 포도주 부대처럼 빨간 피가 쏟아진다. 나는 하얀 천막에서 보낸 날들이 있기에 그들의 약점을 낱낱이 알고 있다. 너무 간단하다.

전차 한 대가 혼란스러운 아수라장을 박차고 나온다. 거한의 마부가 긴 머리를 휘날리며 그의 말들이 입에서 거품을 흘리도록 채찍질을 하고 있다. 까만 눈은 내게서 떠날 줄 모르고 입술은 분노로 뒤틀렸다. 갑옷이 물개 가죽처럼 몸에 딱 맞는다. 사르페돈이다.

그가 팔을 들어서 창으로 내 심장을 겨눈다. 아우토메돈이 뭐라고 비명을 지르며 고삐를 당긴다. 내 어깨 위로 한줄기 바람이 분다. 날카로운 창끝이 내 뒤 땅바닥에 박힌다.

사르페돈이 고함을 지르는데 욕을 하는 건지 결투를 신청하는 건지 모르겠다. 나는 꿈을 꾸는 것처럼 창을 든다. 그리스군을 수도 없이 죽인 사람이다. 그의 손에 성문이 열렸다.

"안 돼요!" 아우토메돈이 내 팔을 잡는다. 그러고는 다른 손으로 채찍질을 해서 벌판을 질주한다. 사르페돈이 저쪽으로 말 머리를 돌리기에 나는 순간 포기했나보다고 생각한다. 하지만 그는 다시 이쪽으로 말 머리를 돌려서 창을 든다.

세상이 폭발한다. 전차가 허공으로 날아오르고 말들이 비명을 지른다. 나는 풀밭으로 내동댕이쳐지면서 바닥에 머리를 세게 부딪친다. 투구가 앞으로 쏟아져서 시야를 가리자 뒤로 넘긴다. 한데 뒤엉킨 우리 말들이 보인다. 한 마리가 창에 맞아서 쓰러졌다. 아우토메돈은 보이지 않는다.

저멀리서 사르페돈이 전차를 몰고 인정사정없이 나를 향해 달려오고 있다. 도망칠 시간이 없다. 나는 일어나서 그를 맞이한다. 창을 들어서 목 졸라 죽이려는 뱀이라도 되는 듯 힘껏 움켜쥔다. 두 발로 땅을 딛고 등 근육을 꿈틀거리며 아킬레우스라면 어떻게 했을지 상상한다. 아킬레우스라면, 뚫을 수 없을 것 같은 그의 갑옷에서 틈새를 찾든지 틈새를 만들었을 것이다. 하지만 나는 아킬레우스가 아니다. 나는 유일한 기회인 다른 것을 포착한다. 그들이 거의 내 앞으로 들이닥친다. 나는 창을 던진다.

창은 그의 배를 맞힌다. 두툼한 갑옷으로 둘러싸인 부분이다. 하지만 땅바닥이 울퉁불퉁하고 나는 있는 힘껏 창을 던졌다. 그의 몸을 관통하지는 않지만 그를 뒤로 한 발짝 물러서게 만든다. 그것으로 충분하다. 그의 체중으로 인해 전차가 기울고 그는 전차에서 굴러떨어진다. 말들이 내 옆을 전속력으로 지나가고 땅바닥에 쓰러진 채 꼼짝 않는 그만 남는다. 나는 그가 일어나서 나를 죽이려 들지 않을까 하는 마음에 창자루를 움켜쥔다. 그 순간 비정상적인 각도로 꺾여서 부러진 그의 목이 내 눈에 들어온다.

제우스의 아들을 죽였지만 그것만으로는 부족하다. 사람들이 아킬레우스가 죽인 줄 알아야 한다. 흙먼지가 벌써부터 꿀벌의 배에 묻은 꽃가루처럼 사르페돈의 긴 머리에 내려앉기 시작했다. 나는 창을 다시 들어서 그의 가슴에 있는 힘껏 꽂는다. 피가 나오지만 힘이 없다. 심장이 뛰지 않으니 피를 뿜어내지 못하는 것이다. 창을 당기자 갈라진 땅에 박혀 있던 구근처럼 천천히 빠져나온다. 이러면 다들 그가 창에 맞아서 죽은 줄 알 것이다.

고함소리가 들리는가 싶더니 사람들이 전차를 타고 아니면 뛰어서 나를 향해 벌떼처럼 몰려든다. 내 창에 왕의 피가 묻은 것을 본 리키아군이다. 아우토메돈이 내 어깨를 붙잡고 전차 쪽으로 끌고 간다. 죽은 말을 떼어내고 바퀴를 바로잡는다. 그는 겁에 질려서 하얘진 얼굴로 숨을 헐떡이고 있다. "이제 가야 해요."

아우토메돈이 달리려고 안달이 난 말들의 고삐를 풀고 우리는 추격하는 리키아군을 피해서 벌판을 질주한다. 입안에서 쇠맛이 느껴진다. 내가 죽음의 문턱에 얼마나 가까이 다가갔었는지 알아차리지도 못한다. 사르페돈의 가슴에 번진 피의 꽃처럼 시뻘겋게 피어난 야수의 본능으로 머리가 지끈거린다.

도주하느라 아우토메돈이 트로이아 근처까지 전차를 몰고 간다. 큼지막하게 깎은 돌을 신들이 직접 쌓아서 만들었다는 성벽과 청동이 오래돼서 시커멓게 변한 거대한 성문이 내 앞으로 등장한다. 아킬레우스는 성탑에서 기다리는 궁수들을 조심하라고 경고했지만 돌격과 궤멸이 워낙 갑작스럽게 이루어졌기 때문에 돌아온 병사가 아무도 없다. 트로이아는 완벽하게 무방비 상태다. 어린아이라도 점령할 수 있을 정도다.

트로이아가 무너지는 상상을 하자 잔인한 기쁨이 나를 관통한다. 그들은 도시를 잃어도 싸다. 이게 다 그들의 잘못이다. 우리는 십 년의 세월과 수많은 병사를 잃었고 그들 때문에 아킬레우스도 죽게 생기지 않았는가. 더이상은 안 되겠어.

나는 전차에서 뛰어내려 성벽을 향해 달려간다. 손으로 더듬어보니 장님의 눈구멍처럼 움푹 들어간 곳들이 있다. 기어올라가자. 신이 직접 깎았다는 바위에서 미세한 조각들이 떨어져나간 부분들을 발로 찾는다. 손으로 허우적허우적 바위를 할퀴고 붙잡는 내 모습이 우아해 보이지는 않을 것이다. 그래도 올라가고 있지 않은가. 나는 무너뜨릴 수 없다던 그들의 도시를 무너뜨리고 그 안에 든 노른자 중의 노른자라 할 수 있는 헬레네를 생포할 것이다. 그녀를 겨드랑이춤에 끼우고 끌고 나와서 메넬라오스 앞으로 내동댕이치는 내 모습을 상상해본다. 끝이다. 이제는 그녀의 허영 때문에 누구든 목숨을 잃을 필요가 없다.

파트로클로스. 위에서 노랫가락 같은 목소리가 들린다. 위를 올려다보니 까만 머리를 어깨까지 늘어뜨린 남자가 화살통과 활을 대충 가슴에 걸고 일광욕이라도 하는 것처럼 성벽에 기대고 서 있다. 나는 화들짝 놀라서 살짝 미끄러지고 그 바람에 바위에 무릎을 긁힌다. 그는 가슴이 저리도록 아름답다. 반질반질한 피부와 깎아놓은 듯한 얼굴이 초인간적인 광채로 빛난다. 까만 눈. 아폴론이다.

그는 내가 알아봐주기만을 바랐다는 듯이 미소를 짓는다. 그가 손을 내밀자 내가 매달려 있는 그 말도 안 되게 먼 곳까지 팔이 닿는다. 나는 눈을 감는다. 그가 내 갑옷의 등판에 손가락을 끼워 나를 떼어내고 아래로 떨어뜨리는 느낌만이 나를 관통한다.

나는 갑옷을 덜거덕거리며 쿵 하고 떨어진다. 그 충격과, 정신을 차리고 보니 내가 돌연 바닥에 누워 있다는 좌절감 때문에 정신이 잠깐 흐려진다. 나는 내가 기어올라가고 있는 줄 알았다. 그런데 어느 누구의 등반도 허락한 적 없는 성벽이 내 앞을 고집스럽게 막고 있다. 나는 턱에 힘을 주고 다시 시작한다. 물러서지 않을 것이다. 나는 헬레네를 내 팔로 사로잡는 꿈에 취해서 제정신이 아니다. 성벽의 바위들은 내가 떨어뜨린 무언가를, 내가 줍고 싶은 무언가를 끊임없이 덮어버리는 시커먼 물과 같다. 나는 신의 존재를, 내가 떨어진 이유를, 내 발이 좀 전에 디뎠던 그 틈새를 다시 딛는 이유를 잊어버린다. 이성을 잃고서, 어쩌면 나는 성벽을 오르고 떨어지는 일만 반복하는 사람인가보다고 생각한다. 이번에 위를 올려다보았을 때는 신이 미소로 나를 맞이하지 않는다. 손가락으로 내 튜닉 자락을 잡고 나를 대롱대롱 늘어뜨린다. 그런 다음 떨어뜨린다.

머리가 다시 바닥에 부딪치자 정신이 멍하고 숨이 막힌다. 내 주변으로 몰려드는 사람들의 얼굴이 흐릿하게 보인다. 나를 도와주러 온 걸까? 땀으로 축축해진 이마를 찌르는 서늘한 공기와 마침내 풀어헤쳐진 내 까만 머리가 문득 느껴진다. 투구. 빈 달팽이 껍질처럼 뒤집힌 채 내 옆에 놓여 있는 투구가 보인다. 아킬레우스가 묶어준 끈들을 신이 풀어버린 바람에 갑옷도 느슨해졌다. 벗겨진 갑옷이, 쪼개지고 쏟아진 내 껍데기의 잔재가 흙바닥에 흩뿌려져 있다.

트로이아군이 쉰 목소리로 지르는 성난 함성 소리가 얼어붙은 정적을 깬다. 나는 정신이 번쩍 든다. 나는 무기도 없이 혼자 있고 저들은 내가 파트로클로스에 불과하다는 것을 안다.

도망치자. 나는 벌떡 일어난다. 창 한 자루가 휙 날아오지만 한 호흡 늦었다. 내 허벅지를 스치고 지나가서 빨간 줄을 남긴다. 누군가가 나를 향해 손을 뻗지만 나는 몸을 비틀어서 피한다. 두려움이 멋대로 날뛰며 심장을 두드리고 있다. 공포로 정신이 몽롱한 가운데 내 얼굴을 향해 창을 겨누는 남자가 보인다. 웬일로 내가 잽싸게 피하자 창은 연인의 숨결처럼 내 머리칼을 헝클어뜨리며 지나간다. 나를 넘어뜨리려고 누군가가 내 무릎을 향해 창을 찌른다. 나는 펄쩍 뛰어넘으며 내가 아직 죽지 않았다는 사실에 놀라워한다. 내 평생 이렇게 빨라본 적은 처음이다.

하지만 뒤에서 날아온 창은 보지 못한다. 등을 찢고 들어온 창이 갈비뼈 밑에 구멍을 낸다. 나는 그 여파로, 살을 찢는 고통과 복부가 화끈거리며 무감각해지는 충격에 앞으로 비틀거린다. 내 몸이 잡아당겨지는 느낌에 이어서 창끝이 사라진다. 싸늘해진 내 몸 위로 뜨거운 피가 콸콸 쏟아진다. 내가 비명을 지른 것 같다.

트로이아군의 얼굴들이 흔들거리고 나는 쓰러진다. 손가락 사이로 흐른 피가 풀밭 위로 쏟아진다. 사람들이 흩어지고 나를 향해 걸어오는 남자가 보인다. 그가 멀리서 다가오는 듯이 느껴진다. 내가 깊은 골짜기 바닥에 누워 있기라도 한 것처럼 그가 위에서 내려오는 듯이 느껴진다. 내가 아는 남자다. 골반이 신전의 처마 돌림띠처럼 생겼는데 미간을 잔뜩 찌푸리고서 험상궂은 표정을 짓고 있다. 그는 주변을 에워싼 사람들을 쳐다보지 않고 전장에 자기 혼자 있는 것처럼 걷는다. 나를 죽이러 다가오고 있는 것이다. 헥토르다.

얕은 숨을 몰아쉬자 다른 상처 부위들이 새롭게 벌어지는 것처럼 느껴진다. 떠오른 기억이 귓전을 때리는 맥박처럼 내 안에서 쿵쿵 울린다. 그는 나를 죽일 수 없다. 나를 죽여서는 안 된다. 나를 죽이면 아킬레우스가 가만히 내버려두지 않을 것이다. 그리고 헥토르는 끝까지 살아 있어야 한다. 나이가 들어서도, 뼈들이 개울 속을 굴러다니는 돌멩이처럼 거죽 속에서 움직일 정도로 말라비틀어진 뒤에도 절대 죽으면 안 된다. 그는 아킬레우스의 출혈을 막는 마지막 댐이기에 반드시 살아야 한다고, 나는 풀밭을 뒤로 기어가며 생각한다.

나를 에워싼 사람들을 필사적으로 돌아보며 그들의 발치에서 허우적거린다. 살아야 해. 나는 쉰 목소리로 꺽꺽댄다. 살아야 해.

하지만 그들은 내가 안중에도 없다. 그들의 왕자, 거침없이 나를 향해 걸어오는 프리아모스의 큰아들만 쳐다보고 있다. 뒤를 돌아보니 그가 창을 들고 바로 앞으로 들이닥쳤다. 내 귀에는 허파가 들썩이며 공기를 내 가슴속으로 내뿜었다가 다시 들이마시는 소리만이 들린다. 헥토르가 내 위로 창을 들어서 물주전자처럼 기울인다. 그러다 내리꽂자 눈부신 은빛이 나를 향해 쏟아진다.

안 돼. 나는 놀란 새처럼 두 손을 퍼덕이며 내 배를 향해 가차없이 움직이는 창을 막으려고 한다. 하지만 힘센 헥토르 앞에서 나는 젖먹이처럼 나약한 존재일 뿐이고 내 손은 줄줄 흐르는 핏줄기 속에 항복한다. 창끝이 깊숙이 꽂히자 불에 덴 듯한 엄청난 고통에 숨이 멎고 단말마의 여울이 온몸으로 폭발한다. 내 머리가 바닥으로 다시 떨어지고 내가 마지막으로 목격하는 것은 심각한 표정으로 나를 내려다보며 냄비를 젓듯 내 몸에 꽂힌 창을 돌리는 헥토르다. 내가 마지막으로 생각하는 것은 아킬레우스다.

31

아킬레우스는 언덕마루에 서서 트로이아의 벌판을 가로지르는 시커먼 형상들을 쳐다보고 있다. 누가 누구인지 알아볼 수가 없다. 트로이아를 향해 진격하는 행렬이 밀물과도 같다. 칼과 갑옷들이 햇빛을 받고 생선비늘처럼 번뜩인다. 파트로클로스가 장담했던 것처럼 그리스군이 트로이아군을 궤멸시키고 있다. 조만간 그가 돌아올 테고 아가멤논은 무릎을 꿇을 것이다. 그들은 다시 행복해질 것이다.

그런데 그럴 것 같은 기분이 아니다. 멍하다. 굽이치는 벌판이 고르곤*의 얼굴처럼 그를 서서히 돌로 만들어놓고 있다. 왕인지 왕자인지 모를 누군가가 쓰러지고 그 시신을 두고 싸움이 벌어진다. 누구일까? 그는 손차양을 해보지만 더이상은 아무것도 보이지 않는다. 나

---

* 고대 그리스 신화에 나오는 괴물. 머리카락이 뱀으로 되어 있는 세 자매로, 이 괴물을 보는 사람은 누구나 돌로 변했다고 한다.

중에 파트로클로스에게 들으면 될 것이다.

그의 눈에 이런저런 광경이 단편적으로 들어온다. 그의 병영을 향해 바닷가를 걸어오는 사람들. 다른 왕들 옆에서 절뚝거리는 오디세우스. 두 팔로 뭔가를 안고 있는 메넬라오스. 풀물이 든 채 축 늘어진 한쪽 발. 임시변통으로 덮어놓은 수의 밖으로 삐져나온 헝클어진 머리카락. 지금은 멍한 느낌이 축복이다. 그런 기분을 느낄 수 있는 마지막 몇 초. 그리고 철렁 내려앉는 심장.

그는 칼을 와락 꺼내서 자기 목을 그으려고 한다. 하지만 빈손을 보고 그제야 기억한다. 그는 칼을 나에게 주었다. 안틸로코스가 그의 손목을 붙잡고 사방에서 사람들이 떠들어댄다. 그의 눈에 보이는 것은 피로 물든 천뿐이다. 그는 고함을 지르며 안틸로코스를 뿌리치고 메넬라오스를 때려눕힌다. 그러고는 시신 위로 쓰러진다. 밀물처럼 밀려온 깨달음이 그의 숨통을 조른다. 비명이 터져나온다. 한 번, 또 한 번. 그는 머리를 쥐어뜯는다. 피투성이 시신 위로 금색 머리카락이 떨어진다. 파트로클로스. 그가 읊조린다. 파트로클로스. 파트로클로스. 그 이름이 의미를 잃고 소리만 남을 때까지 몇 번이고 읊조린다. 어디에선가 오디세우스가 무릎을 꿇고 앉아서 음식을 권하고 있다. 시뻘건 분노가 격렬하게 치밀어오르고 그는 하마터면 그 자리에서 그를 죽일 뻔한다. 언젠가는 나를 떠나보내야 할 것이다. 하지만 그는 그러지 못한다. 그가 나를 으스러져라 끌어안자 나방의 날개처럼 희미하게 펄떡거리는 그의 심장이 느껴질 정도다. 메아리가, 마지막까지 남은 혼령 한 자락이 내 몸에 아직 매여 있다. 고문이다.

브리세이스가 일그러진 얼굴로 우리를 향해 달려온다. 그녀가 시신 위로 고개를 숙이자 어여쁜 까만 눈에서 여름비처럼 따뜻한 눈물이 쏟아진다. 그녀는 손으로 얼굴을 가리고 울부짖는다. 아킬레우스는 그녀를 쳐다보지 않는다. 그의 눈에는 그녀가 보이지도 않는다. 그가 자리에서 일어선다.

"누구 짓입니까?" 갈라지고 쉬어 소름이 끼치는 목소리다.

"헥토르일세." 메넬라오스가 말한다. 아킬레우스는 물푸레나무로 만든 그의 거대한 창을 잡고 팔로 가로막는 사람들을 뿌리치려고 한다.

오디세우스가 그의 어깨를 잡는다. "내일을 기약하세." 그가 말한다. "그는 이미 도시 안으로 들어갔네. 내일을 기약하세. 내 말대로 하게, 펠리데스. 내일이면 그를 죽일 수 있어. 내가 맹세하네. 지금은 뭐라도 좀 먹고 쉬어야지."

아킬레우스는 흐느낀다. 나를 끌어안고서 아무것도 먹지 않고 내 이름 말고는 아무 말도 하지 않는다. 내 눈에는 그의 얼굴이 물속에서 건너편을 바라보는 것처럼, 물고기가 태양을 쳐다보는 것처럼 느껴진다. 그의 눈물이 떨어지지만 나는 닦을 수 없다. 나는 이제 본바탕만 남아서 아직 땅에 묻히지 못한 혼령의 반쪽짜리 삶을 살고 있다.

그의 어머니가 온다. 해변에 부딪히는 파도 소리가 들린다. 그녀는 살아 있었을 때도 내게 혐오감을 느꼈지만 아들의 품에 안긴 나의 시신은 더욱 끔찍하다.

"그 아이는 죽었다." 그녀가 아무 감정 없는 목소리로 말한다.

"헥토르도 죽을 겁니다." 그가 말한다. "내일요."

"너는 갑옷도 없지 않느냐."

"필요 없습니다." 그는 이를 드러내고 으르렁거린다. 말을 하려면 그러는 수밖에 없다.

그녀는 창백하고 차가운 손을 내밀어 나의 손을 잡고 있는 그의 손을 떼어낸다. "그 아이가 자초한 일이다."

"내 몸에 손대지 마세요!"

그녀는 나를 품에 안는 그를 쳐다보며 뒷걸음질을 친다.

"네 갑옷을 마련해오마." 그녀가 말한다.

그뒤로는 이런 식이다. 계속 막사 덮개가 열리고 누군가가 조심스럽게 얼굴을 내민다. 포이닉스 다음은 아우토메돈 다음은 마카온이다. 마침내 오디세우스가 등장한다. "아가멤논이 자네를 만나고 그 아가씨를 돌려주러 찾아왔네." 아킬레우스는 그 아이는 이미 돌아왔습니다, 라고 말하지 않는다. 어쩌면 그런 줄 모를 수도 있다.

두 남자는 흔들거리는 장작불을 사이에 두고 서로 마주보고 앉는다. 아가멤논이 헛기침을 한다. "우리 둘 사이에 빚어졌던 분란을 이제 잊을 때도 되지 않았나. 내가 그 아이를 데려왔네, 아킬레우스. 손끝 하나 건드리지 않고 멀쩡하게." 그는 감사 인사가 쏟아지길 기다리는 사람처럼 잠깐 말을 멈춘다. 하지만 정적만 흐를 따름이다. "우리가 그렇게 원수를 지다니 신께서 우리의 이성을 마비시켰던 모양일세. 하지만 이제 다 끝났네. 우리는 다시 동맹일세." 그는 지켜보는 사람들을 위해 마지막 문장을 큰 소리로 외친다. 아킬레우스는 아무 대꾸도 하지 않는다. 그는 헥토르를 죽이는 상상을 하고 있다. 오로지 그 상상만으로 버티고 있다.

아가멤논은 머뭇거린다. "아킬레우스 왕자, 내일 싸우러 나갈 거라고 들었는데."

"네." 갑작스러운 그의 대답에 모두들 화들짝 놀란다.

"다행일세, 아주 다행이야." 아가멤논은 다시 잠깐 기다린다. "그럼 그 이후에도 계속 싸울 건가?"

"원하신다면 그러죠." 아킬레우스가 대답한다. "상관없습니다. 어차피 나는 조만간 죽을 테니까요."

지켜보던 사람들이 서로 흘끗거린다. 아가멤논은 평정을 되찾는다.

"그래. 그럼 그렇게 하기로 한 걸세." 그는 나가려다 말고 멈춘다. "파트로클로스가 죽다니 유감일세. 오늘 용감하게 싸웠는데. 그가 사르페돈을 죽였다는 이야기 들었나?"

아킬레우스가 눈을 든다. 핏발이 서 있고 아무 감정이 없다. "이 친구가 당신들 모두 죽거나 말거나 내버려두었으면 좋았을 것을요."

아가멤논은 너무 놀라서 아무 대꾸도 하지 못한다. 오디세우스가 정적 속으로 끼어든다. "그럼 고인을 애도할 수 있게 우리는 이만 가보겠네, 아킬레우스 왕자."

브리세이스가 내 시신 옆에 무릎을 꿇고 앉아 있다. 물과 천을 가져다 내 몸에 묻은 피와 흙먼지를 닦는다. 시신이 아니라 아이를 씻기는 것처럼 손길이 부드럽다. 아킬레우스가 막사 덮개를 열고 들어오고 내 시신 위에서 두 사람의 시선이 만난다.

"그 손 치워라." 그가 말한다.

"거의 다 끝났어요. 흙투성이로 누워 있게 둘 수는 없잖아요."

"네 손이 그의 몸에 닿는 것을 내가 허락하지 않는다."

그녀의 눈은 눈물이 맺혀서 선명하게 반짝인다. "그분을 사랑했던 사람이 왕자님 혼자였는지 아십니까?"

"나가라. 나가!"

"살아 있었을 때보다 죽은 다음에야 그분을 더 챙기시는군요." 그녀는 슬픈 마음에 원통해하는 목소리로 말한다. "어떻게 그냥 내보낼 수 있나요? 싸우지 못하는 사람이라는 걸 알면서!"

아킬레우스는 고함을 지르고 그릇을 박살낸다. "나가라니까!"

브리세이스는 움찔하지 않는다. "절 죽이세요. 그래도 그분은 돌아오지 않습니다. 왕자님 열 명을 합친 것보다 더 귀한 분이었어요. 열 명을 합친 것보다! 그런데 왕자님이 그런 분을 죽게 만들었어요!"

그에게서 나오는 소리는 인간이 내는 소리라고 할 수 없다. "나도 말리려고 했다! 해변 밖으로는 가지 말라고도 했고!"

"그분은 왕자님 때문에 나간 거예요." 브리세이스는 그에게로 다가간다. "왕자님을 살리기 위해, 왕자님의 그 잘난 명성을 살리기 위해 싸운 거라고요. 괴로워하는 왕자님의 모습을 보고 있을 수가 없어서!"

아킬레우스는 두 손에 얼굴을 묻는다. 하지만 그녀는 이쯤에서 그만두지 않는다. "왕자님은 그분을 차지할 자격이 없어요. 그분이 왕자님을 왜 사랑했는지 모르겠네요. 이렇게 자기밖에 모르는 사람을!"

아킬레우스의 시선이 그녀의 시선과 만난다. 그녀는 덜컥 겁이 나지만 물러서지 않는다. "헥토르가 왕자님을 죽여주었으면 좋겠네요."

그의 목에서 거친 숨소리가 난다. "나도 같은 생각이라는 걸 모르겠느냐?"

　그는 흐느끼며 나를 들어서 우리 침대로 옮긴다. 내 시신은 축 늘
어진다. 막사 안이 따뜻해서 조만간 냄새가 나기 시작할 것이다. 그
는 상관하지 않는 눈치다. 밤새도록 내 차가운 손을 자기 입에 대고
있다.

　새벽이 되자 그의 어머니가 청동으로 새로 만든 아직까지 따뜻한
방패와 칼과 흉갑을 들고 온다. 그녀는 무장하는 그를 바라보기만 할
뿐 아무 말도 하지 않는다.

　그는 미르미돈이나 아우토메돈을 기다리지 않는다. 무슨 일인가
보러 나온 그리스 병사들을 뒤로하고 해변을 달려간다. 그들은 무기
를 집어들고 따라나선다. 좋은 구경거리를 놓치고 싶지 않은 것이다.
　"헥토르!" 그는 큰 소리로 외친다. "헥토르!" 그는 진격해오는 트
로이아군의 대열 사이로 돌진하며 가슴과 얼굴들을 결딴내고 분노
의 유성으로 찍는다. 그들의 몸이 바닥에 닿기도 전에 그는 이미 사
라지고 보이지 않는다. 십 년의 전쟁으로 듬성듬성해진 풀밭이 왕자
와 왕들의 기름진 핏물을 빨아들인다.
　하지만 헥토르는 전차와 군사들 사이를 누비며 신처럼 요행히 피
해 다닌다. 아무도 그를 겁쟁이라고 하지 않는다. 잡히면 목숨을 부
지할 수 없기 때문이다. 그는 아킬레우스의 갑옷을 입고 있다. 누가
봐도 내 시신 옆에서 집어간 불사조 흉갑이다. 남자들은 그 둘이 지
나가자 멀뚱멀뚱 쳐다본다. 아킬레우스가 아킬레우스를 쫓고 있는
것처럼 보인다.

헥토르는 가슴을 들썩이며 트로이아를 흐르는 스카만드로스 강 쪽으로 달린다. 강물은 바닥에 깔린 돌멩이들 때문에 매끈한 황금빛으로 반짝인다. 트로이아는 원래 노란 돌로 유명하다.

그런데 지금은 황금빛이 아니라 시신과 갑옷으로 메워져서 탁하고 붉은색으로 휘돌아 흐른다. 헥토르는 그 속으로 뛰어들어서 투구와 넘실거리는 시신을 헤치며 헤엄을 친다. 그가 저쪽 기슭에 다다른다. 아킬레우스도 따라서 뛰어들려고 한다.

강 속에서 등장한 누군가가 그의 앞을 막는다. 더러운 강물이 어깨 근육을 타고 흘러내리고 까만 수염에서 쏟아진다. 세상에서 가장 큰 인간보다 더 키가 크고 봄을 맞은 개울처럼 기운이 넘쳐흐른다. 그는 트로이아와 그 도시의 사람들을 사랑한다. 그들은 여름이면 제물로 포도주를 바치고 그의 강물 위로 화환을 띄운다. 그중에서 가장 신심이 깊은 자가 트로이아의 왕자 헥토르다.

아킬레우스의 얼굴은 피로 범벅이다. "나를 막지 못할 겁니다."

강의 신 스카만드로스가 작은 나무 몸통만큼 굵직한 지팡이를 든다. 그는 칼이 필요 없다. 이 한 방이면 뼈가 부러지고 목이 꺾인다. 아킬레우스에게는 칼밖에 없다. 그의 창은 이 시신, 저 시신에 꽂혀 있다.

"네 목숨을 걸 만한 일이냐?" 신이 묻는다.

아니잖아. 제발 아니라고 해. 하지만 나는 목소리가 없다. 아킬레우스는 강물 속으로 걸어들어가서 칼을 든다.

강의 신은 웬만한 남자의 몸통만큼 커다란 손으로 지팡이를 휘두른다. 아킬레우스는 고개를 수그리고, 다시 날아오는 지팡이는 앞구르기로 넘는다. 그런 다음 무방비 상태인 신의 가슴을 향해 휙 하고 칼을 겨눈다. 신은 간단하게, 거의 무심하게 몸을 돌린다. 칼끝이 아무 피해 없이 지나간다. 처음 있는 일이다.

신이 공격한다. 그가 지팡이를 휘두르자 아킬레우스는 잔해가 둥둥 떠다니는 강가로 밀려난다. 그는 지팡이를 망치처럼 쓴다. 지팡이가 수면을 때리면 넓은 부채 모양의 물보라가 튄다. 아킬레우스는 매번 펄쩍 뛰어서 피해야 한다. 남들과는 다르게 물의 힘에 지치지 않는 눈치다.

아킬레우스의 칼이 생각보다 더 빠르게 번뜩이지만 그래도 신을 건드리지는 못한다. 스카만드로스가 번번이 강력한 지팡이로 막으니 그는 점점 더 빠르게 움직여야 한다. 신은 산에서 처음 녹아내린 얼음만큼이나 나이가 많고 약삭빠르다. 이 평원에서 치러진 모든 전투를 알기에 뭐든 새로울 게 없다. 얇은 금속 날 하나로 힘센 신을 막느라 지쳐서 아킬레우스가 움직이는 속도가 점점 느려진다. 두 무기가 만날 때마다 나뭇조각이 튀지만 지팡이가 스카만드로스의 허벅지만큼 두껍다. 부러질 가망이 없다. 아킬레우스가 지팡이를 맞받아치기보다 고개를 숙여서 피하는 횟수가 점점 늘어나자 신이 미소를 짓는다. 그가 가차없이 달려든다. 총력을 기울여서 집중하느라 아킬레우스의 얼굴이 일그러진다. 그는 능력의 극대치를 발휘하고 있다. 이러니저러니 해도 그는 신이 아니다.

그가 정신을 바짝 차리고 필사적인 최후의 일격을 준비하는 것이 보인다. 그는 신의 머리를 향해 연속으로 칼을 휘두르며 전진하기 시작한다. 그걸 피하려면 스카만드로스는 일 초의 몇 분의 일 동안이나마 뒤로 몸을 젖힐 수밖에 없다. 아킬레우스가 노리는 것이 그 순간이다. 그 마지막 한 방을 기다리느라 그의 근육에 힘이 들어간 것이 보인다. 그가 날아오른다.

지금까지 살아오는 동안 처음으로 그가 충분히 빠르지 못했다. 신은 그의 일격을 지팡이로 막아서 옆으로 거칠게 내팽개친다. 아킬레우스는 비틀거린다. 균형을 잃고 아주 살짝, 눈곱만큼 휘청거린 수준이라 내 눈에는 거의 보이지 않는다. 하지만 신은 아니다. 비틀거림으로 인해 생긴 그 짧은 정지의 순간을 놓치지 않고 포악하게, 의기양양하게 돌진한다. 나무가 죽음의 포물선을 그리며 내려온다.

신의 생각이 짧았다. 나도 진작 알아차렸어야 하는 거였다. 지금까지 내가 보아온 세월 동안 그의 발은 한 번도 비틀거린 적이 없었다. 실수가 있더라도 그 섬세한 뼈와 둥그스름한 발바닥이 저지른 실수인 적은 없었다. 아킬레우스는 인간의 부족함이라는 미끼를 던졌고 신은 그 미끼를 향해 달려들었다.

스카만드로스가 돌진하자 구멍이 생기고 아킬레우스의 칼이 그곳을 향해 바람을 가른다. 신의 옆구리가 깊게 벌어지고 주인에게서 이코르가 흘러나오자 강이 다시 황금빛으로 바뀐다.

스카만드로스는 죽지 않을 것이다. 하지만 지금은 지치고 힘이 다한 몸을 이끌고 절뚝거리며 수원이 있는 산속으로 들어가 상처를 지혈하고 기운을 추슬러야 한다. 그는 강물 속으로 사라진다.

아킬레우스의 얼굴은 땀범벅이고 숨소리는 거칠다. 하지만 그는 멈추지 않는다. "헥토르!" 하고 고함을 지른다. 그러고는 다시 사냥을 시작한다.

어디에선가 신들이 속삭인다.

그가 우리 일족을 쓰러뜨렸어.

그가 도시를 공격하면 어떻게 될까?

트로이아는 아직 쓰러질 때가 되지 않았는데.

그 소리를 듣고 나는 생각한다. 트로이아는 걱정할 필요 없습니다. 그가 원하는 건 헥토르밖에 없으니까요. 오직 헥토르 한 명뿐. 헥토르가 죽으면 멈출 겁니다.

트로이아의 높다란 성벽 기슭에는 신성한 월계수가 꼬불꼬불 자라는 숲이 있다. 그곳에 다다랐을 때 헥토르는 마침내 달리기를 멈춘다. 그 나뭇가지 밑에서 두 남자는 서로 마주본다. 둘 중 한 명은 까무잡잡하고, 두 발을 뿌리처럼 땅속 깊이 파묻었다. 금빛 갑옷과 투구를 쓰고 윤기 나는 정강이받이를 차고 있다. 나에게는 잘 맞았지만 그가 나보다 덩치가 더 크고 우람하다. 투구가 그의 목 근처에서 입을 벌리고 있다.

나머지 한 명은 거의 알아볼 수 없을 만큼 얼굴이 일그러져 있다. 강물 속에서 싸우고 나온 터라 옷이 아직 축축하다. 그가 물푸레나무로 만든 창을 든다.

안 돼. 나는 애원한다. 그가 쥐고 있는 것은 그의 목숨이고, 결국 그가 흘리게 될 피다. 하지만 그에게는 내 말이 들리지 않는다.

헥토르는 눈을 휘둥그레 뜨고 있지만 더이상 달리지는 않을 것이다. "이것 하나만은 약속해주게. 내가 죽으면 시신을 가족에게 넘기겠다고."

아킬레우스는 목이 졸린 듯한 소리를 낸다. "사자와 인간 사이에 무슨 거래가 있겠나. 나는 너를 죽여서 날고기로 먹을 것이다." 샛별처럼 반짝이는 그의 창끝이 까만 회오리바람을 일으키며 헥토르의 목이 움푹 들어간 지점을 향해 날아간다.

아킬레우스는 나의 시신이 기다리는 천막으로 돌아간다. 넓고 어두컴컴한 심장의 심실에서 헤엄을 치다가 피를 뚝뚝 흘리며 이제 막 나온 사람처럼 팔꿈치, 무릎, 목까지 녹처럼 벌겋고 벌겋고 벌겋다. 그는 헥토르의 시신 뒤꿈치에 가죽끈을 꿰어서 질질 끌고 오고 있다. 깔끔하게 자른 그의 수염은 흙으로 떡이 졌고 얼굴은 피에 엉겨붙은 먼지로 시커멓다. 말을 몰고 오는 동안에는 전차에 매달아서 왔다.

그리스의 왕들이 그를 기다리고 있다.

"승리를 거두었군, 아킬레우스." 아가멤논이 말한다. "씻고 좀 쉬고 있게. 자네를 위해 연회를 마련할 테니."

"연회는 필요 없습니다." 그는 헥토르를 끌고 그들 사이를 지나간다.

"호쿠모로스." 그의 어머니가 가장 상냥한 목소리로 그를 부른다. 단명할 운명이라는 뜻이다. "아무것도 먹지 않을 거니?"

"먹지 않을 거라는 거 아시잖아요."

그녀는 핏자국을 닦아내려는 듯이 그의 뺨을 손끝으로 건드린다.

그는 움찔한다. "그만하세요."

그녀는 순간 당황한 표정을 짓지만 워낙 순식간에 일어난 변화라 그는 알아차리지 못한다. 그녀가 이번에는 매정한 말투로 이야기한다.

"이제 땅에 묻을 수 있게 가족들에게 헥토르의 시신을 돌려주어야지. 그를 죽이고 복수를 했잖니. 그거면 충분하지 않니?"

"절대 충분하지 않아요." 그가 말한다.

그는 내가 죽은 이래 처음으로 몸을 부들부들 떨며 선잠을 잔다.

아킬레우스. 네가 괴로워하는 걸 더이상 못 보겠어.

그는 팔다리를 씰룩이고 진저리를 친다.

우리 둘 다 이제 편히 쉬자. 나를 태워서 묻어줘. 저승에서 너를 기다릴게. 내가……

하지만 그는 이미 깨어났다. "파트로클로스! 기다려! 나 여기 있어!"

그는 자기 옆에 누워 있는 시신을 흔든다. 내가 아무 대답도 하지 않자 그는 다시 흐느껴 운다.

동이 트자 그는 자리에서 일어나 트로이아의 모든 사람들이 볼 수 있도록 헥토르의 시신을 끌고 성벽을 한 바퀴 돈다. 정오에 다시 한 번, 저녁에 또다시 한번 반복한다. 그는 그리스인들이 슬슬 그를 쳐다보지 않고 외면하고 있음을 알아차리지 못한다. 그가 지나가면 다들 못마땅해하며 입가에 힘을 주고 있음을 알아차리지 못한다. 얼마나 더 계속될까?

테티스가 불꽃처럼 몸을 꼿꼿하게 세우고 막사에서 그를 기다리고 있다.

"무슨 일이시죠?" 그는 헥토르의 시신을 입구에 떨어뜨린다.

대리석 위로 핏물이 쏟아진 것처럼 그녀의 뺨이 군데군데 벌겋게 얼룩이 졌다. "이제 그만해라. 아폴론이 화가 났다. 너에게 복수할 방법을 찾고 있어."

"마음대로 하라고 하세요." 그는 무릎을 꿇고 내 이마 위로 쏟아진 머리칼을 쓸어넘긴다. 냄새를 죽이려고 나를 담요로 감싸놓았다.

"아킬레우스," 그녀는 뚜벅뚜벅 다가가 그의 턱을 잡는다. "내 말 들어라. 이번 일은 네가 너무 심했다. 그가 그렇게 나오면 나도 너를 보호해주지 못해."

그는 홱 하니 고개를 돌리고 으르렁거린다. "보호해주실 필요 없습니다."

그녀의 얼굴은 지금까지 내가 본 적 없을 만큼 하얗게 질린다. "바보처럼 굴지 마라. 지금까지 내 능력이 있었기에……"

"그게 무슨 상관인데요?" 그는 말허리를 자르고 딱딱거린다. "그가 죽었어요. 어머니의 능력으로 그를 살릴 수 있나요?"

"아니," 그녀가 말한다. "그 무엇으로도 살리지 못한다."

그는 일어선다. "어머니가 기뻐한다는 걸 내가 모르는 줄 아세요? 어머니가 그를 얼마나 싫어했는지 압니다. 처음부터 끝까지 싫어하셨죠! 어머니가 제우스를 찾아가지 않았더라면 그는 살아 있었을 거예요!"

"그는 인간이다." 그녀가 말한다. "그리고 인간은 죽기 마련이야."

"저도 인간입니다!" 그는 고함을 지른다. "이런 거 하나 못하면서 신이 무슨 소용 있나요? 어머니는 무슨 소용 있고요?"

"너도 인간이라는 거 나도 안다." 그녀는 모자이크 조각을 맞추듯 한 단어씩 차갑게 내뱉는다. "어느 누구보다 내가 더 잘 알지. 내가 너를 펠리온에 너무 오랫동안 방치했구나. 거기서 네가 망가져버렸어." 그녀는 그의 찢어진 옷과 눈물로 얼룩진 얼굴을 향해 손끝을 퉁긴다. "이건 내 아들이 아니다."

그의 가슴이 들썩인다. "그럼 누굽니까, 어머니? 이 정도 명성이면 되지 않았나요? 헥토르를 죽였는데. 또 누구요? 아무나 데려오세요.

다 죽여줄 테니까!"

그녀의 얼굴이 일그러진다. "어린애처럼 굴긴. 열두 살 된 피로스가 너보다 더 어른스럽겠구나."

"피로스." 숨을 토하듯 내뱉어진 이름이다.

"그 아이가 오면 트로이아가 무너질 거다. 운명의 여신들이 말하길 그 아이가 있어야 트로이아를 함락시킬 수 있다더구나." 그녀의 얼굴이 환하게 빛난다.

아킬레우스는 그녀를 노려본다. "그 아이를 여기로 데려오시려고요?"

"그 아이가 다음 아리스토스 아카이오이다."

"저는 아직 죽지 않았습니다."

"차라리 죽는 게 낫지." 한 마디, 한 마디가 채찍과 같다. "너를 위대하게 만드느라 내가 어떤 희생을 감수했는지 아느냐? 그런데 이제와서 이것 때문에 그걸 다 무너뜨리겠다고?" 그녀는 혐오감으로 정색하며 썩어가는 내 시신을 가리킨다. "나는 할 도리를 다했다. 너를 살리려고 더이상 할 수 있는 게 없어."

그녀의 까만 눈동자가 죽어가는 별처럼 점점 작아지는 듯이 보인다. "그애가 죽어서 나는 기쁘다."

이것이 그녀가 그에게 건넨 마지막 말이 될 것이다.

32

깊고 깊은 밤, 심지어 들개마저 꾸벅꾸벅 졸고 올빼미마저 잠잠한 그런 시각에 노인 한 명이 우리 천막을 찾아온다. 행색이 남루하다. 옷은 찢겼고 머리칼은 재 가루와 흙먼지로 범벅이다. 강을 헤엄쳐온 탓에 옷이 젖었다. 하지만 말을 할 때 눈빛만큼은 초롱초롱하다. "내 아들을 데리러 왔소."

트로이아의 왕은 막사를 가로질러 아킬레우스의 발치에 무릎을 꿇는다. 흰 머리를 숙인다. "프티아의 막강한 왕자이자 그리스 최고의 전사여, 이 아비의 소원을 들어주시겠소?"

아킬레우스는 넋을 잃은 듯 노인의 어깨를 내려다본다. 나이가 들어서 부들부들 떨리고 슬픔의 무게로 굽었다. 이 남자는 아들을 쉰 명 낳았지만 몇 명 빼고는 모두 잃었다.

"말씀을 들어보겠습니다." 그가 말한다.

"신들의 축복이 인정 넘치는 그대에게 향하길." 프리아모스가 말한다. 아킬레우스의 화끈거리는 살갗에 닿은 그의 손이 차갑다. "희망을 품고서 오늘밤 이렇게 먼길을 찾아왔다오." 그는 저도 모르게 몸서리를 친다. 차가운 밤공기와 젖은 옷 때문이다. "이렇게 초라한 모습을 보여서 미안하오."

이 말을 듣고 아킬레우스는 살짝 정신을 차린 기미를 보인다. "무릎 꿇지 마십시오." 그가 말한다. "먹을거리와 마실 것을 가져오겠습니다." 그는 손을 내밀어 늙은 왕이 일어날 수 있도록 부축한다. 젖지 않은 망토와 포이닉스가 가장 좋아하는 푹신한 쿠션을 주고 포도주를 따른다. 살갗은 쭈글쭈글하고 걸음걸이는 느린 프리아모스 옆에 있으니 그가 갑자기 아주 젊어 보인다.

"따뜻하게 맞아줘서 고맙소." 프리아모스가 말한다. 억양이 세고 말하는 속도가 느리기는 해도 그리스어가 훌륭하다. "고결한 분이라

들었기에 그 고결함에 나를 맡긴 거요. 그대가 적이기는 해도 잔인하다는 소문은 들은 적이 없소. 넋이 길을 잃고 헤매지 않도록 땅에 묻고 싶으니 내 아들의 시신을 돌려달라고 간청하는 바요." 그는 얘기하는 동안 한쪽 구석에 엎드려 누워 있는 시커먼 형체를 애써 외면한다.

아킬레우스는 두 손을 오므리고 어두컴컴한 그 속을 물끄러미 쳐다보고 있다. "여기까지 혼자 오시다니 용기가 무엇인지 몸소 보여주시는군요." 그가 말한다. "무슨 수로 진영 안으로 들어오셨습니까?"

"신의 은총으로 인도를 받았소."

아킬레우스는 그를 올려다본다. "내가 죽이지 않을 거라는 건 어떻게 아셨습니까?"

"몰랐소." 프리아모스가 대답한다.

정적이 흐른다. 그들 앞에 음식과 포도주가 놓여 있지만 두 사람 모두 먹지도 마시지도 않는다. 튜닉 사이로 아킬레우스의 갈비뼈가 보인다.

침대에 누워 있는 다른 시신, 그러니까 내 시신에 프리아모스의 시선이 머문다. 그는 잠깐 망설이다 묻는다. "저쪽이…… 그대의 친구요?"

"필타토스입니다." 아킬레우스가 쏘아붙인다. 가장 사랑하는 사람이라는 뜻이다. "사나이 중의 사나이였는데 폐하의 아들에게 죽임을 당했죠."

"그런 사람을 잃은 것을 안타깝게 생각하오." 프리아모스가 말한다. "그리고 그대에게서 그런 사람을 앗아간 자가 우리 아들이었다는 것도 안타깝게 생각하오. 그래도 자비를 베풀어주기 바라오. 상을 당하면 아무리 적군이라도 서로 도와야 하지 않겠소?"

"싫다면 어떻게 하시겠습니까?" 그의 말투가 딱딱해졌다.

"그러면 어쩔 수 없지요."

잠깐 정적이 흐른다. "내 손에 목숨을 잃으실 수도 있는데요." 아킬레우스가 말한다.

아킬레우스.

"압니다." 프리아모스의 목소리는 침착하고 두려워하는 기미가 없다. "그래도 내 아들의 영혼이 편히 쉴 수 있다면 내 목숨을 바칠 만하지 않겠소."

아킬레우스의 눈에 눈물이 고인다. 그는 노인이 보지 못하도록 시선을 돌린다.

프리아모스의 목소리는 다정하다. "죽은 사람은 편히 눈을 감아야 하는 것 아니겠소. 그대도 알고 나도 알다시피 남은 사람들은 맘 편히 지낼 수 없겠지만요."

"그렇죠." 아킬레우스가 속삭인다.

막사 안의 모든 것이 움직이지 않는다. 시간이 멈춘 듯하다. 잠시 후에 아킬레우스가 일어난다. "조금 있으면 동이 틀 텐데 돌아가시는 길에 위험한 상황이 닥치면 안 되겠죠. 하인들에게 아드님의 시신을 챙기라고 하겠습니다."

그들이 떠나자 그는 주저앉아서 내 배에 얼굴을 댄다. 끊임없이 떨어지는 그의 눈물 때문에 내 몸이 점점 미끌미끌해진다.

다음날 그는 나를 안아서 장작더미로 옮긴다. 브리세이스와 미르미돈들이 지켜보는 가운데 나를 그 위에 내려놓고 부싯돌을 친다. 화염이 나를 감싸고 나는 공기 중의 아주 희미한 떨림으로 남을 때까지 생에서 점점 멀어지는 것을 느낀다. 어둡고 적막한 저승으로 어서 빨리 건너가서 쉬고 싶다.

유골 수습은 여자들이 하는 일인데도 그가 맡는다. 내 유골을 우리 진영에서 가장 고급스러운 황금색 단지에 넣고 돌아서서 지켜보던 그리스군을 마주한다.

"내가 죽으면 우리 유골을 한데 모아서 같이 묻어주기 바란다."

헥토르와 사르페돈은 죽었지만 다른 영웅들이 그들의 자리를 대신한다. 아나톨리아는 동맹이 많고 침략군에 함께 대응하는 자들도 많다. 그 가운데 일착이 장밋빛 손으로 쓰다듬은 새벽의 여신*의 아들이자 에티오피아의 왕인 멤논이다. 그는 왕관을 쓴 시커먼 거한으로 자기처럼 시커멓게 번들거리는 군대를 이끌고 성큼성큼 진격한다. 그러다 멈추어 서서 무언가를 기대하는 표정으로 씩 웃는다. 그가 노리는 건 한 사람, 딱 한 사람뿐이다.

그 사람이 겨우 창 한 자루 들고 나와서 그를 맞이한다. 흉갑은 아무렇게나 졸라맸고 한때 반짝였던 머리칼은 감지 않아서 축 늘어졌다. 멤논은 실소를 터뜨린다. 간단하게 끝낼 수 있겠다고. 그러나 기다란 물푸레나무 창자루를 사이에 두고 몸이 반으로 접히는 순간 그의 얼굴에서 미소가 사라진다. 아킬레우스는 지친 표정으로 창을 수거한다.

피부는 기름을 바른 나무처럼 번들거리고 젖가슴을 드러낸 여자

* 호메로스가 『오디세이아』에서 쓴 표현으로 에오스를 말한다.

들이 말을 몰고 그다음으로 등장한다. 머리는 뒤로 모아서 묶었고 창과 뻣뻣한 화살을 한아름 들고 있다. 안장에는 초승달을 본떠서 만든 것처럼 생긴 굽은 방패가 걸려 있다. 머리를 풀어헤친 여자가 밤색 말을 타고 아나톨리아 특유의 까맣고 둥그스름한 눈을 험상궂게 번뜩이며 맨 앞에 혼자 서서 그 바위 조각 같은 눈으로 적군을 끊임없이 살피고 있다. 펜테실레이아다.

그녀는 망토를 입고 있는데 바로 이 망토 때문에 전투를 그르친다. 누군가가 망토를 잡고 그녀를 말에서 끌어내린 것이다. 그녀는 고양이처럼 가볍고 우아하게 굴러떨어지며 안장에 묶은 창을 한 손으로 잽싸게 집는다. 그걸 쥐고 쭈그린 채로 땅바닥에 착지한다. 음울하고 음침하며 멍한 표정을 짓고 있는 얼굴 하나가 그녀의 앞으로 다가온다. 이제는 갑옷조차 입지 않아서 맨 몸을 고스란히 드러내고 있다. 그 얼굴이 희망에 찬 표정으로, 동경하는 표정으로 그녀를 돌아본다.

그녀가 창으로 찌르지만 아킬레우스의 몸은 믿기지 않을 만큼 유연하고 끝없이 날렵하게 급소를 피한다. 그의 근육은 창이 선물하는 안식 대신 살길을 찾으며 배신을 일삼는다. 그녀가 다시 창으로 겨누지만 그는 개구리처럼 가볍고 자유롭게 창끝을 뛰어넘는다. 그가 탄식을 내뱉는다. 그녀의 손에 죽은 사람이 워낙 많았기에 기대하고 있었던 것이다. 말을 타고 있는 그녀의 모습이 자신과 워낙 닮았기에, 워낙 빠르고 우아하고 가차없어 보였기에 기대하고 있었던 것이다. 하지만 아니다. 단 한 방에 그녀는 갈아엎은 밭처럼 너덜너덜해진 가슴을 안고 땅바닥으로 쓰러진다. 그녀는 웅크린 채, 멀어져가는 그의 어깨를 향해 분노와 비탄의 비명을 지른다.

맨 마지막은 트로일로스라는 어린아이다. 그들은 담보 삼아 그를 성벽 안에 숨겨놓고 있었다. 프리아모스의 막내아들을 살리고 싶었던 것이다. 형의 죽음이 그를 성밖으로 불러냈다. 그는 용감하고 어리석으며 남의 말을 듣지 않는다. 붙잡으려는 형들을 피해서 전차에 올라타는 그의 모습이 보인다. 그는 풀려난 사냥개처럼 복수를 위해 무턱대고 돌진한다.

이제 막 남자답게 넓어지기 시작한 그의 가슴에 창의 밑동이 부딪친다. 그는 고삐를 잡은 채 떨어지고 겁에 질린 말들이 그를 매단 채 쏜살같이 달린다. 그의 창끝이 덜거덕거리며 돌에 부딪히고 청동 손톱으로 흙바닥에 글을 남긴다.

마침내 전차에서 풀려난 그가 다리와 등이 여기저기 긁히고 까진 채로 일어선다. 전장에 드리워진 그림자 같은 남자, 지친 얼굴로 적을 죽이고 또 죽이는 남자가 그의 앞에 등장하자 마주본다. 눈을 반짝이며 용감하게 턱을 들고 있지만 내가 보기에 그는 가망이 없다. 창끝이 그의 말랑말랑한 후골을 찌르자 줄줄 체액이 쏟아지는데 내 주변을 감싼 어스름에 그 색이 흡수되어버린다. 아이는 쓰러진다.

트로이아의 성벽 안에서 누군가가 황급하게 활줄을 맨다. 그는 화살을 고르고, 병사들이 죽고 죽어가는 전장이 내려다보이는 탑을 향해 서둘러 계단을 올라간다. 그곳에서 어떤 신이 기다리고 있다.

파리스는 표적을 금세 찾는다. 부상을 당하고 병이 든 사자처럼 천천히 움직이지만 금발을 보면 틀림없다. 파리스는 화살을 시위에 메운다.

"어디를 조준할까요? 불사신이라고 들었는데요. 한 군데 예외가 있다면……"

"그는 인간이다." 아폴론이 말한다. "신이 아니다. 화살에 맞으면 죽을 것이다."

파리스는 조준한다. 신이 손끝으로 화살깃을 건드린다. 그런 다음 민들레 홀씨를 날리듯, 장난감 배를 밀듯 훅 하고 숨을 내뱉는다. 화살은 포물선을 그리며 아킬레우스의 등을 향해 소리 없이 똑바로 날아간다.

아킬레우스는 맞기 직전에 화살이 희미하게 웅웅거리며 날아오는 소리를 듣는다. 그는 날아오는 화살을 지켜보려는 듯이 고개를 살짝 돌린다. 눈을 감고, 화살촉이 살갗을 뚫고 두툼한 근육을 찢고 손가락처럼 서로 엮인 갈비뼈를 꿈틀꿈틀 관통하는 것을 느낀다. 이제 드디어 심장이다. 어깨뼈 사이로 시커멓고 기름처럼 번들번들한 피가 쏟아진다. 얼굴이 땅바닥에 부딪히는 순간 아킬레우스는 미소를 짓는다.

33

바다의 님프들이 포말을 옷처럼 뒤로 늘어뜨리고 시신을 거두러 온다. 그들은 장미 기름과 넥타르로 그를 씻기고 금발을 꽃으로 엮는다. 미르미돈이 장작더미를 쌓고 그 위에 그를 눕힌다. 화염이 그를 집어삼키자 님프들은 흐느껴 운다. 그의 아름다운 모습이 사라지고 뼈와 회색 재만 남는다.

하지만 대다수가 눈물을 흘리지 않는다. 브리세이스는 마지막 불씨가 꺼질 때까지 지켜본다. 테티스는 까만 머리를 뱀처럼 바람에 흩날리며 꼿꼿하게 서 있다. 다른 사람들은 왕이고 사병이고 할 것 없이 님프들의 섬뜩한 울음소리와 테티스의 번개 같은 눈이 무서워서 먼발치에 모여 있다. 회복되어가는 다리를 붕대로 감싼 아이아스가 가장 눈물을 글썽인다. 하지만 어쩌면 오랜 기다림 끝에 드디어 지위가 승격된 것을 생각하고 있는지도 모를 일이다.

장작불이 꺼진다. 유골을 수습하지 않으면 금세 바람에 날릴 텐데 그 일을 해야 할 테티스가 꼼짝하지 않는다. 마침내 오디세우스가 대표로 그녀를 찾아간다.

그는 무릎을 꿇는다. "여신이시여, 당신의 뜻을 밝혀주십시오. 유골을 수습하는 것이 좋겠습니까?"

그녀는 고개를 돌려서 그를 바라본다. 슬픈 눈빛인 것 같기도 하고 아닌 것 같기도 하다. 알 수가 없다.

"수습해라. 묻어라. 내가 할 수 있는 일은 다 했으니."

그는 고개를 숙인다. "위대하신 테티스 여신이시여, 아드님께서는 자신의 유골을……"

"그 아이가 어떻게 하고 싶어했는지 안다. 좋을 대로 해라. 나는 상관없으니."

시중을 드는 여자들이 유골을 수습해 내가 잠들어 있는 황금 단지로 들고 간다. 그의 유골이 내 유골 위로 쏟아지면 느낄 수 있을까? 펠리온에서 발갛게 달아오른 우리 뺨 위로 차갑게 내리던 눈송이가 생각난다. 그를 향한 갈망이 허기처럼 내 속을 허하게 만든다. 어디에선가 그의 혼령이 기다리고 있지만 내가 닿을 수 없는 곳이다. 우리를 묻고 이름을 새겨줘. 우리를 자유롭게 놓아줘. 그의 유골이 내 사이로 내려앉지만 나는 아무 느낌도 없다.

아가멤논이 심의회를 소집해 우리를 어디에 묻으면 좋을지 의논한다.

"그가 쓰러진 벌판에 묻어야 하지 않겠소?" 네스토르가 말한다.

마카온은 고개를 젓는다. "좀더 해변 한복판, 아고라 옆에 묻어야죠."

"거긴 절대 안 되죠. 우리가 날마다 밟고 지나갈 텐데." 디오메데스가 말한다.

"언덕 위가 어떨까요? 그들의 병영 옆에 있는 거기 말입니다." 오디세우스가 말한다.

어디든 좋아, 어디든, 어디든.

"아버님을 대신하러 왔습니다." 맑은 목소리가 그 공간을 가른다.

왕들의 고개가 막사 덮개 쪽으로 향한다. 입구를 등지고 한 소년이 서 있다. 머리는 불꽃 가장자리처럼 밝은 빨간색이다. 생김새가 아름답지만 한겨울 아침처럼 서늘한 분위기다. 바보가 아닌 이상 아버지가 누구인지 모를 수가 없다. 얼굴선마다 판박이로 어찌나 닮았는지 내 가슴이 미어질 정도다. 어머니를 닮은 아주 뾰족한 턱만 다르다.

"저는 아킬레우스의 아들입니다." 그가 선포한다.

왕들은 멀뚱멀뚱 쳐다보기만 한다. 대부분 아킬레우스에게 아이가 있다는 것을 몰랐기 때문이다. 오디세우스 혼자 정신을 차리고 말을 건넨다. "아킬레우스의 아들은 이름이 어찌되는지 들려주시겠는가?"

"제 이름은 네오프톨레모스입니다. 피로스라고 불리고요." 피로스, 불이라는 뜻이다. 하지만 그는 머리색 말고는 불을 닮은 구석이 없다. "제 아버님의 자리가 어딥니까?"

이도메네우스가 그 자리에 앉아 있다가 일어선다. "여기네."

피로스는 크레테의 왕을 위아래로 훑어본다. "당신의 주저넘은 행동을 이해합니다. 제가 오는 줄 몰랐겠죠." 그는 자리에 앉는다. "미케네의 왕과 스파르타의 왕이시여." 고개를 살짝 숙인다. "저를 동맹군으로 받아주십시오."

아가멤논은 못 미더워하는 한편으로 불쾌한 표정이다. 이제 아킬레우스하고는 끝이라고 생각했던 것이다. 게다가 이 아이는 기질이 묘하고 신경쓰인다.

"나이가 아직 어린 것 같네만."

열두 살. 이제 열두 살이지.

"저는 지금까지 바닷속에서 신들과 함께 살았습니다." 그가 말한다. "신들의 넥타르를 마시고 암브로시아를 실컷 먹었죠. 저는 이 전쟁을 승리로 이끌기 위해서 왔습니다. 운명의 여신들이 말하길 제가 없으면 트로이아를 함락시킬 수 없을 거라고 하더군요."

"뭐라고?" 아가멤논은 기겁한다.

"그게 사실이라면 자네가 와주어서 다행이로군." 메넬라오스가 말한다. "자네 아버지를 어디에 묻으면 좋을지, 그걸 얘기하고 있었네."

"언덕 위에 묻자고." 오디세우스가 말한다.

메넬라오스는 고개를 끄덕인다. "두 사람에게 딱 어울리는 곳이지."

"두 사람이요?"

살짝 정적이 흐른다.

"자네 아버지하고 그의 동무. 파트로클로스."

"그 사람이 왜 아리스토스 아카이오이 옆에 묻혀야 합니까?"

공기가 답답해진다. 다들 메넬라오스의 대답을 기다리고 있다.

"자네 아버지가 유골을 같이 묻어달라는 유언을 남겼네, 네오프톨레모스 왕자. 따로 묻을 수가 없어."

피로스는 뾰족한 턱을 든다. "어디 노예를 주인과 함께 묻습니까. 유골을 이미 합쳤다면 어쩔 수 없겠지만 아버님의 이름에 먹칠할 수는 없습니다. 묘석은 아버님 혼자만의 것이어야 합니다."

그러지 마. 그 없이 나 혼자 여기 내버려두지 마.

왕들은 서로 흘끗거린다.

"알았네." 아가멤논이 말한다. "자네가 원하는 대로 하지."

나는 공기이고 생각이라 아무것도 할 수도 없다.

묘석이 클수록 더 위대한 영웅이 된다. 그리스군이 그의 무덤에 쓰려고 캐낸 돌은 하늘까지 닿을 만큼 거대한 흰색이다. 아킬레우스, 라고 적혀 있다. 그 기념비는 그를 상징하며 지나가는 모든 이에게 이야기할 것이다. 그가 살다 죽었고 기억 속에서 다시 살고 있노라고.

피로스의 깃발에는 프티아가 아니라 어머니의 나라인 스키로스의 상징이 새겨져 있다. 그의 군사들도 스키로스 출신이다. 아우토메돈이 미르미돈과 여자들을 정렬하고 깍듯하게 맞이한다. 그들은 해변을 걸어가는 그의 모습을, 반짝반짝 빛나는 그의 새로운 부대를, 파란 하늘을 배경으로 이글거리는 그의 구릿빛 금발을 바라본다.

"나는 아킬레우스의 아들이다." 그가 그들에게 말한다. "내가 장자로서 너희들을 상속받았다. 이제 너희들은 나에게 충성을 바쳐야 한다." 그의 시선이 눈을 떨어뜨린 채 두 손을 포개고 서 있는 한 여자에게 머문다. 그는 그녀에게 다가가 손으로 턱을 든다.

"이름이 뭐냐?" 그가 묻는다.

"브리세이스입니다."

"너에 대해서 들었다." 그가 말한다. "너 때문에 아버님이 싸움을 중단했다지?"

그날 밤, 그가 그녀에게 호위병을 보낸다. 그들이 그녀의 팔을 잡고 막사로 데려온다. 그녀는 복종하는 뜻에서 고개를 숙였고 저항하지 않는다.

막사 덮개가 열리고 그녀는 안으로 떠밀려 들어간다. 피로스는 한쪽 다리를 옆으로 대롱거리며 의자에 느긋하게 앉아 있다. 아킬레우스도 예전에 그런 식으로 앉은 적이 있을 것이다. 하지만 아킬레우스의 눈빛은, 깊이를 알 수 없는 시커먼 바다, 무혈의 어류만 가득할 뿐 아무것도 없는 그곳처럼 공허한 적이 없었다.

그녀는 무릎을 꿇는다. "폐하."

"아버지는 너 때문에 그리스군과 의절했다. 네가 아주 훌륭한 위안부였던 모양이로구나."

브리세이스의 눈빛은 꽁꽁 감추어져서 전혀 읽을 수가 없다. "그렇게 말씀해주시니 몸 둘 바를 모르겠습니다. 하지만 그분께서 싸움을 거부하신 것은 저 때문이 아니었을 겁니다."

"그렇다면 무엇 때문이었느냐? 노예인 네가 보기에는?" 그는 완벽하게 생긴 한쪽 눈썹을 추켜세운다. 그녀에게 말을 하는 그를 지켜보는 것만으로도 겁이 난다. 그는 뱀과 같다. 어디를 공격할지 알 수가 없다.

"저는 전리품이었고 아가멤논은 저를 빼앗아감으로써 그분을 모욕했습니다. 그뿐입니다."

"그러니까 너는 위안부가 아니었다?"

"그렇습니다, 폐하."

"됐다." 그는 쏘아붙인다. "거짓말은 사양하겠다. 너는 온 진영을 통틀어 가장 훌륭한 여자일 것이다. 우리 아버님의 것이었으니."

그녀는 어깨를 살짝 움츠리고 있다. "저를 과대평가하시는데 가만히 듣고 있으면 도리가 아니겠죠. 저는 그런 행운을 누리지 못했습니다."

"왜? 너의 어디가 문제라서?"

그녀는 머뭇거린다. "폐하, 아버님과 함께 묻히는 사람에 대해서 들어본 적 있으십니까?"

그는 단호한 표정을 짓는다. "당연히 없다. 별 볼일 없는 자 아니냐."

"그래도 폐하의 아버님께서는 그를 무척 사랑하고 존중하셨습니다. 같이 묻힌다는 것을 아시면 기뻐하실 겁니다. 그분께는 제가 필요 없었습니다."

피로스는 그녀를 빤히 쳐다본다.

"폐하……"

"조용." 이 말이 채찍처럼 그녀를 내리친다. "아리스토스 아카이오이에게 거짓말을 하면 어떻게 되는지 내가 가르쳐주겠다." 그는 일어선다. "이리 오거라." 그는 아직 열두 살에 불과하지만 그렇게 보이지 않는다. 성인의 몸을 하고 있다.

그녀의 눈이 동그래진다. "폐하, 제 이야기를 듣고 언짢으셨다면 송구합니다. 하지만 포이닉스나 아우토메돈이나 아무나 붙잡고 물어보십시오. 다들 제 말이 거짓말이 아니라고 할 겁니다."

"내가 너에게 명령을 내렸을 텐데."

그녀는 치마 주름 사이로 손을 넣어서 더듬으며 일어선다. 도망쳐. 나는 속삭인다. 저 아이한테 가지 마. 하지만 그녀는 간다.

"폐하, 저를 어쩌시려고요?"

그는 눈을 번들거리며 그녀에게 다가간다. "어떻게 하건 말건 내 마음이지."

칼이 어디서 나왔는지 모르겠다. 그녀의 손에 들려 있는가 싶더니 그를 향해 날아갔다. 하지만 그녀는 사람을 죽여본 적이 없다. 얼마나 세게, 얼마나 확신 있게 휘둘러야 하는지 모른다. 게다가 그가 워낙 재빨라서 이미 몸을 틀었다. 살갗이 지그재그로 찢기기는 하지만 칼날이 살 속에 박히지는 않는다. 그가 그녀를 호되게 내리쳐서 땅바닥으로 쓰러뜨린다. 그녀는 그의 얼굴을 향해 칼을 던지고 도망친다.

막사 밖으로 뛰쳐나간 그녀는 미적미적 손을 뻗는 호위병들을 따돌리고 바다를 향해 해변을 내달린다. 피로스가 벌어진 튜닉 사이로 피가 흐르는 배를 내보이며 그녀를 뒤쫓아 나온다. 그는 당황한 호위병들 옆에 서서 그중 한 명이 들고 있던 창을 침착하게 받아 쥔다.

"던지십시오." 한 호위병이 다그친다. 그녀가 이미 파도 속으로 들어섰기 때문이다.

"잠깐." 피로스는 중얼거린다.

그녀의 팔다리가 한결같이 퍼덕이는 날개처럼 잿빛 파도를 가른다. 그녀는 원래 우리 셋 중에서 가장 수영을 잘했다. 한번은 배를 타고 두 시간 거리인 테네도스까지도 간 적도 있다고 단언하곤 했다. 그녀가 바닷가로부터 점점 멀어지자 나는 짜릿한 환희를 느낀다. 그 정도로 멀리까지 창을 던질 수 있는 사람은 한 명뿐인데 숨을 거두었다. 그녀는 자유의 몸이다.

그런데 단 한 명, 그의 아들은 예외다.

해변 저 끝에서 창 한 자루가 소리 없이 정확하게 날아온다. 떠내려가던 나뭇잎 위로 던져진 돌멩이처럼 창끝이 그녀의 등에 꽂힌다. 시커먼 바다가 그녀를 한입에 통째로 삼킨다.

포이닉스가 잠수부 병사를 보내 그녀의 시신을 찾으려 하지만 찾지 못한다. 그녀가 믿는 신들이 우리가 믿는 신들보다 마음씨가 고와서 그녀는 편히 쉴 수 있을지 모른다. 그렇게 될 수만 있다면 나는 내 목숨을 다시 내놓을 것이다.

예언이 맞아떨어진다. 피로스가 등장하자 트로이아가 함락된다. 물론 그 혼자서 다 한 것은 아니다. 목마도 있고 오디세우스의 계략도 있고 그뿐 아니라 그리스군도 있다. 하지만 프리아모스를 죽인 사람은 그다. 아들과 함께 지하실에 숨어 있었던 헥토르의 아내 안드로마케를 찾아낸 사람도 그다. 그가 그녀의 품안에서 아이를 낚아채 성벽 돌에 대고 머리를 찧는데 어찌나 세게 내동댕이치는지 아이의 두개골이 썩은 과일처럼 깨진다. 심지어 아가멤논조차 그 소리를 듣고 얼굴이 하얘졌다.

트로이아의 뼈대가 갈라지고 양분이 빨려나간다. 그리스의 왕들은 배의 짐칸을 트로이아의 황금 기둥과 왕자들로 채운다. 모든 천막을 말아서 집어넣고 음식을 먹어 없애거나 저장하고, 상상도 안 해봤을 만큼 빠른 속도로 철수 준비를 한다. 살을 잘 발라서 뼈만 남은 동물처럼 해변이 깨끗해진다.

나는 그들의 꿈속으로 찾아간다. 가지 마요. 그들에게 애원한다. 그렇게 떠나면 내가 편히 쉴 수 없잖아요. 하지만 내 말이 들리는 사람이 있을지 몰라도 아무도 대꾸를 하지 않는다.

피로스는 출항하기 전날 저녁에 아버지에게 마지막으로 제물을 바친다. 다른 왕들도 무덤가에 집결하고 피로스는 왕궁에서 포로로 끌고 온 안드로마케와 헤카베 왕비와 어린 공주 폴릭세네를 발치에 거느리고 제사를 주관한다. 그는 이제 어디든 그들을 끌고 다니며 끊임없이 승리를 만끽한다.

칼카스가 하얀 암소를 몰고 무덤 기슭으로 다가간다. 하지만 그가 칼을 꺼내려는 순간 피로스가 막아선다. "암소 한 마리. 이게 끝인가? 다른 사람들과 똑같이? 나의 아버지는 아리스토스 아카이오이였다. 그분은 그대들 가운데 최고였고 그의 아들은 그보다 더 훌륭한 실력을 입증해 보였다. 그런데도 이런 식으로 인색하게 굴단 말인가?"

피로스는 바람에 펄럭이는 폴릭세네 공주의 볼품없는 드레스를 움켜쥐고 그녀를 제단 쪽으로 끌고 간다. "아버지의 혼령에 바치는 제물이라면 이 정도는 되어야지."

아니겠지. 감히 그러지 못하겠지.

내 말에 화답이라도 하듯 피로스가 미소를 짓는다. "아킬레우스는 기뻐할 것이다." 그는 말하고 그녀의 목을 가른다.

쏟아지던 짭짤한 맛과 쇠맛이 아직까지 느껴진다. 우리가 묻힌 풀 속으로 스며들어서 숨이 막혔다. 죽은 자들은 피를 갈망하기 마련이라지만 이런 식은 싫다. 이런 식은 싫다.

그리스군이 내일이면 떠나기에 내 마음이 급하다.

오디세우스.

그는 눈꺼풀을 떨며 얕은 잠을 자고 있다.

오디세우스. 내 말 좀 들어봐요.

그가 씰룩거린다. 잠을 자는 동안에도 편히 쉬지 못하는 것이다.

당신이 그에게 도움을 청하러 왔을 때 내가 응했잖아요. 그런데 지금 내 부름에 응하지 않을 건가요? 그가 나에게 어떤 존재인지 알잖아요. 우리를 이곳으로 데려오기 전에 봤잖아요. 우리의 평화가 당신의 머리에 달렸어요.

"이렇게 늦은 시각에 미안하네, 피로스 왕자." 그는 최대한 편안한 미소를 짓는다.

"저는 잠을 자지 않습니다." 피로스가 말한다.

"그것참. 그러니 자네가 이룬 일이 우리보다 많을 수밖에."

피로스는 눈을 가늘게 뜨고 그를 쳐다본다. 놀리는 건지 알 수가 없다.

"포도주 한잔하겠나?" 오디세우스는 가죽부대를 들어 보인다.

"그럴까요?" 피로스는 두 술잔을 턱으로 가리킨다. "나가 있어라." 그가 안드로마케에게 말한다. 그녀가 옷을 챙기는 동안 오디세우스는 술을 따른다.

"흠. 여기서 이룬 업적을 생각하면 자네도 기쁠 테지. 열세 살에 벌써 영웅이라니. 그럴 수 있는 사람이 몇이나 되겠나?"

"저 말고는 없겠죠." 목소리가 차갑다. "어쩐 일이십니까?"

"이런 경우가 거의 없네만 죄책감이 느껴져서 말일세."

"네?"

"내일 그리스의 수많은 전사자들을 두고 떠나지 않는가. 모두 다 제대로 매장하고 그들을 추억할 수 있게끔 묘비를 세웠지. 한 사람만 빼고. 내가 신심이 깊은 사람은 아니지만 혼령들이 산 사람들 사이를 헤매고 다닌다고 생각하면 마음이 불편해서 말이지. 제대로 잠들지 못한 혼령들의 방해 없이 편안하게 지내고 싶은 심정일세."

피로스는 습관처럼 입꼬리를 당겨서 보일락 말락 하게 혐오스러워하는 표정을 지은 채 그의 이야기를 경청한다.

"나는 자네 아버지의 친구였다고 할 수 없고 자네 아버지 역시 마찬가지였지. 하지만 나는 그의 능력을 존경했고 전사로서 높이 평가했다네. 그리고 십 년이라는 세월을 함께 지내다보면 좋든 싫든 서로 속속들이 알 수밖에 없고. 그래서 이 자리에서 장담하지만 자네 아버지는 파트로클로스가 잊히길 바라지 않을 걸세."

피로스가 뻣뻣하게 군다. "아버님이 그렇게 말씀하셨습니까?"

"유골을 한데 섞어서 한곳에 묻어달라고 했네. 그랬으니 그러길 바랐다고 말할 수 있겠지." 난생처음으로 그의 영리한 머리가 고마워진다.

"저는 그분의 아들입니다. 아버님의 혼령이 무엇을 원하는지 결정할 사람은 접니다."

"그래서 내가 자네를 찾아온 것 아니겠나. 나는 이 일에 권한이 없으니. 나는 일이 올바로 처리되길 바라는 솔직한 사람일 뿐일세."

"내 아버지의 명예가 깎이게 생겼는데 그게 올바른 겁니까? 평민에 의해 더럽혀지게 생겼는데요?"

"파트로클로스는 평민이 아니었네. 추방을 당한 왕자였지. 우리 군에서 혁혁한 공을 세웠고 그를 존경한 사람이 많았다네. 그가 헥토르 다음가는 사르페돈을 죽이지 않았나."

"아버님의 갑옷을 입고서, 아버님의 이름으로 그랬지요. 그의 이름으로 거둔 성과는 아무것도 없습니다."

오디세우스는 고개를 숙인다. "맞는 말일세. 하지만 명성이라는 게 희한한 물건이란 말이지. 죽고 난 다음에 영예를 얻는 사람이 있는가 하면 희미해지는 사람도 있지 않은가. 이 세대에서는 존경의 대상이었던 것이 다른 세대에서는 혐오의 대상이 되기도 하고." 그는 넓은 손바닥을 편다. "기억의 대량학살 속에서 누가 살아남을지 아무도 알 수 없는 일이야. 어느 누가 장담할 수 있겠나?" 그는 미소를 짓는다. "나중에 내가 유명해질지도 모를 일이지. 자네보다 더 유명해질지."

"글쎄요."

오디세우스는 어깨를 으쓱한다. "아무도 알 수 없지 않겠나. 우리는 잠깐 타오른 횃불의 불길과도 같은 인간에 불과하지 않은가. 후손들은 자기들 내키는 대로 우리를 추켜세우거나 깎아내리겠지. 파트로클로스도 나중에는 추앙을 받을지도."

"그럴 리 없습니다."

"그럼 선행을 베푼다고 생각하게. 신심으로 자비를 베푼다고. 자네 아버지를 공경하는 뜻에서, 죽은 자가 편히 쉴 수 있게."

"그는 아버님의 명예에 먹칠하는 오점이자 제 명예에 먹칠하는 오점이기도 합니다. 용납할 수 없습니다. 시큼한 포도주와 함께 이제 그만 가주시지요." 피로스는 나뭇가지를 부러뜨리듯 날카롭게 쏘아 붙인다.

오디세우스는 자리에서 일어나지만 가지 않는다. "자네는 아내가 있나?" 그가 묻는다.

"당연히 없죠."

"나는 있다네. 아내를 십 년 동안 보지 못했지. 그녀가 아직 살아 있는지, 내가 살아서 그녀의 곁으로 돌아갈 수 있을지 알 수가 없네."

나는 그의 아내 이야기가 농담이거나 허구인 줄 알았다. 그런데 지금 그의 말투는 가볍지가 않다. 아주 깊은 곳에서 길어올리기라도 한 것처럼 한 마디, 한 마디씩 천천히 내뱉고 있다.

"내게 위로가 되는 것이 있다면 우리가 저승에서 하나가 되리라는 믿음이라네. 이승에서는 헤어지더라도 거기서 다시 만나리라는 믿음 말일세. 나 혼자 거기 있기는 싫거든."

"제 아버님에게는 그런 아내가 없었잖습니까." 피로스가 말한다.

오디세우스는 무정한 청년의 얼굴을 쳐다본다. "나는 최선을 다했네." 그가 말한다. "내가 그랬다는 것만 기억해주기 바라네."

나는 기억한다.

그리스군이 출항하고 내 희망도 그들과 함께 사라진다. 나는 그들을 따라갈 수가 없다. 내 유골이 묻힌 이곳에 묶여 있기 때문이다. 그의 무덤가에 놓인 오벨리스크를 내 몸으로 감싼다. 만져보면 차가운가? 따뜻한가? 잘 모르겠다. 아킬레우스, 라고 적혀 있을 뿐 아무것도 없다. 그는 저승으로 떠났고 나는 여기 남았다.

사람들이 그의 무덤을 구경하러 온다. 몇몇은 그의 혼령이 일어나서 덤벼들까봐 겁이라도 나는 것처럼 쭈뼛거린다. 그 나머지는 기슭에 서서 묘석에 그림으로 새겨진 그의 생애를 본다. 좀 허둥지둥 만들어지기는 했지만 그래도 선명하다. 멤논을 죽이고 헥토르를 죽이고 펜테실레이아를 죽이는 아킬레우스. 모두 살육뿐이다. 피로스의 무덤도 이런 식일 것이다. 그는 이런 모습으로 사람들의 기억에 남을까?

테티스가 찾아온다. 나는 그녀를 바라본다. 그녀가 서 있는 주변의 풀들이 시들어가고 있다. 그녀를 향한 격렬한 증오가 오랜만에 느껴진다. 그녀는 피로스를 만들었고 그를 아킬레우스보다 더 사랑했다.

그녀는 묘석에 새겨진 잇따른 살육의 장면을 쳐다본다. 그림을 건드리기라도 하려는 듯이 손을 내민다. 나는 견딜 수가 없다.

테티스. 나는 그녀를 부른다.

그녀는 홱 하고 손을 거둔다. 그러고는 사라진다.

나중에 그녀가 다시 찾아온다. 테티스. 그녀는 아무 반응도 하지 않는다. 서서 아들의 무덤만 바라볼 따름이다.

나는 여기 묻혀 있습니다. 당신 아들의 무덤에.

그녀는 아무 말도 하지 않는다. 아무것도 하지 않는다. 아무것도 듣지 않는다.

그녀는 날마다 찾아온다. 그녀가 무덤 기슭에 앉아 있으면 냉기와 살짝 탄 소금 냄새가 흙을 뚫고 전해지는 듯하다. 그녀를 쫓아낼 수는 없지만 그녀를 미워할 수는 있다.

당신은 케이론이 그를 망쳐놨다고 했죠. 냉정한 여신이라 아무것도 모르는군요. 그를 망쳐놓은 사람은 당신이에요. 그가 이제 어떤 식으로

사람들의 기억에 남게 됐는지 보세요. 헥토르를 죽이고 트로일로스를
죽이고. 비통한 마음에 저지른 잔인한 일들로 기억되잖아요.

그녀의 얼굴은 돌과 같다. 꿈쩍하지 않는다. 해가 뜨고 저문다.

신들 사이에서는 그런 것들이 미덕으로 간주될 수 있겠죠. 하지만 남
의 목숨을 빼앗는 것이 어떻게 영광스러운 일이 될 수 있겠습니까? 인간
들은 워낙 쉽게 목숨을 잃는 것을요. 그를 또 한 명의 피로스로 만들 작
정입니까? 그의 이야기는 그보다 더 풍성하게 만들어주세요.

"더 풍성하게라니?" 그녀가 묻는다.

이제는 그녀가 두렵지 않다. 그녀가 내게 또 무슨 짓을 할 수 있겠
는가.

헥토르의 시신을 프리아모스에게 돌려줬잖습니까. 내가 말한다. 그
것도 사람들에게 기억되어야죠.

그녀는 한참 동안 아무 말도 하지 않는다. "그리고?"

리라를 연주하는 솜씨가 훌륭했죠. 목소리도 듣기 좋았고요.

그녀는 계속 기다리는 눈치다.

그리고 여자들. 다른 왕들 손에 괴롭힘을 당하지 않도록 그들을 데려
왔잖습니까.

"그건 네가 한 일이었지."

왜 피로스 없이 혼자 오시나요?

뭔가가 그녀의 눈을 스치고 지나간다. "그 아이는 죽었다."

나는 뛸 듯이 기쁘다. 어떻게요? 거의 따져 묻는 투다.

"아가멤논의 아들에게 죽임을 당했다."

어쩌다가요?

그녀는 한참 뒤에야 대답을 한다. "그의 신부를 훔쳐서 겁탈한 죄

로."

"어떻게 하건 말건 내 마음이지." 그는 브리세이스에게 그렇게 말했다. 그런 아이를 아킬레우스보다 더 사랑했단 말입니까?

그녀는 입술을 꾹 다문다. "추억이 그것 말고 또 없느냐?"

저는 추억으로 이루어져 있는걸요.

"그럼 얘기해보아라."

사절하고 싶은 마음이 굴뚝같다. 하지만 분노보다 더 강한 것이 그에 대한 그리움이다. 죽은 자가 아닌 산 자의 이야기, 신이 아닌 인간의 이야기를 하고 싶다. 그에게 생명을 불어넣고 싶다.

처음에는 기분이 묘하다. 나는 그를 그녀로부터 따돌리는 데, 숨겨놓고 나 혼자 독차지하는 데 이골이 난 사람이다. 하지만 추억들이 샘물처럼 솟아나는 속도가 막을 수 없을 만큼 빠르다. 말로 나오는 게 아니라 꿈처럼, 비에 젖은 흙냄새처럼 피어오른다. 이런 게 있다고 나는 말한다. 이런 것도 있고 이런 것도 있다고. 여름 햇볕을 받으면 그의 머리칼이 어떻게 보였는지. 달릴 때는 어떤 표정을 지었는지. 수업을 받을 때면 올빼미처럼 진지했던 그의 눈빛. 이것, 이것 그리고 이것. 행복했던 수많은 순간들이 쏟아져나온다.

그녀는 눈을 감는다. 눈꺼풀이 겨울 모래 색이다. 그녀는 내 이야기를 들으며 같이 기억을 더듬는다.

그녀는 말총처럼 길고 까만 머리를 늘어뜨리고 해변에 서 있었던 때를 떠올린다. 짙은 청회색 파도가 바위에 부딪친다. 그때 우악스러운 인간의 손길이 윤기가 흐르는 그녀의 살갗에 멍을 남긴다. 쓰라리게 긁히는 모래, 안에서 무언가가 찢어지는 느낌. 이후에 그녀를 동여매 그에게 넘긴 신들.

그녀는 어두컴컴한 그녀의 뱃속에서 아이가 반짝이는 걸 느끼던 때를 떠올린다. 그녀는 세 노파에게 들은 예언을 혼잣말처럼 중얼거린다. 네 아들은 아비를 훨씬 능가할 것이다.

다른 신들은 그 소리를 듣고 움찔했다. 힘센 아들이 아버지를 어떻게 하는지 알았기 때문이다. 제우스의 벼락에서는 아직도 불에 그슬린 살과 존속 살인의 냄새가 풍겼다. 그들은 아이의 능력에 선을 그으려고 그녀를 인간에게 주었다. 인간의 피로 그를 희석하고 약화시키려고 했다.

그녀는 배에 손을 얹고 그 안에서 헤엄치는 그를 느낀다. 그녀의 피가 그를 강력하게 만들 것이다.

하지만 그녀의 성에 찰 만큼 강력해지지는 않는다. 저도 인간입니다! 그는 울어서 울긋불긋해진 우울한 얼굴로 그녀에게 고함을 지른다.

왜 그가 있는 곳으로 가지 않으시나요?

"갈 수가 없다." 그녀의 목소리에서 느껴지는 아픔이 나를 할퀸다. "나는 땅속으로 들어갈 수가 없다." 동굴처럼 어두침침하고 영혼들이 훨훨 날아다니는 저승은 죽은 자만 들어갈 수 있는 곳이다. "남은 게 이것뿐이로구나." 그녀의 시선은 묘석에 박혀 있다. 영원히 변치 않는 돌에.

나는 내가 알았던 소년을 소환한다. 씩 웃으며 무화과를 손으로 으깨는 아킬레우스. 내 눈을 보며 웃음을 짓는 그의 초록색 눈동자. 받아, 그가 말한다. 하늘을 등지고 강가의 나뭇가지에 매달린 아킬레

우스. 잠결에 내 귀에 와닿던 진하고 따뜻한 그의 숨결. 네가 꼭 나가
야 한다면 나도 따라갈 거야. 그의 품안이라는 특별한 항구 안에서 잊
히던 나의 두려움.

추억들이 떠오르고 또 떠오른다. 그녀는 묘석의 결을 물끄러미 바
라보며 내 이야기를 듣는다. 우리 모두 거기에 모여 있다. 신과 인간
과 양쪽 모두였던 소년이.

태양이 수면 위로 색을 토하며 바다 너머로 지고 있다. 그녀는 점
점 다가오는 희끄무레한 어스름을 맞으며 아무 말 없이 내 옆에 앉아
있다. 내가 그녀를 처음 본 날처럼 무표정하다. 어떤 생각을 품고 있
는 사람처럼 가슴 위로 팔짱을 끼고 있다.

나는 그녀에게 모두 이야기했다. 우리 둘만의 이야기로 아무것도
남기지 않았다.

우리는 서쪽 하늘이라는 무덤 속으로 저무는 햇살을 바라본다.

"나는 그 아이를 신으로 만들 수가 없었다." 그녀가 말한다. 상심
으로 가득한 목소리가 떨린다.

하지만 그를 만드셨잖습니까.

그녀는 한참 동안 아무 대꾸도 하지 않고 사그라져가는 마지막 햇
살에 눈을 반짝이며 앉아만 있다.

"내가 써두었다." 그녀가 말한다. 처음에 나는 무슨 뜻인지 이해하
지 못한다. 하지만 그녀가 비석 위에 새긴 이름이 내 눈에 들어온다.
아킬레우스라고 적혀 있다. 그리고 그 옆에 **파트로클로스**가 있다.

"가거라." 그녀가 말한다. "그 아이가 널 기다리고 있다."

어둠 속에서 두 개의 그림자가 가망이 없는 묵직한 어스름을 뚫고 서로에게 다가간다. 그들의 손과 손이 만나자 빛이 홍수처럼 쏟아진다. 태양 밖으로 금 항아리 백 개가 퍼붓듯 쏟아진다.

감사의 말

이 책의 집필 작업은 십 년에 걸친 여정이었고, 나는 그 과정에서 화가 난 키클롭스보다 훨씬 다정한 신을 여럿 만나는 행운을 누렸다. 그 오랜 세월 동안 나를 응원해준 분들에게 일일이 감사 인사를 전하는 것은 불가능한 일이겠지만—그러려면 책을 따로 한 권 써야 한다—찬양해야 할 신적인 존재들이 몇 명 있다.

특히 일찍이 원고를 읽고서 사랑과 배려가 넘치는 반응을 보여준 캐럴라인 벨, 세러 펄로 그리고 마이클 부릿에게 감사의 뜻을 전하고 싶다. 그리고 처음부터 끝까지 나를 응원한 멋진 대모 바버라 손버러와 따뜻한 격려를 아끼지 않았을 뿐 아니라 다양한 분야에서 전문적인 고문 역할을 톡톡히 한 드레이크 가족에게도 마찬가지다. 여러 스승, 그중에서도 특히 다이앤 뒤부아, 수전 멜보인, 크리스틴 재프, 주디스 윌리엄스 그리고 짐 밀러 선생과, 셰익스피어와 라틴어를 같이 연구하는 학자이자 내가 가르친 것보다 더 많은 가르침을 내게 선사한 열정적이고 환상적인 제자들에게도 진심 어린 감사를 전한다.

나는 고전 연구와 교직 생활과 인생살이에서 한 명도 아닌 세 명의 놀라운 멘토를 만나는 행운을 누렸다. 데이비드 리치, 조지프 푸치, 마이클 C. J. 퍼트넘, 인정 넘치고 박식한 이 세 분에게 느끼는 고마움은 말로 표현할 수 없을 정도다. 그리고 브라운 대학교 고전학과에게도 감사를. 두말하면 잔소리지만 이 작품의 모든 오류와 왜곡은 그들의 탓이 아니라 전적으로 내 탓이다.

월터 카진스카스와, 내 초기 단편소설을 몇 편 읽었음에도 불구하고 내가 작가가 될 거라고 믿어 의심치 않았던 아름답고 다재다능한 노라 파인스에게도 특별한 감사를 전한다.

이 작품을 위해 매 순간 사나운 전사처럼 치열하게 싸웠던, 아무나 흉내낼 수도 감당할 수도 없는 걸출한 인재 조나 라무 코언은 고맙고 고맙고 또 고마울 따름이다. 그대의 우정에 감사한 마음을 금할 길이 없구나.

멋진 팀원들과 함께 나를 들어올려 기적으로 인도한 최고 중의 최고 에이전트 줄리 베어러에게는 올림포스 산만한 감사의 뜻을 전한다.

그리고 정력적이고 어마어마한 담당 편집자 리 부드로와 애비게일 홀스타인, 마이클 매켄지, 헤더 드러커, 레이첼 브레슬러 등 나와 이 책을 각별히 챙겨준 에코 출판사의 직원들도 당연히 빼놓을 수 없을 것이다. 블룸즈버리 UK의 걸출한 알렉산드라 프링글, 케이티 본드, 데이비드 만, 내 책을 위해 많은 공을 들인 다른 모든 분들도 감사하다.

마지막으로 가족들에게도 고맙다는 말을 전하고 싶다. 내가 늘어놓는 아킬레우스 이야기를 평생 견뎌준 남동생 버드, 멋진 새아버지 고든. 그리고 내가 무얼 하든 사랑하고 응원해주고 당신만큼 나도 책을 사랑하도록 격려했던 환상적인 나의 어머니. 그녀의 딸로 태어난 것이 내게는 엄청난 축복이다.

마지막으로 사랑과 편집과 인내가 어떤 건지 깨닫게 한, 빛나는 갑옷을 입은 나의 아테나, 너새니얼에게 감사의 뜻을 전한다.

등장인물
해설

신과 불사의 존재

◆ **스카만드로스** 트로이아 인근을 흐르는 스카만드로스 강을 지키는 신이자 트로이아의 또다른 옹호자. 아킬레우스와의 유명한 일전은 『일리아스』제22권에 소개되어 있다.

◆ **아르테미스** 아폴론의 쌍둥이 남매이자 사냥, 달, 순결의 여신. 트로이아 전쟁에서 벌어질 유혈 사태에 화가 난 그녀가 바람을 막는 바람에 그리스 함대가 아울리스에서 발이 묶였다. 이피게네이아를 제물로 받고 그녀가 노여움을 풀자 바람이 다시 불기 시작했다.

◆ **아테나** 막강한 지혜, 직조, 전술의 여신. 사랑하는 그리스군을 열렬히 응원했고, 책략이 뛰어난 오디세우스를 특별히 아꼈다.『일리아스』와 『오디세이아』에 자주 등장한다.

◆ **아폴론** 빛과 음악의 신, 트로이아의 옹호자.『일리아스』제1권에서 그리스 진영에 역병을 선물했고 아킬레우스와 파트로클로스의 죽음에 지대한 역할을 했다.

◆ **아프로디테** 사랑과 미의 여신, 아이네이아스의 어머니, 트로이아의 옹호자. 특히 파리스를 총애해서『일리아스』제3권을 보면 그녀가 끼어들어 메넬라오스로부터 그를 구하는 장면이 나온다.

◆ **제우스** 신들의 왕이자 헤라클레스와 페르세우스 등 수많은 영웅들의 아버지.

◆ **케이론** 단 하나뿐인 '착한' 켄타우로스. 이아손, 아스클레피오스, 아킬레우스와 같은 영웅들을 가르쳤을 뿐 아니라 의술과 수술법을 개발했다.

◆ **테티스** 형체 변환이 가능한 바다의 님프, 아킬레우스의 어머니. 운명의 여신들이 테티스가 낳은 아들은 아버지를 능가할 거라는 예언을 하자 이에 놀란 제우스가(그는 예전에 그녀에게 욕정을 품은 적이 있었다) 아들의 능력에 선을 긋기 위해 테티스를 인간과 결혼시켰다. 호메로스 이후의 여러 버전에 따르면, 그녀는 아킬레우스의 발목을 잡고 스틱스 강에 담그거나 불에 넣어서 인간에게 부여된 필멸의 운명을 태워 날리는 등 그를 불사신으로 만들기 위해 여러 방법을 동원했다.

◆ **헤라** 신들의 왕후이자 제우스의 오누이 겸 아내. 아테나와 더불어 그리스를 옹호하고 트로이아를 미워했다. 베르길리우스의 작품 『아이네이스』에서 트로이아 함락 이후에 트로이아의 영웅 아이네이아스를 끊임없이 괴롭히는 원수로 묘사된다.

필멸의 인간

● **네스토르** 고령인 필로스의 왕이자 과거 헤라클레스의 동무. 너무 고령이라 트로이아 전쟁에서 전장에 나서지는 못했지만 아가멤논의 중요한 고문관 역할을 했다.

● **데이다메이아** 리코메데스 왕의 딸, 섬나라 스키로스의 공주. 테티스가 아킬레우스의 참전을 막기 위해 여장을 시키고 데이다메이아의 시녀들 사이에 숨겼지만 데이다메이아가 변장을 간파하고 아킬레우스와 비밀리에 결혼해 피로스를 잉태했다.

● **디오메데스** 아르고스의 왕. 책략이 뛰어나고 힘이 센 것으로 유명했고 그리스군에서 없어서는 안 될 가장 뛰어난 전사 중 한 명이었다. 오디세우스처럼 아테나 여신의 총애를 받았는데 『일리아스』 제5권에서 아테나 여신은 그에게 초자연적인 능력을 부여한다.

● **리코메데스** 스키로스의 왕이자 데이다메이아의 아버지. 아킬레우스가 여장을 한 줄 모르고 자신의 궁정에 숨겨주었다.

● **메넬라오스** 아가멤논의 동생. 헬레네와 결혼한 이후에 스파르타의 왕이 되었다. 헬레네가 파리스에게 납치되자 모든 구혼자들이 한 맹세를 들먹이며 형과 함께 군대를 이끌고 그녀를 되찾으러 나섰다. 『일리아스』 제3권에서는 헬레네를 놓고 파리스와 결투를 벌이는데

그의 쪽으로 승기가 기울자 아프로디테 여신이 파리스를 도우러 나섰다. 전쟁이 끝난 뒤에 헬레네와 함께 스파르타로 돌아갔다.

● 브리세이스 트로이아 제후국의 기습 공격 때 포로로 잡혀가 아킬레우스에게 전리품으로 주어졌다. 아킬레우스가 반항하자 아가멤논이 처벌 삼아 그녀를 압수했다. 파트로클로스 사후에 아킬레우스에게 되돌려 보내졌는데 『일리아스』 제19권에서 진영의 다른 여자들과 함께 그의 죽음을 애도했다.

● 아가멤논 메넬라오스의 형. 그리스에서 가장 큰 미케네를 다스렸고 트로이아로 출정한 그리스군의 총사령관으로 활약했다. 그의 지휘권을 인정하지 않은 아킬레우스와 전쟁 내내 종종 불화를 빚었다. 전쟁을 마치고 귀국하자마자 아내 클리타임네스트라에게 살해당했다. 아이스킬로스가 그 유명한 비극 삼부작 『오레스테이아』에 이 사건과 그 이후를 담았다.

● 아우토메돈 아킬레우스의 마부. 고집 센 그의 신마神馬를 다루는 재주가 뛰어났다. 아킬레우스 사후에 그의 아들 피로스를 모셨다.

● 아이네이아스 여신인 아프로디테와 인간인 안키세스 사이에서 태어난 트로이아의 귀족. 신심이 깊기로 유명했다. 트로이아 전쟁에서 용감하게 싸웠지만 그 이후에 겪은 모험으로 더 유명하다. 베르길리우스가 『아이네이스』에서 소개했다시피 그는 함락된 트로이아에서 일단의 생존자들을 이끌고 이탈리아로 피신, 그곳의 공주와 결혼해

로마제국의 시조가 되었다.

● 아이아스 살라미스의 왕이자 어마어마한 체구와 괴력으로 유명
했던 제우스의 자손. 그리스에서 아킬레우스에 버금가는 전사였고
아킬레우스가 참전을 거부했을 때 그리스의 진영으로 쳐들어온 트
로이아군에 맞서 싸웠다. 하지만 아킬레우스 사후에, 아가멤논이 그
리스군에 가장 기여를 많이 한 장수로 오디세우스를 선정하자 상심
과 분노로 이성을 잃고 스스로 목숨을 끊었다. 소포클레스의 비극
『아이아스』에 그의 이야기가 감동적으로 묘사되어 있다.

● 아킬레우스 펠레우스 왕과 바다의 님프 테티스의 아들. 그의 세대
를 통틀어 가장 훌륭한 전사이자 가장 손꼽히는 미남이었다. 『일리아
스』에서는 그를 '준족'으로 표현하며 노래를 잘한다고 칭송한다. 정
이 많은 켄타우로스 케이론에게 교육을 받았고 추방당한 왕자 파트
로클로스를 영원한 시종으로 삼았다. 그는 십대 시절에 유명한 갈림
길에 섰다. 무명으로 장수할 것인가 아니면 화려하게 단명할 것인가.
그는 화려한 단명을 선택해 다른 그리스 왕들과 함께 트로이아로 떠
났다. 하지만 전쟁이 구 년째로 접어들었을 때 아가멤논과 다투고 더
이상 참전을 거부했다가 사랑하던 파트로클로스가 헥토르에게 살해
되자 그제야 전장으로 돌아갔다. 격분한 그는 트로이아의 위대한 전
사를 죽이고 복수 차원에서 그의 시신을 끌고 트로이아의 성벽을 돌
았다. 그는 결국 아폴론 신의 도움을 받은 트로이아의 파리스 왕자의
손에 죽임을 당했다.
　아킬레우스의 가장 유명한 전설─발꿈치가 치명적인 급소라는

이야기 — 은 사실 아주 뒤늦게 등장한 이야기다. 『일리아스』와 『오디세이아』에서 아킬레우스는 천하무적이 아니라 그저 전투에 유난히 뛰어난 능력을 타고났을 뿐이다. 어느 인기 있는 버전에서는 테티스 여신이 불사신으로 만들 생각에 아킬레우스를 스틱스 강에 담갔고 그래서 그녀가 잡고 있던 발꿈치 말고는 전부 그렇게 되었다고 한다. 나는 『일리아스』와 『오디세이아』에서 영감을 얻었고 그들의 해석이 더 현실성 있게 느껴졌기에 좀더 오래된 고전을 따랐다.

● **안드로마케** 트로이아 인근의 킬리키아에서 공주로 태어나 헥토르의 충직하고 사랑스러운 아내가 되었다. 기습 공격 때 그녀의 가족을 살해한 아킬레우스를 증오했다. 트로이아가 약탈당했을 때 피로스에게 포로로 잡혀서 그리스로 끌려갔다. 피로스 사후에 헥토르의 동생인 헬레노스와 손을 잡고, 사라진 트로이아를 본뜬 부트로톤을 건설했다. 베르길리우스의 『아이네이스』 제3권에 이들의 이야기가 소개되어 있다.

● **오디세우스** 책략이 뛰어난 이타케의 왕자. 아테나 여신의 총애를 받았다. 헬레네의 구혼자들에게 그녀의 결혼을 지지하겠다는 그 유명한 맹세를 요구한 주인공이다. 그 대가로 영리한 사촌 페넬로페를 아내로 얻었다. 트로이아 전쟁 때 아가멤논의 수석 참모로 활약했고 나중에는 트로이아 목마라는 작전을 생각해냈다. 십 년에 걸친 그의 귀향길이 호메로스가 쓴 『오디세이아』의 주제인데 키클롭스, 마녀 키르케, 스킬라와 카리브디스, 세이렌들과의 만남이 소개되어 있다. 오디세우스는 천신만고 끝에 이타케로 돌아갔고 아내 페넬로페와

장성한 아들 텔레마코스의 환대를 받았다.

● **이도메네우스** 크레테의 왕이자 미노타우로스에 얽힌 일화로 유명한 미노스 왕의 손자.

● **이피게네이아** 아가멤논과 클리타임네스트라의 딸. 아킬레우스와의 결혼 이야기를 듣고 아울리스로 건너갔으나 아르테미스 여신의 분노를 달래는 데 쓰였다. 그녀를 제물로 바친 뒤 바람이 다시 불기 시작하자 그리스 함대는 트로이아로 출항할 수 있었다. 에우리피데스가 쓴 비극『아울리스의 이피게네이아』에 그녀의 이야기가 소개되어 있다.

● **칼카스** 그리스군의 고문 역할을 맡았던 사제. 아가멤논에게 그의 딸 이피게네이아를 제물로 바치고, 포로로 잡혀온 노예 크리세이스를 아버지에게 돌려보내라고 했다.

● **크리세스와 크리세이스** 크리세스는 아폴론을 섬기는 아나톨리아의 사제였다. 그의 딸 크리세이스가 아가멤논에게 노예로 잡혀갔다. 크리세스가 후한 몸값을 제시하며 딸을 찾으러 갔을 때 아가멤논이 거부하고 그를 모욕했다. 분노한 크리세스가 자신이 섬기는 아폴론 신에게 역병을 내려 그리스군을 처벌해달라고 청했다. 아킬레우스가 크리세이스를 아버지에게 되돌려 보내라고 공개적으로 다그치자 아가멤논이 폭발하면서 두 사람 사이에 극적인 불화가 야기됐다.

● **파리스** 프리아모스의 아들. 헤라, 아테나, 아프로디테가 황금 사과를 두고 벌인 그 유명한 심판의 심사를 맡았다. 세 여신 모두 그를 매수하려 들었다. 헤라는 힘을, 아테나는 지혜를, 아프로디테는 세상에서 가장 아름다운 미녀를 뇌물로 제시했다. 그가 아프로디테에게 사과를 건네자 그녀는 헬레네를 남편 메넬라오스로부터 감쪽같이 채어갈 수 있도록 도움을 주었고, 이로써 트로이아 전쟁이 시작됐다. 파리스는 궁술이 뛰어나기로 유명했고 아폴론의 도움 아래 막강한 아킬레우스를 죽였다.

● **파트로클로스** 메노이티오스의 아들. 실수로 한 소년을 죽이고 고국에서 쫓겨나 펠레우스의 왕궁에서 아킬레우스와 함께 성장했다. 『일리아스』에서 부수적인 인물로 다루어지지만 그가 아킬레우스의 갑주를 빌려 입고 그리스군을 구하러 나서겠다는 운명적인 선택을 함으로써 『일리아스』의 마지막 장을 장식한다. 파트로클로스가 헥토르에게 죽자 상심한 아킬레우스가 트로이아군을 상대로 잔인한 복수를 감행한다.

● **펠레우스** 프티아의 왕. 바다의 님프 테티스와의 사이에서 아킬레우스를 낳았다. 계속 형체가 바뀌는 테티스를 펠레우스가 제압한 이야기에 고대인들은 열광했다.

● **포이닉스** 펠레우스의 오랜 친구이자 고문. 참모로서 아킬레우스와 함께 트로이아에 갔다. 『일리아스』 제9권에서 젖먹이 시절에 아킬레우스를 돌본 이야기를 꺼내며 고집을 꺾고 그리스군을 도와달라고

설득하지만 실패했다.

● **폴릭세네** 피로스가 트로이아에서 귀향에 앞서 아버지의 무덤에 제물로 바친 트로이아의 공주.

● **프리아모스** 고령인 트로이아의 왕. 신심이 깊고 자식이 많기로 유명했다. 『일리아스』 제24권에서 용감하게 아킬레우스의 막사로 찾아가 아들 헥토르의 시신을 돌려달라고 간청했다. 트로이아가 약탈당했을 때 아킬레우스의 아들 피로스에게 살해되었다.

● **피로스** 아킬레우스와 데이다메이아 공주의 아들. 정식 이름은 네오프톨레모스이지만 빨간 머리 때문에 '피로스'라고 불렸다. 아버지 사후에 참전해 트로이아 목마 작전에 가담했고 고령인 트로이아의 프리아모스 왕을 잔인하게 살해했다. 베르길리우스는 『아이네이스』 제2권에서 피로스가 트로이아 약탈 때 어떤 역할을 했는지 소개한다.

● **헤라클레스** 제우스의 아들이자 그리스의 가장 유명한 영웅. 천하장사로 유명했고 제우스의 혼외자라는 이유로 헤라 여신의 미움을 샀기 때문에 속죄의 뜻에서 열두 가지의 노역을 수행해야 했다. 트로이아 전쟁이 시작되기 훨씬 이전에 세상을 떠났다.

● **헥토르** 프리아모스의 장남이자 트로이아의 왕세자. 힘이 세고 고결하며 가족애가 돈독하기로 유명했다. 『일리아스』 제6권에서 호메로스는 헥토르와 그의 아내 안드로마케와 어린 아들 아스티아낙스

에 얽힌 가슴 뭉클한 광경을 그린다. 전쟁 마지막 해에 아킬레우스에게 죽임을 당했다.

● **헬레네** 세계 최고의 미모를 자랑했다는 전설이 전해 내려오는 스파르타의 공주. 레다 왕비와 (백조로 둔갑한) 제우스 사이에서 태어났다. 많은 구혼자들이 누가 그녀와 맺어지건 두 사람의 결합을 지지하기로 맹세했다. 그녀는 메넬라오스의 차지가 되었지만 트로이아의 파리스 왕자와 달아나 트로이아 전쟁을 촉발했다. 전쟁이 끝난 뒤에 메넬라오스와 함께 스파르타로 돌아갔다.

옮긴이의 말

"그러니 불화는 신들과 인간들 사이에서 사라지기를 ! 그리고 현명한 사람도 거칠어지게 만드는 분노도 사라지기를! 분노는 똑똑 떨어지는 꿀보다 더 달콤하고 인간들의 가슴속에서 연기처럼 커지는 법이지요. 꼭 그처럼 저도 인간들의 왕 아가멤논에게 분노했습니다. 하지만 이제는 지난 일을 잊어버리고 가슴속 분노를 억제해야지요. 이제 저는 나가겠어요. 사랑하는 사람을 죽인 헥토르를 만나기 위해서."

고전 중의 고전인 호메로스의 『일리아스』에서 아킬레우스는 파트로클로스가 죽었다는 소식을 접하자 피를 토하는 심정으로 어머니 테티스 앞에서 이렇게 절규한다. 이 책의 저자 매들린 밀러의 호기심을 자극한 것이 바로 이 대목이었다. 아무렇지도 않게 원칙을 무시하며 전군이 죽음의 위기에 처해도 눈 하나 깜빡하지 않던 반신반인의 전사가 어떻게 슬픔과 분노로 이성을 잃을 수가 있었을까? 파트로클로스와 어떤 관계였기에 이렇게 충격적인 반응을 보였을까? 아킬레우스는 어떤 인간이었을까? 그는 어떤 이유에서 파트로클로스를 그토록 사랑했을까? 호메로스는 등장인물들의 행적을 소개할 뿐, 그 뒤에 숨겨진 동기에 대해서는 별다른 이야기를 하지 않았다. 대학교에서 고전을 전공했고 현재 고등학교에서 고전을 가르치는 저자에게 이 책은 그와 같은 궁금증을 해소하기 위한 연구의 결과였다.

『아킬레우스의 노래』는 원전에 상당히 충실한 개작이지만 사실 호메로스는 아킬레우스와 파트로클로스를 연인으로 단정짓지 않았다. 그 둘을 사랑하는 사이로 규정한 것은 이후의 해석이다. 특히 '사랑의 철학서'라고 불리는 플라톤의 『향연』에서 '이야기의 아버지'로 호명된 파이드로스는 아킬레우스를 '사랑받는 자'로 설정하고, 그리스의 신들이 더 높이 평가한 것은 사랑받는 자가 자신을 사랑하는 자를 소중히 여기는 것이기에 아킬레우스가 자신을 사랑하는 파트로클로스의 복수에 나선 것은 그만큼 더 칭송을 받을 일이었다고 한다.

그런데 사실 두 사람이 연인이었는지 여부는 『아킬레우스의 노래』에서 그리 중요한 문제가 아니다. 저자가 여기서 강조하고자 하는 것은 성性과 시대를 초월하는 사랑이다. 우리가 지금까지 알아왔던 아킬레우스는 자기가 주인공이라는 걸 너무나도 잘 알며 원하는 대로 해주지 않으면 성질을 부리는, 거만하고 인정머리 없는 밥맛이었다. 하지만 파트로클로스의 눈에 비친 그는 천하무적 영웅이 아니라 모든 이의 기대와 사사로운 감정 사이에서 고뇌하는 청년이다. 다정하고 유머감각이 넘치며 사랑을 할 줄 아는 인간이다. 전장이라는 참혹한 상황에서도 서로에 대한 애정과 존경을 잃지 않았던 두 주인공의 모습은 인간이라면 누구나 염원하는 관계의 전형이 아닐까.

이 대목에서 한 가지 궁금증이 생긴다. 왜 파트로클로스였을까? 그의 동무가 되고 싶어서 안달했던 다른 아이들은 물론이고 아버지 펠레우스까지 궁금해한다. "그 아이를 선택한 이유가 무엇이냐?" 아킬레우스의 대답은 "놀랍기 때문입니다"였다. 탐욕과 팽창주의로 얼룩진 그 시대에 남자는 살인 병기였고 그 시대를 통틀어 가장 뛰어난 살인 병기가 아킬레우스였다. 반면에 파트로클로스의 가장 큰 자질은 타인에 대한 배려와 애정이었다. 그가 아킬레우스에게 브리세이스를 선택하게 했던 것과, 아가멤논으로 인해 아킬레우스가 골이 났을 때 그의 갑옷을 입고 대신 전장으로 나선 것은 모두 연민과 책임감의 발로였고 그것은 결국 트로이아 전쟁에 마침표를 찍는 단초가 되었다. 그는 아킬레우스처럼 영웅의 면모를 갖추었다기보다 평범한 인간이었다. 하지만 스스로 과소평가했던 그의 능력은 엄청난 파급효과를 낳았다.

우리 사회는 점점 부수적인 부분들을 거세하는 방향으로 변화하고 있다. 사는 게 빡빡해지면 마음의 여유를 찾기가 당연히 어려워질 수밖에 없다. 하지만 우리는 호모 루덴스, 즉 유희의 인간이기도 하다. 우리에게는 단순한 일상의 영위를 넘어 문화를 향유하려는 욕구가 있다. 요 몇 년 새 우리 사회에서 고전 읽기 붐이 일고 있는 것도 그런 욕구의 방증이라 할 수 있겠다. 『아킬레우스의 노래』의 가장 큰 미덕은 고전을 새로운 시각에서 해석하는 재미를 선사한다는 것이다. 고전을 읽는 이유를 묻는 인터뷰어에게 저자는 이렇게 대답한다. 『일리아스』는 기원전 8세기경에 문자로 기록되었지만 21세기인 오늘날에도 자기 잇속만 챙기려드는 아가멤논과 얼버무리기의 달인 오디세우스들이 날마다 뉴스를 장식하고, 무의미하게 인명을 살상하는 전쟁 소식과 피정복민들에 대한 부당한 대우가 대서특필되고 있지 않으냐고. 우리의 과거와 현재와 미래가 모두 『일리아스』에 담겨 있지 않으냐고. 우리가 고전을 읽는 이유는 역사를 공부하는 이유와 일맥상통할지 모른다. 거기에서 우리의 과거와 현재와 미래를 볼 수 있기 때문이다.

저자는 이미 차기작을 준비중이다. 이번에는 고국으로 귀환하던 오디세우스와 그 부하들을 아이아이아 섬에 일 년 동안 붙잡아두었던 키르케가 주인공이다. 그녀가 시도하는 고전 다시 읽기가 한국에서도 모쪼록 많은 사랑을 받았으면 하는 바람이다.

2018년 3월 이은선

아킬레우스의 노래

초판 1쇄 발행 2018년 3월 26일
2판 1쇄 발행 2020년 6월 2일
2판 9쇄 발행 2024년 5월 10일

지은이 매들린 밀러
옮긴이 이은선
펴낸이 김소영

편집 고미영
모니터링 이희연
디자인 위앤드(정승현)
저작권 박지영 형소진 최은진 서연주 오서영
마케팅 정민호 서지화 한민아 이민경 안남영
　　　　왕지경 정경주 김수인 김혜원 김하연
　　　　김예진
브랜딩 함유지 함근아 고보미 박민재 김희숙
　　　　박다솜 조다현 정승민 배진성
제작 강신은 김동욱 이순호
제작처 한영문화사(인쇄) 신안제책(제본)

펴낸곳 (주)이봄
출판등록 2014년 7월 6일 제406-2014-000064호
주소 10881 경기도 파주시 회동길 210
전자우편 yibom@munhak.com
팩스 031-955-8855
문의전화 031-955-3579(마케팅)
　　　　　031-955-2672(편집)

ISBN 979-11-88451-15-9 03840